“我说”，就是自己写友人的文字；“说我”，则是友人写我的文字。

这些投注在我身上的文字，交织着彼此的阅读和关切，这些打心底里流淌出来的文字，是对我人生价值的肯定，它感动着我。我珍惜这些文字，我珍爱这种友谊。

我說·說我

Woshuo·Shuowo

（上册）

赵世信　著

中原出版传媒集团
大地传媒

大象出版社

作者简介

Zuozhe jianjie

赵世信，笔名田夫，闲味居主人。1942年8月生，河南虞城人。中国作家协会会员，中国书法家协会会员，河南省直作家协会主席，河南省留馀文化艺术研究院院长。

中国书法家协会顾问，首都师范大学教授、博士生导师欧阳中石题写斋名

中国国家画院书画篆刻家魏广君题写斋名

序言

Xuyan

我说世信

王尚宇

我和世信不是老乡，却有胜似老乡的情谊。我们心心相通、彼此欣赏，我同他交往有三十多年，深以有世信这样的老友而荣幸。

我是山东人，家乡与河南虞城县相邻，大学毕业后在世信的家乡虞城县工作了13年，可以说虞城是我的第二故乡。很多人认为我就是虞城人，对此我默认，因为我深爱这里的每一片热土，深爱这里的父老乡亲，于是我也顺理成章成了地道虞城人——世信的老乡。世信说他要出一本新书《我说·说我》，是他写友人和友人写他的文字，还有他的部分书法作品，嘱我为他写点什么，我乐意借此一叙。

世信18岁入伍，军旅生涯20年。转业后，从园艺场场长到河南省教育委员会副主任、河南省人民防空办主任，又到河南省人大内务司法工作委员会任职，无论职务如何变化，世信永远对故乡抱有浓厚的情怀。虽然离开家乡后，真正回家盘桓的机会很少，但每每乡亲往来，除了主动为他们排忧解难，还会细细询问故乡的大事小情，因此对家乡的发展总是了然于胸。

他对家乡的种种牵念和回忆，最终汇流成河，喷薄而出。2001 年，世信的散文集《沧桑》问世，好评如潮，一时洛阳纸贵。书中辑录了故乡的乡亲、好友、同事在内的近六十余位不同人物。这些人物大多平凡，但在世信的笔下以散文的方式列陈开来，却勾勒出一幅豫东平原生动的风情画卷，将豫东的历史人文、风俗风情、人情世故描摹得深刻灵动。

著名评论家孙荪在为《沧桑》作序时说，“令我感动的是，作者对故乡的一往情深，对乡亲百姓命运际遇的同情和理解，特别是对生命味道的亲切感受”。这种感觉我感同身受，因为我对这片土地同世信有着太多相似的熟悉与情感。虽对文学没有深的研究，但我认为，真正好的作品必然是发自内心的真情表达，也只有这样的作品才能打动人心。《沧桑》便是一部能打动人心的作品。

世信不仅有最真诚的情感，还有对文学的悟性。20 世纪 50 年代，还是初中生的世信就不断有文章见诸报端。六七十年代，在部队他更是佳作频出，新闻通讯、报告文学、杂文、散文见诸军报，地方报纸杂志也偶尔能看到他的文章。1979 年他所著长篇小说《合欢》发行量就达到 44000 册，80 年代初中篇小说《一个飞行官的梦》在报纸上连载数月，引起轰动。

世信这种对文学的悟性，随着时间的积淀，渐渐成熟超然。一些即兴的短文、诗词，无不沉稳精到，逸趣横生。他的《梦画小记》便是代表：“己丑季春中浣，夜深人静，万籁俱寂，披衣而坐，赏玩画作，顿觉游移青山绿水之间，祥云缭绕，苍松翠柏，茂林修竹，雪落无痕，江流有声；

忽而置身花香鸟语之中，兰送暗香，梅发新枝，凤翔鹤舞，春燕呢喃，锦鳞游泳；或坐古刹之中，参禅悟道；或与英雄论剑，驰骋疆场；或仰视伟人，聆听教诲；或促膝老农，共话桑麻；高人对弈而决胜负，狂士长啸而发清音；钓夫垂竿于烟波之上，骚人吟唱于山水之间……”

王尚宇赠作者书法对联

2010年6月，我和世信等几位退休老人，受邀去云南览胜。大家共同委任世信以“领队”之职，一周的时间，游大理、丽江，登大观楼，赏普达措公园，望玉龙雪山。一路上，世信意趣盎然，妙语连珠，每到一处，情之所至，即兴赋诗，今情古韵，堪称佳句。《大观楼》一诗，“苍烟落照美人山，夙梦曾期入大观。古往今来多少事，只留千古一长联”，纵观今古，时空嗟然。《摩梭女敬酒》一诗，“一曲酒歌世外音，轻交玉臂更销魂。摩梭淑女早知好，五十年前要走婚”，更是充分展现了世信的真性情、真情趣。

世信是真性情、真情趣的。

世信善饮酒。酒在中国是文化，武将饮酒和文人饮酒，即便是同样的酒，却能饮出不同的味道。世信善饮酒，虽不拼酒力，却能一并表现出武将的豪迈和文人的雅趣。借此，他与将军共饮，不输气势，但赢得风雅；他与文人共饮，不输文采，但赢得性情。如此，文武之人都愿同他同席共饮，而往往总能相谈甚欢。一席酒，便能识得一个人，世信很多的好友，便是由此被世信折服和吸引，从此莫逆。如今，因为年龄和身体的缘故，世信不得不控制自己饮酒，但如见到了故交好友，依然会浅酌两杯，以此为乐。

世信待人真诚，乐于助人。只要有事求着他，能办的立即办，不拖泥带水，不求回报。世信心胸宏阔，他有时发点小脾气，使点小性情，孟宪臣同志都会善意地给予提醒，世信认为这才是真朋友，把孟称为“政治上的导师”。

世信虽出身军营，但诸多好友中，文人墨客的比例颇高，王澄、王宝贵、刘兆英、孙荪、李逸野、李强、宋华平、宋震、何应辉、陈春思、南丁、胡秋萍、张文平、周俊杰、耿自礼、桑凡、尉天池等文人无不是他的座上客。世信不仅具备真性情、真情趣的个人魅力，爱为文人助力发声更为他在文化圈赢得了很高的美誉。2003 年任河南省直作协主席期间，他为《南丁文集》（5 卷本）、李明性的《家谱》和杨晓杰遗作的出版筹集资金。青年艺术家如朱雷刚、李凡、李晓军、连俊洲、赵立功、张良、张军民、孟新宇、魏广君等，无不受其膏泽。就在不久前，已过古稀之龄的世信，还在为推介河南艺术家努力奔走，先后策划、帮助省内水准较高的书画家张军民、杜大伟、魏翚、曹剑丞等举办个人作品展，为增加人气，还专门嘱我和一帮退休的省级领导参与。更值得一提的是他在任河南省人大书画研究院院长期间，主编《大河风》十余册，《名人名家卷》37册，向中华人民共和国成立60周年献礼的人物画集《心境》、庆祝抗日战争胜利70周年的画集等不一而足。为了弘扬中国传统优秀文化，他还策划了12集电视纪录片《中国书法三千年》，为此他放下身段，四处奔走，筹集资金，历时十余年，此片终于杀青。他还组织冯鹏等企业家向四川省汶川县及河南省卢氏县灾区捐款40余万元，其拳拳之心，眷眷之情，可见一斑。

世信斋号闲味居，自称闲味居主人。

唐朝大诗人白居易的《张常侍池凉夜闲宴赠诸公》一诗：“竹桥新月上，水岸凉风至。对月五六人，管弦三两事。留连池上酌，款曲城外意。或啸或讴吟，谁知此闲味。回看市朝客，矻矻趋名利。朝忙少游宴，夕困多眠睡。清凉属吾徒，相逢勿辞醉。”此中展示朝政忙碌中的闲适味道，同世信身上的那种飘然若古、闲逸散淡的气质如出一味。这个斋号起得妙。

我同世信交往时，多是探讨书画、文艺，偶尔配对打纸牌。世信的牌技尚可，记性极佳，有时玩点小把戏，不求输赢，只求精彩，每每总能嬉笑开怀，深得闲味。

所谓“字如其人”，世信的气质，体现在他的书法上，别具一格。

世信的书法虽不是专业出身，其收藏鉴赏数十年，整日摩挲书画，终至心中有法，手下有道，心到笔到，至诚至性。其字如芳草萋萋，生机灵动，意趣盎然。他的作品被人青睐，一些好点的作品，更为专业书家索要。郑州有一家以字画为装饰风格的饭店，非国家级名家作品莫入，却特意选得世信的书作悬挂。

世信的书法早已得到书法界的肯定，但他不以书家自居，却自谦“票友”，不少同道劝他办个人的书法作品展，他更是婉言谢绝。他终日以读帖为乐，不求闻达。河南省书法家协会的一位负责人二十年前曾亲自将入中国书法家协会会员表格送给世信，世信却“忘记”填写了，及至中国书法家协会负责人来河南，当面责问世信“你是不是看不上我们中国书法家协会”，世信不好再以“不合格”推辞，遂成了中国书法家协会会员。这对千方百计想谋得这一资格的人来说，简直不可思议。世信如此宽广达观的胸怀，鲜有人及，他在笔墨上显出的宁静淡泊的禅意，就不难理解了。

在这本书中，他以散文形式对 60 余位书画家的为人为艺进行了点评，亦有 20 余位名家对他的为人和书法作品进行了评说，我这个书画圈外的人就无资格赘述了。

记得世信在一篇散文中说：“人的一生最珍贵的莫过于真情，这种真情可以化艰辛为欢乐，化平庸为神奇，化淡薄为诗情，化世俗为高雅。”世信就是一个真情的人，世信本身就是一本好书。

（本文作者系河南省人民检察院原检察长）

写在《我说 · 说我》前面的话

这两年，断断续续写了点文字，朋友撺掇我把这些文字集在一起出本书，书名叫《我说 · 说我》，是白了点儿，我觉得还不赖。

“我说”，就是自己写友人的文字；“说我”，则是友人写我的文字。

人至古稀，未免怀旧。曾经的文学艺术界的朋友，现在仍在来往的和以前多有来往现在鲜少来往的，都有说不清道不明的情结，都常在我脑海晃动着而挥之不去，促使我诉诸文字，期望给读者带来些许启示。

这些想法说给《书法导报》总编辑王荣生，得到赞同和支持，荣生“出手”大方，为我开辟了一块“自留地”，名曰“闲味居絮语”，编辑先生还郑重其事贴出“开栏的话”广而告之，“作者无意为他们进行写实画像，只是在逝去的往事中钩沉一二……是对这些曾经闪耀在艺坛老派人物的淡淡追思，对曾经邂逅有过墨缘的朋友的深深念怀。读者可以从他们寻常生活的吉光片羽，感悟他们各具风格的艺术天地，及其丰富深邃的心灵世界”。

我不喜欢约束自己，如期见报又不得不使我信守承诺，有时写得顺手，思路通达畅快，文字可信手拈来，有时则因为所写对象在细节与构思上需反复回忆斟酌，呆坐半天竟无从下笔，牌瘾上来还想“摸”两把，又想把文字做得生动，还要玩得开心，确非易事。

“煮”字不易而乐在其中，每写一篇都是一次登堂入室的拜访，都是一次心灵的再交集，都是精神的升华，为我退休后的生活增添了意义和亮色。

“我说”这部分是写已届耄耋之年的书家、画家，其风骨与学养值得仰望，有一部分是多年寄情翰墨，在书法绘画领域有造诣，在培养书法绘画新人方面付出了心血、汗水、感情和智慧的中年书画家，还有一大拨儿青年才俊，尽情地展示着自己的艺术人生。对他们的书写，是一份责任，一份担当。

“说我”这部分收录了知名文学家、书法家，资深评论家、书画理论家，以及新闻媒体等同人多年来在不同时期对我的文学创作和书法作品所撰写的文章，以及对我担任河南省人大书画研究院院长、河南省直作协主席、河南省留馀文化艺术研究院院长期间，潜心干事、扶植新人方面的评价，这些投注在我身上的文字，交织着彼此的阅读和关切，这些打心底里流淌出来的文字，是对我人生价值的肯定，它感动着我。我珍惜这些文字，我珍爱这种友谊。

目录

Mulu

说我 / 429

我說

· *Woshuo* ·

“我说”这部分是写已届耄耋之年的书家、画家，其风骨与学养值得仰望，有一部分是多年寄情翰墨，在书法绘画领域有造诣，在培养书法绘画新人方面付出了心血、汗水、感情和智慧的中年书画家，还有一大拨儿青年才俊，尽情地展示着自己的艺术人生。对他们的书写，是一份责任，一份担当。

与魏紫老、天池兄交往点滴

20世纪70年代，我在南京空军工作。南京是六朝古都，文化名城。我因醉心于阅读和写作，常常到夫子庙附近的南京古旧书店去淘书，书店负责内部资料经营的是一位姓尹的老同志。每次去，老尹都主动推荐“新书”给我，说是“新书”，实际只对内部有关部门开放。时间长了，我和老尹就成了好朋友。

老尹喜欢字画，是位收藏家，来往多了，熟悉了，他就把珍藏的册页拿给我看，那里面有傅抱石、林散之、魏紫熙、宋文治、钱松喦、亚明、陈大羽、武中奇、尉天池等书画大家的作品。魏紫老是河南遂平人，著名的山水画家，为新金陵画派的主要代表人物之一。他的山水画既有传统功夫，又注重新意。笔下所绘的老松、长瀑、峰峦、房舍等，多有元明以来诸家的踪迹，画风苍秀齐出，刚健之气与婉丽之韵相糅。尉天池书风大气磅礴，豪放不失风雅，魏紫老和尉天池先生常到老尹处小坐，

由魏紫熙绘画、尉天池题写书名的赵世信的小说《合欢》封面

一来一往，我们也熟识了。

受老尹的影响，我也渐渐喜欢上书画这种传统的国粹。1978 年我准备出版长篇小说《合欢》时，老尹建议，封面设计和题字找魏、尉两人。我心里忐忑，两位都是艺术大家，他们能屈尊为一位名不见经传的小人物设计封面、题写书名吗?

当我登门拜访，说明来意后，没想到两位都挺热心。魏老找出一幅山水画说："我看这幅画挺符合你这部小说所表达的主旨。"《合欢》表现的是海峡两岸骨肉分离，最终团圆这一主题内容，而这幅山水画，山石峥嵘、海水浩渺，似乎隐喻着无尽的乡愁。用它作书的封面，颇为贴切。

没过几天，天池兄的题字也收到了。于是，大功告成。两位艺术家的慷慨奖掖，给了初出茅庐的我极大的鼓舞和信心。

1987 年，魏老从巴基斯坦访问归国，我和朋友去家里看他。魏老心情大好，谈兴很浓。说话中间他起身到里屋去，出来的一瞬间，把我们都逗乐了。只见他头戴礼帽，手拄拐杖，双脚朝外翻，学着幽默大师卓别林的表演，滑稽至极，令人捧腹。那时他已经 63 岁，心态还是那么年轻，那么诙谐率真。

最让人难以忘怀的是，魏老八十大寿时，他老人家还专门为我画了一幅山水作品从南京邮寄过来，其人品其画品令我毕生感念。

天池兄当时是南京师范学院的书法讲师，他讲起话来铿锵有力，掷地有声，极富感染力，是手执铁板铜琶，高唱大江东去的那种性情。他的课深入浅出，生动有趣，一边授课一边现场表演，很受学生欢迎，很多学生都因为喜欢他而热爱上了书法。他的行书、行草、狂草都带有他鲜明的

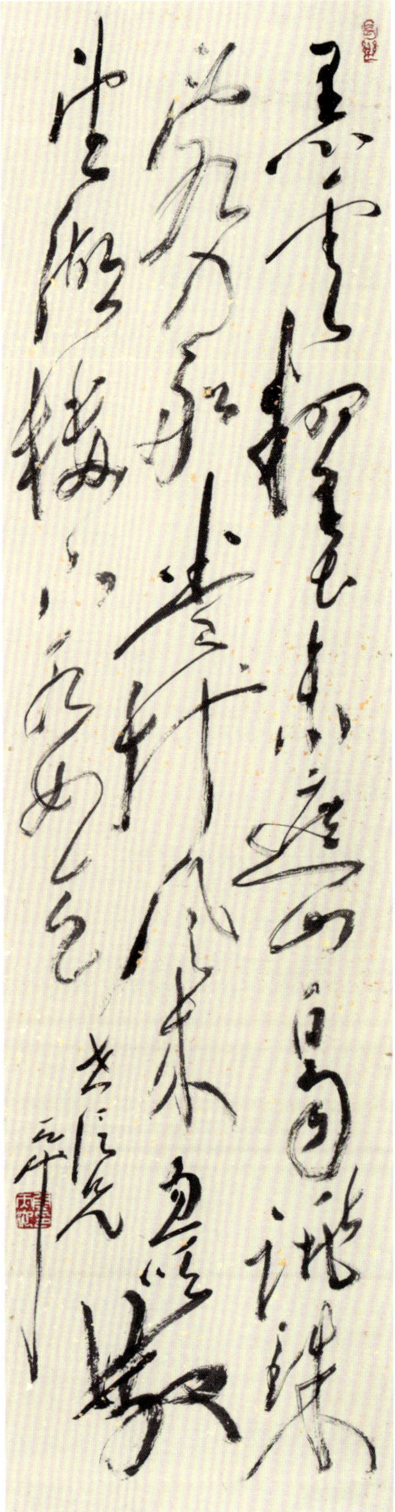

尉天池书法作品苏轼诗《六月二十七日望湖楼醉书》

个性特点，字如其人，潇洒豪放，沉雄浑穆，那奔突激荡的线条具有强烈的笔墨张力。他的书写犹如壮士舞剑，一招一式神采动人，气度非凡，笔墨非常富有表现力，其破锋飞白处，增加了苍茫老辣的气息。

天池兄曾赠我书法作品数幅，其中“潇洒出尘”四个字，蕴藉洒脱，招人喜欢。天池兄善饮，酒后落款线条狂放，延伸出无限的时空感。“尉”字更像一个人抱着长长的枪支，“天”与“池”呈梯形，下半部朝两边放开，显得大而无际，记得写“池”字时，他一反常态，先写右首，最后写左边的三点水，边写边自嘲道：“在这粪堆上再添三点牛屎巴巴！”

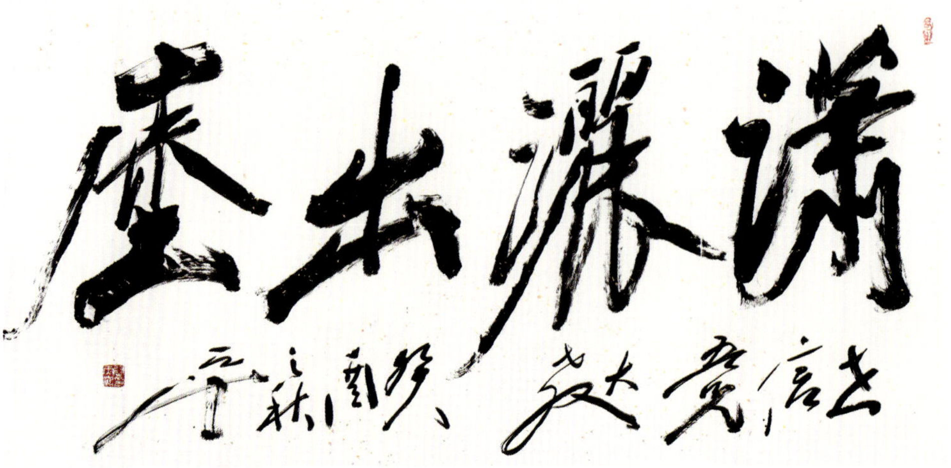

尉天池书法作品

从《山地冬播》想到陈天然先生

20世纪90年代初，我赴美考察时，在联合国总部，一幅熟悉的版画令我眼前一亮，它就是著名艺术家陈天然的代表作《山地冬播》，当时，我的脑海中立即浮现出自己收藏的那幅与它一模一样的作品。

如果说一个人的取名与他的本色、性情有一定关联的话，我看，陈天然就是这样的人。

冥冥中，他的一生似乎与艺术有约。老子说道法自然，陈先生的艺术作品，天然是它的灵魂所在，也是他突出的艺术风格。

从他的诗文书画中，读者可领略到中原农村所特有的自然，让人体会到劳动自身的淳美，生活自在的情趣。他朴实、淳厚、木讷的形象，真挚而不太流利的谈吐中闪烁着智慧的光芒，都和他常年生活的这块土地气息相通。

他是知名艺术家，但又不是那种喜欢谈论“形而上”的人，他没有

陈天然版画《山地冬播》

蓄长须以标明“仙风道骨”，眉宇间也没有故作深沉状。与朋友谈创作、谈艺术时实实在在，谈的得最多的是祖辈的生活，是他生于斯长于斯的柏沟岭村，是周围的黄土高坡，是玄妙深邃的河洛文化。印象中他对我说过：“我一生中所画的就是这两条沟，一小片土地。”创作与生活的关系，可以说在他身上体现得尤为深刻。

俗话说一方水土养一方人，同样，一方水土也会孕育出富有一方特色的艺术家。无论是陈先生的版画，还是他的书法、山水画，仔细观赏，慢慢咀嚼，那种熟悉的农村风光，空气中飘来的原野气息，倏忽间，会打开你珍藏的乡村记忆，与梦中的那块土地接通。

陈天然善于从生活中找寻灵感，这在他的版画、国画、书法中得到鲜明的体现。最早他是因版画而声名鹊起的。看过他版画的人会说，这是一个艺术家，也是一个诗人，更像一个农民在歌颂他的家乡。山地梯田与河水流动的优雅弧线，衬托在天空的大背景下，各种姿态的“黑色小人”正在田间辛勤劳作……这些源于家乡一带的山水风貌及人物活动的版画，风格自然清新，朴厚流畅，散发着田园生活的诗意，显现着劳动朴素崇高的光辉。《清溪》《牛群》《套耙》《晚凉》《山地冬播》等，都是他的代表作，被国内外多家美术馆、博物馆收藏，为他带来不同凡响的国际声誉。

幸运的是，在我的收藏中就有《山地冬播》这幅传世佳作。前些日子，我把它放在办公室显眼的地方，它那生动起伏的线条，秋冬时节，柿叶红透的色彩，丘陵上逶迤而行、手推肩扛农具的淳朴乡民，将人的记忆带回那个纯真火热的年代。

陈天然书法作品

虽然从色泽上来看，它的确是一个“老古董”了，但它内在的光芒与韵味依然如故。

办公室来来往往的客人中，多数人对它视而不见，他们只注意那些潮人的作品，对这个“大隐者”无暇以顾，感伤之余，嗟叹真赏者鲜。多年前，在河南省人民大会堂会议休息的间隙，我与陈先生热聊。当陈先生得知我收藏有《山地冬播》时，用诧异的眼光看着我，继而用近乎哀求的声音要用书法换回这幅作品，“你让我写多少幅字都行，那幅木版裂了，我手头也没有了”，他不无遗憾地重复着那句话，“让我写多少……”他这句话，更加促使我珍爱这幅作品。

我们熟悉的艺术家很少有人像陈先生这样，把生活和艺术如此紧密地联系在一起。

柿树是北方农村常见的果树，它土里土气，一点儿也不显眼，在艺术领域里，柿树很少引起艺术家的注意，也不是文人热衷歌咏的对象，相较梅兰竹菊这些风雅之物，柿树太平庸了，难以登大雅之堂。

然而柿树在陈天然眼里，却如遇到了千古知音。冬日的大地上白雪茫茫，陈天然先生望着柿树黑黢黢的枝干思接千载，神游天地之间。瞬间，陈天然如醍醐灌顶，在天空与大地之间，柿树曲折遒劲的枝节弯杈就像写在宣纸上的毛笔字，于是乎“枯藤体”或言“柿树体”在他笔下横空出世。一言以蔽之，古有张旭观公孙大娘舞剑器而悟书法，今有天然先生观柿树而创书体。

陈天然有首诗吟道：“寻觅画意不辞远，海域内外常游览。风韵万殊来回比，乡土才是铁饭碗。”他的艺术之根早已紧紧抓住温热的乡土沃野，

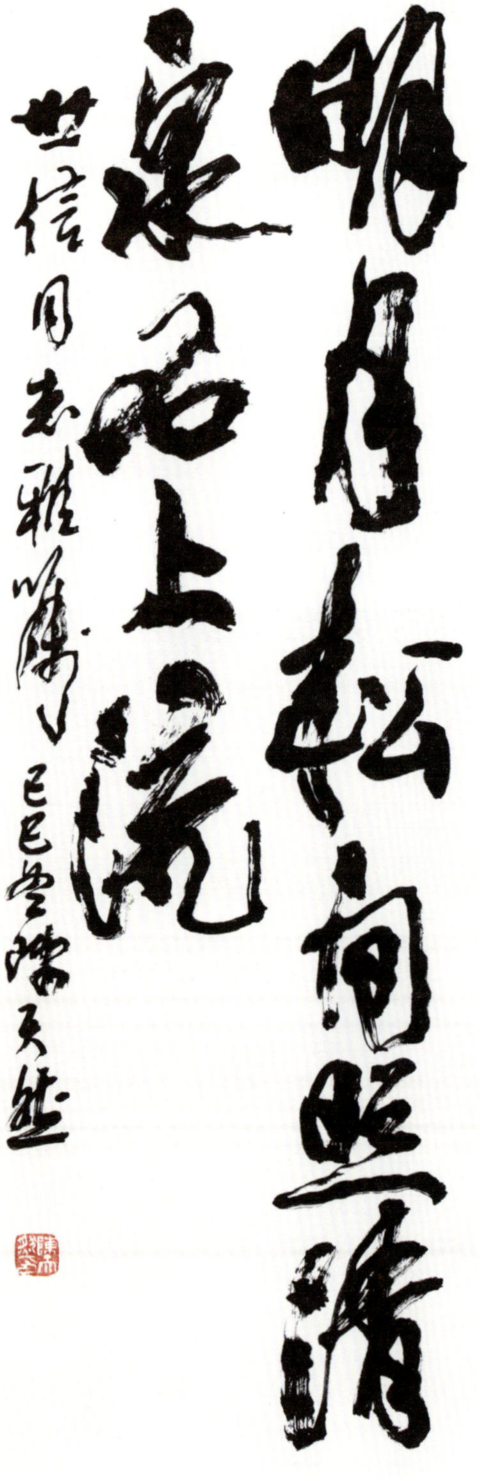

陈天然书法作品

陈天然书法作品

从中吸取养分和精华，当他的艺术扬名天下时，他又不忘用它去反哺自己的乡土。

20 世纪 90 年代初，有段时间我常去陈先生家造访。印象深刻的是，每次去，都会看到他会客室墙壁上醒目地贴着几行字，大意是，为集资给家乡打井，支援家乡建设，本人书法润格几何，请予以支持。求字的人有时装着看不见，他便指着那几行字给他看，多么真挚而又可敬的老人啊！

陈天然曾以《凿井》为题，以记此事："柏沟岭村，历代祖根。十年九旱，乡里寒心。古稀苦渡，磨砚铸金。凿井千尺，泉发五音。富庶在望，梦想成真。谷应山呼，其命维新。"凿井成功的喜悦之情溢于笔端。现在想来，陈先生为了家乡人能够喝上清泉水，很长时间都在为此披星戴月，用笔墨为家乡一寸一寸地"凿井"。

家乡是他的源，乡土是他的根，只要他的灵魂在这里，他的创作之泉便不会枯竭，"万顷沃野养诗心""独立斗室写家乡"，如今陈先生已回到故乡柏沟岭村，住进了他精心打造的"天然山庄"，一如既往地写着他的"枯藤体"，画着他山庄周围的沟和坡。

“文曲星”李準的书法

李準是我崇拜的作家，上小学时就读过他的短篇小说《不能走那条路》，心里崇拜得很。打那时起，凡是李準写的小说必读，凡是他编剧的电影必看，如《李双双》《老兵新传》《耕耘播雨》《清凉寺的钟声》等，他是我心目中的“文曲星”。在文人书法中，李準的成就是比较突出的一个。在我的收藏里，有两幅李準写的书法作品。每一幅的背后，都珍藏着一段我和先生交往的故事，有一席令人难忘的谈话。

李準是蒙古族成吉思汗的大将木华犁的后代。他的祖父是洛阳县的一个宿儒，伯父和叔父都是教师。李準生活在这样一个书香之家，从小跟着爷爷学书法，描红、临帖，深受家学影响。身为作家的李準，对书法十分痴迷，“文革”前便临《龙门二十品》，用报纸临《张猛龙碑》，有病后把写作放下了，书法课业却没有间断。有一天，李準请我到他家吃饺子，在屋里最显眼的地方，赫然挂着“胜、地、若、树”四个大字，

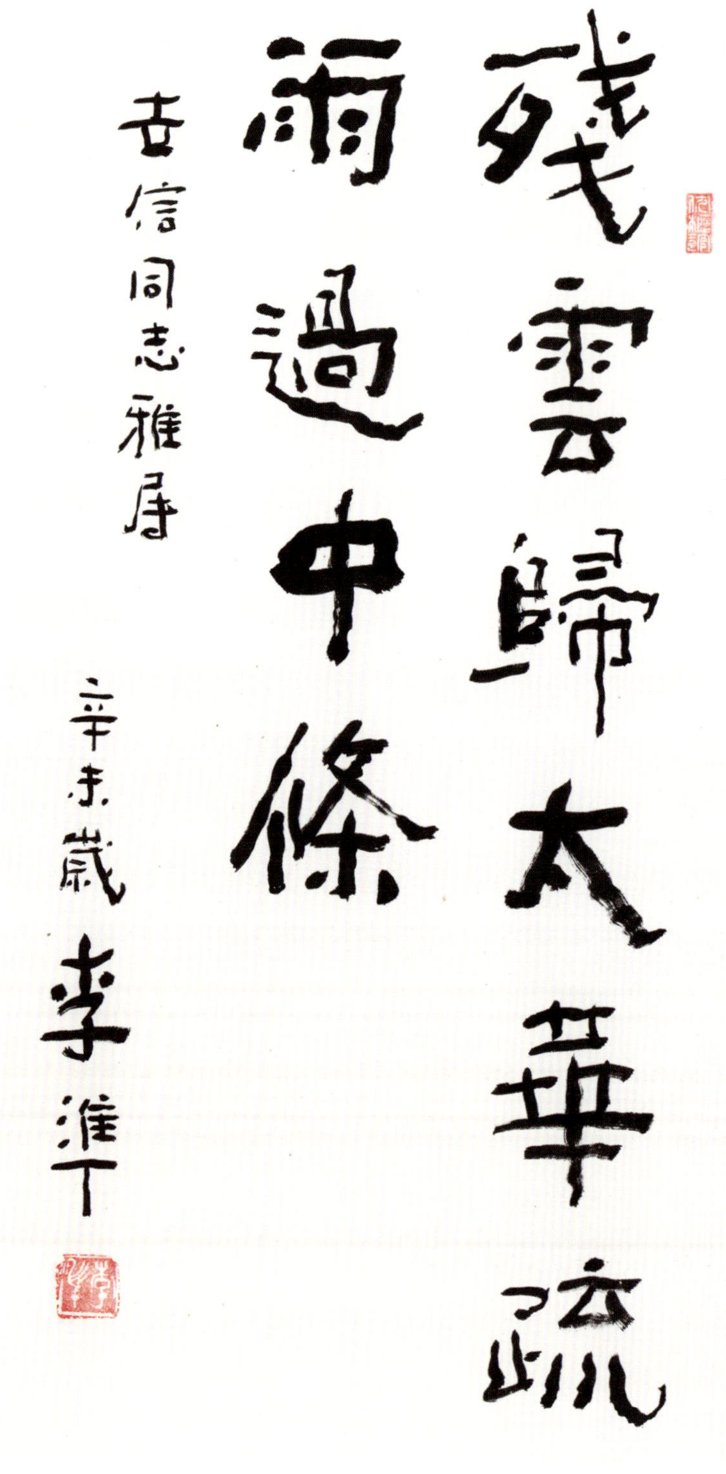

李凖书法作品

令我眼前一亮。李凖告诉我，有一次他爬泰山，在一座寺庙的老和尚那里购得的，是《泰山经石峪金刚经》的拓片。李凖特别喜欢其中的“胜、地、若、树”四个字，就把它剪下裱好，天天观赏。他的大儿子李克勤还给我讲过一个故事，1975 年李凖开始创作《大河奔流》，到山东去体验生活，在一处景区外面看到园子里的碑林，很想进去看看，但碑林不对外开放，李凖就一直坐在外面不走，磨了老半天，在那儿工作的一位小姑娘终于被感动了，为他打开了园门。饥肠辘辘的李凖终于享受了一顿精美的过瘾的文化大餐。

20 世纪 80 年代初，李凖因创作《黄河东流去》累倒了，患上了高血压、糖尿病。1985 年夏天，又患了脑血栓，住院达半年之久。1991 年，我去北京看望他，那年他 63 岁，看上去精神还不错，还是那么热情、乐观，依旧那么风趣、健谈。他对我感叹：“现在不再写作了，到老吃书法这碗饭了。我的字在荣宝斋出售，每幅给我三千多元，比一本小说的稿费还多。”李凖还说他有一群书法朋友，林散之、费新我、启功、赵朴初，书法大家王蘧常就在他对门住，他们常聊书法方面的事，从中受到很多教益。

李凖对中华传统文化理解颇深，他喜欢《龙门二十品》和《泰山经石峪金刚经》《嵩高灵庙碑》。书法得力于此，线条多顿挫，苍劲古厚，结体以魏楷居多。他说，古人的这些东西了不得，豪迈、遒劲、粗犷、质朴。在《龙门二十品》里，他找到了自己所追求的审美，奠定了自己的笔墨基础。《泰山经石峪金刚经》古朴而博大的书体，也与他的艺术情趣产生了强烈共鸣。

李凖为人为文，炽热而深厚，血液里奔腾着马背民族不羁的野性和激

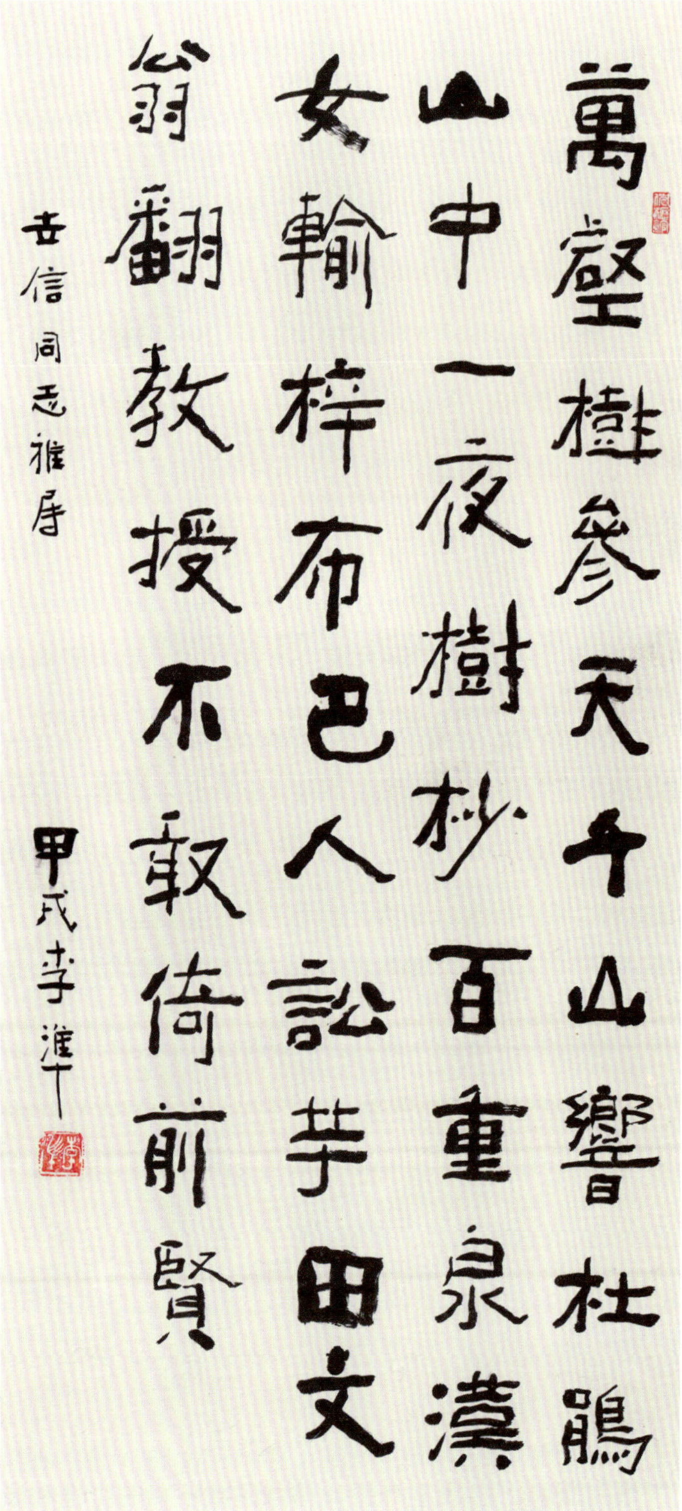

李準书法作品

情，对艺术的敏感可想而知。李準还从霍去病墓前的石雕发现了别样的美。“秦朝是现实主义风格，而汉画像石上的鹿、马等夸张变形，散发出别样的一种神韵，所以我还是喜欢写意的东西。”

他谈到家乡龙门石刻，谈到河南豫剧，龙门石刻犹如豫剧，朴实、大气、厚重，艺术是相通的，它们之间的影响是潜移默化的。李準写字很认真，看他下笔的架势似乎比写文章还吃力，笔画入木三分，下笔千钧。李準对我感慨：“写字是需要用力气写的。写半天字，中午得多吃半个馍。”“不过，”李準话锋一转，“写字还要有天赋，有人天天练也写不好，与唱戏一样，有的人唱了一辈子赖戏。每人都有潜能，看路子走得对不对。走不对，一辈子就埋没了。”

这次造访，李準为我挥毫写下诗句“残云归太华，疏雨过中条”，风格古朴、稚拙、厚重。这两句诗是唐代诗人许浑的作品《秋日赴阙题潼关驿楼》中的两句，流露出诗人对渔人樵夫们闲适逍遥的生活的向往，李準写这副诗联，许是生发了几分隐逸之思吧。

1994 年，我到北京宣武区虎坊桥中国作协的作家公寓拜谒李準，他和夫人老董热情接待了我。老董特意交代：“老李身体不好，不要说长了。”说完到了另一间屋。李準把我引到他宽大的书房里，书房里挂着齐白石的虾，林散之的字，地下和书橱里摆满了瓶瓶罐罐。最多的是唐三彩。李準告诉我，他已经基本不写作了，除了写写字，很大一部分时间都用来研究古文字。闲聊中，他略带神秘地问我：“你知道农村家家都放的那个祖宗牌楼子（牌位）是什么吗？”不等我回答，他就得意地用河南方言说出土得掉渣的话，祖宗牌位像个且字，“且”就是男性生殖器，“且”

是“祖”的本字，在典籍中，“祖”就是男性生殖器，即“祖”的本义。因为“且”象征着人类祖先的男根，后人便在“且”的左边加“礻”而作“祖”。李準幽默风趣的谈吐若乡间俚语，至今仍回荡在耳畔。

之后不久，我收到李準墨宝，内容为王维《送梓州李使君》。魏碑体，厚重朴拙，神采飞扬，充满意趣。“万壑树参天，千山响杜鹃。山中一夜雨，树杪百重泉。汉女输橦布，巴人讼芋田。文翁翻教授，不敢倚先贤。”这是唐代诗人王维为送李使君入蜀赴任而作的一首诗。大概是身体欠佳的原因，“夜”下落一“雨”字，“橦”误写成“梓”，“先”误写成“前”。据记载，“文翁”是汉景帝时的蜀郡太守，兴办学校，教育人才。王维以此勉励李使君，望他效法文翁，翻新教化。当时我任职河南省教委副主任，李準先生以此诗相赠，想必有深意在焉。

这次见面，李準还向我讲了“三句话说哭常香玉”的故事，如今已广为流传，让人见识了一个作家直击世道人心，从悲剧中揉出泪水的“绝招”。李準讲，他可以“三句话叫人落泪，三分钟叫人进戏”，这是他的看家本领。

李準的一生波澜壮阔，经历过风风雨雨，他永远像一座大山屹立在人们心中。如今，观先生翰墨，毫不觉得先生已驾鹤西去，其性情依然跃然纸上，朗朗笑谈犹在耳畔回响。

脱帽露顶王公前

——记李逸野先生

前段时间，开封文艺界在河南博物院举办了一个“宋风墨韵”书画展，展出的作品多出自开封本地的书画家，开封籍知名书法家，正像报道中所说，“精于笔墨，关心书法艺术发展的曾在开封工作的老领导”也参加了这次书画展。展览中，我又见到了许多熟悉的面孔，笔墨故交。老一茬书画家中，已至耄耋之年的李逸野先生就是其中一位。先生虽已高龄，仍精神矍铄，有几点黑斑的脸上透着红润。老朋友久别重逢，自然抑制不住相逢的喜悦，彼此高喉咙大嗓，豪气满怀。说话间快到午饭时分，我留其午餐，他说有事。我发话：“今天不许你走，我要‘绑架’你了！”李先生快人快语，放出狠话：“我是上过战场的人，‘杀人放火’都干过，你能‘绑架’得了我？”说罢大笑，在孙女的搀扶下，扬长而去，撂下一句话“开封见”！

先生是四川人，笔名萧诗寒，从笔名中可感受到，有一股怆然萧瑟、

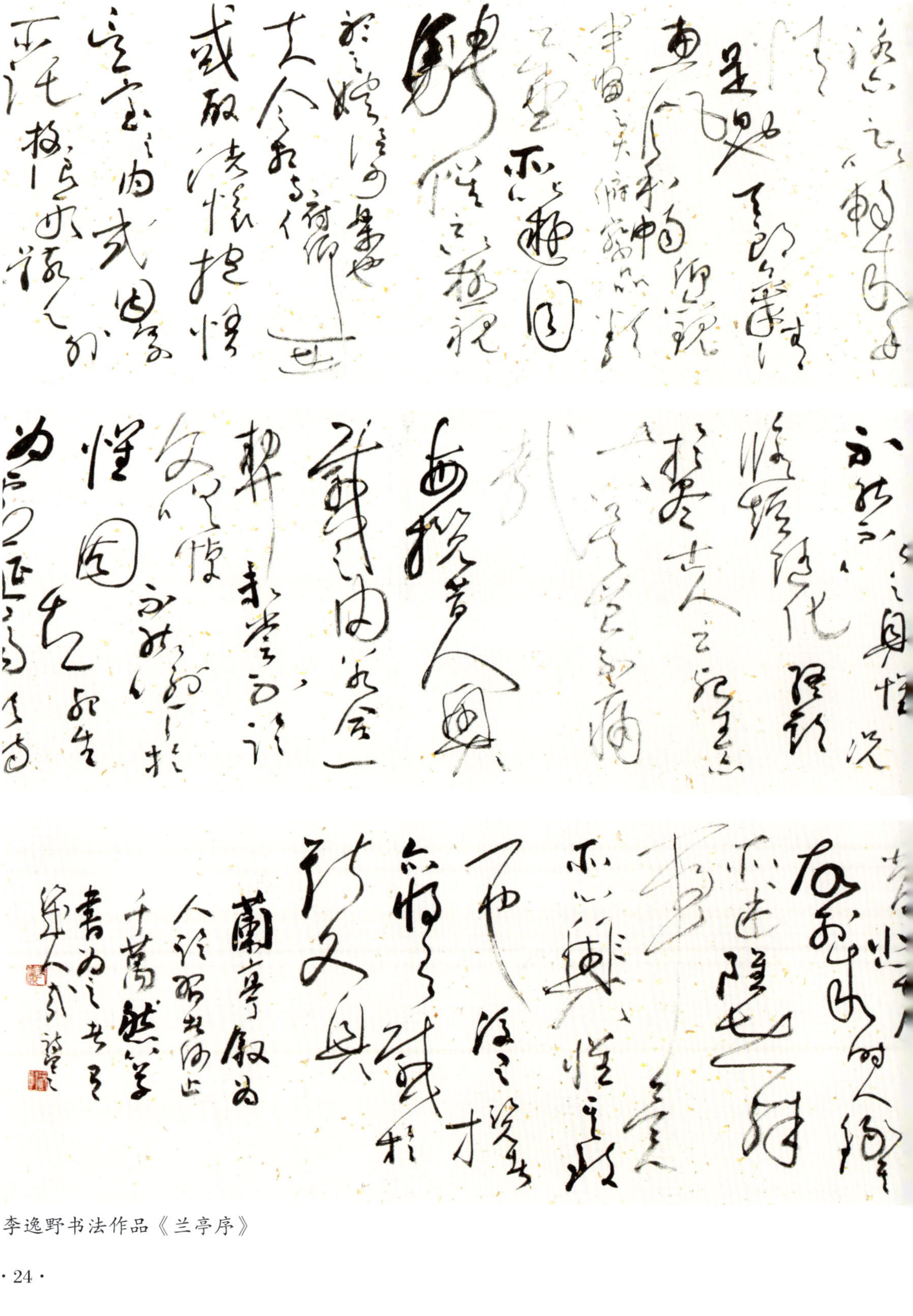

李逸野书法作品《兰亭序》

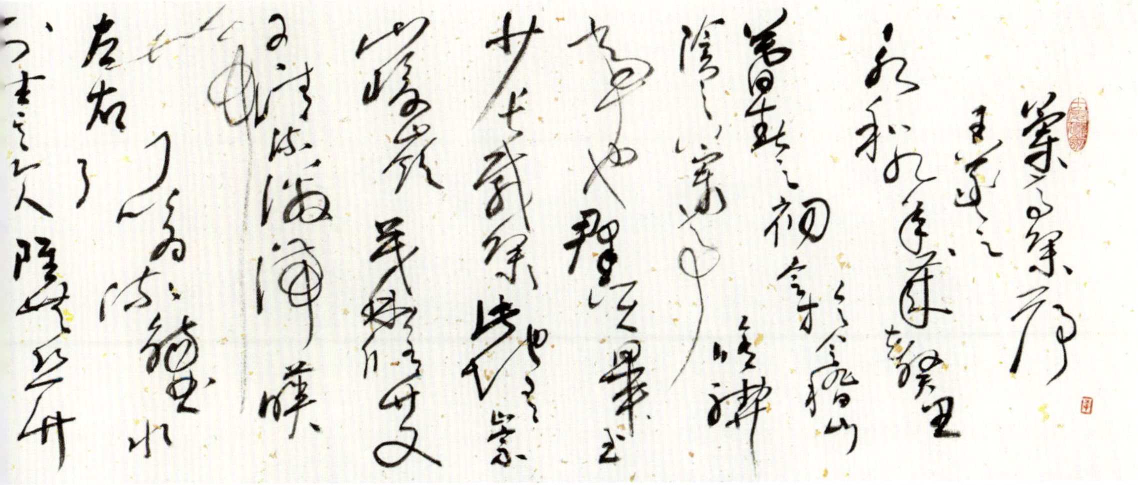

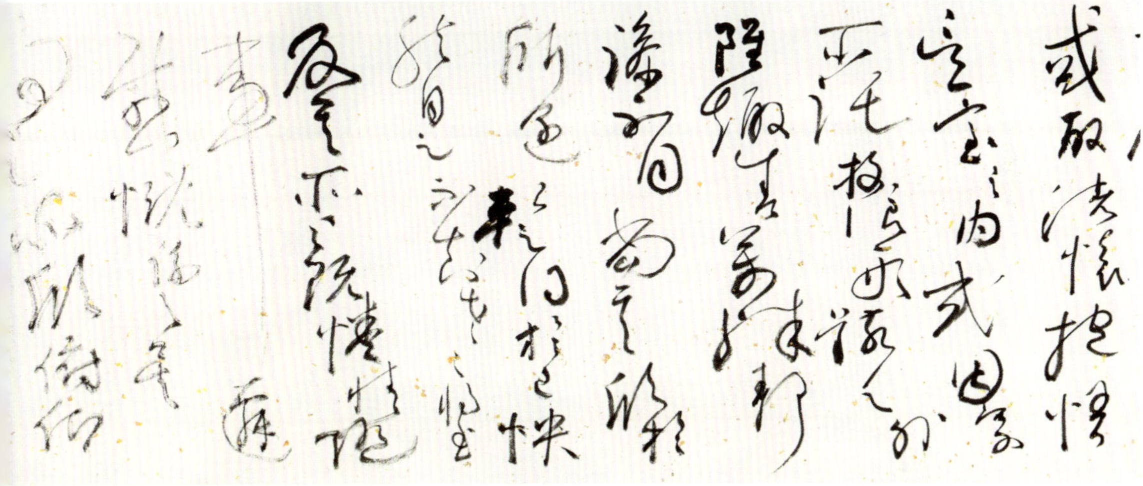

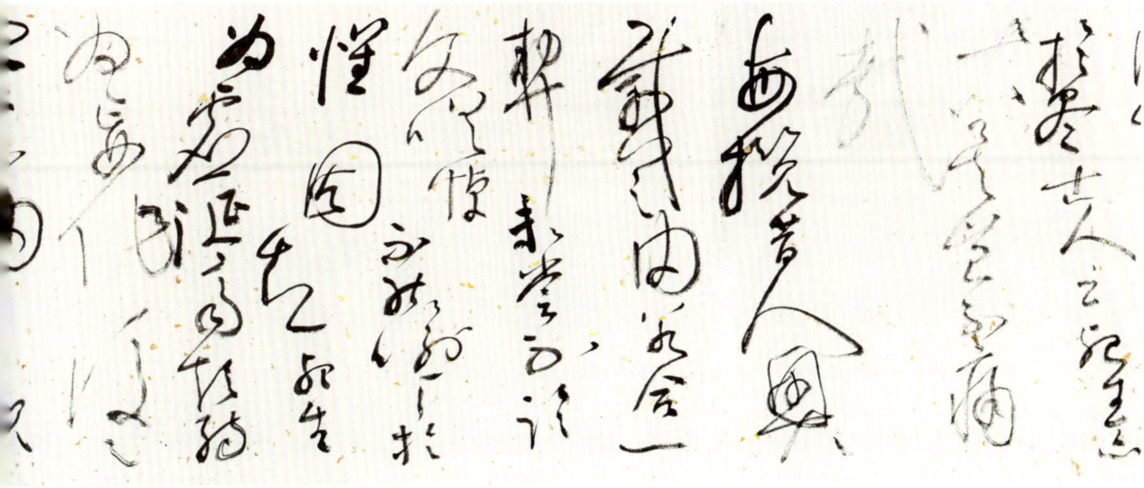

李逸野作品《荷花鸳鸯》

人生悲凉之寒气，川人居梁，经历迂曲，命运多舛，先生心头或许压着一曲《悲怆交响曲》，不平则鸣，其署名也就不难理解了。先生笔名中有一“诗”字，说明他对诗歌的衷爱，从他的诗句中，可见他乐观豁达、淡泊名利的人生态度，他以诗言志，傲骨凛凛，不惧毁誉，“生前身后两沉寂，毁誉何妨众口非”。他也是一个热爱生活的艺术家，也写寻常时日的悠然，丹青笔墨所带来的乐趣，“积雨固凉天，荒斋尽日闲。借来一支笔，写出半边山”（题画）。

先生是河南省文史馆馆员。抗美援朝上过战场，是新华社的战地记者。采访中身负重伤，1954年伤愈转业到开封日报社工作。先生入门书法较晚，48岁那年始临习怀素、王铎，晚年兼习篆隶、魏碑诸体，书风独具，高标于世。

许是受过战争的洗礼，他的血液里总是澎湃着一股激情，这激情体现在他的处世哲学中，这激情更是融入了他的书法艺术里。有人说，狂草书强调“山林气”。若无“山林气”，必易坠入“烟火气”，难脱俗格。

先生的草书之所以被人推崇，恰恰是有“山林气”。虽不似古人那般狂放不羁，炽烈癫狂，在性情上亦是“解衣盘礴、脱帽露顶”之人。先生67岁那年来郑，一住就是三天，每天在我的办公室“驰毫骤墨”，在观者掌声和狂呼中，作品亦被“抢”走，先生一笑置之的形象，永远定格在我的脑海里。

先生的花鸟画与其书法一脉相承，于灵动浓淡的墨色中，晕染出深得意趣的空灵，笔简意赅，淋漓超脱。他送我的一幅仕女图，画的是春末景色，一仕女立于寂寂庭院，颇有“落花人独立，微雨燕双飞”之感。

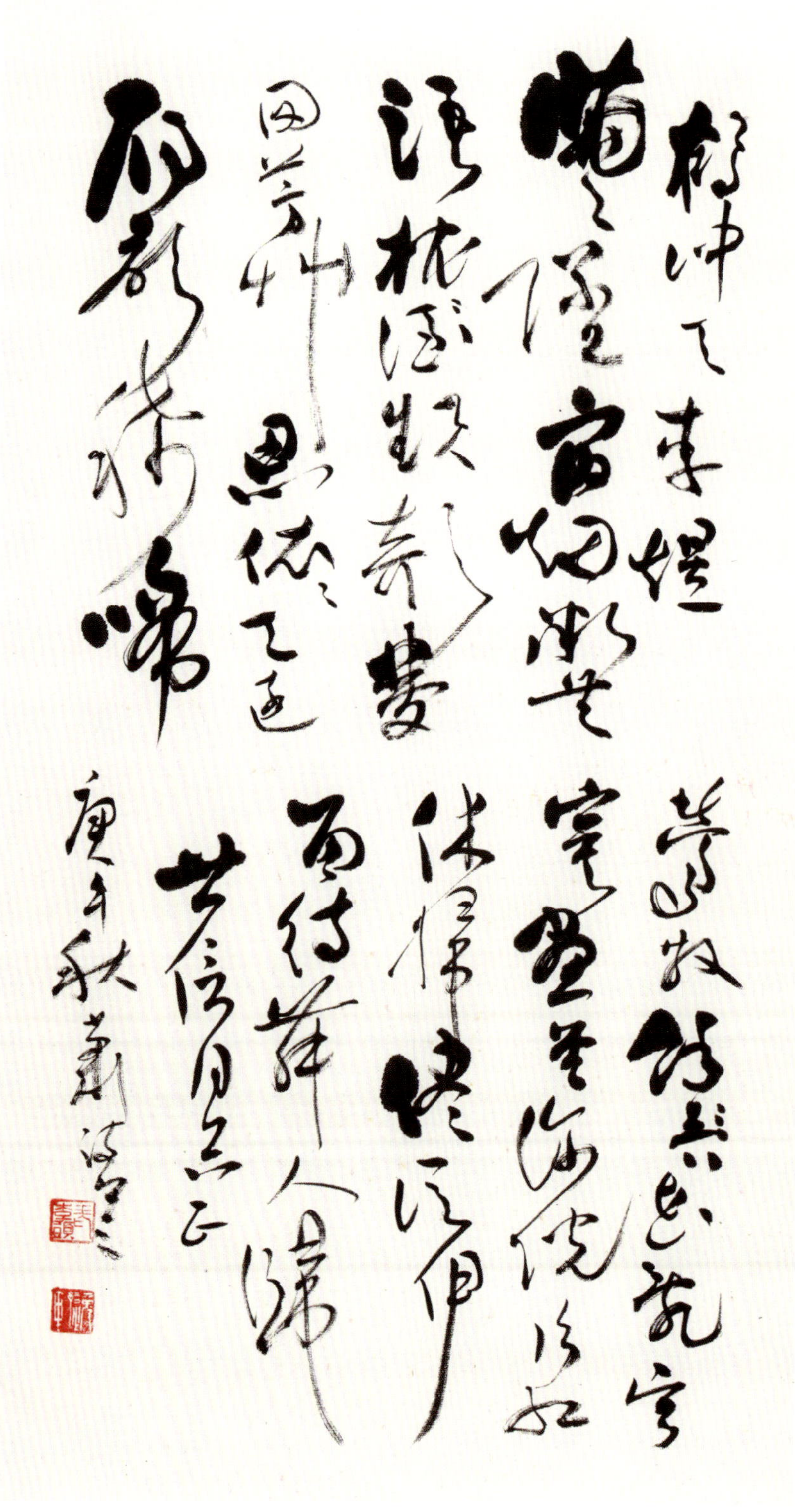

李逸野书李煜词《喜迁莺·晓月坠》

先生性耿介，狂狷，不事权贵，与外界少有交往，在先生身上的一些逸事，成为文化圈的茶余谈资。一些让别人不可思议的事，对他再正常不过。我几次想问他传闻的真实性，随即缄口，怕这个真真切切的人胡乱“放炮”，惹出不必要的麻烦。艺术需要独立的人格来支撑，来建构，在一个人的艺术世界里，个人就是一切，个人就是“大皇老子”。

先生是一个有风骨的人，在汴工作时曾拜访先生居所，进门放一床，一桌，一椅，再无下脚之处，屋里阴暗潮湿，弥漫着发霉的气息，以先生的资历和声望，理应分一套大一点的房子。问起为何不找领导说说，先生呵呵一笑，“有个窝就算不错了，我是不求人的。”真应了句古语：君子安贫乐道。

先生是一个重情义的人，我与先生交往虽然不多，但心里常惦念着，手头藏有其长卷、册页、条幅若干，我视若珍宝，拜观时有清风拂面、玉落珠盘之感。

先生因耿直，说话直抒胸臆，常发宏论，大有当今书坛舍我其谁之气概，这本来算不了什么，性情使然，无可厚非。话又说回来，书法家说自己筐里有烂杏的有几个？在我看来，先生抱笃守志，其遗世独立的风范，令人尊敬和仰慕。杜甫这样形容张旭：“脱帽露顶王公前，挥毫落纸如云烟。”这句话用在当今以草书闻达于世的李先生身上，并不为过。

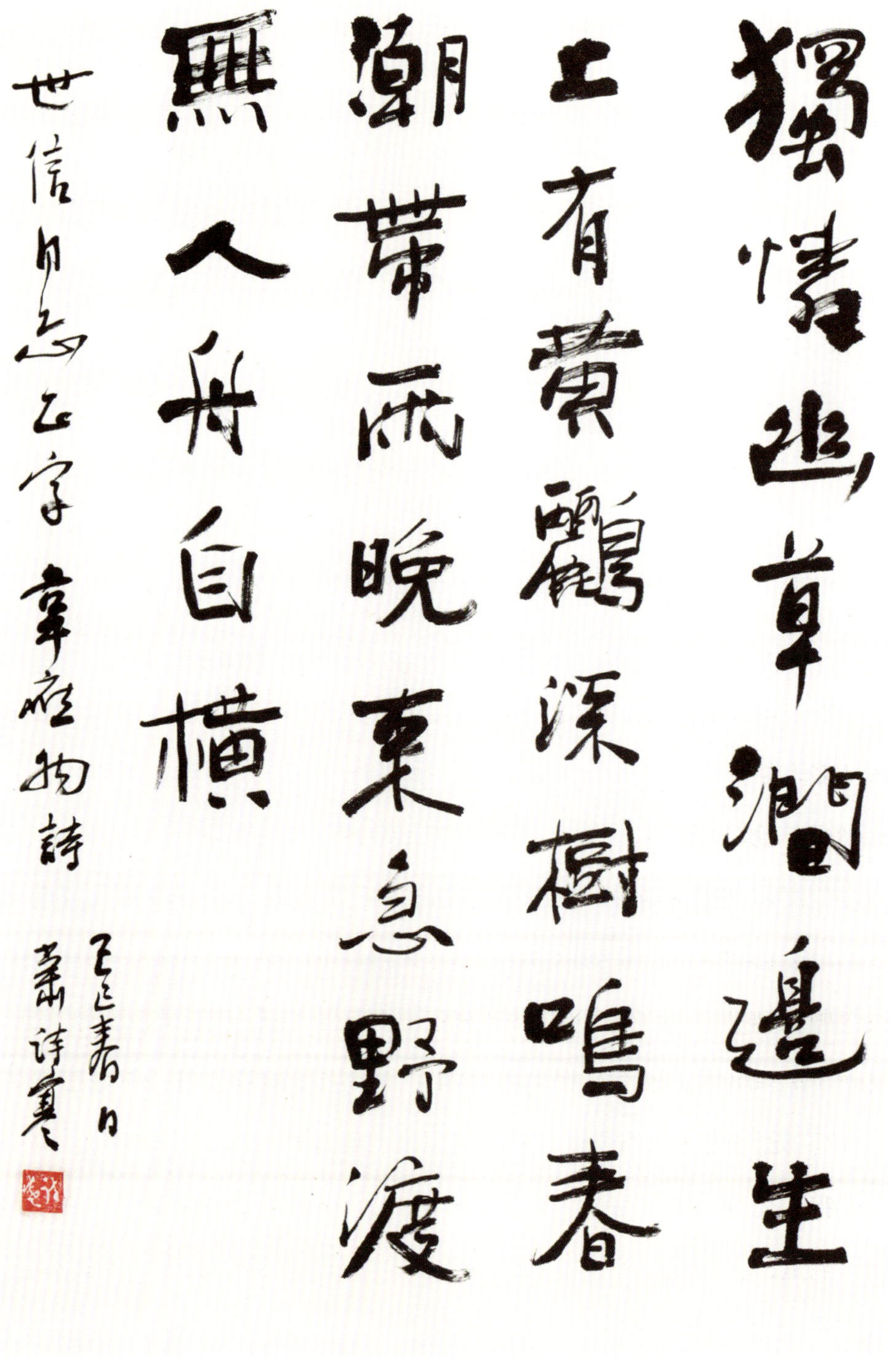

李逸野书韦应物诗《滁州西涧》

虚竹幽兰话桑凡

近日与书法界朋友品茗清谈，议及现当代几位开封的中州名士，感慨良多。有友禁不住扼腕，说现在这样的老先生不多见了，桑凡即在议中。论书画、论品质、论人格，桑先生堪为人镜。桑凡是河南省文史研究馆馆员，河南文史馆出版有《桑凡书画篆刻选》。2004年被河南省委宣传部、河南省文联授予“德艺双馨艺术家”称号。桑凡出身浙江名门望族，祖上曾为清代官员，母亲是杭州钱家闺秀。少时桑凡由母亲带大，幼年受教于陈鄂年、邹延銮、寿石工等宿儒。大学毕业后定居汴梁，又受教于诗词书法大家靳志先生。

我与先生交往，始于20世纪80年代。他住在开封胭脂河一处普通的民宅里，客厅、卧室都挂满字画，墨香扑面。屋角处摆有古钟十数座，嘀嗒声恍若梵音。每去，先生必沏茶递烟，相待时令鲜果。文人逸事，历史掌故，先生知之甚丰。说到尽情处，竟忘饭时已过。先生时有书画

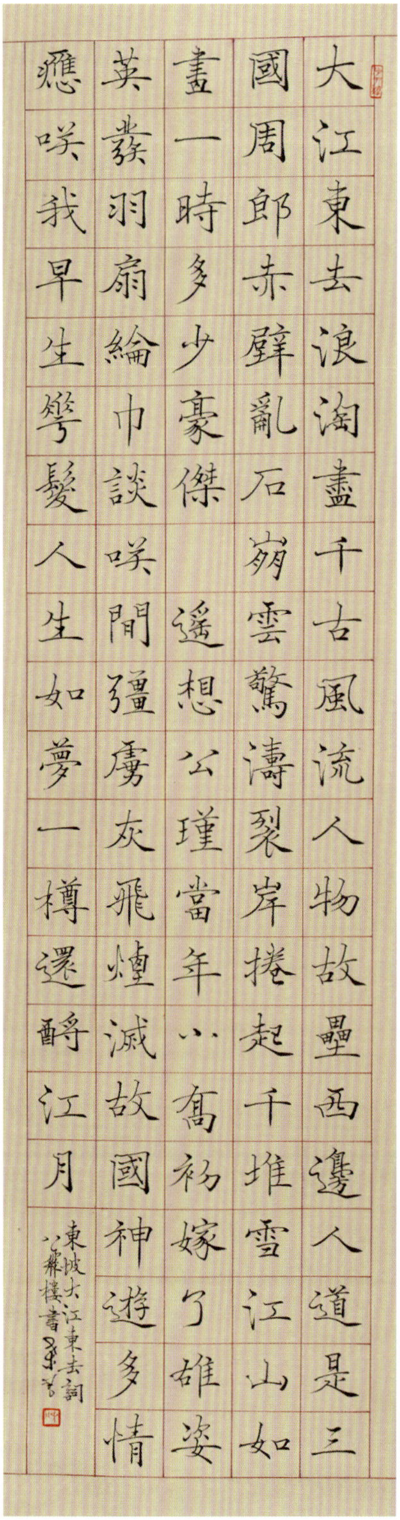

桑凡书苏东坡词《念奴娇·赤壁怀古》

相赠，其泥金正书《般若波罗蜜多心经》，款署“佛弟子弘济沐手书”。作品结体稳健，丰润遒丽，给人云水含烟、月照禅心之感。

其行书，赵松雪行书册、董玄宰跋题诗，格调昂扬，遒劲浑厚，转折处笔画棱角凸显，线条刚劲老辣，若鹰旋空，给人凛然千钧之势。其篆书白居易《香炉峰下新置草堂即事咏怀》，有文质互彰之美：“有松数十株，有竹千余竿。松张翠伞盖，竹倚青琅玕。”结体圆润饱满，丰采奕奕，郁勃灵动的生命力，横溢其间，依稀可感诗里松声竹色之光华，可触幽雅繁茂之气象。

其扇面，无论是娇艳怒放的芍药，还是气吐幽香的兰花，都韵味独特，有一番对世间万物的独特怜爱。先生惠赐，既无攀附之嫌，更无获利之算，是先生始终散发着艺术清芬的内心使然，也是我们友谊甚笃的见证。

桑先生曾对我说过，20 世纪 60 年代初，他与武慕姚、李白凤二位先生在汴结成“金梁印社”，三人亦被誉为“金梁三子”。对于桑先生的印章艺术，李白凤先生尝有印跋说：“邃于金石文字，兼娴绘事，其印章出入完白山人、西泠八家之间。”武慕姚也有诗云：“风标自是孤山格，疏影还媲竹韵清。”著名篆刻家沙曼翁曾对资深报人赵光华说“河南印坛，首推桑凡”。

“金梁三子”与著名作家、学者施蛰存先生的翰墨书信往来，在文史上留下一段佳话。1972 年 5 月，施蛰存在诗中这样描写时年 40 多岁的桑凡：“春衫白袷子桑子，好学深思未渠已。红尘白日谋稻粱，黄卷青灯涉文史。十年染翰柿填门，臣斯妙迹参差是。”施先生还为桑先生所藏的清人英宝《花瓶图》画卷作诗并题书。桑先生则先后为施先生精心画

桑凡书张若虚诗《春江花月夜》

世信染翰

赵世信

世信

桑凡篆刻作品

制百幅信笺，并赠刻几枚印章。施先生赞画笺“秀雅扑人眉宇，极是佳作”。

“虚竹幽兰生静气，和风朗月喻天怀。”一如桑先生书写的行书对联，寓意了桑先生的艺术与人生。谈及自己的书法，先生总是说，我写的东西不算什么。在世人眼里，他早以书名满天下了，但他还是说他“不是什么书法家，只是一个票友”。口头上这么谦逊一下还罢了，他还把这种自我“诋毁”写到简历中，“曾学书画印刻，唯生性鲁钝顽劣，虽经师长们口传指授，终未能领略艺术的奥秘。胡涂乱抹的所谓作品，皆覆瓿物也”。多数人书写简历，都极力堆积头衔与荣誉，所获奖项之类，桑老却用寥寥数语，把自己的身段放得那么低，落款常署“瓿翁”，可见先生之低调了。

每次和同道谈起桑先生的高行大德、书艺人生，心里便溢满崇敬之情，其皎皎人格感人心怀。相濡以沫的妻子身患重病，起居不能自理，吃喝拉撒、洗洗涮涮都是先生亲力亲为，如是近三十载，直到妻子故去。从家庭到社会，桑先生心中都充满了爱心，充满了沉甸甸的责任感，每有为书画爱好者开设的讲座，他都乐意前往，义务讲授，为灾区募捐，他总是踊跃当先，用自己的书画艺术为受灾群众送去浓浓的暖意。王宝贵先生为此曾向我大发感慨，以桑先生这样的德行，走在他后面的我们，就不是“任啥儿”（开封方言）了。

2016年2月3日，桑先生仙逝，终年85岁。著名书法家李逸野痛悼桑先生：“嵩岳星沉，夷门月冷，中国当代无小篆矣，无小楷矣！”他说出了我们的心声。

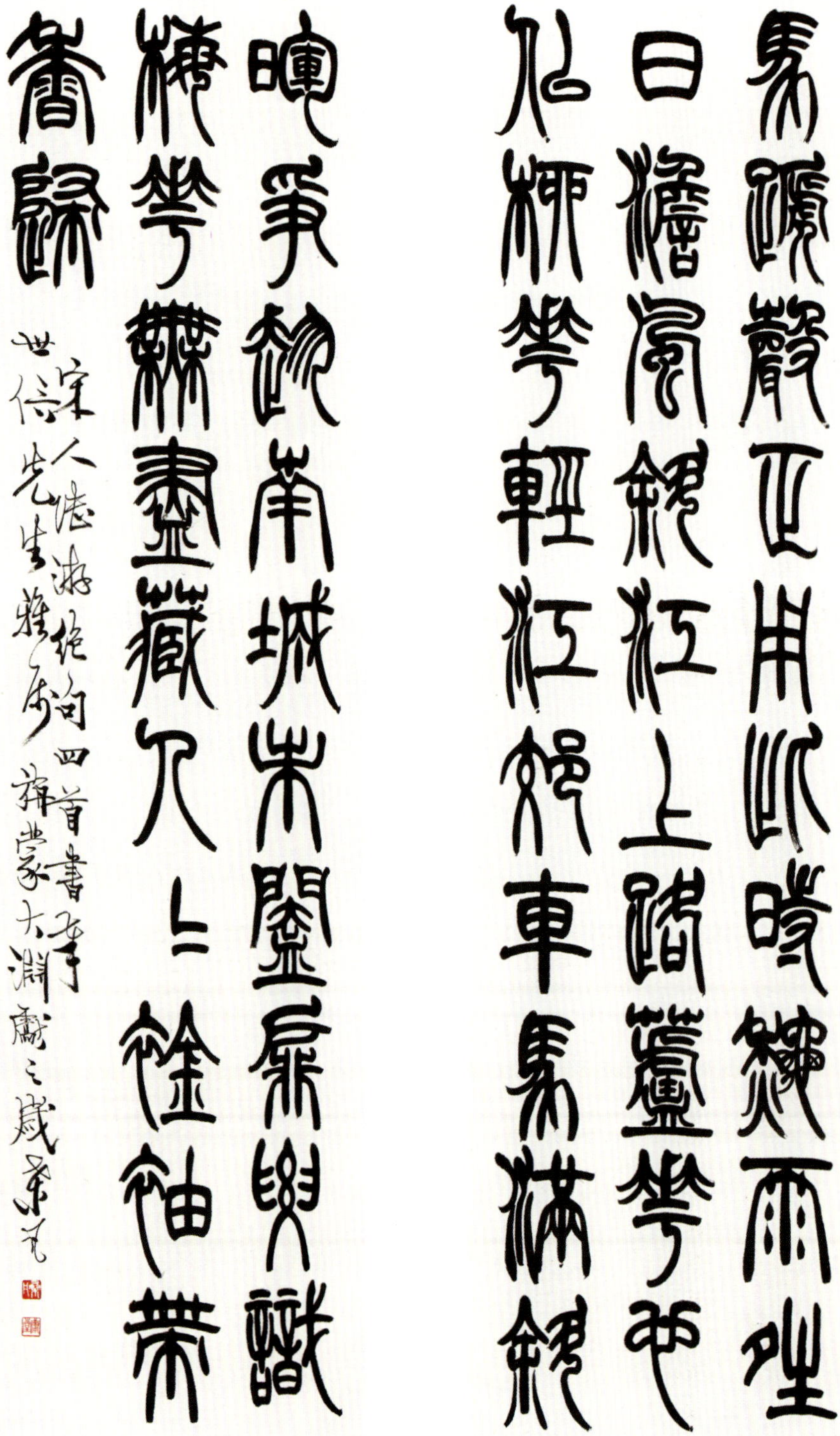

桑凡书陆游绝句四首

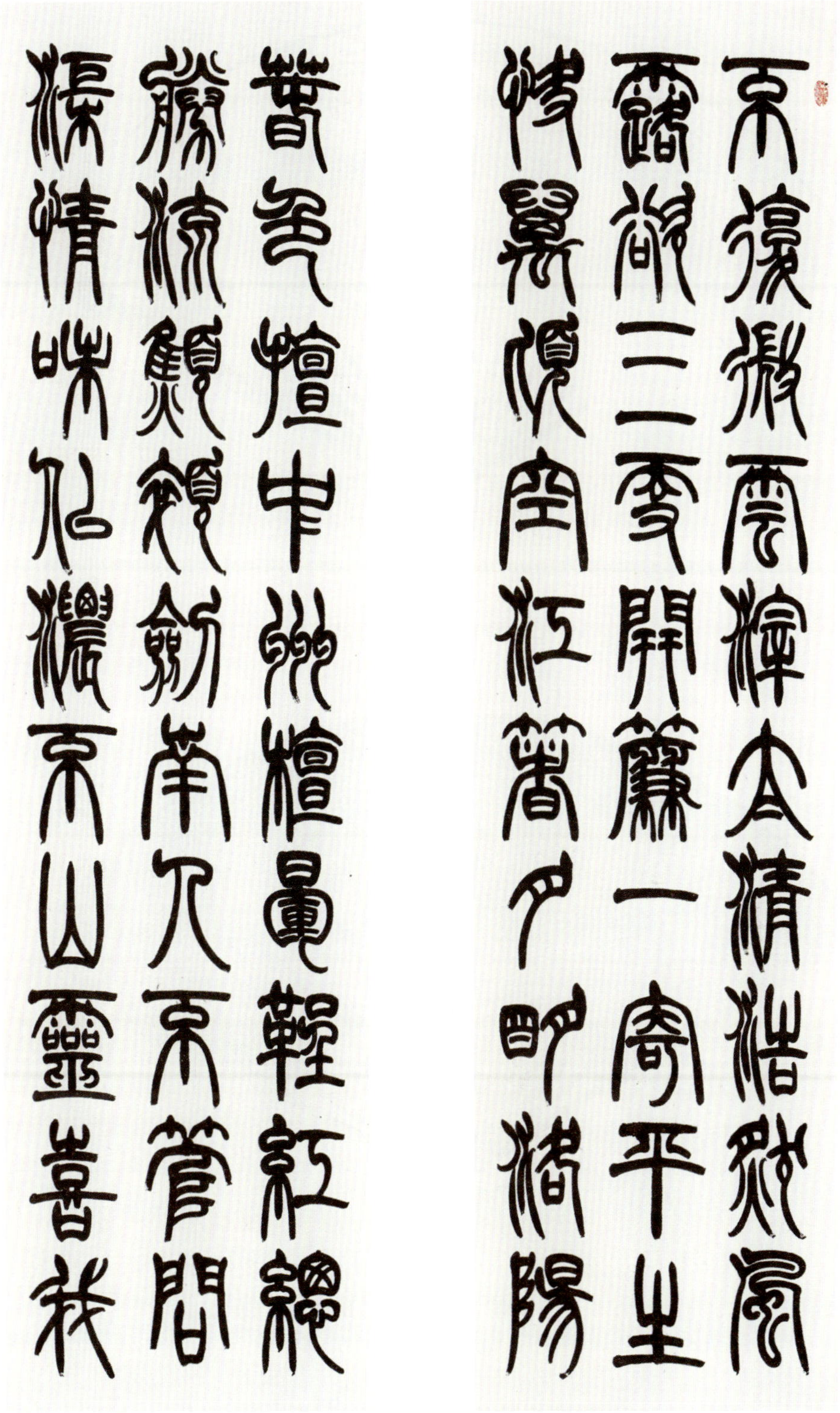

桑凡书白居易《咏芍药》

桑凡书吴镇《题画竹诗》

南丁是一面旗帜

——在南丁新书《半凋零》座谈会上的发言

南丁是一个比我老的老头儿，私下里他叫我“姐夫”，是其夫人张颖比我爱人孟昱卿小两岁的缘故。我对南丁说，你的精气神都比我好，是比我年轻的老头儿。他瞟了我一眼，哈哈一笑，似乎算是认了。他在文艺界又是一个人人待见、受人敬仰的可爱的老头儿，一年又一年过去了，时间对于他好像不起什么作用，他总是微笑着出现在文艺界的各种会议上，像一盏明灯，一棵大树，给人指路，给人精神与心灵的慰藉。

南丁的《半凋零》这本书，有重要的文学价值和史料价值。他用笔墨告诉人们，他始终是文坛上一棵常青树，一位不曾退休的文坛宿将。

南丁是我精神上的恩师，又是我的老朋友。我和南丁先生最早认识是在 1982 年，那时我在仪封园艺场当场长，舒群率中国作家参观团去园艺场参观，陪同者就有南丁先生。在硕果累累的苹果树下，我们一起合了影，他问我当这个场长是自己干出来的，还是……我理解他的意思，不等他

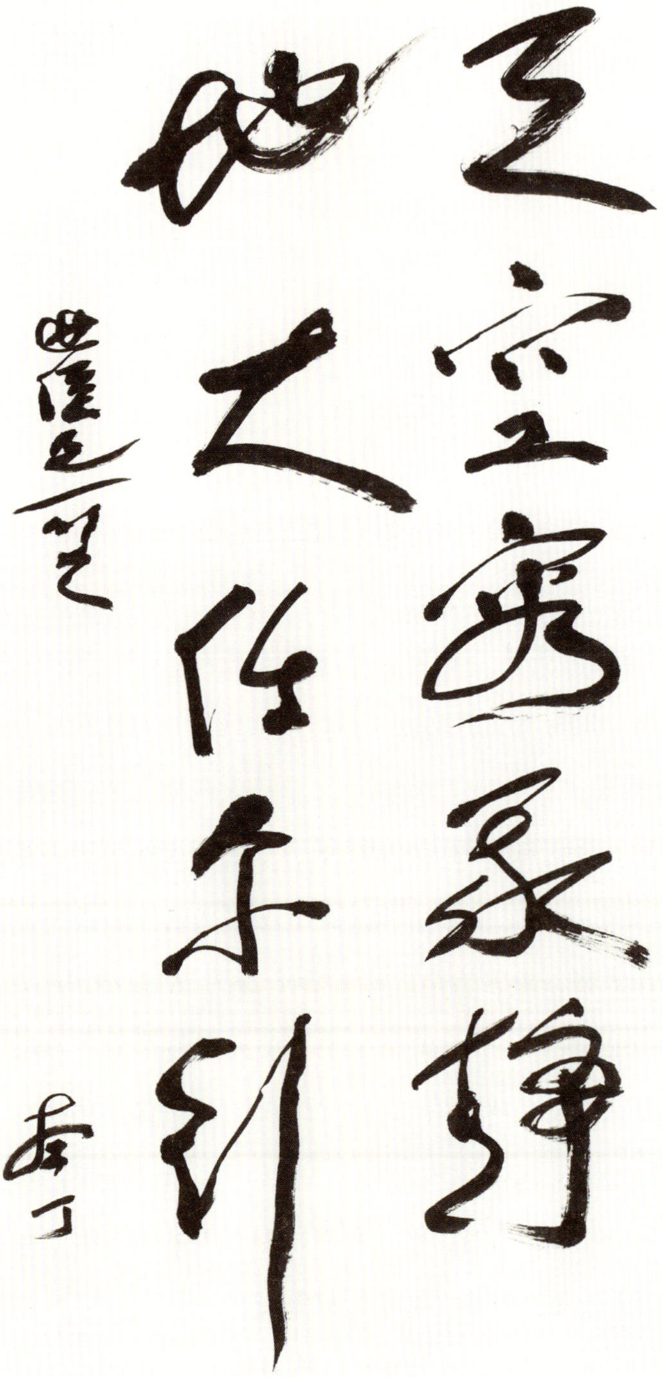

南丁书法作品

说完，我就答道，也许兼而有之吧！南丁和在场的人都笑了。他夸我反应敏捷、机灵，那时南丁刚五十出头，我景仰的这个大作家给我留下的印象是长者的宽厚，没有一点架子。从那时算起来，我和南丁先生认识也有三十多个年头了。

南丁是文坛上让人敬仰的高峰，是一面飘扬的旗帜，是文学豫军的奠基人。在我小学和中学时代，曾读过他的作品，特别是他的小说《检验工叶英》，至今还记得南丁写的那段充满着正能量的文字："叶英，她的心里充满了这样的幸福，个人和大家一起，为了一个崇高的理想活着，劳动着，斗争着，再没有什么比这更美好的了！"南丁先生遣词造句，简洁文雅，清新洗练，机智幽默，是一个高格调高智慧的作家。他的作品总是充满着现实的情怀，写的是生活的艰辛、庸常和矛盾，写来入情入理，亦庄亦谐，有血有肉，真实平实，妙语连珠，他用质朴的语言准确地描写出生活和人性的细微处和复杂性，尤其他在下营村写的那个生产队长王衍昭，那个要卖了牛来郑州看他的王衍昭，南丁为他的死而愧疚，而悔恨，而自责……总之我在阅读中时而有笑声溢出，时而有眼泪涌出，时而在沉思中获得教益，时而在共鸣处恨自己为什么不能像南丁那样表达。真羡慕你这个把文字玩到极致的大作家！

南丁的"丁"字很有意思，他不愧是河南文学园地辛勤的园丁，他发现了一茬又一茬的文学新人，比如佩甫，比如张宇，比如中禾，比如杨东明，比如孙方友，等等，经过辛勤培育浇灌，他们都成了河南文坛的主力，成了在全国产生重大影响的重量级作家。省直作家协会成立后，我们首先想到的是，要为河南文坛上的老园丁做点实事，于是就有了他的《南丁文集》

五卷本面世，文集是当代文学史的缩影，反映了河南在中华人民共和国成立以来文学艺术发展的轨迹。

南丁多才多艺，会唱很多俄罗斯歌曲，会唱意大利咏叹调，会唱陕北民歌、信阳民歌、安徽民歌，会唱我没听过的现代歌曲，他那动听的男中音将这些歌曲演绎得别有风味，摄人心魄，他唱的安徽民歌《一步一莲花》总让人难以忘怀。南丁不仅能歌，且亦善舞，他的艺术才情总能从生活的各个方面迸发出来。他有着一颗不泯的童心呀！

我不大赞同《半凋零》这本书名，你看他那双智慧的、深邃的小眼睛，你听他风趣幽默、机智而又富哲理的谈吐，哪里像八十多岁的老头儿？分明是四十八岁的年轻人嘛！他和他的“同伙”的艺术之树还常青着，生命之花还盛开着，哪有半凋零一说呢？真是！

南丁善良、宽厚、爱才，他提携了一批又一批作家，他从不妒忌别人比他写得好，他巴不得别人比他写得好，从某种意义上说他就是一个伟大的长者。古人云“仁者寿”，再加上有可爱的张颖相伴，他活得有模有样，有滋有味，他一定会春秋不老，欢乐远长，“苍龙日暮还行雨，老树春深更著花”，南丁的创作生命还长着呢，他的文学枝头上将会挂满更多的甜美果实。他给我说，他的回忆录《经七路三十四号》已写了 19 万字，年关左右即可付梓，我期待着他的更加优美、更加老道的文字供读者享受。

南丁没走

——在南丁追思会上的发言

今天来参加南丁先生的追思会，不同于之前参加的他的《半凋零》研讨会，也不同于我们平时常常相聚的饭局，痛失师友，令人格外伤感。我在上学时就读他的《检验工叶英》，到1982年他带领作家代表团到我任职的仪封园艺场采风，从心仪到相识相知已有三十多个年头。他的音容笑貌犹在眼前浮动，他用地道的家乡话演唱的“鸡蛋没有鸭蛋光，男孩子没有女孩子香。去年清明亲一口，今年重阳还在香，妹儿哟，好比蜂蜜蘸‘洋糖’”仍在耳畔回响而挥之不去，让人感觉他并没有走，他就在我们身旁，就在我们心里。他静静地、默默地含笑看着我们大家，看着人间的春秋物华，关注着河南文学界这块姹紫嫣红之地。

南丁先生被大家共认为新时期文学豫军的旗帜和掌门人。他在发现、培养、扶持、造就创作队伍和创刊方面，长期不遗余力，慧眼识才，为文学豫军的树立与成长付出了毕生精力和心血。在座的很多文学精英就是他发现、培养、扶植起来的。生前可谓耆宿大贤，身后所具有的美好德行令人高山仰止。

他没有走，他的智慧与幽默、儒雅与真性还影响着我们，正如一首诗中所写的，“有的人死了，他还活着”。他所留下的精神财富值得我们在座的每个人沉思，值得我们在座的每个人继承和践行。

他没有走，他的灵魂还在，他的精神还在，他的皇皇文集还在，他留下的文字值得我们细细品读。他所关心关爱的文学事业还有待大家共同去推动。他在座谈会所说的“我们河南作家群体所创造的文学，必将灿若夏花。这也是我作为一个文学老兵的衷心祝愿”犹在耳畔。

他没有走，他的通达、他的对生死的参透，正像他在《半凋零》一书中所说的，“花开花谢，自然规律”。尽管他这样说，我们还舍不得他走，我们怎舍得他走呢。他真没有走，他活在我们心里，我们活在他的歌声里。南丁曾经说，“悼念文章，就是写来让被悼念者永远看不到的文章”。但我相信，我以上这些话，他在天国里是能听得到的，因为他没有走。

依旧青山绿树多

——记史永深先生

手里有史永深先生的一册《大河风》书法卷。顺手翻阅，内容题材甚为丰富，《般若波罗蜜多心经》《宣和书谱句》《迎奥运自作诗》《王羲之句》《郑成功诗》《李易安词联》《兰亭序》等，横披、条幅、手卷、扇面，或诗词，或箴言，楷书、行书、隶书，折射出书家的学识与视野，以及对书体全方位的驾驭能力。

最喜先生《咏四季诗钞》四幅作品，巧妙地将四位不同时代诗人吟咏春夏秋冬的四首诗联缀一起。窃以为四首诗是此书法集中最为生动畅达、翩然生姿的作品，通篇毫无拘谨生涩，在法度中尽抒胸臆，在点画线条中打开了最为精彩的艺术华章，思想之自由诉诸笔墨之自由，因而酣畅淋漓，趣味横生，犹如四季之画卷，为读者解读了春之生机、夏之热烈、秋之灿烂、冬之静纯，其内容与形式得到完美的统一融合。

书有两途，或尚势，或尚韵。史先生之书是“尚势”之书，这与他

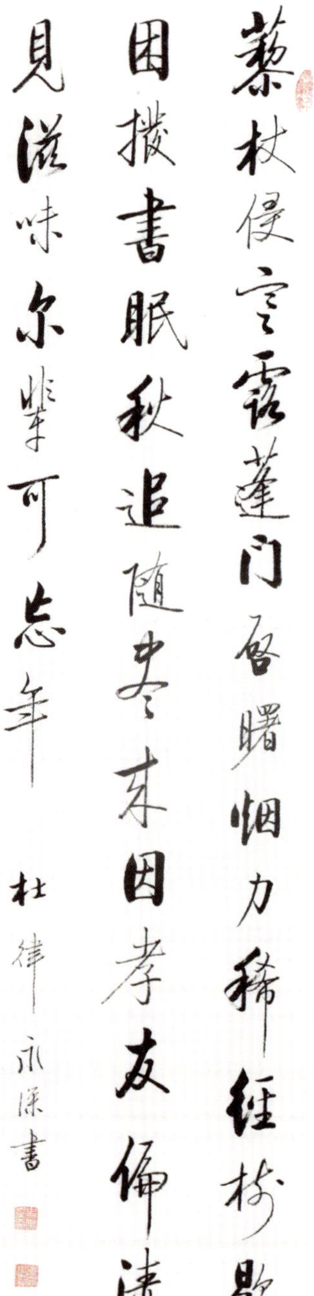

史永深书杜甫诗《九月一日过孟十二仓曹、十四主簿兄弟》

昂然向上、志存高远的精神世界有密切的关系。

清代刘熙载云：“书，如也。如其学，如其才，如其志，总之曰如其人而已。”一个人的性格，或豪放或婉约或拘谨，大致可以从书法的风格中体现出来。史先生一生从政，胸怀宽广，从善如流，其书风刚正洒脱，毫无黏滞拖沓之嫌。其书法中气十足，从骨子里溢出执着、超迈与雄强。

追溯其书法渊源，史先生从小自读私塾起，就开始与毛笔字亲近，童年的史先生和朋友们的游戏就是在干硬的盐碱地上比写字。“用碎碗片做笔，用大地做纸，写出来的字一顿一提都充满了力量。那时我们小孩儿们就比谁写的字好看。”史先生的童子功大抵从那时开始练成。在先生成长过程中，因为他“写字好”、人品好，而助推他事业上取得成功。上小学时，他曾在宣传“抗美援朝运动”中崭露头角，他站在条凳上写壁字，引来群众围观夸赞。上中学时，因为“写字好”成了学校办黑板报主力。参加工作后，几次调动都是因为字好、文章好受到领导青睐，且不管是写简报、领导讲话、起草公函，还是写计划、总结，竟然都是用毛笔书写，其书法功力可见一斑。

想来因为史先生一次次的人生“好运”都与“字好”有关，则更加使其生发了对书法艺术的热爱，也为他注入了持之以恒追求书法艺术的不竭动力。

史先生初习赵孟頫，兼临欧阳询、怀素、“二王”等名家法帖，打下了书法艺术的基础。及至退休，此志不辍，对启功大师书画艺术倍加热爱，日复一日专心临摹，反复琢磨其书法特点与规律，自觉长进后，又带着习作赴上海、郑州找著名书家指点，得到肯定与鼓励。史先生经过

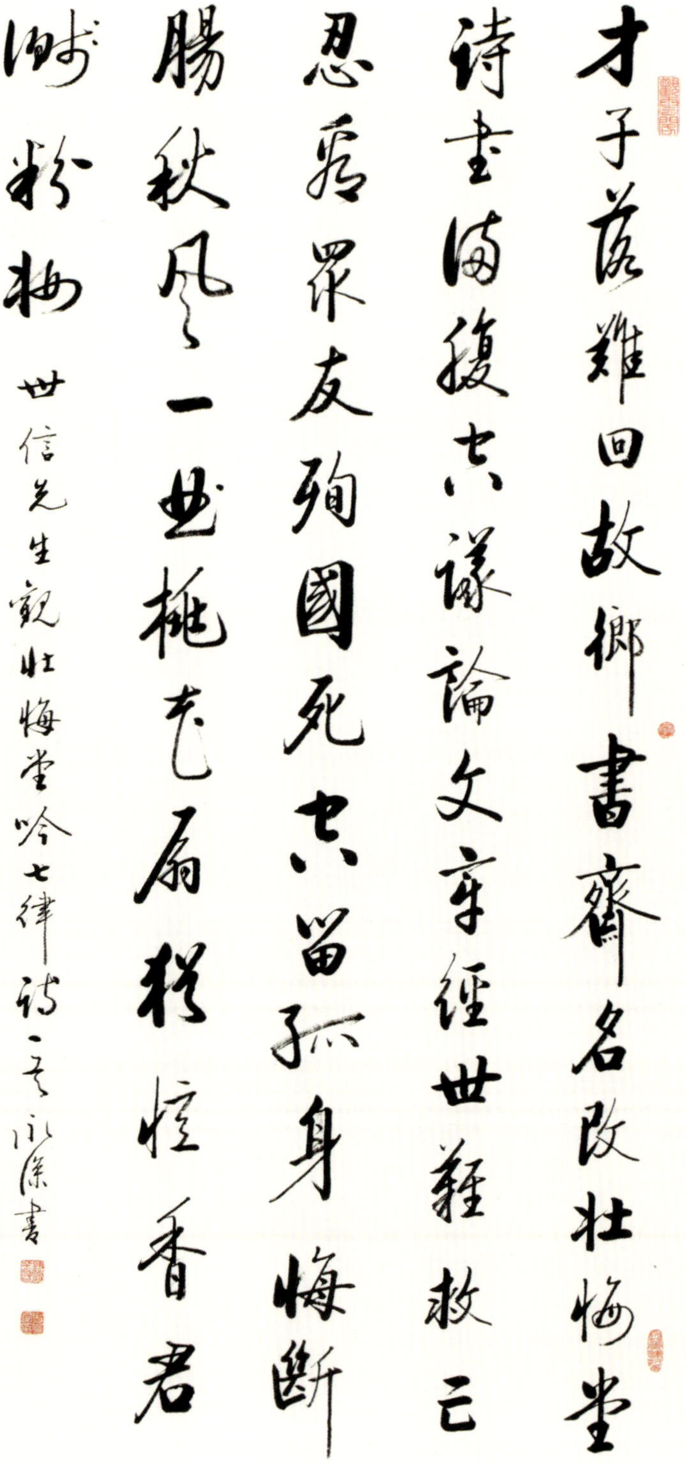

史永深书赵世信诗《观壮悔堂》

十几年不间歇的学习、临摹、领悟，在书艺和书理方面有了进一步提高。其特点为结体严谨，根基牢固，疏密兼顾，流畅秀朗，刚柔相济。

史先生的书法并非一味尚古，囚在书斋里不出来，而是力求使作品具备艺术性、观赏性、时代性和个性。先生已是耄耋之年，仍于书法道路上孜孜探索，力求笔墨紧随时代，写出贴近生活、贴近时代、师古创新的精品，精神可嘉。

令人感佩的是，史先生豁达大度，淡泊名利，与人为善。五年前一日之内连遭两次车祸入院治疗，得知肇事者是进城务工农民，伤痛中的史先生顿生恻隐之心，放弃赔付，自理治疗费用，其宽厚爱心、悲悯情怀令人肃然起敬。

史先生身为商丘仓颉书画院院长，全身心致力于书画事业，成立伊始，即坚持为书画院成员书画艺术的提升、书画院的发展竭尽心力，举办展览、定期交流学书心得、为书法爱好者授课、为捐助贫困学生义写等，使商丘仓颉书画院成为当地颇具影响力的群众艺术团体。

我与先生是同道，又是同乡，相交久矣。平时常相通音讯，互致问候。2014年岁尾，我偕同几位书画家回故里，此行一是为父母大人祭扫，二是参加一个画廊的开业典礼，更想拜望史先生。感人的是，史老闻讯，匆匆从写春联的乡下赶来与我相会。他步履踉跄，面色潮红，精神恍惚。用手触其额头，知他发烧，便催促他回家休息，他坐我身旁，久久不肯离去。

回乡两日，一直被浓浓的乡情所包围。遗憾的是，我与史老始终未能畅叙。

史老号铁翁，人如其名，可谓铁骨铮铮，刚正不阿。因为写得一手“启功体”，达到几可乱真之至境，便有趋利巧营之徒找上门来，口吐莲花，持孔方兄，只要史老在自己作品上署上“启功”二字，要多少钱都给。史老一生清贫，却恪守做人准则，不为利益所动。凛然曰：“把我看成什么人了，以后不准进这个家门！”其傲然风骨，可歌可颂。而面对多年的墨友，他却敞开胸襟，赠以翰墨，不取分文。我在不同时期创作的散文《梦画小记》、诗歌《云南印象》和歌咏家乡的诗，史老均以楷、行、隶多种书体创作完成，或遒劲隽永，或老辣刚劲，均为上乘之作，概是文人与书家心灵、学养之无声交融，书品与人品相映成辉。

“昨夜扁舟雨一蓑，满江风浪夜如何。今朝试卷孤篷看，依旧青山绿树多。”这是史先生录朱熹的感时之作，历经人生的风风雨雨，放眼 21 世纪我们生活的新时代，美好在望，来日可追，对笔耕不辍的史先生来说，用“依旧青山绿树多”来形容是恰切的。

年前一别，颇有几分感怀，捧读史老作品写下以上文字。我愿这位可敬的老人艺术生命长青。

人正书正

——《史永深书法楹联选粹》序

古有钟张之绝，今有舒启之妙，尽得书法之真谛。观史公之楹联选粹，灿然华滋，喜之，爱之。史公嘱作序，仆诺诺。

史公永深，号铁翁，古虞氏人。幼而聪敏，长而慧智。幼倾心书法，瓦片作笔，大地为纸。从政后所写文案，皆以玉管书之。耄耋之年，毛颖亦时不离手。

史公习书初入赵孟頫，兼临欧阳询，广涉魏碑、汉隶、金文、石鼓，日复月累，春秋磨砺，有雄强之意，无拖沓之嫌，流动古拙，节律跳跃，尚古不泥古，悟创兼具。笔墨随时代，精神上阶境。

史公铁骨铮铮，刚正不阿，恪守艺德，嗤鼻趋利之徒，实吾辈之楷模。

草此短文，以颂史公人正书正之艺之德。

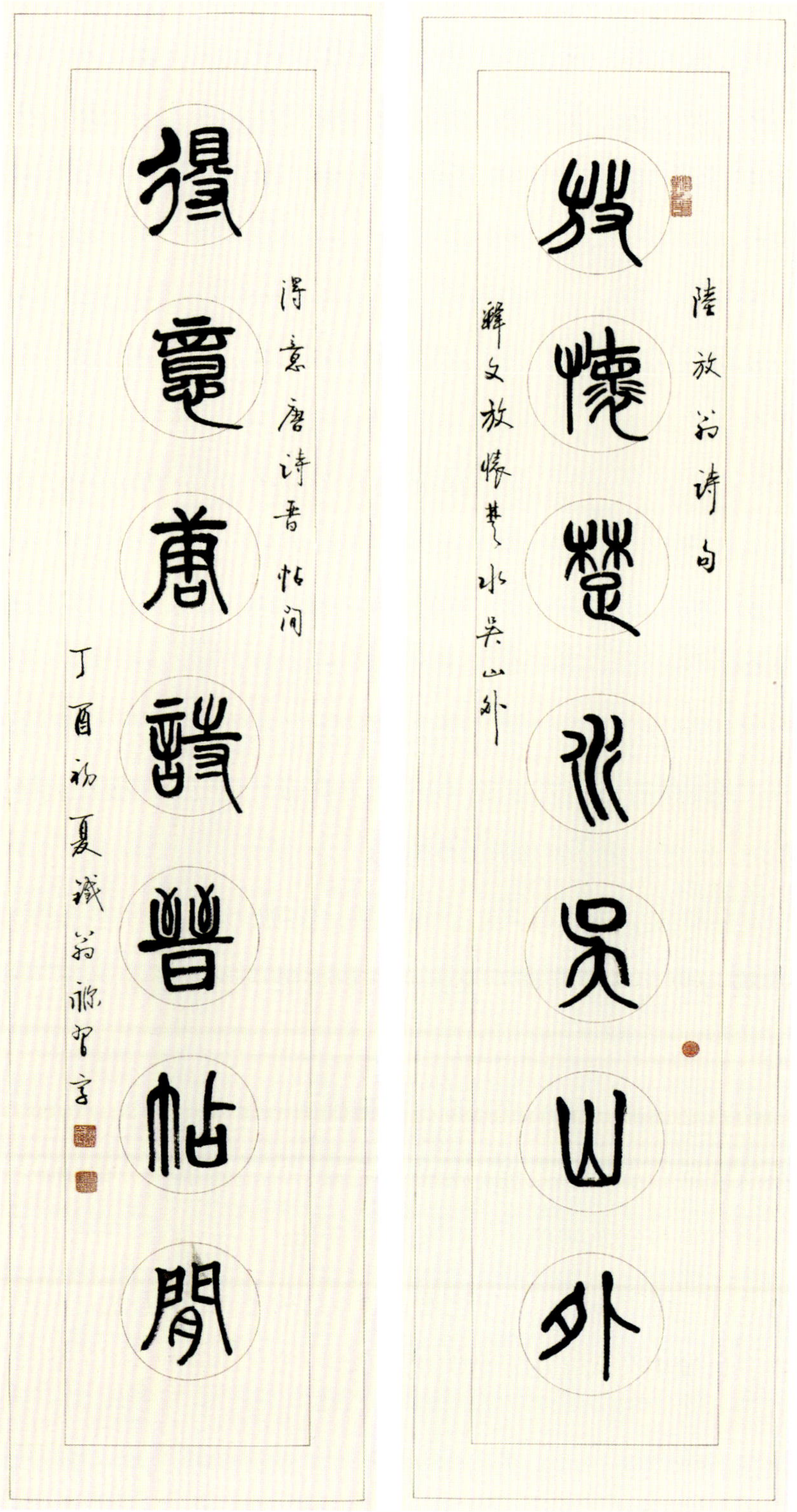

史永深书『放怀得意』联

置身黄土绘苍生

——记曹新林先生

2014年5月16日，是曹新林终生难忘的日子，他用大半生心血创作的油画作品，在中国美术馆号称“中国美术第一墙”的圆形厅展出，艺术界前辈、新秀，资深评论家，著名教授、学者和美术爱好者慕名前来观看，展览轰动京城，好评如潮。有观众留言：“曹先生可称得上当代最具实力、最有作为的油画大家，称得上真正的人民艺术大师。”这是对新林从事创造性劳动的真实评价，亦道出了业界人士的心声。可以断言，曹新林的名字会在中国油画史上有浓墨重彩的一笔。

1964年，刚满24岁的曹新林从广州美术学院油画系毕业，在河南许昌县一个较为贫困的村子里落户，和饲养员老大爷在牲口屋同睡一张床，同盖一条被，长达一年之久，这种刻骨铭心的经历，在年轻的新林心里烙下深深的印记，使他从灵魂深处脱胎换骨，成为他一生享用不尽的精神财富。

曹新林油画《穿迷彩服的老人》

如今半个多世纪过去了，有着浓厚农民情结的新林须臾没有脱离过基层，没有离开过生活在最底层的农民，分担着他们的痛苦，分享着他们的欢乐，为他们鼓与呼，他创作的近千幅油画作品中，大多都是感人的农民形象就是明证。新林怀着对河南这片热土深厚的情感，描绘着这里的山山水水、风土人情，刻画着黄河子民顽强不屈、昂扬向上的精神。

1984年，正值人生盛年的新林成名作《粉笔生涯》横空出世。作品中的老教师，佝偻的背影，满头的银发，清瘦的脸颊，还有那粘着粉笔末、显得有些宽大的中山装，给人留下抹不去的印象。创作这幅作品时，新林在郑州市青少年宫担任美术教师，那时正是一个师资匮乏而又渴望知识的年代，尽管画面上看不到一双双渴求知识的眼睛，但从那个老教师兢兢业业的神态上，分明让人看到他正在播撒着知识的种子，散发着他的余晖、他的光亮。这幅作品紧扣时代的主题，抓住了那个时代人们所要表达的思想。时间过去了三十多年，一个时代的背影早已轰隆而去，但现在重新审

曹新林油画《粉笔生涯》

曹新林油画《午夜月色》

视这幅画作，他所塑造的牺牲自己、照亮别人的“蜡炬”形象依然熠熠生辉。凡是经历过学生时代的，站在这幅油画面前，都会对从事着天底下最神圣职业的老师生发出一种感恩之情。

油画艺术的生命力主要来自它对现实生活的关注，它给人们提供美感，在美的形式中，给人们以感情的陶冶和思想的启迪。新林的绘画作品，大多都紧扣时代主题。比如《留守山岗》《军嫂》《村委会》《午夜月色》《寂寞的梨花》《年后》等，这些题材或轻松，或沉重，或诙谐，或浪漫，但都是来源于现实生活，是对现实生活的解读与认知。新林有很多过目难忘的代表作品，涉猎很广，大部分表现的是群众的生活状态，他没有盲目沉湎于形式技巧的搬弄，更没有背离艺术规律，转向抽象观念的跟风与演绎，而是直抒胸臆，运用写实的油画语言将现实生活表达出来。

新时期以来，油画的艺术形式和表现技巧普遍提高，但真正打动人，触动人们思想感情的并不多，原因就在于作品缺乏较为饱满的人文精神与人文关怀，而缺乏人文精神与人文关怀恰恰是艺术的致命伤。新林不是墨守成规的人，他晓得把西方的各种流派搬到他的画布上来，试图从中探索出他的路子，比如《秋玉米》《红色田园》《麦收》《大地回春》，大片的色彩、浓重的色块，给人以振奋，以力量。

社会存在决定社会意识，在中原这片厚土上，积淀着数千年的中华文明，深藏着中原人独有的内涵之美、人性之美。新林的画恰恰是这种美的表现与反映，作为在这块土地上沐风栉雨、长期实践的一位艺术家，他熟悉他们的生活观念、生活方式，洞悉他们的一颦一笑，所以，他的画带着温度，带着情感，用极易感知的形式传达了人们为之思考、为之动情

曹新林油画《一方水土》

曹新林油画《留守山岗》

的人文精神，艺术失去了这种精神就失去了灵魂，新林的作品之所以能够吸引人，就因为他抓住了灵魂所在。他的作品是他真实思想和真实感情的流露，可以看到他对光明的向往，对正义的追求和所寄托的人文情怀。

新林的画不乏精品力作，其原因是他的作品都是有“根”的。他置身在这片热土，热爱这里的生命，所以他有永不枯竭的创作源泉和创作情感。数千年的农耕文明，衍生了形形色色的黄土文化和乡俗民风，中原大地吃苦耐劳、不屈向上、朴实憨直的农民性格与精神，以及这里的一条小路、一条小河，抑或是大地上熟悉的柏杨，脸庞吹过的一缕微风，在新林看来都是艺术所要表达的对象，都是一个美的宝藏，于是，他的作品里就有了中原大地的骨骼与肌肉，有了人性的刚毅和坚忍，有了心灵的平凡和崇高，有了历史人文的生发，以及古老与现代之间的血脉传承。

新林的作品处处充满感人的细节和感人的力量。《一方水土》脸上散发着暖阳一般笑意的农民，《军嫂》红毛衣上露出的白色小洞，手执简板《说唱嵩岳》和聚精会神拉二胡的《街头盲艺》，《挂烟斗的老人》《划火柴的老人》沉浸在烟草香味的神态，身体前倾、背着双手走路的《老前辈》，拾掇得清清爽爽的《林州老太太》，《沉思的少女》手托腮帮，含情脉脉拉鞋底的《米脂姑娘》，《雪压古城》中在满是厚雪的道路上匆忙而又小心翼翼行走的人们，《文化路上》行色匆匆的上班族、挎着书包与时间赛跑的莘莘学子……这些细节的描写，烘托出城市和乡村的生活变迁，勾起我们对美好生活的回忆和一丝丝淡淡的乡愁。新林用画笔和色彩进行的富有意义的开掘，闪现着一道道人性的光辉。

欣赏新林的画，能够让人联想到法国著名的现实主义画家米勒，米勒的油画把农民的疲惫、贫苦、操劳当作绘画的美学，新林亦如此。从他所描绘的那些土得掉渣的老农身上，透过《持白条的老人》《福贵》《赶集》《耕夫》等，读者会理解他的绘画美学。欣赏自然，歌颂劳动与劳动者，这便是他艺术的精髓。

通过新林的油画作品，我们还不难发现，他把书法用笔始终贯穿于他的创作中，把中国书法中古拙、朴茂、浑厚，抑或秀逸、圆润、流丽诸种气韵与风格有机地融入到油画的笔墨与色彩中，“将‘笔意’作为一种语言要素，形成紧致延绵的肌理节奏与跌宕起伏的线性痕迹”（范迪安语）。他写的书法作品“风云多赏会，物我俱忘怀”颇具于右任风范。他的写生作品《俄族少女》更凸显出他书法的功力，占据大半个画面的行草书法作品，勾勾连连，虚虚实实，点画顾盼，线条飘逸，衬托得画面生动鲜活，气血丰茂，更具让人怦然心动的质感，新林不愧是油画界的书法家。

当很多人赞叹他的艺术高度的时候，他认为才刚刚开始，在艺术的道路上还有很长的路要走，他的美学之库里还有很多需要挖掘的东西，他放不下，觉得还有使命未完成。

在不同的艺术家眼中，艺术有它不同的使命，有宗教情怀的人视艺术为自己的信仰，米勒说过“艺术使命是一种爱的使命”。欣赏新林的作品经常会被感动，就是他的作品里有一种爱的使命，一种发自内心并与之共鸣的情感。这种情感使他的画笔更加纯朴、厚重，在克服了伪现实主义的道路上，实现了内心对艺术的真诚和语言上成功的表述。我的夫人孟昱卿赞扬他的油画作品是他用自己的生命之光谱写出来的一首首生命的交响曲，这绝非庸人之见。

张海的胸怀

张海是偃师人。人灵地杰的偃师大地祖祖辈辈演绎着可歌可泣的故事。唐朝高僧、偃师人陈玄奘负笈十七载，远至印度取经的史事，更是脍炙人口。从文化的意义上讲，张海的行走与付出同样让人感动。多年来，他躬耕砚田，修身度人，把传承中华传统文化当成自己的使命，全身心投入，所作所为可赞可颂。早在20世纪90年代中期，他就多次出资，奖掖脱颖而出的书法新人，鼓励理论创作实施课题申报、捐资筹建中国书法发展基金会，举办“墨舞神州”全国电视书法赛和西部书界新秀研修班……一次次善举，如同一场场甘霖，润泽着在书法之路上前行的后学新秀。当今书法界佳木繁荫、郁勃向荣之气象，和张海的责任担当、无私提携密不可分。有人或许认为，张海做这些不过是分内的事情，他也有条件，换着谁当中国书法家协会主席都会这么做。但我不这么看，现实中许多事情并不是人人都愿意、都能想到这么做的。

张海书『渊深树古』联

我和张海是同时代人，平素交往不多，但在岁月的长河中，总有那么几件事萦绕在怀，挥之不去，让我咂摸、品悟、回味。

最初的交集是20世纪80年代末，张海时任河南省书协副主席兼秘书长。我在河南省教委兼着省教育系统书画协会会长。那时教育领域开展的诸多书画比赛、展览活动，总能得到张海、王澄、周俊杰、宋华平等人的倾力支持，提携推举了不少新人。大约为此，我被河南省书协聘为顾问。张海知道我喜好书画，以一幅费新我的书法作品相赠，却没劳我办过任何事情，而我却常常叨扰他。

张海当选为中国书协主席后，一次聚会，他似乎不经意地问我："你喜欢我哪方面的字？"我未加思索，信口答曰："小字行草。"认为那才是他足以传世的看家本领，记得沈鹏先生赞赏张海的行书作品胜过早年隶书，这点我与沈先生不谋而合。我无意向张海索字，但他很快便差人送来扇面一帧，上书三首宋诗，作品隽逸淡雅，润秀空灵，充溢着笔墨情趣，执扇在手犹如春风拂面。扇面上有王十朋的《题湖边庄》句，"他年待挂衣冠后，乘兴扁舟取次居"，许是表达了他当时离别故乡的心情吧。现在拿出观赏，更多了几分惜别怀远之情。

2007年，我策划拍摄十二集纪录片《中国书法三千年》，每次和张海见面，他都会问起拍摄的进展情况，有什么困难，有没有需要他做的事，当得知经费拮据时，张海毫不犹豫地寄来作品相助。

难忘的是2012年8月，正值酷暑，挚友突然打电话告诉我，说急需张海的字。朋友并不了解，张海任职河南省文联主席后，我三番五次在不同场合劝他不要再兼任书协主席，还推荐另一位书家接替他。其实我心里

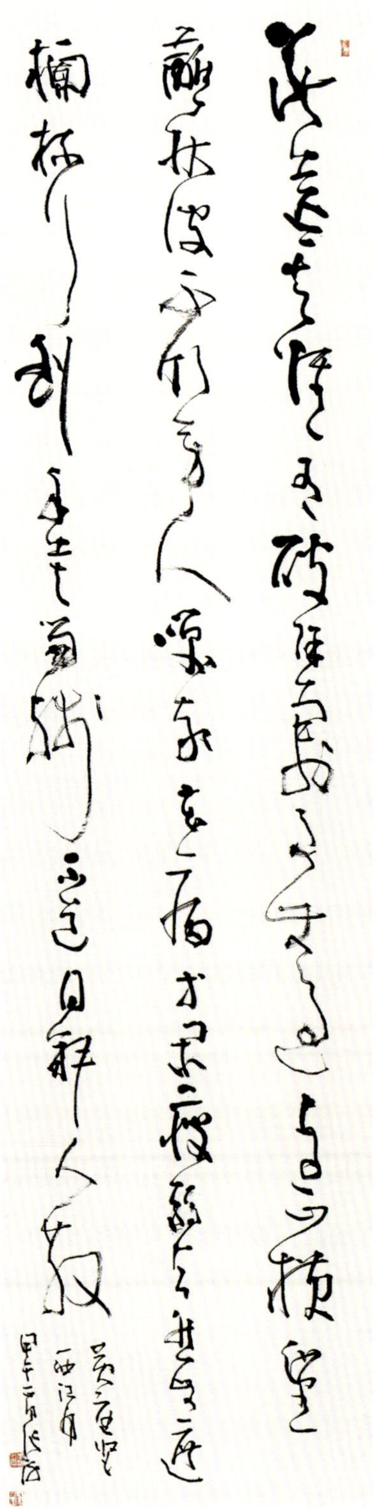

张海书黄庭坚《西江月》

也明白，这不是张海一个人能说了算的事，最终还是组织视工作需要和多方因素而定。想到这“逼宫”之事，心中便五味杂陈，虽然时过多年，张海会不会为此事计较？我抱着试试看的心态给张海发了短信。张海很快回复：“在承德，回京即写。”尽管如此，我还是疑心张海是在搪塞我、变相地拒绝我。怎么也没想到，只过了三五天，张海即托姜宝平送来三幅四尺整张，一幅斗方，更不提润例之事。接过墨宝，感动和羞愧之心交织在一起，张海如此大度、大气，如此宅心宽厚，我那么小心眼儿揣度他，令我汗颜。

张海还是一个十分念旧的人，有一颗炽热的感恩之心。他深知自己能从一个农村孩子走到今天，固然和自己的勤奋、坚守分不开，但也离不开同事、同道、朋友的帮助和扶持，一有机会，他就以各种方式报答大家。和他共事多年的几位老艺术家不止一次向我诉说，张海在南方几个城市举办书展，邀请了当年与他一起工作过、生活过的老同事、老朋友前去，连给他理过发、开过车、在一个小区生活过的邻里亦在邀请之列，被邀请人的吃、住、行和旅游一揽子费用，张海全部承担，还特意叮嘱工作人员要照顾好这些人，千万不能怠慢。

张海在书法界之影响不待赘言，其艺术创作也可圈可点。他新近出版的《淡月疏星——张海小字行草书册页选》和《四体书创作自述》，我尤为喜欢。翻开装帧朴雅精美的集子，让人禁不住一路看下去。愈至老境，他的书法作品愈发风神潇洒，清风朗月，道技相融，我想，这应缘于他那超脱不滞于物的情怀吧。有如此心境的人，才能在书写时心手相应，才能在书法界独树一帜。

张海书法作品《仁者寿》

他的《四体书创作自述》是他几十年的创作实践体会和感悟的结晶，是对书法理论的一大贡献。不仅对初学者有引领意义，对专业书家亦有借鉴和启迪作用。

他的小字行草集以“淡月疏星”为书名，一是表明风格，二是彰显意趣，甚为恰切。著名书法评论家周俊杰在序言中评价：“看似淡月疏星般轻柔的笔法中，使人感受到一种内在倔强的骨力，正如张海的整个为人，待人的温和，处世的谦恭中有着艺术上强烈的自信。”

张海书中自述“冬去春来，若不是衣服的增减，根本察觉不到四季的更替，见缝插针，集腋成裘，便有了这一册的成果”。他在书法创作路上的孜孜攀行，令人叹服唏嘘。

张海在创作简述的结尾深情地写道：“人生苦短，何况已届垂暮，在这样的人生坐标上，也只能似淡月疏星，不求光芒耀眼，只求把一点微弱的光亳，送给行夜路的人们。果然如此，我也就如同当年获全国奖一样大喜过望了。”

一个引领中国书协走向健康发展道路的掌门人，能如此谦恭地想到众多在书法之路上寂寂行走的后来者，希望给他们一点光亮、一丝清风，并把这种分享当作自己最大的快乐，其恂恂德心，殷殷善举，不正是一个以书法传经布道者的真实写照吗？不正表明张海光明磊落、海纳百川的博大胸怀吗？

张海书宋人诗三首

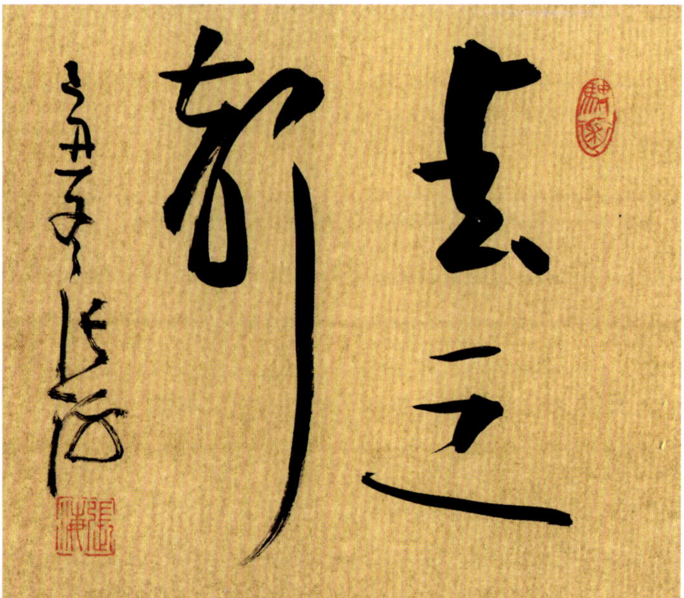

张海书法作品《春之声》

老树春深更著花

——记岳修武先生

几年前，我写的短文《梦画小记》有这样一句话：“书画者，中华之瑰宝，民族之精粹，沉浸其中，可去烦解忧，可开启心智，可荡涤凡尘，可净化心灵。”老友岳修武先生和我一样，醉心于这一中国传统文化，尤其对书法艺术情有独钟。

岳修武先生少时染翰，入门颜柳，有着深厚的书法基础，多年的行政生涯，尽管位至高层，公务冗繁，研习书法却一直没有停止，书法是他精神世界的一个后花园。每有闲暇，辄徜徉于历代名帖中，不忘临池泼墨。十多年前，岳修武从郑州市人大常委会主任退下来后，心境变得自由，有更多的时间和精力付诸书法实践中，且愈老弥坚，深入书法堂奥。常常在省里举办的书展见到老朋友的大作。或墨友邀约，或公益活动，我和这位志同道合、情趣相同的老友也得以时时晤面，或相谈时闻，或切磋书法，不亦乐乎！

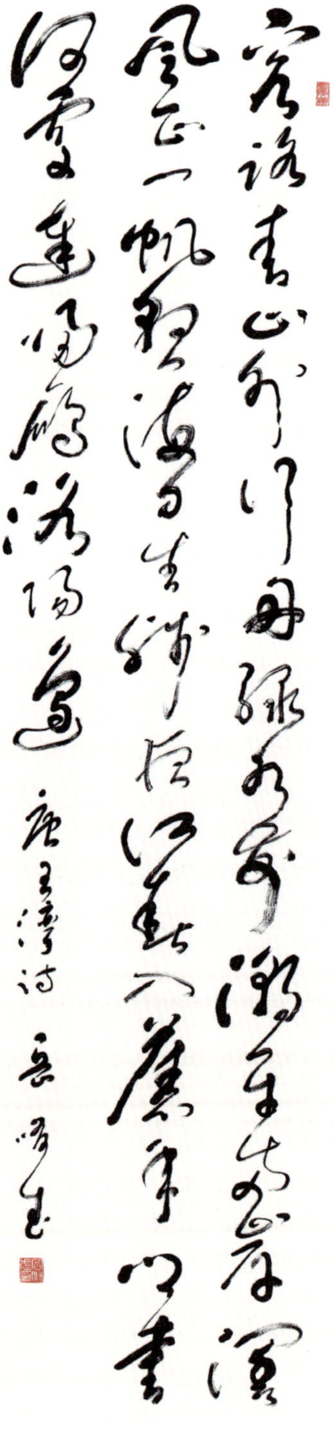

岳修武书王湾诗一首

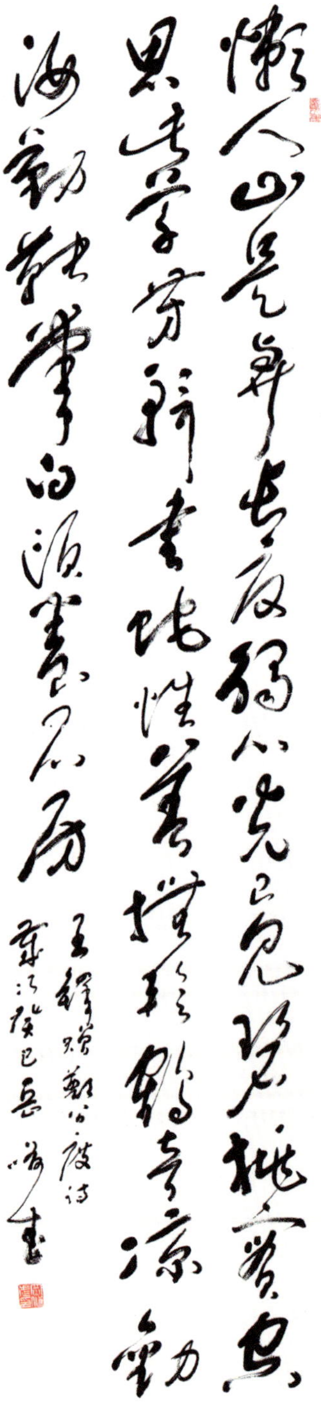

岳修武书王铎诗一首

2009年，我和同为“40后”的岳修武，还有其他三位老同志一起出版了《书法五友作品集》，评论家、散文家孙荪先生在序言中称我们五人以“古人为师，渐入书道之佳境”。

2013年，岳修武书法作品展在郑州博物馆举办，我应邀前去观展，那次展览给我留下了深刻的印象，他书法的水准着实令我“吃了一惊”，比前几年明显精进了许多。作品以行草为主，楷书、隶书、篆书诸体兼顾，传统功力深厚，作品宽猛相济，笔势雄健，灵气活现，如奔雷坠石，蛇惊鸾舞，给人大气磅礴、落纸生烟之感，正如他书写的顾炎武的诗句：“苍龙日暮还行雨，老树春深更著花。”

近些年，他潜心研究，不断汲取古代的米芾、孙过庭、王铎，近代的于右任和当代的沈鹏等前贤大师的营养，专注行草创作，书作畅快老辣，元气淋漓，已形成自家面貌。中国书协主席张海为其题字“涉笔成趣”，称赞其作品“潇洒飘逸，古朴雄浑，清秀华滋，风格独特”。唐代孙过庭在《书谱》中写道，“通会之际，人书俱老”，我想，用这句话来评价岳修武书法作品，并不为过。

在某种程度上，“老”也是一种“资本”。经过了无数的人生历练，如危崖之松石，经历了风风雨雨，沧桑巨变，这种变化沧桑又催生出他对人生的思考，体味出深刻的人生哲思。这种思想和哲学，是一笔无形的财富，随着他腕底的点横转折，体现在书法的风貌上。一个人如果单凭技法，而人生的历练达不到某种层面，其艺术作品就很难炉火纯青。

书法艺术水平提高来自书法技巧的磨炼，对书法的感悟，对历代大家营养的吸收，以及来自其他方方面面的艺术的滋养，如果一个人肯在

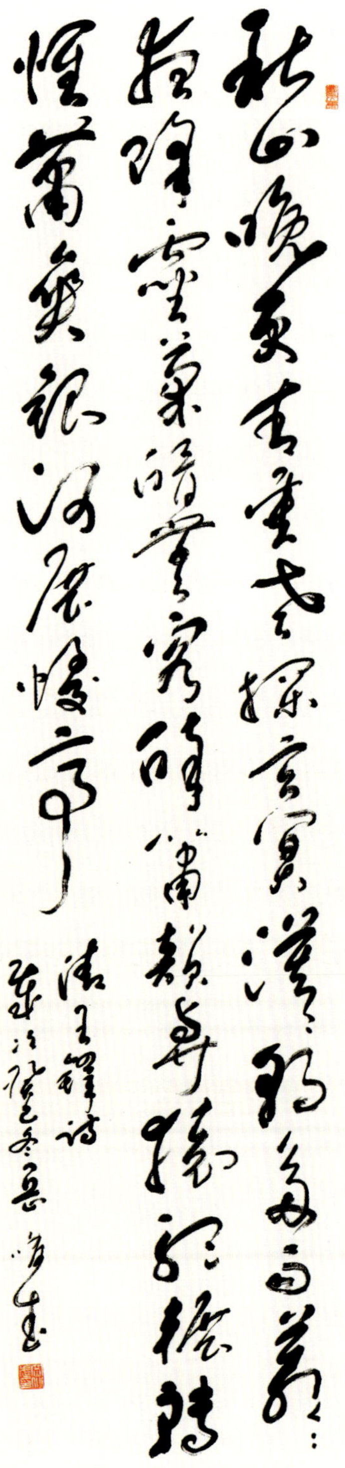

岳修武书王铎诗一首

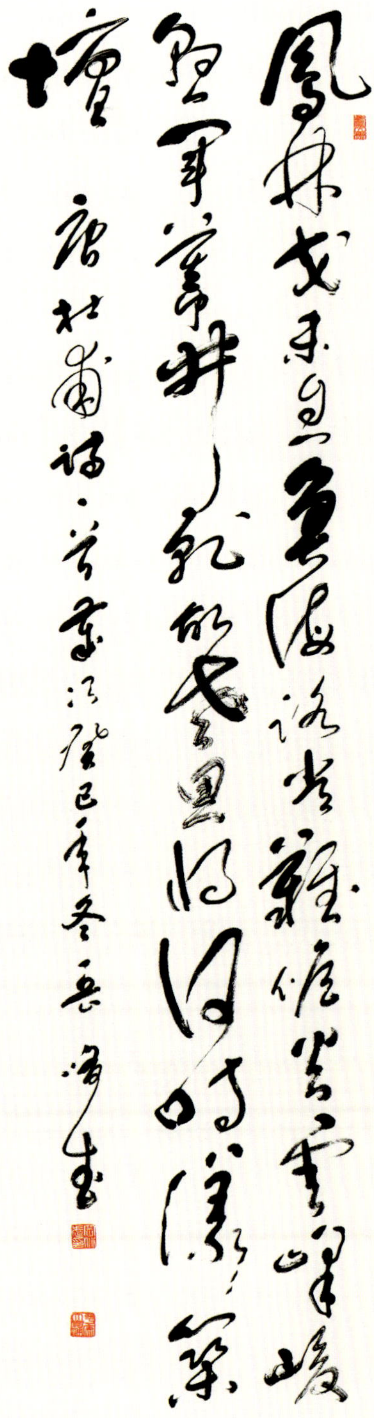

岳修武书杜甫诗一首

这几个方面下功夫，又达到了一个层次，客观地讲，他的书法作品就是真正的艺术品，当会为人们所喜爱。

岳修武长时间在郑州任职，他热爱郑州，把郑州当作自己的家乡，在河南省人大常委会常务委员任上，我们挨边儿坐了五年，他不止一次地告诉我，要把历代名人歌咏郑州的诗词集中搜集到一起，用笔墨表达自己的赤子情怀。果不其然，岳修武在一次展览的一百余幅作品，内容均选取李白、刘禹锡、孟浩然、郭沫若等历代诗人歌颂郑州的诗词。拳拳之心，跃然纸上。不少人评价，岳修武先生的书法集完全可以成为对外交流、宣传郑州的礼品和宣传品。

最令我感动、敬仰的是，岳修武书法奖励基金于2014年正式启动，该基金致力于支持郑州市少儿书法活动，弘扬优秀传统文化。岳修武书法奖励基金来自他书法作品的拍卖所得。这项基金已用于少儿书法培训等，以支持郑州市少儿书法发展。值得称誉的是，岳修武先生不仅把自己的时间交给了书法艺术，收获了令人赞叹的艺术之果，在书法的传承中，他还无私地把自己交给了未来。“好事流传千古，良书播惠九州”，透过他喜欢的这句诗，可以看到他人生与艺术之路所散发的夺目光芒。

岳修武书法作品

岳修武书法作品

揉春为酒，裁雪成诗

——老友周俊杰印象记

前段整理书房，在一堆收藏的书画中慢慢翻看，时光仿佛又倒流回去。

目光在一幅书法作品前停留下来："瑶草一何碧，春入武陵溪。溪上桃花无数，枝上有黄鹂……我为灵芝仙草，不为朱唇丹脸，长啸亦何为？醉舞下山去，明月逐人归。"词是宋代诗人黄庭坚的《水调歌头》，笔墨是周俊杰的隶书，气息内敛，墨香蕴藉。

那时还是20世纪80年代初，他的隶书还没有现在这样丰富的线条变化，这样的张扬恣肆，而是安安静静的，风清月朗的样子，内容我也喜欢，诗人游于物外，不与世俗妥协，此乃千百年来每一个文人的生活理想，这幅作品一直挂在我床头，陪伴着我在开封工作的日子。

虽然拥有他的书法，但人还未曾谋面。不过见字如见人，对他本人已有了不错的印象。我调郑后，两人在河南省书协初次晤面，可说是一见如故，不多会儿我们就谈热了，同样侠骨豪爽的气质，同样坦诚大度的性格，

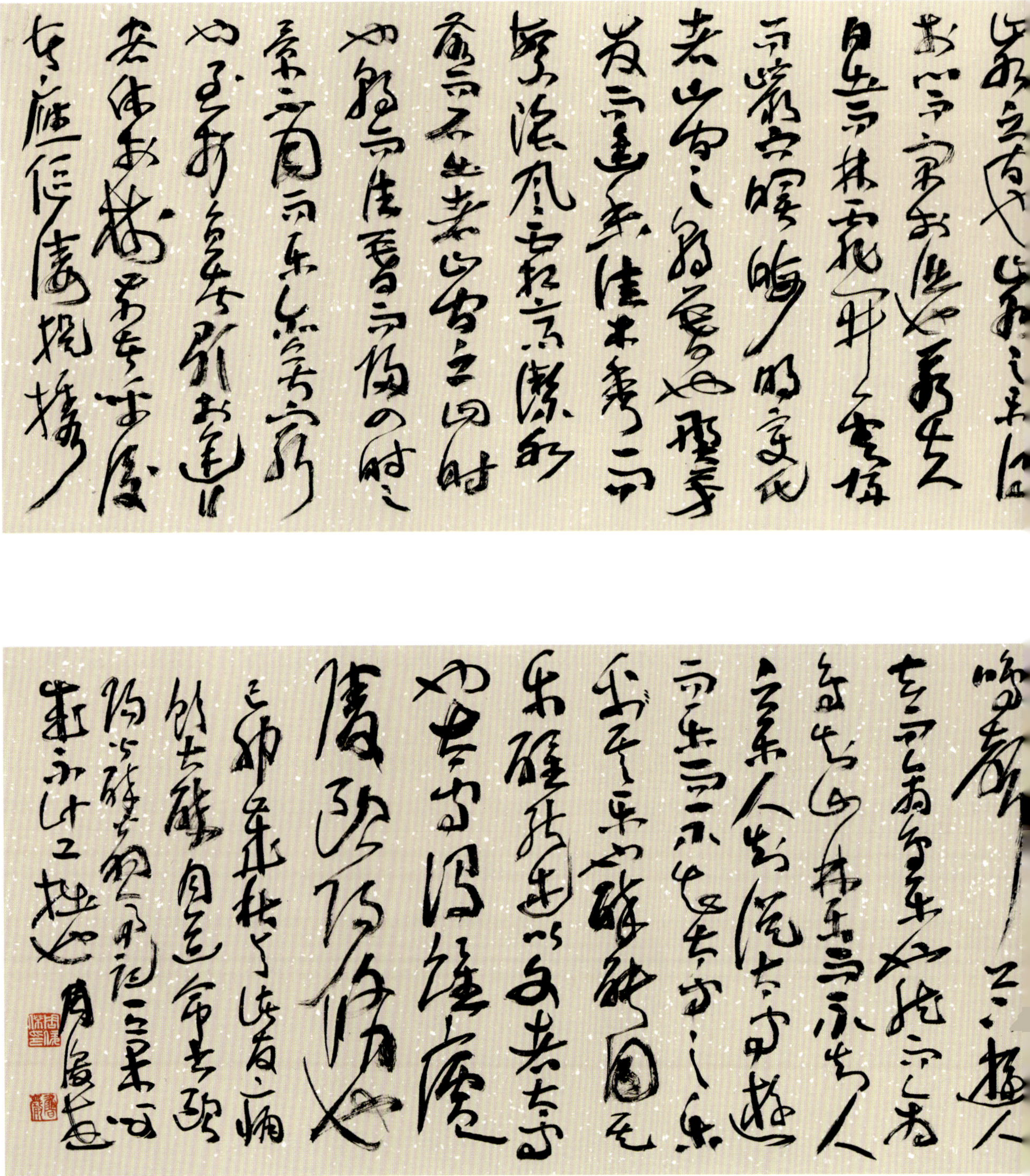

周俊杰书欧阳修《醉翁亭记》

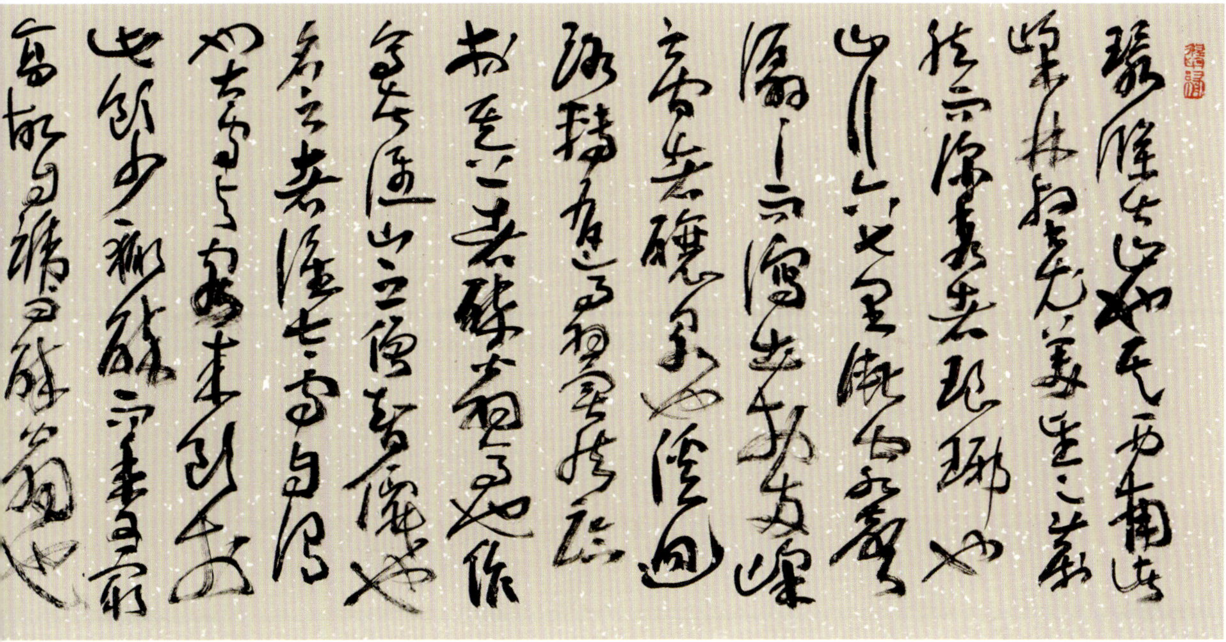

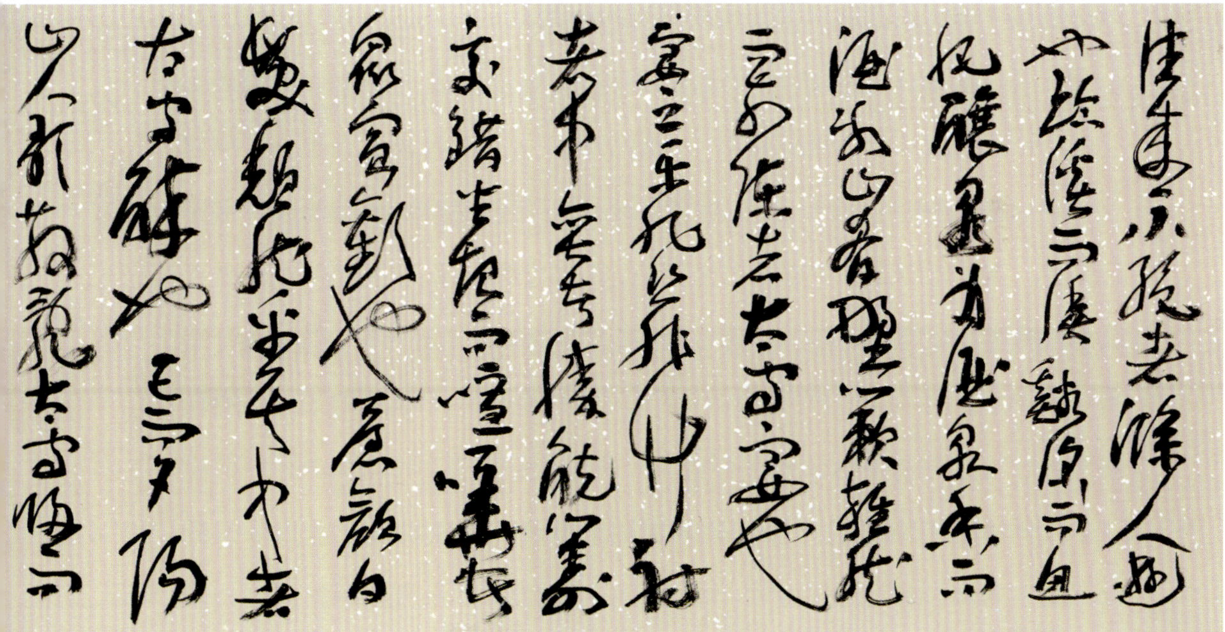

使我们日后成为坦露心迹、交往甚密的朋友。当然，佐证助兴我们友情的，还有男人离不开的酒。多少次我们对酌，一瓶酒一人一半，喝着说着，三杯两盏下去，两人的情意也像这酒一样，渐渐浓烈、醇厚起来。常常地，他到我办公室来，趁着酒兴意浓，挥毫泼墨，或是隶书龙骧虎步之气象，或是大草涛动云飞之气势，其中有幅长卷《醉翁亭记》就是他当时的“醉书”。

记得是一个大雪天，窗外雪花漫天飞舞，不多时，天地便披上厚厚的银装，借着天赐瑞雪，几位好友在我屋内饮酒，意兴大发，俊杰遂挥毫写下“揉春为酒，剪雪成诗”八个野逸雄浑的隶体字。我提出“剪”字不如“裁”字，俊杰复改写为“裁”。后来，何应辉来访，也说“裁”字更好。

俊杰书毕，意犹未尽，便紧挨并排的两词左右写下四行行草题款，以志此次雪中雅集：“此联甚富诗意，余极喜之。己丑仲春。余与诸好友小酌，兕觥交错，拇战狂啸，席间世信兄命笔书此联……时窗外大雪也。”

之后搬来书本查阅方知，“剪雪”之说实有典故。较早出现在《水浒传》中，施耐庵作词：“试看书林隐处，几多俊逸儒流。虚名薄利不关愁，裁冰及剪雪，谈笑看吴钩。”“剪雪为诗，揉春为酒”则出自宋词人姜夔《玉梅令》“便揉春为酒，剪雪作新诗”。原来那天我班门弄斧了，即使以谬矫正，厚道的俊杰也认了。

我俩虽皆性情豪气之人，但书风迥然不同。因我浸淫文学日久，所以书法偏隽秀，有些许书卷气。俊杰文学功底很深，散文写得很漂亮，书法之外，在书法理论上亦颇有建树。俊杰出身美术，自言“从美术走到书法，字会写得更奔放，更大胆一些”。

算起来与俊杰相识也有三十年了，真是人生如梦啊。不过，我们交集的都是与“书法”有关的，让人沉醉不已的“美梦”，像是一幅幅难忘的画卷在我记忆里展开。那时我们豪气满怀，快意翰墨，兴会酬答，何等舒心畅快。

2014年春晚有首歌，唱的是：“时间都去哪儿了，还没好好感受年轻就老了……”叫人唏嘘感叹。其实，我俩心态都不错，记得俊杰在本命年60岁时作七律《六十初度》：“年方六秩自开颜，呼酒论书醉未眠。笑退岂因惊巨浪，乐游原为好名山。雷鸣耳顺情难已，笔落云飞体益坚。正剧渐从辛巳启，千声万籁入毫端。”其精神状态愈发老而弥坚，书法生命也进入更高境界。至今仍笔耕不辍，写出了大量文章诗词。他的作品参加了包括中国美术馆、中国国家画院、中国书法家协会、中国艺术研究院等主办的一系列重要展览，作品更加有朝气和冲击力。

2010年夏我与好友结伴游云南时，突发奇想写下七言绝句《摩梭女敬酒》：“一曲酒歌世外音，轻交玉臂更销魂。摩梭淑女早知好，五十年前要走婚。”朋友笑我“老夫聊发少年狂”，是呀，我们两个“70后”，不变的是那颗年轻放浪的心。对于来日，我们还会对酒当歌，醉心翰墨，不忘奋起而追前贤矣。

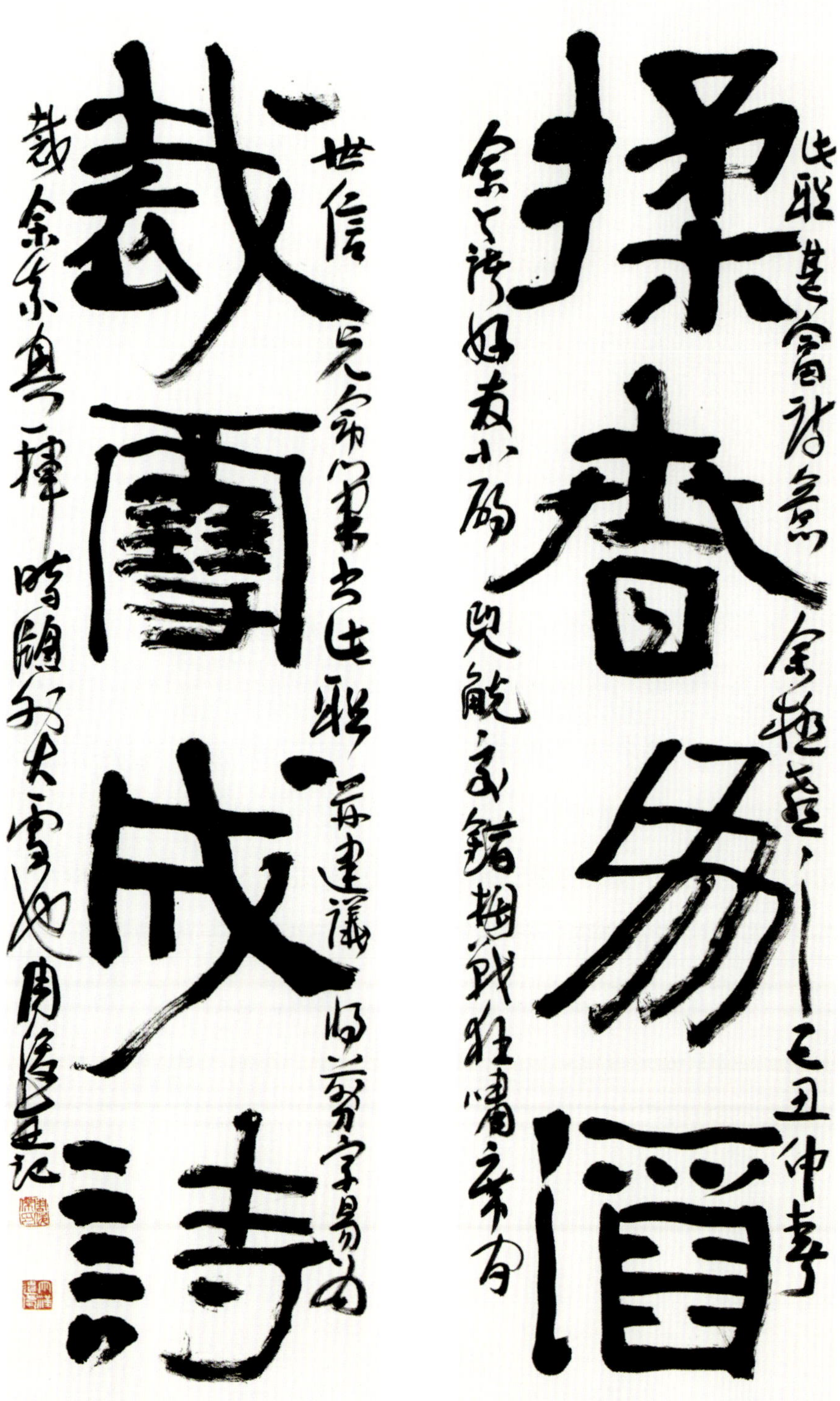

周俊杰书法对联

一道特别的墨迹风景

——在《孙荪墨迹风景》书法研讨会上的发言

孙广举在文学界的成就、影响和地位，从上个世纪中期开始，一直持续、跨越到现在，在河南乃至全国，其散文写作、文学理论批评和文化研究上的影响都毋庸置疑，对文学、文坛的贡献，意义深远。我们相识从20世纪80年代开始，那时我在河南省教委工作，因为也喜欢写作，再加上彼此是豫东老乡，同龄人，心理上自然多了几分亲近，开始有了交往。广举曾在2001年为我的散文集《沧桑》作序，写得情真意切，说得好的我当然高兴，婉转写的文中的不足，才真正使我感动。这篇序言又以《乡土与生命》为题收录在他的文论选中。我想这是我们共同的乡土情怀和文学情怀。

我很钦佩他在文学上的造诣，作为老乡为他感到骄傲自豪，这次，又掂起他这本沉甸甸的《孙荪墨迹风景》，这是一道美丽的风景，天空蔚蓝，白云飘浮，杂花生树，流水潺潺，这道风景与我参加的其他书法家的活

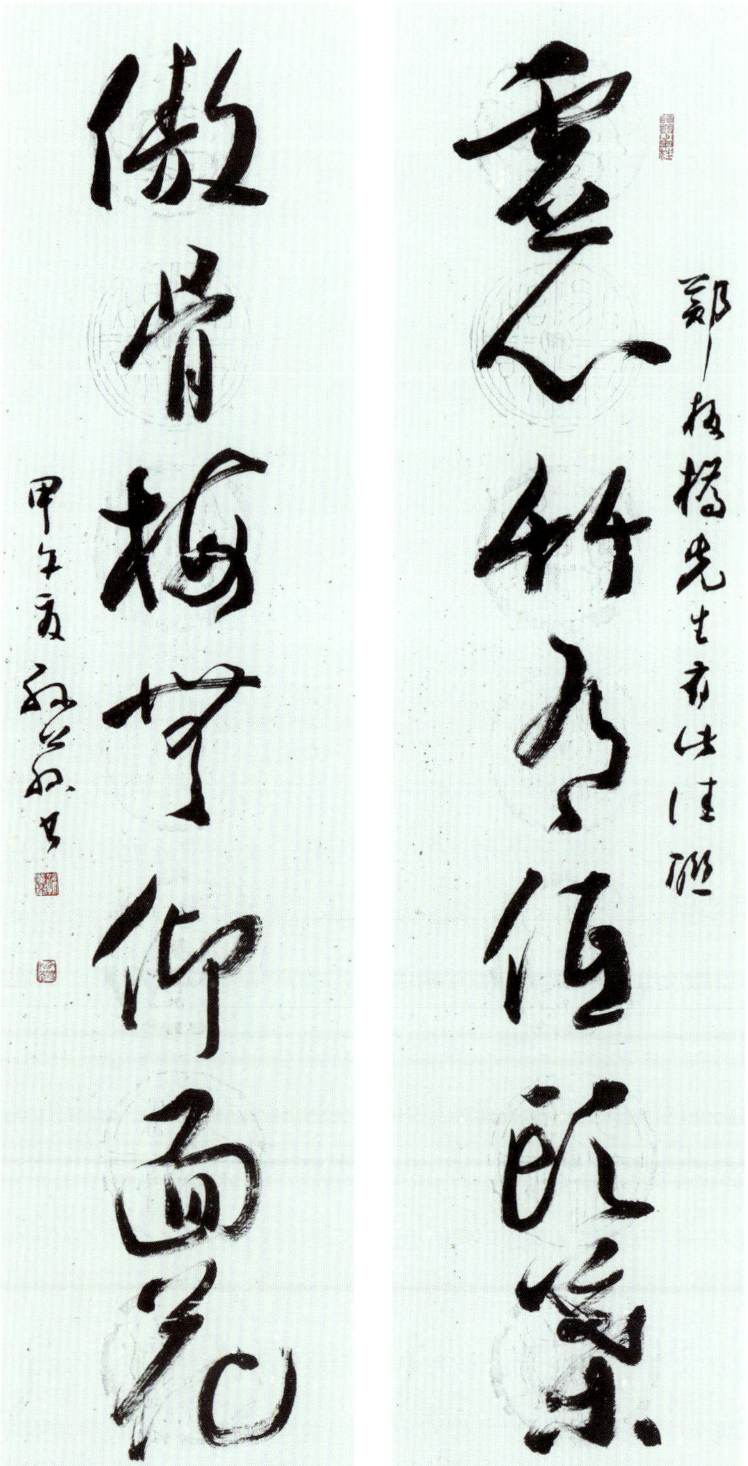

孙荪书郑板桥『虚心傲骨』联

动不同，是一道特别的墨迹风景。

古人对书法的理解和阐释，一直和心意紧密联系在一起，如果把“尚意”作为整个中国书学的学理概念，其主要意义是强调书法以主体情感情绪的寄寓为基本特征，以意主法，以主体创造意识创新精神为书法的生命。

朱熹说“意者，心之所发也”，广举是作家，他写的每幅书法作品都饱含着他对内容的充分理解与消化，并且变成他情感的一部分。

按有一些人的说法，广举的书法为文人书法，所谓文人书法，是指他的文学造诣特别出众，写出的字更加引人驻足品味，随之将他们请进书法的殿堂。但从古代来讲，并没有文人书法这一说，如王羲之，如果没有《兰亭序》《圣教序》《十七帖》等，如何记住王羲之？比如苏东坡，如果没有《寒食帖》《久留帖》《宝月帖》等，只能记得他是诗人。又比如鲁迅、郭沫若，以及我们河南的李準，他们的书法具有双重的审美属性。所以，学问做得越大，他的笔墨越能引起世人的关注，因为这笔墨里承载了更多的文化气息，更具有文化的价值。广举深谙书法要有韵味，要有古朴奇峭之美，需临池不辍之道，把临习名人名帖作为日课，几近痴迷的程度。著名书法评论家说他的书法作品风格洒脱、灵动、典雅，也就不足为怪了。因为广举是搞艺术研究的，他在书法理论的研究上也颇有建树，广举把书法与文学的关系称为异卉同根，相通互生，这是他的体验与实践，让人有耳目一新的感觉。

我听说，现在向广举求字的人越来越多，他几乎要成为走红的书法家了。作家加上书法家，砝码更重一筹，“含金量”更高。我说的“含金量”，当然和孔方兄关联不大。

由于书法本身是一个慢慢内修的过程，急躁不得，广举欠文债太多，最近又开始欠字债，难免应接不暇，凭着广举的才情，他写得会更秀逸。

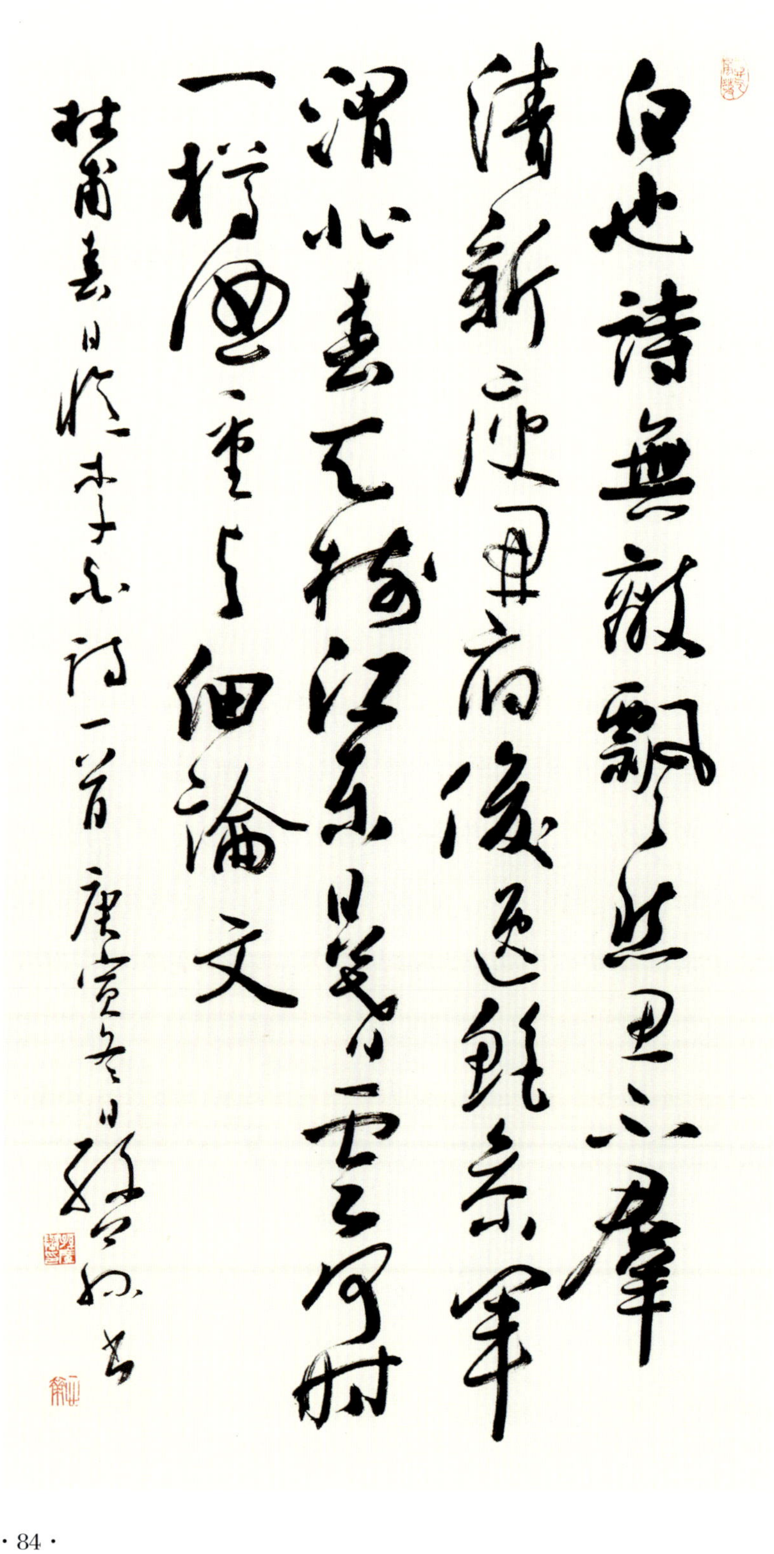

孙苏书杜甫诗《春日忆李白》

心系百姓　追求高尚

——为宋国华书法集《为政楹联百副》作序

我比国华长一岁，算是同龄人。20世纪80年代，我在河南省教育委员会工作时，他在驻马店任地委书记。驻马店是重灾区，国华身上的担子很重。在乡下，经常能够看到他那瘦弱的身躯出现在田间地头，出现在茅棚草屋，出现在抗洪抢险第一线，他整天和泥水打交道，和贫困作斗争。他深情地说："那里毕竟是我的家，我是驻马店七百多万人民的父母官啊，我有责任和他们一道通过自己的努力改变贫困，实现温饱。"他卓有成效的工作和突出业绩我耳闻目睹，给我留下很好的印象。后来，他调到省城在广播电视厅当厅长，一干就是十年。在这十年中，为河南走向全国，走向世界殚精竭虑、日夜操劳，河南的广电事业之所以有今天的大好局面，有国华的心血和汗水。但国华为人忠厚、谦虚，从不张扬自己。这中间我们虽然相识已久，但各自忙于自己的工作，很少有交流畅谈的机会。真正来往密切是在他来省人大任环境资源保护工作委员会主任以后。国华有句名言：树老怕空，人老怕松。人老先从头上老，脑子不能闲。常存善心，常做善事，要关心国家大事，关心他人疾苦，关心下一代成长。自我加压，追求高尚。他说得太好了，我们不仅有共同语言，还有共同的爱好。他把业余时间全部用在读书和学习书法上，全身心投入。从临习楷书开始，老老实实地临帖，日有所悟，渐入佳境。更可贵的是，每逢外出，学习考察，还醉心于历代名人大家书写的楹联，每有会意便抄录于纸，反复吟诵，不仅欣赏书法艺术，手摹心追，还认真解读联中的内含哲理，细心领会。中国的传统文化博大精深，处处留心便是学问，国华从一点一滴学习积累，从中汲取丰富的营养，感到精神充实，心情愉悦。为了使更多的朋友和同事分享他的乐趣，他把有关反腐倡廉内容的楹联，书写后自己花钱装裱，无偿赠送同事和朋友，不论是身居高位的领导还是普通工作人员，办公室和家中都挂着他的作品：君子一心求是，贤人大德为公；心贪如坑，无私为灯；历代古今多少官，成由清廉败由贪。

从 2003 年 12 月起，省委安排他对市党政领导的党风廉政建设巡视监督，他结合自己平时的学习和积累，编撰和书写了《为政楹联百副》。这真是他的一项创造，将反腐倡廉执政为民的内容以书法的形式表现出来，会发挥更好的教育作用。

楹联又称对联，是中华民族文化的一种优良传统，具有强大的生命力，一直为广大人民群众所喜爱。它的表现手法多种多样，或以物写景，或咏物言志，或抒情寓意，或缅古叙怀，或扬善抑恶，等等。同时，它又是与书法结合一起的综合艺术，两者相互映衬，更显示一种神采飞动、瑰丽典雅的艺术美。国华同志所编撰和书写的《为政楹联百副》，不仅内容好，字也写得好。人品和书品是密切相关的。国华的字端正谨严，功夫扎实，不张狂，有一股浩然正气，与他书写的内容珠联璧合，可以说是一本廉政教育的生动教材。这不是一般意义上的书法作品，他传达的是优秀的文化品格，是高尚的精神情操。他曾经长期为传播先进思想、先进文化而尽心尽力，现在离岗不离责，把书法和楹联当成新的传播形式，不愧是一位社会主义精神文明的“布道者”。

几天前碰到国华，谈到这本书的起因，说到有些贫困地区某些农民的生活还很苦，说到党风廉政建设任务还很艰巨，国华心情十分沉重，潸然泪下。尽管我正在患眼疾，却看得十分清楚。那两行热泪，代表了百姓的心声。国华为官多年，政绩有口皆碑，亦有升迁机会，但国华淡泊名利，不跑不要。虽说没有“高升”，亦没有遗憾之意，脸上依然闪耀着灿烂的笑容。这种高尚的情怀怎能不令人感动呢？在《为政楹联百副》即将出版之际，国华让我在书前写几句话，我自知才疏学浅，难以胜任，但国华心系百姓、追求高尚的情怀令我起敬，不顾眼疾严重影响视力，冒昧写下自己学习的感言。写到这里我突然想到内乡县衙的一副对联：得一官不荣，失一官不辱，勿说一官无用，地方全靠一官；吃百姓之饭，穿百姓之衣，莫道百姓可欺，自己也是百姓。这句名联用在国华身上，最恰当不过。相信拿到这本书的朋友，能从中受到启迪和教益。

是以为序。

宋国华书法集《为政楹联百副》《为政楹联百副》（环保篇）

为宋国华《为政楹联百副》（环保篇）作序

国华同志的《为政楹联百副》出版不久，其姊妹篇《为政楹联百副》（环保篇）又即将付梓。当我捧着散发墨香的样稿，品味着浸透作者心血的墨迹时，仿佛走进风光旖旎的绿色世界，看到的是“丰草绿缛而争茂，佳木葱茏而可悦”，是“乱花渐欲迷人眼，浅草才能没马蹄”，是“花燃山色里，柳卧水声中”；听到的是“两只黄鹂鸣翠柳，一行白鹭上青天”，是“留连戏蝶时时舞，自在娇莺恰恰啼”；闻到的是“清香传得天心在，暗香浮动月黄昏”，是“风吹梅蕊闹，雨红杏花香”；感受到的是“江流天地外，山色有无中”，是“掬水月在手，弄花香满衣”。所有这些，是国华同志带给我的大美的境界，是心灵的愉悦，是精神的升华，这正是国华同志用心良苦之处，我想每一位读者都会和我有同样的感受。

作为河南省人大环境资源保护工作委员会主任的他，以书法楹联的形式向我们描绘美不胜收的秀水青山的同时，又不得不面对严峻的客观现实，一条条河流被污染，一块块良田被吞噬，一片片蓝天被烟雾所遮蔽……

不能不令人忧心忡忡，寝食难安。他常对我说，胡锦涛同志给我们提出让人民喝上干净的水、呼吸新鲜的空气、吃放心的食物，这些关乎民生的基本要求，作为环保工作者，实现上述目标责无旁贷。国华同志身体力行，带领他的同事们，在全省各地宣传经济结构的调整，总结治理污染的先进企业的经验并加以推广，揭露和批评治理污染不力的企业。开展“环保世纪行”，创造出法律监督、行政监督、民主监督和舆论监督的好经验，在全国率先开展循环经济论坛。这些举措，提高了党和政府领导及人民群众的环保意识，促进了重点流域和区域的环境治理工作。这里面，倾注了国华同志多少的心血啊！

国华同志的勤奋在省人大是出了名的，他公务之余，便一遍又一遍地临写各种书体，办公桌上、墙壁上、地板上都摆满了他的书法作品。每有得意之作，便邀来三五好友，一起品评，脸上时常洋溢着谦虚而又惬意的微笑。经过这几年的努力，他的书艺确有大的提高。读着他的作品，让人感受到内蕴的宁静、和谐、淡泊、祥和、返璞归真和天人合一的境界。尤其是他的馆阁体，大有启功先生“墨韵”。

文以载道，颂扬美好，鞭笞丑恶，开启良知，向往未来，是为文者应尽的天职。为书法者亦应如此。国华同志在这方面让人称道。他说，我就是让书法从神圣的殿堂走出来，走到人民群众当中去，我就是要用书法这一武器，为科学发展观服务，关注民生，为广大人民群众和建立和谐社会服务。他把这一目标作为他的庄严使命，矢志不渝，堪为楷模。他的书法作品总是给人们以教育、鼓舞和启迪。读者诸君以为然否？

是以为序。

为宋国华《荣辱观名言名句》作序

“人间四月芳菲尽，山寺桃花始盛开。”国华同志曾用白居易的这句诗来形容我们这批过了花甲之年的老同志的心境，我认为用在国华身上是再贴切不过的。短短两三年内，他以书法的艺术形式，先后出版了《为政楹联百副》和《为政楹联百副》（环保篇），深受众多读者喜爱，近日又编写了一部《荣辱观名言名句》，捧着这一本本带着墨香的书卷，读着那一行行发人深思的文字，欣赏着那一幅幅优美的书法作品，你难道不被他的勤奋和责任感所折服吗？

中华民族是历史上最重礼仪、最重气节、最讲廉耻、最讲荣辱的民族。孟子在2000年前就讲过：“富贵不能淫，贫贱不能移，威武不能屈。”庄子也讲过：“众人重利，廉士重名，贤士尚志，圣人贵精。”屈原也说过：“沧浪之水清兮，可以濯吾缨，沧浪之水浊兮，可以濯吾足。”今天读起来，依然发人深省。历史发展到了今天，经过三十多年的改革开放，我们的国家发生了翻天覆地、前所未有的变化，中华民族正在崛起，正在振兴，在经济迅速增长的同时，文化建设、政治建设、社会建设，都在发生着日新月异的深刻变革。胡锦涛同志提出的“八荣八耻”在新的历史环境下，具有更丰富的内涵。它揭示了社会主义道德体系的内核，完美地体现了法治与德治相结合的治国方略，是对我们党关于社会主义道德建设理论的新发展，对推进社会主义精神文明建设，对弘扬以爱国主义为核心的时代精神的形成，对反对拜金主义、享乐主义，清除和抵御腐朽思想文化的影响与侵蚀，必将起到不可估量的推动作用，产生深远的影响。国华同志把有关荣辱观方面的名言名句集中起来，用书法的形式加以宣传推广，是一件功德无量的事，他给我们奉献的是精神食粮、生命琼浆。相信读了这本书的读者朋友，一定会从中得到教益。

为宋瑞祥《晚岁诗文汇》作序

宋公瑞祥，余挚友也。编辑家，出版人。长垣人氏。貌俊美，善为文，常闻其朗声笑语，虽七十又一，却浑然不觉，头戴太阳帽，脚蹬运动鞋，骑车穿梭于闹市，悠然自得之色犹见于眉间。

宋公早年，就读武大，文字功底扎实深厚。学成从业记者、编辑，后执掌期刊《名人传记》，办得有声有色，享誉宇内，为他人做嫁衣，乐此不疲。退而为文，著述甚丰，《朱仙镇年画七日谈》《中华荣辱大观园》《绣在嫁衣上的花瓣》，好评如潮，一时洛阳纸贵。赋闲十年，成书九部，加之文案、报告、建议，粗记800万字，用去圆珠笔笔芯431支，史上书法大家智永有“退笔冢”、怀素有“笔冢塔”，瑞祥之空芯圆珠笔，足可成为发奋著书者相传之佳话。

出生于厨师之乡的瑞祥，又烹饪出一道“盘中诗文餐”，“食材”丰富，味道“鲜美”，是奉献给读者的又一道文化大餐。所记人物，有教育先贤、书法大家、丹青妙手、文坛巨匠、歌者舞者、市井小民、政府官员，各色人等，不一而足。文风朴实，感情细腻，引人入胜，将其过往经历，从时间深处潺潺流淌出来，使读者仿佛亲临其境，亲闻其声，阅之畅达轻松，自然真切。瑞祥诗，情感真挚，对朋友、亲人之思念、爱恋、祝福，发于毫端。诗贵真，贵感人，如读《早春二月》，“投来一个秋波 / 你走了 / 把火点起来 / 你走了 / 思念痴迷 / 如醉如泥 / 理也理不清的思绪啊 / 这万般煎熬的美丽”。读之浮想联翩，元好问《摸鱼儿 · 雁丘词》名句“问世间，情为何物，直教生死相许”，瑞祥领悟得那么深邃。让人想不到是一位古稀老人的吟唱，瑞祥有一颗年轻的诗心！

瑞祥家庭幸福、美满、温馨，可谓琴瑟和鸣，夫人徐秀荣，琵琶演奏家，天生丽质，不施脂粉，光艳照人。余曾聆听徐先生弹唱，虽去经年，妙音犹在耳畔。瑞祥终日陶醉在仙音袅袅之中，其笔底流淌出的快意文字，秀荣功不可没啊！

作为瑞祥忠实的朋友，在他漫长而精彩的文字生涯里，我愿作那个为他鼓掌的人。

宋瑞祥著作

老将军张建中的情怀

——《时代音符》《时代余音》读后

孔子有言，“人无信，不知其可也”。意为，人要是没有信用，不知道他还能做什么。而今，被《百家讲坛》主讲人之一于丹教授趣解为：“一个人如果连短信也没有，那还怎么混？”

于丹的解释让人莞尔，但其中可以窥出关于“信”字的两条。其一是对于“信用”的道德索求，自古已然。其二则是时至当下，短信已成为人们生活中不可或缺的一部分。

张建中将军与时俱进，将其收到的时下流行物——短信，精挑细拣、分门别类集结成册，《时代音符》就此诞生，《时代余音》是第二册。我有幸先睹为快，爱不释手，书里书外，以短信之“信”，品出了张将军为人之“信”。重情义、守信诺亦是他最鲜明的性格特征。

常与将军交谈，他虽已退休赋闲，但仍时时不忘对党的誓言、对群众的责任。他是一个刻苦勤快的人，不与麻将为伍，不与扑克相伴，把所有精力投入到有益于社会和服务于人民中去，笔耕不辍，先后有《和平树下》《手执橄榄》付梓，近期又主编出版了“河南省国防教育”丛书，该丛书是加强全民国防教育的力作。

21世纪是知识的时代，也是信息的时代。手机的出现，将人与人之间的距离拉近，而短信这种便捷的信息传递方式，则早已不仅仅具有提醒他人“买酱油”之类的休闲作用，在现实生活中，它已经变成了一种情感的表达和交流，一种文化的传播和碰撞。在人们感慨于失去了纸墨信笺的温馨感受时，短信以它独有的特点，将一份信笺的厚厚情愫，以更高效和更频繁的方式予以补偿。一条条短信，包含了浓浓的情谊，使人从中体会到快乐和幸福。

许多短信息都是人民群众智慧的结晶，都是语言的精华，或风趣幽默，或富含哲理，或大气磅礴，或柔情蜜意，或颂扬光明，或鞭笞丑恶，或祝福祝寿，或相互勉励，既可为文，亦可为诗，甚或言简理精，读之均使人获益匪浅。古有唐诗三百首，今有短信“红段子”，有亿万群众参与的短信“红段子”文化，是记录与反映中华复兴盛世的最佳形式。

如今虽然每个人都与短信密切相连，但大多数人并不留意，看罢即删。张将军却是个有心人，他从短信中体会到了这种浓浓的情感和文化的力量。从2004年他就开始悉心收集短信，去粗取精，去伪存真，并琢磨其中滋味，学习其中道理。在受益之际，不忍独享，想让更多的人品读获益，于是从其存录的千万条信息中，认真筛选分类，整理归纳为《祝福篇》《修养篇》《健康篇》《趣谈篇》，最终形成了以时代为特色的《时代音符》《时代余音》。其间耗费的心血，甚至比创作一部著作更加辛劳。

张将军以军人的信条，以党员的誓言，践行着为人民服务的追求，他将短信化作时代的最强音，谱写一曲修身养性的婉约唱词，又借短信言近旨远的特点，对那些浮躁的社会症状，开出一剂固本培元、解热祛寒之良方。

张建中著作

张建中著作

神交李伯安

艺术的魔力让人着迷。我从部队转业到地方工作后，虽长期从事行政工作，却喜爱文学、书法和绘画，自己动笔不多，但爱读爱看爱欣赏。一碰上好的艺术作品，心灵即被打动，被折服，沉浸在妙不可言的艺术享受中。不仅对这些艺术品喜爱无比，对它们的作者更产生出崇拜之感，觉得他们能给人间创造出如此大美的东西，真是天地灵气造化出的天才。因此，我的朋友中，有几位是书法家、画家和作家。伯安是其中之一。

我和伯安相识是在 1996 年，但在此十多年前，和他就有了神交。我常常阅读的河南刊物有《奔流》《莽原》《百花园》《时代青年》《妇女生活》《海燕》《名人传记》等，几乎每期上面都有伯安的插图。他的插图构思奇巧，人物惟妙惟肖，线条自由奔放，让人过目不忘，为文章增色不少。同时感到作者不仅有艺术灵气，而且是一位极认真的人。一般的报刊插图大多是应酬之作，艺术价值不高，但伯安的插图不论篇幅大小，

歲寒登臨圖
步深幽正雲黃天淡
雪意未全休鑒曲寒沙
茂陵煙草俯仰千古悠悠歲
華晚飄零漸遠誰念我同
載五湖舟磴古松斜崖陰苔
老一片清愁回首天涯歸夢
幾魂飛西浦淚灑東州故
國山川故園心眼還似王
粲登樓最負他秦鬟
妝鏡好江山何事此
時游為喚狂吟老監
共賦消憂
乙亥年中秋寫宋周密詞
一萼紅登蓬萊閣有感伯安

李伯安作品《岁寒登临图》

题材如何，皆画得十分投入，没有半点粗率之处。就说插图中的人物吧，真是各行各业都有，有今人有古人，伯安都画得活灵活现，个性鲜明，眉目传神，时代感、历史感、生活感、乡土感扑面而来，大大增加了读者的阅读兴趣。当时我曾一再猜想，这位李伯安是何许人也，一定是位很有阅历、很有名气的老画家。

一次应邀去博物馆看美展，在展厅里悬挂的众多作品中，有一幅国画把我震住了。画面上是日出时的太行山一角。在苍苍茫茫的背景下，一个巨大的棱角分明的山峁占据了画面的大半部分。山峁高高耸立在晨光和山风中，饱经沧桑，坚韧、挺拔，山风从它敞开的胸怀中穿过，风雨在它那铁梁上刻下斑斑印记。岩石的黑和中间大处的白形成强烈的对比，具有很强的穿透力，给人以无穷无尽的联想。更奇特的是，傲然屹立的山峁左边，立着一位有着山峁一样个性的汉子，高昂着岩石一般的头颅，挺着胸脯，腰带上掖着长杆烟锅和擦汗手巾，背后一轮很大很圆的太阳，满脸霜尘，眼神和嘴角流露出的是刚毅和自信，淳朴和智慧。整个画面十分大气。我一看作者的名字，正是李伯安。这位李伯安把太行人画得这么好，李伯安的形象也像朝霞中的太行山一样，在我心目中高大起来。我有小友黄天奇，已相识多年。天奇重感情，讲义气，思敏多慧，办事干练。我们年龄虽相差近二十岁，却无话不谈。他在出版社工作，每有好书好刊物出版必送给我。平时稍有闲暇，就往我办公室里跑。我们单位的许多人都认识他。不了解底细的人还以为这个英俊的年轻人是我们单位的人呢。1990 年夏日的一天，天奇又来访，我向他说起画家的事，说河南李伯安的人物画很好。天奇说，伯安是他的亲戚。听天奇介绍，我才知道，他和伯安是“一担挑”，都是张家的女婿。同时了解到，伯安比我还小一岁，是河南美术出版社的编辑。性格内向，不善于社会交际，除上班编辑画册外，其余时间全用在创作上。他在创作一幅百米长的巨作，光上面的人物就有两百多个，都像真人一样大小。伯安全身心投入，把血和肉都融到作品中了，画得很苦。这更增加了我对他的敬仰。现在画坛上各类画家多如牛毛，为了赚钱，各使奇招，有不惜专门制造赝品者，有拉大旗作虎皮者，有自吹自擂者，有玩弄小情小趣者，像伯安这样不为名利所动，沉下心来，以生命为代价，潜心于真正的艺术创作的人实不多见。我请天奇代我向伯安表示问候，要他珍重身体，生活上如有什么困难，一定告诉我，我愿尽绵薄之力。

1993 年，因为组织一个艺术讲座，我和伯安通了电话，“未谋面，先识声”。直到 1996 年，我们才真正见面，我握住伯安的手说：“虽说我俩现在才认识，但神交已久。”他是个腼腆、不善于表达的人，很重感情，哪怕得到一点点帮助和温暖，也念念不忘。

我怎么也不会想到，这颗刚刚升起的新星突然陨落了。1998 年 5 月 2 日上午 1 时，这位杰出的画家竟突然倒下了，倒在他创作人物长卷《走出巴颜喀拉》的画室门口。他为终生热爱的艺术事业，献出了年仅 54 岁的生命。我闻讯后悲痛无比，即写一挽联以表达我对伯安的敬仰和痛惜之情，请著名书法家王澄书写后挂在伯安的灵堂上：

一生心血百米巨制业未竟身先死

九曲万里不舍昼夜数风流何人续

他的巨作《走出巴颜喀拉》在北京展出时，我专程赶去帮忙。开展那天，虽然刮着大北风，来看画展的人还是络绎不绝，既有德高望重的老画家、书法家、评论家刘勃舒、詹建俊、靳尚谊、罗公柳、吴冠中、卢沉、沈鹏、丁景文等，也有著名的中年画家刘大为、杨力舟等，还有一大批脱颖而出的青年画家，一大批美术爱好者。展厅里挤满了人，都交口称赞伯安的画实在是好。后来，又在上海展出，我请公安局杨玉璋局长派人护送作品，唯恐有什么闪失。在上海的展出反响极为强烈。有人评价“前无古人”，有人评价“可以和世界上任何一位美术大师作品相媲美”，有人说具有“永恒的震撼”，有人说这是“民族风骨、世纪巨制”，有人说是“顶天立地”，有人说是“中华民族的无价之宝”，还有人把伯安和唐代的吴道子、北宋的武宗元、明代的陈洪绶，并列为中国人物画史上的四个擎天柱……说这些话的人，都是中国当代很有影响的艺术家、学问家。有一点可以肯定，随着时间的推移，伯安的这幅巨作的价值会更充分地展现出来，伯安弘扬中华民族文化的献身精神，会激励一代又一代的后来者。伯安走了，他生前不曾有过一日轻松，不曾有过一日潇洒。我想，现在他总算有了解脱，可以彻底地放松了。他现在云游何处呢？是和李白、苏轼等月下对酌呢，还是在和吴道子、蒋兆和等切磋绘画技艺呢？是在广寒宫欣赏嫦娥舒着长袖的舞蹈呢，还是在看公孙大娘舞剑器呢？……不管他在哪里，他都会和他终生所喜爱的艺术相伴，因为他本身就是一个历经七灾八难，千磨万击“走出巴颜喀拉”的艺术精灵。

李伯安《闲云野鹤自有情》

纯净而彻底的明性

——为李明性《长相忆》作序

明性的这部作品，一年多以前就拿给我看了，之后每次见面他都谈起这部书稿，话语间是兴奋和愉悦。其实在那时，他已经被查出了肺癌。他平常既不抽烟，又不喝酒，怎么就患了这种病呢？每每和朋友谈起，都是一脸的茫然，何况明性又是那样的好人呢。

在这个期间，他还在赶写着他的《家谱》。我给河南文艺出版社的同志说，一定让明性在有生之年看到这部凝聚了他一生心血写成的作品。文艺社的负责同志对这部书稿十分重视，安排了最好的编辑，从交稿到出版，前后仅几个月的时间。

《家谱》出版后，在读者中获得了广泛的好评，他的《家谱》研讨会，有李洁非、何向阳、南丁、李佩甫等知名作家、评论家近20人参加，他们对《家谱》给予了一致的赞誉。

明性对我说，退休之后，他还有7部书的计划，《长相忆》便是其中一部，遗憾的是，他撇开了家人和我这个相处半个多世纪的兄弟走了。

他走的那天我本应在石家庄，计划三天后回郑，但心中总有种牵扯着的不安，便匆匆地赶回郑州直奔医院，我坐在床边，拉住他的手，一言不发。临离开我对他说，明性，我过两天再来看你。神志已经有些模糊的他大声地答应："噢。"我哪里想到，时隔几小时即2009年10月19日1时40分，接到明性的儿子向华给我发来的短信，三个字："爸走了。"我赶到医院，明性安静地躺在那里，我在心里默念了一句：明性，你一生受够了磨难，可以解脱了。

之后，我常常陷入与明性的往事回忆中。他的身影常会在我脑海中出现，或是我们儿时上学，一起读书、作文、调皮，或是我们成长后一起游玩、畅谈、采风。

明性是个极为细心的人，对所有可以引来回忆的事物都予以保存，包括我赠他的香烟盒、小学时的照片、我参航时和他的合照、日记本，等等，不论大小贵贱，经数十年而珍存无损。他的这份细心也体现在了写作上，旅欧匆匆半月，竟也能写就一本文图兼备的《旅欧游记》，将历史性、观赏性和个人体验集于一书，让人感慨。

这本《长相忆》，是采撷自他之前的积累，有小散文以及和文友的交往故事。他是受到公认的底蕴深厚的作家，他以独具特色的乡土文风，将大情小景、君子之交娓娓道来，真情雅致沁人心脾。《长相忆》里不仅仅是明性自己对过往的追忆，也将是他的朋友、家人和广大读者对他的种种回忆。

但凡了解明性的人都知道，明性是极坦诚的人，也是极谦恭的人，他和任何人都不争不斗，平平和和。他不擅言辞，朴实无华但品格高贵，不屑于阿谀攀附，唯好沉溺于文字的快乐。他善良感性，别人有所求助，力所能及，不忍推托。他强于业务，编了许多的名人书籍，包括刘绍棠、贾平凹、浩然、古华、陈忠实、二月河等，从不以此炫耀；他倾尽心力在业内编好书、写好书，不图名利，只求有益于时代。他将自己的肉体祭向天国的同时，也将自己的魂灵祭献。

这样纯净而彻底的明性。

至今，我仍不敢去看望弟妹。她现在孤身一人，承载着我和明性最多的感情交集，没有了明性，我们的相见必是无法抑制的悲戚。

我想这本书对于明性，或者是个句号，或许，也仅仅是个逗号。

（这是作者为李明性的散文《长相忆》写的序言，2011年，明性的长篇小说《家谱》被评为河南“五个一工程”奖，应了作者“也仅仅是一个逗号”的预言。）

李明性作品《远帆图》

母亲的儿子

母亲在世的时候，常跟我念叨："明性可是个好人，我把他当成亲儿子看待，你兄弟俩千万要互相照应。"母亲走了十多年了，老人家嘱咐我的话，我一刻也没忘记。我和明性从小亲如兄弟。我俩虽不是一母所生，但比一母所生的还要亲。小学我们不在一个班级，但都是文学爱好者。有一天下了课，一个瘦高个同学双手捧着一个泥捏的胖娃娃来找我，他腼腆地说："俺家池塘边有好多红胶泥，我用它捏了一个胖娃娃，送给你作个纪念吧。"我把胖娃娃接过来，高兴地欣赏着。那胖娃娃有鼻子有眼有耳朵，样子很可爱，笑嘻嘻地望着我。我也嘻嘻一笑，说声"谢谢"就去上课了。这位同学就是明性。我知道他作文写得好，正想和他认识呢。从那时起，我们就成了泥（你）中有我、我中有泥（你）的好朋友，再也分不开了。

在上小学时，我们一起登台演过节目，一起去县城投过稿，一起睡过戏台子，还一起读课外书。当时最爱读的书有赵树理的《三里湾》《小二黑结婚》《李家庄的变迁》，有马烽、西戎的《吕梁英雄传》，有孔厥和袁静合著的《新儿女英雄传》，还有李準的《冰化雪消》，还有苏联小说《普通一兵》《钢铁是怎样炼成的》等。这些小说有时在放学的路上读，有时在课堂上偷着读，有时在星期天读，如饥似渴，手不释卷。读书使我们开阔了眼界，增长了见识，懂得了人生的价值和追求。我们最大的理想是长大也能写书，也能当一名作家，也能像书中的英雄人物一样，干出一番事业。

小学在我们两个村庄的中间。放学了，有时我跟他回家，有时他跟我回家。去我家的路上，有一条柳公河，过了河，有一个大苇塘。我们读书读累了，就跳到柳公河里洗澡，比赛着“扎猛子”，常弄得泥头泥脸，彼此看见，开心地笑。我们还抓住河边的小树，一动不动，任水在身上流淌。洗足了洗够了，就爬上岸来，去苇塘里捉青蛙，捉蜻蜓，折下长长的苇叶儿卷成喇叭状，吹出美妙的曲子。回到家，母亲早熬好了南瓜小米饭，从坛子里拿出腌香椿，就一起吃，吃得满口香甜。吃完，我送他回家，一送好远。有时去他家，到他家要路过一个很大的梨园。春天，雪白的梨花开得漫天皆白，香气也溢出很远；秋天，梨子挂满了枝头，他爬到树上给我“偷”梨吃。到了他家，他母亲也早早下好了芝麻叶杂面条，我们又一起吃，吃得有滋有味。他母亲长得很白，很和善，见了我细声细语，问这问那，她老人家打心眼里喜欢我。他父亲留着八字胡，一脸的严肃，但心地极好。吃完了饭，他又照例把我送好远。有时天晚了，干脆不回家，就滚在一张床上睡觉。

以后，我们同时考上县一中，分在一个班，来往更密切，几乎形影不离。我编墙报，他画插图；我写了诗，念给他听，他写了文章，让我修改。我们谈理想，谈写作，有说不完的知心话，对未来充满着憧憬。我们经常一起去校阅览室看书，一起去县文化馆借书。县文化馆的图书管理员范若慧大姐对我们特别好，只要来了新书，就首先推荐给我们。有一天晚上我们看完电影，已经是半夜了，范大姐已经睡觉，我们把她叫起来，她点着蜡烛给我们找书，又举着蜡烛把我们送到门外。范大姐举着蜡烛的身影，一直深深印在我的脑海里。她高高举起的烛光一直照耀着我们前进的路。

1960 年我参军去了部队，他考上县高中。我们天各一方，只有用通信来表达我们兄弟之间的思念之情。我写给他的信，他至今完好地保存着，可见他对我们之间的友谊多么珍重。信中，他常常流露出一些悲观情绪，我就鼓励他，叫他勇敢地面对现实、面对前进中的困难，不要放弃他热爱的文学创作。要经得起磨炼，走自学成才之路。果然，他没有气馁，白天参加劳动，晚上伏案写作。他受的苦从不向我透露。高中毕业后，家乡遭水灾，他出外流浪，在湖北的大山里，在江南水乡，他艰难地跋涉着，他靠给人家画画、帮别人干活挣口饭吃。后来，他对我谈起这段经历，不但不感到苦，反而说这段生活让他上了最好的“大学”，体验到了最丰富的人生，积累了最生动的创作素材。有一年夏天我回家看他，他光着脊梁，穿着双带洞的鞋。弟妹也穿得很破，一件带补丁的布衫上露着巴掌大的一个洞。看到此情此景，我的眼泪一下子涌了出来，哽咽着说：

“真想不到你们这么苦。”弟妹跑到邻居家借来一瓢好面，给我擀面条吃。有一年春节前我到他家，他们住在一间草屋里，草屋里放一张床，床上一床破棉被。旁边有一张破桌子，桌子上放一个小木箱，小木箱上放一盏煤油灯，屋子的一角，支着个锅台，这就是他全部的家当了。那天刮着西北风，天上飘着零星的雪花，很冷。明性弟穿着一件袖口露着棉絮的袄，脚上穿的是用苇缨拧成的草鞋。屋里冷得像个冰窖。弟妹怕我冷，抱来一捆高粱秆，点着火让我烤。这是她刚从集市上买来的一捆高粱秆，过年烧饭用的。烧了它，不知下顿饭烧什么。尽管我烤着火身上很暖和，但心里很冷，直打战。他们的生活如此艰苦，明性弟还想着村里的百姓，把写作所得的稿费，交给生产队买肥料，天底下这样无私的人，能找到多少呢？

我在部队时，他常跑到我家，问寒问暖。母亲身体不好，再加上想念我，病倒了。明性弟知道后用架子车拉着母亲到县城，又购了火车票，陪母亲到商丘北关医院看病。看完病，喂母亲吃完药，在七月炎炎的阳光下，他打着伞，搀扶着母亲搭火车，回到县城，又拉着架子车把母亲送回家。这事，明性弟怕分了我的心，从不向我提及，还是我回家探亲时母亲跟我说的。

明性弟很有志气，在那样极其艰苦的环境里顽强拼搏，奋发努力，和父老乡亲同呼吸共命运。每天在劳动之余，坚持读书，坚持写作。他跑遍了家乡的每个村庄，记录了几十本“生活札记”。正因为有了这样的积累，他才不断写出一部又一部作品。弟妹曾经告诉我，他在寒冷的冬夜里守着油灯，一熬就是大半夜。到睡觉时，身子冻得冰凉，半天暖不出热气。正是靠着这种精神，他从乡间的黄土地上，走进县文化馆，走进地区文化局，出版了第一部长篇小说，又走进省城的出版社，成为一名高级编辑、知名作家。他是写美的专家，他写的文字美、人物美（长得美心灵也美）。他常跟我说："人活着的第一要义就是发现美、开掘美、展示美、传播美。"读他的作品，是一种美的享受，能给人奋发向上的力量。

明性弟常常鼓励我不要放弃写作。1977 年，他从河南人民出版社给我来信，让我写部小说。他和张明武同志几次跑到南京给我做工作，使我振奋起精神，跃跃欲试。他又陪我去厦门、龙海、东山岛体验生活。小说几经修改，终于获得成功。

这几年他还是这样鼓励我，说写作是咱从小立下的志愿，怎能半途而废呢。又说我生活底子厚，悟性好。在他的鼓励下，我又掂起了笔。他帮我构思，帮我修改，书中每一篇散文都凝聚着明性弟的心血，都是我们友谊的结晶。

子在川上曰："逝者如斯夫。"转眼之间，我和明性弟从孩提时代相识，已经历了半个多世纪。在这半个多世纪里，我们的祖国发生了翻天覆地的变化。我们的子女也都成家立业，过上了幸福的生活。我们的友谊也像久经风霜的松柏一样，更加根深叶茂。我们虽然已年过花甲，却像又回到了童年，心里充满着青春的活力，充满了阳光的明媚。我们热爱故土，热爱生活，珍惜生命。每当我们回忆起家乡的那片乐土，回忆起那一段难忘的岁月，不禁热泪盈眶、感慨万千。人的一生最珍贵的莫过于真情。这种真情可以化艰辛为欢乐，化平庸为神奇，化淡泊为诗情，化世俗为高雅。

我们彼此性格不同，阅历不同，不论顺境和逆境，都能心心相印，感情相通，相互激励，相互照应，是如此默契，如此亲密，共同谱写着生命的乐章。这是上苍对我们的恩赐啊！

泥土味　家乡情

——散文集《乡魂》序

明性的散文集要出版，我的欣喜之情是与众不同的。

我和明性是老乡，也是老同学，更是老朋友。从小学到中学，我们曾同床滚草铺，同台演节目，一起割过牛草，也一起做过作家梦。以后我参军，他高中毕业回乡务农，也不曾断过书信来往。再后，他被调到出版社做编辑工作；我从部队转业时，就是他一封信，一句“那里是一个花的世界”，把我吸引到一个园艺场工作，那句话可以说是改变了我后半生的命运。我调到郑州工作后，虽然同在一个城市，来往反倒少了一些，也许是都很忙的缘故吧。但我们之间那种深厚的友谊，就像陈年老酒，放的时间越长，就越香甜，越纯净，越值得回味。

大概由于以上的原因吧，明性所写的人物，所描写的景色，我都很熟悉，有的甚至是共同经历的事。比如《第一次投稿》，我是其中傻里傻气又有远大理想的三个小伙伴之一。又如《深情隔不断》，是我写中篇小说《合欢》（他是责任编辑）时，一起在福建铜陵岛（东山岛）体验生活时他随手记下来的，表达了他渴望祖国统一的急切心情。又比如《园丁》中的范乃仲同志，我和明性一样在创作上受过他的教诲。这可以证明，明性的作品是源于生活的。

读明性的作品，是一种艺术享受，可以使自己的心灵得到净化。他的作品文笔流畅，语言清新，读来有滋有味儿。

他出身农民，作品大都是写乡情的。故乡的一草一木，一沟一塘，都被他写活了。他写《榆钱儿》："每年一开春，那柔韧细长的枝条上便绽出密密的榆钱儿，到清明节前后，那密密的榆钱儿便爆开了嘴，吐出一片片圆圆的花瓣，拥拥挤挤，一嘟噜一串儿的，……淡黄中透出一点儿绿意，却别有一番风韵。"他写苇塘："像一条绿色的裙子，把村子包围了半个圈儿。每年塘边的杏花一开，那密密麻麻的苇笋儿便像锥子一样，顶破污黑的泥塘和腐烂的老苇叶，齐刷刷地冒了出来……紫嫩紫嫩，透明透亮，过不了几天，春风一吹，春雨一洒，苇笋就变绿了，满塘里就像射出数不清的绿色的箭"（《苇笋儿》）。他写故乡的土地："新翻起的土壤湿润润软绵绵的，就像用香油和砂糖拌的炒面"，他"真想捧起一团儿，吃上几口"（《红芋秧儿》）。就是故乡的井台边的那棵棠梨树，也使他如醉如痴："春天，开一树雪絮般的花儿，把井水都熏香了；夏天，发一树伞盖般的绿荫，把井水都染绿了；秋天，结一树密密的棠梨儿，把井水都沾甜了；冬天，引来一树阳光，井水也变暖了。"（《故乡的井》）他是那样地热爱家乡，热爱生活，以至于他离开家乡二十年后，还携妻儿到郊外田野里去寻找乡土的梦。他到阳光拥抱着的春的田野上，那里，柔软的小风传递着小鸟的欢叫，……行河柳披着长长的秀发，舞起一片绿色的云。这使他激动不已，和儿子在开着野花的草地上翻筋头，竖蜻蜓，学青蛙跳水，忘却了“城中尘嚣的烦恼，心中充溢着纯静的欢乐”（《黑田梨儿》），由不得你对春韵田野心驰神往。

对在故乡的那片黄土地上繁衍生息的乡亲，明性是怀着深深的敬意，淡淡的悲哀和同情的。《故乡的井》中的来旺爷，就是他十分崇敬的人物，“每逢大旱季节，村里总要淘井，每次下井的，又都是来旺爷。”据我所知，淘井的活又累又危险，没有一点儿公而忘私的精神的人是不肯去揽这活儿的，况且又没有什么报酬。而来旺爷却全然不顾这些，每次淘完了井，就像完成了一次特殊的使命，顾不得擦去胡子上、头发上粘着的泥巴，乐哈哈地把从井底捞出来的瓦罐、纽扣、钢笔摆在井台上让失主认领，此时的来旺爷被村人包围起来，“有的送酒瓶子，有的送熟鸡蛋”，他就这样受到村人的尊敬。当然，他也理应受到我们的尊敬。

在什么都讲钱的今天，和《红芋秧儿》中那个没过门的媳妇翠苗儿比，真可以使有些人汗颜，值得我们为她鼓掌。久旱逢喜雨，在邻居没有买上红芋秧正发愁的时候，她掐了自己的红芋秧儿给送来了，“你们栽着看，不够再去掐。”当邻居要给红芋秧儿过秤好付钱时，翠苗儿说得多好啊：“拿来吧，俺的红芋秧儿不论斤，把您的大黄牛牵给俺吧。”这个农家女的形象多么丰满，多么高大！《大姨》中的二嫂，侍候瘫痪在床的大姨 25 年，擦屎端尿，端吃端喝，梳头洗脸，无一日不细心周到。她丈夫在外工作，长期过着牛郎织女的生活，等符合了带家属的条件，二嫂仍不忍心抛下大姨，就一直在家侍候她。这么好的媳妇，我们真该为她立一座丰碑！《卖油郎的梆声》中的张好，是一个卖油专业户，他靠自己的勤劳，不但使自己致了富，还娶来了如花似玉的村姑。他挑着油挑，走街串巷，他那动听的梆声很快把家家的小院门敲开了。他转到庄西头张四爷家门口，“两眼望着张四爷家的篱笆门，梆子敲得又轻又快，就像一只花喜鹊在枣枝上蹦跳着”，就这样卖油郎把长得很好看的张四爷家的女儿三坠儿给“敲”走了。这种农村式的爱情比那种卿卿我我、又抱又啃的爱不知要强多少倍，这是一幅多么绝妙的农村风情画！

在歌颂先进人物的同时，明性对没有摆脱自私观念的宋成老汉，也进行了善意的讽刺，对品行不端的黑妮进行了抨击。明性的爱情观是很鲜明的。

明性是个尽职尽责的编辑，又是一个勤奋的业余作家。他著有长篇小说2部，中篇小说5部，发表各类文章数十篇，计百万字。

他犹如一个辛勤的农夫，在文学的黄土地上默默耕耘，其收获是丰厚的，但读者怎会知道，丰厚的收获里他洒下多少汗水，其中又有多少辛酸！

在上学期间，他的学习成绩在班级里名列前茅，文学上的才气，在那时已初露端倪。回乡后，他扎根黄土地，对文学的追求却更加强烈，更加执着。在田间地头，在如豆的灯光下，在厨房的小案板上，在水利工地的工棚里，他刻苦读书，辛勤笔耕，他把文学创作和生产实践密切地结合。这种结合，使他的感情和劳动人民息息相通。他无比热爱自己的家乡，热爱生他养他的土地。他曾经写过一本《田头小诗》，自己画插图，自己设计封面，像一束田头带露的野花，芬芳扑人。在大灾之年，他随着家乡的灾民，曾到外乡流浪。在鄂西北的大山里，他到过许多小山村，白天为山民们画中堂写条幅，夜里围着火塘和山民们扯《山海经》。他还曾到过苏南水乡。那莺飞草长的锦山秀水和江南风情给他留下了美好的记忆。这种流浪生活使他开阔了视野，更加深刻地体验了人生，积累了丰富的创作素材。每当谈起这段流浪生活，他那温善的双眸中，便闪动着激动的神色。

在县文化馆一间低矮简陋的小屋里，他写出第一部长篇小说《洪流滚滚》。小说出版后，他得了一身皮肤病，这种病困扰折磨了他十几年。他虽然进了城市，当了编辑，但家乡这块土地，时时牵挂着他的心。小草恋土，游子怀乡。家乡的每一点新的变化，都引起他不尽的遐想，无比的喜悦，颤抖的激动，他写下一篇篇散文，写他对家乡的怀念，写他的乡土梦，写他最熟悉的家乡人物。这些散文陆续在各种报刊上发表，现在集在一起，读来备感亲切，勾起了我的乡情，引发了我对乡村生活的回味与憧憬。

“人是要有一点精神的。”失去了追求，便熄灭了激情。凭着明性对生活丰富的体验和真诚的追求，他应该写出更深刻更壮美的篇章。我抄下一首英国诗人斯特朗的诗，表达我热切的祝愿。

得有个目标不断地追寻，
让希望总点燃起光明；
人生总得向往着什么，
心，怎经得起失去了憧憬。
要方向明确头脑清醒，
可不能随波逐流人云亦云；
一旦生活陷入了黑暗，

凭坚定的信念摸索中前进。
纵使星移物换，岁月匆匆，
对未来的追求可不能暂停；
生活不可能浑浑噩噩，
假如你心里有个美好的梦。

李明性著作

王澄：一个追求独立人格的艺术家

一个飘着雪花的黄昏，王澄来到我家，军大衣裹着他略显消瘦的身躯，我打量着他，看得出他眼神里流露出澄明、清朗、睿智以及隐约中的孤傲之气。已经过去了三十年，那一幕至今仍历历在目，挥之不去。王澄告诉我，河南省书协想把他调过去，开封不放，希望我从中做点工作。后来我们两个都到了郑州，彼此了解也逐渐加深，他发现我喜好书法，不摆架子，容易相处，在人前背后说了不少让我感动的话。他说的话发自内心，我也发自内心地感动。那时王澄的书法在国内已小有名气，诗词、学识亦让我钦佩。两个志趣相投的人很快成了推心置腹的朋友，几日不见，生活中便觉少了些什么。

王澄出生在开封的一个书香世家，祖父丁康保精于小楷，有《静宧墨忆》一卷谈论书法。其父丁振成书风亦醇厚高古。王澄骨子里流着先辈的血液，临习前人墨迹，几近痴迷。但家庭并没有给他提供优越的环境，

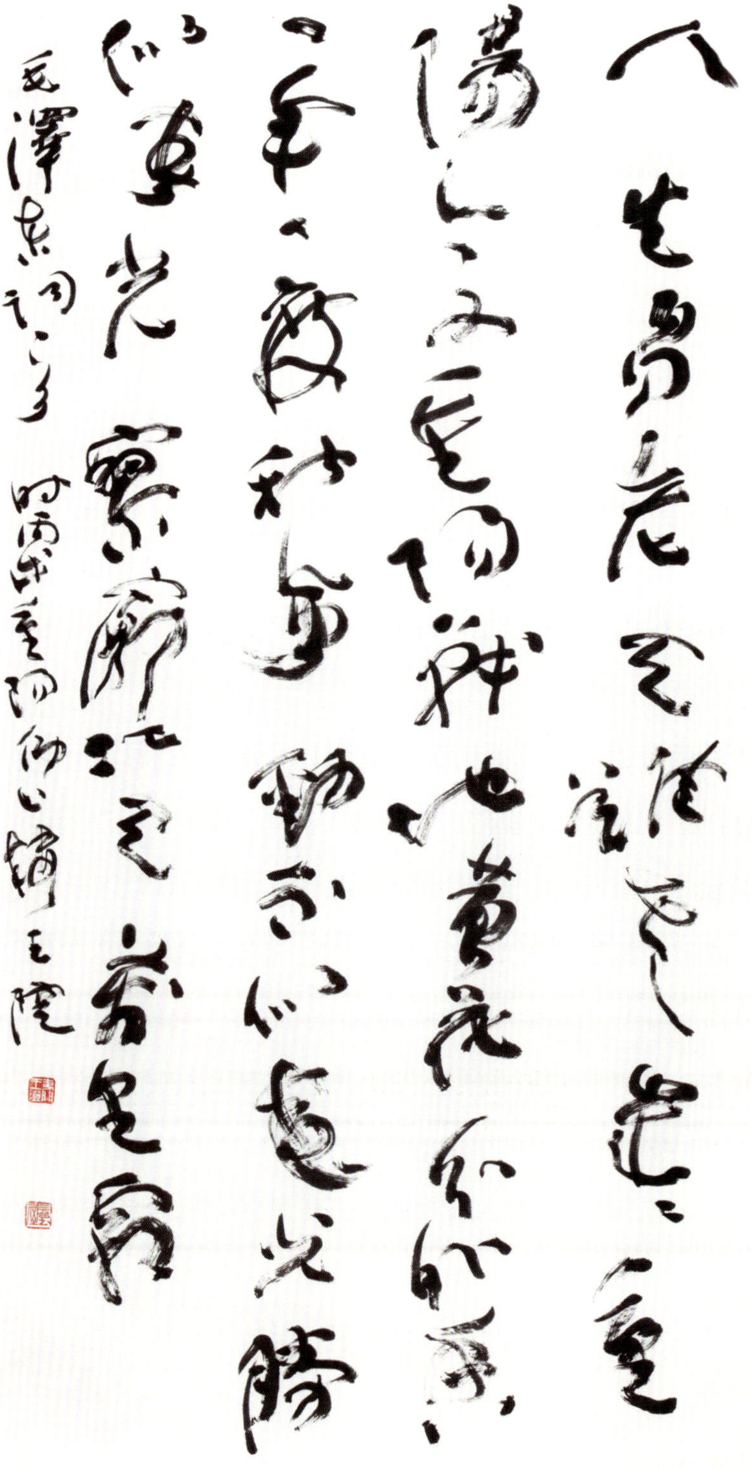

王澄书毛泽东词《采桑子·重阳》

却让他饱尝了生活的艰辛。

中华人民共和国成立之初，其父去了台湾，母亲一人带着王澄姐弟四人艰难度日。为了减轻母亲负担，少年王澄干过泥水匠、帮工过人力车夫，以血汗换来的工钱贴补家用。人世间的悲欢离合、沉浮升降让王澄经历了情感的历练和心灵的洗礼。1992年慈母辞世，王澄作诗“苍天容我守瑶台，膝下堂前常伺伴”，表达了难以割舍的母子之情。后父归桑梓，王澄悉心奉伺，暇时和父敲枰对弈，谈书论画，抱守了一个传统士人的孝道。我也曾拜访过丁老先生，其渊博的学识让我折服。老先生还惠我扇面一帧，执扇在手，如清风拂面。每每王澄提到这段往事，总让我想起鲁迅身世，鲁迅少年经历家族的中道衰落，心灵上的阴影在他一生中造成的影响不可回避，我们似乎尚能看到那个站在乌篷船头抑郁的少年在霪雨霏霏中离开故乡，也似乎读懂了王澄不屈的人格背后沧桑的人生。

也许由此，在人生中凡面对国家所发生的自然灾害，便催生出王澄无限恻隐悲悯之心。我在任省人大书画研究院院长期间所办的为灾区义捐中，总离不开王澄的身影，他不止一次告诉我，只要这方面的事，他会义不容辞。只有在这时，那张冷峻的面孔才显现出别样的古道热肠，令人为之动容。

特殊的家世锻造了王澄非同一般的倔强与坚韧，这种品质也渗透在他书法的气势与架构中，王澄提出的“碑体行书”说，开创了这一书法理论的先河，他自己亦身体力行。他的书法作品法度严谨，朴厚奇诡，墨象华美，在提、按、转、收的变幻中妙迹处处。他提出的“深入一家，逐渐蜕变，不与人同，避免僵化”的“十六字方针”和一些学术思想影

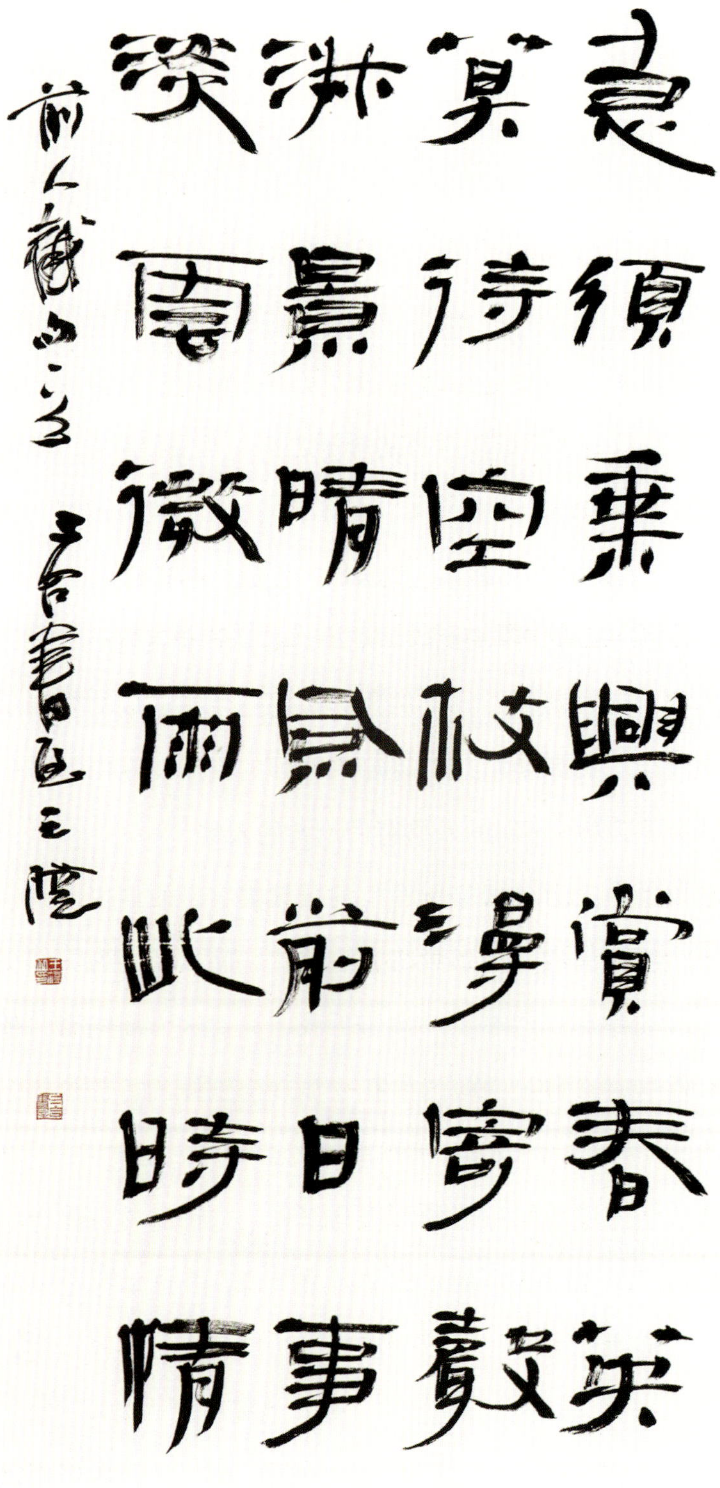

王澄书程颢诗《和诸公梅台》

响指引着不少学书之人。他身上的学者风范和熠熠才情不知吸引了多少人的目光，都以手头有一幅王澄的书法作品引为自豪。我进京汇报工作，去泉城、春城及上海拜望朋友，也不忘带上王澄的作品去炫耀我的“富有”。他还为我的拙作《沧桑》题写书名，为我的书法作品著文点评。而王澄包括他的学生有什么让我帮办的事我也从不推托，认真去做。

王澄认为，凡有成就的书画家，皆能为诗文，在写诗撰文时，心境会自然地净化提升，作品的格调境界会自然地显现其中。在书画界，王澄以善吟著称，被人称为诗人书画家。他的诗词集《棚下曲》以诗寄情，清词佳句，俯拾皆是，如“闲煮新茶忽来句，满庭清气入端池”，如“茶能醉我何须酒，墨亦香人足胜花”，如“亦阔亦宽堪望远，无遮无碍更昭明。纸新墨古胸中意，手敏心闲物外情。楼上文章棚下曲，春风秋雨寄平生”。他的词《诉衷情·意渐凉》更是耐人寻味，其大意是他的“赤诚相待”，换来的却是“最断人肠”。王澄交往有限，把圈子划定在很小的范围内，又敏感于心头掠过的风霜，生出一股人际间的寒凉，多了几分宋词之哀怨感伤的情调。这首作于十几年前的词，感于何人，我这个和他感情甚笃的老友也只能窥出些许端倪。

多年的接触，我深知几千年来中国传统文人追求的内心操守、思想的高标、人格的独立及自由精神，王澄都在努力地追求着实践着。在多种场合，他杜绝官方职务在介绍自己时出现，只允许“研究员”之类的头衔见诸于众。这种自律与自守无疑是一种美德，但作为老友我深知在他追求和实践的道路上有所偏失。在私下交谈中我提醒过他，甚至在他书画展上的发言中，我也一针见血地指出他这种不足。我的意思是在独立人格的前提下，要分清哪些是真诚的友善的人与人之间真挚情感，从中分享这些人性的关怀。大抵文化人都有自己的个性和强烈的内心价值取向，对我的这些提醒，他很难听进去，为此我们争执过，也拍过桌子。但这并没有影响我们之间的深情厚谊。

古稀之年，早已经历不惑、知天命、耳顺，世间的纷扰已趋于平静，心境也应是世事澄明，天高云淡。王澄先生的斋号半禅堂，以他的学识和学养应更懂得“放下”才能拥有，“破执”才能处处清风朗月，“方便”才是门径的禅悟。前不久我去王澄的工作室，这个曾主编过《中国书法全集》康有为、于右任分卷的他，正在校对大象出版社为他出版的一套繁体字的文集。从中可看出他一丝不苟、治学严谨的态度。但从他略显沧桑的脸上我能隐约读出他令人可敬又可怜的孤独。艺术家离不开孤独，孤独是艺术家应饮的美酒，但是生活是另一回事。一切烟消云散后应是生命的淡定从容，应是拈花一笑的省悟包容。想起相交几十年的老友，灯下冥思把我们交往中的点点滴滴诉诸文字，只是希望王澄不再做“孤独”的人。对挚友的进言，先生以为然否？

画到七十正当年

——记画家杨振熙

杨振熙，河南孟津人，1945 年生，小我 3 岁。按古人的说法，我们都已是古稀之人，可是生活在当下社会，我们都觉得还年轻。尤其是振熙，从他近几年的中国画创作中，我看出了他非常活跃的艺术生命力。

我与振熙交集不多，一般都是通过一些书画展览活动。见个面，说说话。更多的了解是通过他的绘画作品，当然从外界或圈内听到他的故事也不少。我最近经常在思考关于振熙的一个问题，为什么到了 70 岁的年龄，他的国画作品在全省乃至全国的影响反而更大了？这是我得知在北京恭王府为振熙举办了一个高规格的画展和研讨会后萌生的想法。看到展览的画集后，我思考了很长时间，觉得应该为他写点什么。

振熙早年毕业于上海戏剧学院舞台美术系，毕业后分到河南美术出版社，先是搞了一段装帧设计，后来从事编辑工作，是一头默默“耕田”的“老牛”，由他装帧设计或编辑的《文天祥传》《现代山水画库》《现代花鸟

杨振熙作品《赏春》

画库》等书籍，均在全国获奖。在编辑之余，他致力于国画创作，几十年的创作实践，终于形成了自己独有的笔墨体系，即水墨交融、用心造境。这种用心造境的成果着实让人叹服。他是怎样修炼而成的？用他自己的话说：“长期以来，在画画的过程中穿插大量的训练用笔、用线、用墨的习作。训练笔墨的气息、韵致、力度与格调。在感觉领域里反复试验、反复体验。就像弹琴一样，情绪到了，这个时候也不管是连贯还是节奏，笔墨变化，线条走动，就是一种节奏，有时候是画气韵的变化，有时候是画节奏，不受任何约束，我画到哪个地方，哪个地方就是我应该画的，用心造境，让笔墨包含你的心或意，在画面上表达出来，造成心境或意境。”

他的作品以山水较多，线条力量感很强，长线短线，密密匝匝，枯润相间，气势恢宏。或以巍巍大山，涛涛江河抒怀，或以幽幽山林，静谧月光寄情。作品表达的风格也迥异，这在当时出版的《杨振熙山水画集》中可以印证这一点。两页相邻的册页，一页用笔粗犷，描绘的是峥嵘的大山，而另一页则用笔温润，描绘的是《紫藤玫瑰》，那紫藤下的长椅上放着两朵玫瑰，令读者怦然心动。

他是画牛的高手。他 5 岁放牛，直到 15 岁走出小山沟，对牛充满着眷恋之情。他把这种眷恋之情寄托在画作中。我手头有幅丈二《琼浆润春机》，是作者 1995 年夏赴太行山写生所见，在太行山脚下，一弯清流顺山势蜿蜒直下，画面中绘有 43 头形态各异的牛，它们或低首饮水，或凝神远望，或尥蹶撒欢，或抵角嬉戏，具有块面感的墨迹勾勒出牛的雄壮强健、沉稳有力，充满着浓郁的乡土气息。从这幅作品中可以看得出，振熙对山区面貌的细微观察与生动刻画，对生于斯长于斯的太行山人高

杨振熙作品《琼浆润春机》

尚品格的礼赞与敬仰。

振熙退休后，正是所谓的画坛鼎盛时期，但他不是热衷“活动”的人，而是把自己关在自家的画室，全身心投入创作，经营自己的笔墨语言。用笔老道，用墨温润，构思巧妙，趣味横生。这是他对中国传统水墨探索和实践的结果，终于形成了自己独有的水墨体系。振熙坦言，他是笔墨为上，在画画时用水比较多，墨的神秘变化就靠水跟墨相破，“我画画基本没用‘泼墨’，我是泼水，泼水后再用墨，这样水破墨，墨破水，用足量的水来经营墨色，水与墨在纸面上神奇地变幻，就形成了水墨淋漓、水墨交融的生动画面”。在他长期的探索中，线是他感知艺术、表现艺术的着力点和敏感点，线激起了他特有的对事物的感知，并以此表现出绘画艺术精妙的神韵，他用笔粗犷又不乏细腻，用墨温韵且层次丰富。他那或疏淡或密集，或块状或网状的线条，构成的山岳、树林、河流、动物，以一种生动的不可名状的意蕴，吸引着人们，这其中蕴含着中国传统文化中的哲学与美学，老子曰：“道之为物，惟恍惟惚。惚兮恍兮，其中有象；恍兮惚兮，其中有物；窈兮冥兮，其中有精。其精甚真，其中有信。”在“恍兮惚兮”中，老子看到了“象”与“物”，而在“窈兮冥兮”中，则存在着精与信，在振熙漫漫漶漶妙不可言的水墨与线条中，让人真切地感知到这一切。

前些年随着艺术品市场的繁荣，书画家追求“财”“权”者不乏其人，振熙不为所动，他说：“人太牛气、傲气，这些气质都会影响自己的画作，我就害怕我的画上出现这种富人优越的感觉，我宁愿保持一种平常人的状态，平常人的心态，平常人的画态，这样我的画才会保持一种格调和人生的境界，将其融于心，再造于笔墨之上。”人格影响画风，这种平常心恰恰历练了他，滋养了他，成就了他。他的画，不以喧哗热闹盛大热烈取悦世人，而是呈现以静逸空灵、悠然深远的诗意和格调，为观众的心灵带来纯净与纯粹的艺术滋养，也为年轻的艺术工作者树立了一个良好的标杆。

由于振熙对人生所持有的平淡，对欲望和功名的远离，他的内心很容易进入禅意之中，这从他充盈着浓浓禅意的画作中可以看出，不仅在内容上有禅意的表达，而且在作画过程中也表达了无意而为的境界，一切都像是信手拈来，大俗大雅，趣味十足，又天真厚朴，很容易让人回忆起自己的过去，或者联想到似曾相识的美好瞬间。这就是画的灵魂。

振熙的夫人张喜梅曾任劳动厅所属一所学校的校长，在正厅级岗位上退休，我因在省教委任职和她熟悉。喜梅在学校是好领导，在家是贤内助，夫唱妇随。永远漾在她那俊俏脸上的笑容，相信也给振熙带来不少创作上的灵感和动力，振熙所取得的绘画成就，有她的一半。

有人说艺术家作品最成熟的年龄往往在50岁以后，按照这样的说法，振熙画到七十正当年。他是一个“喜欢做梦，又肯投入精力”的人。在此我要对老杨说一句话，好梦刚刚开始，许多心中未竟的图画，还可以更好地“做一做”。因为对于艺术家来说，最满意的作品总是下一幅。

渴骥振奇雄

——记巴蜀人何应辉

20 世纪 80 年代初，中国书坛风生水起，涌现出一批引人注目的书法家。何应辉先生即是崛起书坛的“川军”代表人物之一。我对何应辉先生心向往之，及至谋面，便留下了深刻印象。何先生是有福之相，一张常含着笑意的脸，说话略显羞涩，中正的斯文状。但金丝眼镜后面又流露出巴蜀人与生俱来的精明与敏锐。

正是这种精明与敏锐，使他穿越传统的雾障，把握时代审美的变化，建构自己书法的空间，从中挥洒出妙笔迭出的艺术因子，呈现出独具一格的自家面目。

何应辉的书法初由王羲之入手，后涉欧阳询、颜真卿，继攻汉魏碑刻及米芾行草和孙过庭草书。作品以行草、隶书见长，书风受谢无量、刘孟伉影响较大。既恪守传统又走向现代，是何应辉一贯倡导的书法理念。他的书法结构传统，追求变化、夸张，在书写中偏爱使用长锋，长锋行

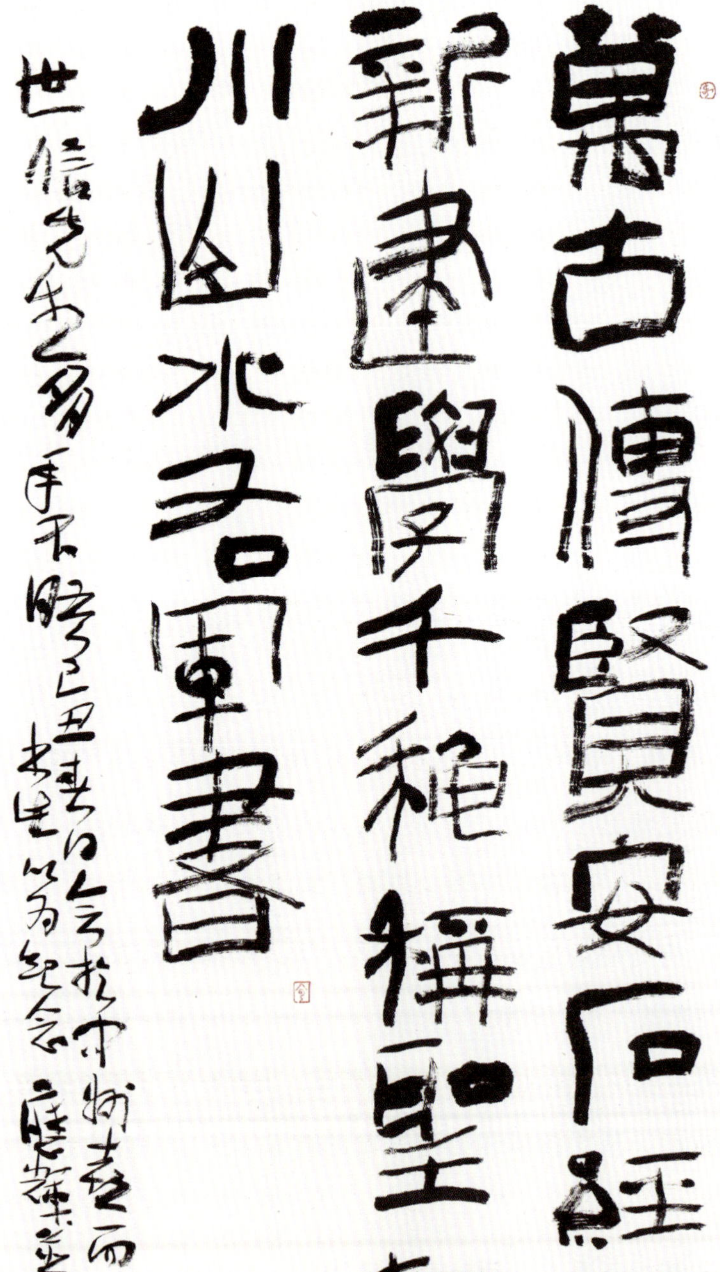

何应辉书万古千秋联

草是最能代表何应辉先生书法面貌的书体。

像一般学者一样，何应辉也经历了“文胜于质”至“质胜于文”，再至“质文并胜”的阶段。何应辉幼承家学，学生时代书法处于“文胜于质”的状态。青年时期因世事的磨砺，山川风貌的感染，他的审美发生了变化，故取内质而恶媚俗。何应辉曾有《临池》诗，用以表达当时的心志：“洗心驱媚俗，渴骥振奇雄。夜雨潇潇冷，临池意正浓！”诗中气象宏远，意气沉雄，格调不同凡响。

随着时代的推移和对精神养分的全面需求，何应辉认识到帖与碑，同是前人书法痕迹，却各有风格特点，只是遗存与流传的载体不同，不应长此短彼。何应辉渐以质与文、朴与华的统一作为自己的书法要旨，以此作为自己的落脚点，“既以碑书雄强苍浑的力量气势为本，同时也激赏帖书自然、萧散、俊畅的意韵之美”。

细观何应辉的作品，线质以力强气厚为内在支撑，线的运动以疾与涩、流与留的对应统一为基础，手法自秦、汉、魏多种类型刻石及“二王”一系的行草书化取而来。在作品风格上，何应辉也非常注意正确处理金石气的粗野质朴与书卷气的文雅意韵浑然相融，以践行孙过庭《书谱》中所言“凛之以风神，温之以妍润，鼓之以枯劲，和之以闲雅。故可达其情性，形其哀乐”。关于“质”与“妍”的关系和嬗变，孙过庭在《书谱》中提出“古不乖时，今不同弊”的观点。这也是何应辉对书法艺术继承与创新问题的看法。

观看何应辉的行草书作，能看出他优游与从容的创作心态，将汉隶等融于行草，用笔滞涩，造字天真拙稚，在结构的生疏感中流露出一派闲

何应辉书锦囊铅鼎联

适与灵动的文字风景。“锦囊句好闲中趣，铅鼎丹成静处功”是何应辉先生写给我的对联，其“闲中趣”“静处功”恰好表现出他这种文字的风格，既有传统功底，又不乏现代意趣，笔墨的调侃与陌生，给人带来新鲜与意外、轻松与惊喜。

“万古传贤安石经纶新建学，千秋称圣辋川山水右军书”，这幅字写于乙丑年（1985），貌似当代“乱头粗服”之特点，率意的书写中透出一股清新朴拙之风，仿佛又有一种欣悦之感。何先生在题跋中落笔写道：“世信先生多年未晤，乙丑春日会于中州，喜而书此，以为纪念。”每看此书，何先生豪迈率真的形象便浮于脑海，让人惬意。记得何先生写字时，总习惯向右微微侧头，也许认为这种架势是写字的最好姿势吧。

我和何先生的笔墨之谊有一点最使我感动，大凡他来河南，必会与我晤面，每次挥毫我几乎都到现场观摩，若他写出自认为得意的作品，有人想索要和购买时，他即刻挥笔在上面署上我的名字。一幅精品力作在手，我不禁喜形于色，而想要者则惋惜不已。

每当这时，何先生总不忘幽默一句：“我若出书，可否借我一用？”两人遂会心一笑。

如是累积下来，手头便有何先生书法作品数幅，说起来，这不仅仅是收藏，也是中原、巴蜀两地，两位老友几十年友情的见证。虽和何先生相隔千里之遥，但由于书法审美上意趣相通，精神相契，他的书法给我带来心灵与艺术之愉悦，悬之眼前，如对美人，如品香茗，如老友对酌，真乃人生之快事也。

前不久，何先生给我短信：“我这些年苦于公事太多，很想出去走走，云游四方，写生访友。对自己的书法，我并未满意，还有规划中的功课要做，觉得还能上更高的台阶。”

何先生以“渴骥”自喻，大有书途“伏枥”待振之壮怀，我坚信何先生的书法，不久还会臻于新的“奇雄”之境界。

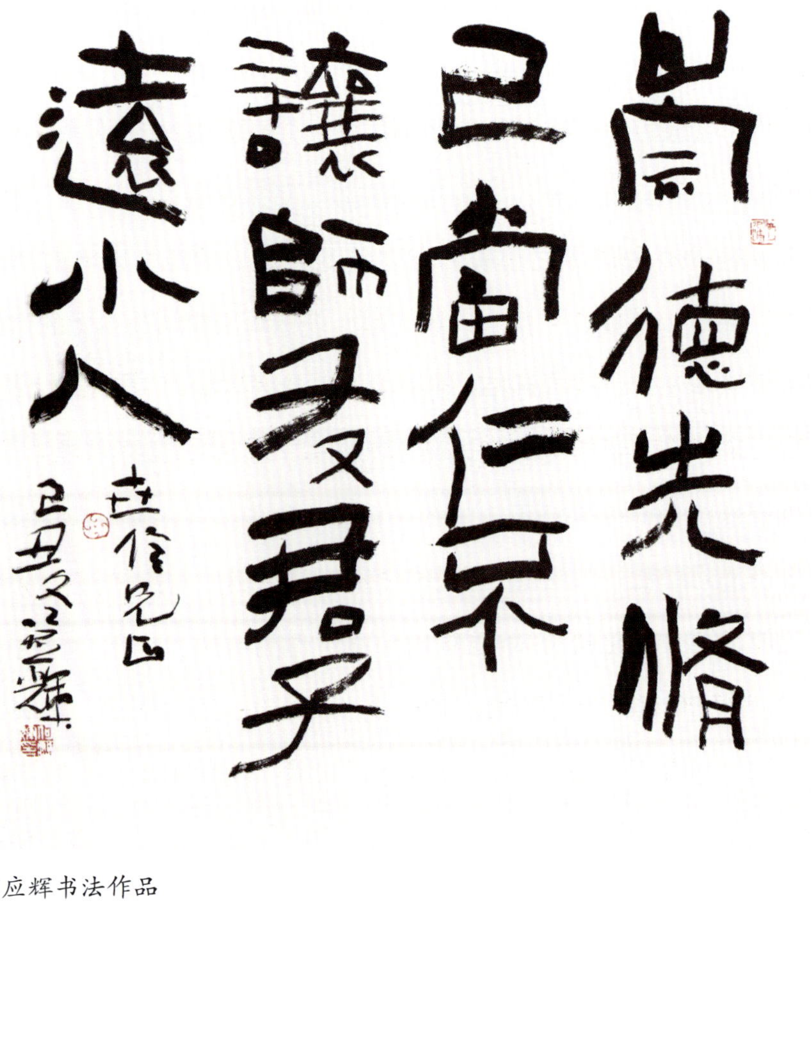

何应辉书法作品

化古为我　劲辣多姿

——徐本一书法印象

徐本一，字性初，现任湖北省书法家协会主席。他幼承家学，受其曾祖指教培养。书法初学李北海，且家藏李邕书迹的精拓。终日临摹，后又参悟北碑意趣，早年以李北海式的楷书和米芾的行书跻身书坛，他的笔墨道法自然，力主情性，作品或清新淡雅，或质朴遒劲，或老辣疏朗，各具风姿。

徐本一是伴随“书法热”兴起而著称于书坛的名家。观徐本一的书法，感受到他既能食古化我，又有现代新境界。

20 世纪 90 年代初，我邀徐本一等书家来郑，徐对我说，李北海为唐书家之冠，深得“二王”精髓，古人有“右军如龙，北海如象”的说法，李北海开创了行书博大的格局，在接纳“二王”的形式中，将之书于碑版。由于用途的改变，字迹倾向于开阔、劲健，尤其经过刀刻石砌的过程，越发表现出一种磊落卓拔、不拘细腻的品格。所以他比起王字来更容易

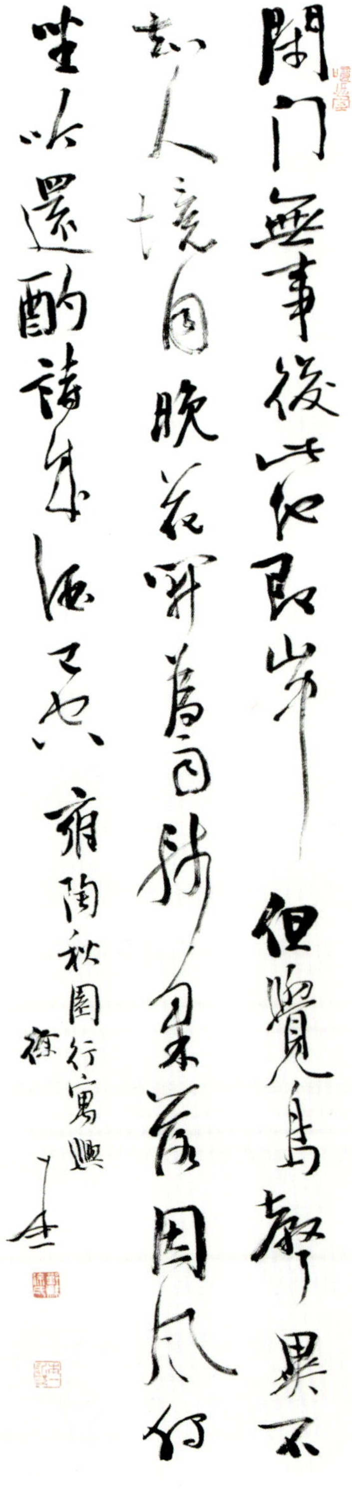

徐本一书雍陶诗《秋园行寓兴》

上手，作为过渡，上可追溯魏晋手札的微妙精湛，下可贯通宋、元、明、清文人书法的欹侧恣肆。二十多年过去了，本一对李北海书法精妙解读仍言犹在耳，令我受益匪浅。

徐本一的书法从李邕撰文并手书的《岳麓寺碑》入手，上溯北碑，加强笔墨语言的锤炼，使自己的书风逐渐转变，化古为我，以秀逸的“书卷气”为主的书风转化成以苍厚的“金石气”为主的书风。其行书则是融入现代意识的作品，从笔墨字形上更重视视觉效果，更具视觉冲击力。从徐本一的行草来看，其线条奇肆诡怪，疾涩枯辣，强力溢出纸外，结体追求跌宕多姿，夸张合度。在强化布白、轻重、大小、疏密等形式的同时，又不失可读性，从中可以看出他在创作中凸显的自由度。他的行书楹联作品，以苍辣之笔，铺排出楹联的气势，给人强烈的笔墨效果。徐本一的书法，随着时代的变化，不断推陈出新，又能强调自我风格，从古典中看，又能出乎其外，突出时代气息，有着独特的笔墨魅力，他将书法的“书卷气”“金石气”融合在一起，产生意蕴和风采。

徐本一非常讲究书法细节，他觉得中国书法最重要的就是书法家如何形成自己的一个特点，一点一画要与别人不一样，形成自己的符号。在他的书法作品之中，其人生经历与文化素养跃然纸上。或许是武汉人的缘故，他的书法已融入江城特有的性情，进而影响到他的笔墨。凡对书法有一定审美能力的人，不难品出其中的老辣之风。徐本一说，书法是最具文化元素的，书法在欣赏时有时比绘画还难。这句话用在他身上应该恰到好处。

米芾是湖北历史上最值得骄傲的书家之一，早年“集古字”，学唐入晋，技法全而且能乱真，其书八面出锋。徐本一在写到米芾时是这样诠释的：

“米芾作为中国书法史上‘二王’体系的一个关键人物，不仅崇尚意趣，抒发性灵中表现出杰出的聪颖，而且能承接王羲之技巧派的矩矱，在笔法、字法、章法上都达到了很高的难度。”正因为徐本一对米芾深刻的研究和体悟，他的行书被米字浸染颇深也不足为怪了。

王镛在中国书法史上会有一席之地

一段时期以来，书法界关于传统正宗与“流行书风”“丑书”现象争执不断。代表前者的书法界人士，唯恐中华文化传统遭到破坏，年轻人无法传承国学之精髓。赞成后者观点的，则持宽和从容之态度，认为大可不必如此干戈，美学范畴中亦有对“丑”的解读，从审美意义上来看，“丑”应有它的内涵。“丑”不是无限度的怪诞，应是在法度之内的生发与拓展。我不主张前者的过激，不要动辄就去拔什么草、留什么苗，这样不利于书法界的生态发展。

王镛是流行书风的代表人物，也是处在风口浪尖上的书法热点争议人物。有人说“王镛的选择是以放弃经典书法的丰富性与高难度表现为代价的”“有意识地把审视对象指向古代民间书法，指向非文化规范的实用书刻之迹，而表现为粗犷、稚拙、荒率”……指责这种书风是形而下而非形而上，是民间的而非庙堂的、经典的，是非主流的。

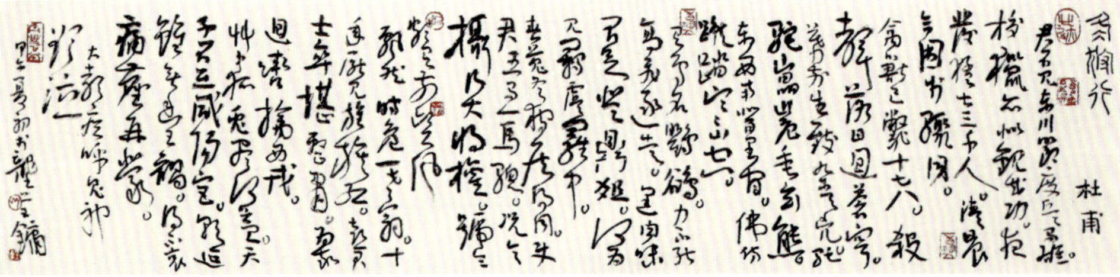

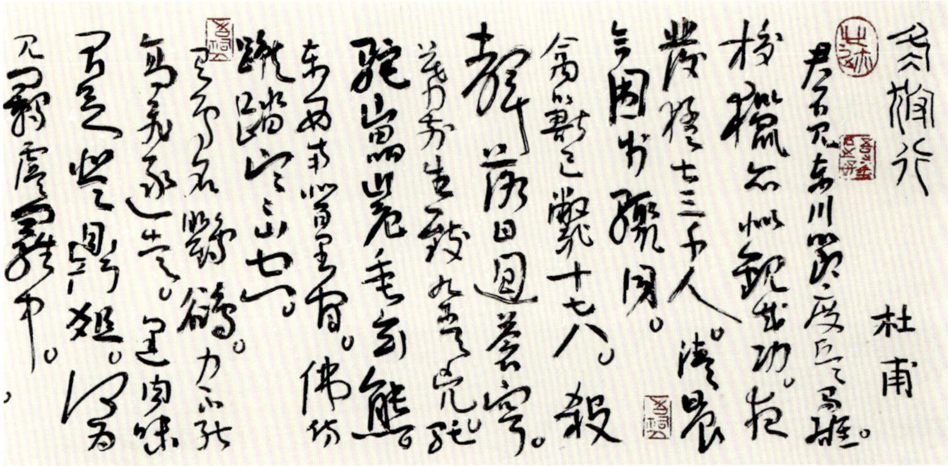

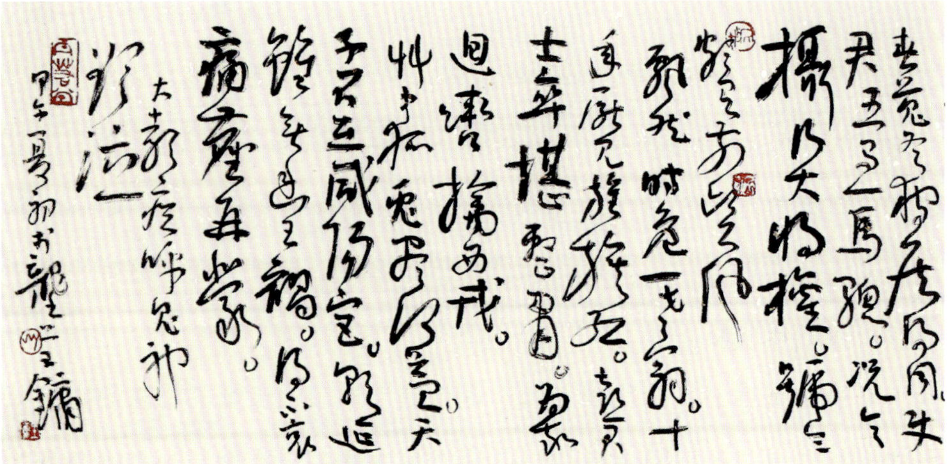

王镛书杜甫《冬狩行》

大凡一个艺术家，无论成就如何之高，在评论家抑或读者眼里都会有不同的评论和见解，仁者见仁，智者见智。自古艺术门类皆有流派，只要遵循艺术规律创作的作品皆是好的作品。毫不讳言，我对王镛的书法表示赞赏。他的作品贵能“古不乖时，今不同弊”，给人一种苍茫的大朴境界，于现代中可感受到一种原始的活力，从古意中又透出了新意，让人触摸到一种精神与魂魄的存在，实乃一种大写意。除书法之外，王镛还是画家与篆刻家，所以他的书法带有绘画与篆刻等诸多丰富元素，让人感受到另一类书风。再就是线条所蕴含的内涵，从王镛书法中，可以读出非常传统的文化因子，这是它的灵魂。书法是以古代哲学为基础的一种艺术。艺术家在创作时，点画、线条、结构看似与技法有关，其实都在诠释着中国传统文化的内涵。艺术家对传统文化的理解，某种程度上也决定着艺术家的书法实践。

王镛崇尚“博大”与“野逸”，他的书法“取法于六朝碑版，胎息于汉魏简牍”，风韵高古，朴质而超逸，于率性大胆、浑厚绵密中透出灵性，散发出自由放浪、潇洒野逸之美。作品气息充沛，传递出较强的富有现代意味的观感。同时，王镛书法的“现代感”也来源于民间。他曾在文章、题跋、书信中大量提到民间书法的可爱之处，一贯强调从流传下来的民间书法中汲取养料。在他的书法作品中，我们在其笔法和风格上可以清晰地看到汉代竹简的影子，他将民间书法的大气、苍茫、野性演绎得淋漓尽致。我以为，“大音希声，大象无形”可以用在这里。至美的乐音、至美的形象已经到了和自然融为一体的境界，反倒给人以无音、无形的感觉。王镛的作品突出的是大写意，而“写意性”恰是中国传统艺术的

王镛作品《山居图》

精髓，它不是写实的，也不是抽象的，是在精神层面上二者的有机结合，且为艺术提供了极大的审美空间。

我们评论山水画，一般都要谈到以书入画，强调点线的书写性，这也是王镛书法的卓越脱俗之处。他的书法像一幅雄浑的画卷，那笔笔点点，如山似水，以书法骨力与金石韵味表达出来的写意精神，独具匠心。王镛也曾提出“艺术书法”的概念。在2004年的“北京·湖南艺术书法展”上，他强调，以往都说“书法艺术”，现在提出的“艺术书法”绝不是文字游戏。艺术的概念明显比书法大得多，而“书法艺术”这个词组颠倒了词组关系，忽视了书法的艺术属性，容易被误解为“书法技艺”。“艺术书法”强调的是书法的艺术本质，强调以创造力、审美为目的，有别于“实用书法”，而并没有脱离汉字这一载体。

任何艺术都是作者对人生的追求和心性的抒发。王镛在一篇自序中说到自己的艺术追求，曾说：“余治印亦无他技，唯潜心求索，不惑人议，不假绳削，趁性而已。检点心得，乃余五字，曰：大、拙、古、野、率。或问进境高下？余心向往之可矣。”王镛治印如此，他的书法、画作亦如此。

丙申年（2016）正月，我赴京参观黄和平先生开办的杏坛美术馆，馆里珍藏着王镛五六十幅书画精品，令人惊叹，这也印证了我所言不虚。

曾听到这样一个故事。一次，王镛的学生问他：“老师你是怎样学习汉印的？临摹过多少方？”王镛说一方也没临过，学生听后着实大吃一惊。这位学生心想，之前认识的老师都让他好好学习临摹秦玺汉印，王镛竟然从不临摹？但王镛后面的话才让学生有醍醐灌顶之感。王镛说，我虽然不临摹，可我每晚临睡前一定要读印。

王镛作品《千峰一家住》

读印与读帖，应该是同样的道理。对于我来说，读帖占我生活的一大部分。一本名帖在手，帖中字的点画、用笔、结体和神韵等，便观之于目，化之于心。时间久了，潜移默化，便会笔随人意，名家的风格与特点慢慢就在一些精微处显现出来。这个故事颇有几分意味让人咂摸。这个“读”在中国人的学习中很重要，你能说王镛的作品里没有汉印的影子吗？这就是王镛学习传统艺术的智慧所在。

1991年夏，余邀王镛、刘正成、张荣庆、李铎、孙伯翔、黄惇、徐本一等十余位书家赴郑雅集笔会，印象深刻。我亲见先生随手掂起半秃的小笔写大字，锋、腹、根并用，满幅纵横，一任自然而功力内含。

如今细想，彼时即觉其具异人奇禀之相，是大家之照。可以说，王镛先生几十年都在和一个“俗”字作斗争，他既是传统书法的守望者，更是现代艺术书法的探索者。相信他会在中国书法史上占有一席之地。

王镛作品《深壑树声满》

作家郭义方和他的豫东“牛屋”

郭义方来郑州，说要拉大旗作虎皮，叫我给他的《牛屋夜话》作序。他说，明性生前曾答应为他的书写几句话，可惜他走了。他知道我和明性情同手足，是不会推辞的，于是就有了这篇短文，愿能慰藉明性在天国之灵。

义方生于中华人民共和国成立那年的乞巧节，那是村姑于葡萄架下偷看牛郎织女相会时，虞城县的郭楼村降生了一个小子。父曰，此子有灵气，日后定有出息，取名义方，有润泽四方之意。上中学时，因家境贫困辍学。艰苦岁月以读《三国演义》《水浒传》为食粮，每至精彩处，不禁拍案，竟忘腹中之饥。

1970年，义方看报上一篇文章写得好，狂言道：“吾笔胜之。”遂写一短文，竟见于报端，再书《虫子迷》《小护线兵》《故乡的老槐树》等作品，又辛劳了上海文艺出版社、河南人民出版社、《河南日报》的编辑老师和工厂的印刷师傅。于是乎，做起文学梦来。1983年被批准为河南省作协会员。至今，义方已有《郭义方作品集》和《木兰传》上、下部问世，计百万字。

翻看他即将出版的《牛屋夜话》，记忆中的乡土风情裹挟着豫东特有的气息扑面而来。这本书以豫东农村为发生地，讲述了一个个作者亲见或从上辈人那里听来的故事，语言鲜活，人物传神，能从字里行间洞察出20世纪三四十年代至今乡下的时代变迁。“戏迷七姑娘”“地主羔子”等一些旧式人物于新时代所呈现的变化，使读者从新旧不同时期的冲突中体味人物经历的惊涛骇浪，从而与人物发生心灵共鸣，达到应有的艺术与阅读效果。

《牛屋夜话》可以看作一短篇小说，人物刻画通过“夜话”表达得相当出彩。“牛屋”在这里，成了乡下人消磨时间、胡侃海吹的沙龙，也是他们精神的自由王国。他们还在这里“滚草窝”，牛屋成了不掏钱的“客店”。牛屋虽陋，却是贫寒年代乡下人身体与心灵的取暖之所。同时，生存的窘境，对于温饱的渴求，也揭示出各色人等交往中暴露出的复杂人性。

《媒人店》这篇写得尤为浓墨重彩，充满幽默与讽刺，不乏喜剧效果。主人公为了一己私利，阴差阳错，陪了夫人又陪女儿。夫人与女儿虽说有了好的命运，自己却剩光杆一条，读来令人忍俊不禁，啼笑皆非。作者把一个乡村媒人的投机与狡黠刻画得入木三分。在那个特殊的时期，主人公绞尽脑汁，分门别类，创造了“换亲转亲”等结亲模式，以致此种婚姻衍生出诸多不幸婚姻。透过这种无奈与苦涩，可以窥见一个时代的缩影。

我很欣赏义方的叙事语言，在叙述中融入生动的乡村俚语，描写乡村景象时笔法又颇为细腻恬美、自然生动，略见孙犁先生的语言印迹，譬如“一场喜雨过后听得到‘咯咯叭叭’的拔节声。六月太阳晒黍米，红彤彤的犹如火烧云，东南风吹来，扑面一股子秫秫花的清香”，这样的句子随处可见，令人身临其境，可感可触。

读完之后，我深刻的感受是，义方是一个出色的“导游”，在不经意的叙事中把读者引领到豫东农村，让读者认识了一个个命运多舛的小人物，感受到他们的爱恨情仇。正像义方所说：“他们只知道生活在这片土地上，人与人相亲相敬，相互念想，相互帮衬，热情地寒暄，亲昵地逗俏，平凡中流露着火爆，苦涩中洋溢着欢笑，才是（他们）最大的乐趣。他们就是这样，一天天，一年年，一代代过来的。”透过这本书，人们认识了豫东这片热土，它也因而成为一个珍贵的历史记忆，一个生动的乡村标本。

义方写的都是牛屋里的往事，鞋筐子里的家常话，我读得好有味道，不由得勾起我对故乡一草一木的眷恋，对男女老少的怀想。忆起小时候与小伙伴去故道踏青，去看梨花丛中蝶舞，去柳公河畔抓青鱼小虾，爬树捋榆钱、薅猫耳朵，挖荠荠菜让妈妈包饺子……美好的童年生活一幕幕电影般放映在脑海里。

想必读者看后，和我一样，也回忆起过往的乡村生活，唤起丝丝缕缕的美丽乡愁。

（此文系作者为郭义方《牛屋夜话》所作序）

《奔流》作家丛书
牛屋夜话
郭义方 著
我以自己的方式诠释五彩斑斓的世界。去尝试，在绿色的树叶上，做一个阳光灿烂的梦。
梦醒来，果子熟了……
中原出版传媒集团
大地传媒
中州古籍出版社

郭义方著作《牛屋夜话》

王宝贵：一个快乐生活着的书法家

王宝贵，汴梁人氏，著名书法家，更是一个深受东京梦华熏陶的文人雅士。他好昆曲、京剧、古琴雅乐，好奇石盆景、焚香品茗，举足间从骨子里流露出老派文人的纯粹和顽守。

他住在河南开封西郊一个胡同里，我是造访的常客。随着两扇朱红大门微启，就闪出宝贵两口子脸上流淌着笑意迎接的身影，一阵阵花木的香气扑鼻而来，让人怡然销魂。不大的庭院里，种着蜡梅、金橘、石榴、银杏，养着四季花草，夏有荫，冬有梅，春有百花可赏，秋有红叶可观。他供着这些美好的植物，美好的灵魂，似梅妻鹤子般与它们相处，陪伴着他的搦管生涯。

宝贵喜藏石、赏石，家里摆着从全国各地搜罗来的“灵石”——灵璧石、太湖石、英石、雨花石、寿山石，应有尽有。这些石头或怪或丑，或漏或皱，或巧或拙，或兼而有之。最奇的，是他院子东南角一棵金桂树

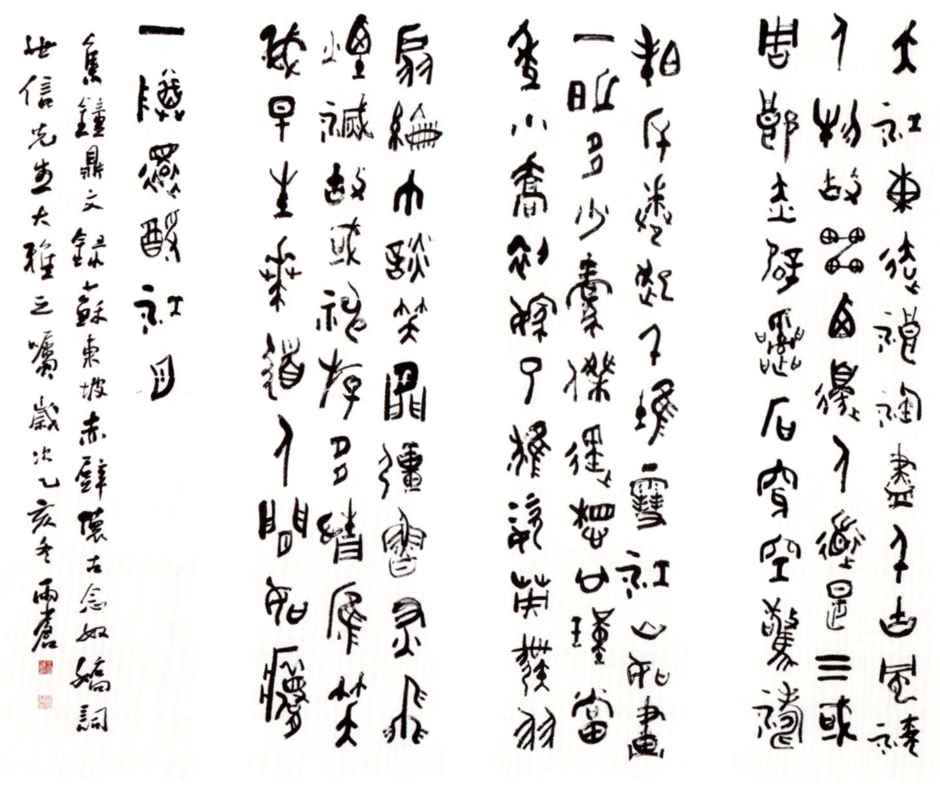

王宝贵书苏东坡词《念奴娇·赤壁怀古》

下藏着的一块披着光环的“艮岳石”，这块摆在宋代皇家园林里的石头，不知怎么就落在他的家里，亦不知为啥被放在墙角。吾暗自揣测，是被当成镇宅之宝了吧？还有令宝贵欣喜不已的，是在他堂屋西侧一株古老的梅树的根部，前几年竟长出灵芝来，像一把撑开的圆形小伞。宝贵纳闷，灵芝一般都生长在高温多雨的南方，北方有种植者，野生者鲜有。我说这不奇怪，园子里的“仙气”使然。

宝贵对于戏曲，几乎痴迷。京剧、评弹、昆曲是他的最爱。历史上的名角如数家珍，唱腔特点说得头头是道，师承关系亦弄得清清楚楚。一般的唱家他是不听的。遇有名角演出，不远千里也要去看。京城多年未登台的某名家出山，他闻讯若狂，直奔京华。于魁智、李胜素来河南郑州，宝贵心急如焚，数次致电催票。票到手，备好的饭不吃，沏好的茶不饮，心里只有于魁智、李胜素的演出。他常说自己身体不好，名角倒使他变成了“运动健将”。

宝贵来郑州，必到我处一叙，来必畅饮，期在尽兴。一次，席间只我们二人，我试探着问他，今天就不喝了吧，他拿眼盯着我，直言“席间无酒，犹如大辱，席间无美味，犹如大耻”，弄得我啼笑皆非。酒上桌，两人对酌，至微醺时，宝贵坦言：“2014 年春已辞去所有职务，可悠哉悠哉了。还诌诗一首呢！”说罢摇头晃脑朗诵起来：“老夫解甲日，迎春烂漫时。卿说归来好，可以赋新诗。”吟罢，得意地问我“如何”，我不作评价，追问：“卿是哪个？”宝贵装聋作哑，笑而不答。沉思片刻，莫名其妙发问：交什么样的红粉知己？以其学识，孰能不知？趁兴考我，不解其意。忽想起《古文观止》里一篇什么文章有“秀外慧中”四个字，加上自己的理解发挥，

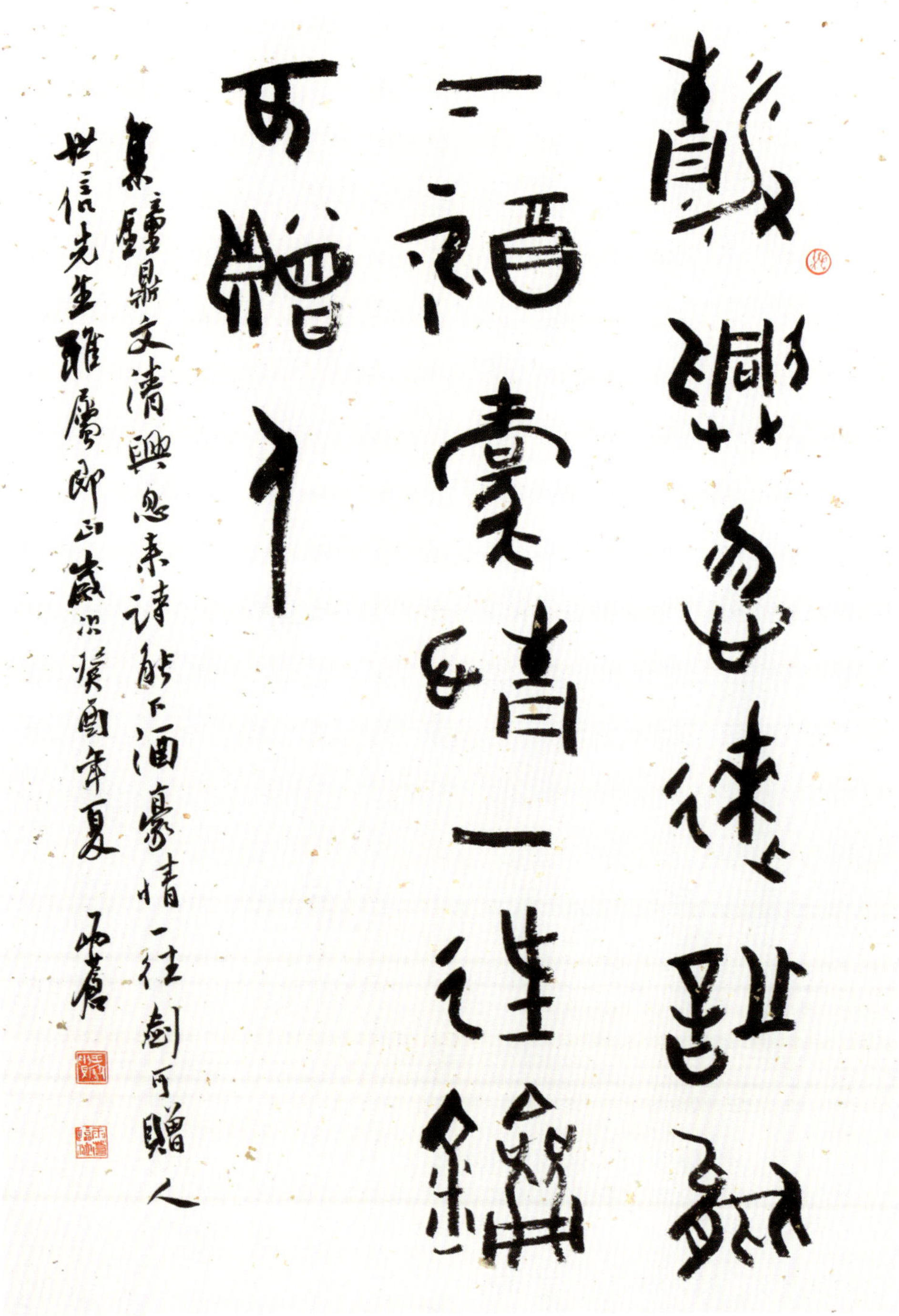

王宝贵书《集钟鼎文》

卖弄一番。此时小樊加了两个字“懂你”，宝贵大呼精彩。在手机上一一记下，又不解其意。宝贵这些只能作为茶余饭后的调侃妙语，俯拾皆是。但他更关心国家的长治久安，老百姓的幸福安康。官员请他写字，内容最多的是“怀中白雪，心里苍生”，希望他们廉洁自律，心里装着百姓。甲午年（2014）端午节，他作的一首诗最能窥探到他的“怀中白雪”：“沧海桑田日月星，今人心与古人同。千家举杯共一醉，祈愿万年享太平。”

宝贵先师傅天趣曾教导他写字要“务去名利之心，务去烟火之气”。宝贵谨记之，力行之。所以，他的字像他的人一样，呈现出古、静、雅、正的气息，一看就是被学养与心灵滋养出来的。挥毫前，必打香篆，听古曲。在沉香如轻雾般的缥缈中，在如痴如醉的《春江花月夜》伴奏下，开始挥毫。他的每个字都很耐看，通篇赏更是意态自适，面颜素净，彬彬然若一君子。隶书与行书洒脱恬淡，品质高雅。其大篆更耐人寻味，所书杜甫诗句“侧身天地常怀古，独立苍茫自咏诗”，笔笔变幻，骨力深藏，气韵高古又不乏意趣，近乎神品。

宝贵还是一个重情重义、不附和逢迎的谦谦君子，对待朋友不当面恭维，一旦开口，直抒胸臆，字字珠玑。我请教写字要旨，并拿出我前几年写的《赤壁赋》给他看，他审视一会儿，幽幽道出：“写字，就像唱戏，要字正腔圆，醇厚甜润，身段要轻盈矫健，舒展自如，写字一笔一画都要有来历有交代的。那时候你写字一上手就入苏（轼）！苏太内敛了，最不好写的就是苏，写家需要内涵，与苏性相近，否则写不好。这几年你和苏渐行渐远，还是拾起来吧！”这些真经，我虽谨记在心，但又从来不临《寒食》等诸帖，终无大长进。

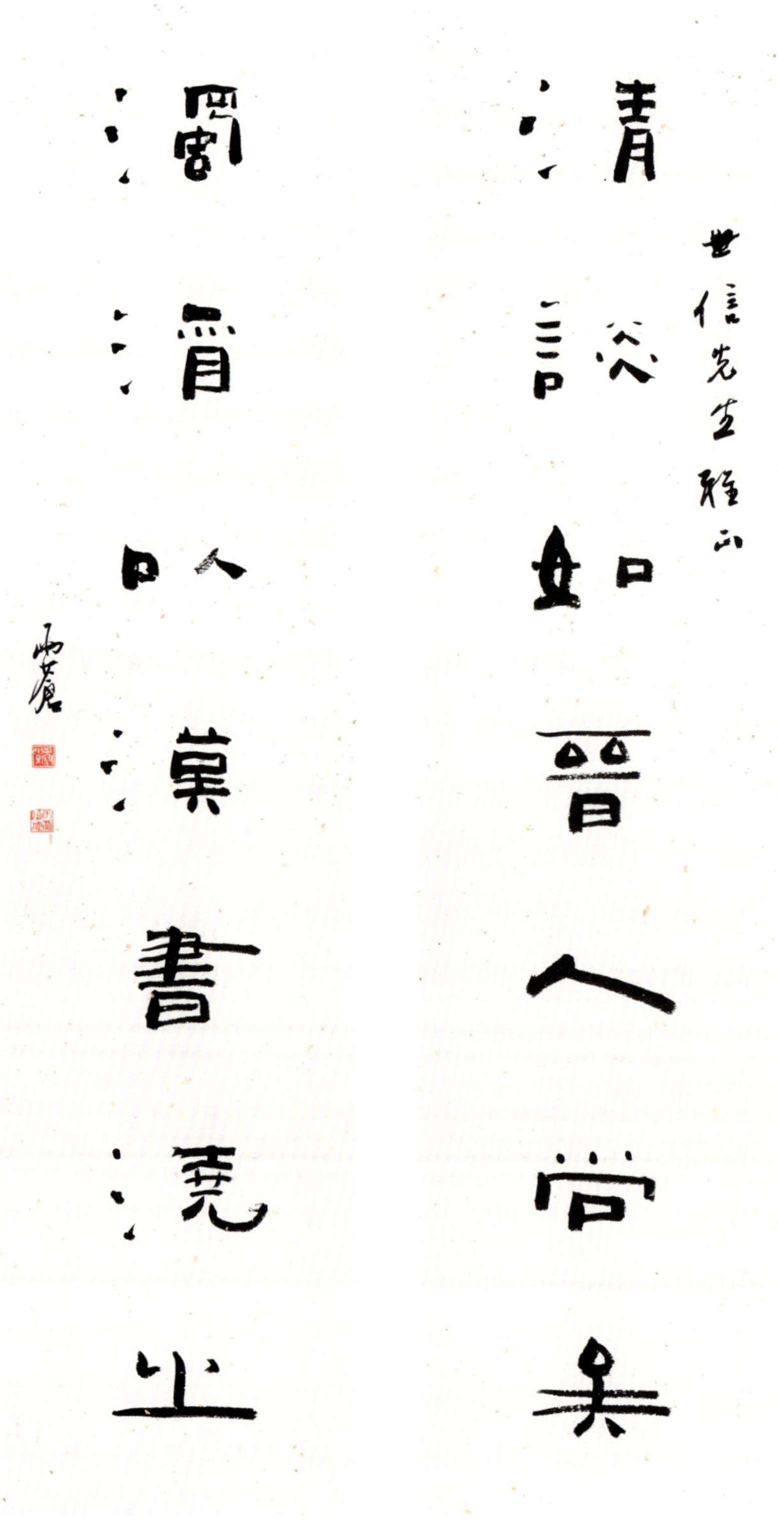

王宝贵书『清谈浊酒』联

我所藏宝贵墨宝，一幅用粉青纸写成的行书条幅，令我珍爱有加。说起来，这幅作品是张纸头，却有意外的效果，让人从字里行间闻得到墨香飘逸。他也格外满意，嘱我放好它。他说，很多精品都是纸头。写纸头时，精神完全放松下来，没有任何功利色彩，不必去投人所好，不必端着架子，一切发乎性情，发自内心，这时候写出的字才最具个性。“寒山转苍翠，秋水日潺湲。倚杖柴门外，临风听暮蝉。渡头余落日，墟里上孤烟。复值接舆醉，狂歌五柳前。”诗中的景象想来也正是宝贵所向往、所追求的超然物外的情致，醉酒狂歌的士子风度，何尝没有他的影子？

宝贵是现代生活中不多见的一个雅士，他淡薄名利，拒接任何虚妄头衔，读圣贤书，交知心友，待客或青梅煮黄酒，或碧筒饮玉液，或菊花涮火锅，或白木烤鹿肉。啜新采龙井，品陈年生普。晨起侍花弄草，晚来散步遛弯。他快乐地生活着，快乐地书写着，并把这种快乐传达并感染给知道和不知道他、了解和不了解他的人们。他笔名雨苍，乃其先师傅天趣所赐，先生曰：“霖雨苍生者也！”多年来，宝贵作品一直以此落款。

王宝贵书唐代郎士元《题精舍寺》

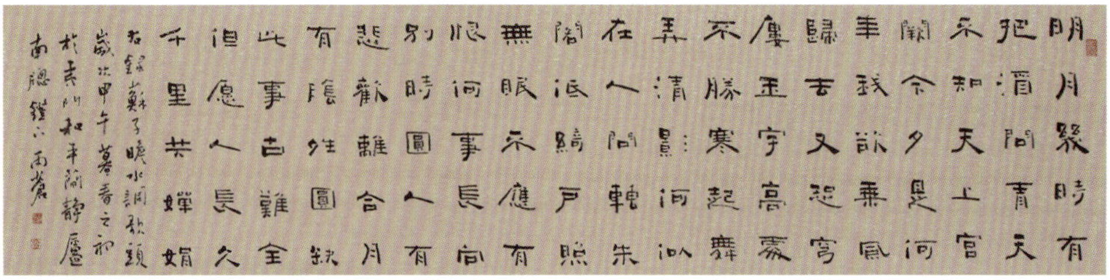

王宝贵书苏轼《水调歌头》

学书在法　其妙在人

李麦志因为名字里有一个“麦”字，就散发出一股泥土的气息，飘逸着五谷的芳香。我看到他的第一感觉，觉得他像长在田间的一棵树，根深叶茂，每个叶片上都有阳光的闪耀。相熟后很快了解到，他和我有过一段相同的经历：都出身于贫困农家，都在困难时期求学，都入伍到部队锻炼，又转到地方工作。我们都有一个共同的爱好——书法艺术。在有关领导的支持下，我们共同筹办成立了河南省人大书画研究院。几年来，办了多次书画展，编辑出版的《大河风》书画系列在省内外都产生了不小的影响。麦志作为副院长，付出了很多心血。2005 年，他主编了《卫水长歌——滑县在郑十五人书法作品集》，以此表达对家乡故土无比热爱的赤子情怀。这本书他邀我作序，至今说起这事来，他还是一脸的感动。

麦志热爱家乡故土，把这种情爱，灌输到具体工作中，干一行爱一行，每一行都干得很出色，同时他把这种爱融会在生命和艺术之中，让生命

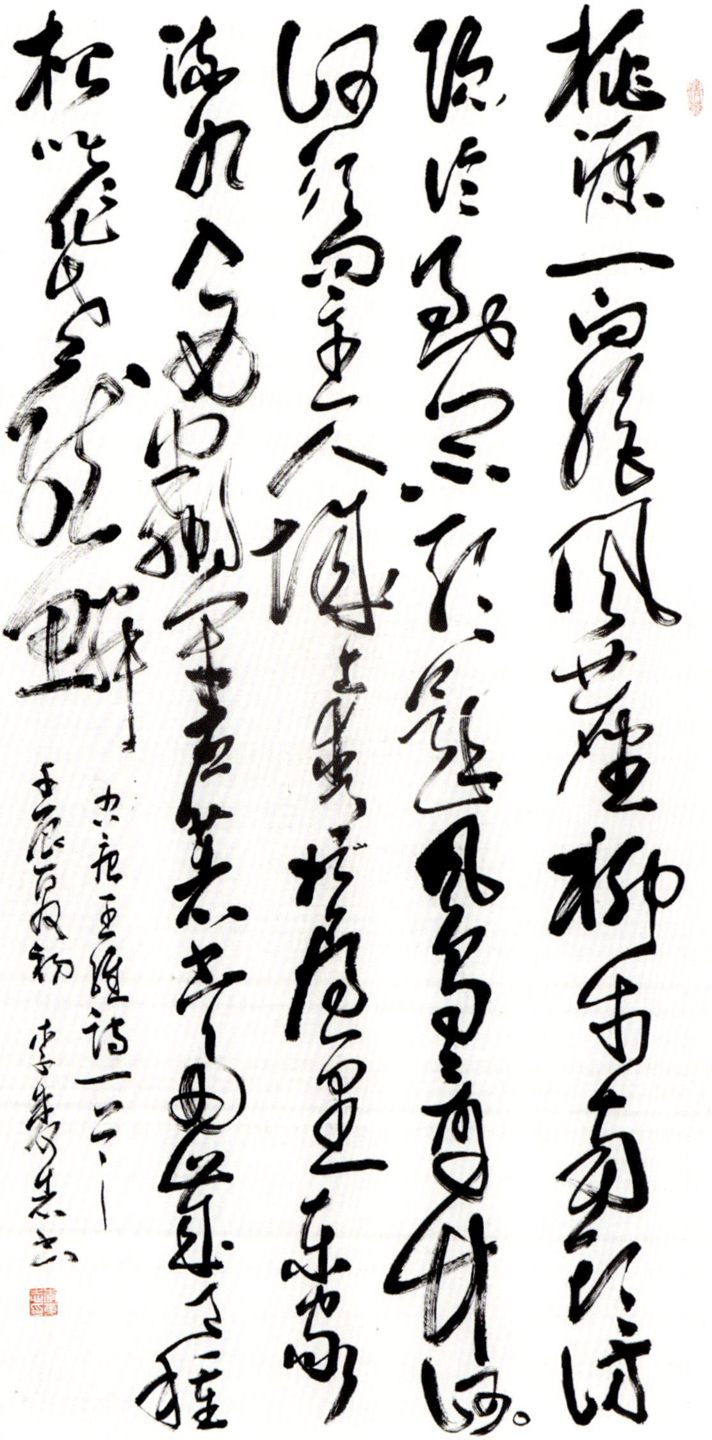

李麦志书王维诗《春日与裴迪过新昌里访吕逸人不遇》

之树常青，让艺术提升生命质量。在各类艺术中，他痴迷的是书法艺术。他说：“追求探索书法艺术，同其它诸如戏曲、音乐、绘画、舞蹈等一样，是一种高雅的、绝美的、灵动的实践活动，是文明进步的表现。”他几十年如一日，从学习正楷入手，临柳公权、临颜真卿，后来又迷上了草书，从王羲之、张旭、怀素一路临来，到宋代黄庭坚、元代鲜于枢、明代祝允明至清代王铎、傅山等，无不怀着敬仰崇拜，从一笔一画学起。他常年携带一个小本子，遇有好的碑帖，便一笔一画临下来，临得最多的是孙过庭的《书谱》和《千字文》。他不仅临古人，更不放过向当今书法家学习的机会。我省的著名书法家王澄、周俊杰、宋华平、胡秋萍、王荣生、耿自礼常来我办公室小坐，他都当面恭听过他们的教诲，或现场观摩他们的书法创作，从中受益匪浅。不论在单位上班，或出差去外地，他都处处留心，在古迹名胜看碑刻、看楹联、看石崖摩刻。他说：“挖掘书法创作的源泉，保持常新的旺盛心态，是习书的根本所在。”此话说得很好，只有热爱人生、热爱大自然、充满情趣、充满爱心、好学上进的人才能领会书法艺术的魅力。他在长白山天池联想到的是“墨走无边，墨分五彩”，他从飞机的舷窗看到的是大地如画、河流蜿蜒，联想到的是笔走龙蛇、气势恢宏。他在三亚观潮，在峨眉山赏茶，看到的是巨浪排空，联想到的是书法的狂草巨幅，是或浓或淡、或疏或密的墨色和布局。正因为麦志的这种情怀，加上持之以恒的苦学苦练，其书法作品酣畅淋漓，纵横跌宕，线条劲健，境界越来越高，受到专家和书法爱好者的称赞。

麦志书法作品结集出版，是一个农民儿子辛勤的收获，是献给大地母亲的一束鲜花。我以朋友和兄弟之情，草此短文，借以表达我的祝贺和喜悦，祝愿麦志“苟日新，日日新，又日新”。以此为序。

李麦志书法

激扬草书追前贤

——耿开昌书法印象

一双智慧而明亮的眼睛，一张透着高原红的沉静稳重的脸庞，一副挺拔而不失硬朗的身板，声若洪钟的嗓音，与人交往的坦诚……这些都是耿开昌给我留下的印象，显露出长期军旅生涯烙下的印迹，折射出辽远厚重的西藏高原给他留下的非同一般的人生积淀。这种性情与阅历也融入到他的书法作品中。

我和开昌交往多年，深知他对书法的痴迷与勤奋，有一次我看他把《书法导报》上刊登的《圣教序》剪下来认真研习，就叫人装裱了一幅《圣教序》手卷送给他，以便他随时拿来观摩。

开昌继承家训，日习书法。军旅生涯及到地方从政后，紧张闲暇之余寄情翰墨，研读书法理论，临《集王圣教序》《兰亭序》《书谱》《智永千字文》，领悟右军、鲁公、张旭、怀素法帖奥秘，习王铎，读米芾、董其昌诸家及现代名家。书法得益于王澄、周俊杰指教，作品逐渐脱俗，

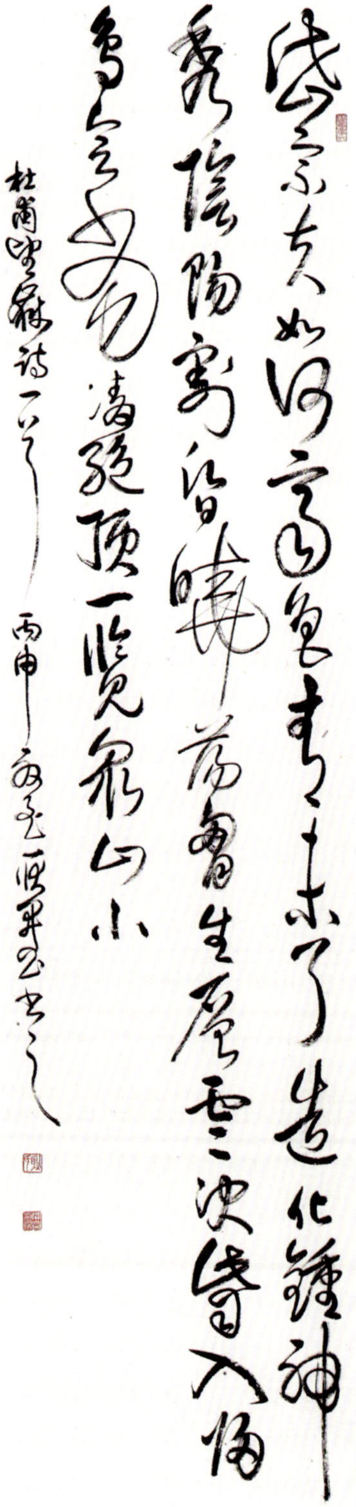

耿开昌书杜甫诗《望岳》

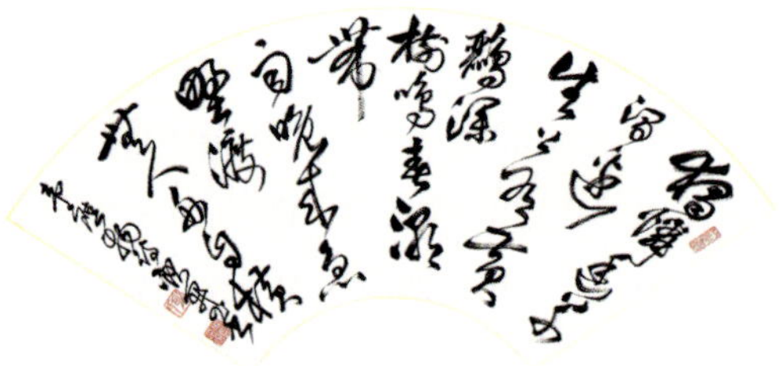

耿开昌书韦应物诗《滁州西涧》

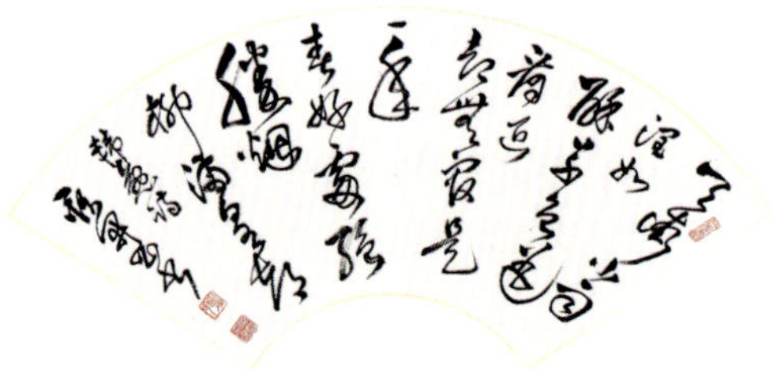

耿开昌书韩愈诗《早春呈水部张十八员外》

生发新意，于清正刚健、洒脱飞扬、行云流水间充满中国传统文化的风范与韵味。

开昌出生于兰考县乡下一个重视文化的家庭，其父写得一手好毛笔字。每逢春节，给村人写对联时，他都要拉上幼小的开昌站在旁边看，打那时起，开昌就暗下决心，长大后要成为父亲那样会写毛笔字的人。

有一年春节临近，其父买来红纸，把纸裁好，让开昌写春联，开昌说不会写，父亲批评说，我读一年半私塾都会写，你上了三年学还不会写？来，写写看。开昌硬着头皮掂起毛笔，急得满头冒汗，一张红纸浪费完，也没写成一副对联。父亲搬来几块砖叫他跪在上面说，看我咋写！这个中国传统家庭的教子故事，听起来颇像“断机教子”之类的典故，让幼年的开昌萌发写好书法的初心。

1969年，开昌入伍，在西藏当兵，一干就是三十年，条件之艰苦可想而知。尽管如此，他也没有忘记练字，没有毛笔、没有宣纸，就用树枝作笔，用沙土地作纸，体会锥画沙的感觉。一次到雅鲁藏布江边植树，休息间就用铁锹把在沙滩上尽兴挥洒，写了一篇尺许大字的苏轼《赤壁怀古》，观者鼓掌赞之。1975年，开昌被提拔为干部。有了工资的第一件事，就是跑到拉萨市的新华书店买了欧、柳楷书帖，邵瑛著的《黄自元间架结构九十二法》，颜真卿的《多宝塔碑》，王羲之行书字帖等。而对这些法帖，开昌开始临习，渐渐有点走火入魔，节假日一写就是一天，有时连午饭也忘了吃。一天晚上临行楷“秀”字，写了三四个小时，越写越觉得走样，未免懊恼掷笔上床，梦中遇一白须白发老人，在那张纸的空白处写“秀”字作示范。梦中惊醒的开昌，急忙翻身下床，伏案挥笔，按“仙人”点拨，

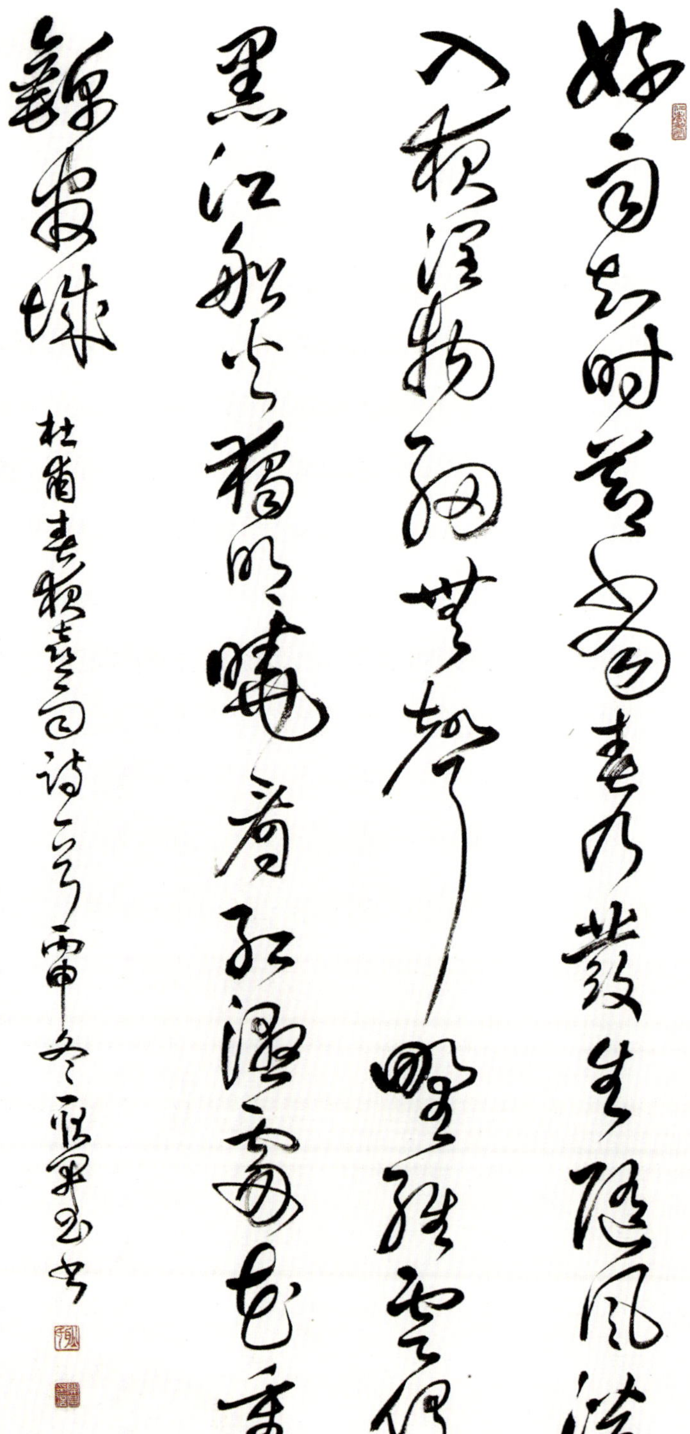

耿开昌书杜甫诗《春夜喜雨》

连写“秀”字数十遍，其痴迷书法的程度可见一斑。

要写好书法，没有捷径可走，临帖是写好书法的必经之路、不二法门。开昌深知之，笃行之，对钟繇、“二王”、孙过庭、张旭、怀素、祝枝山、傅山、王铎等法帖，读之、背之、临之，广纳博取，反反复复，从不懈怠。开昌在临习的过程中，对王铎情有独钟，认为其书笔力雄健洞达，苍老劲疾，跌宕起伏，有挥斥八极之概，锥沙印泥之妙，松涛云影之幻，真乃“造化入神秀”，达到了天人合一的境界。开昌对王铎的法帖大都稔熟于心，从其线条中感受到无限的生机，感受到瞬息万变、难以捉摸的奇妙，感受到身心愉快、无比的大自在。为了强化腕力，还花了不少时间临摹《石鼓文》《石门颂》等。

开昌的书法创作，遵循的原则是草法规矩，气势连绵，遒劲刚健，意境较深，狂而不怪，静而洒脱，以达到书法作品“静”的境界。

十多年来，开昌虽然主攻王铎的草书，但也不是照“单”全收，在创作中刻意回避其狂愤和压抑的书法情感，追求一个“静”字。开昌的书作大都是追求王铎草书长卷的风格，也追求王羲之《十七帖》的韵味、张旭《古诗四帖》的势态、怀素《自叙帖》的意境。如去年为其朋友创作的一幅丈二作品《将进酒》，整幅作品有激情，达于静，毫不夸张地说，开昌的书法作品逐渐有了自己的面目，行家看了无不给予较高评价。

面对行家的肯定，朋友的点赞，开昌总是说他只是一个爱好者，有自己的面目还谈不上。但他深知追求古典的书法精神，不能只停留在前人的法帖之中，应大胆创新，守古不离古，拟古不泥古，把自我摆进去，又要抛弃自我。要做到这些，就必须下功夫研读古今书法理论，从中汲取营养。没有书法理论的指导，书法创作就很难有进步，书法理论是一个书家迈上创新进步的阶梯，是书法创作的导航仪，是打开书法堂奥之门的金钥匙。开昌在创作中遇到难题、困惑，便从书法理论中找武器、找解剖刀。为此，他通读了《历代书法论文选》《实用书法手册》《实用书法教程》《书法美学论稿》《书法有法》《教你如何写书法》《宣纸上的记忆》《书法门诊》等数十种著作。对《书法导报》《中国书法》杂志刊登的理论文章，对网络、微信中的有关书法知识，无不加以研读，其中一些重要文章还反复读。尤其对孙过庭《书谱》中的一段论述“观夫悬针垂露之异，奔雷坠石之奇，鸿飞兽骇之姿，鸾舞蛇惊之态，绝岸颓峰之势，临危据槁之形”，反复揣摩，在书法实践中反复体验，如何用笔、用墨和字的结构来体现“异”“奇”“姿”“态”“势”“形”，时间长了，再加上临帖中的体会，竟能达到意想不到的效果。

对于一些观点，开昌能在创作中悉心体会，反复实践，如读杨徐辉的“抒情乃草书中的法中至法”“激情是气旋转的风，有涨落；境界是靠修炼累积的高台，能守恒”“在表现生命张力的同时，草书必须达于静的境界”等，如对于孙晓云提出的转笔法他也在临创中去体验，得出写草书运用转笔法效果会更好的结论。

十多年前，书法家王澄评论：“开昌的草法比较正且较熟，用笔还需下功夫，使线条圆润畅达些，长而久之，会有成就。”多年来开昌把临帖作为日课，坚持不懈，并在用笔、用墨和线条上用功，渐有所悟。前面我说过，在长期的实践中，开昌的书法已初步有了自己的面目，这种面目 b 随着时间的推移会勾勒得愈加清晰，让读者强烈的感受到书家之存在。

笔染“二王”贾凤昌

贾凤昌先生自幼喜好书法。十多岁就以字写得好而闻名乡里，由此又进入军营，在大熔炉中锤炼成长。凤昌勤于思，敏于行，刻苦上进，二十多岁就当上团职干部。不论是在紧张的军营生活履行天职，还是转业到地方勤政为民，对书法总是一往情深，以研读古今书法理论，临摹前贤大家碑帖墨迹自娱，在翰墨的浸染中陶冶情操，领悟中国传统文化的博大精深，书艺日有长进，渐成个人风格，写出了不凡的内心世界与精神追求，在不期然中实现书法境界与人格境界的双重升华。

凤昌的书法上溯晋唐，以“二王”为师，临颜、欧、柳、赵，手摹心追，又取米、黄之内外形神，从中汲取营养。书写中注重结构与用墨之道，间架规整严谨，章法稳而有序。善用中锋、侧锋，用墨在华滋中寻找劲健，在沉稳中寻找节奏，在章法上追求和谐，在和谐上追求飘逸。其作品古朴遒劲，率直洒脱，气韵通达，心手合一，从单个字看气度昂扬，

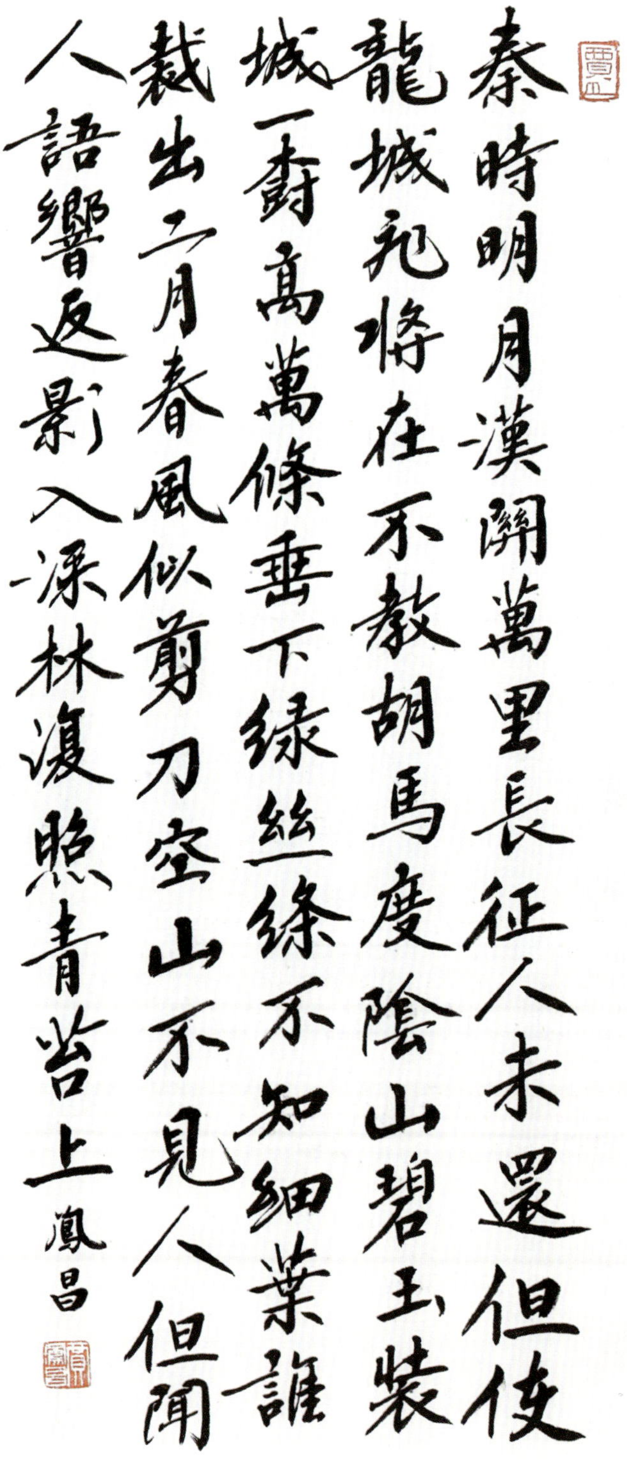
秦時明月漢關萬里長征人未還但使
龍城飛將在不教胡馬度陰山碧玉裝
城一樹高萬條垂下綠絲絛不知細葉誰
裁出二月春風似剪刀空山不見人但聞
人語響返影入深林復照青苔上
鳳昌

贾凤昌书王昌龄诗《出塞》

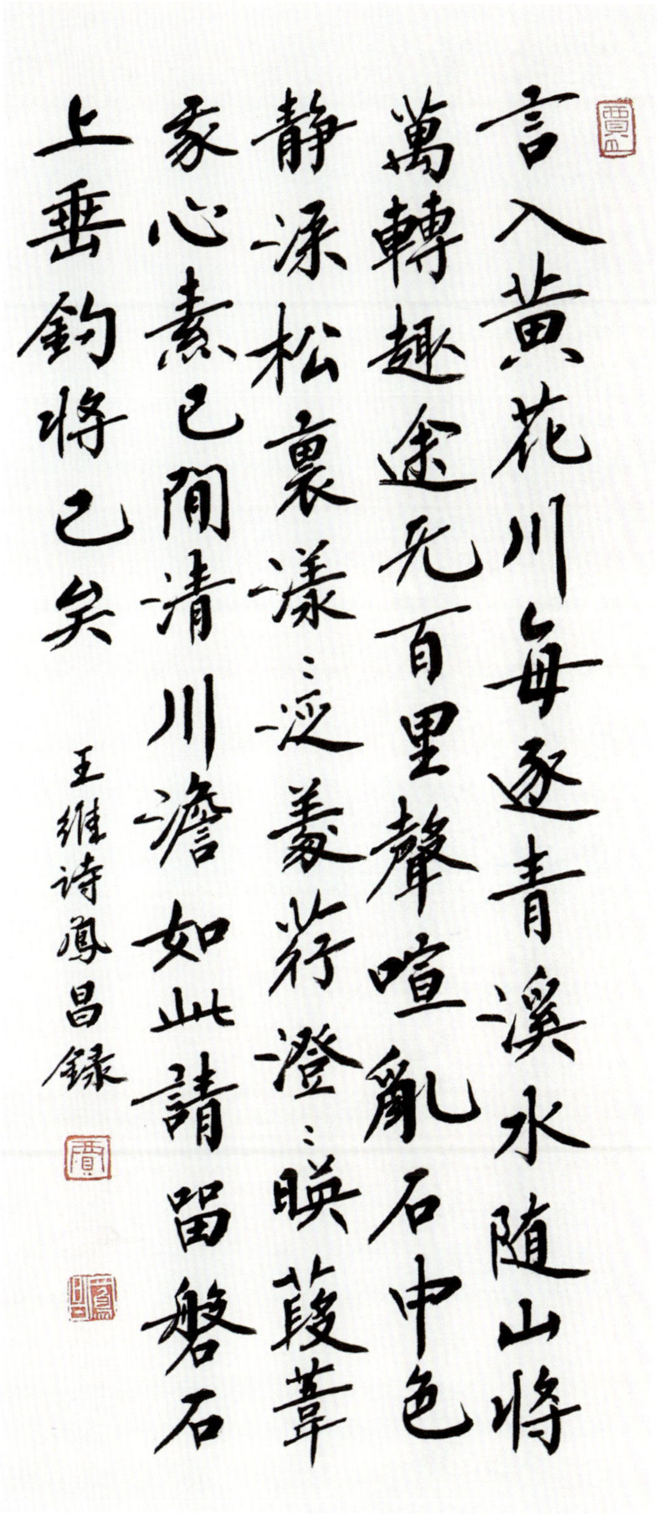
言入黄花川每逐青溪水随山将
萬轉趣途无百里聲喧亂石中色
静深松裏漾漾泛菱荇澄澄映葭葦
我心素已閒清川澹如此請留磐石
上垂釣将已矣
王维诗鳳昌録

贾凤昌书王维诗《青溪》

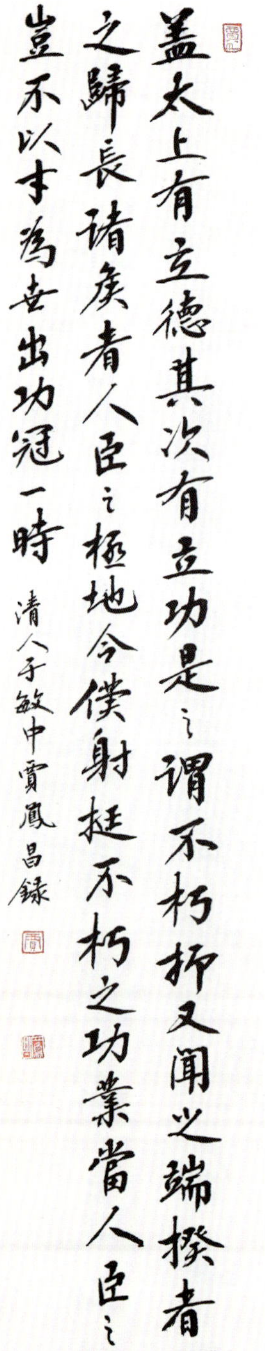

贾凤昌书《左传·襄公二十四年》

意气风发，从整体作品看，嵯峨峥嵘，气象森森，若列队受阅之铿锵士阵，又若头束冠巾，气宇轩昂、坦然相向之学士。

河南是书法大省，国家级会员数以千计，省级会员万名以上，凤昌从不把自己当成国家级会员，而是把自己看作热爱书法的票友。这是他热爱生活、热爱传统文化的表现。凤昌将所思所悟所感一一收入笔底，随形而现，是一个书家的真正悟道。王羲之《题笔阵图后》曰："夫纸者，阵也，笔者，刀鞘也；墨者，鍪甲也；水砚者，城池也；心意者，将军也。"凤昌深谙此道，在点画的提按、顿挫、使转中，用自己的千斤腕力结字变体，驱笔遣墨，妙笔书之，凤翥龙翔，如闻金属声，实乃高人也。

观凤昌创作的《常清坐经》，洋洋洒洒百余字，气息静穆，清朗真淳，将其精髓一笔一画地呈现出来，从中可感受到书家的静气流露于笔锋之下。《常清坐经》写的是道教炼养术，讲的是从心地入手，以"清净"法门澄心遣欲、参悟大道。凤昌在书写中似乎融入了道家"清净无为，本性永驻，人能常清净，天地皆悉归"的观念，一如经书所书，"澄其心而神自清"。

书法即为书道。作书悟道，书法写到最后，不再是研究技术、笔法，而是追求身心合一的修为，追求超逸出世、物我两忘的人生境界，凤昌孜孜以求，深入其堂奥，其书得"二王"之神韵，得米元章之洒脱，得黄山谷之秀挺，也就不难理解了。

"怀若竹虚临曲水，气如兰静在春风"，观凤昌之楹联，作品简静遒丽，若君子之优雅气度，宽阔清越，字如其人，亦从中联想到凤昌其人朴质而风雅。

自古至今，人们对书法家的评价是“书如其人”“书以人重”，认为人品与书品相一致，书家内在的气质、修养、个性、性情及其由此派生出的气质、神采，皆从其笔墨间流露出来。凤昌在领导岗位多年，视野高远、率性真情、宅心仁厚，其执政为民之情怀，堂堂为人之正气，也许从他一幅幅的书法作品中，能解读出些许吧！

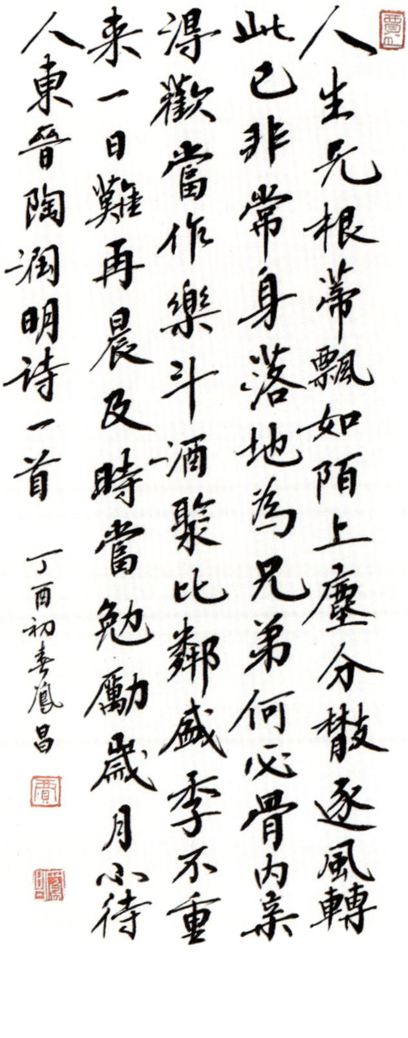

贾凤昌书陶渊明诗《杂诗》

只恨梦难成

——记女诗人程党

一、《文敏诗词》序

程党之于我，是再熟悉不过的了。记得研究任命她为省人防设计院院长时，班子成员包括我这个班长都很尖锐地指出她的不足，当然也都很赞同她任院长。原因不仅仅是老院长的推荐，也不仅仅是她的专业技术过硬，更重要的，是她事业心极强，有领导能力。果不其然，她领导的设计院无论是社会效益还是经济效益，在不长的时间里，都得到大幅度提升。

怎么也不会想到，程党几近花甲之年，竟“摆弄”起令人望而却步的诗词来了，这比起设计一座精美的大厦不知要多耗费多少心血。可程党一入手便迅速地展现出她非凡的文学才华，展现出她丰富的精神世界，展现出她对大自然的热爱，展现出她对美好生活的追求，展现出她对人生的感悟与思考。

程党像是役风使月的高手，较常人更易敏感察觉周遭事态和物象的微妙变化。如其《清平乐·七夕》一词，疏桐落叶，孤雁哀鸣，都无不谱入诗人的心弦。“云飞雨乱，滴得秋心颤”，看这心，也似有了季节，与物混同，感受着荣衰炎凉的变化。

程党诗之可读，尤在其情感表达的真挚。试以《喝火令·梦难成》为例，人生如梦，这是古往今来多少文人骚客感慨系之的话题。然而今番，面对着灯火瘦影，却连梦也难以做成，又有“谁解个中滋味”呢？无怪作者“不恨西风，不恨露霜凝，不恨雨凋千树”，而“只恨梦难成”。先遮再表，形成前后比照，更进一步衬托出了“梦难成”的惆怅。作品意象密集，若灯花瘦影、呜咽箫声、残月、孤星、寂寞梧桐、落英、碎萍、西风霜露、雨凋千树……这些意象普遍使用了色性偏冷的字眼，为本词渲染出凄冷的基调，意象的交融更是紧针密线，却丝毫不觉得滞涩与生硬。正是因为这种深挚的情感贯穿通篇，才使得这些群繁而不乱，反而更加自然混成。我想这些意象未必全是作者即目所见，也有部分是因情设景，却不着痕迹，足见作者对情景交融手法运用之娴熟。

旧体诗和新诗之间，似乎存在着难以跨越的鸿沟。尽管新诗表现手法自由灵活，却很难冲破旧体的规范，旧体诗有一套成熟完善的语言机制，随便对其瓦解整合，往往会搞得面目皆非。但二者毕竟是相通的，其间也应该有渗透转化的可能，如果说旧体诗突破了语言的逻辑，则新诗更是大大突破了思维的逻辑，非逻辑性是旧体诗与新诗在方法论点上的交集。程党新旧体诗兼作，她应该更能窥察到其中的机微，这一点，在她的诗中得到了印证。

近体诗和词都强调避免用句的重复，而程党的诗词作品中却大量运用重复句法。只有在新诗和更古老的《诗经》中才会有这种句法的广泛应用，并形成往复回环的篇章结构，有如辘轳翻转，愈转愈深，气势联翩而下，颇有一唱三叹之妙。这也是程党作品敢于突破前人窠臼的生新之处。重复句法的运用，不但加强了语气，也加强了情感表现的力度。

有些旧体诗的标题，程党也不像传统旧体诗那样一律用具体的事态或物象来标注，而是采用一些相对抽象的词语概括，如《巫山一段云·心路》《苏幕遮·不悔》《阮郎归·忆》《清平乐·拾梦》等。乍看这些题目，更像是新诗。如前所言，程党的诗似乎更擅长用思绪去统摄全篇，她的诗，不全是因某种具体的事或物而写，而是一种感觉，一种对当下的情感体验或生命的感悟。从某种意义上说，这已经带有了新诗的意味。

表现在语言上，程党的旧体诗也有些用了平易的现代语。如其《临江山》有句："此生君是我，写不尽的诗。"如果把当中的逗号去掉，显然就是一句白话，可用在这里，丝毫无犯于格律，亦无滑率粗浅之过，这些都是很好的尝试。

程党之所以从国家双一级的建筑师、结构师成长为一个诗人，无疑和她的执着、努力分不开。诚望程党在诗歌探索中获取更多宝贵的经验，在诗作里，少一分幽怨低沉，多一分"铜琶铁板"，创作出更多无愧于我们这个时代的昂扬向上的作品。

一个不懂诗的外行，为一个会写诗的高手作序，贻笑大方矣。

二、《花魂·花语》序

三年前，我为程党的第一本书《文敏诗词》作序。三年后，正值金色中秋这个收获的季节，程党又送来即将付梓的第二本诗词集《花魂·花语》。其诗词创作的敏思与多产，不禁让人惊叹。

也就是最近几年，诗词成了她借以抒发情感的出口，就像她所说，“一阕阕词，一首首诗，就这样像趵突泉的泉水咕嘟咕嘟地涌了出来……”从此一发而不可收，渐渐聚成一个可观的诗湖。程党所从事的专业是地下工程设计，但对一个视野广阔、聪慧卓然、才华横溢的人来说，这些只是她实现社会价值的一部分，不足以体现她整个内心世界的全貌。除了外在的社会形象，大量的诗词创作使人们看到一个擅长诗词格律、才思斐然、情感丰富细腻的女词人。这使得她的才情在各个领域得以尽情绽放，使得她的人生更加趋于丰润和圆满。诗言志，诗言情，程党找到了这个适合表达自己情怀的文学体裁，且把它运用得得心应手，出神入化，不着痕迹，浑然天成。

大凡在创作的时候，心中总有个对象，程党也不例外。她的内心营造了一个爱情的美好世界，痴痴地写着一封封寄往人间的情书。有时如涓涓细流，有时如飞瀑直下，总之都在言心中之情，心中所思。真挚、炽热、痴情，把对世间满怀的爱恋毫无保留地倾泻到诗词中。

在这本诗词的创作中，程党生发出一个大胆的想法——写人间百花，为花立言。时至今日，不知历史上是否有这样的女词人，起码规模之大、实施之艰为文坛罕见，没有足够的时间、足够的定力、足够的知识、足够的才情，恐怕写不到一半就退缩了。程党的表白，道出了其中缘由：“女人如花，女人生来就是上天赐予人间的千万朵鲜花……花为谁开？花为谁容？……”也可以据此理解为，“女为悦己者容，花为悦己者开”，这大概就是程党决意创作“百花诗词”的初衷。花者，女也；女者，花也。花之语，即女之语；花之魂，即女之思。浓艳、热烈、清丽、素雅，风情万钟，千姿百态，无数种鲜花，无数个“女性”，庭院室内、路边池畔，湖泊高原，一年四季，昼夜晨昏，她们无处不在，且歌且舞，宛如世上美丽多情的精灵，为这世界点缀了色彩与温馨。

程党的“百花诗词”多属婉约。如写含羞草：“未语已含羞，多情唯梦求。万千思、藏在心头”；写石榴：“情深似海，心潮如海，再把红唇涂过。满心欢喜为君容……”这样的思妇闺怨之作俯拾皆是。但整体翻阅，其中也不乏大风豪气、疏狂壮烈之作。如写竹：“有节自清高，冰霜竹韵雕。襟怀三万里，何惧大风摇。”写虞美人：“荒郊野冢无人晓，化作青青草。此心依旧向江东，一曲美人舞尽、四时风。”此外，有小家碧玉的“胭脂不抹自然妆”的油菜花，有隽秀韵深的“素雪红装裹，清香透小诗”的梅花。

在写作风格上，作品承继了《文敏诗词》的特点，与其一脉相承，而特色更加鲜明：运用通俗口语的喃喃细语，使作品更显浅近亲切；叠词的连环造势，使句子表达起来更加淋漓尽致，直抒胸臆。尽管此书写的是“百花”，却处处嵌入词人的影子，处处表达词人的意趣与志向。

有着丰富情感的人对世界才有着更多的人文关怀，这是程党作为领导的另一面。她在带领团队勤奋开拓的同时，还不忘在内心为钟爱的诗词开辟一个角落。一首首诗词，串起了程党追逐诗词梦的足迹。程党为自己建了一个如此馨香多彩的后花园，在这里怡情吟咏，在这里放逐心情，在这里回到二八年华，痴痴地筑梦……如今，她已经营得葳蕤葱茏，十分可观，用诗词的清芬吸引了喜爱诗词的读者。

想起女诗人林徽因，她在建筑领域取得那么多的成就，又作为一个诗人写下那么多美丽的诗。同样的，身处建筑领域的程党，也有着一颗诗人的心，至今写下了近千首古诗词。两者有那么多相似之处，社会角色与诗人角色和谐地集于一身，在她身上既有社会责任的担当，也有女性善感多思的兰心蕙质，这样的知识女性是人间的一道令人惊艳的风景。程党为百花代言，在诗词中俨然成了它们的化身，声声诉说着一个主题——“情未了”，我想，这三个字用在她对诗词的志向上，最为恰切。

（程党，河南睢县人，同济大学毕业，现为国家一级注册建筑师、国家一级注册结构师、高级工程师，河南省直作协会员，河南省人防建筑设计研究院有限公司董事长、院长）

程党著作

速写艺术家马国强

马国强，曾任河南省文联主席，河南省美术家协会主席，中国美术家协会理事。

国强生着一张黝黑的劳动者面孔，一双犀利传神的眼睛，集憨厚朴实、精明强干于一身。

不止一次地在画展上在参展画家的研讨会上听国强发言，慷慨激昂、口若悬河，那般接地气，那般中肯，那般熨帖，那般掏心窝子，台下的听众屏神静气地听他“白话”，话音刚落，便报以热烈的掌声。我亦被国强的演讲所感动、所感染，情不自禁地大声叫好，心想这家伙真是艺术界的尤物，一个善于宣传鼓动的演说家。

国强是艺术家群体中执事的大哥，对艺术家关爱有加，他懂得他们的想法，对他们的艺术特色了然于胸，为他们指出努力的方向，他始终牢记着自己在艺术界应尽的职责和义务，为中原美术走向更高层次推波助

马国强作品《庭院深深》

澜，为中原风的壮大殚精竭虑，为年轻画家的成长架梯铺路，画家王颖生、韩学中、宋彦军、张军民、贾发军、李尚昱等人的出道与成名就得益于他的提携培养。他不愧为一个兢兢业业的当家人。

正因为国强身上这种悲悯情怀的特别气质，他所创作的对象几乎都是社会底层人，那些站在脚手架上挥汗如雨、浑身沾满油漆的民工，那些胼手胝足不停劳作的农人，还有城市里干着脏活累活的清洁工，以及边陲少数民族风情万种的少女少妇，都是他着重表现和歌颂的对象。马国强长于写实人物，以速写为根基，技法纯熟，来源于生活又高于生活，把造型能力与传统笔墨结合起来，点画线条常有逸笔草草或豪情激荡之感，而整幅画面却是精谨端正的大气象。

忽然间捕捉到了马国强追求艺术的一颗灵魂。

那是真善美的存在，一种大美。

我想，艺术应该具有这样的精神，马国强就是具有这种大美境界的一位艺术工作者，一位以此让人铭记的艺术家。

马国强作品《傣寨细雨》

马国强作品《塔尔寺》

马国强作品《人物》

马国强作品《布依山寨春雨》

师铎堂主齐观

乙未年（2015）初春，齐观到我的工作室，气喘吁吁地对我说："本想说些书法方面的事，路上接到电话，一老部下住进郑大一附院的重症监护室里，医院你有熟人吗？"我说院里几个领导都是我多年的朋友，要不我打个电话说说？齐观不叫麻烦领导，说要找个专家，接着又去拨电话，边拨电话边往楼下走。书法方面的事当然没谈成，但这一幕，却深深印在我的脑海里。一个刚刚办过退休手续的领导，还如此关心着部下，其古道热肠令人感动。

齐观是齐见兴的笔名，字见之，号自在。河南省偃师市人。曾长期工作于金融系统。齐观曾就读于中国美术学院花鸟专业研究生班，书画兼工，书法方面的成绩更为突出，作品多次参加全国及省展并获奖。但他最初在相当长的时间内，一直埋头临池，并不以为自己有成，甚至还相当不自信。有一次，我去看他，他正在整理一堆厚厚的作品，说是要当废品

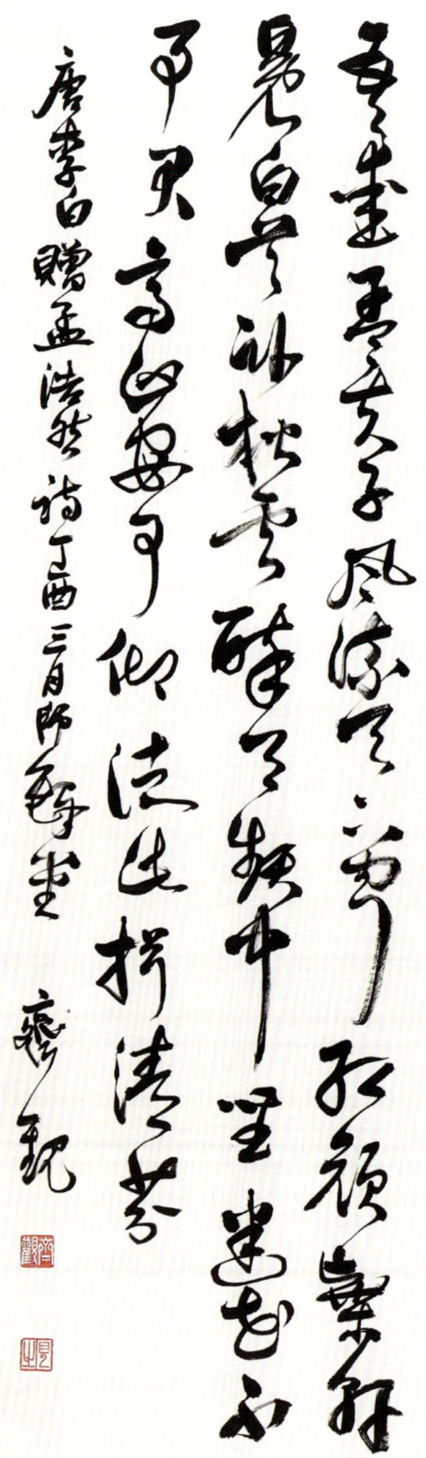

齐观书李白诗《赠孟浩然》

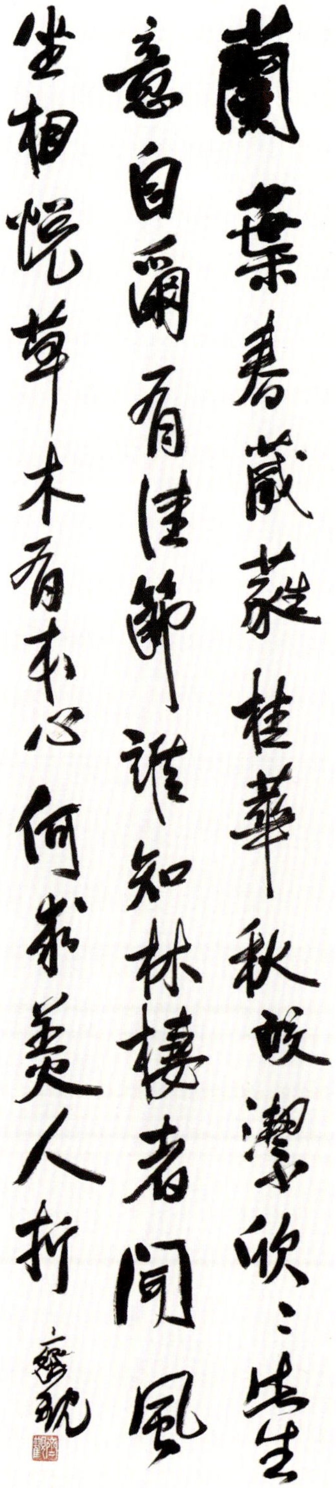

齐观书张九龄诗《感遇·其一》

扔掉，我阻止道："别急，待我细细看来。"作品展开，令我眼前一亮，一手王铎风格的行草书，浓浓的"王铎"气象扑面而来。就势、意、情、气、韵衡量，与近几年众多习王铎者相比较，可谓佼佼者。

于是，这批作品算是被我"抢救"下来，齐观也在我的赞扬和鼓励下信心大增，又接着写了一批作品，并列入2008年《改革开放30周年——大河风书法精品集·齐观卷》出版。2011年，中国国画研究院河南分院策划组织了齐观书法展。展览反响很大，几个展厅都挤满了人。他所书写的以《千字文》《兰亭序》为代表的作品，将王羲之的清和、王献之的率意和王铎的放旷统一起来，糅和在作品中，古质今妍，不仅承袭了古人书风，更在个人书法实践中彰显出浓厚的现代气息。前来参观的名家墨客都对齐观作品给予高度的评价。

齐观入门书法，最初缘于儿时的耳濡目染。据齐观回忆，小时候经常去姨家串亲戚，姨家的村子外面有很大一块墓地，周围排满了墓碑、石人、石马、石狮等，这是神笔王铎的安息地。如此壮观的墓地主人竟是书画大家，齐观的敬慕之心油然而生，从此，他便对书法产生了极大兴趣。

受当时条件所限，农家出身的齐观还没有文房四宝的概念，他的书法是从钢笔字开始练习的。后来有条件具备了笔墨，但又没有字帖。没有字帖，亦不知宣纸为何物，没有宣纸，齐观就在报纸、刊物上练习。起初也只是写字，没有书法艺术的概念。后来在报纸、杂志上发现启功、林散之的书法作品，被大家的书法艺术所吸引，遂开始临摹。

1992年齐观出差到西安，又专程到西安碑林。走到那里，犹如鸟入天空，鱼游大海，齐观的视野一下子开阔起来，看到了中国书法的洋洋大观，认识了中国书法史上的名人名帖，了解了中国书法的博大精深和艺术之美。这次西安碑林之行，齐观购买了碑林中的全部拓片和字帖，开始如饥似渴地研讨和临习。

大凡喜欢某人的艺术，不论古今，总有怦然心动的感受。齐观也是这样。2002 年初，齐观偶尔得到一套《王铎书法全集》，恍若拨云见日，眼前豁然开朗，那端丽的体姿，沉稳的笔法，疏密相间、错落有致的布局，正欹相生的结构，风樯阵马、力道千钧、殊快人意的风格都深深地给他以震撼，令他一时竟有相见恨晚的感觉。齐观说："看到王铎字的那种舒服感，临习王铎字的乐趣，促使我每日必赏王铎帖，每日必临王铎字。"即命名其斋室为"师铎堂"。

王铎是中国书法史上的一座丰碑。有很多至理名言为学者所津津乐道："予书独宗羲献，即唐宋诸家皆发源羲献""予于书、于诗、于文、于字，沉心驱智，割情断欲，直思跂彼堂奥。恨古人不见我，故饮食梦寐以之""书不宗晋，终入野道""书不师古，便落野俗一路"。正是王铎临帖和学古道路上有着自身的独特追求，最终独树一帜，立于巅峰。

宗师言行即是学书大道，时时砥砺齐观前行，齐观有言"恨王铎师不见我，故饮食梦寐以之"，乃齐观的心语与写照。且学王铎"予一日临帖，一日应请索，以此相向，终身不易"。齐观至今仍以临帖为主，意在通过临帖的过程进一步领悟笔意和寻找手感，追求形神相似，寻找突破口。

书法是中国文化之源，是历代文人雅士、书画大家传承下来的中国传统文化。文化需要传承，没有传承的作品就是无源之水，无本之木，就会失去根基。但书画又需要创新，没有创新就没有发展，就没有生命力。每个时代都有自己的特色和气息，只有体现时代特色和气息的书画，才能成为时代的亮丽奇葩。历史上晋人尚韵、唐人尚意、元明尚态，艺术之流变在各个时期不尽相同。

齐观在传承王铎书风中，主要在“线”“势”“意”三个字上下功夫。线是字之基，一画开天地，一条线是所有字的基础。王铎的线条质量之高，是无与伦比的。势是字之变，书法重在变化，变化即是造势。王铎风樯阵马，笔走龙蛇，气势非凡的变化能力可谓前无古人。齐观认为意是字之内涵，书画都是在写意，是书者的意境、胸怀、修养、审美、灵感等的集中表现。线之质、势之变、意之活是他学习王铎书法的基本原则和最高追求。他把其“线”“势”“意”贯穿在自己的笔墨当中，使线条的运用与势度相得益彰，似古又非古，入古又出古，透出绝似王铎的风骨遗韵，又写出自己的意态，形成了自己的风格。

此外，齐观对作品意境的营造，缘于他对诗文的理解与想象，所以他笔下的文字好似具备了通感之功用。作品《深秋庭色好》，气息率性本真，字里行间呼应错落恰切，营造出自然天成的山林野趣的意境。《邃深处得静》笔墨干净利落，结字紧凑凝练，字与字、行与行则疏密有致，其意境悠远，如临幽寂，如闻夜声。

齐观认为书画同源。书法是绘画的基本功，画品的好坏取决于书法线条的质量，细观齐观的绘画，画面清新，用笔干净利索，形神兼备，游移于似与不似之间。敢于用大线条去表达大自然的灵性与美感，用实笔写出了空灵的画面，他的画达到了较高的艺术水平。

“人与书法的双修，人品与书品的双求”，是齐观所追求的目标。

书如其人，正如他的作品沉稳守静、质地稳实，他的内在气质、行事风格也是如此。当自己的书法作品得到书法圈的认可后，却不为名利所动，因身居金融系统要职，为避免“以权扬名，书法权贵”之嫌，才将齐见兴取名齐观。他从不在金融系统标榜自己的书法，亦不在书法界所有活动场合宣扬自己在省金融系统的权威。所以至今很多金融系统的同志不知书法界的齐观，更多书法界的同志不知齐观是搞金融的。齐观因而得以心无旁骛，追求清凉世界。

现已退休的齐观，可以专业作书画了。历史上有一席之地的书法大家，如齐白石、吴昌硕、黄宾虹等，大都具备以下三条：一是扎实的书画功底；二是健康长寿；三是人书俱老，晚年变法。我愿齐观亦如是。

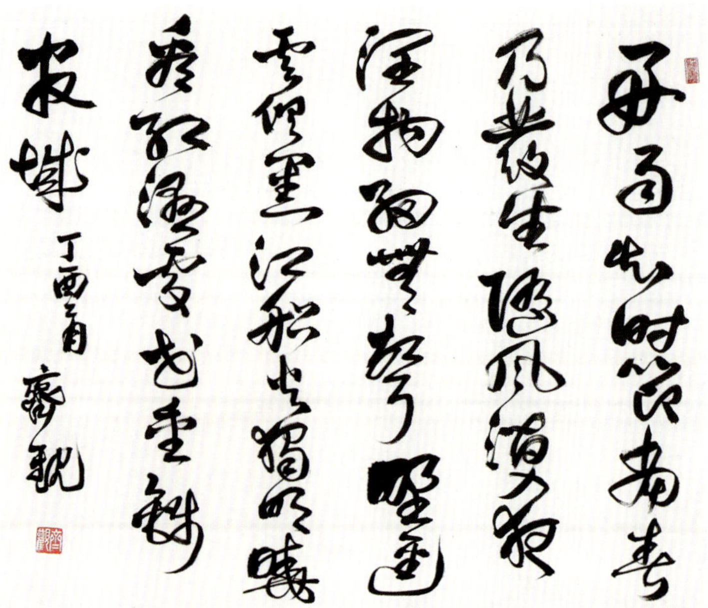

齐观书杜甫诗《春夜喜雨》

齐观作品《瞻望》

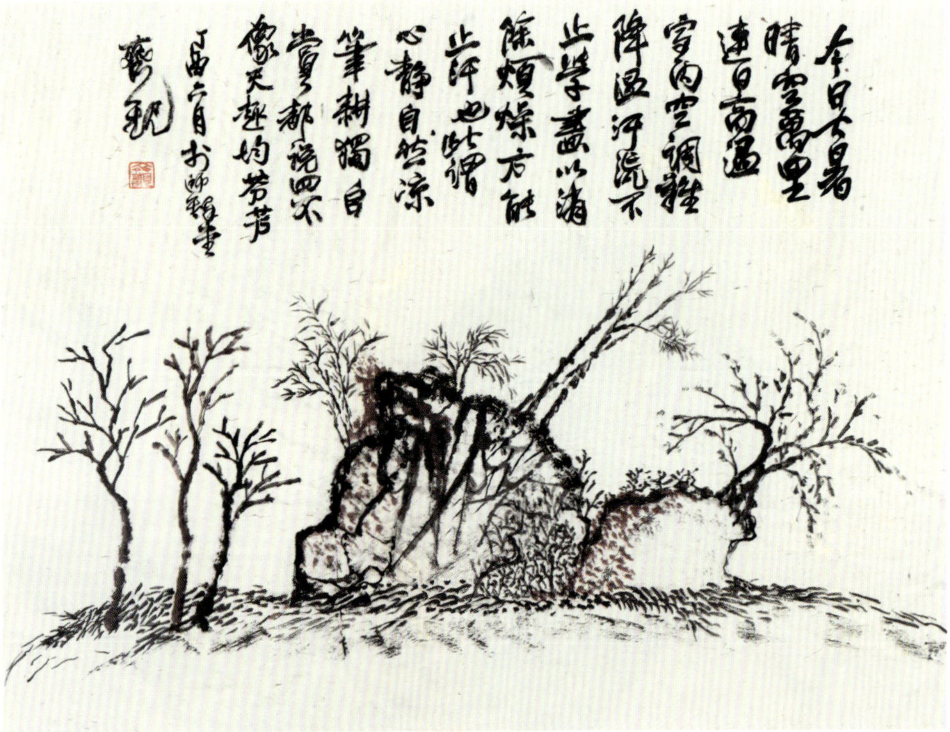

齐观作品《笔耕独自赏》

仰望草书

——记侯和平

说到侯和平，眼前便浮现出他那在宣纸上肆意飞舞、疏狂放达的草书，而侯和平的性情也是“草书”，不拘小节，大开大合。单看他本人，笔直的腰板，严肃的国字脸，“一马平川”的发型，转业地方工作已七载，还是一副军人的身姿，一位不着军装的军人。只有架在鼻梁上的眼镜，给他增添了几分斯文，几分“秀气”，提醒人们他的另一个身份是文人，是沉醉于草书世界，以草书而被称誉的书家。

侯和平从戎三十五载，漫长的军旅生涯对他的书法创作产生了深刻的影响，磨炼了他的意志，开阔了他的胸襟与气度，也让他眼界大开，尤其是他钦佩的先哲大贤颜鲁公、陆游、辛弃疾，他们皆有从军经历，文武兼备，“上马击狂胡，下马草军书”。很多流传至今的军旅诗词，“夜阑卧听风吹雨，铁马冰河入梦来”“国仇未报壮士老，匣中宝剑夜有声”……饱含忧患和激情的军旅诗作深深影响了侯和平，爱国诗人对国家、对民

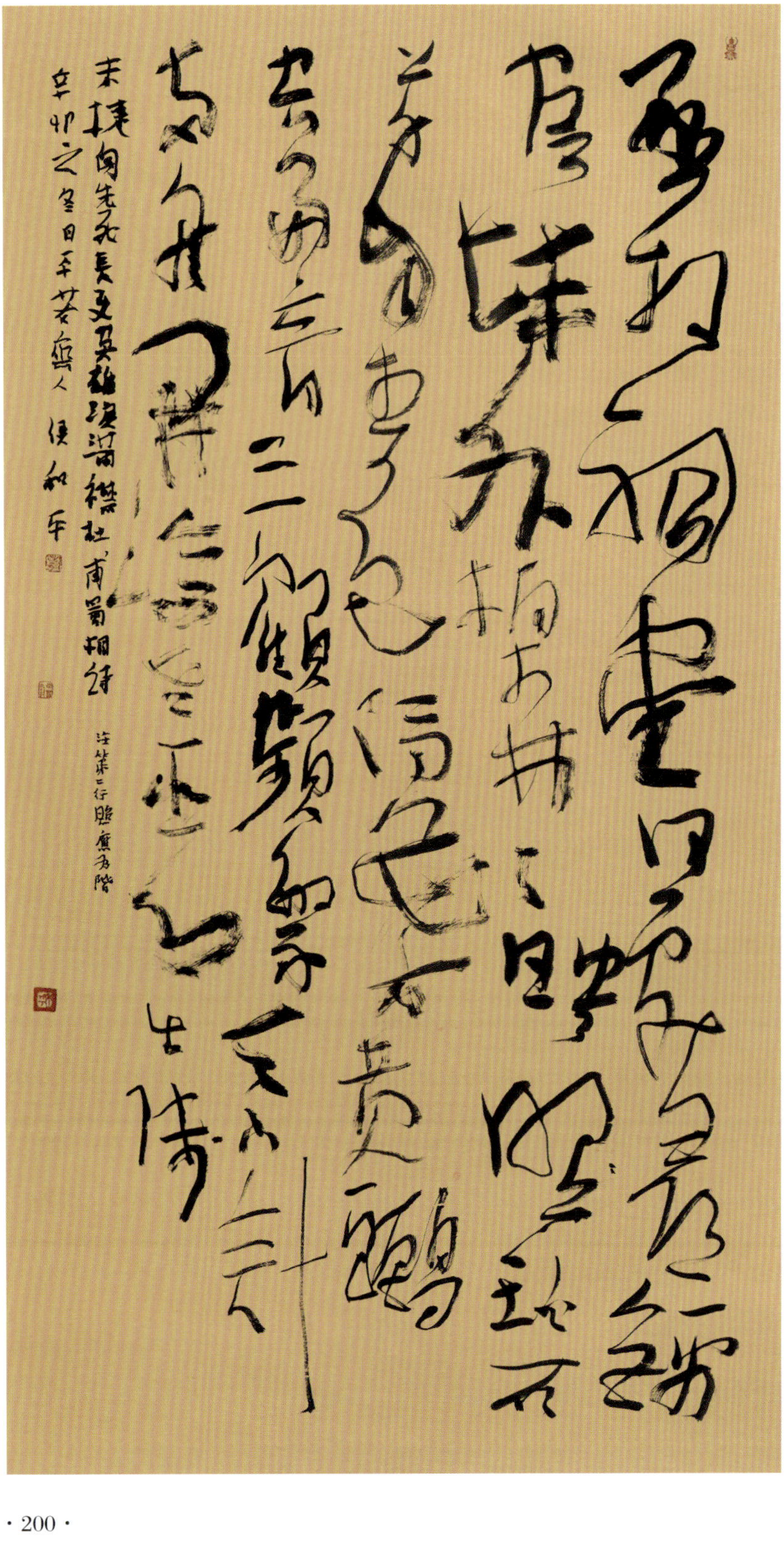

侯和平书杜甫诗《蜀相》

族的情怀与壮志，塑造了他的精神与人格。每当侯和平书写这些诗词时，诗人们那种爱国之心与豪情壮志总让他激动不已，其悲怆豪放的词风也潜移默化地影响了他的书法，为他的书法注入了豪气、大气、灵气与正气。

侯和平的书法作品主攻张芝、张旭、怀素、颜真卿等，同时在临习过程中注意同自己的性情和当代的审美趋向结合起来，初步形成了自己的风格。

2005年，河南省书画院为侯和平举办了作品研讨会，中国书协主席、著名书法家张海看到他的作品以后，觉得他的草书有气象，建议他朝着草书方向发展。张海先生的点拨令侯和平深以为是，他也觉得写草书符合自己的个性。这次作品研讨会后，侯和平有了明确的目标与方向，坚定了向草书发展的信心。此后，侯和平在研习草书中更加勤奋，更加刻苦临习，张芝、张旭、怀素等草书大家的作品是他的日课，每临一遍都有新的感受、新的收获，尤其怀素的《自叙帖》和张旭的《古诗四帖》，他临了上千遍之多。历史上传说，怀素为节资练字，于庵前院后种芭蕉数万株，每日取叶为纸，一次挥洒数千张，以至洗墨为池，秃笔成冢，终成“草圣”。侯和平步其足履，身行践之，此志可嘉，获益尤多。乙未年（2015）初，听闻他到怀素故里永州绿天庵拜谒凭吊，感怀其草书魅力，更看到了自己的差距，更坚定了终生仰望之志。

草书之美，笔意纵横，奇异迭出，蕴含无边风月。观侯和平草书，线条间连绵逶迤，血脉相通，满纸云烟中，有鸾惊蛇舞之势。其气韵皆备，点画飞动间，顿生笔墨情趣。浓淡掩映中，水墨效果奇佳。转化跌宕，云来雾绕，或低徊高亢，或荡气回肠。如果说黄河之水天上来，凸显的是其一泻千里的豪迈气势，《塞上闻笛》《乌衣巷》《忆江上吴处士》等这些小幅作品，则在疾涩、浓淡、润枯、抑扬间更具意趣，顾盼生辉，若清风明月，浑然天成。

“世间无物非草书”（徐渭），道出了书法之丰富内涵。而“草书意多于法”（刘熙载）则突出了书家的个性化。

“李白斗酒诗百篇”，从古至今，艺术家与酒的关系比常人更加密切些。有了酒气的注入，书家的草书似乎更加疏狂豪放、洒脱风流。侯和平是典型的爱酒人士，尤其于创作，似乎没有酒就找不到写字的灵感和激情。他写草书之前喝一些酒，微醺时写出的作品，才有出人意料的效果。酒成了他书法创作的一件秘密武器。也有批评家针对他的“酒书”指出，“大醉时写出的东西因为缺乏控制，也常不尽如人意，这种非理性的书写，虽然气势增强了，但也留下了一些遗憾”。侯和平则认为，书法为心迹之流露，比起技巧的炫耀，更愿意让自己的心性自然呈现。面对质疑，他如是表态：“平时我要加强书法技能的训练和综合素养的提高，这样即便在微醺时，写出来的作品或者会更好。”我曾见过他在小聚中跳上椅子，高歌一曲，虽五音不全，但却是真情的流淌；也曾听闻他酒后整夜不眠，“浪费”宣纸百张。看来让他弃酒是不可能的了，他崇尚的是自由，是真性情的自在游走。字如其人，何必带着镣铐去跳舞呢？如果心有神迹，当会格外引人入胜。侯和平认为，书家的最高境界是一种玄秘之境，正如同老子在《道德经》中所说：“道之为物，惟恍惟惚。惚兮恍兮，其中有象；恍兮惚兮，其中有物。窈兮冥兮，其中有精；其精甚真，其中有信。”他追求的就是这样一种玄秘空灵而又大道存焉的境界。

虽然饮酒比“酒仙”，但对于书法创作，侯和平还是比较清醒和冷静的。书法的线条非常重要，尤其是长线条，要体现质感与内涵很不容易，他认为自己的书法线条还有很多的不足，需要强化的地方还很多，必须经过长期的练习才能逐步达到目标，这也是他长期坚持下去的动力。

侯和平有一个温馨的家庭，其夫人是文职军级，他从不把她看成“董事长”，上班离家前，不是给夫人一个拥抱，就是调侃几句，常惹得夫人心花怒放，让我们这些老家伙们羡慕至极。他对他的孙子更宠爱有加，孙子只要喊一声“侯和平”，当爷爷的就会立正，敬礼，并按照孙子的吩咐说一声“是”，然后伏在地下，让孙子骑上“马背”，在屋内驰骋，享受着天伦之乐。每当侯和平向我叙述这些细节，总是会哈哈大笑，心底涌现出说不出的甜蜜。

写好书法与外部大环境，乃至家庭小环境都密不可分。侯和平的书法作品之所以充满灵气，充满率真，和他的豪放、旷达不无关系，但更重要的是与其自身的文学素养分不开，侯和平最喜读军旅诗词、游记名篇、唐诗宋词及老庄哲学，宗教方面的书籍也有涉猎，同时也很关注当代国内外出现的新的书法元素。这些都增加了他书法作品的内涵。

甲午年（2014）十月，河南报业集团、河南省留馀文化艺术研究院共同为他举办了书法作品展。偌大豪华的展厅，布满他近百幅精品力作，洋洋洒洒颇为壮观地呈现出他一直以来的创作面貌，前来观展的书家名流络绎不绝。书法展以“仰望草书”为主题，这四个字也恰恰是他追求书法的精神写照。让人始料未及的是，这个“不安分”的家伙在先后不到一年时间，在乙未年（2015）初秋又举办了他的书法扇面展，充分“暴露”了他的才情、激情和强烈的创作欲望，方寸之地，突显了虚与实、疏与密、清新雅致、水墨淋漓的艺术效果。曾子固《墨池记》有言：“羲之之书，晚乃善，则其所能，盖亦以精力自致者，非天成也。”侯和平刚过花甲之年，精力旺盛，如果他这样不停地走下去，或许会恍兮惚兮，进入自己向往的书法世界。

侯和平书《般若波罗蜜多心经》

超逸清健　见心见性

——记画家张文江

知悉张文江及他的画作，缘于一本画册。2007年冬，我访问欧洲归来，满脑子装的都是蒙娜丽莎、大卫、维纳斯和贵夫人肖像之类。回到办公室，桌案上摆放的张文江先生在荣宝斋出版的人物画册引起了我的注意，翻开后，很快进入到一种深厚、纯粹的中国艺术传统之中。从一幅幅造型奇特质朴、画风古雅典丽的人物画上，我看到的是意态高古、超世脱俗、吟风弄月、闲散恬淡的古代文人，感悟尤深的是画中天人合一的意境。作为中国文化载体的中国画，这些绘画元素在张文江画中表现得非常突出。更为可贵的是，从他的人物画上，可以感受到一种由中国民族乐器演奏的，像江河在天地间流淌的韵律。

宋代以前，人物画是主流。元代以后山水花鸟大兴，人物画相形逊色。东晋的顾恺之，唐宋的阎立本、吴道子、张择端以及明清的陈老莲、任伯年等诸多大师，构建了东方人物绘画造型法则的艺术体系，这充分

张文江作品《银裹万重山》

说明一个道理，即审美意识决定艺术形式。中国绘画是由数千年的中国文化在中国这块土地积淀形成的，如按照西方的审美观念来解构中国画，是根本行不通的。文江对传统人物画情有独钟，且深谙此道，追求传统的审美趣味，这些年他对顾、阎、陈、任都有很深的研究，大有“衣带渐宽终不悔”的劲头。

乙未年（2015）夏初，我到西安拜访著名人物画家李世南，茶叙时讲到张文江，说他在继承任伯年小写意画法的基础上，进一步创新和精进。不仅是人物力求古意，作为人物画的重要文化背景，辅景山水如何进行渲染和烘托，与人物融蕴相生，张文江尤其注意这方面的功夫。李先生深有感触，连说这是对的，人物画不仅要在人物造型上着力，人物活动的背景，譬如山水草木、亭台水榭也要处处用心，它们在一定程度上显示出画家的功底，就一件艺术品而言，技巧率越高，它的艺术价值就越高。国画是长期训练笔墨驾驭能力和表现技巧的再现，如果没有这种技巧的铺垫，没有背景的烘托，整个作品是很难立起来的。

张文江的功力是综合全面的，他笔下的人物经过精心酝酿，或墨色淡雅，或笔法苍润，或气韵淋漓，其置于人物前后或左右的山水，临见妙裁，置陈布势，融为一体。远景则“风烟俱净，天山共色”，自有一种静静流淌的美，同人物画的“意趣清高，幽然典雅”互为映衬、相得益彰，看似信手拈来的一幅幅文人高士的生活图卷，其中凝想形物，透出高远的情趣，体现了“天人合一”的境界。

尤其是2006年以后，文江的画风渐趋稳定，画面越发淡雅超逸，人物线条更加单纯明了，突出感觉是创作的人物画离传统越来越近了，无论人物造型、构图甚至用笔，更贴近传统的技术法则，他重新评估了传统艺术的审美价值，在时代的坐标中找到自己的位置。

题材和笔墨固然是绘画不可缺少的，但画家精神世界中的传统文化修养还是根本，以此可见画格的高下。文江先生祖籍殷墟故地安阳，九岁即能临摹家中所藏《芥子园画谱》。文江酷爱宋词，崇拜宋人苏东坡，所以，他的人物画最终选择了以苏为代表的宋代词人的美学追求，同时也是他自己终生所追求的美学理想。在此后的几十年间，面对各种风浪波折，他不但不受影响，反而更加勤奋地一心一意地追求他心中“宋人词意”的世界。由此可见，有着如何宽和的生命阅历，历经怎样的社会嬗变和生命跌宕，才将内心的情感转化为超逸淡泊之笔，为世人展开一幅幅古典雅丽的人物图，进入美妙的宋人词意之世界中。曾观文江作画，非常专注，不急不躁，用笔熟练，且能恰当地控制笔锋的节奏起伏，一勾一勒，几分钟的时间，精微的人物面部即跃然纸上，他所创作的“高士”系列，就是自身超逸清健心性的表达。他们或闲坐亭榭，或雨中踏青，或夏夜追凉，或西山夜话，或九九聚高，或“浮云过后是晴山”“惆怅此时歌极目”，或“卧看千山急雨来”“梦游云外到残阳”“洗尽秋山万木秀”，等等，三五友人，秋山疏林处，静听流水声，一曲高山流水，使人忘却现实。高风雅韵的山中隐者，早已淡泊了平治天下的事功。每一幅画都是一首词、一首诗，更确切地说，是十足的宋人词意，这种精神的旨趣只有自己懂得。

而这位“传统”画家也敢直面敏感题材，大胆突破，描绘心中别样的世俗文化风景。他曾创作了一系列写意《金瓶梅》图谱，借以艺术图像表达自己的性观念，在艺坛引起关注，虽是情欲题材，却以笔墨写意，境由心造，重现古典小说意境。图谱中的女性一反传统的含蓄、内敛和矜持，表现得极为露骨，妖娆妩媚，风情万种。画面构图也极为巧妙，如屏风掩处，衣衫散落一地，偶见裸体局部，有“似露非露”之意，“惊艳”的背后是一首首清越婉丽的宋词之风。实际上在创作前的十几年间，他就开始了对《金瓶梅》的研读之旅，画作不是简单的图解，必须理解作品，将作品转化为艺术形象表现出来，而整个系列的画作也体现他对中华民族的美学的理解与解读。

经年累月地探寻古人心境，深入传统文化的学习，张文江对画的理解也格外深刻。他曾说过，看宋人的画，觉得画就应该这样画；看元人的画，觉得画也要有点意趣；看明人的画，觉得画也需要些才情；看清人的画，觉得画是要有传承的；看近代人的画，觉得画有时候也可以随便画；看当下人的画，觉得画可以瞎胡画了。这些话细品之下，确有道理，也从另一面表明了他始终自持清醒的艺术观念，对传统的追根溯源，始终是他不曾放弃的艺术理想。

有人比较张文江笔下人物的面部与范曾笔下的人物，发现范曾画中的人物形象更接近西方写实艺术，而张文江的画透出更多的传统审美韵味，在我看来，这种褒奖并不为过。

文江生性放达，为人率真，好交友，喜美食，懂养生，好品茗，亦雅好游山林。其貌高古，浓眉下双目炯炯有神，有一种定气、真气。我相信他对中国传统艺术不断的深钻精研，会得到一种更加充足的元气。更重要的是，对古典文化意境的不断追求，使他心无旁骛地走出了一条有所坚守、有所独创的道路，自成境界，在当代画坛实属难能可贵。

张文江作品《洗尽秋山万木秀》

一墨大千

——记书法家刘兆英

开封，中国书法之重镇，在这个古老的城市，书法大家灿若群星，他们书法造诣深厚，人格魅力独具，靳志、武慕姚、庞白虹、桑凡、李逸野、王宝贵、王澄、周俊杰、赵振乾、胡秋萍等都是书法界耳熟能详的人物，刘兆英亦是当之无愧的一员。

我曾在开封工作过几年，与开封有着深厚情感和不解之缘。由于钟爱书法，开封书法界自然引起我更多关注。刘兆英曾长期担任开封书法家协会副主席兼秘书长，为开封书法事业的繁荣发展竭尽全力，不遗余力地提携新人。印象中的兆英淳厚侠气，温煦如春，尊老敬贤，黑黝黝的脸上总是挂着笑容，每次相处，都使人如春风拂面。同道相聚或客人来汴，他总是自己掏腰包悄悄付账，其人品与待人之道，让人钦佩感动。

在繁芜琐细的行政工作之余，刘兆英利用一切时间伏案挥毫，读书、创作、思考、沉潜治学数十年如一日。在书法理论内涵与书法哲学及审美

刘兆英书王勃诗《送杜少府之任蜀州》

方面均有自己的见解和观念。他在创作上追求大朴不雕、宁拙勿巧、虚静通明、朴实无华，秉承宁可在创作中“斤两不够”也决不“添砖加瓦”的创作精神。“大成若缺”始终是他追求的一种境界。

刘兆英诸体皆备，从隶书、魏碑至行草，他都能悉心追慕书法先贤。学隶书以求朴茂，学魏碑以得厚重，学草书以求奔放，上承藏真之遗韵，下融觉斯之飘逸，在草书创作中追求怀素的圆通与畅达，及其骤雨旋风之姿，壮士拔山之势。进而与觉斯奇崛险峻之风，酣畅淋漓之气，浩瀚磅礴之象相结合，运笔跌宕起伏，线条连绵不断，节奏转折迂回，韵味丰厚。用墨之润泽华滋，浓淡虚实，变化无穷，或如枯藤老树，或如烟云延宕，或如铁线遒劲，或如温润丽日传来跳荡飞扬的音乐旋律，让人享受到作品所带来的种种快感和美感。

明代书法家董其昌在《画禅室随笔》中说：“字之巧处在用笔，尤在用墨”“笔意力行至，墨已分阴阳”。在行草书创作中，刘兆英着重加强笔墨的应用及章法布局的尝试，墨色的运用和变化，点画线条的浓淡枯润相得益彰，于水墨淋漓中显现出笔情墨趣。作品形式或完全打破传统的平衡惯性，以营造劈山填海、飞沙走石、电闪雷鸣的奇绝意象，使大胆的用墨与铿锵的节奏相结合，整个作品显得更加气韵生动、墨色鲜活、节奏多变、先声夺人。譬如他书写的“长城万里亦千秋，雪悠悠，雨幽幽，故人不见，去向哪也留，一统江山功绩伟，风云会，荡诸侯”，便传递出沉重沧桑的历史感，浓墨似漆，气贯虹霓，神凝韵厚，老辣苍茫，表达了激昂、高亢的情绪，流露出对历史兴亡的咏叹。

汉字是象形字，原生态的汉字蕴含着丰厚的自然美，而书法的形式

刘兆英书法联

来源于自然的意象，他的几副对联我颇欣赏，如“春在眼底，月移堂前”“江村片雨外，野寺夕阳边”，笔墨的架构似乎在极力营造词句中的自然意境，春浓秋淡、萧散荒寂、平和简单……如一幅幅引人遐想的画。他的书法变化，让人从书法的抽象美继而联想到具象美，从线条的瘦硬圆融中可以看到湖海山岳、四季风物，不仅可以触摸到其中的具象，嗅到其中的冉冉气息，进而还能感受到自然的华荣与衰迈。

老子曰“道法自然”。从老子的“道冲，而用之或不盈”“洼则盈”，到诗经的“高岸为谷，深谷为陵”，再到唐代诗人贯休《观怀素草书歌》诗中的禅宗智慧：“东却西，南又北，倒又起，断复续”，断处就是连处，倒处即是起处；从王羲之说的“实处就法，虚而藏神”，到苏东坡“缺月挂疏桐，漏断人初静”所营造的至美、至纯、至真、至清的冰壶境界，这一切都是审美旨趣所在。刘兆英从中感悟到书法特有的辩证法，即圆满原在残缺中。人有悲欢离合，月有阴晴圆缺，缺处就是圆处。缺，是一种对完美的期望，是一种淡淡的忧伤，残缺之美也是艺术的一种美学。欲致其圆，必由其缺；欲达其活，必由其断。而高岸与低谷的关系也是如此：低谷便是高岸，是隆起的高山：那残缺低谷之所，何尝不是圆满之地。

在流畅的线条中追求飞扬的意趣，这还不够，中国的书法艺术每每于断处追求婉转流动的趣味，计白当黑，空处就是实处，断处就是连处，正因其断，故彰显其内在的脉动。笔断意连，线断脉连，自成一灵妙的空间。宗白华先生曾神迷于“虚处藏神”的境界，认为这四个字把中国书法的妙处说尽了。

许是文人习气，他赏读墨宝之余还要读一下书法内容。一次我在展厅中不经意间看到一幅兆英作品对联：“野中双凫，云间别鹤。”八个字写得飞扬恣肆，别具匠心，内容出自南朝宋人鲍照的诗句“宁作野中之双凫，不愿云间之别鹤”，读之动人心弦，于墨迹的勾连映带可见情感之炽烈，撷取如此深挚的诗句，也是兆英细腻多情之处。

“岩酣瀑呼，或矐所都，一墨大千，一点尘劫，是心所现，是佛所说。”明代沈灏所撰写的《画麈》给了他深深的启悟，自言云霓在他心中激荡，舔毫和墨，悠然飞舞，霎时间望眼前之笔墨，失当下之绢素，那岩石枯槎似乎都酣然如醉，那涧水飞瀑似乎都在向他惊呼，于是，他变成了一只忘机鸟，在无边的天宇中自由翱翔。这一墨就是大千世界，这一点就是原始无终的绵远，时空的无限都在当下成就。“是心所现，是佛所说”，说得何等痛快！干净，利落，单纯。人们常以为禅比诗流于玄妙空虚，以为以佛比画总有点疏阔茫然，实际上，通过沈灏这两句话，则可见禅艺相通，禅在当下，悟在平常，一点真心就是禅，就是佛，就是艺，醉翁之意不在酒，而在无念之间也。“无我，忘我”，即是兆英所追求的艺术境界。

石涛在一首题兰竹的诗中写道：“是竹是兰皆是道，乱涂大叶君莫笑。香风满纸忽然来，清湘倾出西厢调。”正是“清泉落叶皆音乐，抱得琴来不用弹”。一幅书法作品就是一部《西厢调》，其中繁管急弦，燕舞花飞，唯有解人方有所感，也方有其受。兆英正是在自己内部凿井的人，他的书法正是从古代传统文学中沉淀化育出来的一眼清泉、一墨大千，个中气象自有读者品鉴。

宋华平印象

华平，宋姓。祖籍泰安，生在确山。泰安有“一览众山小”的东岳泰山，山下出过中国圣人孔子；确山也有一片锦山绣水，出过抗日民族英雄杨靖宇。孔子爱讲“仁”，爱讲“中庸”，仁者爱人，中庸者平和之道也。凡接触过华平的书界朋友，对这位“白面书生”的第一印象是谦恭平和，平易近人，随遇而安，乐于公益。他不仅是中州书法艺术界年轻一辈的佼佼者，也是一位出色的组织者。

圈子里的人聚会时，都戏称华平“白马王子”。这是沾了“华”字的光。华者花也，花者美也。华平生得皮肤白里透红，鼻梁挺直，唇方齿白，风度翩翩，儒雅俊美，谦谦君子，文采风流。每至一处，必受女子青睐。因此，他夫人爱萍对他看管极严，生怕这位“白马”“马失前蹄”。华平外出公务活动或朋友约请吃饭，都需征得夫人“恩准”，并有“立法三章”。当然，这都是传言笑料，其实华平在生活上是个很严谨、很规矩的人。

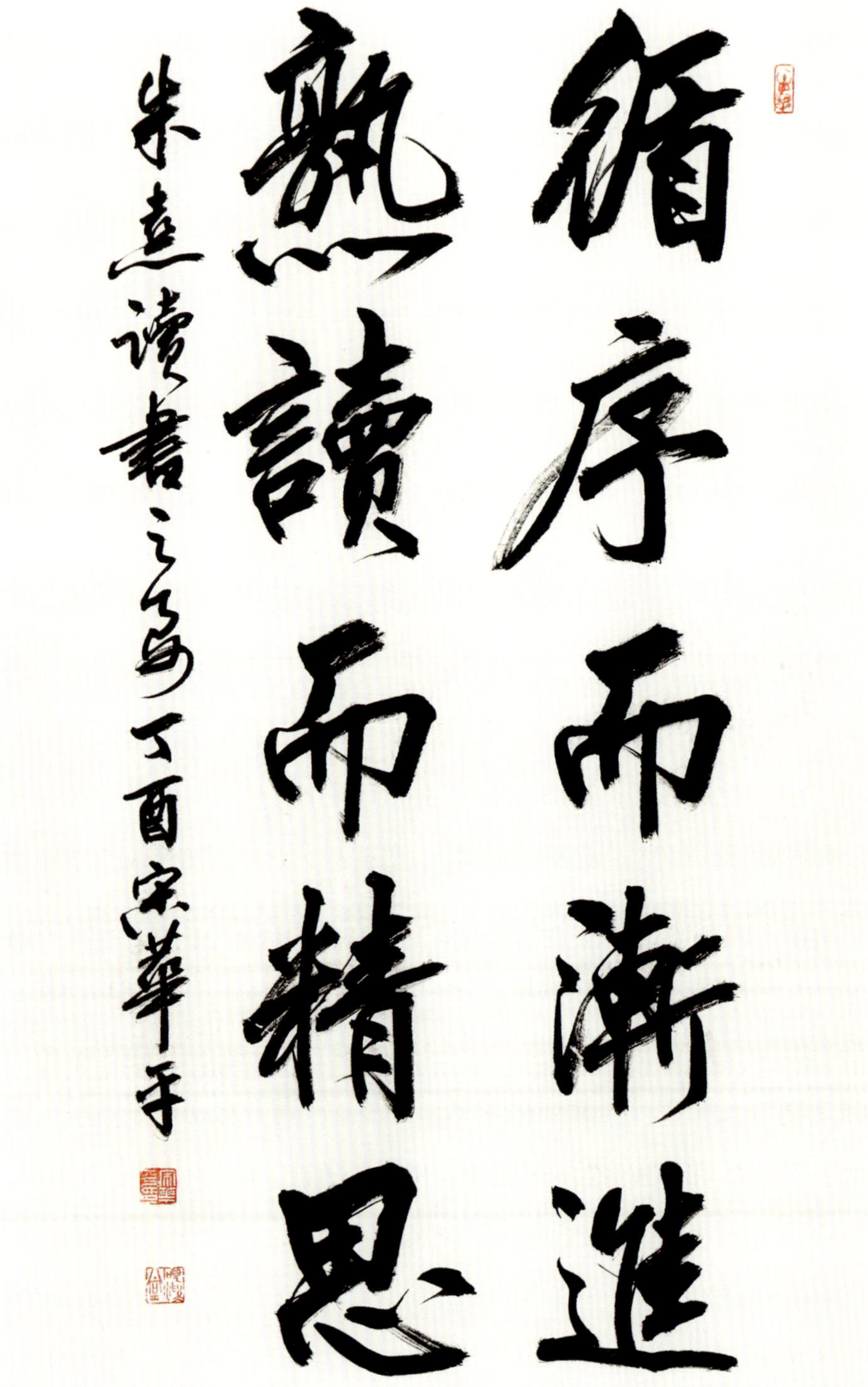

宋华平书法

华平聪明，平时不见他怎么用功，考试时总是名列前茅。上初中解一道方程式题，别人为寻求一种解法而眉头紧锁，绞尽脑汁，而他一口气能找出十几种解法。因此在同年级里有“小数学家”的美称。从那时起，爱萍就暗中爱上了这个名字中带“平”的同学。

华平的路并不平坦。年轻时的华平饱尝了人间的炎凉与艰辛。苦难是最好的老师，苦难也是一种宝贵的财富。苦难可以催人奋发向上，使人成为强者，也可以让人悲观消沉，一蹶不振；苦难可以磨砺出一个人的坚强意志，使人百折不挠，也可以让人虚度年华，碌碌无为。华平在逆境中选择的是前者，他热爱人生，热爱艺术，热爱大自然。在农场当知青的日子，他每天五六点钟起床，临帖练字。田间地头，都成了他学习书法的好地方。以地作纸，以竹枝作笔。他从山川草木中吸取灵感，把对人生的憧憬倾注笔端，洋洋洒洒，到处都留下他的字迹。文字是先人创造出来的，中国文字的神奇是天下独一无二的。老祖宗写了几千年，写出了一批书法大家，他们最理解文字美的内涵，不断将这种美发展到一个新的极致。华平自迷上了书法艺术后，也被这种神奇的美所陶醉，并为之痴迷。华平每当临摹颜真卿、王羲之、米芾、张瑞图、黄庭坚等一代宗师的碑帖时，便有一种朝圣的感觉。还有《张迁碑》《张猛龙碑》等名帖，他也一遍一遍地临摹，广采博取，奠定了厚实的艺术根基。

艺术是崇高的，爱情是可贵的。在艰苦的日子里，除书法艺术外，最能给华平以慰藉的就是爱萍了。爱萍不顾社会上的冷眼，不顾父母的反对，不仅关心华平的生活起居，更关心他的艺术前程。在华平上下求索而坎坷不平的境遇中，她毅然和他结成连理。从此，陪伴华平共同走上人生

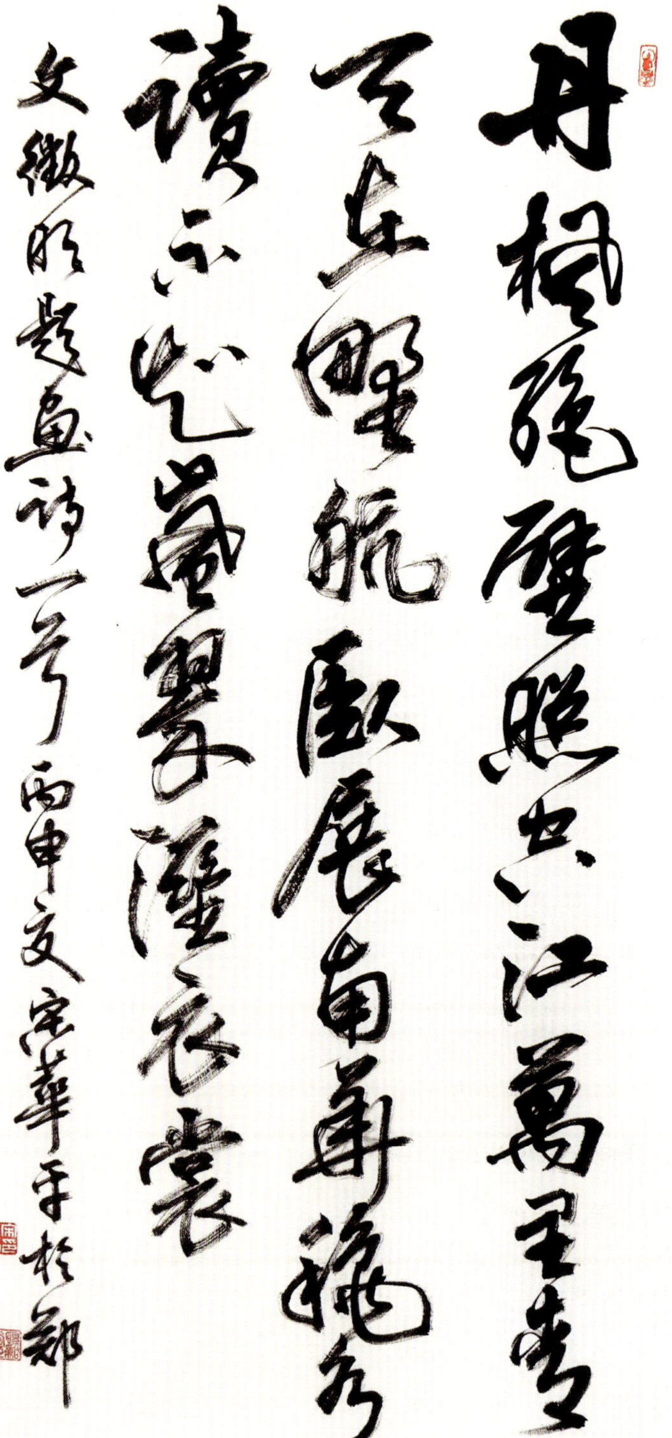

宋华平书文徵明《题画诗》

的风雨之旅。

华平在为人处事方面有“平和”的一面，但艺术上追求的却是豪放、苍劲和旷达。正如他的性情一样，外表平静，内含波澜，外柔内刚、刚中有柔、柔中有刚、刚柔相济，对朋友、对同事则多柔，对事业、对艺术则多刚。追求执着，百折不挠。读诗词，自己喜欢“婉约”，更喜欢“豪放”，既喜欢“婉约”名家的“豪放”，也喜欢“豪放”名家的“婉约”。这从他常书写的诗词上可看出。“登黄鹤楼，读东坡词，磨青铁砚，歌白云诗”“万壑烟云留槛外，半天风竹拂窗来”，这大概是他向往的一种艺术境界吧。

华平现在已经是中国书协的副主席了，但他对艺术的追求并不满足。在学习书法艺术上，他主张主攻一家，博收约取，走渐变的道路。不主张同学数家，朝三暮四，日日求变的方法。他的行草书以学王铎为主。曾有段时间，有人向他建议，河南学王铎的太多，不如改学他人。华平经过深思熟虑后认为，由于各人的气质不同，学习方法也不同。同是学王铎，学出来的东西也不一样。加之他的行书是以学王铎为主调的，不可轻易舍弃。华平的书法典雅、隽美，给人一种愉悦的感觉。用西中文先生的话来说更为恰切：“华平临习王铎很快达到了一个非一般人可及的境界。他在吸取王铎收放自如、汪洋恣肆用笔特点的同时，摒弃了某些人临写时容易产生的狂怪、随意的弊病，表现出一种遒劲畅达、方圆兼融的艺术特色。……一种既酣畅淋漓又雍容豁达的感情宣泄。”西先生的评价是很中肯的。

华平做事干练，待人真诚，有很强的组织能力和协调能力。1987 年，华平亲自组织和参加了全国的书法函授活动，培养了一大批人才。河南首届“墨海弄潮”展在中国美术馆举办，开幕式前两天他负责“押”着作品由郑州送至北京。途经邯郸，汽车出了事故，当地的“事故科”既要扣人、扣车还要扣作品。华平首先想到的是受伤的一位老人。他把老人送到医院检查，又出住院费，又赔礼道歉，很快得到伤者家属的谅解，作品如期送到北京。展览结束后，华平又专程回到邯郸看望受伤的老人。其为人之真诚、之厚道、之仁爱，着实令人感动。

在市场经济的今天，办任何事情缺少资金都寸步难行，开展书法活动更是如此。为了解决资金的匮乏问题，他东奔西走，请领导支持，找企业家赞助。河南的书法活动开展得有声有色，华平是功不可没的。他饱经沧桑又宁静睿智的脸上常浮现出的灿烂笑容，便是明证。

冰雪山水　游心之所

——记著名画家谢冰毅

越秀酒家挂有谢冰毅六尺山水画一幅，大凡就餐者，便驻足欣赏，有懂画者，不免击掌：“看，这才是谢氏山水，画出了北方山水的神韵，蓊郁蓬勃之气发于毫端。”每每此时我会想起李白的那句诗：“蓬莱文章建安骨，中间小谢又清发。”我总把那个写山水诗的谢朓当作画山水的这个“小谢”，一幅山水画，就是一个人的精神世界，一个人艺术精神的结晶。谢的画气韵生动、钩深致远，富于中国艺术精神。观之虚实相涵，其间山水精神悠游往来，于茂林云岫间生生不息。

宋代郭熙论山水画《林泉高致》曰：“山水有可行者，有可望者，有可游者，有可居者。”冰毅的画在我看来属于“可望者”“可游者”，其傲岸险峻则不可行，其冰雪逸格则非俗人之可居，故只可望而神游，属于精神层面的产物。这是我初次看到冰毅山水画的感想。

冰毅的画虽然画的是北方太行山水，但又看着不像，似是非是，其

谢冰毅作品《一篙撑出水中天》

貌似非人间所有，取之于眼前之山水，丹青绘之，即成胸中之高山流水，自成一家之风格。冰毅曾说，什么是风格，风格就是画家这个人，一如他出入各种场所穿着的奇装异服，一眼望去便知是谢冰毅，大概这就是画家的得道之处吧。冰毅不到而立之年即以山水画名世，在全国美展中获奖。山水画家房巍说：“观其作画，凝神静气，细心把笔，不拘物象，笔墨变化无迹，胸中丘壑，跃然纸上，或层峦叠翠，或深谷鸟鸣，气局非凡，纵然一石一木，一水一屋，亦能方寸间得万千气象。”我认为这样的评论没有渲染的成分。

谢冰毅出生在文化底蕴深厚的古都开封，自幼痴迷艺术，少师从武慕姚习诗文、书法，拜名画家叶桐轩、贺志伊为师，学习中国画，受名家濡染，后考入河南大学美术系。他经过系统的学习和实践，对画理画论理解颇深，其画作也渐有自家面目，技法日渐成熟，山水画作品气势雄厚，清新素雅，意境幽远，源于自然而又未被自然所囿，其经营位置、笔墨功夫无不体现出画家对传统的融合追求。尽管有的画作上明明写的是北方太行的山水，却在读出雄浑伟岸之后，在笔墨之间又读出了南方山水的韵味和情感意境，可谓“夺得千峰翠色来”，南北兼融集中体现和表达了他可贵的创作思想。

冰毅性情率真随意，敢于大胆创新。但他不像有的创作者一说要创新，即如脱缰野马，狂奔一番，最后却找不到回去的路。冰毅是在传统笔墨技法上下了硬功夫、苦功夫的，辩证地取各家所长，在自然中捕捉神韵，在实践中不断充实心源。可以想象，一个饱学之士，心里没有了羁绊，脑海里自然会升腾出灵动的画面，画笔随心而游，这时的作品一定能臻于化境。

冰毅是注重力行的人，曾多次上华山、去黄河、登太行。他说，画山水，要创造“有我之境”“我画的，是有我情感认知的胸中丘壑，心中山河”。北宋画家范宽曾提出“与其师古人，不若师造化”。正是大自然的万千气象丰富了他思想的源泉，滋润了他的艺术，并形成了他独特的艺术风格。冰毅还年轻，在艺术上的潜力尚有更高层次的释放。如果坚定地按这样的路子走下去，不为时风所囿，他完全可以站在一个新的艺术高地，成就一番大事业，我们期待着。

谢冰毅作品《溪山清远》

夏林是一首诗

——读夏林诗集《人生如茶》随想

“一路春光揽不尽，故地重回夜未眠；携手城南忆旧友，弹指不觉十二年。”翻开夏林《人生如茶》这本诗集，《回虞城》这首诗深深吸引了我。作者离开虞城多年，一朝重游不禁感慨万千，晚间辗转无眠，忆起诸多往事旧友，时空的沧桑、旧友的音容交织在一起令他产生无限感怀，其浓浓深情，切切怀念流露其间，引起我强烈的思想共鸣。

“政声人去后”。夏林从政多个岗位，所任之处都在群众中留下了良好的口碑。虽然离开虞城县委书记任上已近二十年，那里的干部群众还一直念叨他，说着他的种种好处。赞扬他身上有正气，做事有魄力，思路清晰有开拓精神，真抓实干有政绩。在任短短三年，虞城县经济大跨步发展，事业进步，社会稳定，文化繁荣，成为人们回味和怀念的美好记忆。他擅长做群众工作，尤其具有演讲天分，这正是一个领导人所具备的特质。他把党和政府的方针政策通过充满感染力和鼓动性的演讲传递给群众，起到润物细无声的效果。印象深的是 1994 年，他在省里召开的政法会议上，介绍打击黑社会邪恶势力经验，洋溢着激情与正气的演说感染了所有听众。会场上不时爆发的掌声是对他所取得的成绩的肯定。

善于演讲的人一般都思维敏捷，语言生动活泼，富于哲理和文采。夏林恰是这样的人。夏林不仅擅讲，还擅写，他热爱生活，情感丰富，《人生如茶》便是他长期在工作和生活中所激发的所思所感的结晶，也是他精神世界与文学才情的最好见证。他创作的诗歌，形式多样，自由随性，不囿于平仄，信手拈来，直抒胸臆，一任思绪流淌，都是他内心情感的流露和情致的表达。他的山水诗，以恬淡的心态和寄情山水的精神向往，让我们看到起伏的山峦、奔腾的江河、广袤的原野，听到山泉弹奏的淙淙琴音，鸟儿穿过丛林的婉转鸣叫，古寺里传出的暮鼓晨钟。感受到春风掠过枝头的颤动，花瓣摇曳的轻盈，果实散发的芬芳。这些妙造天成的云林气象，带我们走进美妙的人间仙境。如《绝壁长廊》形象地写出太行山的“险”，“峰高鸟飞低，谷黑太行险；深山人无路，绝壁一线穿”。《鄱阳湖》则以轻松的笔调吟出那里的景致，“忙里偷闲三五日，兴致南来说东吴。最是一年好去处，丹青别具鄱阳湖”。

夏林写情感的诗，通过生活中的点点滴滴，表达了对伟人的景仰，对先贤的崇敬，对父母的孝顺，对妻女的娇爱，对同窗好友的思念，对自然灾害中遇难同胞的哀思，情真意切，感人至深。

最使人称道的，真正显现出他丰富文化底蕴的，是那些大量的散文诗形式的文字，他关心祖国的前途和命运，他把关于个体生命、信仰、理想、自由以及人的天性和种种现实存在，将自己的观察、体验和思考加以总结升华，用真理的尖刀解剖丑恶，展开或明显或潜藏的文字，揭露与超越诗歌层面的哲学批判。他用天使的声音颂扬光明，使读者从不同的角度和各自的感受中，或产生情感共鸣，或得到心灵慰藉，或燃起希望之光，或在会心一笑中受到启迪。《悼杨靖宇烈士》《北大传统》《中国史略》《不断的文明》等抒发印证了他对个体生命、对历史、对人类的思考。

夏林的诗带有很浓的个性色彩，所表达的情感和人生态度，具有很强的感染力。他在文字里抒发情怀，展现性情，平实而自然，充满了哲理思辨。作者无意中赋予读者一双双发现美、珍视美的眼睛，为每个人的心中填满了色彩和甜蜜。在举杯品茗之中吟诵几句，并把这种情趣传达给更多的人，这也是对传统文化的继承和发扬。

夏林在书里写道，成事者必有热情，成大事者必有激情。夏林对工作对生活都燃烧着一种激情。从他常常满溢笑意的脸上不难看出，夏林是一个乐观主义者。他说，生活中最大的遗产不是财富，而是希望。保持希望，也就保持了人生可持续的力量。夏林不但乐观，也有着对社会洞察入微的犀利目光，日常生活的一件小事，下意识的动作也会触动他敏感的神经，他在《喂鱼观感》中写道：“你争我抢不相让，大鱼小鱼各逞强。忽东忽西如潮涌，全在诱饵指方向。”在微笑的背后，夏林不乏冷静和犀利的目光。

“人生是用两支笔写成的，一支叫失意，一支叫如意。”如意中有深思，失意中有达观，在冷暖交替的四季中才会呈现春花秋实般的丰盈。夏林也是如此，他人生的每一步都耐人寻味，都有着风光绮丽的独特胜景。

最后我还想说，夏林是茶乡人，喜爱喝茶但自谦不懂茶，却在后记中大谈茶经、茶道，读来处处让人幡然醒悟，感慨良多。

人生如茶，茶度人生。在夏林眼里，凡尘之人皆如茶袋里的一枚叶片，只有与生活之水、社会之水充分交融在一起，才能泡出不同层次、不同境界的茶来，或因品种，或因温度，抑或因冲泡次数的不同，茶的味道也不同，或苦涩乏味，或清爽怡神，或浓酽甘甜。“如果不溶于水，不为人所品、所尝、所饮、所识，对于茶而言又有何用？”“人生在辗转中日渐宁静，茶在沉浮后归于淡定。”“茶是一种过滤器，滤去的是浮躁，留下的是沉静……”夏林把茶与人生相对应，深得茶之三昧，意味深长，惹人开悟，可谓品茶识人之高手。不得不说，《人生如茶》这本书正是夏林精心泡制的，一杯含有自己独特人生经历与经验的，奉献给读者并且让人心醉的别具品质的“好茶”。酒不醉人“茶”自醉啊！

夏林的名字很有诗意。很多诗人，本人就是一首诗，夏林也一样。

（夏林，河南信阳人，曾任河南虞城县委书记、河南省文化厅副厅长、河南科技大学党委书记，现任河南省人大副秘书长兼办公厅主任）

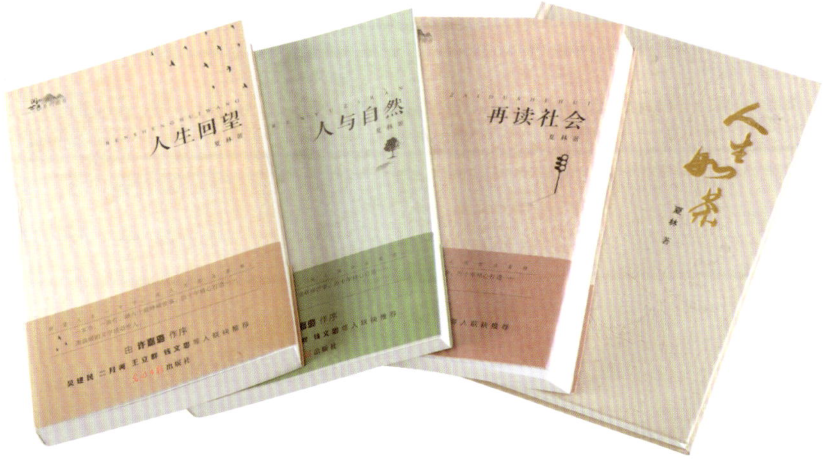

夏林著作

书法思想者

——记书法家李强

初识李强，即被他那挺拔雄健的大侠威仪所吸引，让我不由得想到那位手握长剑高歌“风萧萧兮易水寒”的燕赵壮士荆轲，想到罗丹享誉世界的著名雕塑“思想者”。他明亮深邃的目光很是吸引人，那里面匿藏着对书法的热情，对书法的思考和自信。

王澄先生曾为李强著书《流行歌曲行书帖》写跋文，文里写道：“是字，更是画；是诗，是一曲拨动心弦的情歌。我却不自觉地当了恋人。”王宝贵先生也曾煞有介事地说，自己曾经专门临摹过李强先生的字帖。以两位王先生的学识和操守，绝不会轻易推崇一位年轻的书家，这引起我对李强的注意。

李强与一般书家不同的地方在于他对古文字的研究和实践，再就是对书法理论的探索与实践。毕业于河南大学美术系的李强博学多闻，和他聚首谈艺，总能听到一种交响乐的美妙混响。他和周俊杰合著的《论

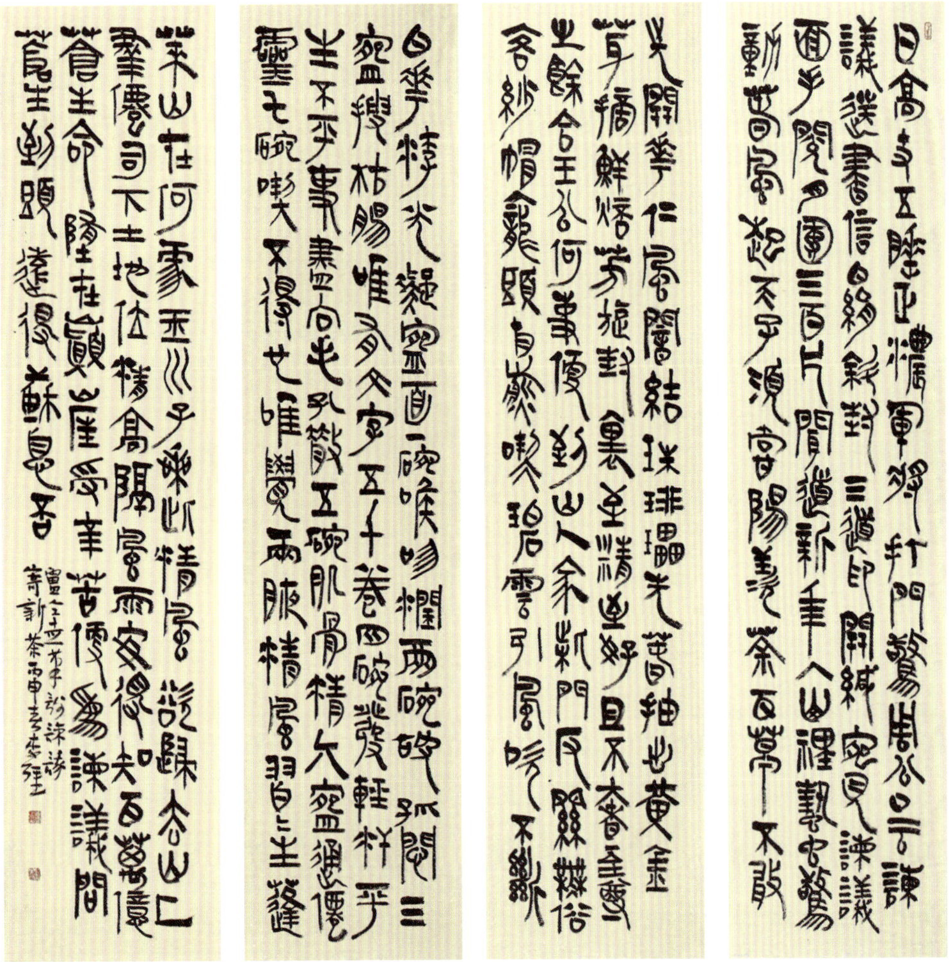

李强书卢仝诗《走笔谢孟谏议寄新茶》

书法新古典主义》当时被书法界炒得沸沸扬扬，成为当代书坛书法理论界颇具影响力的事件，至今还是余响不断。

李强以书法为终极追求，不仅注重书法的技巧，更有一种“技近乎道”的理性思考。他和同道们提出的“书法新古典主义”学术主张即是例证。李强好读书，古今中外，经史诗文，无不涉猎，故而思想活跃，兼容并蓄，且试图从大学术的氛围中寻找一种对书法的人文关怀。

李强对丰富多元的东方文化无所不爱，并把视角投向韩国，他和韩国书坛巨擘金膺显是忘年交，并由此结识了韩国文化界、书法界的一大批学者、书艺家，又曾几度去韩国考察、交流，举办个展，增进了双方书法艺术的交流。

不仅如此，李强通过对西方文艺史，尤其是对西方现代艺术史的研读，提出创新是其灵魂所在，并苦苦冥思东方文化如何在传统基础上求新求变这个哲学问题。李强认为，书法创作上有两种倾向：一种是更传统，走入古字系列，走入简牍帛书；一种是现代派书法创作，追求表现主义形式的直抒胸臆。

在书法实践中，李强力求在夹缝与荆棘中走出一条自己的道路，这使他常常处在传统和创新的两难境地，使他的书法人生蒙上一层悲壮的英雄主义色彩。

李强曾经说过：“书法的原则性似乎不大可能，我们每位书法人似乎都是一位演奏家，天天在演绎着王羲之、颜真卿的‘圣乐’。作为一名优秀的演奏家已属不易，想原创出一件作品，无疑需要极大的勇气、智慧和代价。”从中可读出，李强不屑于只是充当“演奏”前人作品的“演奏家”，

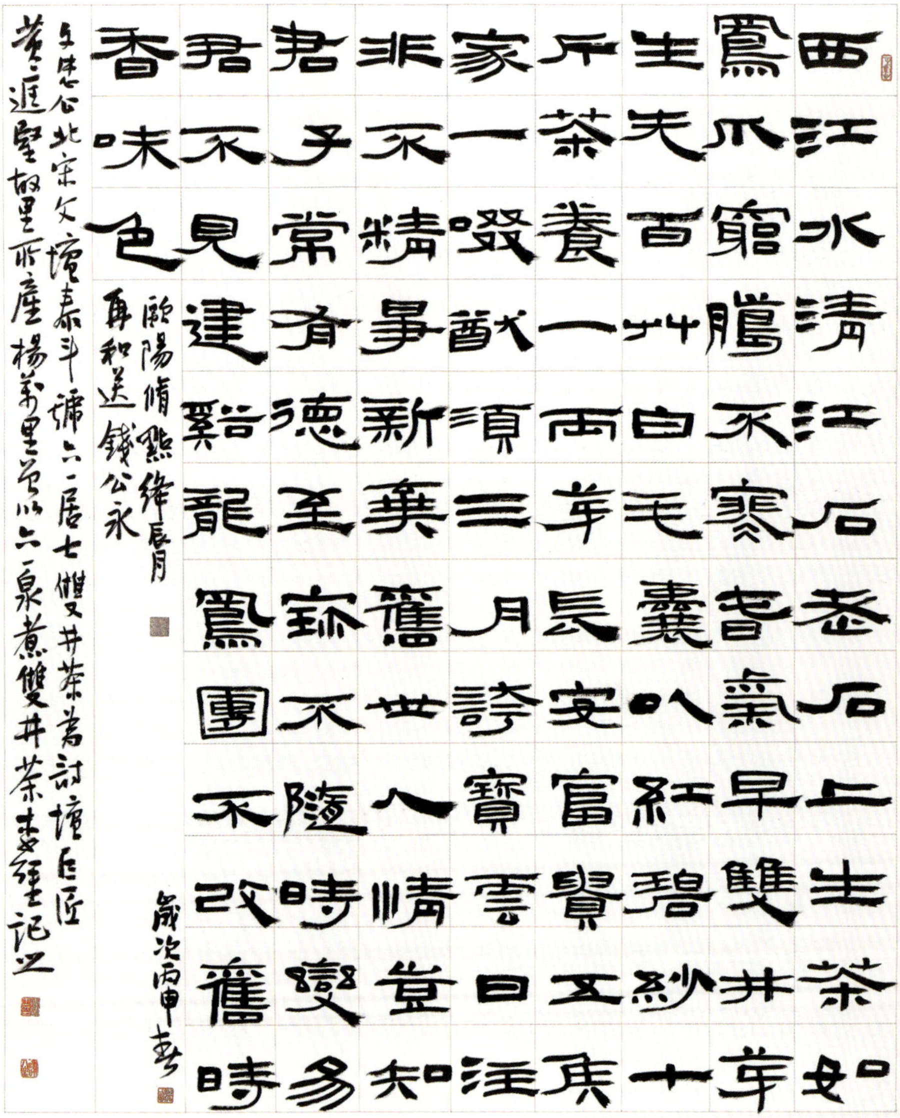
西江水清江石老石上生茶如
鳳爪窮臘不寒春氣早雙井芽
生先百草白毛囊以紅碧紗十
斤茶養一兩芽長安富貴五侯
家一啜猶須三月誇寶雲日注
非不精爭新棄舊世人情豈知
君子常有德至寶不隨時變易
君不見建溪龍鳳團不改舊時
香味色

李强书欧阳修诗《双井茶》

而是在苦苦寻觅演奏自我的旋律和音符。且不论这些学说是否被人们所接受，其精神是可嘉的，在艰难的探寻中总是孤独的，在他寂寞前行的路上，我为他送上鲜花和掌声。

李强从美术转入书法，又做过报社编辑，所以他的书法节制谨度，气象端肃而不涣散，结构紧密而不困闷，从内向外都散发着一种艺术与装饰之美，是一种风度，也是一种优雅。李强沉浸北碑，上窥汉隶，潜心楚篆、汉简、帛书，他试图从古文字中，尤其是楚简文字中寻找一种属于自己的个性书法语言，让这些已经废弃的死文字变成活的生命，追求一种“化腐朽为神奇”的效果。他在写《滁州西涧》这首唐诗时，就很好地融入了楚篆、简牍、帛书的特点，攲侧顾盼，线条古朴又真趣跃然纸上，“幽草”“黄鹂”“舟”几个字更显妙而多姿。对古文字的书写复活了它的精神内核。一幅书法，犹如一幅画卷，令人赏心悦目。

当然，李强在习古文字时，也旁涉章草及“二王”的草书，行书更是写得奇崛峻拔、刚健婀娜，极富个性。据他讲，他的行书得益于《唐宫女墓志》，这是一种信笔而书的手法，给人天高云淡的感觉，李强的行书风格由此化出，自有一种天然洒脱的味道，让人咀嚼回味。

平素碍于脸面，不好意思要字画的我，也忍不住向他索要了一幅小行书。

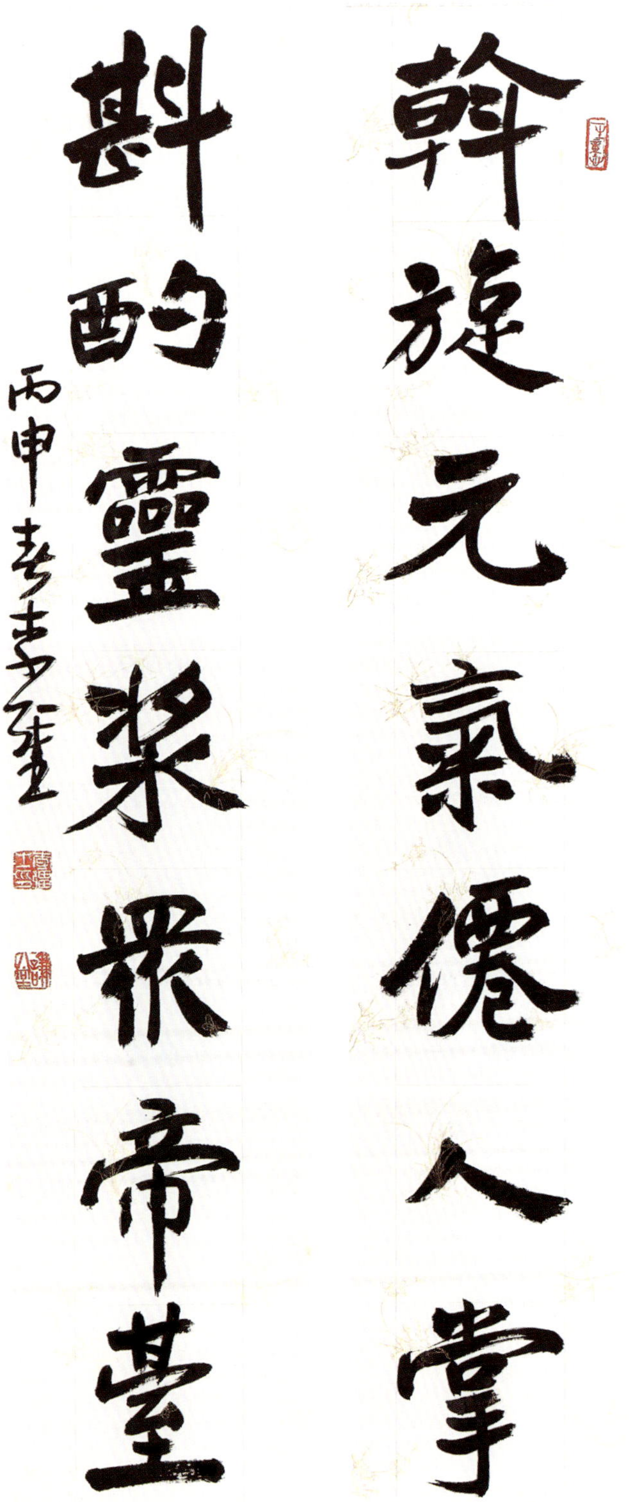

李强书『斡旋斟酌』联

一径浓荫仰大槐

——记书法家张文平

书法家张文平，那一头向上翻卷着的浓发，眉眼间洋溢着笑意的形象，常浮现在我的脑海里。想念了，打个电话，互称对方为老师，虽带有几分调侃的意味，但更多的是彼此互相尊重，互诉衷情，聊表思念。我去周口公干，总躲开官场的应酬，任文平拉到市郊某一个饭店畅饮。他举杯投箸，猜拳行令间散发出的魅力与艺术气质，令我倾倒。“字如其人”此时在他身上也似乎有了最好的注解，痛快淋漓，歙纵变幻。早在2002年他就捧得了首届兰亭奖创作奖，还因此在书坛刮起了“米体”旋风。在此后的书法创作中，张文平一直树立高标，律己甚严，丝毫不敢亵渎“兰亭”二字。

文平是鹿邑人，鹿邑是老子的故乡。身为周口人，三皇之首伏羲、道家宗师老子对中国乃至世界文化都产生了极为重要的影响，是周口人得以独享的文化遗产。文平曾对我讲，他的老家离老子故里太清宫很近。地缘相近，耳濡目染，自然也会得“道”一二。文平以老子的“道”为支撑点，

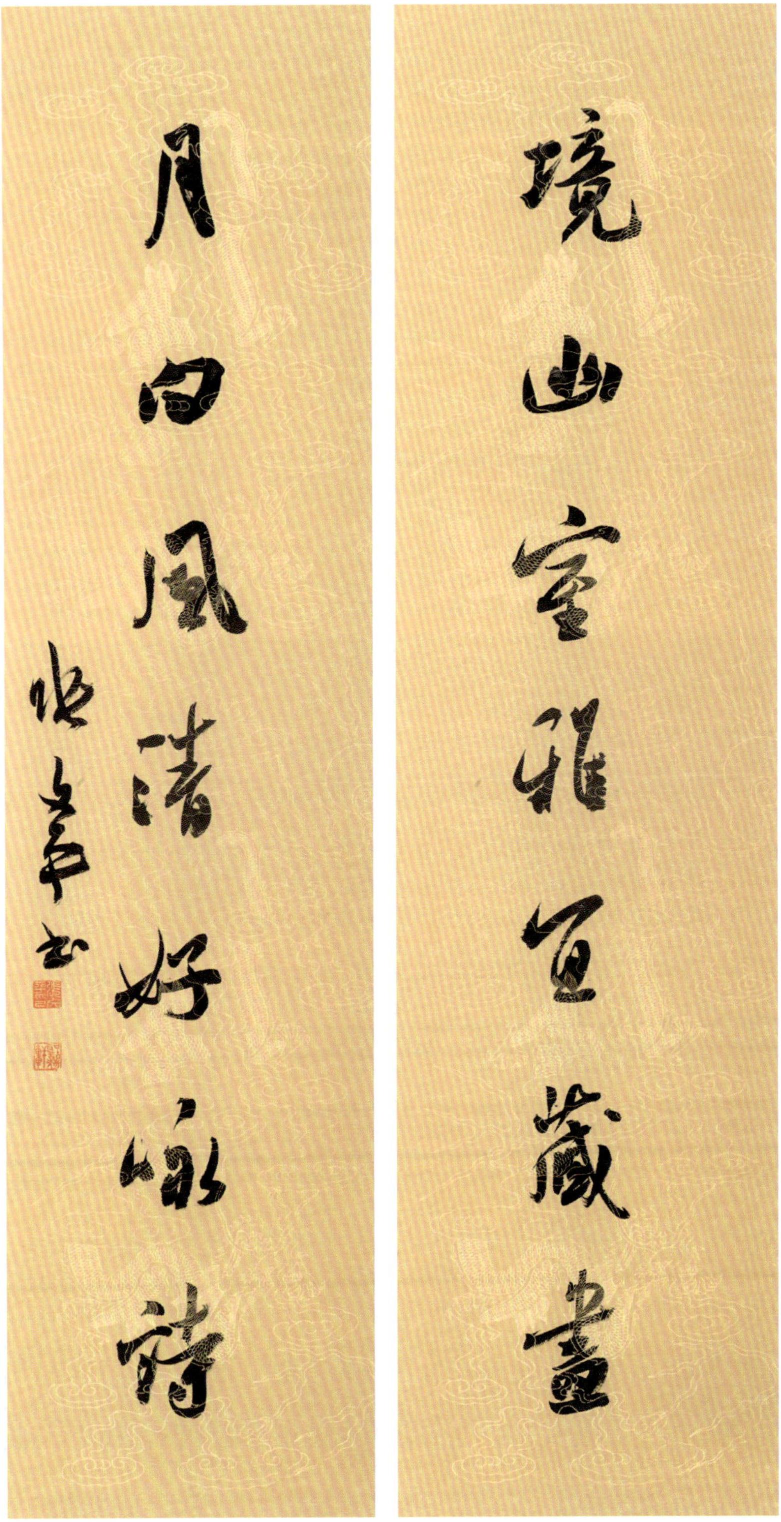

张文平书『境幽月白』联

进而树立自己的书法大道，知道自己该如何立足，自己的方向在哪里，该往何处发展。以至于他每次获得大奖后，都会静下心来，重新审视自己，看看自己在艺术修养方面还欠缺什么，以便在书艺道路上走得更远。

文平习“米”多年，书法典雅风流，有人称为“张氏米体”。这种“张氏”风格具有时代感和强烈的个性化，且一次次征服评委，受到人们的喜爱。究其原因，与他追求传统高古的审美趣味是分不开的。文平认为，现代人对古人的智慧和艺术境界是估计不足的。说白了，书法本来就是古人的艺术，无论颜、柳、欧、赵还是苏、黄、米、蔡，现代人都难以企及。就书法而言，高古是一个了不起的审美概念，不过现代人很难像古人那样静下心来，把整个生命都倾注于笔下，而这正是书法艺术的必需。

“你随便抽出一支出土的汉简来仔细看看，那种韵致，那字里行间的气息，不是需要我们长久地研究和学习的吗？”对先人书法中所弥漫的高古气息，文平都潜心研习，化于笔下。当然，作为艺术品，书法也是要写给现代人看的，让现代人感受到“高古”的存在。文平的书法多次赢得大赛评委的青睐，足以能够回答这个问题。

功到自然成。对于书家来说，风格只是功力的外在表现，是在长期对书法的研习中自然形成的，且与书家的审美情趣有关。从书法本体论的角度来看，书法是一门造型艺术，但又不是一般的造型艺术，它要在点线面之中藏进灵魂性的东西。所以，风格不仅与造型有关，更重要的是与灵魂性的东西有关。而这灵魂性的东西对于文平来说，就是他的书法个性，他对中国传统文化的独特理解。从外形来看，风樯阵马，八面出锋的“米体”为他所迷恋、所追求，犹如笔墨之骨架，而对于笔墨所需灵魂和血液，

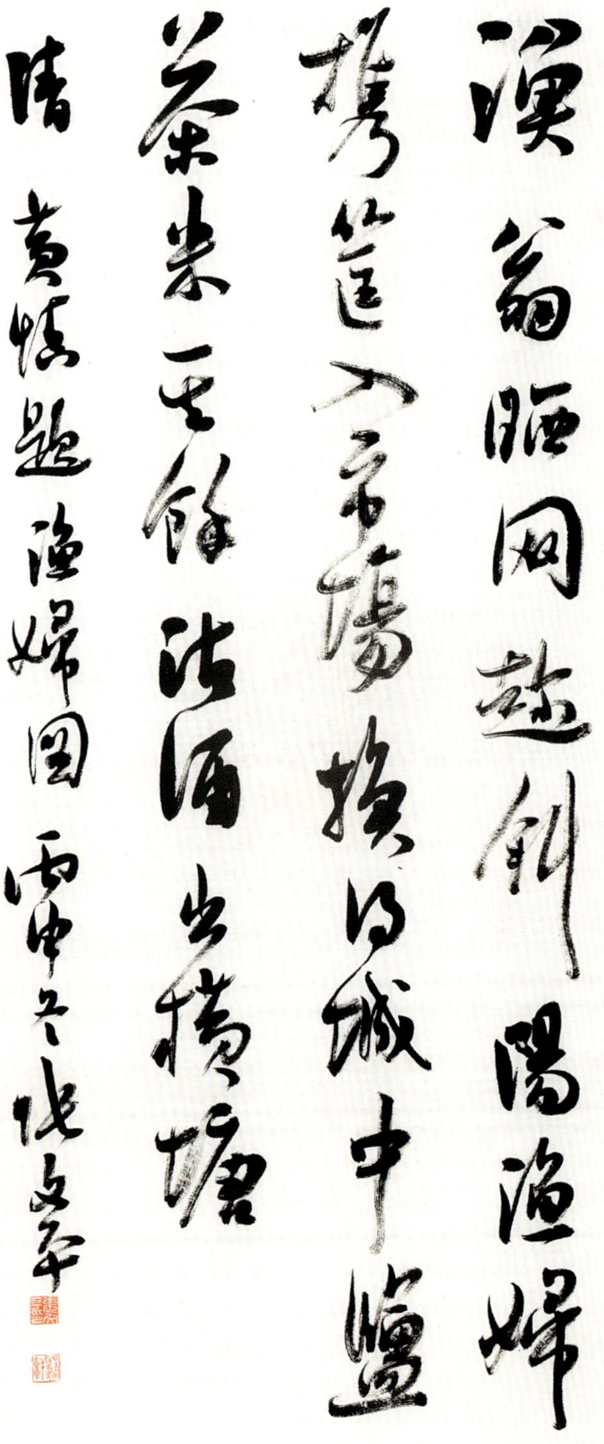

张文平书黄慎题《渔翁渔妇图》

文平则从作为中国古代文化主要载体的古典诗词中寻觅，从中体会诗词含有的精华妙义，感受到诗词中所传达出的人生境界。

文平笔下，书写的几乎全是意境绝妙的经典名句，不难看出，他内心既有“闲云入窗牖，清露滴梧桐”的清静幽寂，也有“楼船夜雪瓜洲渡，铁马秋风大散关”的铿锵壮烈，文人的萧散与男儿的热血如此对立又共生，融合在他既豪放又婉约的性情里。

因素来浸淫古典诗词，文平也偶尔为之，我所读到的有“窗外杂花蕊正开，微雨蒙蒙拂面来。初夏烂漫知多少，拟向樽前畅吟怀”（《夏日偶成》），还有“寺院杂花堆砌开，云烟拂面逐人来。旧题渐灭苔侵壁，一径浓荫仰大槐”（《游古寺》）。我很欣赏这句“一径浓荫仰大槐”，它暗示了事物的因果与哲理，小树如果没有长成大槐，哪来这一径喜人的浓荫呢？

老子曰“道法自然”，这句话被文平奉为书法的最高境界。文平常说，写字首先要把字写好，不能浮躁。书法作品走向市场虽然是促其走向繁荣的催化剂，但正如种庄稼一样，催化剂用过了头，庄稼也就枯萎了。虽然“兰亭”已奠定他在当代书坛的地位，但文平内心依旧从容不迫，宠辱不惊。他曾如此表白，“书法”是最不能急功近利的艺术，书法作品可以是商品，但不能是“产品”，艺术是情感表达的载体，以书法制造产品那叫写字，不是艺术创作。

书法作为中国文化的传统艺术绵延几千年不曾间断，它负载着不同时代丰富的文化心理和人文信息，“笔墨当随时代”虽然是常常提到的老话题，但回头看看，我们能脱离这个时代吗？站在艺术本体论的立场上说，艺术家要从时代的正能量中汲取营养，要从时代的负能量挣脱出来。关于如何区分正能量与负能量，文平这样下定义：“对书法来说，时代的正能量就是对弘扬民族文化的要求，而负能量中就是浮躁、喧嚣、铜臭味道。”

虽然时代要在书法中留下痕迹与信息，但“书法艺术要大谈传承、慎谈创新”，这是文平一贯秉承的观点。对于一些游离于书法本体而大谈创新的说法，文平感到不安，他甚至认为那叫涂鸦，不是书法艺术。他主张书法艺术家要时常回过头去，看看我们离古人还有多远，而不是轻易抛弃经典。创新是必须的，但要建立在传承的基础上。

2017 年 10 月，张文平在书法重镇开封举办了个人的书法展，著名书法家王宝贵赋诗赞曰：“风樯阵马势排空，酣畅淋漓八锋。海岳韵流千载后，张生一笔动京域。”我亦如是看。

诗人书家耿广智

当下人善书者众，工诗者寡。近些年耿广智时有高文面世，书法作品又时常见诸报端，称得上是个诗人书家。

广智出生于20世纪50年代末，他这个年龄的人正值世纪交替、承上启下的时期。大学毕业后，广智从基层干起，一步一个台阶，一路顺风顺水，从一般干部到镇党委书记、区长、县委书记、地市级常务副市长，再到高校领导干部。一个农村孩子，凭着自己的勤奋与悟性，奋斗到这一步实属不易，其超出常人的才干与智慧，令我辈汗颜。

丙申（2016）之秋，耿广智诗如泉涌，一首又一首诗作发到我手机上，就像晚秋的扁豆，一嘟噜一嘟噜地结个不停。我手头有他前几年出版的诗集《情缘》，近期又听说他要结集出版《甲午小记诗情》《光阴》《悟道》等。洋洋洒洒数百首，令人目不暇接，思绪翻飞，忍不住想说两句。

耿广智的诗，在诗歌界被称为“新古体诗”，其特点是既有古体诗

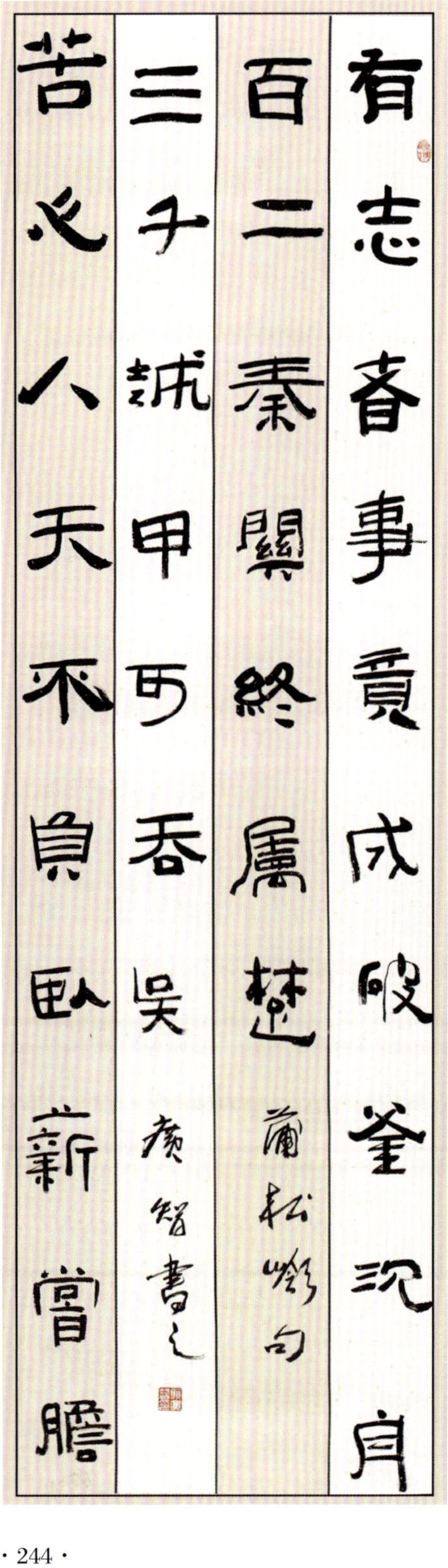

耿广智书蒲松龄文句

的韵律，又不受格律束缚，宜古宜今，立足实际，创新发展，是一种形式上有古意，创作方式和内容上较为自由的诗歌形式。他的诗很少用晦涩的字和词，平实自然，朗朗上口。在诗意的表达上往往稍作铺垫，便直抒胸臆，让读者情随诗动，直达内心。

综观广智的诗，总体上是比较自由的，但却是字斟句酌下了功夫的，其诗可用“雅”“厚”“淳”“真”四个字来概括，在遣词中讲究气韵，诗句高雅、含蓄，如《僧俗》：“人生清凉不染尘，明月皎洁洒西门。僧家春梦朝未散，轻敲晨钟音入云。”“厚”，是指广智的诗歌情感淳厚。他的很多诗在这方面是比较突出的，尤其是对亲人、朋友的思念、关切、感怀，写得入情入理，感人至深，表达了一个儿子、丈夫、父亲和朋友的无限深情。如《归闲居思二老》：“方宅半亩闲，园圃四周香。二老中堂坐，笑谈世炎凉。”望着人去宅空的院子，不禁想起二老在世时的情景。如今，物是人非，倍增凄凉，诗人对已故父母的深情，很容易让读者也受到感染。《夜半思双亲》：“醉卧异乡思故乡，朦胧似见吾爹娘。少时难知报仙恩，今朝有心却难偿。”想起再也没有机会报答已故的老人，心情之悲戚可想而知。如《送友》：“日暮西山下，客伴彩云飞。回望君已远，不知何时归。”寥寥数语，把一个送别朋友的场景描写得淋漓尽致，没见一个“愁”字，却使人内心十分惆怅。

广智出身贫寒，从小在农村长大，尽管仕途顺遂，但他始终没有忘记自己是农民的后代，身上始终有一种淳厚、质朴之风，如《会前沉思》：“奉命做常委，深思倍觉悔。驿任近四载，无多大作为。以此为起点，躬身为民骑。恭听市民愿，天中更美丽。”广智没有为进入核心领导层而沾沾自喜，

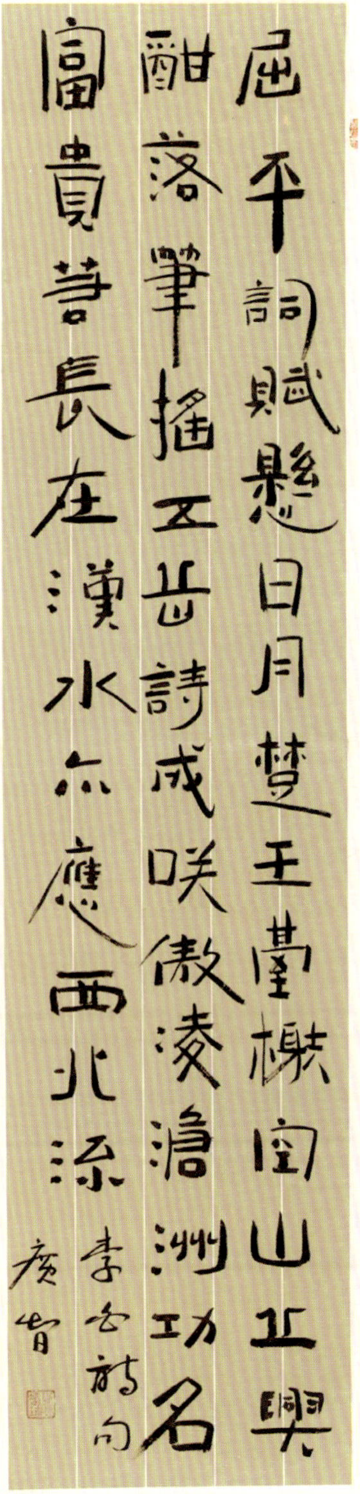

耿广智书李白诗句

而首先想到的是“躬身为民骑”，“恭听市民愿”。一个“骑”字了得！耿广智的赤子之心跃然纸上。再如《夜雨》：“夜半惊雷震，启窗望星空。电闪黑云舞，急雨袭驿城。心恐洗我域，百姓可安宁？虽居此位卑，仍需系民生。”此与郑板桥“衙斋卧听萧萧竹，疑是民间疾苦声”有异曲同工之妙。还有他任荥阳县委书记时所写的《荥阳赋》，都深切地表达了他对民生的关注，以及为官一任、造福一方的公仆意识。遍读广智诗稿，如此质朴、淳厚、真切的情感语言可以说比比皆是。他的诗歌语言把他的情怀、理想及为人处世、担当意识表露无遗，让你看到一个至情至性、光明磊落、勤政为民的耿广智。

广智的诗汲取了古典诗词的丰富营养，饱含诗意与哲理，表达了对社会、对人民的诗意情怀。将自己的思想深度通过简洁的诗句传达给了读者，这既是他心性的表达，也是他长期修炼的结果，十分难能可贵。

在书法艺术上，耿广智更是投入了大量的精力。他善工隶，兼习草书，临池不辍，终于形成了自己特有的书风。他利用工作之余，创作了大量的书法艺术作品，并多次举办个人书展。他的作品在全国和省内多次获奖，尤其2013年，他进入北京大学进修，师从胡抗美、曾翔、李相国等著名书家，使他的眼界更宽，结识的道友更多，书法技艺也因此大进。

广智在他的自传中写道，幼年过着衣难蔽体、食不果腹的生活，所以深知人生的艰危。他以“君子当自强不息”勉励自己，在他书写的内容中，多有图强励志内容。他写星云大师句：“强者不是没有泪，而是含着眼泪继续奔跑。”写此正值盛夏，其题曰：“门内极热耐之，汗流浃背，而早课不辍也。”其情其景令人唏嘘。《菜根谭》也是他常写的内容之一，如“谢事当于正盛之时，居身宜居于独后之地”。这些讲人生处世哲学的格言，含意深远，耐人寻味，也是他宦海浮沉、历经风浪的体味与心得。

于右任是中国近代史上草书之先驱，他的书法舒朗开阔，独树一帜。耿广智的书法，颇见于右任书法之风神，其行草既蕴藉连绵又豪放洒脱，腾挪舒张皆寄妙理之中。他的一批书法团扇作品注重线条的巧妙运用，用笔含蓄且具有一定的布局美，其章草《千字文》亦颇见韵味，笔意灵动，富有情趣。

品鉴广智的书法，我有两点感受。一是书法的终极目的问题。这个问题，并没有标准答案，之所以提及它，是因为任何艺术都要有一个目的性，书法也不例外。在我看来，书法的终极目标应是书家个性的变通与创新，创作出有独特风格、时代特性、文化品位和审美情趣的经典作品。经典之作无论从形式、技巧到精神境界，只有达到了超常的高度，其历史地位与审美价值才会被社会所公认。要达到这样的高度，就要踏踏实实地学习、实践、创新。“学书最为艰，法古尊前贤。书坛无捷径，砚耕小有天。”从他的《书悟》中，可见他躬耕砚田的身影，他常常告诫自己，要以古为师，追慕传统，形成个性，不断创变，并广交书家朋友，虚心听取意见，在书法实践中不断改进和提高自己。“黄州被贬三年余，奋笔疾书《寒食帖》。少师西台笔意在，东坡重写不复得。”广智此诗，与黄庭坚跋苏东坡《黄州寒食帖》无二致。好的书法作品，总是偶然性与必然性的绝佳结合，素养的积累，情感的爆发，才情的渲染，会在某一个历史时机迸发出来，便形成艺术的极致，于是才有后人对这千古名帖的膜拜与赏研。广智的情致总是出于古人的思想中，他的“书法诗”读来让人耳目一新，使人颇有所得。

正是他具备了这样一个基本素质，他的书法才逐渐有了新意。他举办的“师道至尊”《千字文》书法展览才会获得广泛好评。另一个是书者的个人目的问题。每个书者都有个人的想法，个人目的自然有所不同，无论出于什么目的，都是可以理解的。在我看来，怡情养性，追求书写过程的快乐，才是个人的最高境界。广智在他的艺术自传里有这样的两句话，即“不求成大家，只为作大人。不求获大奖，只求怡心情”。我赞同他的观点，不管干什么，都要静下心来追求做一个大写的人。书法艺术是中华文化的基因，是中华民族最为宝贵的文化遗产，书写一个汉字就是一个形象与意义的世界，一个情感与审美的空间，希望广智在自己文艺创作实践中，去引领、带动更多的人。

广智性倜傥，尚气任侠，乐于助人，每有所求，广智都会倾尽心力，只予于人，不取于人，是我敬重的一位老弟。他的诗、他的书法把人带入到他的视野与生活中。我被他的吟咏感染，被他的真情打动，被他带到诗意的生活里，于是，我的生活也充满了诗意。

附：耿广智诗歌

毛笔

千毫结一管，

蘸墨洒纸宣。

先师挥手去，

绝迹存翰园。

宣纸

蔡君开新元，

甲骨简含憾。

轻轻柔似帛，

文明传万年。

墨

锻燃修炼终成身，

豪存达官劣黎民。

一方镌铸梅兰竹，

古墨千秋遗香浸。

书法家老报人王荣生

老报人王荣生，在书法圈名声很大，盖因他所创办的在全国颇有影响的《书法导报》，凡热爱书法的人，或多或少都与它有过交集。每周洋洋洒洒24个版面与读者见面，内容丰富，信息量大，品质高，具有大家风范。当代书法界知名人士，实力派书法家，或正在步入书坛的习作者，哪个没上过《书法导报》?《书法导报》在全国推出了一茬又一茬的新生代，作为主编的荣生，为书法园地辛勤耕耘，精心浇灌，心血培育，换来岁岁繁茂葱郁之景象，功莫大焉，令人起敬。

《书法导报》于1989年10月在开封创刊，我数次听他讲过起初办这份报纸的情景，未免唏嘘。那时他每月只有30元工资，捉襟见肘，步履维艰，甘苦自知。经过20多年的打拼，这份报纸最终成为全国最有影响的书法媒体之一，卓然独秀，在业界有口皆碑，成为书法界人士交流的桥梁、展示的舞台、表达识见的阵地、品评赏鉴的沙龙。它曾三度获中

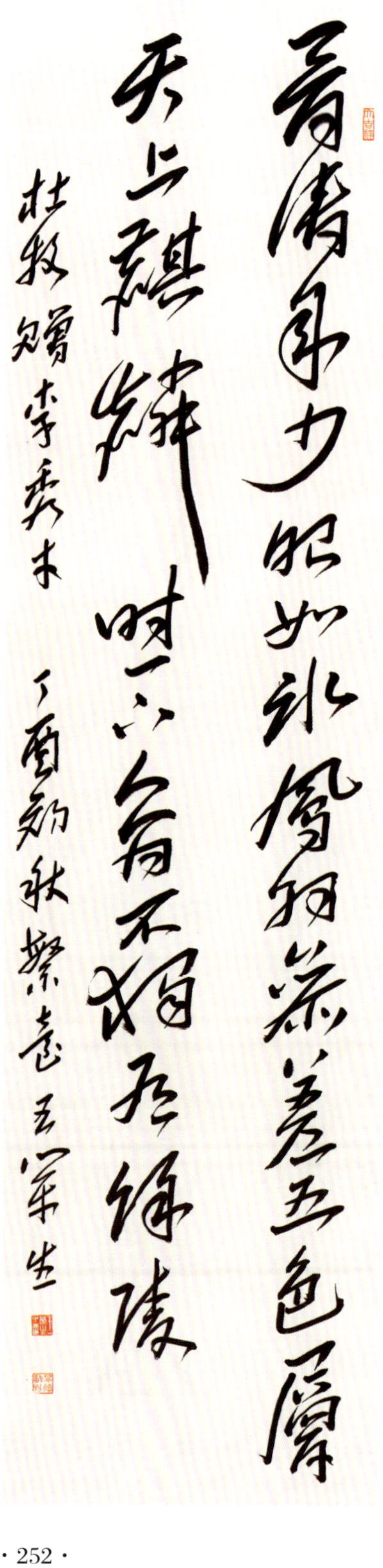

王荣生书杜牧诗《赠李秀才》

国书法艺术最高奖——中国书法兰亭奖的“编辑出版奖”，被中国文联、中国书协的领导誉为“书法界的《人民日报》”。

近水楼台先得月，这样一份报纸，对河南书法界的建设是一个不小的贡献，它不仅将河南书法的影响辐射全国，还将外界的书法之风潜移默化地吹拂进来，对中原乃至全国书法的发展，不无裨益。

多年来，我也与《书法导报》结下了不解之缘，不但是它的忠实读者，也是它最大的受益者之一。它搀扶着我，引领着我。我不同时期的翰墨多次在《书法导报》上，或半版或两版或四个整版发表，包括我的自作诗歌颂奥运冠军三首，《云南印象》七首，散文《梦画小记》《补壁小记》等，亦有抄录的名人作品，每次都配有书评。不同时期的亮相，书风的渐微演变，见证了我在书法这条艺术之路上的探索践行。先贤遗韵，禅修悟道，将岁月积淀溶于几十年的墨海生涯，一路走来，成就今天，首先我要感谢荣生和他的同人们，感谢他所创办的《书法导报》。想必有许多书法界的朋友如我一样感同身受。

荣生办报的名声盖过他本身的艺术修养，这对他有点不公。他的本色是一位艺术家，在书法、篆刻、国画、诗文诸方面都有颇深造诣，在学术成就方面曾获过“林散之奖”等奖项。张海先生用“解衣盘礴，用志不纷”八个字赞誉荣生的书法，不无道理。荣生书法受傅山影响颇深，于傅山笔意中加入率真自然的意趣，古雅简淡，安闲从容，没有刻意安排的大起大落和虚实浓淡的强烈对比，他的用笔、结体、章法，率性自然，随意恣肆，充满了禅意与机趣。傅山在书法上主张“宁拙毋巧，宁丑毋媚，宁支离毋轻滑，宁真率毋安排”，荣生的书法之所以说承继了傅山的骨骼

王荣生书『山静风和』联

和神韵，大概与荣生的性情与处事有关。荣生为人为艺，向来给人洒脱自在，举重若轻，貌似憨厚而实精明的印象，所以他很容易切入傅山书法，深得其精髓。

荣生学书甚早，在汴前辈书家的指导下，打下了坚实的基础。他融会碑帖，四体皆能，除了人们常见的行草书外，尤擅隶书。他的隶书以汉碑为基，于《张迁碑》《石门颂》浑厚恣肆一路用功尤深，于清人则倾心郑谷口、伊秉绶、何绍基，上下求索，取百家之长，熔铸个人面目。他的隶书用笔厚重，入木三分，点画涩，笔力强，结字平正开张，流露出重、拙、大的气象。近年展赛的隶书，花哨有余，涂脂抹粉，已被称为“俗隶”，根本原因是背离了汉碑雍容大气的精神，“展览体”的痼疾令人生厌。相信随着时间的推移，隶书创作一定会回归汉风，而荣生的隶书，也将会更显其独到的价值。

东汉蔡邕认为书法应是襟怀的流露，“书者，散也。欲书，先散怀抱，任情恣性，然后书之”。荣生的书法，独具审美个性，最近他赠我的李端的诗“抱琴看鹤去，枕石待云归”，通篇自然随性，洒落成趣，极富萧散淡雅之气，流露出个人的风神气息，书法形式与诗歌内蕴的禅意相互映照，使艺术顿开新境，启发并提升了读者对诗歌意境的理解，以及对其书法艺术的叹赏。

荣生的篆刻创作一贯遵循着古雅与文人化品格，尤重金石气与笔意、笔韵，刀法洗练简古，布局精巧奇逸，别出心裁。他所刻闲章“传正道”“砚田寻真”“闲人书屋”“乐在其中”等，内容淡简朴质，寓意深远，再加上他那收放自如、与书风一脉相承的篆刻风格，读之令人神往，发思古之幽情，真所谓“方寸之间，气象万千”。荣生为我所治名章，斋号“闲味居”，闲章“率真”等，为我的作品增色不少。

荣生待人宽厚。暇时我和荣生畅论书坛书艺，言语甚合，心下默契，回忆起办报成功的喜悦、惨痛的教训，均坦诚面对，彰显出他人性品质的风范。

荣生有用人之道。他善待下属，吸纳有志之士，周围聚拢了一批书画才俊，有一个高素质的创业团队。如在书法、书法评论与研究领域颇有建树和影响的孟会祥、姜寿田、黄俊俭、杜大伟等，形同他的左膀右臂，使他如虎添翼。“士为知己者死”，在荣生曲折的人生经历中，曾有下属为他流泪，为他奔走，其“忠义”之心令人感动，也是荣生的人格魅力的体现。《书法导报》之所以能够如此长久地领业界之先，也就不言而喻了。

在骚动中升华

——化建国绘画印象

化建国，河南省美术馆馆长，河南省美术家协会副主席，国家一级美术师。1958年生于古都开封。建国谦虚谨慎，待人真诚，见了我总尊称我为长辈，这使我感动，使我更多地关注他的绘画艺术，关注他所走的艺术道路。

建国是一个中西兼蓄、博学多才、特立独行的人。他在艺术的道路上一直在不停地寻觅，不断地攀登，并总会在某一阶段给人带来一些令人惊叹的作品，在艺术领域引起轰动。说他博学多才，是因为他涉猎甚广，水墨画、油画、版画、雕塑、摄影、现代装帧艺术等无所不能，还喜爱收藏。说他特立独行，是因为他观念上不墨守成规，行为上大胆探索、勇于创新，坚持自己的艺术观点，走自己的艺术道路。

建国一向关注并着力表现底层人的生存状态，艺术在此发出了令人瞩目的亮光。为了表现煤矿工人的艰辛劳动，他深入井下，和工人同吃同

化建国作品《生命的感悟》

住同劳动。煤矿工人甘于吃苦、乐于奉献的高贵品质深深打动了他，感染了他，促使他拿起画笔去赞美他们的光辉形象。大象出版社出版的《矿境》，就是他在现代艺术方面掘出的“新井”，挖出的富有生机的“泉眼”，他的国画作品《矿灯》光彩照人，入选全国第十一届美术作品展是意料中的事。

真正的艺术应该是有生命体温和具鲜明个性的，是独特的不可复制的。平平淡淡如出一辙的作品谈不上艺术。有人穷其一生，也无法化茧成蝶，难以突破自己，上升不到一定的高度，为什么？因为思维桎梏了他，他总在重复自己或别人的劳动，没有创造，失去自我，而建国不是这样，他是一个在艺术上敢吃螃蟹的人，在艺术的王国里，大有一种“走自己的路，让别人去说吧”的叛逆精神。这一点可以从他近年来的一些创作成果中得到印证。最有代表性的是他的《骚动的荷塘》，抽象意味很浓，让人直呼看不懂。说实话，对此我并不感觉诧异。因为对于一件艺术作品，不同的人都会有不同的感受，这是再自然不过的事情。况且抽象作品本身最重要的不是一下子让人看懂，而是让人有最强烈的感受，给人更多的想象空间，让人更多地去“揣摩”其中的韵味。《骚动的荷塘》在美术界引起轰动，主要是他用传统水墨表达了一种抽象思维，通过水墨、宣纸之灵性，渲染出当下人性思潮的涌动。这正是建国的过人之处，他把水墨语言用到了极致。通过水、墨、纸、心相互交融产生出一种水墨的精神和观念，表达了自己内心的感受和内在的状态，读者读到他的作品时，又会产生更多的感受和思考，这就是这类抽象艺术的特点，即通过水墨符号的暗示和表达让人产生无限的遐想，心灵在生命层面与社会层面自

化建国作品《矿境》之一

化建国作品《矿境》之二

由游走，达到彼此共鸣的艺术审美。

有人说建国这是在“走捷径”，但谁能知道，这些“走捷径”作品的背后耗费了他多大的心血和精力。欣赏一件艺术作品应注重意境和文化内涵，作品的意境和内涵是画家人品、学识、修养、情感的自然流露。建国情感丰富，激情面对自然、面对生活，并把自己的思考化为艺术符号。可以说，建国的水墨作品是精致的、有思想的，他的每个不同的符号都代表或表达一种情绪，看似简单稚拙，却蕴藏着对点、线、面组合方式的唯美追求。《骚动的荷塘》委婉、含蓄，意境美超越了画面本身，它可以引发观赏者无尽的想象。作品中那种雾岚云霭、烟洇虚渺、朦胧若现的色调，给人无尽的思考空间。有意境的作品会使人百看不厌，每次欣赏都会有新的收获、新的感受，让人回味无穷。

艺术之外，建国还领导着一个集收藏、研究、展示、教育于一体的研究机构——河南省美术馆。他把艺术创作、理论研究作为美术馆发展的有力支撑，探索适宜自身的美术定位和发展方向，办出了自己的特色。他所举办的艺术活动和取得的效果受到了社会各界的充分肯定和好评。特别是他对刘岘、刘铁华、马基光、沙清泉四位老艺术家的作品进行的搜集、整理，对河南美术事业的发展起到了非常重要的推动作用，功不可没，他荣获文化部和人社部共同颁发的全国文化先进工作者的称号，受之无愧。

建国不止一次地跟我说，作为美术馆馆长，只能利用业余时间搞创作，然而，在推进美术馆发展的过程中，在梳理河南美术史的过程中及中外艺术的交流中，他收获了奇妙的个体反思和丰富的生命体验，从而拓宽了创作思路和艺术视野，也将自己的作品提升到一个新的境界。无疑，“管”

学相长，“管”创相合，他所管理的美术馆在给人带来一次次艺术盛宴的同时，他的创作也会不断地给人带来意外与惊喜。

化建国作品《静观》

传播正能量的歌者石品

前不久，石品送来近年来出版的人物画册和厚厚一沓登载他作品的报纸、杂志。一页页翻开，他笔下的人物形貌之传神丰赡，表情之生动逼真，着实令我怦然心动。这些人物当中，有推翻帝制的先行者，有新中国的缔造者，有耄耋之年仍为革命理想奋斗不止的“老革命”，有享誉神州的英雄楷模，有贡献卓著的科技文化名人，也有默默奉献的普通劳动者。

在美术界，石品以画英模典范人物而广具影响，让人记住的人物也越来越多。眼前的这些作品，很好地诠释了艺术为人民服务的主题。一个个饶有兴趣地看下去，让观者感受到人物背后波澜壮阔的不凡历史。而我也在其中读出了石品身上所具有的政治高度、政治敏感、政治自觉以及他在美术上的追求取向。

中国绘画有着根深叶茂的现实主义传统，在具有欣赏功能的同时，也潜移默化地予以教化之功。高校领导与国画家的双重身份，使石品在塑

中原群星譜
中原是華夏文明
的發祥之地也是
英雄楷模傑出人
才的搖藍共和國
時代更是群星璀
璨光耀長空焦裕
祿史來賀吳金印
任長霞等他們以
對黨對人民對國
家對民族的大愛
忠誠不忘初心堅
定信仰立足本職
功績卓著爲中原
大地添彩爲神州
大地增輝今滿懷
崇敬仰慕之情飽
蘸翰墨爲其造像
寫其精神以激勵
後人
丙申年秋月石品
敬繪于古商城
焦裕祿
史來賀
楊水才
谷文昌
任長霞
吳金印
李連成
李文祥
燕振昌
常香玉
劉志華
趙明恩
楊貴
鄭永和
馬海明
李學生
張偉
孟瑞鵬
王永民
二月河
鄧亞萍
劉洋
張榮鎖
裴春亮
朱婷

石品作品《中原群星谱》

造时代典范人物方面更为自觉，他始终把记录时代、关注现实，用笔墨呈现时代最强音为己任，主题鲜明，风格独特。他创作出的一系列“时代典范”人物，无疑是社会画卷中最出色、最灿烂的篇章。这些人物在自己从事的行业内释放出巨大能量，震撼着每个人的心灵。他们身上凝聚着一个时代的美好品质，代表着中华民族的精神气魄，有着高尚的思想境界与道德情操，这正是我们这个时代所要讴歌、所要倡导的东西。

石品用他的水墨语言，将强大的“正能量”传递给读者，用人性的美善涤荡丑恶，用道德的高尚抵制低俗，用灵魂的高贵驱逐卑劣。

难能可贵的是，在每一个时代的英模人物刚刚出现在公众的视野时，石品就敏锐地觉察到这些人物的典范意义。他怀着景仰和虔诚之心，一笔一笔地把他们的光辉形象展示给世人，用自己的绘画艺术为大家作社会意义与美学意义的解读。

明代杜琼曰：“绘画之事，胸中造化吐露于笔端，恍惚变幻，象其物宜。足以启人之高志，发人之浩气。”众所周知，画人物最为难工，画不好即陷入形似而乏神韵的尴尬中。清代郑绩言：“写其人不徒写其貌，要尚其品，何尚其品？绘出古人平素性情品质也。”石品虽然画的是“高大上”人物，但没有类型化、概念化，他注重人物的个性化内涵，既严谨、认真又活泛、自然，做到了雅俗共赏。做到这点就很不简单了，专家认可，百姓欢迎，这也符合我们眼下经常讲的艺术观。在一次画展中，河南省委一位主要领导在石品塑造的李文祥英模人物前驻足良久，这位饱经沧桑的老英雄拄杖讲述的姿态深深吸引了他，诸多观众也仔细聆听着老英雄所追忆的革命往事。观者透过画中人物的表情、衣着、动作读到了诸多隐藏的信息，从“不

一代楷模
在共和國的光榮榜上群星璀璨其中雷鋒王進喜焦裕祿史來賀錢學森這五个名字尤其昭彰耀目他們以對國家民族如山似海般的大愛以及對党的事業的无限忠誠鞠躬尽瘁死而后已在各自崗位上功勛卓著爲党旗增輝添彩成爲一代共產党人高山仰止的楷模名垂汗青播芬百代
甲午年春月石品敬繪于中州古商城

石品作品《一代楷模》

言之妙”中体察到画家所传达出的教化之功。

石品的国画作品《一代楷模》则是他正能量作品创作的代表作，作品描绘了雷锋、焦裕禄、史来贺、王进喜、钱学森这几位英模的形象，作品曾先后入选全国第十二届美术作品展、全国庆祝中国共产党成立95周年美术作品展，特别是近期在中国博物馆举办的“中原风——河南省书法、美术、摄影晋京作品展”，再一次受到关注，赢得好评。

当然，石品不仅创作“时势英雄”，花鸟虫鱼、边塞风情都是他创作的题材，足以说明他宽广的创作视野，我也很喜欢这类轻松的作品，如清风一缕，心香一瓣，使人的心灵得到滋养。

在美术界早已声名在外的石品，艺术之路并不平坦。他不是科班出身，但对绘画却有着极大的热情和极高的追求。我曾与他同在教育系统工作，眼见他年纪轻轻却志存高远：一方面对工作勤奋认真，恪尽职守，逐步成长为广受尊重的高校领导；一方面对艺术孜孜以求，业余时间将社会杂事尽量推脱，也没有同龄人常有的玩乐癖好，躲进自己的画室守一方天地，几十年沉潜丹青、心血浇灌，终有所成。这其中，虽有艺术天赋相助，但其间付出的专注与努力，是常人难以想象的。

石品有一双善于思考、善于捕捉美和发现美的眼睛，他常常眉骨紧锁，浓黑的眉毛下目光睿黠，似乎时刻在审时度势，聚焦热点，望海观潮。在创作人物画的道路上，石品越来越有自己的功道，皆能以形传神，让读者与画中人瞬间越过时间与空间，产生某种意会与感应，进而使人物身上的正能量传播给更多人。

时代需要传播正能量的作品，更需要石品这样传播正能量的歌者。

石品作品《欢乐草原》

寻味文人画

——记画家翟东奇

在河南画坛的人物画画家中，翟东奇是比较突出的一位。想起东奇，就想起他那敞阔的大脑门、温和的神情，还有他善于思考的灼灼发光的眼睛。

1980 年东奇考取广州美术学院中国画系，毕业后，被分配到河南省群众艺术馆工作，在搞好专业创作的同时做了大量的群众美术辅导工作，是一位既有绘画理论，又不乏时代鲜活作品的画家。在诸多绘画门类中，东奇尤擅长人物画创作。他的作品对象往往是志向高洁的文人逸士，他们或是竹林畅艺，或是倚瀑听泉，寄情山水之间，俯仰自得处，皆俱传统士大夫的风范气韵，笔墨中极富内涵与情趣，清思闲远，曼妙传神。

文人画多以中国传统哲学为基础，内含儒家、道家、佛家之精髓，从中可读出清静无为、天人合一、物我两忘的传统哲学内核，以及“外师造化，中得心源”的思维方式。近代陈衡恪认为，文人画有四个要素，“人品、

翟东奇作品《梅清图》

学问、才情和思想，具此四者，乃称完善”。东奇对人物画的创作正是基于传统文化的深刻认识而一气贯之，对于附庸风雅者、跟风者一概视为伪文人画或伪文人画家，在他的眼里，文人画并不是随便就能创作出来的。没有一定基础的涵养，没有深厚的文化积淀，创作文人画则是一种表面上的解读，而没有深层次的文化内涵，是一种伪文人画。

2006年，河南省人大书画研究院编辑了一套《大河风书画精品集·名家卷》，其中就有翟东奇卷，首幅画作即是他的《竹林七贤图》，该图历代都有人创作，现当代画家从张大千到傅抱石、范曾等名家，都用笔墨表现过这群魏晋时期落拓不羁的名士。他们在生活中不拘礼法，性情狂放，在竹林中清谈饮酒、啸歌，代表了中国文人的风度。东奇的这幅画对人物的表现十分到位，他把“七贤”置于荒寒的境界，以凸显其追求自由、野逸与疏远的心情。此外，描绘高士的有《羲之爱鹅图》《苏轼觅句图》等，以丛丛茂竹、淡远的山岳来衬托名士的孤洁高标、闲适自在、超逸旷达，画出了名人逸士丰富诗意的内心世界。尤其是宋人词意的仕女题材，一派繁华盛景，出入其间的女子如出水芙蓉。整幅画作色调以赭为主，相似的色彩深浅浓淡地渲染在一起，似乎分不太清楚彼此，花是仕女，仕女亦是花。“野店桃花红粉姿，陌头杨柳绿烟丝。不因送客东城去，过却春光总不知。”赵孟頫的一首诗使画中的诗意更加浓酽。花事正酣，轻云绯红，几个曼妙的女子衣袂飘飘，嬉戏赏玩其间，望去真乃一幅醉春图。东奇在创作中提到，艺术家不要与现实生活隔离开，必须了解社会，才能成功地表达某种意愿。在他创作的条幅《群钓图》中，不大的画面，竟密集地竖排着五个正在垂钓的人物，他们面目各异，但似乎是同一个表情，

翟东奇作品《石榴图》

都专注于水面的动静，东奇在跋文中曰："当今社会竞相争为，相对淡漠，朋友乃至亲情无不尽然也。"这幅画或许是他有感于现代社会的冷漠异化，才用这样的笔触表达的吧。

东奇性格的恬淡，思想的深邃，使得作品富有情趣，而且含思绵邈，张皇幽眇，游心于天地草木之华，使人与造化为合，人物形象更加丰神绝妙，引起读者对人物的联想，与心中的那个形象不谋而合。

东奇认为，当代能真正成为文人画画家的不多，文人画的发展空间还很大，关键是要理解文人画的精髓。古代高贤寄情山水，能诗善画，有很高的文学修养，画中的士气体现是自然而然的，现代人生活在信息社会，虽然和古代文人的社会环境大相径庭，但是其内在精神和笔墨韵味仍然是当今画家所能体悟的。记得某理论家说过，文人画重在精神优美，即使技术稍逊也无妨。我很赞同这种说法，文人画不仅是逸笔草草，更重要的是内在精神，笔墨精神也。

自元至今，文人画已逐渐形成了自己堂庑宏大的体系。当代文人画家只有具备美善之怀和真诚而强烈的社会情感，才能在某种契机的触发下获得生动而别致的机趣，从而创作出具有新的意味的文人画作。而东奇，就是这样一位"痴"心不绝，一直在路上的画家。

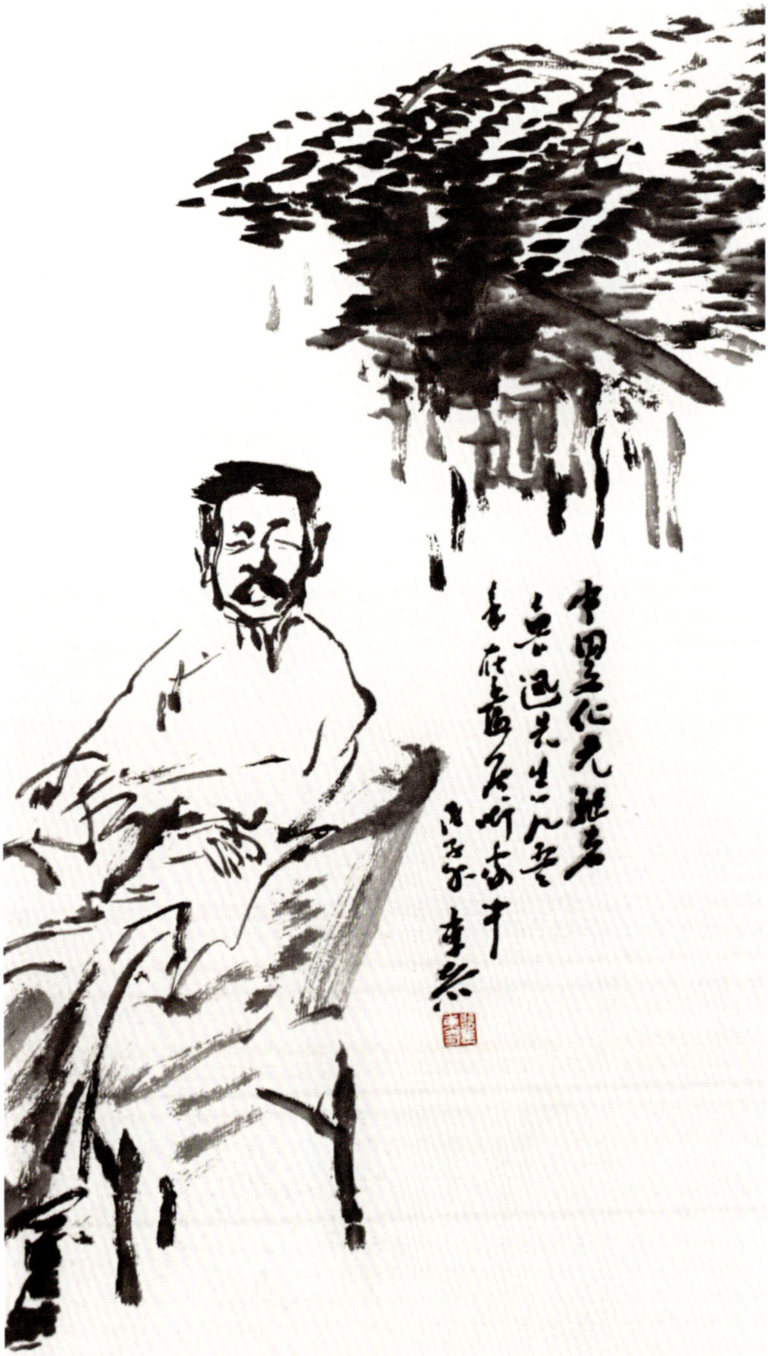

翟东奇作品《鲁迅像》

山水不可负“云心”

——记画家李健强

认识健强，是他为我的散文集《沧桑》设计封面的2001年，那时他是河南人民出版社的一名普通的美术编辑。王澄先生向我推荐说：“健强年轻，有才华，他的设计你会满意。”果不其然，他的设计简洁、大方，整个封面似雨后彩虹隐含着我多彩的人生，着实为拙作增色不少。而今十几年过去，健强不但走上专业创作之路，还担任了河南省美术家协会的副主席和民盟中央美术院的副院长，且成为“中原画派”中最具个性的一位画家。

健强修养全面，视野开阔，在书法、绘画、篆刻等方面的艺术水平都达到了相当的高度，尤以书画见长。健强1982年毕业于河南大学美术系，三十多年来他潜心书画创作，超然物外，远离当下的喧嚣与浮躁，是一个自性觉悟的画家。他近年的艺术追求和理想之境一直是“在自然中更新古法，在古法中融入生活，最终在古典品质和现代精神中开掘属于自己的

李健强作品《坐听山鸟啼》

语言”。本着这样的目标，近年来他在笔墨精神、艺术审美和绘画风格方面取得了长足进步，得到了广泛好评。但健强始终保持低调，谦称艺术追求“还在路上”，作品则是“一直未达到心中之境”，这十分难得。

我一直欣赏健强的人品和作品，关注他的艺术发展。在他身上和他的作品里，可以感受到他对自然的理解。他超脱孤寂的情怀，以及由内向外释放的禅意，这正是他长期修为的结果。他的工作室起名为“云心禅堂”，弥散出一种自由虚灵之境。他的生活轨迹极其简单，几乎每天都是“家与工作室”两点一线。早上踏进工作室，必先沐手焚香，方可进入工作状态，经年如此。仅从这种远离尘嚣的坚持，可以感受到他内心的静气，追求的虔诚。健强能够创作出品位高洁、意境深远的作品，也就再自然不过了。

中国传统文化的知行合一，深深地影响着他的艺术作品，使他的作品营造了一种禅意氛围。他的作品清雅幽远，峰峦崎岖。高士赏梅、山居图景之类的题材则于荒寒之中传递出古意、古韵，寄托了画家内心的风骨与情怀，流露出画家的人格坚守。

在健强的作品里我也分明感觉到佛教中色和空的关系。他以雪景为题材的山水画作品，枯笔勾勒出的大量空白，千山寒雪，万古苍茫，空灵静谧，但又表达了生生的气息，可谓“空即是色”，让读者内心充满了想象的空间，心灵为之一振；他以黄土高原景象为底本创作的金碧山水作品，汲取了院体画的严谨精工与传统壁画、民间艺术的审美表现手法，以自然为师，为山水传神，一派桃李吐艳、生机勃勃、春意盎然的景象。这类作品与雪景作品意象反差极大，色彩占据了大量空间，但万山丛中的一间禅房，一片桃花，抑或一名高士，又分明让人体悟出四处弥漫的“空虚”，由此

李健强作品《辉光日新图》

可见“色即是空，空即是色”这句梵语便从《般若波罗蜜多心经》滑落下来。这是健强带给我的一点启悟。

许多文坛名家为健强写过评论文章，称他的画作为“文人画”，我想他画中的哲学观、宇宙观才是画中最重要的东西，也是绘画的灵魂。我谈到的“空”与“色”说的是其画作所体现出的禅意。而健强画中关于“白”与“黑”的技法也值得一提。中国画历来讲究“知白守黑”，常以笔墨为“实”，留白为“虚”。笪重光于《画筌》中有语：“虚实相生，无画处皆成妙境。”郭熙在他的画论《林泉高致》中说：“山欲高，尽出则不高，烟霞锁其腰则高矣；水欲远，尽出则不远，掩映断其派则远矣。”可见中国画传统技法的重要性。中国画的笔墨空白在画面上造成黑白虚实产生空灵的意境，能给人以无限的遐想和再创造的余地，这便是中国画“留白”的魅力所在。一幅好的中国画作品空白的无形处能形成一种强烈的张力，产生无形的“场”效应，让人在画前驻足，在不知不觉中进入画中神游，而“气韵”恰是来源于这无形的“留白”。当然，画家要使自己的作品做到“气韵生动”，感染读者，除了具备一定的绘画技巧外，还必须不断积累自己的画外功夫。李健强就做到了这一点，他充分运用了传统，而且在传统的基础上又加入了自己的理解。比如在雪景图《不知春上枝头》《一片光明镜》等作品中，他把大量的“留白”处涂上了一层淡墨，反衬了梅上之雪和山上之雪，可谓“留而不白”。他很善于虚实转化，计白当黑，计黑当白，既有热情又掌控热情，使画作达到以虚衬实、虚实相生、形神兼备的尚意境界。

健强的作品已经形成了自己鲜明的风格，浑厚的综合艺术功底滋养了他的绘画艺术，他的境界已经达到了山水精神的层面。究其原因，正像陈玉圃先生所说，他“不以声色移情，不因名利相尚，不慕繁华，不竞驰逐，弃世好，穷理趣，本乎性情，形诸笔墨”，如此下去，他在黄宾虹、吴昌硕、齐白石等几座高峰面前，必定会探寻出自己的发展空间。他说：“假以时日，相信我不负山水，山水亦不会负我。”山水有情，怎会负“云心禅堂”的主人呢！

李健强作品《孤竹瘦梅真吾友》

水出高原

——记“兰亭奖”获得者吴行

“兰亭奖”作为当今书坛最高奖，令书家无不羡慕仰望，能荣获此殊荣者实属凤毛麟角。吴行是获过两次“兰亭奖”的当代书家，这是河南书坛的骄傲，也是吴行书法追梦路上的闪光点。

和吴行的初次见面，是1995年的事。那时他还在三门峡。周俊杰先生告诉我，吴行是他的学生，是一个极聪慧的人，字写得不错，很年轻时就获过省里的奖项。说他开了个书画店，可以去饱饱眼福。吴行的人与字有哪些奥秘，值得周先生如此推崇？

进入吴行的工作室，最打眼的是一屋的翰墨、一屋的书籍。到处堆放着他写的作品，还有他不满意撕掉的练习稿。从中我看到了吴行的勤奋、执着，以及对书法朝圣般的虔诚。吴行对收藏的迷恋和狂热也令我们大开眼界，何绍基、于右任、张大千、陆俨少、齐白石、康有为、潘天寿等大师的作品，满壁生辉，令人沉醉着迷。吴行尤爱历代名帖和绘画书

吴行书『澄量淡读』联

籍，见了就买，不问贵贱，收藏不下万册。名砚、名笔、名墨、名印石，也是他的最爱，皆有收藏。他的工作室简直就是一个私人艺术博物馆。

从三门峡回来后，吴行的名字便牢牢刻在我的脑海里。2003 年，河南省人大书画研究院策划出版了 45 岁以下的书画名家“大河风”提名展，其中就有吴行的书法作品。2007 年又筛选出一批青年书画家，出版了《大河风书画精品集·名家卷》，其中就有《吴行卷》。

后来，他获得书法最高荣誉“兰亭奖”的头名“状元”，成为书法界的传奇。我认为，他的“传奇”其实并不传奇，而是几十载学书过程中“力量的爆发”。吴行每天都把临帖当作日课，早上研上一池墨水，一天最少苦练四个小时的书法，风雨无阻，哪怕是出差、住院也会坚持。对他来说，每天闻到墨香方能得到慰藉。

吴行自言：“穿越于翰林之中，犹如讨百家米煮自家一锅粥。”吴行对真、草、隶、篆、行及金石篆刻，皆有涉猎，尤长于小楷。在书法造诣上，吴行积学百家，追摹前贤，养成了对线条非同一般的感受力，终形成自家的面貌。他赠我的拟古人手札十四通册，神韵高古，沉静端凝，若劈面遇上古人之笔墨气象。从吴行的作品中，我能读到一股士子之心的高雅与豪气，尤其书黄公望《写山水诀》句“水出高原，自上而下，切不可断脉。要取活流之源”令我印象深刻。吴行之所以有今天的书法成就，我想与他博古撷英、“水出高原”的追溯与实践是分不开的。

正如吴行荣获第四届中国书法“兰亭奖”艺术奖的颁奖词所言，其作品“五体皆能，真行最工。不媚世俗，惟古是崇。晋楷唐志，陶冶宋贤。和润清雅，平实自然。生命不止，临池不息。国展宿将，兰亭精英”。

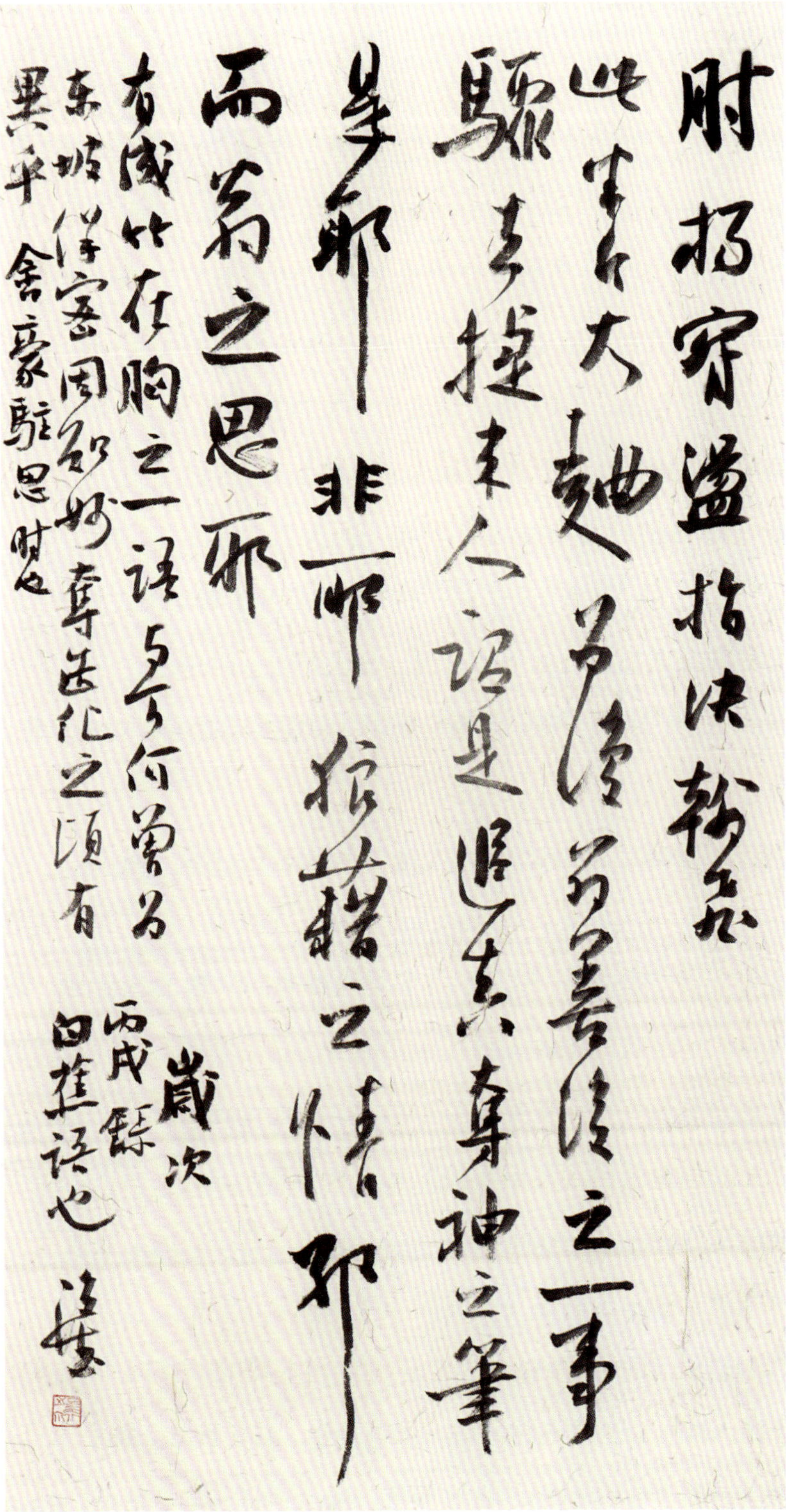

吴行书录白蕉语句

吴行又名复生子。曾生过大病，和阎王爷打过交道，阎王爷怜他有才，不肯收留，才让他返回阳间。经此大病，一条壮汉变得骨瘦如柴，腰椎也挺不直了，加上平时邋邋遢遢，恰似济公。常见他把右手伸进裤子里挠痒痒，似乎那里藏着学问和字画。吴行虽然不修边幅，做学问却极认真，经史诗赋，名作佳篇，张口就来。吴行有一篇自述性文字，讲述他创作的体会和感悟，“我既不能达，不可以兼济天下，但可以做到自守瀚园，抵制诱惑，‘独善自身’也就满足了”。

吴行是性情中人，说起来手舞之，足蹈之，表情动作如顽童，酒场上更是真情毕露，三杯酒下肚，肚子里的花花肠子根根都抖露出来，他全然不顾别人的感受，说东道西，口无遮拦，有偌大中国舍我其谁之气概。我称之“小赖孩”。“小赖孩”的一些“疯癫”行为，常传到我的耳朵里，同道指责我对其过于厚爱，也有当面说到我脸上的，令我哭笑不得。

吴行还是察言观色的高手，知道怎么让人高兴把事办成。我有连俊洲的一花鸟条幅，被他瞄上了，他便以刚搬新家、权当“老头儿”送新迁之礼为由，轻轻松松就把我的心爱之物挂到了他的书房里。当然，吴行也不是一毛不拔，碰到知心的朋友，也肯将心爱的藏品慷慨奉送。

在艺术品市场上，吴行不仅眼力厉害，还很能砍价，把“文人的慧眼”与“商人的狡猾”发挥到了极致，施展得滴水不露。只要碰上中意的东西，也肯出高价买来收藏。

不管怎么说，吴行古雅精到的书法是应当受到肯定的，如果他能清醒认识自己，继续传承古人，重温经典，从浴火中涅槃，在经历了巨大的痛苦和轮回后，定会换一个面貌。我相信，“兰亭奖”只是他书艺途中的一个驿站。

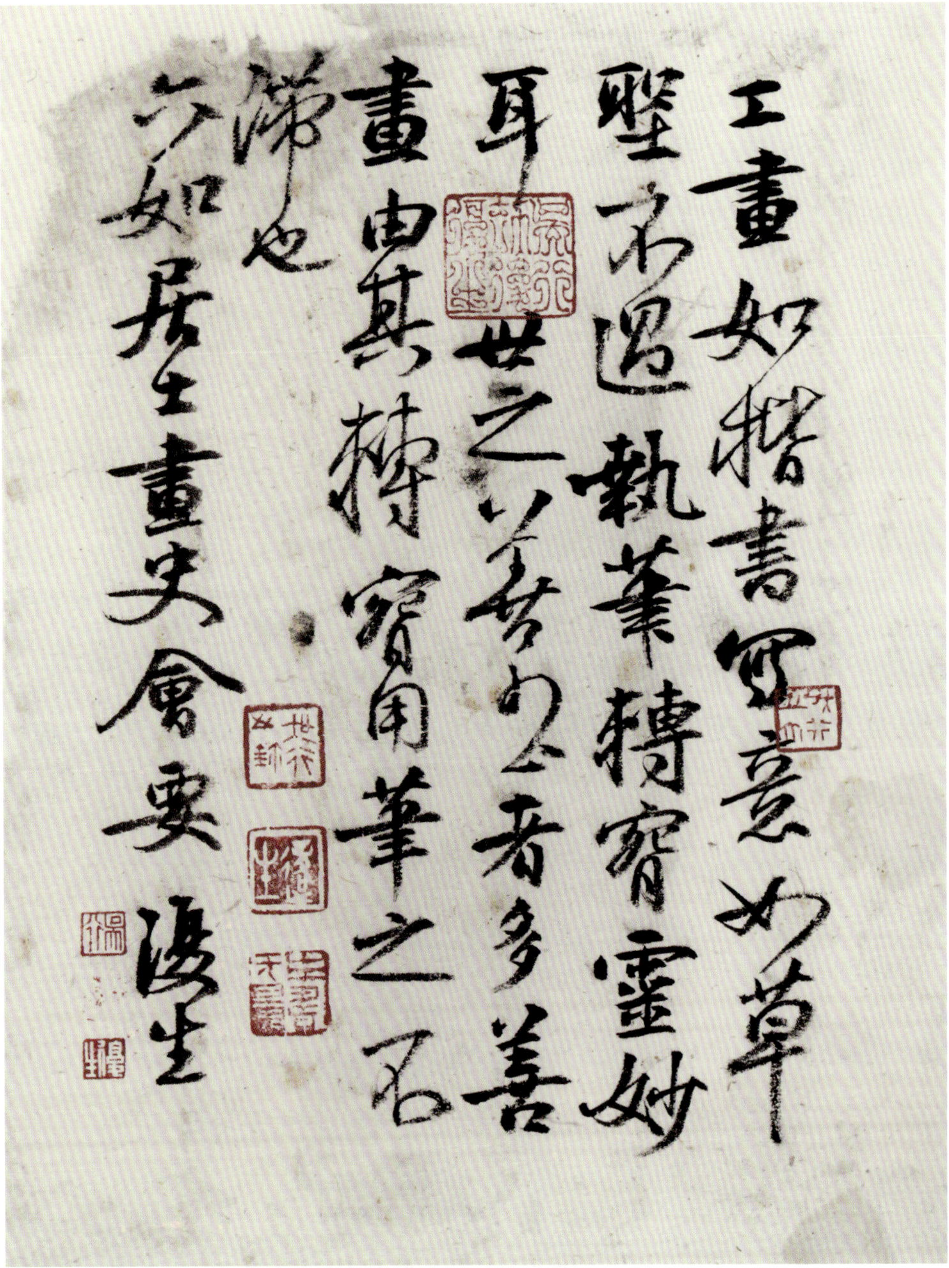

吴行书六如居士论画语

我笔写我情　我笔写我意

——记张百新

张百新，1984 年大学毕业后，就到新华社工作。先后在新华社山东分社任副社长，新华社河南、河北分社和新华出版社任社长，现为新华社高级记者、中国记协书记处书记，可以说是一位年轻的老新闻工作者了。他在河南工作的八年间，出于同好，我们很快成为一对常来常往意气相投的书友。

“铁肩担道义，妙手著文章。”张百新积极践行党对新闻工作者“政治强、业务精、纪律严、作风正”的要求，写了许多反映改革开放和关乎民生与社会发展的优秀新闻稿件，切实履行了“喉舌”和“耳目”职责，三十多岁就做了厅级干部，足以说明组织对他的肯定和认可。

现代社会，研习书法不仅是文人的事情，传统文化的魅力使很多人把它当作提高内涵与修养的“利器”，官员染翰也是如此，在古人前贤的文思中凝神摹写，是对文化的一种敬畏与崇拜，精神也由此得到陶冶与升

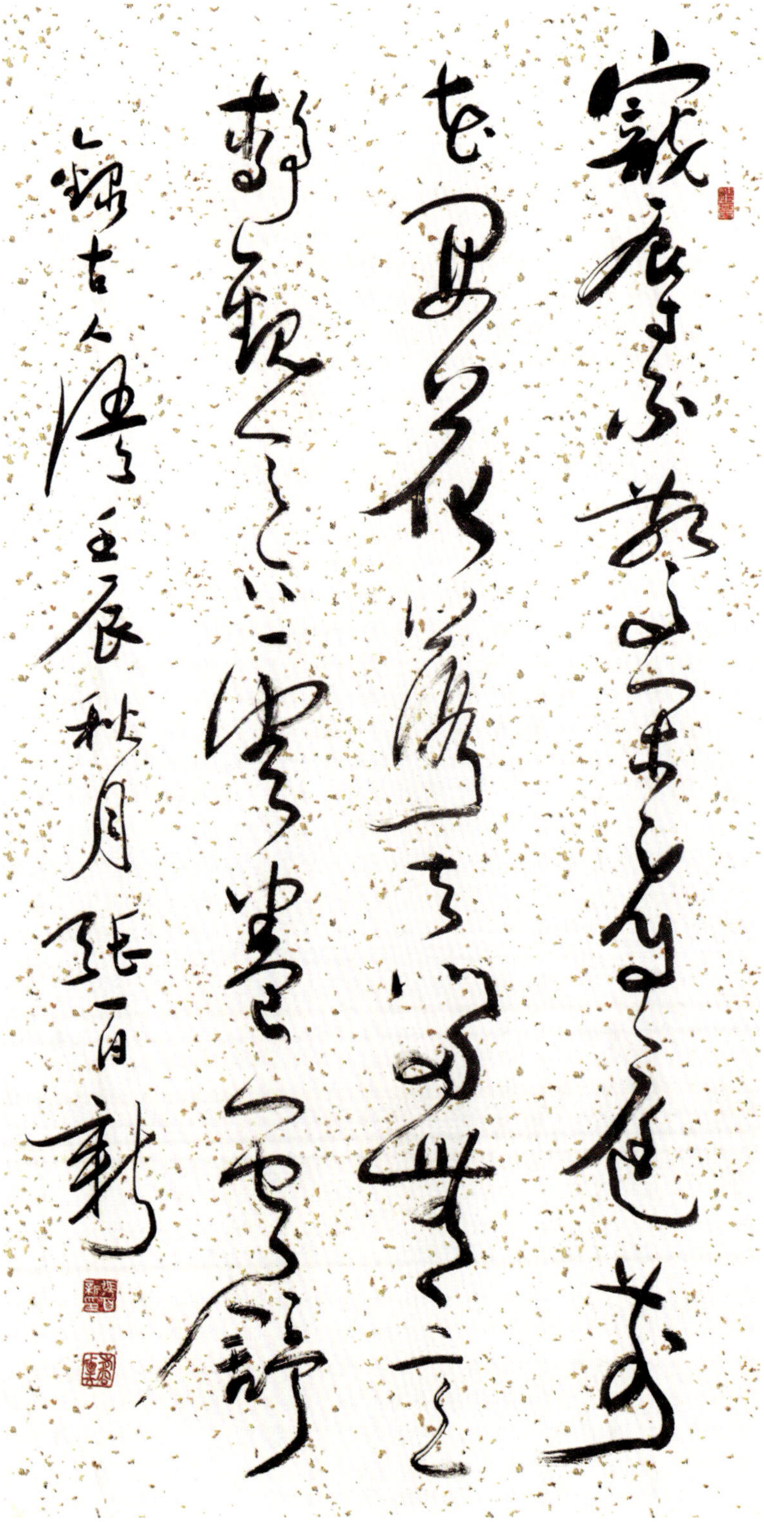

张百新书录唐代肖峰《小原笔记》

华。对于自幼结缘深深喜爱的书法，张百新对其没有过多的功利与欲望，只是把书法当作工作之余的遣兴怡情，心向往之而行能至，仅此而已。他所钟爱的一方印“无田食砚”就道出了他的追求。工作繁忙没有时间练习书法，张百新便抽时间读帖、意临，在身上、被子上划来划去，往往时至午夜，有时书掉地上也浑然不觉。一个人在成年时所取得的成就往往在少年时就埋下了慧根。张百新从小学、中学、大学，从故乡到河南，从豫到京，不断汲取地域传统文化优秀因子，在笔墨纸砚的交响中，享受着人生的快乐。上大学时，张百新数次来到孔子的故乡曲阜。孔府、孔庙、孔林历史悠久，这里的建筑、文物、书法无一不体现出儒家文化的精髓，仅历代为祭祀孔子所立的真、草、隶、篆石碑就有几十通，是书法艺术的丰富宝藏。张百新常常在周日带了水和馒头，在孔庙碑廊中流连忘返，宛如一位书法圣殿的朝拜者，如醉如痴，大有“秋暑郁然，览之可以忘倦”的劲头。

20世纪90年代他在临摹各种唐楷的基础上，对米芾、王铎、苏轼等行草书博采精取，书法艺术有了很大提高。宋代书法以意为主，追求意境美和情感的抒发。张百新认为书法既要讲究法，又要注重意的表达和情感的抒发。在京工作期间，他更是如鱼得水，他的临时住所距琉璃厂仅一步之遥。琉璃厂林林总总的书画店，成为他常常逗留观摩的地方。北京街头的门面牌匾，故宫、颐和园里的楹联、雕刻，这些充满历史文化气息的名家杰作，让他大饱眼福，受用不尽。

“大抵饱学宗儒，下笔处无一点尘俗气而暗合书法，兹胸处使然也。”张百新深知这一点，以大量的阅读与观摩来提高自己的学养、眼界与境界，

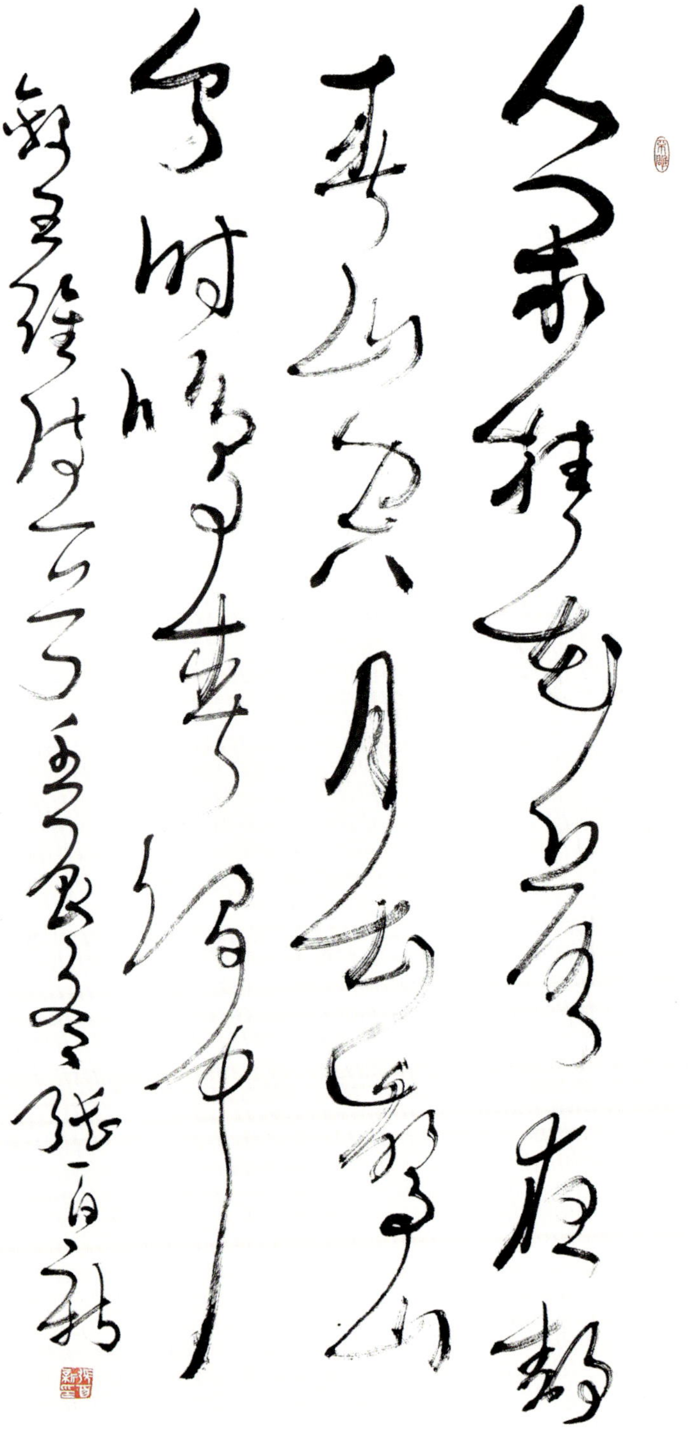

张百新书录唐代王维诗《鸟鸣涧》

他坚持从传统中汲取营养，秉承“二王”气息，渗入晋人韵味、宋人意趣，亦借鉴了明清书家的流变。苏轼云：“作字之法，识浅，学不足，终不能妙。”张百新的职业使他有条件接触丰富多彩的大千世界，从他的书法线条中，可以看出他的精神气质于书法中的观照。在尚法的基础上，他更加追求尚韵，即意为上，韵为妙，气在笔力，韵在墨彩，从而达到我笔写我情、我笔写我意的旨归。

张百新在笔法上多为中锋行笔，多以圆笔为主，兼有方笔，圆转秀劲，在清逸俊秀中增添了骨气刚健。他用行草书写的《桃花源记》清新俊逸，气脉绵延，法韵兼具，澄心之思、妙想随意而生，审美情趣溢于笔端，此作品结体严谨又率真放达，透露出书写者恬淡不已的个性和对自由的浪漫追求，在形式和内容上达到了美的统一，使人从中享受到书法美的愉悦与快感，可以说是张百新的一幅精品力作。张百新是位山东汉子，与人交往时任侠好义、心地坦荡，让人感受到他内心的诚笃和宽厚。我在《书法导报》上开辟有《闲味居絮语》专栏，已写了60余位书画界人物。当我把发表过的文章拿给他看，并请他提意见时，他直率地提出：“成名的人物在书法界已奠定了自己的地位，有了影响，怎么写都不为过，比如王宝贵。但有些就不同了，在书法界刚立住脚，尚未拿出引人瞩目的作品，你这位老前辈即使底下私爱，在文中也不能一味拔高呀。”这确是肺腑之言，十分中肯。

十几年来，我们相互吸引，彼此欣赏，交往甚洽，在一起时总是相谈甚欢。他是我的道友，也是我的诤友，我喜欢他这种坦荡大气的性格，喜欢他这位慷慨任侠的山东好兄弟。

2008 年，河南省人大书画研究院在出版《大河风书画精品集 · 名家卷》时，为张百新出版了专集，封面上的他一副谦谦君子之志，颔首微笑，眼睛若晨月，又似冷光，锐利而不失谦和，大概是长期有古典书法的陪伴，浑身洋溢着清越阳刚之气，流露着名士自风流的雅尚。

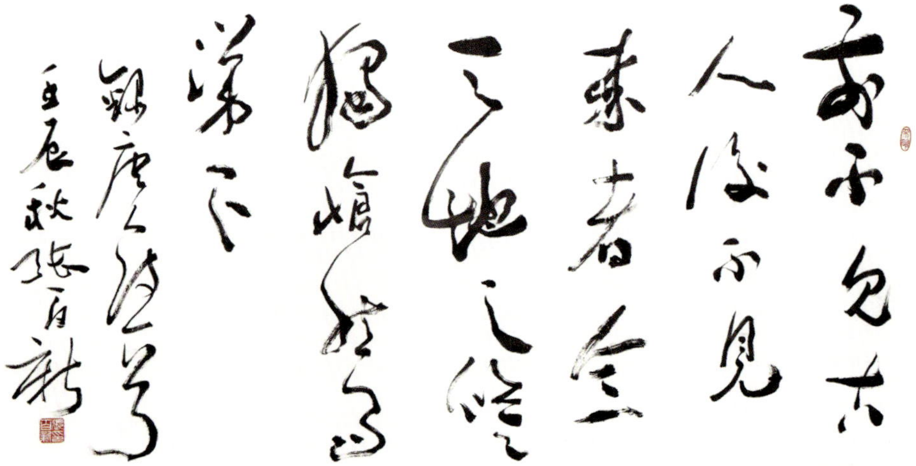

张百新书录唐代陈子昂诗《登幽州台歌》

诗吟素怀　墨舞大风

——记胡秋萍

在名目繁多的各种书画展上，她的出席如一枝独秀，淡月照临，在众多异性中散发出独特的女性艺术家的魅力。

胡秋萍，一位女书家，习的又是草书，其笔走龙蛇之气象令人叹羡，灵秀的外表下裹着一股不让须眉的丈夫气，凛凛然施于宣纸，且歌且舞，把中国书法艺术用线条阐释得如痴如醉。她的草书充满张力，豪放浑朴，但毕竟是娥眉，难脱阴柔之美，逶迤之间，造形之中，欣欣然似有团团花开之气象，若晴空丽日，天真烂漫。

从胡秋萍的书法中可以看出明显的碑派味道。作为中原人，她身上传承了中原文化的厚重、率真、大气，甲骨文、汉碑、魏碑这些中原精粹凝成了她的文化气韵。从唐楷到“二王”，再到相遇王铎，她终于找到了自己的“书法座标”，十多年来临习不断，并对王铎的一生有深刻的情感理解。她说：“经过许多年浸淫以后，我发现冥冥之中一定有一种必然的东西存

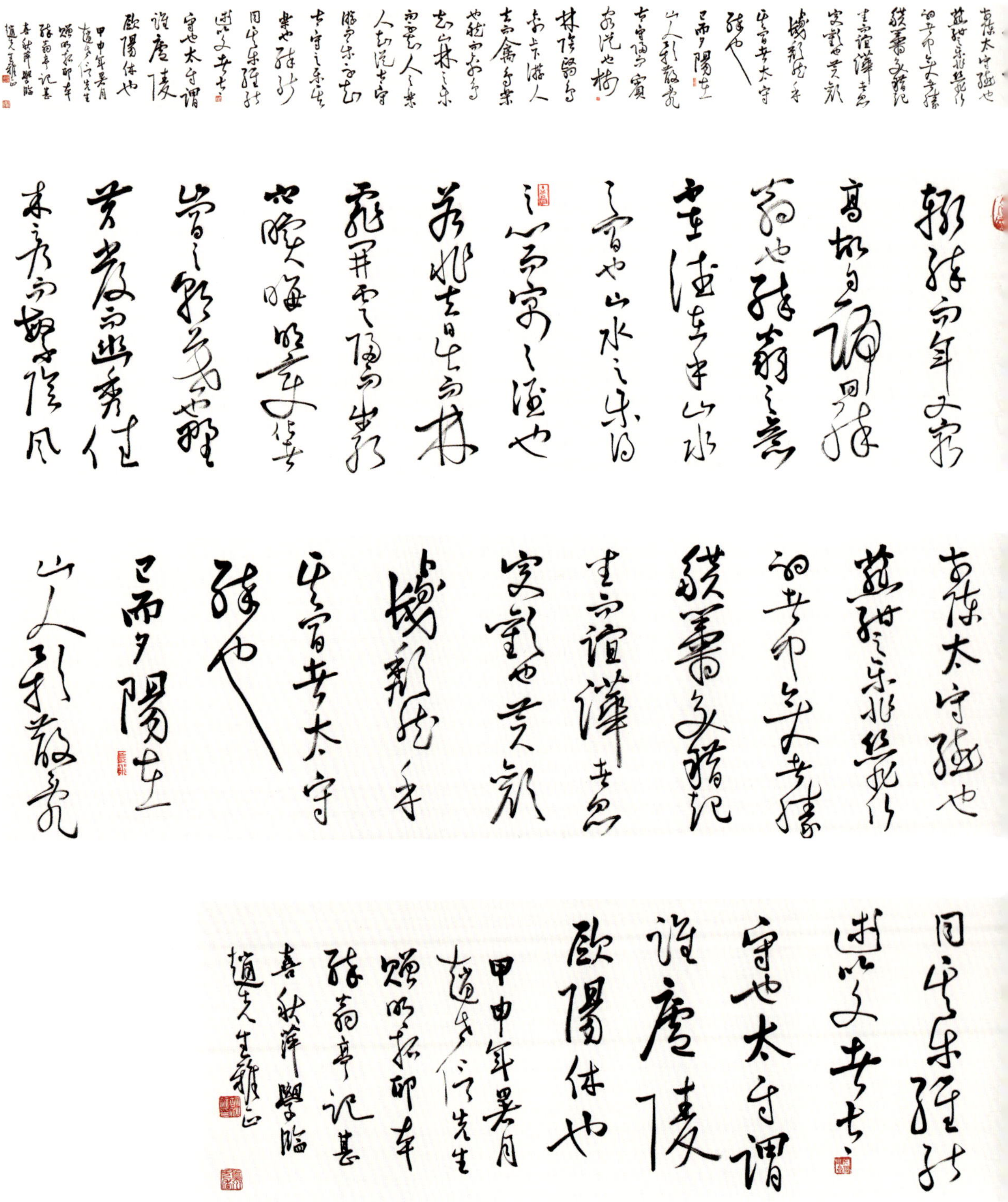

胡秋萍书欧阳修《醉翁亭记》

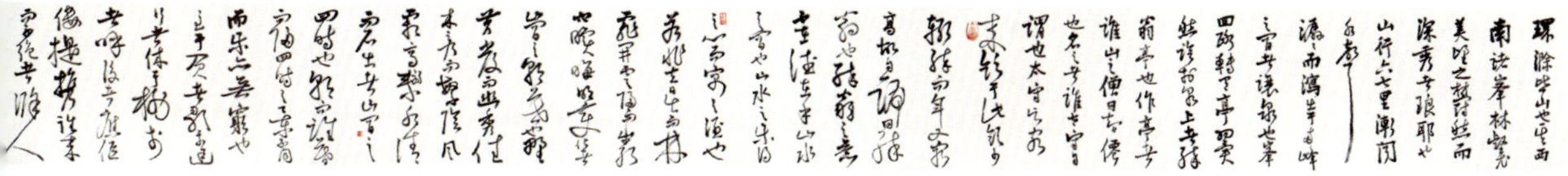

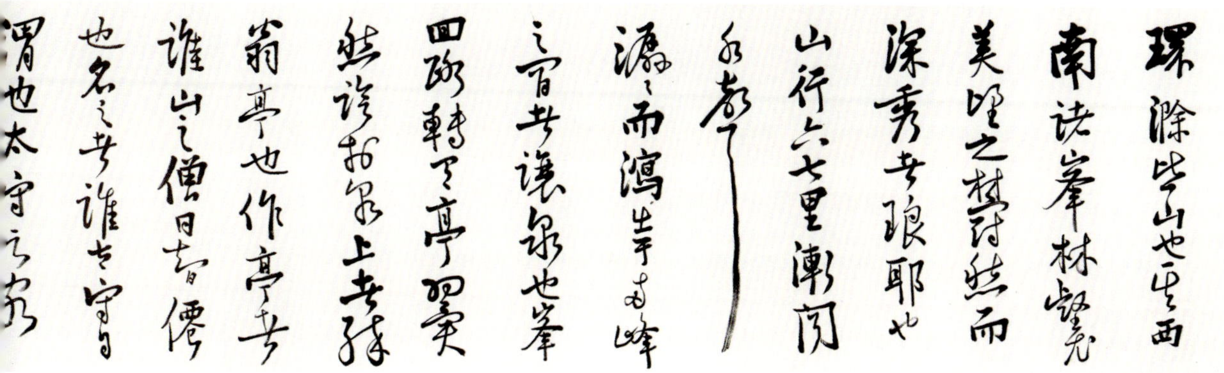

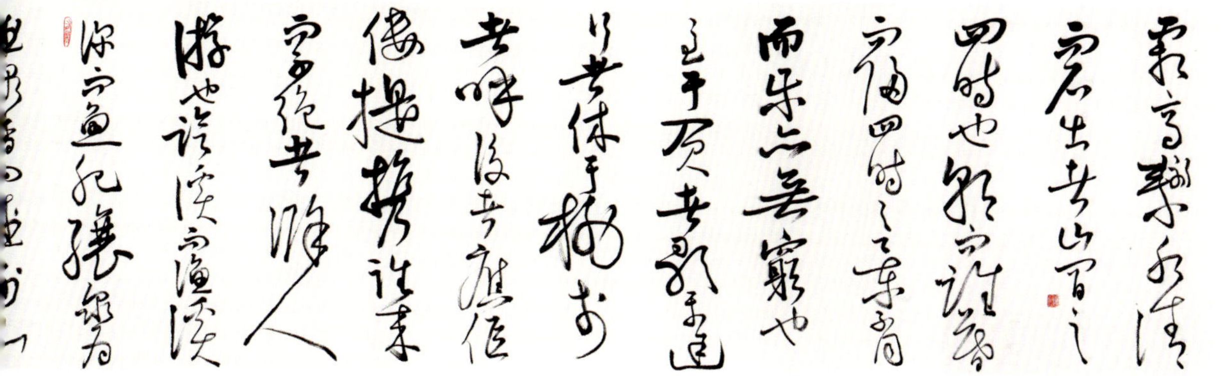

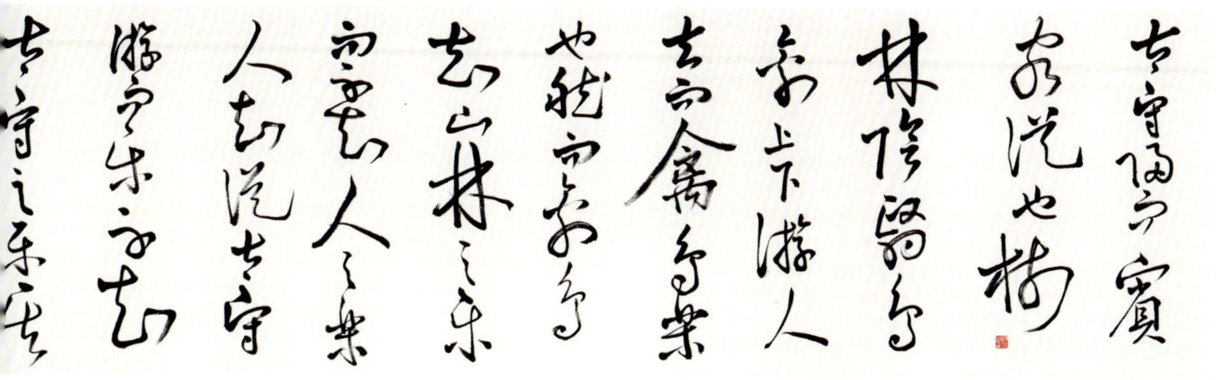

在。王铎书法深邃的渊源和笔墨表情达意的抒情性，无疑是我生命内质对艺术审美的向往和追求。”王铎书法所展现的书法特质，其墨色的丰富、章法的奇崛已和她心灵契合，使她痴迷不已，心摹神追。

在学王铎书法过程中，胡秋萍一边沉浸其中，全身吸纳其笔墨精髓，一边期望着幻化出具有自我个性的墨意，虽然多次获奖佐证了她在书法领域的成功，使她一下子声名鹊起，但她并没有由此满足而停滞不前。20世纪90年代末期，她在参加书法活动中得到启发，对充满现代感、变形较大的书法作品产生了浓厚兴趣。她不禁发出疑问：什么是书法的传统？难道仅仅是它永恒不变的笔法吗？古人“纳古法而出新意”的创造精神难道不值得我们学习吗？

不满足于“小成”，不满足于现状，是她追求的书法精神，也显示出她身上不断涌现的书法自信。在师法王铎取得较大成功，已经初步形成了自己独特书风的时候，本着不重复古人也不重复自己的理念，她又向更广阔的领域开拓。

“繁华删尽秋云里，留得闲情听梵音。”胡秋萍在诗中抒发了自己的心灵追求与理想，这也正是她向往的“超然物外，乘物游心，独与天地精神往来”的精神生活，书法家乘物游心的载体，就是书法。她说：做一个书法家是幸运的，她可以做自己笔墨的王者；做一个草书家更是快乐的，她可以凭借线条瞬间的飞舞和无尽的组合，从而乘物游心，超越现实的物质生命，进行精神的逍遥游。

我有一本苏轼草书的书法集，有一次她看到了十分喜爱，看她爱不释手的样子，我这个爱书的人不免“忍痛”送给了她。而她也投桃报李，几天后，竟书写了欧阳修《醉翁亭记》长卷送给我，使我得到一个意外的惊喜。这部长卷应该是她的精品力作，墨迹勾连提转，起伏奔突间，笔势陡绝苍遒，又饱含柔婉与温润，代表了她这个时期的较高水平。

2012 年，胡秋萍从河南省书协调至中国国家画院，这表明她不再是一个地域性的女书家，而成了一个被更大范围内关注的女书家。她将会在地域风格上深入传统经典，不断融合时代风尚，最终铸就她既有远古意蕴，又有时代风貌，更有自己独特审美追求的草书风格。正如胡秋萍所说："艺术从来没有规定的彼岸。"艺术家的工作不是重复，而是超越。

甲午年（2014）春，胡秋萍让家人送来她的新作《听花堂诗语》，内容包括诗词、随笔，创作的诗词又用书法形式表现。读她的诗书文，可以体味到她一路寻找艺术真谛的虔诚，可以感知舞蹈、音乐、诗词在她书法中的生命律动。与此前的她相比，无论是学者的胡秋萍，还是书法家的胡秋萍，都呈现出更高的艺术层次与审美境界。

她在《磨砚》中写道：

不入时流不恋春，闭门谢客洗心尘。

一弯素月窥窗冷，数笔飘风陈墨新。

铁砚磨穿终不悔，孤灯挑尽始成真。

光阴易去红颜老，尚有诗书共枕吟。

从她的诗词中我读出一种"真气"，一种"定力"，一种与艺术相伴终身的无声誓言。我期望她在书法的天空中飞出别样自由的一抹风景，在书法史上留下她大草的一席之地！

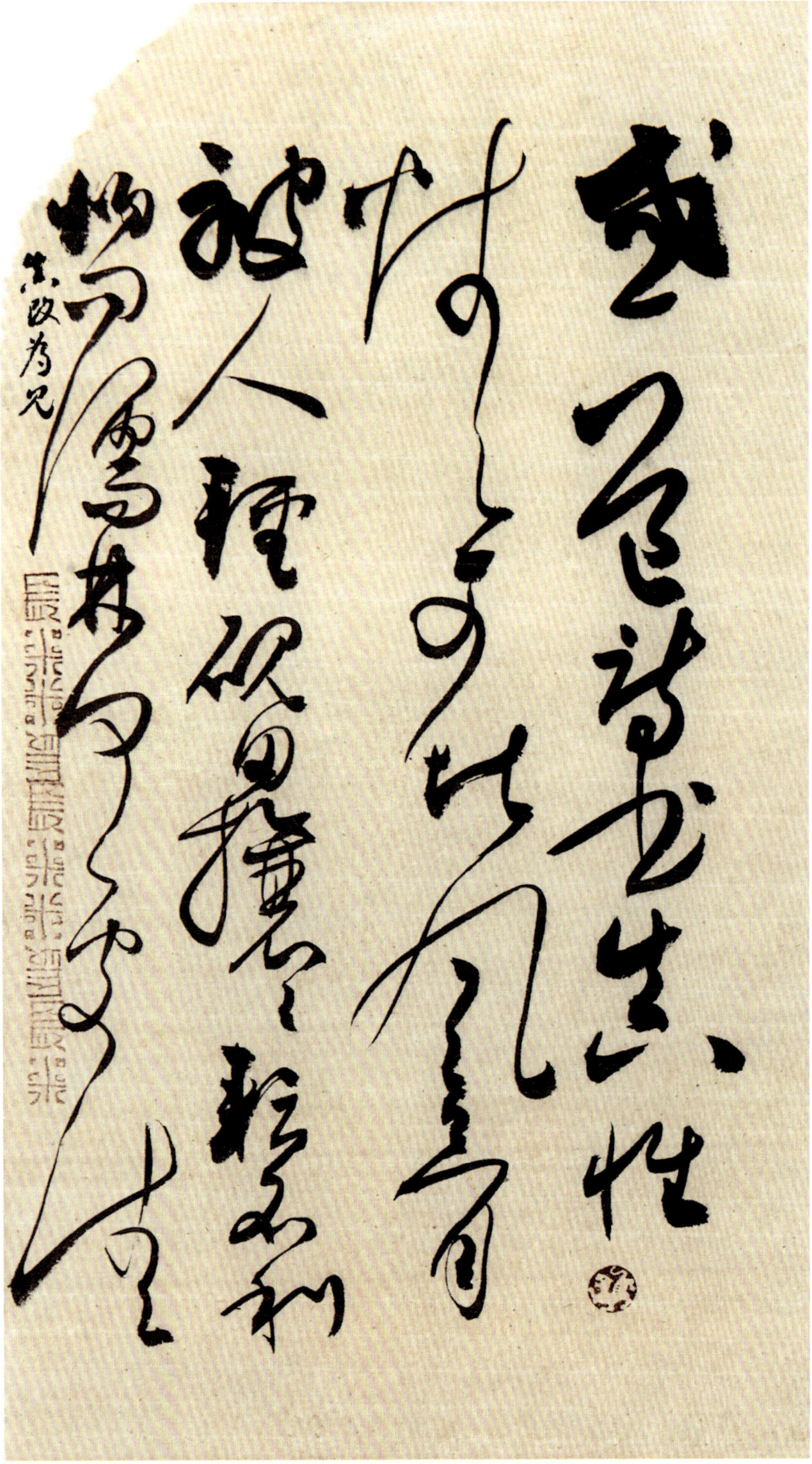

胡秋萍书自作诗一首

汉风堂主夏京洲

隶书要追溯到秦汉。达不到秦汉，书法格调就不会很高。隶书起着承上启下的作用，是汉字演变过程中的一个重要的环节。隶书上追篆，下通草，章草就是草书的源头，同时，隶书又是向楷书过渡的母体，雅俗共赏。隶书名碑有《华山庙碑》《曹全碑》《张迁碑》等，认真解读，悉心临习这些名碑大碣，包括简牍，是学习汉隶的不二法门。夏京洲不仅勤于临池，吸收其精华，而且还醉心于汉代同时期的文学艺术作品。不管是慷慨飞扬、气概无比的歌赋，抑或刻画生动、恣肆盎然的汉代画像，还是形态夸张而具力量感的石雕，它们都带有很浓的时代气息，让人感觉到气壮山河、风起云涌之意，显现出“大汉雄风”“汉唐气象”的审美风貌。

每个人由于修养不同，性趣差异，决定了他的审美倾向不同，或飘逸飞扬，或雄强大气，或古拙朴实，作品的艺术特点与个人与生俱来的禀赋气质有关。在多种风格多种书体齐头并进、百花争艳的今天，河南

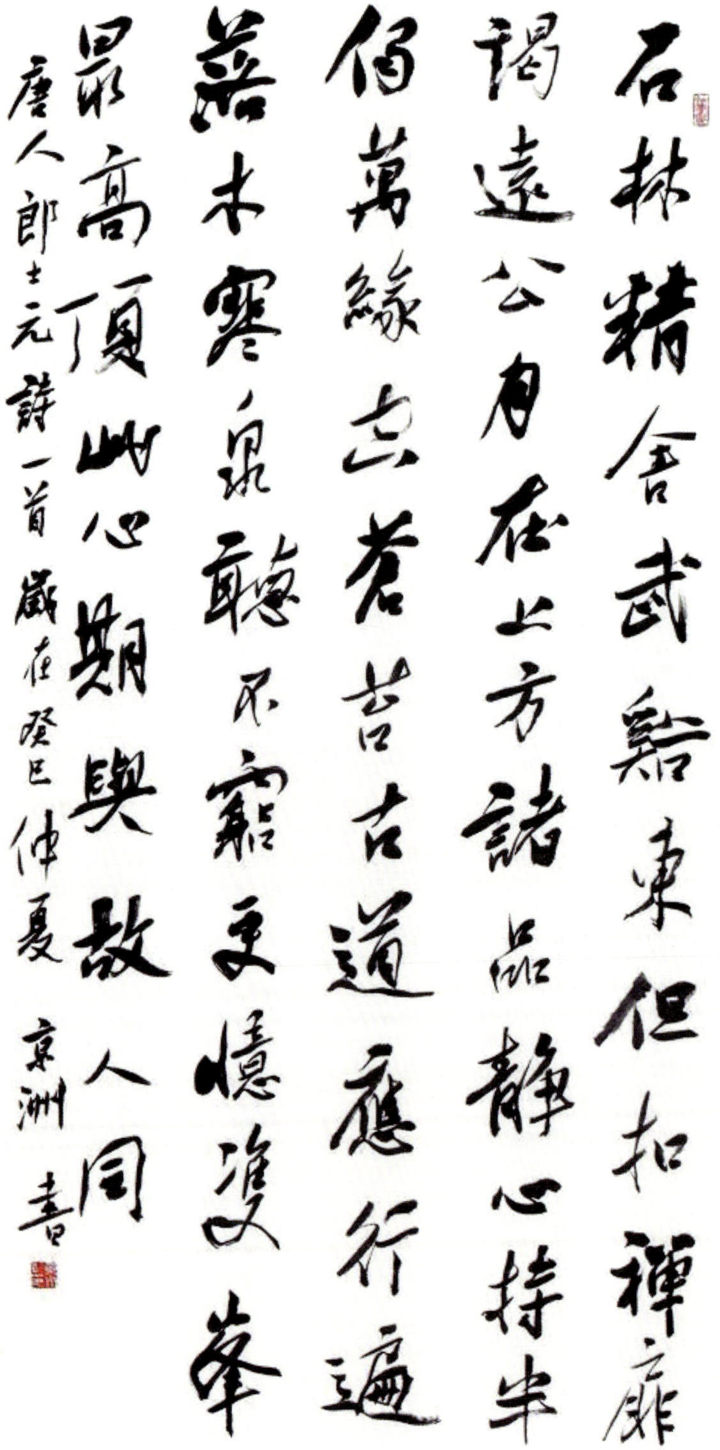

夏京洲书唐人郎士元诗一首

书坛始终保持着以秦汉书风为宗、以隶书为主要创作源泉的群体，并且屡屡在全国大展中崭露头角。河南省以隶书创作称著的书家不乏其人，前有周俊杰龙骧虎步、以气势与书艺取胜的“周家隶”，后有清雅隽永、颇具名士之风的王宝贵。继两者之后，我们熟悉的耿自礼、夏京洲，在中青年书家中当为翘楚。

夏京洲研习书画三十余年，专注秦汉晋唐书风，以隶书、章草称著，兼善诸体。东汉蔡邕谈书法创作时说：“书者，散也。欲书，先散怀抱，任情恣性，然后书之。若迫于事，虽中山兔毫不能佳也。”这句话谈的是创作状态，是说要随意所适，恣肆释怀，如果心有挂碍，即使再精良的书写工具也无益于事。作为一个立志临池书法的人，夏京洲当然懂得这个道理。在世人惊异的目光中，他选择了一种更加自由、更加宽松的创作状态。夏京洲本是居于要津的公务员，供职于河南省委某部门，如果按照世俗的人生价值来衡量，很多人难以企及。夏京洲却因倾心书法艺术而毅然辞职，颇有“壮士一去兮不复还”的悲壮气概。从此，抛却过往种种、抛却世俗事务羁绊的夏京洲，直奔大汉艺术圣殿，以虚空的心胸接纳四方大汉的书风，身心皆进入一种“虚静”之境界，孕育着笔下万千意象。

夏京洲号汉风堂，一如从汉代走出的侠客，粗犷、缜密、冷峻、义气集于一身。夏京洲书写的一副隶书对联“每临大事有静气，不信今时无古贤”，写得墨色淋漓、古朴凝重。还有用行书、篆书写给我的两副小对联：“得道在日常细小事，行乐于无处不助人。”“诗书画印拿来玩，道德诚明用作寿。”这是对我的高看，如此对照夏京洲的形象，觉得也甚贴切。夏京洲好酒、善饮，常将自己的心性置于半醒半醉之间，侃侃而谈，

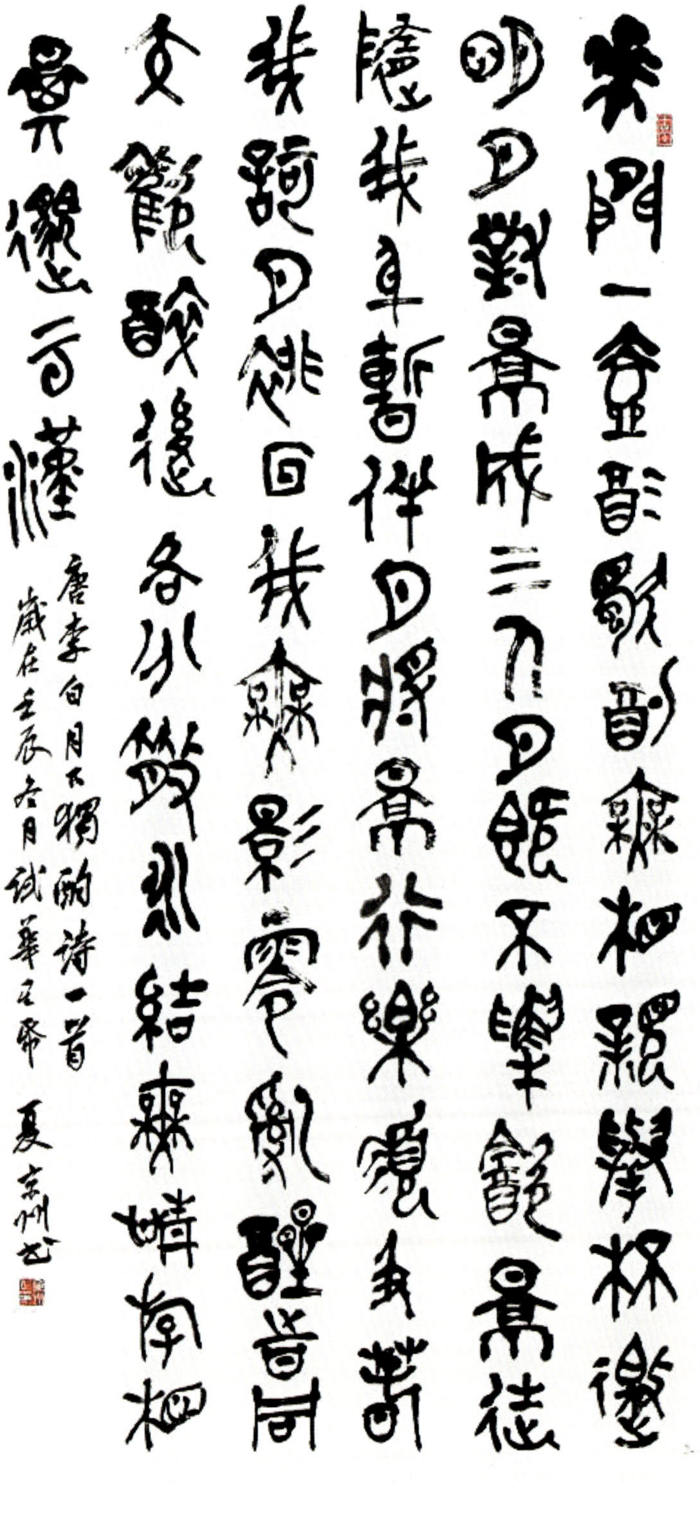

夏京洲书唐人李白诗一首

所谈之处且能时出新意，这表明了夏京洲的学识与修养。夏京洲亦好收藏，瓷器、碑帖、字画皆过眼无数。并于近代书学大师亦多有涉猎，如谢无量、陶博吾等，从这些大师处获得的更多是纵情与放怀，这样夏京洲的字里便多了矫变飞动的气息了。随后夏京洲便有了以隶入篆、以行草入篆的那种随性多变的篆书了。夏京洲亦善题跋，无论汉画像砖还是前人书画，均有题记、跋尾，论述精美，考证严谨，每每读之，便能体会到夏京洲对艺术的见识，令人佩服。

夏京洲对汉隶钟情，不仅临汉碑如《张迁碑》《礼器碑》等，也临《圣教序》《兰亭序》，以及魏碑里的《龙门二十品》。观其书风，毫无板滞之感，郁郁勃勃，发于毫端，作品《唐太宗百字箴言》宽博苍健的隶书与富有隶书、汉简意味的楷行相衬托，风格互补，清新扑面。篆书《雅琴飞白雪》一联布局巧妙，娴雅高古。行书《兰亭褉帖序雅》一联古秀深挚，联中穿插的几行小字题款书写出他对《兰亭序》与《祭侄稿》两帖的深爱，自言“常读临皆有所获”。

夏京洲热心公益，2014 年 6 月，他在河南博物院举办一次书法展，洋洋洒洒 140 多幅作品悉数捐赠给慈善事业，河南省助残济困总会主席张世军夸奖夏京洲“字写得很好，心肠更好”。

夏京洲曾得周君谦、谢瑞阶、陶博吾、沙曼翁诸前辈指教，书艺高迈精进，性情亦豪放，往往将书画随手赠人。

夏京洲书杜甫诗句集联

有关孙澍的回忆

孙澍，又名孙国印，安徽人氏。书画俱佳，字入帖学，画有士气，出入法度，渐成面目，惜英年早逝，每每念及往还几年，悲怆不已，今诉诸文字，权记逝者。

癸未年（2003）孟春，在一次展览上初次见到孙澍的作品。当时的印象是感觉耳目一新，因为以往所见的作品多是以景写景，不重墨线而重形的描述，不重墨气而流于艳俗。那时文艺上虽开放多年，但毕竟从“五四”以来，正统学习书画的环境并没有形成主流，全国除几所美院以外，社会学画的人士大都还在摸索之中，尤其是经过“八五新潮”的冲击，画人甚至陷于彷徨怀疑的境地，能在山水画上重传统笔墨而深入研究诉诸纸上的真的是凤毛麟角，这也是我初次见到孙澍作品尤感意外的原因。

随着以后的接触，知道他在古徽州一带游学多年，对新安画派情有独钟，对宾虹先生敬仰有加，也知道他的性情温和敦厚，平素少言，凡事

孙澍作品《山崦有人家》

做的比说的多。他无职业，夫人又收入微薄，生活拮据。我给他在文学院找了个工作室，地方安静，他心无旁骛地潜心画画，画艺大进。有喜欢书画的朋友来访，就乐于推荐他的作品以减轻他生活上的负担。所有这些他嘴上不说，但我能感知他发自内心的感激和一种说不出的情愫来。他给我画过一个册页，作品用笔精到，着色雅致，气韵中和，可以感觉到他是用心给我画的。他喜欢饮酒，但酒量不大，又经不住劝，逢饮必醉。我不止一次对他说，有些酒是可以不喝的。但只要有人敬酒，他好像并没有推辞过。他之所以这样做可能有很多原因，更多的还是他对人的一种真诚和尊重。随着交往的增多，知道他很想到正规的美术学院系统地学习深造，我就赶紧给他张罗学费。一位尊重艺术的企业家以重金购了他的一幅画，满足了他进京学习的愿望。他学习十分刻苦，但无论如何也没有想到，他住进医院再也没能出来。

他的作品最大的特点就是路子正，基础扎实，人勤奋肯下功夫。山水画以笔墨的高度来衡量作品的高度，谁在书法金石文学上积淀深厚，谁的作品就会有精气神，在房间里一挂上是精神的，味道是淳厚的，这和我们的传统文化一气而贯。我不否认孙澍的作品仍在技法的锤炼积淀之中，甚至有些作品是在实验，但也不否认他的路子是正确的，画看上去是精神的，是让人愉悦的。孔子说："射不主皮，为力不同科，古之道也。"也就是说，射箭更重要的是射中靶心，至于力量的大小，每个人的素质是不一样的。孙澍在学画的路上目标清晰，知道需要在什么地方下功夫。他在用墨上反复实验学习，知道墨是用笔带来的，没有好的用笔谈不上用墨，刻意用墨反而失之东隅。宾虹先生也讲，当筑基于笔，建勋于墨。

孙澍作品山水册页之一

所以他在书法上也下了不少功夫，作为日课每日临池不辍。

依他的性情、天分和悟性，他的作品在当时同龄人中已经很不一般了，他对艺术的执着及对人对这个世界的真诚，体现了一个纯粹学人的恒温。虽说一切都已成了过去，但在他存世不多的作品中，依旧映射着一个学子的人格。

孙澍作品山水册页之二

孙澍作品《家在溪山江上村》

耕者的艺术

——记耿自礼

（一）

从某种意义上讲，书法艺术就是耕者的艺术。书者面对一张白纸，犹如农民面对一块土地，伴随着心血的倾注，播下一个心愿，总想得到最美好的回报。

打开耿自礼先生的隶书长卷，展现在面前的便是一块块田畴、一行行禾苗、一粒粒种子。那田畴雨湿露润，那禾苗茁壮质朴、生机无限，那种子粒粒饱满、金黄灿烂。这是一种大美，纳的是山川灵气，凝聚的是历史积淀，是整体的和谐完美、个体的生动自然。从中我强烈地感受到了泥土的气息、阳光的跳跃、生命的律动和时光的节拍。在那随体就势、千姿百态的字里行间，让我心灵陶醉的是“田舍清江曲，柴门古道旁”“自去自来梁上燕，相亲相近水中鸥”“圆荷浮小叶，细麦落轻花”……他对

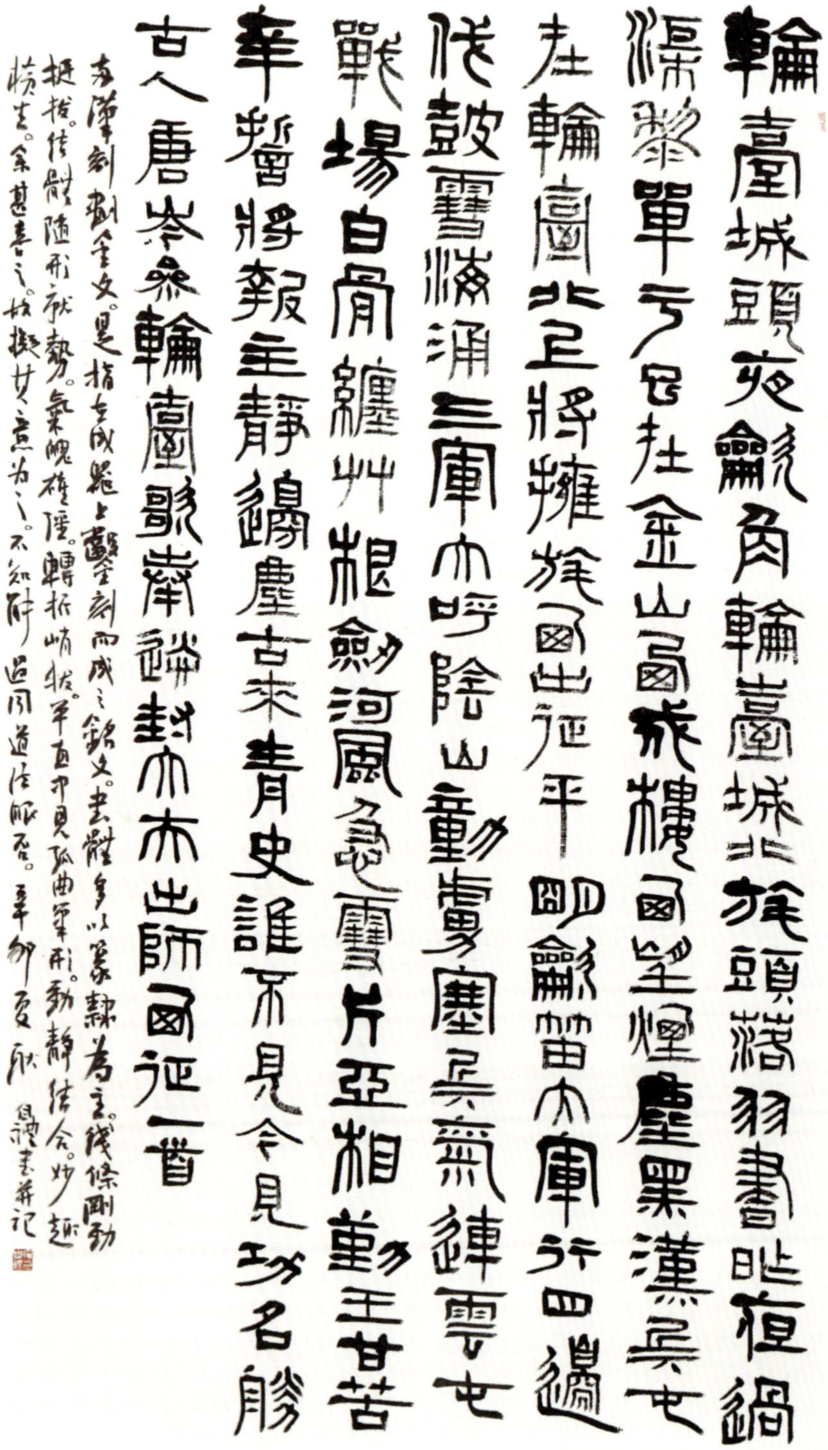

耿自礼书岑参诗《轮台歌奉送封大夫出师西征》

杜甫的诗情有独钟。他不仅爱吟杜诗，爱书杜诗，还从杜诗中悟到一种神奇的艺术精神、艺术力量，那就是“为人性僻耽佳句，语不惊人死不休”“不薄今人爱古人，清词丽句必为邻”“更觉良工心独苦”“意匠惨淡经营中”。这便是大匠之门，艺术之铁律。作者以无比的真诚，敬畏自然，敬畏生命，呕心沥血，熔古铸今，为艺术献身。耿先生奉献给读者的这幅长卷便是有力的例证。

耿自礼平素少言寡语、内向聪慧，这正是一位艺术耕者的“贵相”。自礼者，内功也。他在每次创作之前必有一段长时间的酝酿和准备，和农人春播时的情形颇为相似。一是创造环境，校正手法，一如农人施肥打畦；二是阅读古碑，汲取精华，一如农人之不误农时节气，选取良种；三是忙里偷闲，怡悦心情，一如农人之雨后丽日收拾农具；四是吃透内容意境，成竹于胸，一气呵成，一如农人根据土质墒情，播下不同种子。这个农民的儿子，承继了先辈们的耕作艺术，在创作中严谨不失潇洒，质朴不乏流畅，简古之内孕陈秀雅，浑厚之中自有华滋，真是功不唐捐，收获颇丰。

“余既兹兰之九畹兮，又树蕙之百亩。”我相信，自礼先生书法艺术的“百亩”之园中，必将兰蕙齐芳，必将生出一种大气象来。

（二）

上文是2008年我为耿自礼先生的隶书长卷写的一篇短序。时隔六年，自礼先生送来他新出版的《耿自礼书法作品集》和中国文联全国首届中青年文艺人才高级研修班作品集《耿自礼卷》。其作品比起六年前，“又进

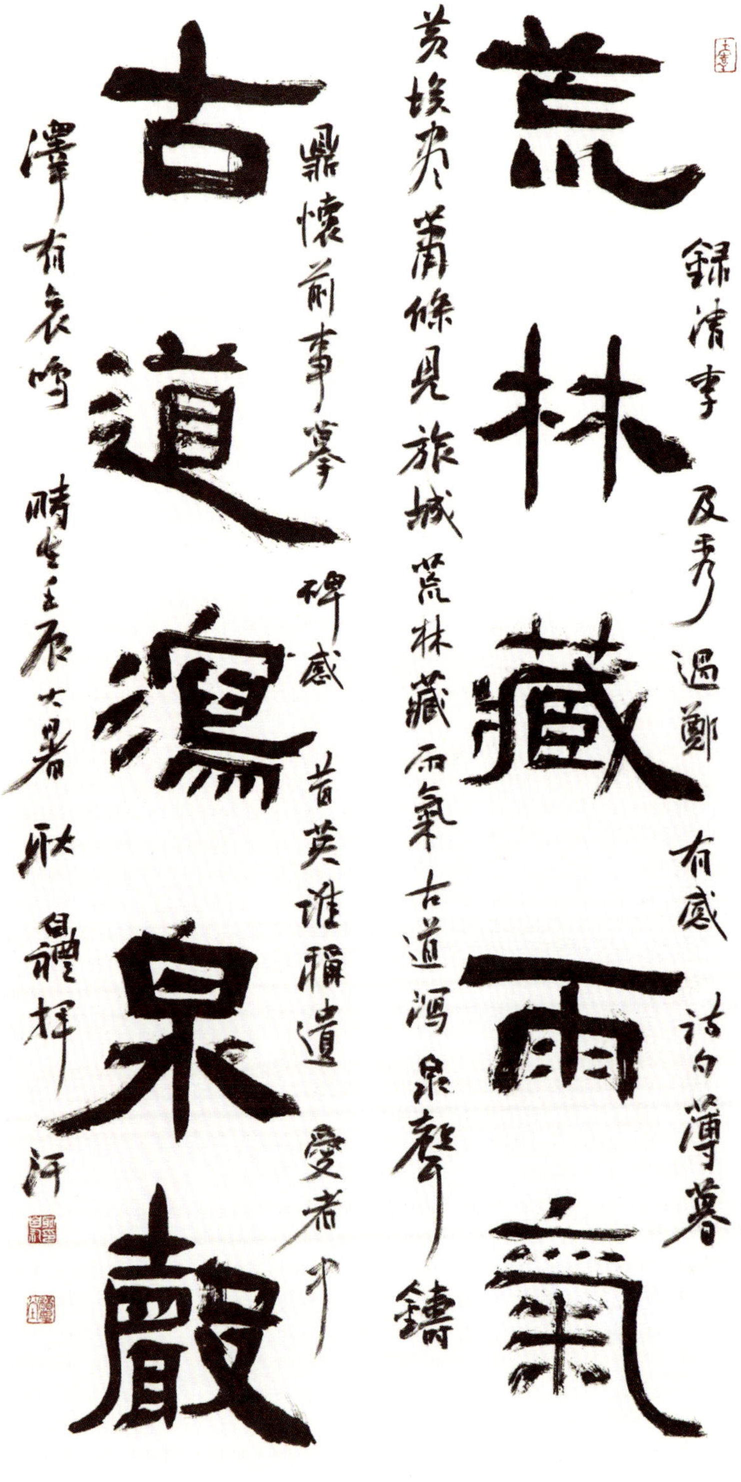

耿自礼书『荒林古道』联

入了一个新的境界……结体更加自由，字态更加奇美，线质更加劲健……墨色更加大胆……呈现出令人击节的浑化效果”（周俊杰语）。

自礼对周公执弟子礼，其作品一看就有“周隶”的味道，但亦不完全是，他将魏碑及“周隶”雄强的特征淡化，追求结体与线条的轻雅、疏朗和秀逸。书法是个人的艺术，自礼善学、内秀，笔墨是其性格、气质及素养的外化，这一点读者从其笔墨之间所流露的传统文化功底及其独有的艺术审美可以鲜明的感受到。

在和自礼的交谈中，他说了一句令我印象深刻的话：“凡物不得涵濡，则难以生长。似草木无雨露润泽，则逐渐枯槁，书道亦然。”他潜心临帖，以养手下之功。再就是到各地观摩历代刻石，实地感受秦汉书法所传递的古朴之风，仔细揣摩先贤在线条、运气诸方面的独特之处，从其原貌上获取第一手资料，吸纳直接的艺术营养，为自己的书法创作注入强劲的生机与活力。

自礼在京学习期间，同道皆为“惠连”，名师的传授与点拨又使他“如饮甘露”，浓厚纯净的学术创作氛围使他产生了极强的创作欲，因而佳作迭出，珠玑处处。他还别出心裁，将自己的随堂笔记用书法形式记录下来，时间、老师、内容一一列出，且将艺术大家的点滴箴言与人生寄语圈点出来，既有一定的书法审美，又增加了读者的阅读趣味，令人眼前一亮，从中亦可获益一二。

“字外功”最能看出一个书法家的“家底”，也关乎着一个人艺术成就的高低、在书法道路上行走的远近。耿自礼的“字外功”与他的人生阅历、勤勉好学有关。他的家乡位于黄河冲积平原，参加工作后，又从事着与黄河有关的工作，工程物探、南水北调，甚至要长期驻扎在青藏高原、苍茫戈壁，这些艰苦的经历砥砺着他的意志，与旷远的时空、奔腾的江河日夜相处，壮美的自然又给予他许多精神上的滋养，阅古代文苑精品使他的文墨得以涵养，对其书法艺术精进不无裨益。

自礼三十多年坚韧地寄身翰墨，躬耕不已，串串足迹记载着他一路行走的收获。数千字的纪实散文《五进措尔根》，带人走进那片神秘的青藏高原，走进“南水北调”人不平凡的生活。两次全国大奖，加上“兰亭奖”，其艺术果实令同道艳羡。但他并未停止前行的脚步，总是在制造变化与惊喜。

在自礼的两本作品集中，既有经典诗文，又有其心得领悟。此外，还有自己对火热现实生活的抒情文字，显现出自礼丰厚的生活和文化底蕴。他的作品充满艺术变化，一幅作品中，内文为碑之朴拙，题款则为帖之畅达，两种风格互彰相融。线条的张力、飞白的运用又增添了其笔墨韵味。《超然不累于物》格调高雅，《挥麈录》“心神超逸、须眉开张”，《自三峡七百里》洒脱清丽等，可谓近作之精品。

自礼在边款记述写作经过时，结尾常叹“不知东方之既白也”，一语道出他对书艺之忘我投入。耕者有道，博采众长，深挖精掘，他所耕种的艺术之田才能生长出如此耀眼的春华秋实。

美髯公高茀棠的真爱

与高茀棠相识算起来已有十个年头了。初次相识，便被他一派古风古相所吸引，美髯尺余，不弱大千，圆乎乎的脑袋，圆滚滚的身体，满口利牙张嘴就是一个段子，极为幽默风趣。高茀棠不仅会说，更会唱，席间宴尾，他都会主动站起，高歌助兴。《鸿雁》《嘎达梅林》《那就是我》《滚滚长江东逝水》都是他的保留曲目。磁性浑厚的男低音等同自携“音箱”，共鸣效果出奇地好，余音绕梁，令人回肠荡气。歌声和着对情感的抒发，四座宾朋凝神端腮，忘却满桌美味，心神就这样被他美妙的歌声、生动的表情给卷走了，隔墙邻座也纷纷赶来倾听。

高茀棠不修边幅，不拘小节，但对待艺术的态度却极其严苛正统。他在精研书法、绘画、篆刻之外，对声乐及古典器乐的演奏与乐器的制作还很专业。无论做哪样，都能做出名堂来，可谓艺术的忠实信徒、传统文化的坚守者、圈里鲜见之通才。高茀棠所追求的是一种高古之气，在他心中，

高弟棠作品《女几山前野路横》

他的偶像无一不是历史上的文人雅士，如“竹林七贤”、桓伊、顾恺之等。在他的艺术作品中，最能体现其风格成就的是中正堂皇的馆阁体。虽然馆阁体因时代变迁，后来多被嗤之以鼻，实因其缺乏个性之缘故，拥趸渐少，但也不排除学书者功力不足，僵硬模仿，终成俗笔，使馆阁体鲜有书者。尽管如此，馆阁体毕竟为传统文化之不可或缺，馆阁体在书法史上亦曾是一种美的形式，需要后人的传承。馆阁体代表一个人的书法根底，苏轼曾云：“真生行，行生草。真如立，行如行，草如走，未有未能行立而能走者也。”高茀棠将传统书法之正脉融入作品之中，他的馆阁体饱满稳健，元气充沛，骨势一如其朗朗洪钟之音，可闻可感。他的隶书苍遒高古，劲健有力，魏碑于法度中凸显古朴神采，章草于厚重精妙中见灵动。“问渠那得清如许，为有源头活水来。”多种传统艺术的滋润浸养，使高茀棠在创作中腕底风情处处。

书法之外，他的画作以山水人物为代表，苍茫清幽，意境悠远，远山、秋水、疏林、亭阁，以及其中活动于水畔林间，或拄杖游走，或兴会清谈，或弈棋操琴的古人，让人穿越到几百年上千年的历史空间。看至痴迷处，直想生生走进去与这些身着长袍宽袖的高士促膝交谈，或相遇时匆匆问候几句，这不仅是自由的洒脱，更是内心的充实与宁静，这是何等的怡然与雅致，这样的生活何人不向往，这样的生活才是自己做了自己的主人。只可惜这种隐居生活如今难觅，只有向近乎古意的山水画中去寻找精神安慰了。

每每创作之后，茀棠都要赋诗，加上妙曼洒脱的行书边款，配以自己刻制的印章，在一幅画作中呈现出多种艺术形式，相谐成趣，相映生辉。

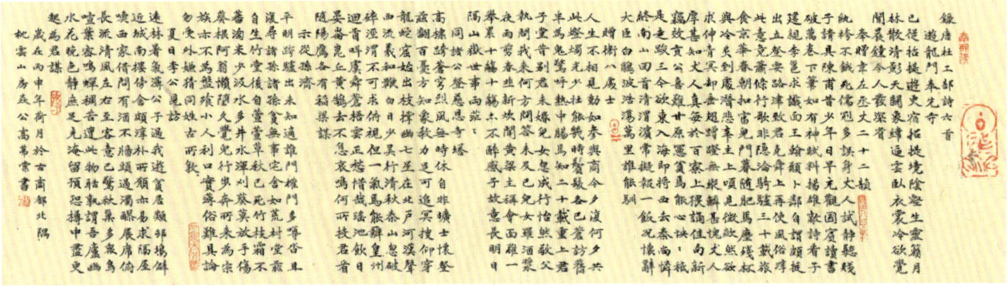

高茀棠小楷书唐杜工部诗六首

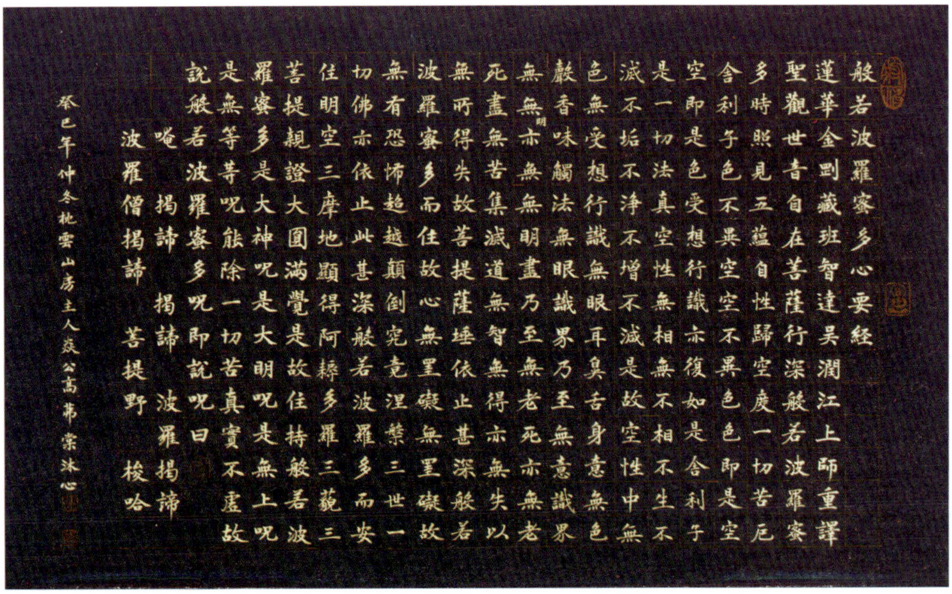

高茀棠小楷书《般若波罗蜜多心经》

除了书画，高茀棠制印也让人叫绝，他为我制有名章、斋号章、闲章等多枚印章。印风厚朴大气，刀法爽劲，一如其为人。茀棠有一副道人面孔、道家衣着与做派，其仙风道骨并非做作装出来的，而是身体力行，悠游山水，亲近自然，亲近中国传统文化，真心喜欢老祖宗的东西使然。所以，他的书、画、印才那样古韵散逸，见情见性，盖是其血脉中流淌的东西，真切地感染着读者。

古人云：“心正则笔正。”他别号高子，揣测其有向圣人看齐之意，理想之远、报负之大可见一斑。对于艺术，高茀棠的热爱远远大于功利。因为热爱，所有的苦都不能算作苦，正像他给一位画家制的印章一样——忙着逍遥。

高茀棠最初从医，但因沉溺中国传统文化日久，当狂热的追求与职业形成冲突后，他毅然从体制内退出，专事所酷爱的笔墨之业，“飘飘何所似，天地一沙鸥”。若脱笼之鹄，大鹏展翅，每日尽情尽性逍遥于自我之艺术世界，或放浪形骸于山水之间，以艺交友，随性自在。他是体制外之人，宇宙法则对每个人都有其公平性，有缺便有全，有失便有得，这一点倒成全了他。

他的印章有“放我归山”“梦里折花一夜香”等机巧妙语，多为生活中生发出的灵感。句句智慧天真，流露出可贵的天性。归隐山林，潜居幽庐，无为而忙着逍遥，高茀棠是在画画吗？不，他是在画自己，画自己内心深处的那块静地。

高茀棠性嗜酒，一日突发酒瘾，搬起珍藏多年的一坛老酒欲痛饮，不慎坛摔落在地。茀棠大哭，叹曰：“酒已开坛，无菜肴又何妨？”遂席地而坐，对着碎片中的残酒吸吮。其超然物外之性情，让人想起常著文章自娱忘怀得失的五柳先生。

癸未年（2003），苐棠购入数把紫砂壶，识者笑其俗制，纷纷相赠佳品，仅一年苐棠即得三十余把紫砂壶。提及此事苐棠哈哈大笑，夸其睿智，并自讽为“钓壶”。真童趣也。

苐棠号焱公，说命中缺火，故常穿红色长袍马褂相冲。回想起来，他与水十分结缘，我与他共游过西湖、千岛湖。他的书画在江浙很是受宠，常有艺术界、企业界的名人甚至军界的高层邀他前去创作。只可惜这位见情见性之人身边缺少异性爱抚，不免令人怜惜。有次茶叙，问起心事，他口吐狂言，如果男人一直背叛，那是因为他没有找到真爱，在座者一时哑然，仁者见仁，智者见智。或许有人说，这是风流男人的托词，但有一点值得肯定，那就是艺术是苐棠的真爱，这点就足够了。

忙着逍遥

中州琴院

闲味居

赵氏世信

河南美协好当家——刘杰

前几年，刘杰送我数本印有他作品的笔记本，名曰《梦境画意》。翻开一页页看去，是一幅幅有关中原农村的风景油画，一色的红砖瓦房，或是土坯平房，或是圆墩墩的柴火垛，阳光下泛着光亮的乡村土路，绿油油的麦苗，池塘边依依的垂柳，熟悉而宁静的生活气息把我的“魂”勾回到了家乡那片故土，引起我在豫东平原上撒欢的记忆，这大概就是人们常说的艺术感染力吧。

刘杰善于用油画的形式描摹中原农村，把带着美学色彩的乡愁留在一张张画布上。他的画淡远静谧，分明是阳光下祥和的日子，这日子平淡无奇，却也地老天荒，是一种乡村生活经验的再现。

他的画不像梵高式的热烈激亢，却也明媚自得，有着中原农村特有的朴实、闲适。在他写生的一系列作品中，他对地貌的刻画是那么细腻得体，在光与影的交织中，在浅黄与深褐之间又有多个层次，各个时期呈现出

刘杰油画作品《茶园》

刘杰油画作品《山村》

深浅不同的五色土，表达出一种时代变迁的历史感。这种对土地的讴歌宛如一曲曲轻吟浅唱的民谣，无声地流淌在一幅幅平和而又意蕴深厚的画面上。

虽然事务繁冗缠身，他还是在创作油画之余逸情言志，泼墨挥毫，创作出大量传统写意画。春日在枝头张望的鸟雀，或是沐浴在春风里的绯红花瓣，恰到好处的浅绿，把生活中的美好和诗意通过笔墨传达出来。刘杰喜欢画鸡，我们的祖先早就把鸡视为太阳鸟，对鸡崇敬有加，称鸡有“文、武、勇、仁、信”五德。刘杰画鸡灵动威武、笔力遒劲，表现出一股清新蓬勃之气，使人生发出“雄鸡一唱天下白”的豪气。但不论是西方体系的油画还是中国传统的写意画，它们在刘杰手下同出机杼，有着同样的东方古典美涵盖于此。

我对刘杰的看好毋庸置疑，早在20世纪80年代，刘杰从广州美院油画系毕业，当时我在河南省教育委员会管着大学生分配，这个年轻人说话慢声细语，文静得如待字闺中的姑娘，给我的第一印象是内秀而稳重，我就竭力向时任河南省文联主席的何南丁推荐，南丁先生欣然接纳了他，如今三十多年过去，刘杰从一名普通工作人员成长为河南省文联副主席、河南省美术家协会主席，这不是一个普通的职位。他对我说：“河南的好画家多得是，关键是得往外推，一个是推作品，一个是推人。”他的话点到了“麻骨”上：“河南的活儿不赖，就是缺乏宣传推介。”现在刘杰把大部分精力都用在推作品和推人上，有这么个好当家人，河南省美术园地一定会开满绚丽的鲜花，结满丰硕的果实。

刘杰国画作品《晨音》

广君的情和“艺”

魏广君是从河南省走向京城、走向全国为数不多的优秀青年艺术家之一。广君二十多岁就加入了中国书法家协会，在艺术上他是个通才，无论是书法、绘画、篆刻，还是书画理论研究，均有不俗的表现，被评论家邵大箴称为“一位艺术探索家”，且是“当代为数不多的学人艺术家或艺术家学人”。

2004 年，魏广君走进中国国家画院，十多年间，他没有停下向艺术高峰攀登的脚步，或遍历名山大川写生，或关在斗室创作，或读经史典籍，或精研画理书论，“焚膏油以继晷，恒兀兀以穷年”，终在书画界崭露头角，各种职务与头衔也多了起来，但每每回豫还不忘登门，晤面交谈，一如当初，丝毫不见骄矜之气。每次进京访友，我也不忘到广君的工作室，或谈书论画，或品茗小饮，情之所至展纸挥毫，或精妙山水或清雅梅竹，总不忘送我一幅，墨厚情浓矣。

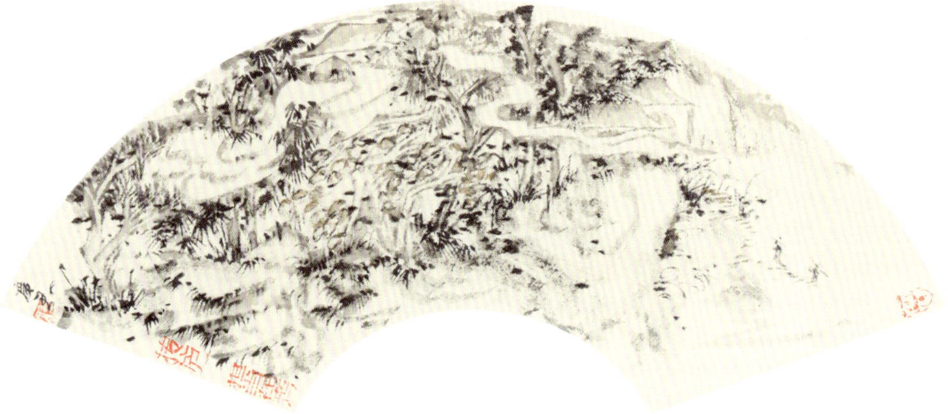

魏广君作品《山水》

魏广君作品《为隐高情临水居》

做学问首先是做人，画如其人。虽然这是句常常挂在嘴边的老话，广君却做得分外好。他的恩师李世南在绍兴突然患病时，广君正在去山东办画展的路上，他断然调转车头回京，匆匆赶往绍兴，服侍在老师的病榻前。那时，他的作品炙手可热，并不宽裕的他又要购房又要支付孩子的高昂学费，一般人能做到吗？他做到了，他有一颗和金子一般闪亮的心。他还利用自己的平台，为河南省的山水画家杨振熙、化建国、李健强在京举办画展，以此回报家乡，回报师尊和朋友。在利益面前，他的大度更让人称道。某年，李晓军与广君两人在郑州举办画展，当有投资者与藏家向我了解情况并有意购买广君的画时，广君却断然对我说："先推荐晓君的画作！我的画先不说。"晓军每提及此事都很感动，他不止一次对我说："广君的为人真是没说的！"在广君的书画研讨会上，著名书法家曾翔坦言："广君是个可交的朋友，就是争得脸红脖子粗或打一架，他也不会心存芥蒂。"

广君带有研究生，亲见他为弟子传道、授业、解惑，将自己的艺术积累毫无保留地传授给年青的一代。几句轻风细雨，便道出艺术的真谛，几个线条点画的示范勾勒，纸上就会出现奇妙的晕染效果。

广君对书画艺术的痴迷，一路走来的艰难历练，直至愈来愈开阔的艺术面貌，说明了一种积极进取、不馁不骄、独立而不改的艺术精神，而这种艺术精神与道家思想恰恰吻合。

他的书画展"以神媚道"，意在以山水之趣彰显作者之神，而神栖之于无象之道，既而洞见中国山水之远旨。以他的话说，就是以己之神去媚古之道。广君在这里用了一个"媚"字，清晰地表达了自己对古贤的尊崇、敬畏，清晰地展露出自己在书画方面一路走来的心迹、方向与坚守。

魏广君作品《留余》

广君的作品已经走向了神道契一的境界，昭示着山水这种笔墨形式的深邃意韵与高迈精神。“无法而有法，忘我有自我。”与其说他的绘画是他所观望的自然山水的反映，不如说它是艺术家用自己的心灵和智慧诗化了的世界。他的作品，令人过目不忘，值得品尝和回味。

无论是书法、篆刻还是绘画，广君都能从工艺性的技法、技巧入手，从技到艺、到道，精微深入，既广泛涉猎，广中求精，又融会贯通，互有影响。他的书法严谨而自由，丰厚而灵动，有独立的品格追求。他绘画的根本来之于书法，严谨而自由的书风体现在他多个绘画题材上。广君山水、花鸟皆擅，技法有金碧、青绿和水墨，样式有大品或小品，厚实灵慧，沉稳现代，结合自己对自然的观察体验，努力营造独立的面貌。

创新是艺术的生命。广君从传统中汲取营养，又试图从传统中突破窠臼。“变”是他的一种艺术探索精神，正是在求“变”的过程中不断形成了他的艺术风格。他纯墨色的山水画可以说是他对中国山水画的一次突破，作品深浅浓淡富于变化，作品的构成很有节奏感。墨色的各种意象既是大自然的物象，又是他艺术审美中的独特意象，是他绘画理论的具体实践与心灵呈现。

广君的“变”还体现在他的金碧山水上。当然这是他的又一种探索，说是笔墨、重彩两个语汇的结合也好，说是图式的改良与整合也罢，这些形象生动、细腻真切而又高度概括的物象看上去令人怦然心动。

一言以蔽之，广君的所有创作皆是在他丰厚的文人根基上进行的，体现了他饱满广博的文人情怀与文人气象。“由质而文，由文而逸。”早在多年前，他就告诫他的学生，不要只重视写生，中国山水画表现的不是

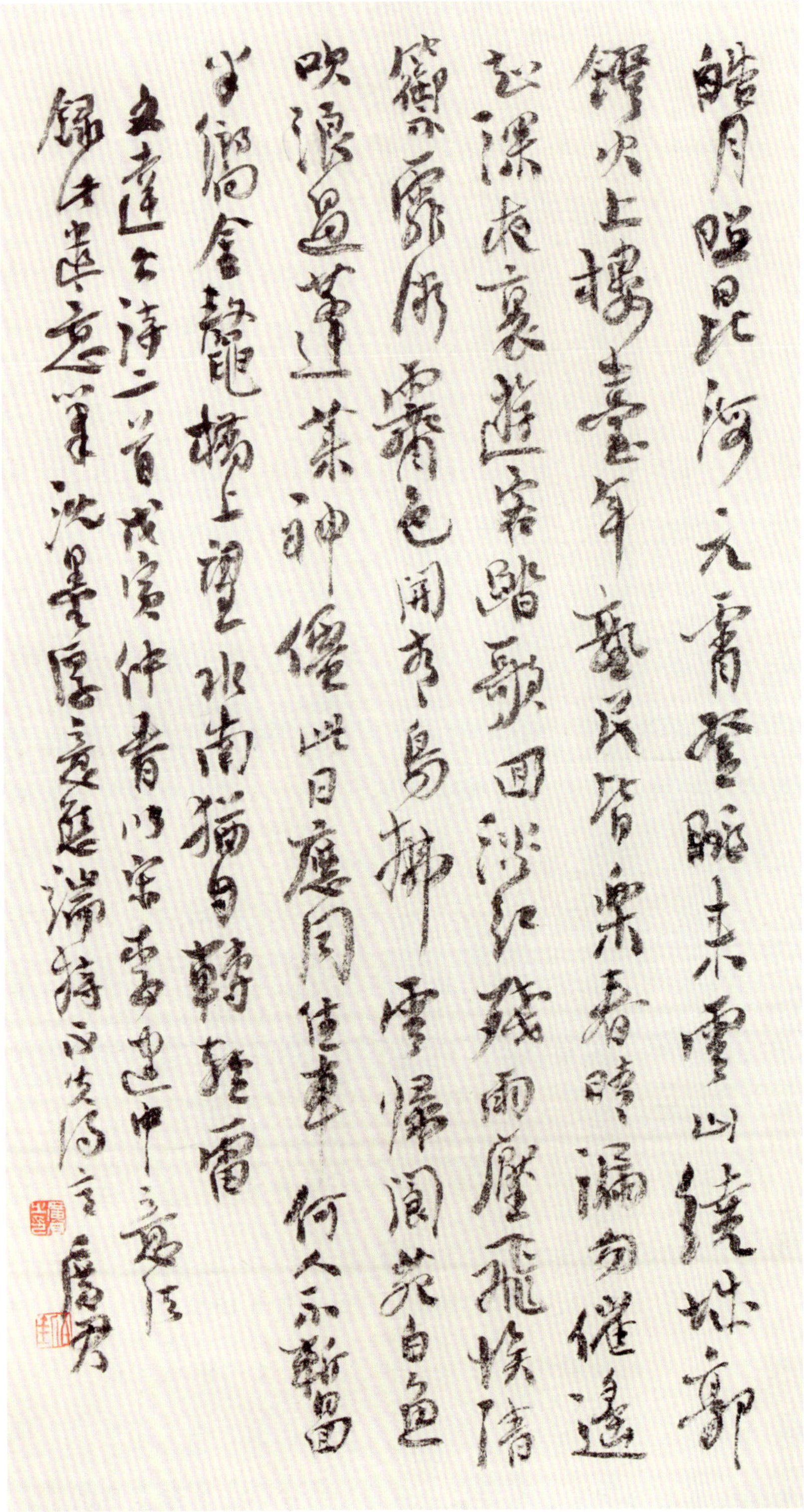

魏广君书文达士诗二首

现实的眼前的山水，而是注入了中国传统文化、中国古典哲学，只有浸泡其中吸收营养，以精神为源头，以精神为先导，笔墨才能幽深、高古、博大、流远。

阅读他的画作，能够看出，在中国传统画作中，他看重的是范宽、李成、郭熙等北宋大家这一路，深博曲折，气势恢宏，而非“以玄对山水”“寂寞孤冷”的传统观念，并在长期的师法过程中得其神髓，化为我用，抒我情怀，既传统又现代，描摹出属于自己的丹青世界。

我很高兴地看到，广君的书画成就越来越受到关注。他饱读诗书，河山尽览，腹藏锦绣，又注重与文贤交游而具陶然君子之风，他一定会经营出境界更加廓大辽远、富有非凡气象的“魏氏”山水。

魏广君作品《青云》系列之一

位卑不妨怀高

——记孟会祥

2003年盛夏，孟会祥和他的几位同事来找我，为一同道的事忧心忡忡。他低声诉说着，眼里含着泪水，我静静听着，知道了事情的来龙去脉，遂为他对“风雨故人”的至诚至情所打动。这以后，我们的交往逐渐多了起来，他的为文也引起了我更多的关注。

近年，孟会祥在河南省青年书家中异军突起，声势渐渐壮大，著作频出，令学界为之倾倒。2013年，海燕出版社为他推出《笔法琐谈》《竹堂笔记》《书法直言》《襄城》《曾经》等五种著作，颇受好评。《笔法琐谈》被评为2013年度优秀畅销书，《书法直言》获得中国文联文艺评论奖，《竹堂笔记》等被多家刊物转载。

时隔两载，2015年1月，海燕出版社黄天奇社长送来孟会祥的《读白蕉》《二王名帖札记》《〈书谱〉译注》《竹堂诗词》《竹堂闲话》等又五本新著。趁着春节假期，静下心来读了大部分，在我的阅读史上，

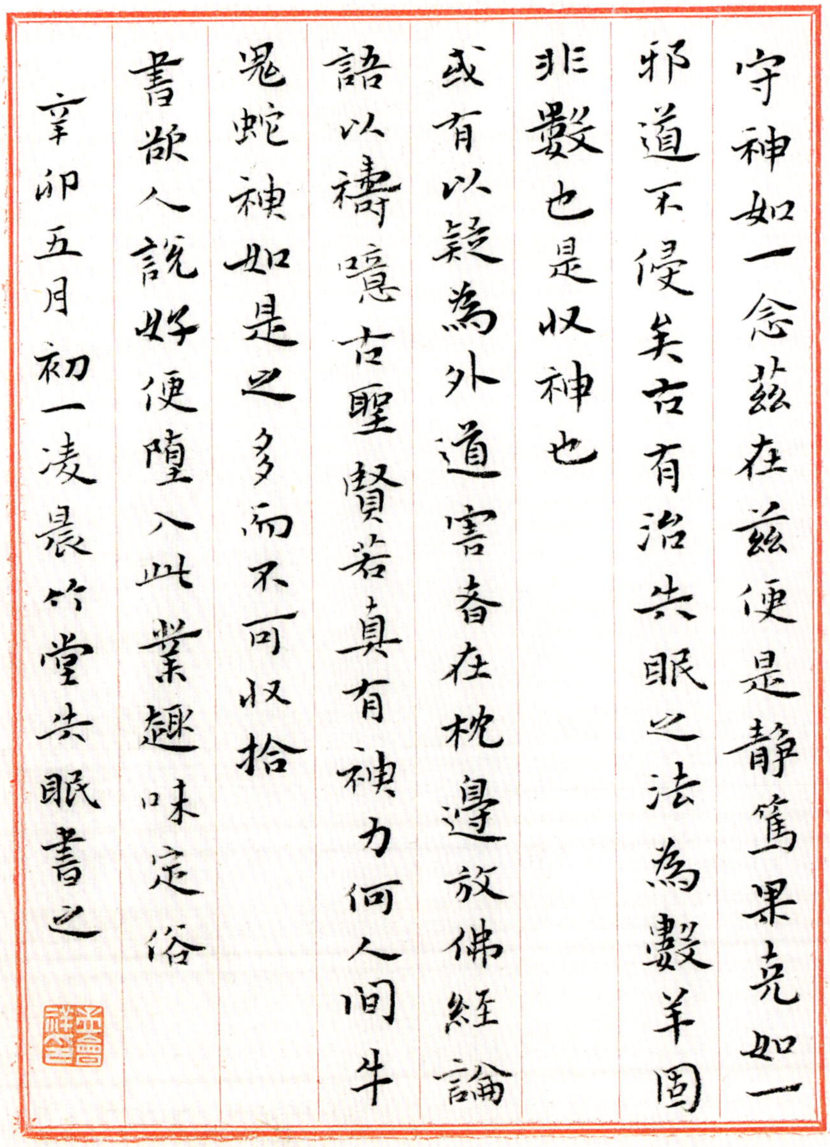
守神如一念茲在茲便是靜篤果克如一
邪道不侵矣古有治失眠之法為數羊圖
非數也是收神也
或有以疑為外道害者在枕邊放佛經論
語以禱噫古聖賢若真有神力何人間牛
鬼蛇神如是之多而不可收拾
書欲人說好便墮入此業趣味定俗
辛卯五月初一凌晨竹堂失眠書之
孟會祥

孟会祥书法

认认真真集中读一个作者的作品，还未有过。天奇嘱我看后写点什么，我是乐意为之的。

10本图书，皇皇大作，全面地展现了孟会祥以文学为底色、以书法为专业的学者和作家面貌，使诸多望其项背者讶然之余，不得不从他的文字和作品中重新梳理和寻找他的面貌。

孟会祥，别署竹堂，现为《书法导报》副总编辑。曾零星听别人谈他的经历，颇为周折与坎坷。他早年毕业于师范院校，被分配到家乡教书。后来脱离体制到省城出版社求职，辗转至《书法导报》至今。一直以来，孟会祥在书法、书论、文学方面孜孜不倦，以此修身立本，步先贤足迹，深入艺术堂奥，明心见性，抱朴守志，宁静致远。他师出“二王”、白蕉，直接本源，撷英取华，不只是在“技”上披阅探微，更笃信“技又近乎道”“最高超的技术，一定与最高超的心性为一体”。有他较深的文学功底做烘托，书法作品更加富有意蕴，笔笔有来处，又毫无匠心，显得萧散脱俗，随缘超逸，隽秀清旷，典雅风神，又饱蘸士人气息。不仅书法如此，他的书论也令人刮目相看，他的《笔法琐谈》《书法直言》《〈书谱〉译注》《二王名帖札记》都是他多年来执着书论领域的硕果。除书法专著外，孟会祥还出版了数本文学类书籍，把为人、为文、为书贯通在一起，文字中沿袭了中国传统的文脉，“修辞立其诚”。从综合素养上讲，孟会祥在书法实践、书法理论和文学创作上的成就，使它成为河南书法界之翘楚。

许是心性相契，多年来他一直推崇海上书法家白蕉，并以白蕉为师，身体力行，心摹神追。不只是白蕉的书法，白蕉的诗词、绘画，其做人、学识、气度都成了他一生的追求和财富。他出版的专著《读白蕉》，就是其学师路上的心得结晶，其研究之深入之精微令人叹赏，也表达了他对白蕉的礼敬。

窃以为，孟会祥学书，与普通人不同的是，他的起点很高，有着独有的人生哲学。在对书法之道的研修过程中，他并未将书法作为个人功利去追求，不是为书而书、为书论而书论，而是将此作为升华人生的一个途径，突出的是“情怀”与“诗意”。他将自己的书生意气、精神诉求、尘世感悟一一融入文字，是一介布衣的冷眼观望，也是一个书家的热切回响，以此观照书法，独步人生。因此仔细审视他的作品，可以看出，他书写的不仅是点画横捺，浓淡深浅自有文脉和心迹划过。也因而，读者在读他的书法、文字的同时，也是在读他这个人。可以说，参透世事的孟会祥，把“我写故我在”“我思故我在”作为自己的存在方式，也因而与读者搭建了一座互通心语的文字桥梁。所以，他笔下的一切往往可触可感，处处流露出尘世间无所不在的悲欣。

他的心性是高远的，套用他写白蕉的一句话“位卑不妨怀高”，放在他身上再合适不过。从孟会祥的著作中依稀可见白蕉的影子处处在晃动，白蕉对他做人、做事及做学问方面的影响无处不在。“白蕉要做的，是诗人，余事作书。”孟会祥对王铎自述“予于书、于诗、于文、于字沉心驱智，割情断欲，直思跂彼堂奥”理解颇深，这也正是他本人的真实写照。孟会祥做过教师、编辑，自然手不释卷、博览群书；同时又潜心诗文，沉迷书法，综合素养和学养都很高。如此，以文养艺，文艺并重，艺术生命得到了多方面滋养。习文、学理、思辨、妙悟，辗转之间写字这“余事”方能绽放异彩，古意醇厚而韵味十足，精神、气格俱在，不落俗人耳。

他是多情的。看他的书法，要从他的文字看起，他的文字带着温度，而他的书法也是从诸多诗意的思绪中抽绎而来的，从他的文字中可嗅到传统文人的气息和况味。他的视野和观望皆在文字中呈现，点点滴滴，锱铢积累。他自顾自做着自己的事情，并未想去影响别人，也不想外部世界影响自己。像他这样安于一隅，默默做学问的年轻人，于当今浮躁的社会中确乎鲜见。

但外表斯文、言语不多的孟会祥，心性却是孤傲的。在众生喧哗的时代，独守孤寂的他却不同凡响。他曾讲过，有高校曾聘请他去做书法教师，但他反复考虑，最后听从了自己的内心，他说“不想受那个管制，自由自在搞自己的学问多好”，最终还是拒绝了。在这一点上，他与白蕉先生如出一辙。白蕉当年不愿借柳亚子盛名求职，也是骨子里的清狂使然吧。他追求的是精神的自由和内心的高贵，即使“日子过得数米量柴”，也要“青灯黄卷，蒲团坐破，穷且益坚”。有信仰的人内心力量是强大的，无论何时，孟会祥都没有丢掉自己对信仰的坚守。

作为《书法导报》的副总编，孟会祥接触的是全国范围内的书家和作品，视野开阔，多年历练出精准独到的慧眼，加上典籍烂熟于心，书论写得条分缕析、明察秋毫，又旁征博引、文意诚挚、姿采充盈，让人甚为服膺。孟会祥曾为我作书评《楚调自歌，不谬风雅》，文中对我写的楹联、手卷等分述甲乙，直陈己见，其为文以诚的写作态度让人感动，使得书家对自己的创作有清醒的认识，在书法界看到自己所处的坐标所在。

尽管孟会祥各样“庄稼”都种得不错，取得这么大的丰收，但他还是一副谨小慎微的模样，深怕稍不留神流露出一丝“傲慢”来。白蕉次女评孟会祥“写得真像我父亲”，孟会祥闻之几度泪下，并赋诗记之，在表达了“我仰复翁如北斗”的心情、回顾白蕉的不幸遭际后，他再度表白对复翁的深情，“愿为走狗我岂敢，只是仰之行之情不禁”。

在艺术界，艺术家互为知己的甚多，即使相隔百年千年，其留在世间的艺术也一直在寻求着它的知音。比如愿做徐青藤门下“走狗”的，就有大画家郑板桥和齐白石。倾心至极，做“走狗”当是幸甚！受到如此高评美誉的孟会祥，依然不忘告诫自己，“自当奋发追步前贤，不可自弃也”。

“虚竹有节”“虚竹幽兰生静气”，孟会祥别署“竹堂”，更以老子“致虚极，守静笃”而恪守，可知其深意与心志大焉。

孟会祥书法扇面

浅识童月

早就想写一篇有关童月的文章，惜知之甚少，偶尔见上一面，也是来去匆忙。前几天，我“逼着”童月写点“材料”给我。很快他发来一条短信，是他的文言自述，现抄录如下：

童月，阳武潘氏，乙巳生于河阳，茅屋蓬户，邻水而长。鸡鸣犬吠，瓜果米粮。乡贤有授，诗书颂朗。恰遇恩科，远走他乡。稚心惴惴度陌世，壮志嗷嗷做文章。经史子集渴饮水，岐黄本草饱肚肠。笔走龙蛇三更里，张旭怀素对话长。世事变幻风雨骤，跨界耕耘度饥荒。春秋暑寒不经意，天南地北又转场。白驹过涧恍隔世，一事无成徒迷茫。破釜沉舟隅京未，读书写字约昏黄。

童月写字，愁绪国殇。

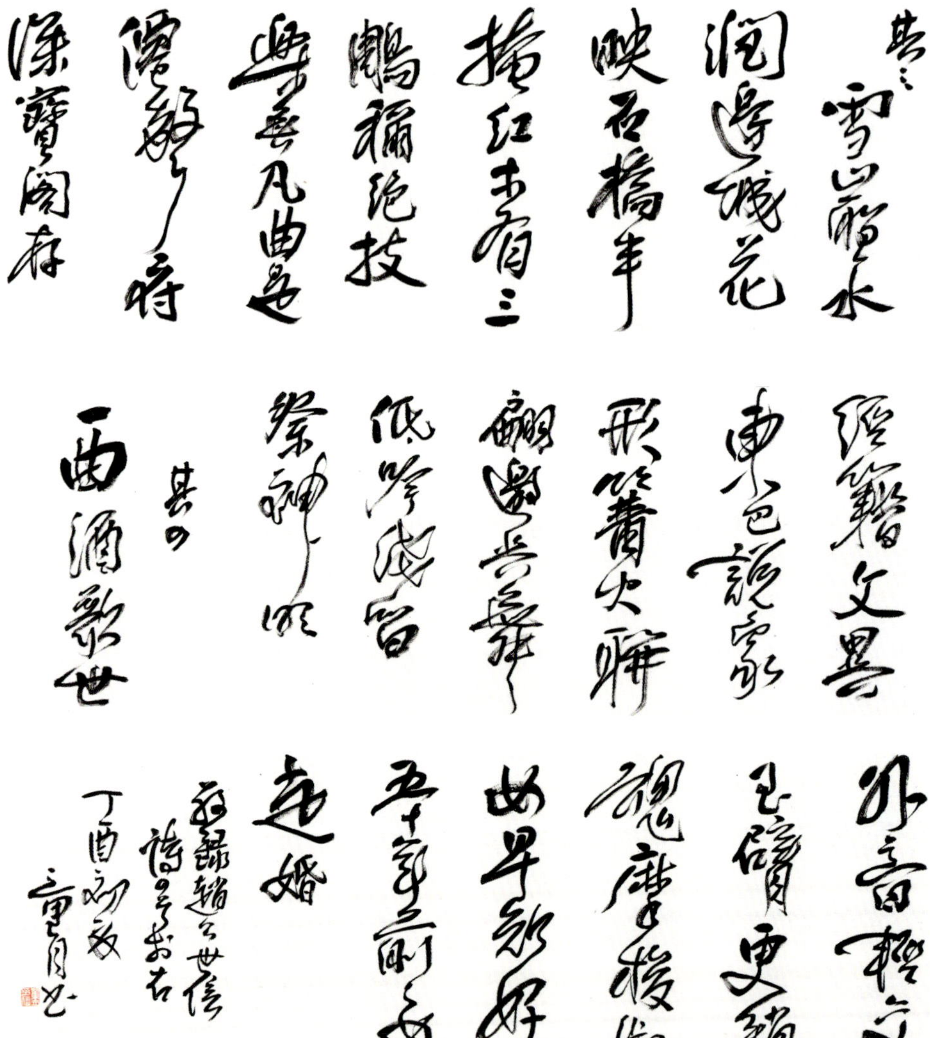

童月书赵公世信诗

文中叙述了他的出生、成长、职业，乃至他一心向学、翰海涵泳的漫长求索，直到最后蜗居京华，守望着一方墨池，在读书写字中追寻一个书生抑或一个文人的理想。

童月的老家在黄河故道，此为他人生的最初起点。懵懂童年，他还是一个羊倌，但他的心思不在放羊上，却喜欢临帖写字，随手捡起树枝，心里想着法帖，便在沙滩上忘情挥洒。长大后，他考取了河南中医学院。其间，他参加了学校组织的书法社团，并在中南六省大学生书法大赛中崭露头角，获得二等奖。自此一发不可收，并戏称自己嗜字病久，痛疾难祛，须“草纸三斤，兼毫一寸，古字一千，墨粥五百，文火慢炖，印章两枚药引，每日一剂，自能脉静心平”。

童月一路走来，遍临二王、颜柳欧赵，落于米芾，倾于王铎，其书法面貌渐露端倪，已有王铎书法气势为胜、飞转腾挪、互相呼应之气象。其对小楷的认识，飞越于对白居易《长恨歌》的创作，提出小楷的创作用悬腕更能体现出书法艺术的真谛。悬腕小楷更有利于体现流动飞扬的神采，将书法那种无声的音乐、静谧的舞蹈表现得淋漓尽致。

童月是书法的实践者，在理论上亦很注重对艺术规律进行探讨、分析、总结。他将自己在书坛耕耘数十载的心得写进《书法心悟》一书中，把汉字作为一门科学来研究，研究它的内在结构、节律、动感等。他说：“书法艺术是与一切艺术门类共舞的艺术。”他将书法艺术提高到一个文化高度。在他的人生中，一面是书法，一面是中医。书法是他的理想，中医则是很长一段时间他用来求生的饭碗。他在中医上所下的功夫更甚于书法。背诵中华药方是学中医的不二法门，涵盖三百余副药方的《汤头

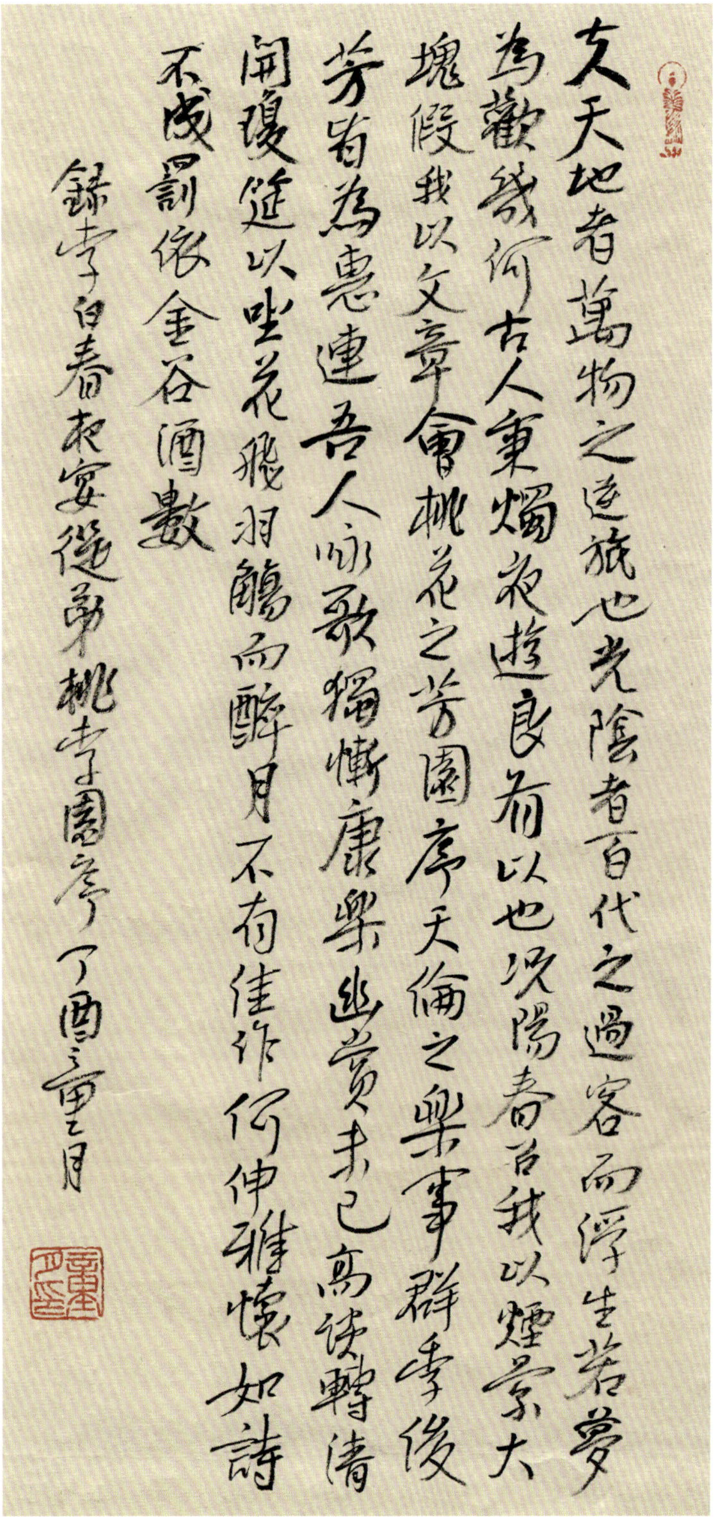

童月书李白《春夜宴从弟桃李园序》

歌》，童月可以倒背如流。从书法到中医，童月如夸父追日，精卫填海，有一种虔诚的信徒精神。除了书法专著《书法心悟》，其在医学上的理论成就不可小觑，先后著有《糖尿病新编》《医用法学概论》等，并将中医与书法进行了跨界研究，如《中医文化的书法土壤》。

童月好古文，六艺经传皆通之。偶向其求教某文出处，童月不假思索，随口作答，余惊诧钦羡之余，盖因贪多务得，细大不捐之故。吴楚材、吴调候所编的《古文观止》，凡222篇35万字，童月一字不落书写三遍，其勤奋非常人所能及。

童月才思敏捷，五步成诗。老领导宋公国臣仙逝，欲写一诗悼念。求教童月，须臾即成："仁人降世滑州城，公心由来在九重。国之栋梁根于民，臣坐四野不负名。道潜儒善清若水，规治郑汴峰接峰。仙境台阁高处寒，街巷和谐求大同。"将老领导的从政经历与为民情怀概括得十分到位。天才童月！

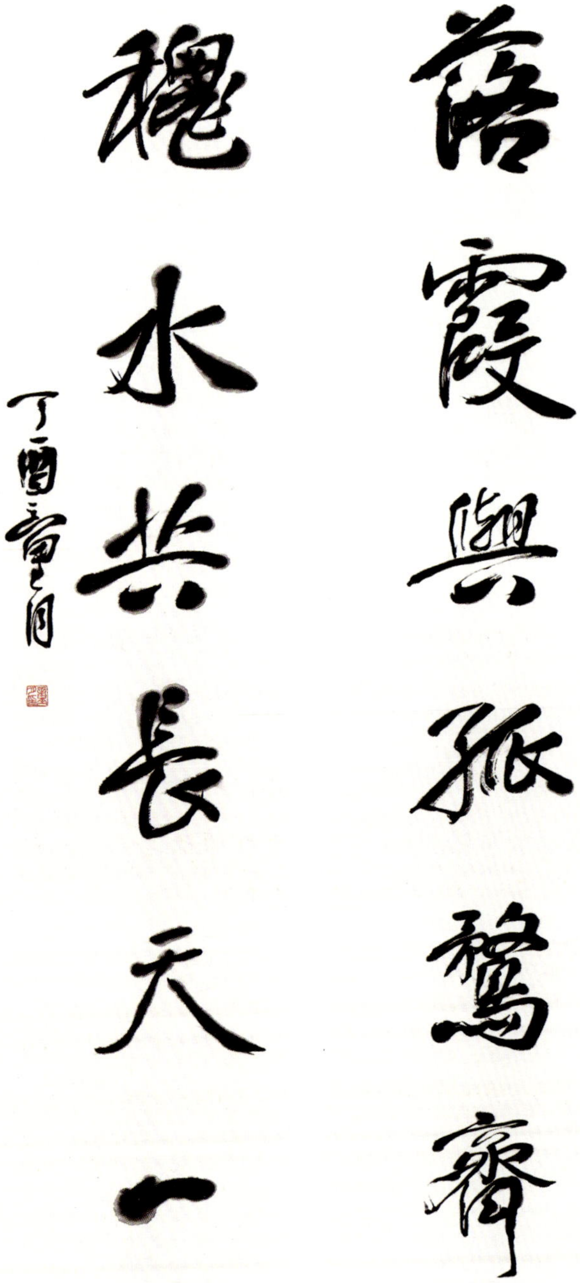

童月书『落霞秋水』联

群峦入画寄乡愁

——记画家桂行创

印象里读过桂行创一篇文笔优美的散文《远去的山村》。文中写的是那些散落在大山中的古村落，随着时代的发展，一些现代的建筑材料逐渐取代了传统的土坯泥瓦，“背山起楼，大煞风景”，记忆中令人回味的山村逐渐淡出了我们的视野，一方面时代的发展令人鼓舞，另一方面也未免令人惆怅，在物质丰富的同时心灵却总是饥饿着。他在文中写道：“我想用我的画笔留下那些正在远去的山村，也算是给我自己的心灵一个交代，也给后人留下一个借以想象的空间，少一些遗憾，多一些快慰。”所以，我在审视桂行创和他的作品时，很自然地把他对艺术和时代的感悟与他的山水画统一了起来。这样，更加明晰了他的水墨语言及蕴藏在其中的思想和灵魂。

几年前，我收藏有桂行创的一幅山水画，几次与朋友的交往中，都按捺住了馈赠的冲动。我有个习惯，既然送朋友画作，就要送自己喜欢

桂行创作品《石板岩探幽》

的好画，而这幅挺喜欢的画我拿出来几次，而每次都因甚是偏爱，最后还是被我留了下来。

说老实话，我和桂行创鲜有交集，从2003年我主编的河南优秀青年书画家提名展有桂行创的大名，直至写这篇小文时，也回忆不起来他的模样，之所以有写他的冲动，是羡其画才，羡其作品氤氲着豫南山水之灵秀，羡其作品既是传统的又是现代的，羡其画作元气淋漓、气韵生动。观其作品，常有一股欣喜从内心流溢而出，给人带来一种妙不可言的快感。这种妙意不拘形式，不时地就会打动你，或因结构之奇特，或因色彩之和谐，或因立意之高远，让人不由得叫好。这种艺术上的奇妙之处，不是故弄玄虚，而是心手合一，浑然天成，如若诗歌中的佳句、自然中的天籁，使读者得到了美的碰撞、美的享受，自然产生了心灵上的共鸣。这样的作品自然是难得的好作品。

“师古而不泥古”，这句话看似容易，要在实践中做得恰到好处是很难的。有的画家一味追求传统，与今天的社会现实相距甚远，谈不上艺术家对生活的感受和感悟。有的画家一看就是写生本领很强，作品是风景的再现，但偏离了中国画的传统要旨。而桂行创在这方面做得是比较优秀突出的。

桂行创在传统绘画的基础上又有大胆的创新。他的绘画面目清新，格调高逸，情趣横生。从技巧上讲，用笔独特，墨色鲜活，布局精巧，画面饱满生动、苍茫雄浑，既有传统绘画的古韵，又有一种现代气息，无不透露出洒脱的文人情怀。丁中一教授发自内心地赞美他的画：“宋元诸大家的身影处处可见。这给他的画风带来一种平稳、正气、可信又诡谲隽永

桂行创作品《明月清风人钓鱼》

之感……难怪人们总会给他的画一个格外的青睐，顺理成章而无可置疑。”

石涛言：“立于一画，一画者众有之本，万象之根。”按禅理来解释，“一画”即为明心见性。因为一切法不离心法，心能生万法。“一画之法”即心之法。桂行创深耕于传统，而内心对于绘画审美、创作趋向的种子却是长时间孕育的，所以他的作品与众不同。这个种子是什么？就是他在长期的创作实践中所积累的经验和体会，以及他的内心。他的作品实际上是他把某个阶段的感受和产生的灵感通过自己的笔墨表达了出来。“画由心生”就是这个道理。

著名山水画教育家胡佩衡说：“上者无法。高人逸士，偶托心胸，时过境迁，言筌尽失。”桂行创绘画悟性高，对人对事的看法自然就比常人超脱，对道家所提倡的生活哲学有着更深层次的理解。他所要追求的是天人合一的精神境界，是素朴自然、简淡静穆、含蓄悠远的艺术精神。

他的笔墨不是对自然存在的简单描摹，而是他人生态度的表达、人生追求的体现。这些年来桂行创之所以取得了斐然的成绩，获得大家的普遍认可，就是在于他是一个用思想作画、品格高逸的画家。

桂行创的画多取材于故乡的山山水水，耕田水牛、池塘垂钓、村郭林野，笔墨中无不透出对土地、对乡情的讴歌与颂赞。他不仅是一个职业画家，还是一个绘画界的抒情诗人，从他脱俗的文字、高格的画作来判断，我以为这样说并不过分。

中国山水画有南宗和北宗之分，南北各有其特色。而我观桂行创的山水画，感觉他将南宗和北宗的特点都糅合在其中，既有浅绛山水的韵味，也有青绿山水的质感；既有南宗的润，又有北宗的雄。这也许和他的出生地有关吧。他出生在豫南的罗山，那里介于南北之中，虽比不上江南，但水域比起北方显得较阔一些，也是鱼米之乡。那里的山虽不比北方的苍茫雄伟，但比起南方还是具有北方的性格多一些。也许这些山水特征，在桂行创的生命里早就打上了深深的烙印，以至于在从事山水画创作后，影响了他的整个画风。

桂行创作品《溪亭觅句》

踏歌清啸话宋震

（一）

周口距今有六千多年的文明史，历史文化了不得，伏羲故都，老子故里，绵延上千年的文风、书风于今仍很盛隆。周口籍人宋震，从小吮吸当地风水，浸染于故事传说、陈迹旧存。五岁起学书，至今已四十余载，是一位颇有实力与个性的青年书法家。

前一段，宋震送来他自己的一些资料，里面有他学书以来的一些观点、体会、收获，也有厚厚一叠关于书法的哲学论文，涉及书法之深之广令人赞赏。在他的书法论文中，既有中国古典哲学对书法的影响、书法审美的时代性、书法书卷气，又有对《嵩高灵庙碑》书法及《龙门二十品》佛教历史背景的探微，这使我对他刮目相看。在当今浮华的世界中，能沉下心来写字，且能静下心来做学问的年轻人，实在为数不多，宋震便

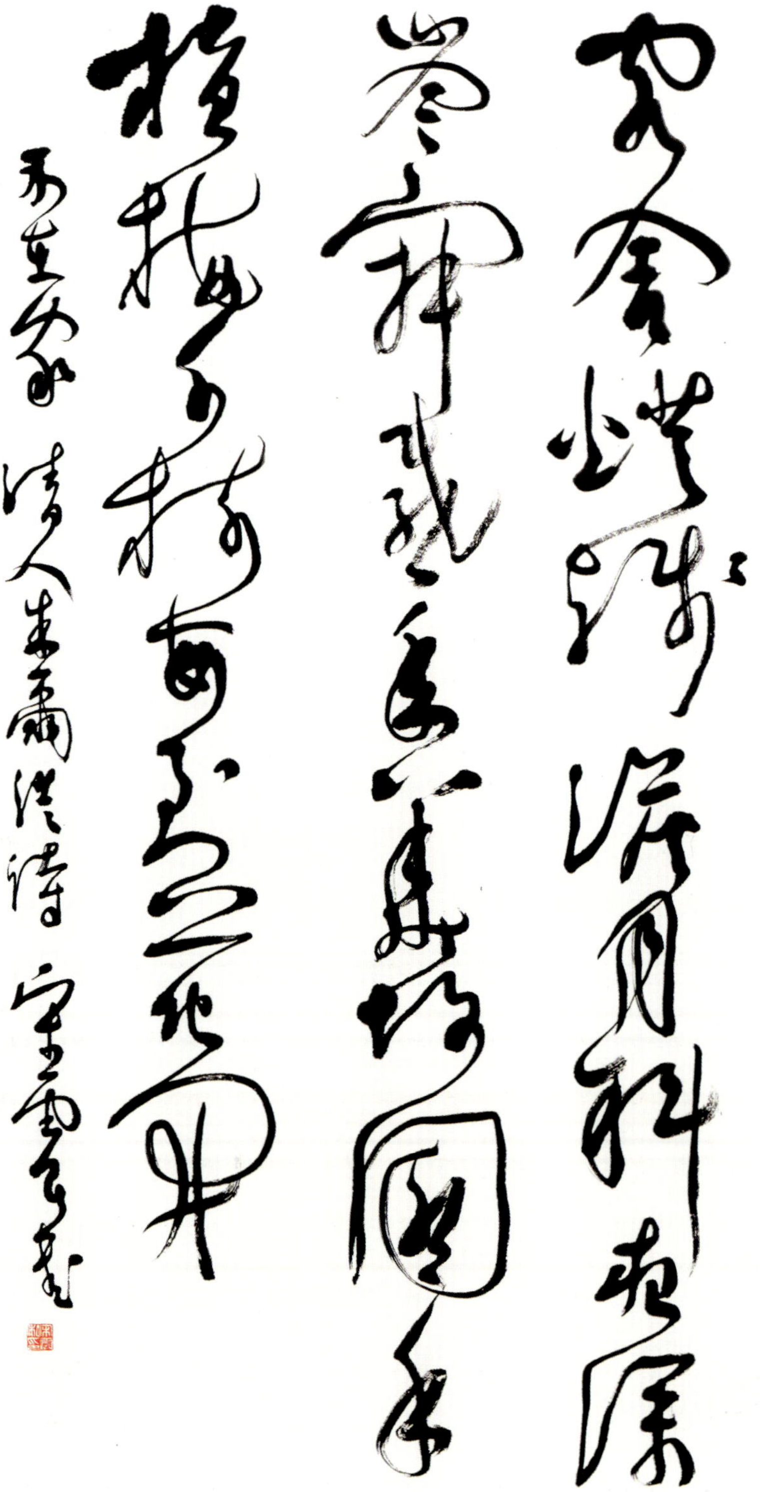

宋震书朱尔澄诗《冬夜客舍》

是难得的一个。

与许多学书人一样，宋震从唐楷入手，得其法度。后习汉魏，取其古拙、高浑、天真、浪漫。继习两晋南朝诸家，取其古雅、流变、简远，间习唐宋草书，识平和优游，欹侧险绝。宋震作书不拘书一体，随时随意而化，快意于文质相谐。

许多人都喜欢宋震的行草和行楷，书法家王澄还将宋震的字与其本人的仪表联系起来："他的小行楷书，如其人之仪表，可谓风流倜傥，举止不俗，在追逐时风的当今书坛很是鲜见。"

（二）

"读北碑南帖，赏魏紫姚黄。"一直以来，宋震专注于对书法的逍遥游，并在哲学中开始对自我身份的寻找。

观宋震作品，可以看出他出入碑帖门庭之间游刃有余、风流倜傥的笔墨变化，时而可见朴茂质野、雄强厚朴的北碑书风，时而可见变化丰富、意韵生动、字中有笔的帖派风格。之所以轻松游走在两者之间，随意随性而化，是因为他扎实稳健的书法功底、日积月累的书法筑基。

观察他一路学书的踪迹，不难从中窥出受李邕、张从申及"二爨"、《嵩高灵庙》、《圣教序》等影响。李邕的舒展险峭，"二爨"的拙古意态，王羲之的飘逸超绝，等等，都一一为宋震吸纳笔下，融入书法之境。

在 2009 年我策划的《大河风书画精品集》中，宋震即占得一席，其中有一行草横幅作品——心游万仞，写得格外简便随性、高迈悠远，书法语言颇为丰富，令人称道。目光所及，不由让人神游天外，思接千载。继而让人冥思，一个热爱书法艺术的人，只有将自己的思想放飞，心游万仞，采得诸子百家，方能自备一格，独树一帜。

（三）

宋震与许多书法家不同，他不仅仅停留在“写”的层面上，而是还思索着为何写、如何写的问题。他经过实践，认定书法是自己的终极天赋，便把自己的生命交付给了书法，将有限的时间交于幻化万千又不游离法度的书法线条。

宋震信奉“中庸”，通过书法修养进而修习人性，并细化为“博学、审问、慎思、明辨、笃行”，强调修身以诚，认为中庸之道是很难达到的完美境界。宋震希望自己成为一个认真读书的人，以勤补拙，不为世间五色所惑，不为人生百味所迷，“知其然，更要知其所以然”。面对书法界诸多光怪陆离的现象，宋震决意揭示真相，去芜存菁，获取书法之精髓。出于这种志向，他萌发出读书深造的愿望。2003 年，宋震如愿考取了吉林大学，攻读哲学硕士学位。他博览群书，遍访中西先贤大哲门庭，从崇尚自由和尊严、以自我实现为人的本性和价值的西方学说，到中国传统哲学思想、道家思想、气功，以及古印度哲学思想、冥想、巫术等，宋震都一一认真研修、消解，且参照自我，试图从中西方文化、中西方哲学中找出有价值的东西来研究，与这些先哲们进行一场场跨越时空的审美与心灵的交流互动，从而为自己的创作提供理论和信仰支撑。

“究天人之际，通古今之变，成一家之言。”这正是宋震对书法的看法和主见。一边是心灵互动，一边是反求诸己，以古代先贤为镜，以正自己的书法大业。在对历史、对文化、对传统的重新认知中，宋震也在进行自身发掘，构建属于自己的文化自信。

几十年来，书法已成为宋震生活的重要组成部分，不间断的书法实践已成为其生命的印记。书法成为他修炼人生的一个通道，并借此体察人生况味，以达圆满。

在宋震对书法艺术的追求中，不难看出他思想的纯粹性。摒弃功利之后，换回来的是精神的解放。但外表风流倜傥的宋震，在社会上绝无佯狂、桀骜之举，他向往那种波澜不惊、怡然自得、人格独立、内省自足的生活。

这个过程给宋震带来极大的快乐，使他的思想上升到一个新的哲学层面，那就是“自由思想，自由创作，自由发挥潜能”，以“高远的眼光，湖海的襟怀来关注中国书法艺术”。他愿意成为“整个书法历史长河中的一朵小浪花，于书法之间，吟咏生命，于闹市街巷，感怀人生，以内心的声音而踏歌清啸”。

如今，经过多年的思想与实践的磨砺，宋震的书法呈现出书风典雅、视野开阔、自由舒展的特点，显示了艺术追求的广度和深度。笔触中所表现的浓淡、牵连，线条的舞动与走向散发出高古独到的气息，似乎已进入先贤那种随心所欲、大象无形的忘我之境。

（四）

蔡邕曾言：“书者，散也。欲书，先散怀抱，任情恣性，然后书之。”

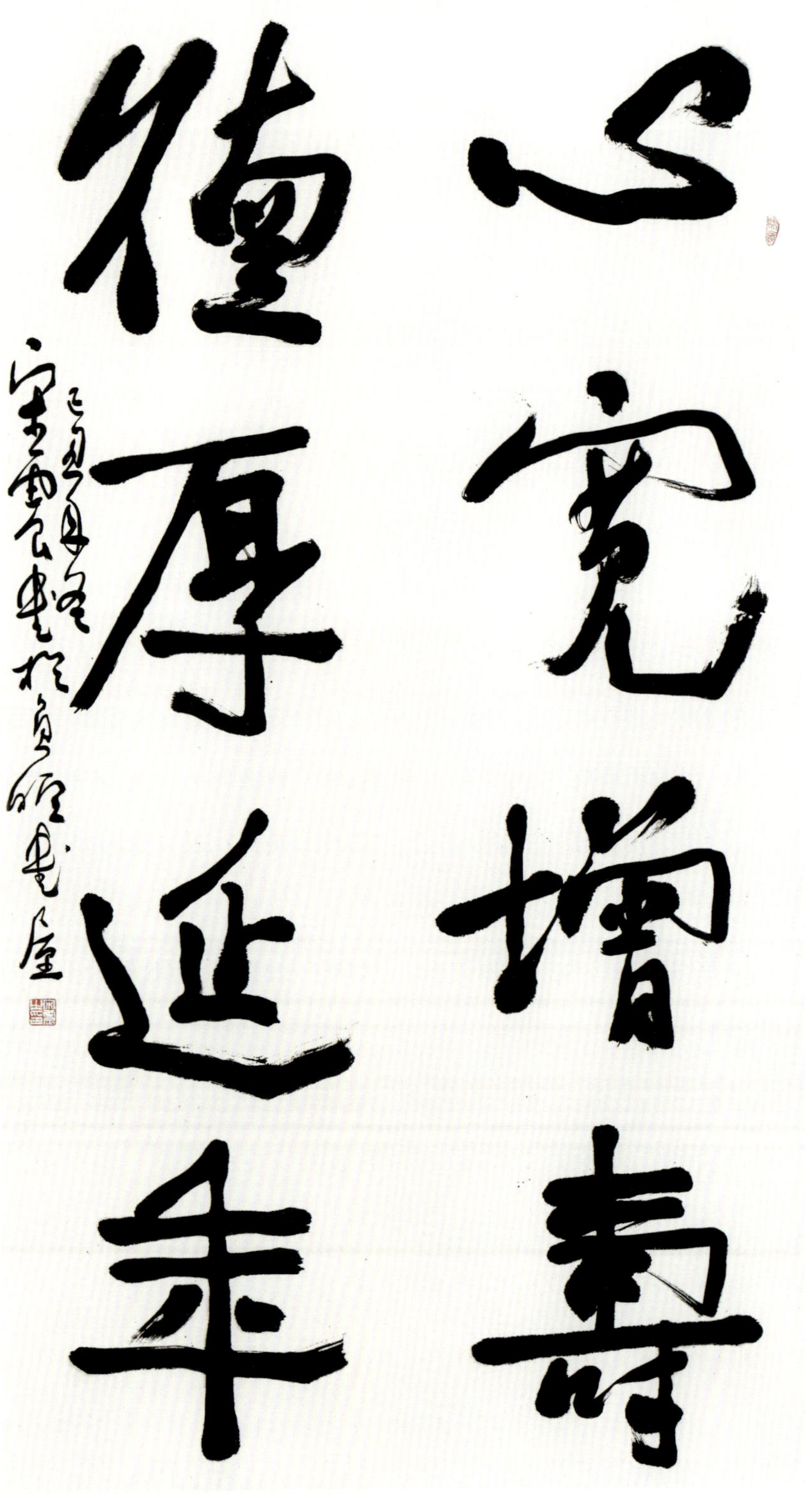

宋震书『心宽德厚联』

张怀瓘也有书论：“气势生于流便，精魄出于锋芒。”在宋震身上，他书法的名士气及他自身携带的士的气息值得欣赏。

什么是书法中的好作品？宋震在论述“书法时代的审美性”中阐述道，“到位”而有“味道”才是好作品。我向来推崇有书卷气的作品，认为这样的作品才有嚼头、有看头。书卷气是书家下意识流露出的文雅气息，其高远清雅的气质和韵致给人带来艺术的愉悦，其绵绵书香沁人心脾。清人陆时化云：“归于有笔墨神韵而具书卷气者，其传必远。”历史上灿如星辰的书法家莫不如是。

“烟霞闲骨格，泉水野生涯”，一如他所书诗词内容，宋震性情疏朗恬淡，志趣高阔。应该说个人的情趣、学养决定了书法的个性。宋震的书法创作不趋时，不媚俗，也许少了一些时尚，但却写出了自己的个性。从古今书家的经验来看，容易入目者，熟视必不佳，或不长远。沉着者日久乃出。宋震有另一种追求与胸怀，方使其然。

（五）

“凝思皆净土”是宋震喜欢的句子，镜片后专注的目光分明解读了他思想的坚守。

在当今艺术气息已被猖獗的商业氛围所取代的同时，宋震远远离开了书法丛林，甘愿做一个旁观者、清醒者，不事张扬，低调行事，追求艺术天真无邪的气息。宋震坚信，乱云骤雨过后依然是云淡风轻，天清气爽。随着一些占领市场的“权威”不断受到挑战和否定，书法艺术终会重回生命力的本真，开始新的轮回。

“怀文抱质，恬淡寡欲”“内行修洁，身体力行”，这就是我所理解的宋震。

作品如此，生活中的宋震也表现得颇为率性，名士气十足。我从他的老师周俊杰那儿听到一个故事，可以说明一二。一次，宋震做东，请大家吃饭。当饭局正在进行时，宋震不知想起来什么事，似有所思。于是乎撂下一桌子的师友，拔脚就走，自己却浑然不觉。在这件小事上，宋震与写《茶经》的陆羽十分相像。据说，陆羽有一次在宴席上正吃着饭，忽然想起什么，便自顾自地离开了。

在世俗间，多一两个这样超凡脱俗的名士，未免不令人会心、莞尔。

得其心妙　自成气格

——记青年画家连俊洲

花鸟画以描摹自然、表达内心、愉悦观者为旨归，在托物寓意、得意忘象中体会其作品价值，自古吟咏花鸟的诗句可随手拈来，如“独怜幽草涧边生，上有黄鹂深树鸣”，如“花开红树乱莺啼，草长平湖白鹭飞”，如“才有梅花便不同，一年清致雪霜中”，诗情凭生画意，在居室茶坊、酒肆厅堂举目可见充满生机的花鸟画，引得人们驻足观看，如置身花香鸟语之中，久久不忍离去。画家连俊洲的作品因其特有的艺术语言更受大家的关注和偏爱。

记得 2003 年连俊洲、孙国印、喻刚共同举办了一次画展，印象中的俊洲须髯深黑，双目炯炯，穿着朴素，如恂恂儒雅之布衣君子。其作品显得骨骼清奇、气韵雅致，无不流露出作者认识自然、表现自然的真切情愫。其作品有一种扑面而来的宋人气息，不论是写生、创作还是摹古，都有一种油然而生的古韵不自觉地贯穿在里面，只可意会而不可言传。古人说气

连俊洲作品《唐人诗意》

韵不可学也自有天授，这种气韵自有天生的缘分，但也不能排除后天的努力，于此学人更有总结，说气韵亦可学也，非读万卷书，行万里路不能为之。画求熟外熟，从俊洲的作品中可以想象他在创作时挥洒自如，随心所欲不逾矩，花竹翎毛、枯荷凫雁、寒雀游鱼无不一任造化、高雅脱俗。他着意于对笔墨的刻苦锤炼，我们在欣赏他的作品时可以撇开整体，就其点线之间就足能玩味良久，其线条用笔时而老辣纵横高山坠石，时而霹雳弦惊直入青云，顺乎节奏如庖丁解牛，以气使力而神完气足。本人藏有《晨韵》《竹雀图》和《松鼠图》几幅作品，都是在那次画展中购得的。值得一提的是《晨韵》为八尺大幅，曾获全国金奖。该作在创作时画家注重了层次的处理，在虚实中强调笔墨运用，用现代绘画技巧来表达现实生活题材。俊洲在跋语中说，这幅画为游信阳时有感而作，时值晚秋，在一片映着残荷的池塘边，七只鸭子或在岸上梳理晨妆，或在水中玩耍嬉戏。它们的“柔闲”打动了画家，画面淡雅空灵，水墨氤氲，四处散溢着团团水气和雾气，水禽展露在一团光照中，烘托出水乡浓厚的生活气息。

《朱雀图》同样是《晨韵》的绘画风格，采用明暗对比的色调技巧，墨竹为暗，三只朱雀停在竹枝的光亮处，细细的竹枝极富弹性，或疏或密，肥硕的雀鸟立在枝头上，或梳理羽毛，或仰头张望，或展翅欲飞，生动自然，姿态优美。这一幅描绘月夜的《竹雀图》，题跋是一首写竹的宋诗，“疏影向人翩欲舞，梦残依约月庭空”，雀鸟笼罩在一片朦胧的月色里，游荡着若有若无的残梦，给人一种神秘感。

《松鼠图》取景于松树上两只活泼的松鼠，活灵活现的样子呼之欲出，两点黑豆般的小眼睛机警地注视着前面。画家以浓淡不一的笔墨渲染，

连俊洲作品《花鸟》

松鼠的皮毛柔软得似乎触手可及，形象生动，惬意调皮，使画面洋溢出清新明快的野趣。在笔墨运用上，两只松鼠的柔和与松枝的虬劲形成对比，充满笔情墨趣。

连俊洲是河南省为数不多的优秀青年花鸟画家。作为一个新时代的花鸟画家，他懂得“如何运用现代人的审美情趣去发现、捕捉自然界中所蕴藏的美，去运用自己创造的物态结构引起欣赏者的共鸣”，“唤起人们的怜悯同情之心”，“表达人们和鸟类的共同企盼：盼环境的改善，盼生活的无忧，盼世间的安闲……”。这是他十几年前写的创作体会中的一段话，可见其立意之高，已经超出了画面本身，已经赋予它“教化”的功能了。细品俊洲的作品，不禁感慨系之，没有废纸三千，青灯寒夜，没有高超技法的锤炼哪能产生这样好的作品呢？深情寄语俊洲，见素抱朴，少私寡欲，潜心绘事，在自己事业的路上走得更加扎实，以不辜负众多观者的殷殷期望。

连俊洲作品《花鸟四条屏》

静水流深　人书互彰

——记张良

几年前初次见到张良的书法作品颇感惊讶，纯正的气息中透露着典雅俊逸的魏晋风韵，鲜活曼妙的南帖架构下隐藏着至纯至刚的北碑风骨，这样的书家在当下并不多见。此后张良又不断来拜访，他的谦逊好学、勤勉聪慧，以及对书法的独到见解给我留下了深刻印象。

张良走上书法道路已有三十余年，可以说，他的天分一多半来自勤奋。他遍临诸家，深研书论，从秦汉至魏晋明清，功夫下得扎实。他没有拜师，但历代的先贤都是他的老师，在他的身上有一股超然的静气，书法自古是寂寞之道，需坚韧沉默，方能追求朝圣。张良说这是“坚守”而不是“坚持”，是“享受寂寞”而不是“耐得住寂寞”。因为这两组词语中，后者是一种被动的牺牲、无奈的悲壮，虽高大而痛苦；前者则适用于真正切入艺术的人，有一种天然的自觉意识。当遇到问题时，他就去搬古代书论，找来解决的方子，再俯下身子摸索着向前走。多年下来，他出入各位大家

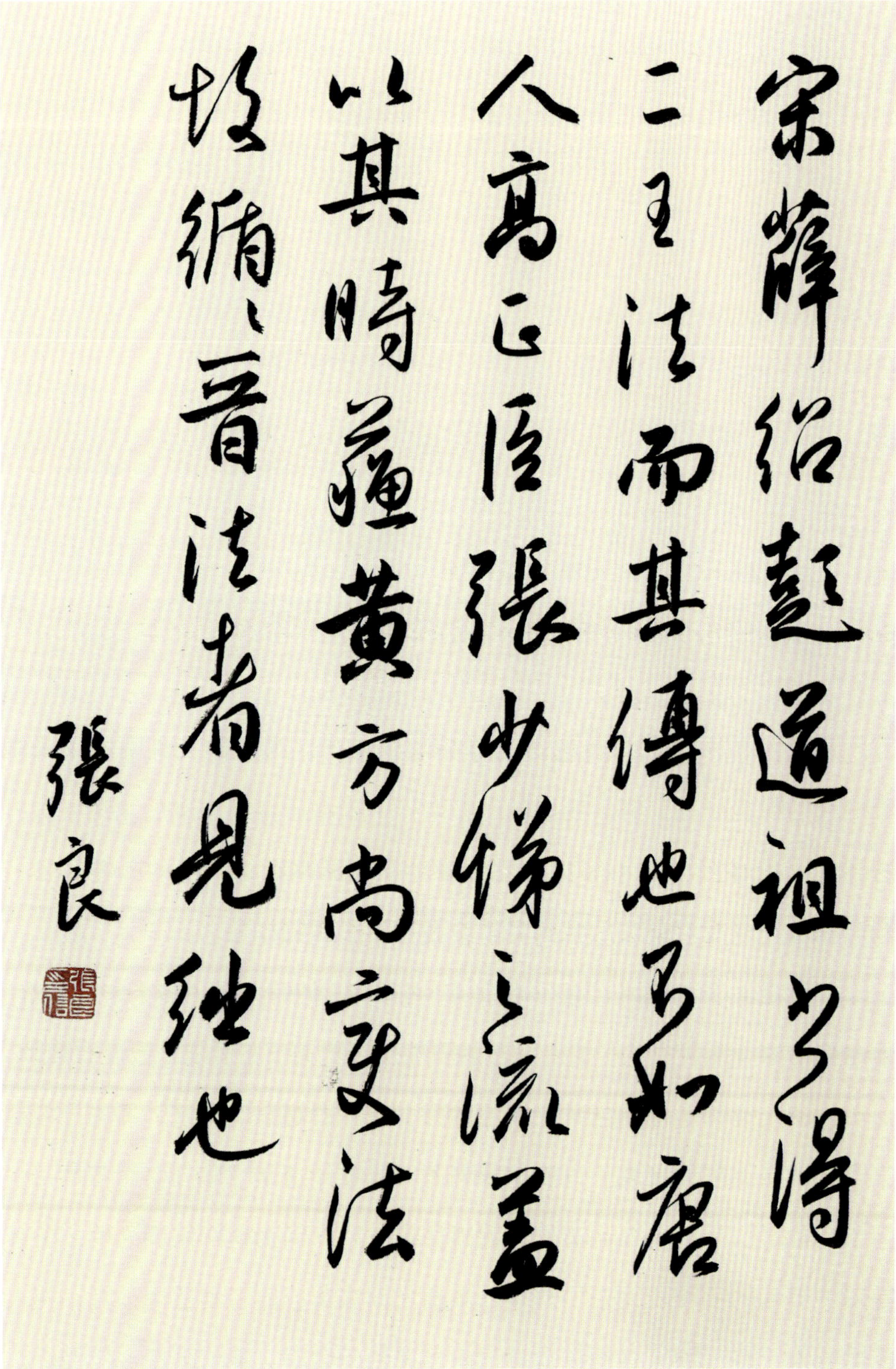

张良书法作品

门庭，博取众采，移为我用，渐变出自家面目来。观张良的书法，他的书写状态十分轻松自由，犹如鱼入水，自在舒畅无比。在他的笔墨线条里，能看出这条“鱼”自如游弋的线路和它所漫漶的自在气息。“古雅隽逸，浑然天成。”这是我从张良书法中得到的启发。

临池之余，张良更醉心于国学。唐诗宋词、《古文观止》、历代书论都是他的手边书。“每览昔人兴感之由，若合一契，未尝不临文嗟悼，不能喻之于怀。”与先贤一样，张良也常有此慨叹。一日，他读到一段书论，其与他对王羲之书法的见解竟然一致，张良为遇到这位知音而窃喜。当别人问：“所欣喜者何人？”张良不慌不忙，答曰：“宋姜夔。”临帖读书，就是与圣贤相处，与古人对话，张良乐于此，他游溯在传统文化的河流，探寻上古之韵，取法乎上。

长期的书法研习和文史并进，使得张良的作品在呈现出艺术丰富性的同时，更深入了诸多门类与书法艺术之间的通感，他在创作时针对不同诗词内容，运用不同书体，书写出不同风格的作品来。譬如写李商隐的《无题》时，张良选择了行草，笔触细腻轻约，让人感受到“昨夜星辰昨夜风”在相爱男女之间的照拂。在写苏轼的《涵虚亭》时，则用草书，格局开阔，线条飘逸洒脱，完美地表现出“惟有此亭无一物，坐观万景得天全”的宇宙哲思。作品形式的精微与多变，从中可看出张良的艺术修养。外表谨严的张良，内心却是一个感情丰富的人。他用民族唱法唱的《母亲》亲切自然，感情真挚，令人动容洒泪。张良坦言，他的书法从音乐中获得不少启悟。艺术是相通的，张良的书法从容舒缓，气息匀畅，如静波轻漪，丽日微风，拨人心弦。这种恰切和谐的节奏，或许与他的音乐素养不无关系。

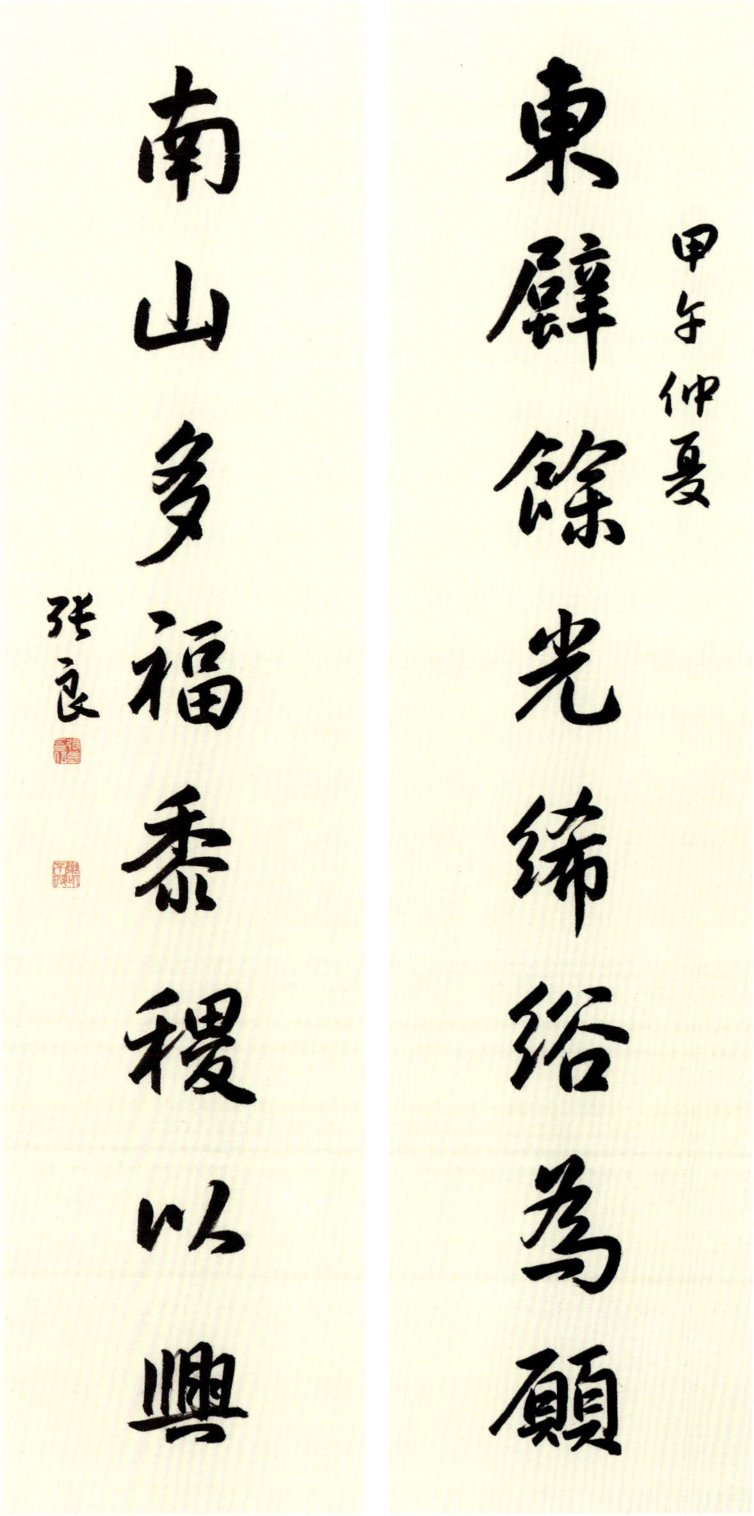

张良书『东壁南山』联

国学及音乐的积淀和陶冶，使张良笔下洞开另一面书法世界，让人为之激赏。

我素来喜欢艺品与人品俱佳的年轻人。在他们创作成熟的时候，也乐意为他们举办展览，搭建一个“初啼黄莺试新声”的平台。十几年前，我作为河南人大书画研究院院长，为张良在书画重镇周口搞了他的首次个展。那次的展览十分成功，在河南乃至全国书界都引起强烈反响。张良借此走入更多同道的视野，更多人开始关注张良的书法艺术。仅隔一年，张良的第二次个展在郑州展出。对于获邀写《拜祖文》的张良来说，又是一个大的跨越。黄帝拜祖大典选中他来写《拜祖文》，是一种荣誉的象征，也是一个书家实力的体现，更是与他的书法成就分不开。

人品与书品的关系是一个千年不衰的命题。书法中的张良是一个具有历史文化传承责任感的人。书法之外，他也是一个对社会有担当有大爱的书家。5·12汶川大地震、台湾地震等，在义捐书画的艺术家中，都有张良伏案挥毫的身影，向社会奉献着一个年轻书法家的才情和大爱。在他身上，人品与书品十分自然地融合在一起，正因如此，他的作品才被越来越多的人所钟爱。

真正的书法大家，多经历过凤凰涅槃，浴火重生，急功近利者终不能忍受寂寞而选择出逃，张良则真正地沉醉其中，乐此不疲。这份坚守，令人折服，与其说这是对书法艺术的执着，不如说是对传统文化所怀有的虔诚和敬畏。“路漫漫其修远兮，吾将上下而求索。”时代给了每个人实现梦想的机会，张良选择了追随先贤的书法梦。正值盛年，张良有充分的时间、充沛的精力在书法道路上探索远行。“静观浮云心自闲，铅华洗尽换真颜。湖光潋滟摇绿树，山色空蒙见碧潭。仙洞灵岩隐古寺，流泉飞瀑漾云烟。寰中绝胜应无愧，独占东南第一山。”这是张良最近给我发来的一首七言诗《游雁荡山有感》。诗在言志，这“独占东南第一山”，兴许道出了他的淡定和自信！

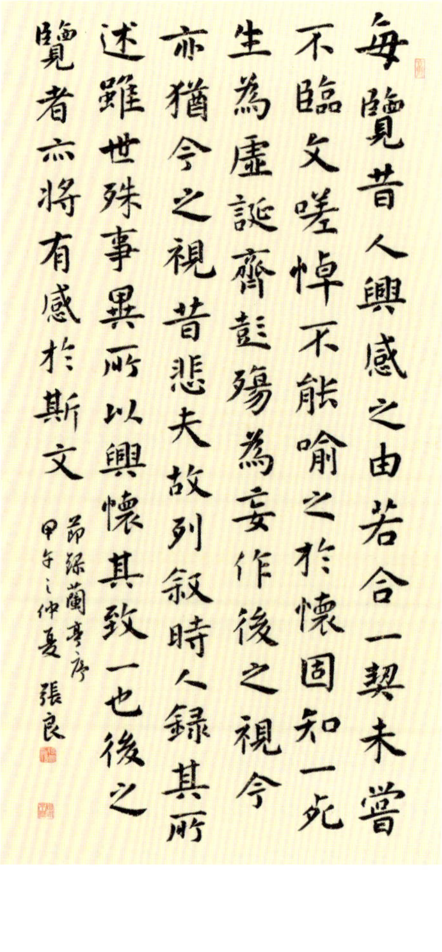

张良书法节录《兰亭序》

问道自然

——读李尚昱的花鸟画

花鸟画作为一个重要的画科，其发展源远流长，也由于其“物象自然，意趣横生”的特性，更能引起共鸣，雅俗共赏。自原始社会的彩陶画花鸟画时期，到唐代花鸟画的形成、兴盛，宋代的繁荣，历经元代的变革，明清的纵深发展，花鸟画以其独特的艺术形式一路自传统中缓缓走来，影响了一代又一代花鸟画家。

亲和自然，问道自然，就是当代花鸟画家李尚昱孜孜以求的境界。

李尚昱出生于河南省太康县，文学家谢道韫的故里，这里的一草一木滋润着他对自然的美好向往和对生命的纯真之情。感四季之变化、朝暮之变幻，常有感而发，诉诸画面，营造自己的画境。长思长念，因而能深切体悟古人的心境变化，如“孤鸿号外野，翔鸟鸣北林”“兰蕙缘清蕖，繁华荫绿渚”，从这些悠远美丽的诗歌中，我们可以领悟到先人对自然的美好热爱及对生命的感叹。

李尚昱作品《溪山珍禽》

李尚昱的家在“繁花世界”中的另一花鸟世界，家门口繁花蔽眼，葳蕤繁茂，只闻鸟鸣难觅其影，院内一地落英不忍踩踏。许是问道自然浸淫久了的缘故，画家眉眼间生有英气，亲和而自然。

大千世界，万物皆有生命。几千年的文化沉淀，花鸟画风格流派纷呈，各有特色，或富贵，或野逸，或精微，或绮丽，而李尚昱多年来体察自然，参禅悟道，以墨为骨，从工笔到兼工带写，再到小写意，画面华滋苍润，承古传新，通过技法、用墨、用笔等表现北方花鸟独有的不朽的生命。他的作品不乏石上兰竹、溪野汀花、鸟啼林竹，讲究用墨，变化丰富，略施薄彩，意趣生动而传神。这与其生长环境和经历莫不相同，常游于山林园圃、田间旷野，所见之处的景物多蝉蝶草虫、水鸟渊鱼。宁静淡泊的心境决定了其作品的潇洒野逸。

即将进入而立之年的他并不满足已取得的成绩，为汲取更深的营养，得到更扎实的进步，他在蒋采萍的高研班，潜心于工笔花鸟画创作，感悟西画与敦煌壁画之妙，琢磨画材特性，经营作品结构。1999 年，李尚昱作品入选全国第九届美展，在艺术道路上又迈出了坚实的一步。

从山水、花鸟具修工笔到兼工带写，浸古润今，李尚昱多年的艺术历程走得稳健而夯实，逐渐形成了自己的艺术面貌。他的作品清逸古润，纯美空灵，意趣横生。谈到最大的感悟时，他自己也表示无论哪条路子，就是要坚守和回归传统。

“细细品味和研究古人的画，有许多是值得学习的。尤其是古人的画有一种静气，观者会不由自主地受其感染，很快进入画面营造的氛围中。而今日多浮躁喧嚣，世人受名利影响，内心少有平静，时过境迁，心情

李尚昱作品《鸣涧》

转移，画面多有浮躁之气，自然也难创造出经典之作。如今从事花鸟画的画家很多，入手快，但是整体明显的优秀画家很少，突破传统很难。”李尚昱感叹道。

在李尚昱看来，作为记录的重要载体，花鸟画承载的不仅是视觉上的愉悦功能，还有精神上的抒怀功能。花鸟秉承自然之性灵，应造化之机窍，抒天地之意趣，发胸臆之奇情。以花鸟为题材的绘画，是人与自然相交流而获得的妙想与灵感，在写物造像时重视写生与创作的结合，在观察自然物象时，重视物象的“神采”“神韵”，同时也应重视物象独具特色的个性与风貌。知识结构和生活的积淀决定着艺术家在作品中所表现出来的创作取向和审美精神。花鸟画要想得以继承延续，就必须从中国传统之中不断汲取营养。

曾经以花鸟画而“闻名京师”的李尚昱，近些年其作品愈发苍润、空灵，自家面目渐渐凸显。尤其是乙未年（2015）之画作，在“承古韵而求新意”的基础上，墨色的“清润”是最大印象。画面朝气蓬勃，充满了生活气息，笔墨苍润而不失新意。对墨的把控很好，运用自如，设色雅丽，清新明快。将自然那种野逸野境及生命的精神气质表现得淋漓尽致。

在文化蓬勃发展的背景下，不断有新思维出现和产生，是不可逆转的规律。花鸟画创作也面临诸多困惑：花鸟画的创作如何能更符合现代审美？花鸟画如何进行图式变革？花鸟画承载的传统文化怎样得到更好的继承？李尚昱苦苦思索着，并努力在实践中寻找答案。

抛却花鸟画图式的笔墨语言，问道自然的过程本就是一个圆满自足、修身修心的过程。花鸟画追求的并非描摹物象的精确、生物的珍奇，而是抒发情感，抒写心灵。窃以为笔墨精到，意境悠远，画境深邃，给读者带来心灵的愉悦和精神的昂扬向上，才是一个花鸟画家毕生的追求。

李尚昱作品花鸟扇面

画家李巍松的清凉幽静

李巍松是近几年崭露头角的青年职业画家，主要创作佛教题材，兼擅山水、花鸟题材的画。与巍松在不同场合见过几次面，最深的印象是这位个子低低，少言寡语的年轻人，十分稳重、低调。丙申年（2016）夏七月中浣，巍松邀我到其工作室一叙，其位于北环的一个别墅区。一进大门，迎面是一块竖在浅水里四面玲珑的太湖石，水里卧着几朵盛开的睡莲，水中游鱼可数。院子里翠竹摇曳，葡萄满架，月季盛开，处处青翠欲滴，花香袭人。一条碎石砌成的小径通往后院，小径两旁植满天竺。后院里的茄子、丝瓜、黄瓜、豆角、西红柿更是结得喜人，若至清凉境，顿生欢喜心。

客厅内挂着巍松的金碧山水和冯宝麟书写的篆书对联，有罗汉床一张、禅椅几把，想是巍松跏趺而坐和待客所用。灵璧石作鸟兽状，置几案间，色如漆，弹之声如玉，真佳品也。

从客厅拾级而下，是他的工作室，用黄花梨做成的书案，颇为考究，

李巍松作品《掬水月在手》

墙上挂着西泠印社社长饶公宗颐的“古质今妍”和书画大家陆俨少所题的“敬之斋”，充满浓浓的传统文化氛围。巍松告诉我，受天津杨柳青画社之邀，他正在创作山水花鸟各十二幅，供美术教学之用，他一一展示给我们看，他说这些画要用三个月时间才能完成。

虽值盛夏，却让我处处感受到清凉、幽静。静，其实是很能打动人的一种美、一种力量，它让人除去杂念，趋向一种超脱之愉悦。巍松的画给人的感觉很静，画作里的人物眼神里更是流露出纯净，可谓艺如其人。巍松早年有从商的经历，颇有积累。彼时却突然“放下”，行箧携经史典籍，赴万里加国，回向顿悟，其对艺术的心仪与执着可知巍松图南。

古人云：“画者圣也。”巍松把绘画看作圣事，对艺术怀着敬畏之心，用他自己的话说，一年只画几十幅作品，决不制造“垃圾”。他要对喜欢和收藏他作品的人负责，对历史负责，决不为市场为名利而失去画画的初心。所以，在他的作品里，可以看到其中无处不在的静气，乃至于静气中处处体现的隽秀与精微。巍松走的是画家的正宗大道。看得出，不管是人物画，还是山水画、花鸟画，巍松都十分注重绘画技术的运用，画作的气韵有扎实的技术在支撑，人物画最难表达的是其形神。清人松年在论人物画时写道：“若夫千人一面，毫无区别，喜怒悲欢未能传出，此匠人之作，诚所谓下乘。”巍松旅居国外多年，视野自然宽博，在构图与透视色彩上受西画的影响，而他的绘画内容则取材于东方，可谓中西合璧，别开一面。“画仙佛须知内典道经”，巍松浸淫国学，腹有经书，其画自有渊源和来历，再加上怀着对宗教的虔诚之心，因而他的画作看起来古朴而细腻，周密而灵动，富丽而清雅，浓艳而不俗，给人以安乐、

李巍松作品《山上离宫宫上楼》

安闲、安静之感。

在创作的同时，巍松对历代画论多有研习。准确地说，他是创论并行，艺海双楫，成绩不俗，已有多部专著出版，对佛教美术与中国绘画的关联，对佛教思想对中国绘画的影响，对张大千绘画风格、绘画机枢都进行了探讨剖析，这是后学对国画大师的一种敬意。

丁中一教授是巍松的恩师，他评价这位得意门生的作品“成就卓著”。袁汝波教授评其为“当下画佛第一人”。但巍松对自己有着清醒的认识，他认为“古质今妍”这一美学思想是中国绘画最为完满的呈现，在自己的绘画具有“古质”的前提下，“今妍”还有更多空间有待拓展，每个画家都生活在自己的时代中。在自己的时代里，要做得最好，被更多人所接受、所喜爱，还要慢慢修行。

李巍松作品《依然恋故枝》

悃质无华　清朗见性

——记画家曹剑丞

曹剑丞是近年在河南省画坛崭露头角的青年画家，认识他的人都会说他是一个悃质无华、清朗见性、谦虚好学、诚实可交的年轻人。曹剑丞出生在豫南农村，其父是位能说河南坠子的民间艺人，方圆几十里颇有名气，多次参加过马街书会。剑丞很小的时候，其父农闲时经常给他画一些小动物玩，其中画得最多的就是猴子，虽然画得不怎么具象，但这种不经意的艺术形式却影响了他，剑丞从此就喜欢上了画画，一发不可收。

剑丞高中毕业后到郑州黄河美术学校求学，初学工笔花鸟，后改学山水。剑丞幼年在姥姥家上学，山里的一树一石、一沟一壑，雨后羊群踩过的山路，牛粪燃烧的"香味"，山下梯田黄绿相间的土地，早晨袅袅的炊烟，日暮霭霭的雾气……都给剑丞留下抹不去的印象。他说："这才是我最熟悉的，它们能给我一种悠远、旷达、亲切和安全的感觉，我总想用画笔去表现这些东西。"在剑丞的内心世界里，山水的韵味在幼年

曹剑丞作品《闲坐庭前待鹤归》

早已潜移默化，深入他的童年记忆。细心的读者会发现一个现象：剑丞画里的山大多是比较舒缓的，郁郁葱葱、层次分明，而鲜有奇峻险绝者。其实，他所表现的还是印在他脑海里儿时的姥姥家的伏牛山。有因才有果，他后来从事的绘画艺术都是发自内心、源于自然的东西，因此他的作品也似乎都能从自然中找到印证。

尽管剑丞出生的20世纪70年代农村的生活条件已经稍好了些，但对于他来说，如果不付出比别人更多的努力，纵有天赋也会被扼杀。画画就像一股魔怔一样在折磨着他、诱惑着他、驱使着他，剑丞庆幸出生在一个开明的、崇尚文化的家庭。在当时画画被人认为是不务正业、不当温饱的年代里，父母依然卖了耕牛把他送到了郑州黄河美术学校学习绘画，为此剑丞常说："千里马常有，伯乐亦常有，父母就是我的伯乐，虽然我还称不上千里马。"剑丞深知自己选择了一条充满艰辛与坎坷的道路，面对的是一座座高不可攀的大山，他也要努力攀登。临完《芥子园》后，他从清"四王"、"四僧"临起，进而明"四家"、元"四家"、马远、夏圭……"四王"重构传统的严谨，"四僧"个性的张扬，明"四家"的工细古雅、润秀缜密，宋人的丘壑森严、气势雄强，以及完备的技法，对剑丞都有着深刻的影响，让他叹为观止，心摹手追。每当临习先贤的作品时，剑丞总是揣摩着他们的个性特点、学识修养和为人处世之道，将自己的身心置于当时的环境，假设自己就是他们。他说这是他学习古人的一个法门，也是对自己的鞭策与要求。

从艺的曲折过程让剑丞经历了很多的磨难和诱惑。在书画市场很不景气的时候，他日子过得很艰难，其间有亲近的人甚至好意劝他暂时改行去

曹剑丞作品《明镜》

搞别的经营，亦有两家单位高薪聘他去其公司工作，都被他婉言谢绝了。问其原委时，他只是淡淡地说：“我是一个画家，一不懂经营之术，二不会为了暂时的困境而丢掉自由和最本质的东西，我只会画画，也只能画画。”好在剑丞品行端正，为人忠厚坦诚，与师友肝胆相照，故而在其困难时期总能得到朋友、师长的帮助而渡过难关。这是最让他感到温暖和欣慰的地方。

春夏秋冬，光阴荏苒，从艺二十余年的剑丞有很多可圈可点的地方。他的山水画最大的特点是朴实近古，简单疏静，笔墨扎实，不求张扬，恰如他的人品。为了吸收更多的水墨语言，营造心灵中的“精神家园”，展示自然之美，他经常从各种不同的山貌中汲取养分，除画大量的速写之外，有不少画是直接用毛笔对景写生，所以表现得更直接。那种率意、自在、朴拙跃然纸上，给人舒展、流畅、和谐之感，好像从山林间飘来一股灵秀之气，让人感觉熟悉和真切。欣赏剑丞的山水画作品，会发现很多作品都注明了“出处”，时间、地点也交代得很清楚，比如“淇水河畔”“罗姐寨葫芦坝”“洛宁下峪”“丹江大观苑”“村西井沟”等等，这看似简单的细节，实质上是一种朴实的画风，从中也可以窥见画家身临其境、师法造化的艺术探索，画面给人以真实的感觉。

历来画家重古意，赵孟頫曾言：“画贵有古意，若无古意，虽工无益。”剑丞自然也深谙此道，他的很多作品尤其是他的扇面和小品画在这方面表现得淋漓尽致。但我认为在重古意方面，他的特点并不在于古意本身，而是执守传统又不迷恋传统，师法自然又不囿于自然。在“贵有古意”的同时不刻意避讳现代的事物，而且善于用古意的手法表现现代的事物，将两者有机地融合在一起，这一点是难能可贵、值得称赞的。如《上下五千年》中商代城墙后边的现代化高楼、《碧沙岗初雪》中的北伐纪念碑等。还有一幅古色古香的山水画作，竟然在山林里隐藏有红瓦房，红瓦房的山墙上还有“护林光荣”的标语。2016 年他受邀以著名作家刘震云小说《一句顶一万句》里的原型而为《人民日报》一位记者的评论著作所画的插图，得到了刘震云的高度赞赏，评价这些插图无论是人物形象还是时代气息都很符合原著精神，张海先生为其十二幅插图亲笔各题写了几十至一百多字的原著文字注解。后来，刘震云又特意邀请曹剑丞为其新作《吃瓜时代的儿女们》珍藏版插图，并为《刘震云全集》绘制封面。

剑丞严肃认真的创作态度、现实主义的画风和明显带有“土腥味”的艺术面貌，正是其贴近生活以及对生养自己的山川、土地的热爱和由衷敬畏的体现，受到了业内人士的普遍认可，2017 年 8 月 29 日出版的香港文汇报还整版专题报道了其人其艺。

剑丞是一个追求“饱学”的人，在画外下了不少功夫。陆俨少先生讲自己是四分读书、三分写字、三分画画，剑丞对自己的时间也做了切割。他认为大凡能标程百代的书画家绝不是单靠技法取胜的，而是由诸多画外功长期滋养而成的。如此，作品方能历久弥坚，才会有味道、有思想，才能经得起时间的考验。剑丞经过多年的勤奋学习，诗、书、画诸方面都造诣颇深，令人刮目。

从艺之路，任重道远。所佑者天赋、品格、饱学、勤奋也。我问剑丞今后有何打算，他用了当下最时髦的一句话:“捋起袖子加油干！”是的，《增广贤文》开篇曰“但行好事，莫问前程”，只要自己努力，自然会有一片光明的前景。

想让作品说话的李凡

和李凡认识有好几年了，外表木讷的李凡，内心想法其实挺多的，只是不喜欢外露而已。他平时不大喜欢交际和应酬，与人交谈遇到投机的就直说一下自己的见解和认知，观点不合的就少说一些，甚至也可一句话不说。每隔一段时间他总来我这里小坐，话题大都离不开他的创作。他感情含蓄，内心又颇敏感，但在他平淡的话语背后，让人总能感受到他对艺术对生活怀揣着一颗深挚的心。

李凡经常说，优秀的艺术家，是应该躲在作品后面的，也就是不应该让人去宣扬而应该让作品说话。他一直抱着这样的一种观点沉下来，去学习，去实践，他想让作品说话。

初识李凡，他还把自己关在一个小屋子里去临摹古人的作品，很勤奋，但似乎不得其法。中国传统的书画是要有师承的，不是单靠文字能说清楚的。2013 年李凡如愿以偿被中国美术学院高研班录取了，在中国美术

李凡作品《秋山红树》

学院系统的学习让他眼界大开、如鱼得水。从一点一线的用笔方法开始，从明清小品到宋元巨制，包括历代画史画论，他都认真学习，体会吸收。他不止一次给我说，到美院学习是他艺术道路上迈出的关键一步。

2014年夏天，我专程赶往杭州去看他的展览，七月的杭州闷热潮湿，尚好有西湖的一泓碧水，让人豁然开朗，心情大好。中国美术学院的美术馆就毗邻西湖，想着当时林风眠先生能在此选址，真是慧眼独具。记得当时李凡的作品为八尺大幅，取材于黄土高原，名字为“素塬”，纯水墨，远方的天空用很淡的花青墨反复晕染，整幅作品除几棵枯树外，窑洞层叠，朴实中略含荒寂，高亢中隐些许悲凉，极富陕北特色。这在整个展厅充满以南方园林为题材的作品中，不能不让参观者眼前一亮，亲见中国美术学院王赞副院长在画前驻足良久。

对绘画的路子，李凡多年来一直在摸索、探求。学习绘画首先是学习传统，不厌其烦，日积月累，反复去体会古人的智慧。他平时生活节俭，但购买资料从不吝惜，上至五代六朝壁画资料、秦汉三代金石，下到宋元明的绘画资料，都尽力去搜集学习，开阔眼界，广纳博采。他把重点放在体会古人的用笔上，历代大家，从李郭、元“四家”到明清“四僧”、“四王”，手下都要信手拿来，丰富了才能变，才能达，基础决定高度，只有基础打扎实了，才能走得更高、更远。

除学习传统以外，一个重要的环节就是要大量地写生，李凡为此经常游历名山胜水，足迹遍及太行、华山、陕北、太白、汉中、雁荡、天台、新安等地，每次回来都会来我这里聊聊心得收获。画家的写生不是简单地对景画画，而是感悟自然和内心的交会，即古人所说的“外师造化，中得

李凡作品《太行山露子头邨北望有一片景》

心源”。潜移默化地吸收大自然中美妙的东西，渐渐形成独特的绘画语言。他的画吸取了大自然的厚拙苍茫，把自己对生活的感悟、对情感的诉求都隐含在自己的绘画语言之中，在情理交融中追求更高层次的审美。前不久，从他的几幅作品中，能看出他手下和心中的目标越来越近，有的寥寥几笔韵味悠长，令人回味。他的绘画强调生活，接近生活，力戒文人习气，追求学人的品格，强调意在笔先，譬如他在陕北米脂写生创作的几幅作品，都有着浓重的意境。很多画家不会用“意”，南方北方的山水，一个华美一个厚重，用意不同，用笔肯定也不一样，因此还是要有笔墨功夫，没有平时勤奋的练习，即便有“意”，也无法表现。

对于绘画，李凡不仅躬身力行，而且喜欢琢磨研究，有自己的见地。每次谈话，能看出他对历朝画史、画论了解颇深，也做了详细的归纳整理，谙熟于心，主张活学活用。他认为历朝的画论都很好，但要看哪些更适合自己的学习阶段，譬如郭熙的《林泉高致》、宗炳的《画山水序》虽说得好，但更侧重于后期的写生和创作上。相比来说半千的课图稿和倪云林的课图稿，则更适合临摹阶段。董其昌的《画禅室随笔》讲了由禅入画，画画不能不用心参究。至于宾虹先生，是传统绘画的集大成者，所讲五笔七墨，重在实践，反复体会，经久锤炼才能放在纸上。

李凡还是一个重画外功夫的人，在读书和写字上下的功夫、所用的时间并不比他画画下的功夫少。他喜欢读先秦的经典，喜欢民国学人的著作，喜欢德国叔本华、尼采的著作。读书明理，书读多了，心就释然了，以前很多较真的东西都看淡了，越来越多的是敬畏、平和、简单和朴实。他的书法写碑写唐楷、汉隶和金文，帖写《圣教序》和《急就章》，晨起临池，坚持二十余年，这让他在绘画用笔上受益匪浅。

我为李凡写点东西，并不是炒作他什么，只是感觉现在鲜有人沉下心来学习。李凡出生在农村，骨子里保持着农民的朴实。他不张扬，不扎堆，更不去炒作，也没在江湖上拜师找个码头，在外人看来未免寂寞，但他内心是恬淡而自信的。也许是生活的重压，也许是想法太多，他的作品表现在笔墨上未免失之灵动，失之活泼，但我相信，随着时间的推移，人们会看到作品背后李凡的名字。

李凡作品《陕北所见》

天理次序与人文精神融合的再探索

——张军民花鸟画图式略析

张军民在画坛的崭露头角绝非偶然，他是个在生活中有性情、在艺术追求中又很有想法的人。从认识他开始，我就注意到他在勤于笔耕的同时，把绘画的学术支持提高到了同样重要的地位，这在当前画坛中并不多见。2009 年，作为策展人，我为他举办了首次个展，使得更多的人认识了张军民，更多的人开始走进张军民梦幻般的花鸟世界。

军民的家乡在河南焦作，旧称山阳，自古以来就是聚灵气的毓秀之地，其间名人大家辈出，开创一代山水新风貌的荆浩、"文章巨公"韩愈、诗人李商隐、音乐家朱载堉、"竹林七贤"之一的山涛等，无不是有所专攻，潜心修习而终成大器者。观今之张军民，人生经历几多波折，然习画从不间断，已经几十载。从认知到拿来再到消化吸收，军民多年走来算是玉汝于成，总的说来，他想做到融天理次序和人文关怀于一体，在时代大背景的感召下，在更突出自然情绪的逻辑思维中不失人性温和的保护与

张军民作品《花鸟四条屏》

滋养。要达到这样的艺术效果绝非易事，大凡略懂艺术史的人都会知道，宋朝花鸟的精谨缜密、自然天成是画家在强调天理次序下空前绝后的杰作，在儒教量力一搏、文化杂糅的年代，艺术家把目光直接瞄准了造化，他们把对天理次序的阐释做到了极致。接下来的元朝则更观照了人文的精神，书写技法的运用和内心观照的诉求，使他们降低了客观的物理性质，把目光从自然射向内心，从外在直抒胸臆，这一转变一直影响到明清。军民审视了花鸟画这样的发展历程，努力想从中找出一条脉络来并且奋不顾身地去实践。在做足内功的同时，在自然中观察、体会、参照，所有的这些毋庸多言，我们从他的作品中足以得到答案。生动，就是活生生的、淋漓尽致的莺飞草长、五彩斗艳，似乎在那次的不经意中的山野逗留中见过了吧！一波三折长线大檩欲运非运、欲止非止的笔墨，在宋元人的作品中经常见到，所有这些足以证明军民要追求的时代精神并非空穴来风，这就是一个画家的厚度。

军民是“70后”，在我看来，他还是个“天真烂漫”的孩子，性情豪爽，童心未泯，身上透出几分真气、几分“傻气”。我喜欢这样纯粹的人，这才是搞艺术的人。这样一个敦厚多情的小伙儿，创作中又是心细如发，把生活的真、善、美用唯美的花鸟表现出来。2014年年底他送来新出的画册，翻开来很是惊奇，除了他一贯雅俗共赏的那些画作，印象深的是横幅巨作《金塘雨后》《荷塘清韵》，画得很是超脱、写意，强烈的色彩对比如同油画。前者梦幻阴柔，诗意静谧；后者整个画面则充满动感和张力。参差交错的墨梗，深浅不一的荷叶，制造了一种柔美的氛围和语言，而中间的亮光中划来一对追逐的鸳鸯，唤醒了整个沉睡的荷塘。还有上

张军民作品《鱼戏图》

方的一朵莲花，它的光芒对荷塘来说，是另一种意义的照亮，这在他以往的绘画中是没有过的。

军民的画越来越好了，收藏他画的人也越来越多了，在他自己的丹青世界里，他对艺术的看法在一步步提升，艺术语言也在丰富和变幻，但他和朋友交往还是那般古道热肠，那般纯净本真。自打 2013 年他随花鸟画大家吴冠南学习大写意花鸟画后，他的绘画技艺进一步提高，他的花鸟画更令人刮目相看了。

张军民作品花鸟扇面

张军民作品《金塘雨后》

魏翚：纸墨安雅　发乎初心

山水画作为中国画重要的一支，承载着古人对自然规律的深刻理解及“天人合一”的生命体悟，是中国人审美情思中最为厚重的沉淀。在历代山水画中，均有历史更迭下的不同演变与发展。山水名家灿若星辰，闪耀青史。

仪兰堂主魏翚，豫西人，“70后”，善丹青。魏翚以文房用品为业，于文房器用素有研究。深谙纸性，故能娴驭墨气，笔墨功夫为同道称赞。

魏翚曾随李公世南先生习画，得其亲授，十数载晨昏不怠，如今小有所成。其画作将山川之灵气、自然之精华施于笔端，山水与花鸟皆有可观。尤其山水，无论浅绛、青绿、金碧，于法度之外游刃有余，风格多变，或绚烂多姿，或萧疏高古，或明丽典雅……观者惊喜之余，不能不感叹魏翚艺术积淀之深厚，博涉多面，这也十分契合他北人南相、耿直温润的性格。

魏羣作品《天地无尘》

赵孟頫曾说："作画贵有古意，若无古意，虽工无益。"宋元山水巨匠中，魏翚尤推崇董巨与沈文，上追古意，下接诸家，遂得古法之真谛，颇有董巨遗风。魏翚善以长披麻皴画山，更善于细处经营，丘壑林麓间杂以松竹卵石，苍郁清润，呈现出郁勃之气、浑茫之象。同时，魏翚的画作亦处处散发出深厚的文人画气息，得益于其恪守传统，袭古应真。其笔下山水延续了一贯的文人山水画，选择以笔底山水映照心中山水，不追求形似，更直接地追求或表达一种"表现自我""求冷求静"。此外，"以书法入画"是魏翚的另一个特征。魏翚拜师王澄，多年临池，深厚的书法功底为其画作提供了内在支撑，书法的沉着劲涩、厚实雄健及书法线条的美感和力量为其绘画奠定了良好基础，书法之美和笔墨韵味隐映毫端，与绘画浑然一体。

《纸墨安雅》是魏翚即将付梓的画册，汇集了数十件其近年创作的作品，翻阅这本册子，细细欣赏体味，即便寻常之人也可以感觉到其笔墨的谨严、画风的多元以及个中妙不可言的意趣。更有同道有感于作品中营造出的自然意境，发出"结庐在此境，复得返自然"的感慨。

魏翚专攻绘事之外，亦注重学术研究和内在修炼。在他看来，"读万卷书，行万里路"以此增长阅历、涵养是每个艺术家从艺道路上不可或缺的历程。近十年来，魏翚先后观览了故宫、上海博物馆、浙江博物馆等推出的宋元绘画展，找寻学习古代绘画之门径，从绘画精神、思想史、绘画技法流变等方面深究，总结出自己的见解与感悟。正是这种善于学习和思考的精神，才使他深知绘画所应遵循的"发乎本心"式的精神感召力对审美直觉的尊重、"格物致知"般对理性的探寻以及对自然造化构成法

魏翚作品《铁崖红树》

则的涵养。理论与实践两者并重，互为辅进，方能深谙此道，通会古贤。

魏翚深受故里河洛文化浸润。其学其人生发于河洛，留余文化千百年来于斯地为盛，至今不衰。留余乃尺不盈寸，水莫溢缸，事薄十分之谓。留余艺术精神之于魏翚，在于“度”：学而时习之，承古贤之精华，弃却弊陋，博采众妙，不枝不蔓，道器互生，度之表现也。在于“变”：艺家笔耕不辍、丰满文思、更新自我。静中求变、革故鼎新，留余示之。在于“顺”：顺四时，应阴阳，通自然之变，透自然之质，研自然之美，融圣贤之法，既无过之亦无不及，渐进有度，文思进而艺尤精，成大事于无声，德艺双修以无形。凡事留余行其道矣。

2007年，我在策划出版《大河风书画精品集·名家卷》丛书时，为魏翚单独出过专集，之后，魏翚的艺术造诣日渐精进。这和他深谙艺术，贴近人民、贴近生活、贴近实际之三昧，志存高远，与自己的艺术实践创新不无关系。魏翚的“翚”出自《诗·小雅·斯干》：“如鸟斯革，如翚斯飞。”翚者，大飞也。以此联想其绘画艺术，必将大放异彩于来日。

魏犨作品《莲年有余》

才子李韬

——序《逆耳》

李韬是我很赏识的一个小老乡。在我印象里，他是一个对书画艺术有兴趣有见地的后生，常来我这里小坐，谈一些书画圈的趣闻逸事。没想到工作之余，他还写了许多针砭时弊、题材丰富的杂谈评论，并结集《逆耳》拿来让我作序。没理由推辞，写出以下看法，权以为序。

《逆耳》收集了李韬近几年所写的各类题材的作品，有“眼光毒到”的文娱酷评，也有文化气息浓厚的书论。对他认为的种种不公不快之事常常给以“飞起一脚”的痛击。杂文是社会进步的晴雨表，是独立思想、自由精神的外在写照。它姓“杂”而性“辣”，通过旁敲侧击、绵里藏针、借古喻今以达到切中要害、以理服人之目的，它充满了对社会公平、正义、和谐的渴望，对人民生活幸福安康之期盼。李韬的杂文正是这样，看似轻松诙谐，说东道西，却是春秋笔法，微言大义，且招招“瞄准靶心”“决不手软”，很是应了他那个“小李飞脚”的笔名。早在唐朝，诗人白居

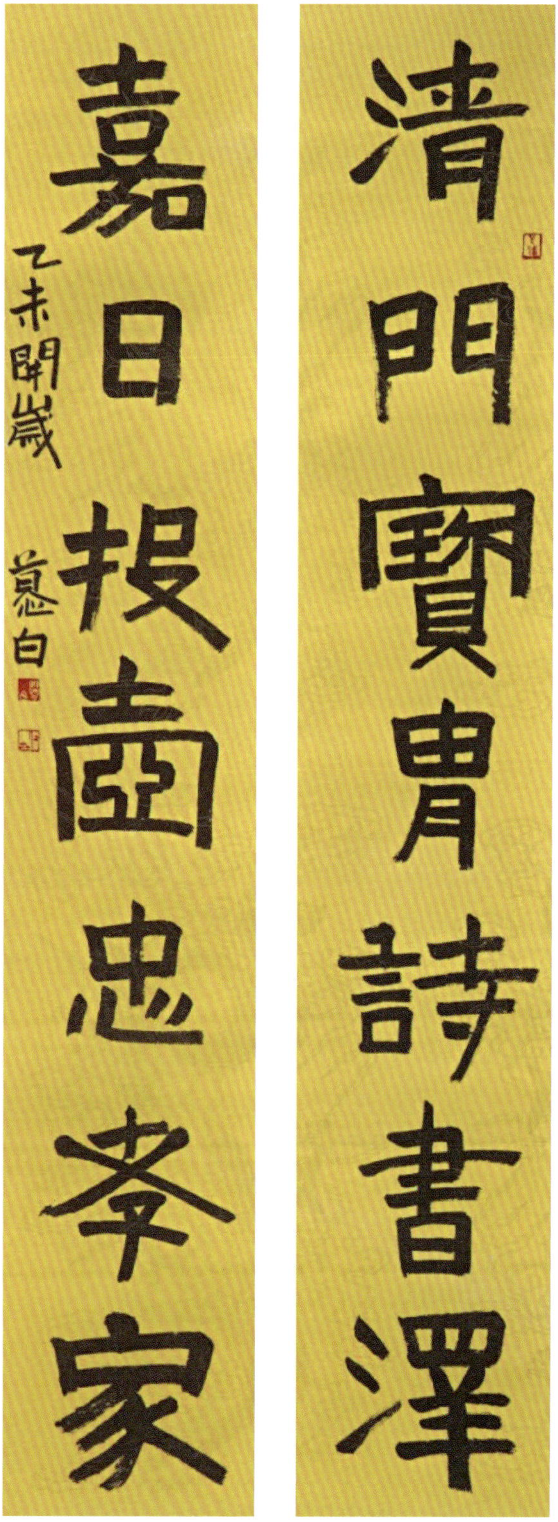

李韬书『清门嘉日』联

易就响亮提出“文章合为时而著，歌诗合为事而作”，此后这句话成为历代文人富有社会责任感的一种集中概括。

或许这与李韬长期从事新闻媒体工作有关，无论是文化还是娱乐，他都能透过现象看本质，视野开阔，观点独特，口诛笔伐，嬉笑反讽，对人性弱点和社会弊端进行大胆的揭露和批判。李韬对人文、历史有自己的独立思考。对于名人他并非一味崇拜，而是毫不留情地提出质疑，敢戳他们的“软肋”。当国人每天坐在电视机前对着几个“大师”恶补国学时，他敏锐地发现，国人是在分食专家学者嚼过的“四书”“五经”“四大名著”，只知盲目追捧，很少有自己的见解，并批评“从电视这个最大的娱乐载体上博取上位的名人更像娱乐人物”，也是现代社会“娱乐至死”的推手。通过笔下的无情揭露，将一个个文化大家、娱乐大腕拉至聚光灯下，硬是榨出他们“皮袍下面藏着的‘小’来”。在《“造城运动”与“护城运动”的现实尴尬——读〈城记〉》中，文物古迹尴尬地面临着“保住的远远没有保不住的多”的现状，现实中的文物保护者敌不过“一个碾碎记忆的推土机”，一个个人类文明遗迹的永久丧失让人皓天长叹。在《农民，让城市更美好》这篇文章中，李韬对从农村来到城市打工的农民兄弟，给予了深切同情和热切赞颂，同时对农民工为加速城市化进程付出血汗，却往往被打白条、被城市遗忘的这一不公现象进行了无情批判与鞭笞。“铁肩担道义，妙笔著文章。”奋斗在新闻战线上的李韬在一篇篇杂谈中“冷眼向洋看世界”，或许是他的职业责任感使然吧。

我还注意到，李韬是一个聪明、悟性极高的人。与书画圈的人士结识交往，使他对书画创作与收藏深谙其道，并认识、联络了一批当今有影响的书画艺术家。与作家和出版人交往，他能从中汲取文化营养，扩大文化视野，提出自己的真知灼见。与电影娱乐圈人士打交道，一不小心身上又冒出了喜剧与表演的细胞，且在单位办的春晚上年年自编自演脱口秀。看看他的简介就知道了，名、号、笔名等一应俱全，字“慕白”，显然在告诉别人，他追慕李白，喜欢自由和浪漫。号“风雅堂”，透出其追求高古之心性。笔名“小李飞脚”，一看就是杂文署名，反映了不与现实妥协的批判精神。所有的加在一起才是真实丰富、多才多艺的李韬。

李韬是“70后”，思维与叙述方式都颇为新奇，但有些议论和观点未免偏颇，“飞脚”踢得是不是地方，有待商榷，这只是一个老年人的管见，不知李韬以为然否。

李韬对工作非常敬业，擅策划，有才情，不负其名。近年来他策划了《庚寅谈艺录》《八段锦》《嘉惠艺林》《艺苑菁英》等艺术专刊，并邀我做艺术顾问，专刊推出一批省内外有影响、有成就的书画艺术家，把《郑州晚报》的文化版做得风生水起，受人关注，好评如潮。这几年眼见他不断进步，从《郑州晚报》记者一步步升至编委乃至副总编。如果没有过硬的业务水准和一定才干，一个毫无背景的年轻人很难有这样好的发展机遇。

李韬起书名为“逆耳”，表明了他敢于言说的自由思想和独立精神。我赞同他这种行重于言、埋头苦干的精神，相信在不久的将来他会厚积薄发，以偿青云之志。

风雅者

——序李韬书法作品集《风雅》

壬辰三月，莺飞草长，杂花生树，春色撩人，李韬捧着一束带刺的玫瑰——他的杂文集《逆耳》邀我作序。我为他写了《才子李韬》这篇短文，算是序言。对他作为报人所写的一系列杂文予以赞赏和推介，其中也写了几句“逆耳”之言，表达了一个旁观者对文中某些意见不敢苟同的观点。

甲午深秋，他拎着一摞子新作，说将要在河南美术出版社出版。心中思量：上次是从业十多年创作的新闻杂谈，这次又是什么“货色”呢？翻开一看，是一页页书法作品样稿，书体有篆书、汉隶、汉简、唐楷和行草书等，形式也有很多种，条幅、扇面、斗方、信笺、手卷……不由使人刮目相看。

李韬是个“为他人作嫁衣裳”的报人，整日里忙着为艺术家们鼓与呼，策划艺术特刊，撰写书画评论，把一个个鲜为人知的书画家推到世人面前，让更多人了解和喜好他们的书画艺术，这才是他的正经职业。每每见他，

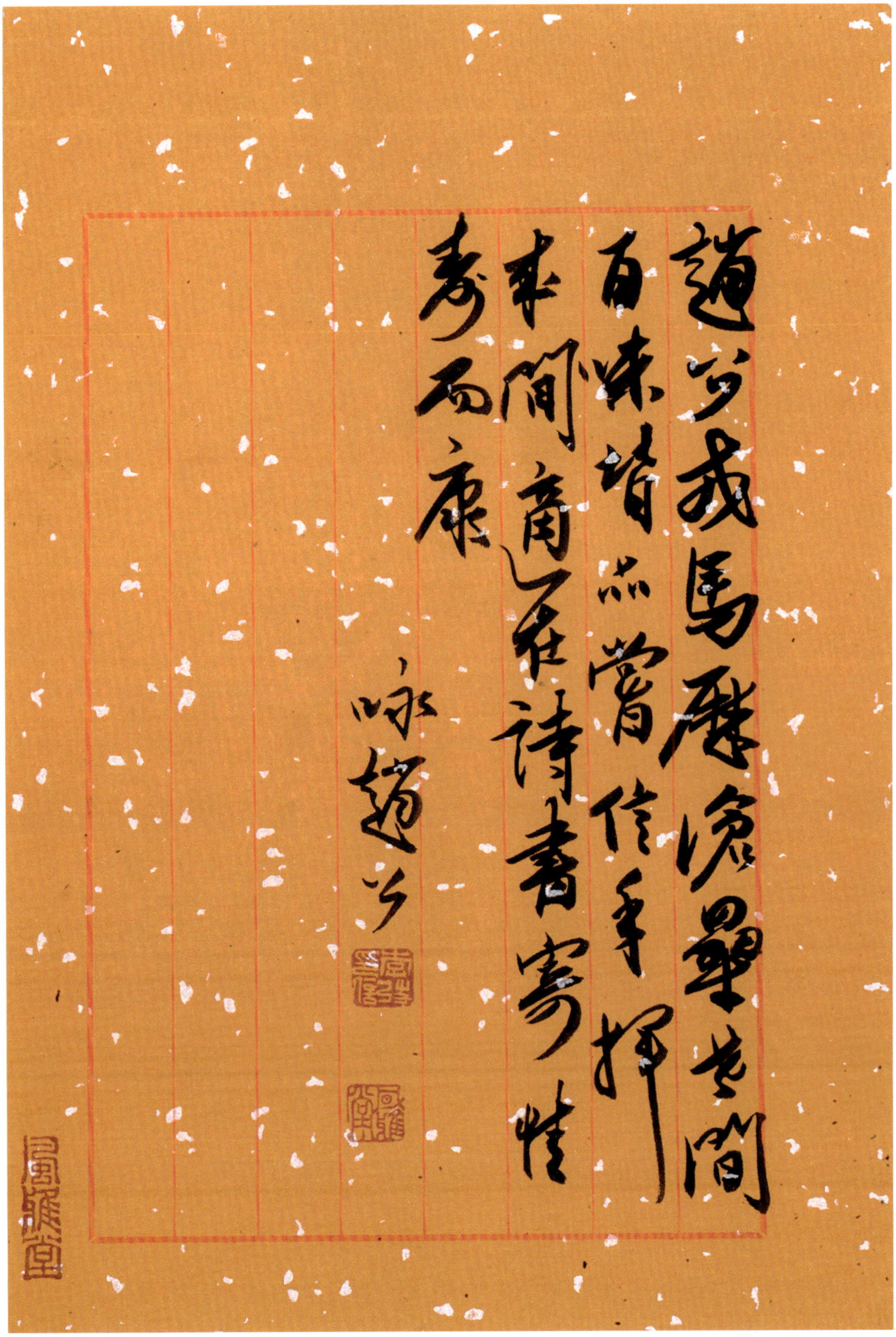

李韬书咏赵公

往往胳肢窝里夹着的都是别人的书法作品，或是拎着刚刚参展回来的书画册，来去匆匆，穿针引线。他最乐于加入这些人的队伍中，与他们称兄道弟、说地谈天。我以为，他之所以广结艺友，一是喜欢书画艺术，二是工作需要。想不到，他竟是他们的同行——潜伏在书画家队伍中的他，不仅有如此深挚的书法雅好，也有积累多年的书法素养，只是一直隐藏了自己的书法家的面貌而已。

李韬是极其聪慧、明世之人，镜片后不可捉摸的目光善于审时度势、与时俱进。这几年，我看着他一路上顺风顺水，从报社基层员工做到副总编，这不仅说明了郑州报业集团领导对他关爱有加，十分赏识，更重要的是表明了他的勤奋，他的努力，他对他所从事的事业的忠诚。在这本名曰《风雅》的集子里，他的《风雅赋》代序开宗名义，写道：“世多风雅，人必好焉，吾亦附庸，亟拯不堪。”风雅者何？作者自问自答，列举了“屈子行吟，太白醉剑”“倚竹高卧，躬耕砚田”等等，李韬自谦“附庸风雅”，其实是对传统文化的膜拜、对先贤高士的尊崇与追慕。李韬自身也是个风雅者，不知他身上有何魔力，能让黄永玉老先生如厕后题写“栏杆拍遍”四个字，能让罗哲文先生为其策划的《庚寅谈艺录》题签，能让丁聪、方成、林斤澜诸大家题写“开卷”，且题了好几个任选，直言“若不用，弃之可也”！这正是他“以学富慧，夕惕朝乾”的写照。如果他是“白脖儿”一个，哪个老先生会赐他墨宝？

品读其书法，能明显从中读出作者的文字功力，作者将自己对文学娴熟的感觉浸染到书法上，别有情趣。书法得南北六朝之风，皆显骨力与古意，或清雅扑面、诗意隽永，或浓淡有致，凸显视觉张力。行书以李北海入规，挥洒自如，点画顾盼，颇见风神一二。综览其作，能感觉到李韬对书法创作的理解和驾驭，可觉察到他对书法艺术的悟性及书法审美的表现。

“意匠如神变化生，笔端有力任纵横。”李韬熟读《书议》《书谱》等，书艺理论、书艺之道，自然了然于胸。且李韬在书艺之路上对大家、大师们心慕神追，把自己当作小学生，其执着可见，其精神可嘉。“一边把酒看剑，一边焚香读书。”李韬年方四十，正是意气风发、抒写青云之年华。

《尚书》有言：“功崇惟志，业广惟勤。”李韬从艺道路还很漫长，相信李韬不会辜负这个伟大的时代。

张伯杰：心肇自然

霭霭烟岚、溪涧岩松、兴云霞蔚、丘壑馨兰、僧隐月下、深山古刹、夜泊吴船、打渔人家……这些元素构成了一幅幅纯美的山水画，墨色苍润，清新秀逸，疏朗有致，处处透露着一种“小桥流水人家”的生活情趣之美，使读者很快沉浸到画作营造的画境与画意中。而这种笔墨营造的氛围正是画作穿纸而过的弦外之音，也是最能打动观者的。正如《林泉高致》中说：“世之笃论，谓山水有可行者，有可望者，有可游者，有可居者。画凡至此，皆入妙品。”这些画作的作者正是张伯杰，一位钟情山水画的青年才俊。

张伯杰生于 1977 年，2000 年毕业于河南师范大学，后分别在中国美术学院和中国艺术研究院中国画院学习。潜心绘事，勤奋不怠，从宋代山水画名作中汲取养分。美术学院深造与系统的学习为张伯杰的创作奠定了扎实的基础，拓宽了艺术视野，绘画技巧亦有了长足的进步，绘画作品的意境便显得纯正。正是由于这些长期的积淀，在河南省第十二届

张伯杰作品《幽谷空潭》

美术作品展中，他的一幅《黑石崖》荣获二等奖。

国画创作离不开临摹和写生，临摹是基础，决定一个画家以后能走多远，张伯杰对此感受深刻。细细品味，在他的作品中依稀能看到米芾、龚贤、董源、巨然等先贤及近代陆俨少等山水画大师的笔墨精神。他恪守传统、敬畏传统，作品深处体现着中国画自然和谐的本质精神。特别是宋代传统绘画技法，在他处理形式、语言、笔情墨韵、虚实、浓淡、疏密、干湿等关系时都留下了鲜明的印记。胸中无象，下笔无物。写生对于画家尤为重要，是师造化、临摹学习的最佳途径和方法。遍历、广观、实践。遍历，即读万卷书，行万里路；广观，悦目美景之余体察生活百味，暗生于心而发于纸面；实践，笔墨功夫的千锤百炼。正是深谙于此，张伯杰常常在太行山、普陀山、九华山、嵖岈山、薄山湖等名山大川间行走，体悟四时不同、盛衰枯荣、风雨明晦、阴晴圆缺，并把这种感受默记于心间。张伯杰大量的写生练习和素材积累，形成一幅幅“心中的自然”。他曾坦言：“写生绝不是一件很‘享受’的事情，条件艰苦自不必说，还要有很好的体力，保持良好的心态。亲身体验‘远近高低各不同’的奥妙，这种创作过程着实令人难忘。自放山水间，让我体会到一种作为画家强烈的使命感——我要把这美轮美奂的美景重现于画作中。每当想到这些，就觉得写生环境的艰苦也算不得什么了。”

中原之中驻马店充满了深厚的人文艺术气息，昔有“孔门六贤”讲学立书，韩非子成法家一言，李斯以篆书一统天下文字，许慎（一说漯河人，一说汝南人）著《说文解字》。金陵画派中的人物之一魏紫熙就是驻马店人，那里大自然馈赠的壮丽山水，一如顾恺之描绘的“千岩竞秀，万壑争流，

张伯杰作品《雪景小品》之一

张伯杰作品《雪景小品》之二

草木葱茏其上，若兴云霞蔚”。生于斯长于斯的张伯杰，饱受山川灵气文化艺术的滋养熏陶，再加上自己扎实的笔墨功夫，其作品便显得气韵生动，聚集了灵气，能够感动观看的人。气韵生动者，无关乎笔墨章法；画为人作，故画之气韵即人之气韵；人因气韵生动，则其画欲不气韵生动而亦不可得也；人无气韵可言，则其画欲得气韵生动而亦不可得也。人之气韵何来？曰：绝俗而已。人能绝俗者，始有气韵可言也。“问渠那得清如许，为有源头活水来。”这种活水的“得”在于画家的胸襟气度与修养情怀，得益于后天的人文自然环境的熏陶，从而一股浩然之气吸纳于天地间，吐纳于纸面之上，为创作提供了无限可能性。

张伯杰在绘画道路上进步很快，个人风格逐渐凸显，综观他的山水作品，全景式构图，虚实结合，结构严谨而不乏空灵，气韵古雅而不失新意。笔墨极重笔势，中国画笔墨是开放的，笔墨开生面，无可无不可，自成系统而包容，精深广大又循于法度。可染先生讲“用最大的功力打进去，用最大的勇气打出来”，是一个漫长的修炼积淀过程。梁启超说过：“线条美，在美术中是为高等，不靠旁物的陪衬，专靠本身的排列。在真美中，线最重要。”书画同源，以书法入画，为古今哲理。2017 年 10 月 15 日，张伯杰的作品《幽谷空潭》获第二届“陆俨少奖”优秀奖。张伯杰很年轻就开始崭露头角，受到多方关注，假以时日，相信会在山水画领域有更大作为。

张伯杰作品《烟云涧》

雏鹰在蓝天上飞翔

暮秋的风从黄河岸边的柳树吹来，窗外的梧桐又飘下几片落叶。我捧着这册薄薄的小书，如同沐浴在春日的晓风里。一股青春气息扑面而来。我仿佛看到，旭日在灿烂的朝霞中冉冉升起，蓓蕾在昂首的枝头上绽放，小溪在弯曲的山谷中流淌，雏鹰在高高的蓝天上飞翔。……啊，久违的青春，火热的年华，仿佛一下子回到从前，我顿时感到，白发又萌发出黑丝，皱纹又焕发成童颜，心里又开出春天的花朵，血液又燃烧起青春的火焰。

这本书的作者是一位高中生，看似普普通通又很不一般的高中生。他在幼儿园里，曾被评为“河南省百名健康儿童”，从小学二年级到高中三年级，一直担任班长，被同学们称为“老班”。不仅他学习成绩优秀，还一直担任着学生会主席、课代表、校园报社总编等职务，有很强的社会活动能力。获得过多种奖励，是省级三好学生。2005 年 7 月，代表河南省中学生赴北京参加中华全国学生联合会第二十四次代表大会，当选为全国学联第二十四届委员会委员。可以说，他是一名名副其实、品学兼优的学生。

一般来说，像这样出类拔萃的学生，往往会不由自主地产生一种骄矜和自大，可张楠却谦虚谨慎，和同学友好相处，尊师敬长，关心贫困学生，充满爱心。在《思念恩师》一文中，充分表达了他对曾教过他的老师的深厚情感，并表示“我不会辜负您殷切的期望的”！他长期受到同学们的爱戴，却能头脑清醒地认识道：“班长，这是一个沉淀着梦想的词语，肩负着同学们殷切的期望和老师虔诚的鼓励……是同学的朋友和老师的助手”“自己应该看得更高更远，只有这样才能不断地迎接挑战”。他尽自己所能，资助了本校高一年级一名贫困生。他策划并成立了“省实验中学爱心援助基金会”，让更多的贫困生受到关爱。他关心国家大事和时事政治，像书中《“走入寒冬”的巴以局势》《朝鲜核问题令人担忧》《大米产业与人类生活》等文章就是明证。他还深入社会，就人民群众最关心的基本医疗保险制度改革的问题写出了有分量的调查报告。

张楠不愧是当代青年的先进代表。从他身上，可以看到祖国的希望和人类的未来。但这一道道光环，只能说明过去。我相信，张楠会戒骄戒躁，不断进取，走向更加光辉灿烂的明天。

毛泽东曾对当时的青年说过这样的话：“世界是你们的，也是我们的，但是归根结底是你们的。你们青年人朝气蓬勃，正在兴旺时期，好像早晨八九点钟的太阳。希望寄托在你们身上。”今天，我想把这段话转赠给张楠同学。

（张楠毕业于中国青年政治学院，现在河南省电力公司工作）

读青春女孩冯梦瑶的日记

怀着激动的心情，我读完了这本日记。

这些文字本是纯粹私人化的文字，它们记录了一个女孩子成长过程中内心世界最真实的裂变。孩子内心的茫然、苦闷、疑惑、欢乐、隐忍、喜悦、悲伤、压力都在这里得到了忠实的记录。对于写作而言，这也是非功利并且回归内心灵魂的真实状态。这些文字是写给自己的，是纯真而实在的，没有掩饰，没有保留，没有世故，没有油滑，有的只是赤子之心。冯梦瑶的许多文字都给我留下了这样的印象。

青春时代，也是童话时代。在这个时代里日记是孩子成长的忠实记录者。透过这些文字，我似乎看到了这个孩子成长的足迹，听到了这个孩子成长的心声。孩子总是在用一双好奇的眼睛从最独特的视角观察着生活，也总是在用一种最浪漫的思维从最诗意的角度幻想着生活。我想这是最可贵的。成长是美好的，成长中记录的文字也是美好的。日记中记录的大多是关于父母、老师、朋友之间的故事和一些值得纪念的有意义的事件，还有对一些热点话题的思考，更有许多对梦想和对生活的美好畅想。处在这个多愁善感的年龄阶段，虽然文字中不免有一些属于孩子的童稚单纯和大喜大悲，但并没有强说愁的意味，作者心底所流露出的都是最唯美的刚强和脆弱。对于同样处于这个年龄阶段正在成长并且充满烦恼的人来说，这些文字也许能让你产生并找到知音的感觉。十几岁年龄阶段的孩子总有着他们独特的心理。他们喜欢热闹，喜欢聚会，喜欢无边无际，喜欢自由自在，但内心深处又不乏孤单、激烈和叛逆。他们对世事有着自己的见解，又十分喜欢与人分享。他们因为年轻而充满激情，并对生活有着无限的热爱和珍惜。当然，处在一个特殊的时代，这些文字又传达了更多时代的意义。由于小作者是20世纪80年代后的独生子女，我们也许还能从这本日记的文字中去解读属于这些“80后”的特殊想法，他们对朋友、对家庭、对生活、对社会、对理想、对责任的看法。在这样一个信息化的时代，在这样一个物质化的成长环境下，他们内心的发展，也是值得我们关注的。我想，通过阅读这些文章，我们的心灵也会得到些许启示，得到一次洗礼。

日记是属于年轻岁月的，这里甚至还有一份令人羡慕的纯净。当文字没有了太多得失的顾虑，没有了太多世俗的在意，没有了太多人情世故，有的只是一些干干净净的纯粹的思想，有的只是一些简简单单的直白的看法时，反而更能打动我们。在日记里，我们可以看到一个小女孩儿的幻想、诗性、现实的光照。当她面对生活中的种种现象和遇到那些不可逃避的问题时，她的孩子气和诗人气质的解读，也让我们从字里行间看到了小女孩儿正向比较成熟的女生的发展——这不仅仅是她所关注的时事和她所记录的事件内容，更是这些文字中透露出的态度和她所思考的角度与深度。我想能把这些未得到合适时机公开的文字公之于世，自然也说明她终于走出了那个多愁善感的阶段。很高兴这个孩子能够把写作当作生活中一件快乐的事，也希望通过写作能够让她更加热爱生活，观察生活，思考生活，创造生活，并且不论生活让心灵怎样地成熟起来，日记中的文字还是保持着一贯难得的本真。

日记里的文章是一些很不错的、值得一读的文字。

（冯梦瑶2007年考入解放军艺术学院，获学士学位，毕业后又考入北京电影学院，获硕士学位，现在解放军陆军某单位工作。2017年9月，其联合编剧的电影《搬迁》获中国第31届金鸡奖最佳故事片提名奖，最佳编剧提名奖。）

冯梦瑶著作

图书在版编目（CIP）数据

我说·说我 / 赵世信著. -- 郑州 ：大象出版社，
2017.11
ISBN 978-7-5347-9561-9

Ⅰ. ①我… Ⅱ. ①赵… Ⅲ. ①小品文－作品集－中国
－当代 Ⅳ. ①I267.3

中国版本图书馆CIP数据核字(2017)第277417号

我说·说我

赵世信 著

出 版 人 王刘纯
责任编辑 芦 荻
责任校对 钟 骄
装帧设计 雷国新 吴 超

出版发行 大象出版社（郑州市开元路 16 号 邮政编码 450044）
发行科 0371－63863551 总编室 0371－63863572
网 址 www.daxiang.cn
印 刷 河南太和印务有限公司
经 销 各地新华书店经销
开 本 787mm × 1092mm 1/16
印 张 51.5
字 数 569千字
版 次 2017年11月第1版 2018年1月第1次印刷
定 价 369.00元（上下册）

印厂地址 郑州市管城区鼎尚街 15 号
邮政编码 450000 电话 0371－63601613

“我说”，就是自己写友人的文字；“说我”，则是友人写我的文字。

这些投注在我身上的文字，交织着彼此的阅读和关切，这些打心底里流淌出来的文字，是对我人生价值的肯定，它感动着我。我珍惜这些文字，我珍爱这种友谊。

我說·說我

Woshuo·Shuowo

（下册）

赵世信　著

中原出版传媒集团
大地传媒

大象出版社

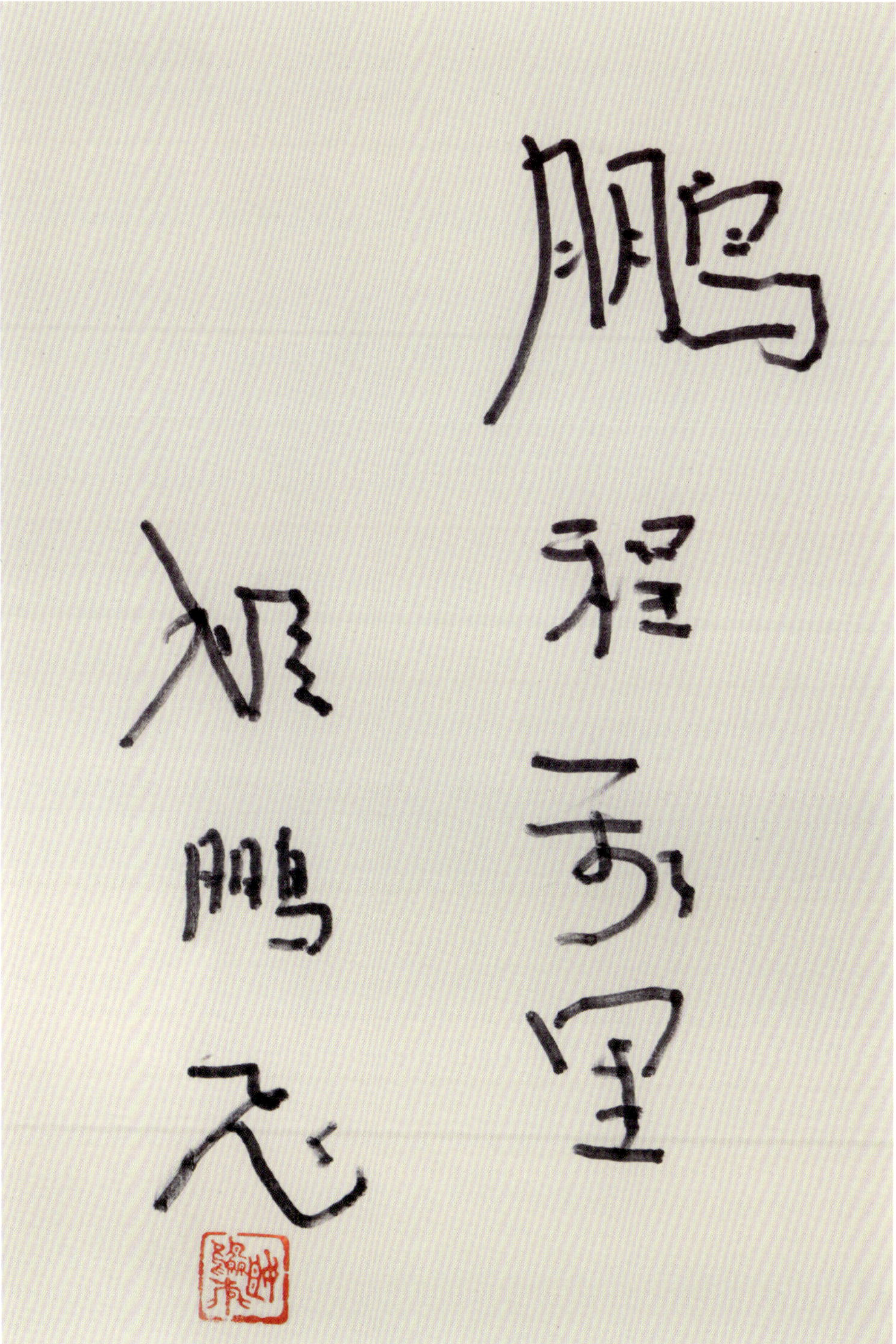

姬鹏飞赠作者墨宝

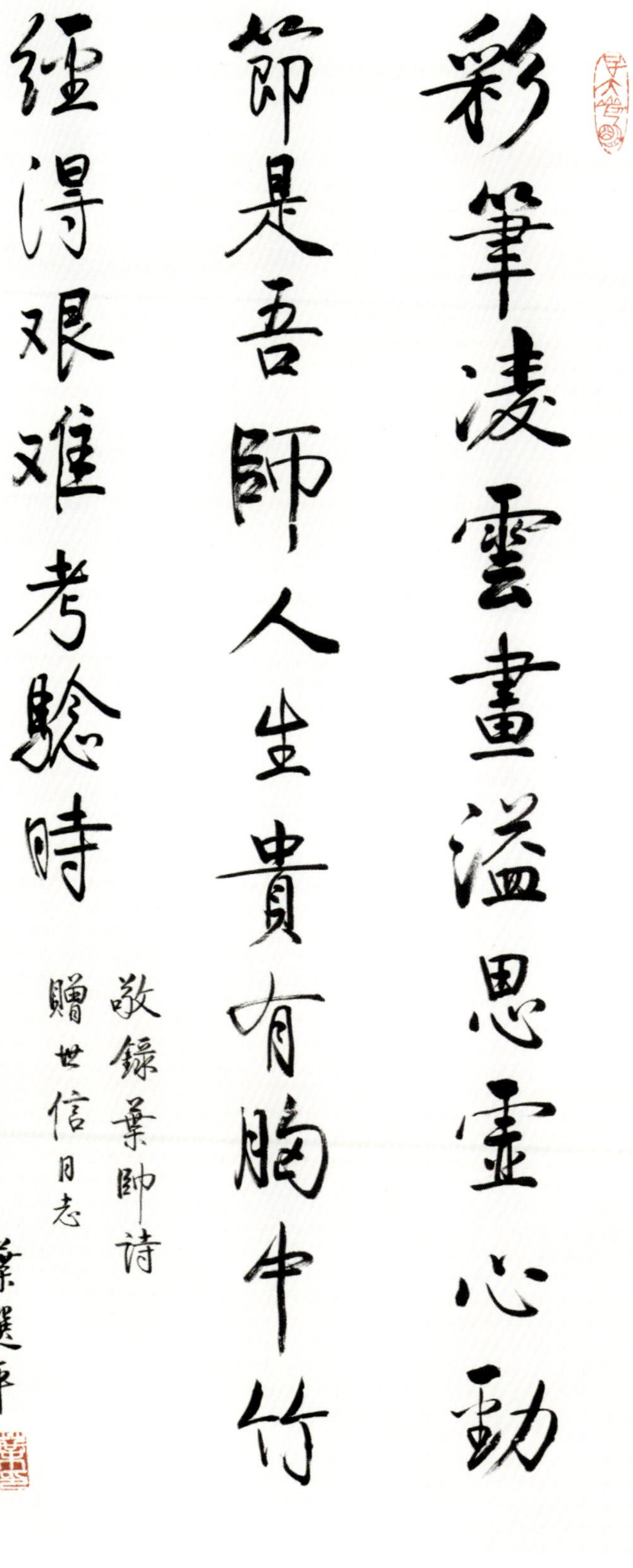

叶选平赠作者墨宝

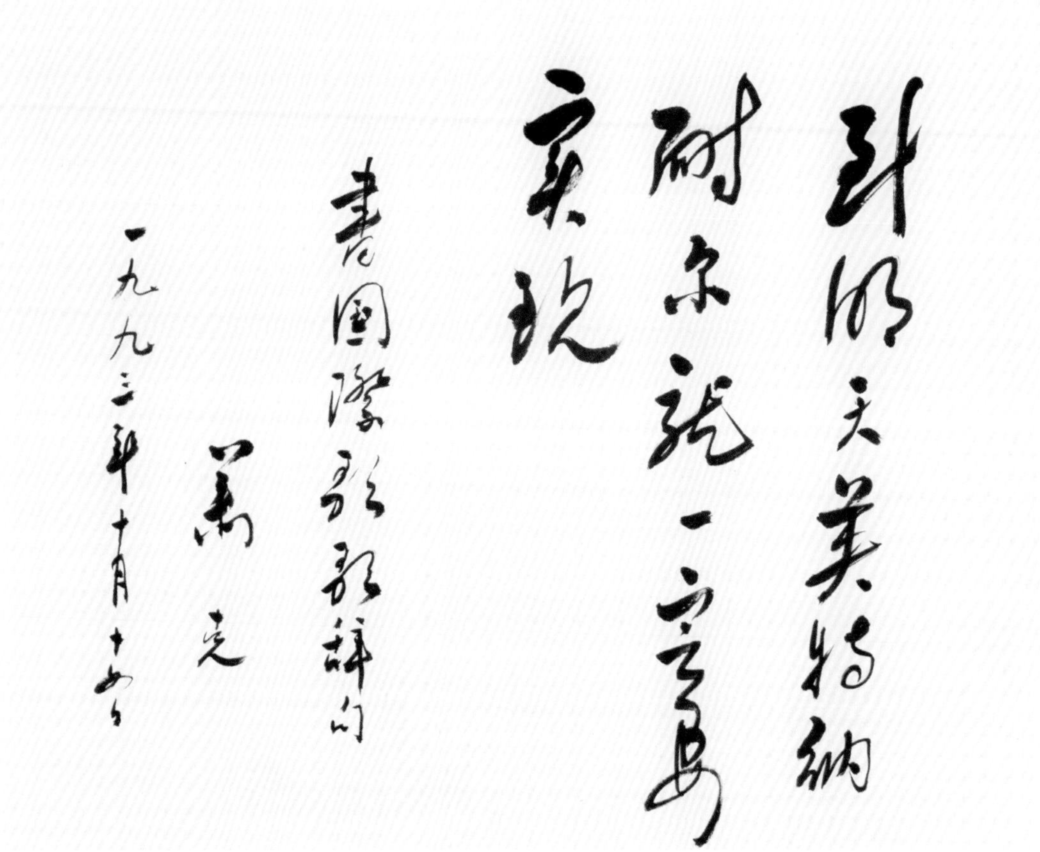

萧克赠作者墨宝

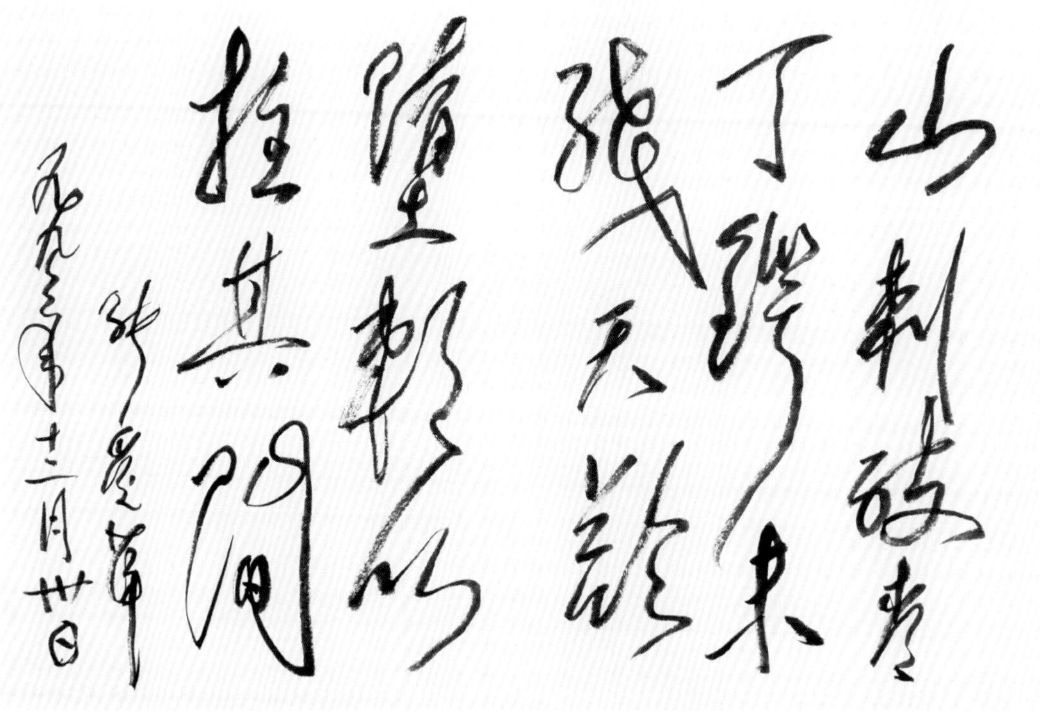

张爱萍赠作者墨宝

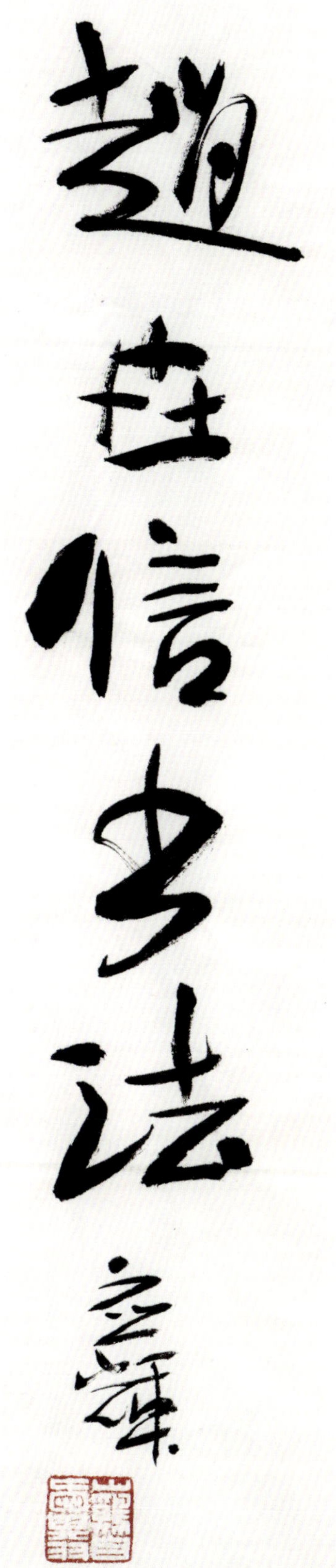

何应辉为作者题签

仁者壽

趙安信先生
書法集

癸巳年家新敬題

王家新为作者题签

說我

· Shuowo ·

“说我”这部分收录了知名文学家、书法家，资深评论家、书画理论家，以及新闻媒体等同人多年来在不同时期对我的文学创作和书法作品所撰写的文章，以及对我担任河南省人大书画研究院院长、河南省直作协主席、河南省留馀文化艺术研究院院长期间，潜心干事、扶植新人方面的评价，这些投注在我身上的文字，交织着彼此的阅读和关切，这些打心底里流淌出来的文字，是对我人生价值的肯定，它感动着我。我珍惜这些文字，我珍爱这种友谊。

送上祝福

南丁

与世信相识三十余年。当年他不惑，我知天命。如今，我已耄耋，他也古稀。

数十年间，工作无交集，交往也不多，是那种淡如水的君子之交。我还是感觉到他灼人的热诚，对工作，对朋友，对所倾心的文学与艺术的热诚。世信的热诚在心肠里，在骨子里。有不少细节支撑我的感觉，这里不便展开叙述，且略去。

在世信的工作室里，看到他的许多书法作品，我看到将热诚融入艺术的沉浸，看到远离尘嚣的宁静，看到彻悟路上的风景。为此，我送上祝福。

（本文作者曾任河南省文联主席、河南省作协主席）

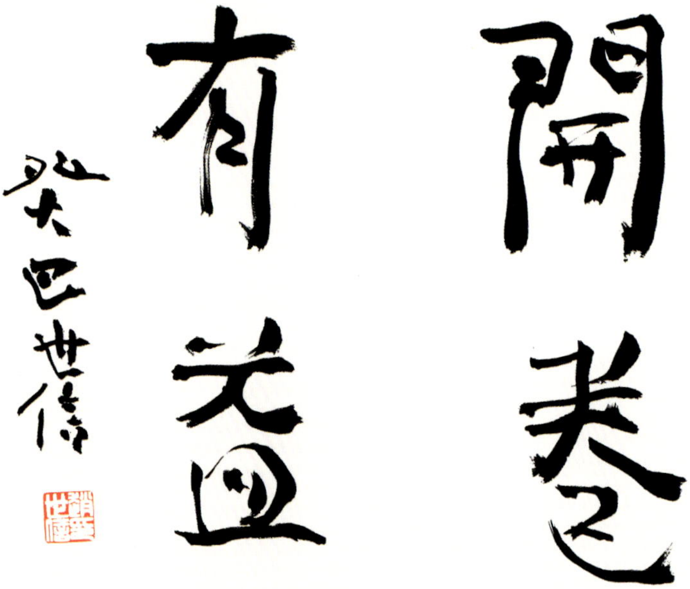

开卷有益

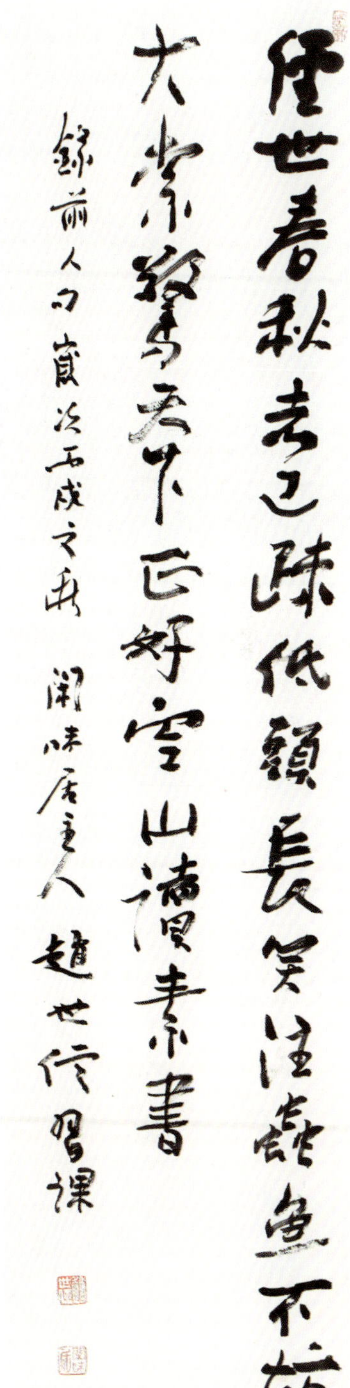

录前人句

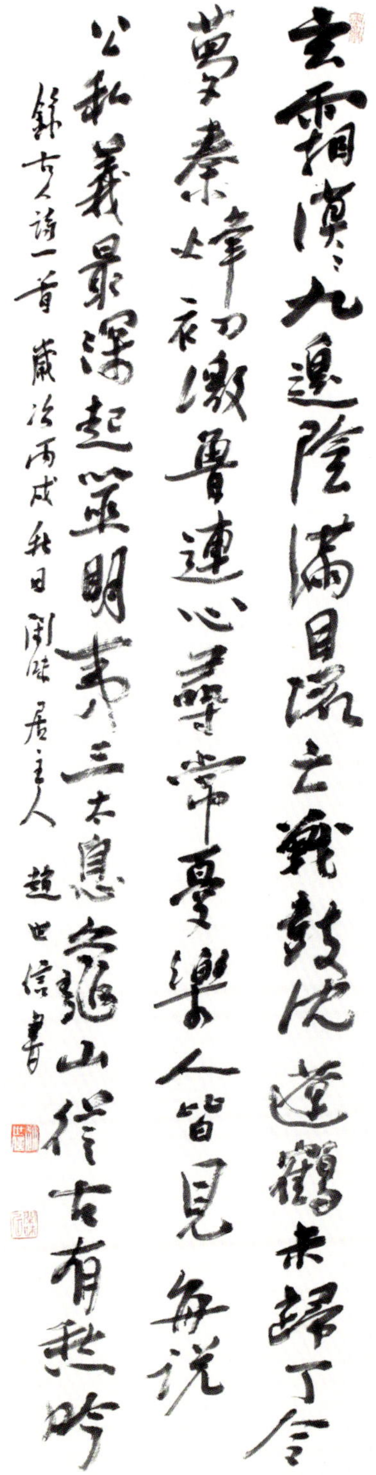

录古人诗一首

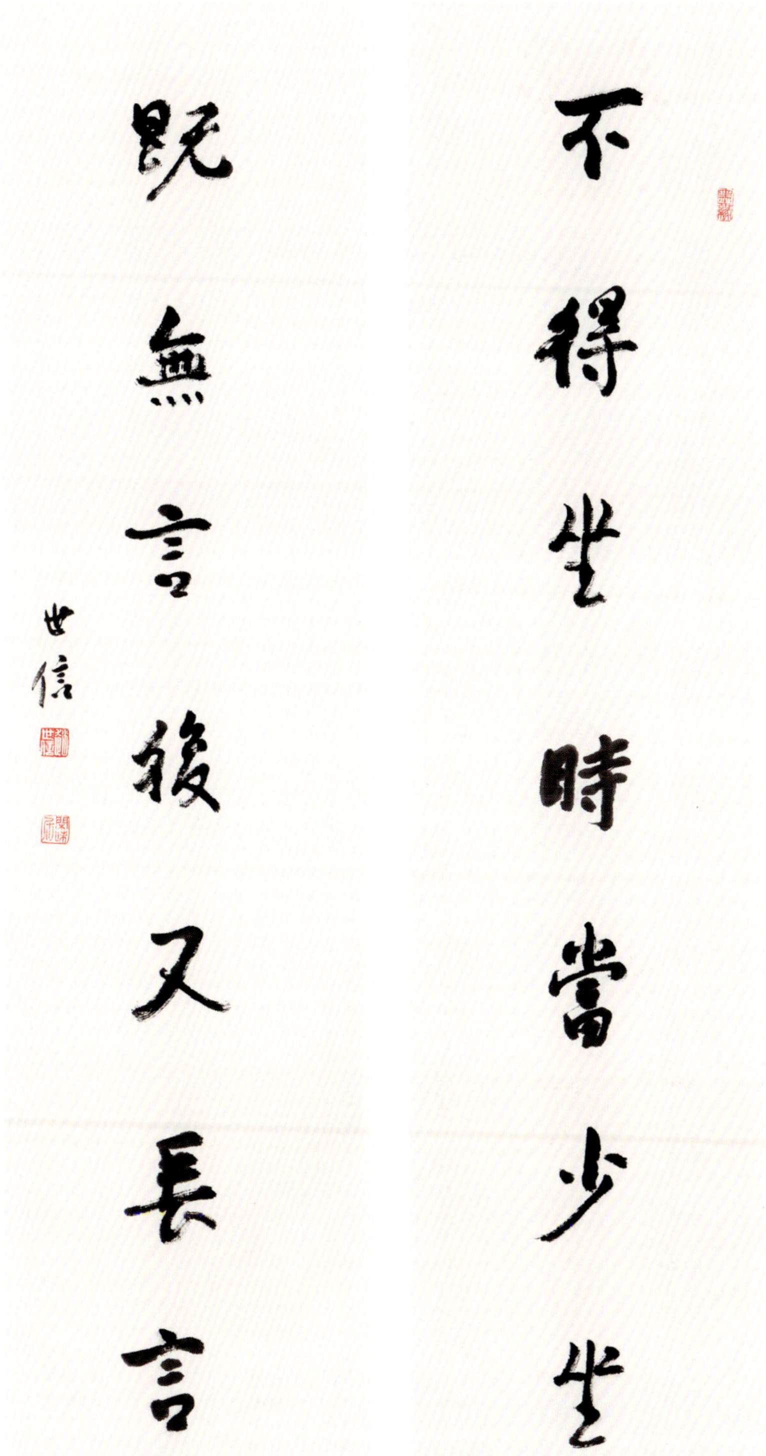

不得既无联

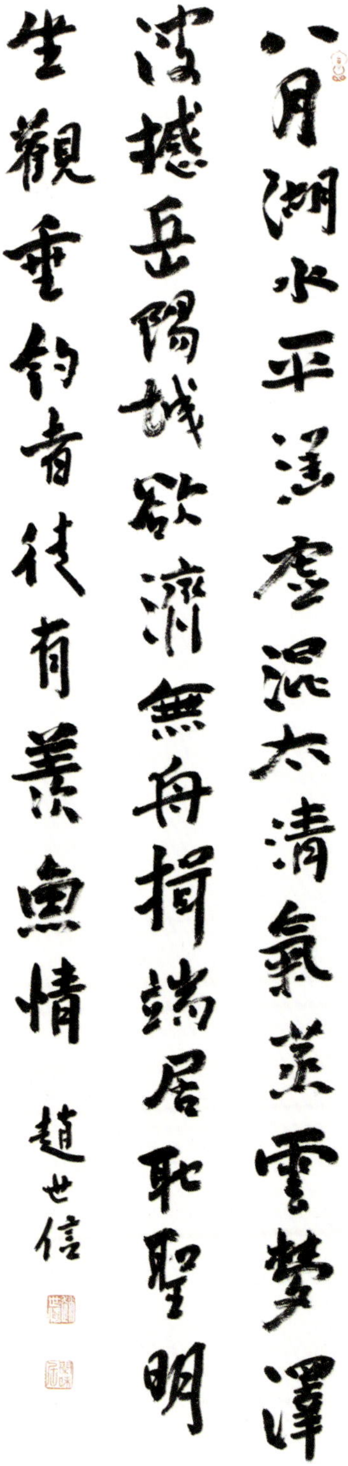

孟浩然《望洞庭湖赠张丞相》

读世信专栏文稿有感

张兴元

近日接赵世信电话，说他近日写了一组文章，想让我看看。我自然是欣然应诺："你发来吧，我一定认真拜读！"

早在三十年前我就跟世信相识，这首先归功于李明性，在他去河南农民出版社当编辑不久，专门赠给我一本世信新创作的长篇小说《合欢》，读后深受启发和鼓舞。那时长篇小说如稀世珍宝，河南省一年也出不了几部长篇小说。更令我感叹的是作品内容，写的是大陆同台湾之间的交往。那时台海两岸还处于对峙时期，他居然敢碰这样敏感的题材。当时只觉得他好胆大，现在才认识到他的超前意识是多么可敬！后来，具体说来就是2002年6月，世信又赠我一部新出版的散文集《沧桑》，那厚厚的几十篇散文多是抒写他对家乡的思念和眷恋之情。我细细阅读着，犹如春风拂面，雨落心田，心灵深处荡漾起一股浓浓的乡情。在我心目中，像他这样的高官，每天忙于政务，哪有闲暇读书写作？就是在单位不太忙

清涼世界

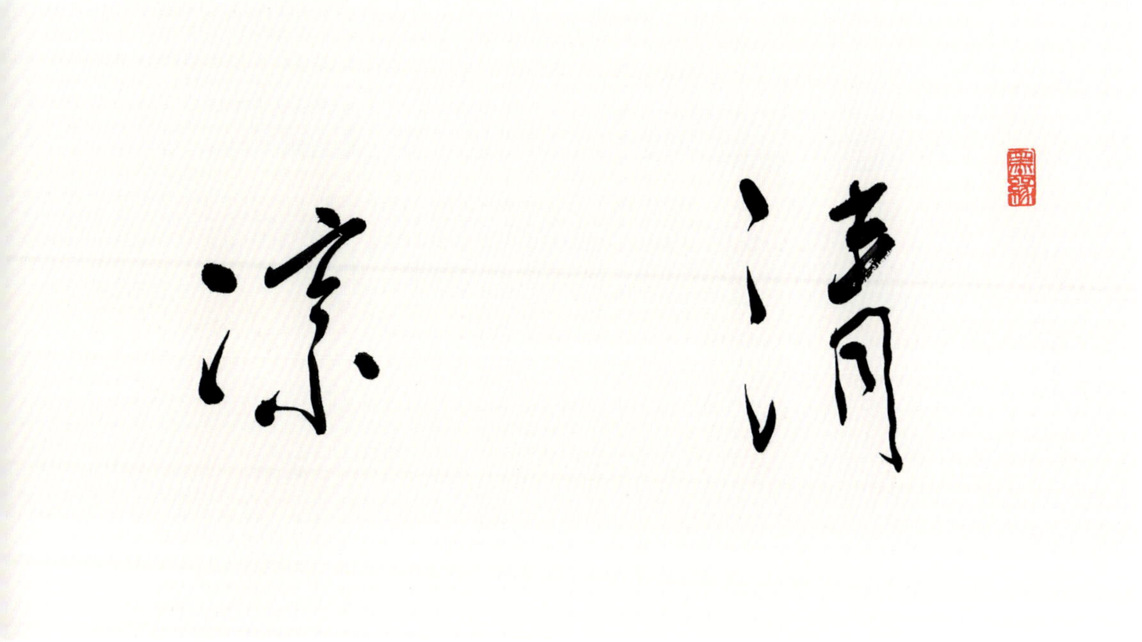
清凉

的时候，下乡视察或调研，也是白天轮子转，中午盘子转，晚上裙子转，沉醉在应酬和杂务之中，要写作？哪会像我这样的闲员自由？但世信则不然，他写了，而且写得很好，很有情感。这让我十分佩服，也十分赞赏。现在他又有新作问世，岂不又给我一次学习和欣赏的机会？

文章从邮箱发来，我立马下载，打印。正巧这几天我的腰肌被扭伤，整日躺在床上，怪无聊的。我将打印稿放在床头，像品评陈年老酒，细细研读起来。

世信的这些文章就文体而言，像一篇篇言辞优美的散文随笔，记事，抒情，鉴赏，论说，糅为一体，读起来一如他以往的散文，文字优美，情感真挚，论证有据，指点得体。读完这八篇文稿，我大吃一惊，这是世信的作品吗？他是官员加作家，现在怎么又成了艺术鉴赏家了？他对书画名家怎么理解得如此精深？他对他们的书画名作怎么理解得这么透彻？

在我的文学观念中，文学艺术是分等级的。小说是大众文学，而诗词歌赋则是高雅之作，没有点真功夫是写不成的。在艺术圈内，戏剧和曲艺是大众艺术，一般老百姓都能接受得了，而书画之作则是高雅的，没有相当功力和修养是写不成画不出的。想不到世信对诗赋和书画这些高雅之作竟如此有研究，评述起来不仅头头是道，而且深刻细致，句句都能说到点子上。比如我敬佩的艺术家陈天然老师，三十年前他曾来商丘做客，人们向他求字，他是有求必应，分文不取。我只觉得他的书法有个性，有特点，却不知好在何处。这次读了世信的文章方知这是陈先生独创的“柿树体”。这“柿树体”是如何得来的？世信释疑说：“在艺术领域里，柿树很少引起艺术家的注意，也不是文人热衷歌咏的对象。”“然而柿树在陈天然眼里，却遇到了千古知音。冬日的大地上白雪茫茫，陈先生望着柿树黑黢黢的枝干思接千载，神游天地之间，瞬间，陈天然如醍醐灌顶，在天空和大地之间，柿树曲折遒劲的枝节弯杈就像写在宣纸上的毛笔字。于是乎‘枯藤体’或言‘柿树体’在他笔下横空出世。”这解说多真实，多具体，多容易理解，又多么令人信服！

在评介李逸野先生的作品时，他指出：“许是受过战争的洗礼，他的血液里总是澎湃着一股激情，这激情体现在他的处世哲学中，这激情更是融入了他的书法艺术里。有人说，狂草书强调‘山林气’。若无‘山林气’，必易坠入‘烟火气’，难脱俗格。先生的草书之所以被人推崇，恰恰是有‘山林气’。虽不似古人那般狂放不羁，炽烈癫狂，在性情上亦是‘解衣盘礴、脱帽露顶’之人。先生的花鸟画与其书法一脉相承，于灵动浓淡的墨色中，晕染出深得意趣的空灵，笔简意赅，淋漓超脱。他送我的一幅仕女图，画的是春末景色，一仕女立于寂寂庭院，颇有‘落花人独立，微雨燕双飞’之感。”哎哟，好馋人！我也像立在这些书画之前，获得丰富的艺术享受。

读世信发表在专栏上的这些文稿，我像一个稚气未脱的小学生走进书画大展，一位名师向我讲解着那展厅里悬挂的一幅幅书画名作。我虽然有点懵懵懂懂，但也从他精细的讲解中多少明白了这些名作珍贵在何处。比如对巴蜀书画家何应辉的评析：“细观何应辉的作品，线质以力强气厚为内在支撑，线的运动以疾与涩、流与留的对应统一为基础，手法自秦、汉、魏多种类型刻石及“二王”一系的行草书化取而来。在作品风格上，何应辉也很注意正确处理金石气的粗野质朴与书卷气的文雅意韵浑然相融。”

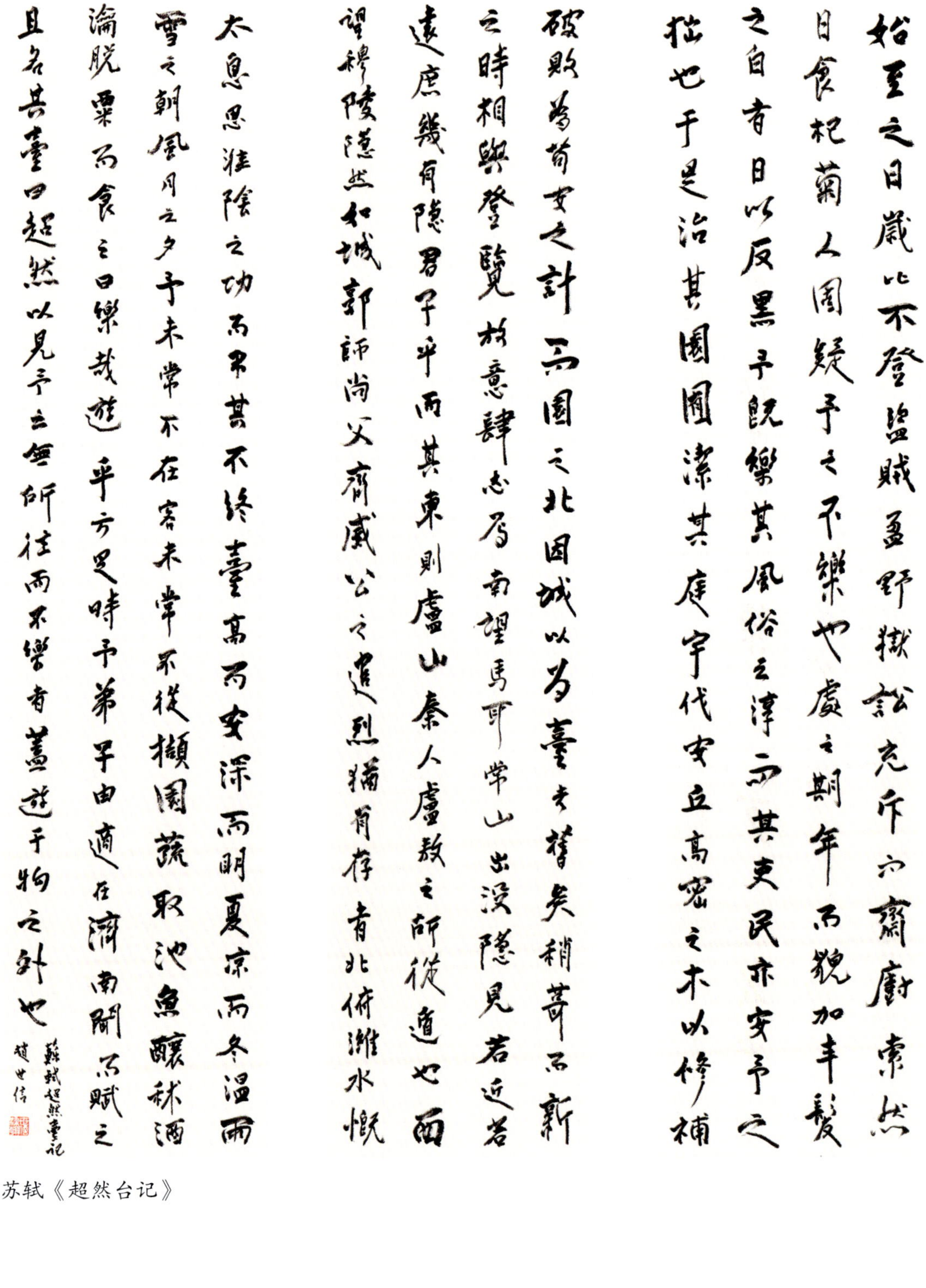
始至之日歲比不登盜賊滿野獄訟充斥而齋廚索然
日食杞菊人固疑予之不樂也處之期年而貌加豐髮
之白者日以反黑予既樂其風俗之淳而其吏民亦安予之
拙也于是治其園圃潔其庭宇伐安丘高密之木以修補
破敗為苟完之計而園之北因城以為臺者舊矣稍葺而新
之時相與登覽放意肆志焉南望馬耳常山出沒隱見若近若
遠庶幾有隱君子乎而其東則盧山秦人盧敖之所從遁也西
望穆陵隱然如城郭師尚父齊威公之遺烈猶有存者北俯濰水慨然
太息思淮陰之功而弔其不終臺高而安深而明夏涼而冬溫雨
雪之朝風月之夕予未嘗不在客未嘗不從擷園蔬取池魚釀秫酒
瀹脫粟而食之曰樂哉遊乎方是時予弟子由適在濟南聞而賦之
且名其臺曰超然以見予之無所往而不樂者蓋遊于物之外也
蘇軾超然臺記
趙世信
苏轼《超然台记》

凡物皆有可觀，苟有可觀，皆有可樂，非必怪奇偉麗者也。餔糟啜醨，皆可以醉；果蔬草木，皆可以飽。推此類也，吾安往而不樂？夫所為求福而辭禍者，以福可喜而禍可悲也。人之所欲無窮，而物之可以足吾欲者有盡。美惡之辨戰乎中，而去取之擇交乎前，則可樂者常少，而可悲者常多，是謂求禍而辭福。夫求禍而辭福，豈人之情也哉？物有以蓋之矣。彼游於物之內，而不游於物之外。物非有大小也，自其內而觀之，未有不高且大者也。彼挾其高大以臨我，則我常眩亂反覆，如隙中之觀鬥，又烏知勝負之所在？是以美惡橫生，而憂樂出焉，可不大哀乎！予自錢塘移守膠西，釋舟楫之安，而服車馬之勞；去雕牆之美，而庇采椽之居；背湖山之觀，而適桑麻之野。

他又进一步分析："观看何应辉的行草书作，能看出他的优游与从容的创作心态，将汉隶等融于行草，用笔滞涩，造字天真拙稚，在结构的生疏感中流露出一派闲适与灵动的文字风景。"我虽然没能亲睹何先生书画之作，听了这番赏析，心头也升起一股敬慕之情。

对周俊杰先生我并不陌生，多年前我曾拜读过他的不少散文佳作，总的印象可以用两个字概括，"高雅"。这次世信又给我提供一个新的佐证："记得俊杰在本命年六十岁时作七律《六十初度》：'年方六秩自开颜，呼酒论书醉未眠。笑退岂因惊巨浪，乐游原为好名山。雷鸣耳顺情难已，笔落云飞体益坚。正剧渐从辛巳启，千声万籁入毫端。'其精神状态愈发老而弥坚，书法生命也进入更高境界。至今仍笔耕不辍，写出了大量文章诗词。"看了世信的这些点评，我更惊叹于这位文学家出身的诗词书画大家的超凡脱俗，看到他在艺术领域的新建树。

阅读世信的艺评，对我这个小学生来说，实在是一次启蒙，让我在混沌中有点醒悟。文如其人。一个人的创作总是同他的思想品德、文化素养和艺术追求紧密地联系在一起的。世信所点评的这些书画大家所以有此超凡功力，是因为他们在人生道路上几十年孜孜不倦的追求。世信在评说和鉴赏这些传世佳作时，不是就作品论作品，而是将他们的人生追求联系在一起进行分析和评说的。这样的文章能开启人的心智，让外行人也能领悟其作品的精髓，从而达到普及和提高的效果。

阅读世信的文稿，不仅让我对这些书画大家有了进一步的了解，从而拉近了我同他们的距离，同时我也看到了世信的处世和为人。单从他跟文艺界人士的交往，即可看出他的热心，他的诚实，他的服务意识和社会责任心。早在1982年，他在兰考县仪封园艺场当场长的时候，河南人民出版社在他那里举办中篇小说创作笔会，整整一个月，管吃管住，不收一分钱。笔会参与者都是当年崭露头角的文学青年，创作上正处在起步阶段。这次笔会为他们增添一块垫脚石，也是一个加油站，后来他们大都成为颇有名气的文学精英。我的第一部中篇小说《火红的月季》就是在那里完成的，后来在浙江省大型文学刊物《江南》发表。可以说那次笔会开启了80年代河南文学创作的新浪潮。现在回忆起来，我对世信仍充满深深的敬意和感激。也正是从那时开始，我们成为挚友，我每次赴郑，总得到他的热情款待，无论是公事还是私事，他总是鼎力相助。后来他退居二线，也不肯闲着，省直作协就是他一手筹办起来的，他作为主席更是为广大文友提供全方位的服务，办了不少好事和实事。摆在我书架上的五厚本《南丁文集》便是他一手策划出版的。当南丁老师把这部凝聚了他几十年心血而创作的文集赠我时，激动地说："不是世信同志操心，我哪能出版这样的大部头作品？"与此同时，他还兼任着河南省人大书画研究院的院长，跟书画大家结为盟友，为他们的创作提供各种方便，从而形成一个颇为壮观的中原书画家群落。

我是个世俗之人，总摆脱不了世俗观念。我一边阅读一边在想，像他这样的官员，在政界、商界有着丰厚的人脉资源，到哪里兼个职，不用操多少心，岂不弄个盆满钵满？但他不这样干，他却投入到文化事业中，心甘情愿地去当一名联络员和服务员。这是为了什么？我忽然想到李明性写的那篇《长相忆》。世信曾说："人活在世上，就是活的真情二字。"明性为之感慨："人的一生中，如果没有友谊，便

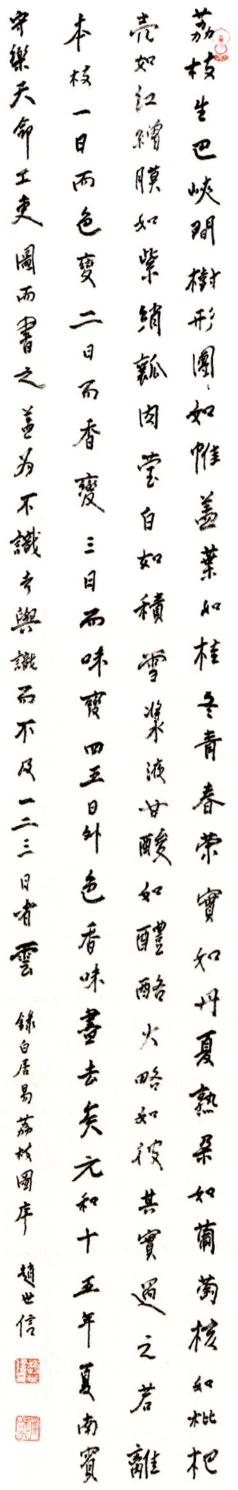
荔枝生巴峽間樹形團團如帷蓋葉如桂冬青春榮實如丹夏熟朵如葡萄核如枇杷
殼如紅繒膜如紫綃瓤肉瑩白如積雪漿液甘酸如醴酪大略如彼其實過之若離
本枝一日而色變二日而香變三日而味變四五日外色香味盡去矣元和十五年夏南賓
守樂天命工吏圖而書之蓋為不識者與識而不及一二三日者云
錄白居易荔枝圖序
趙世信

白居易《荔枝图序》

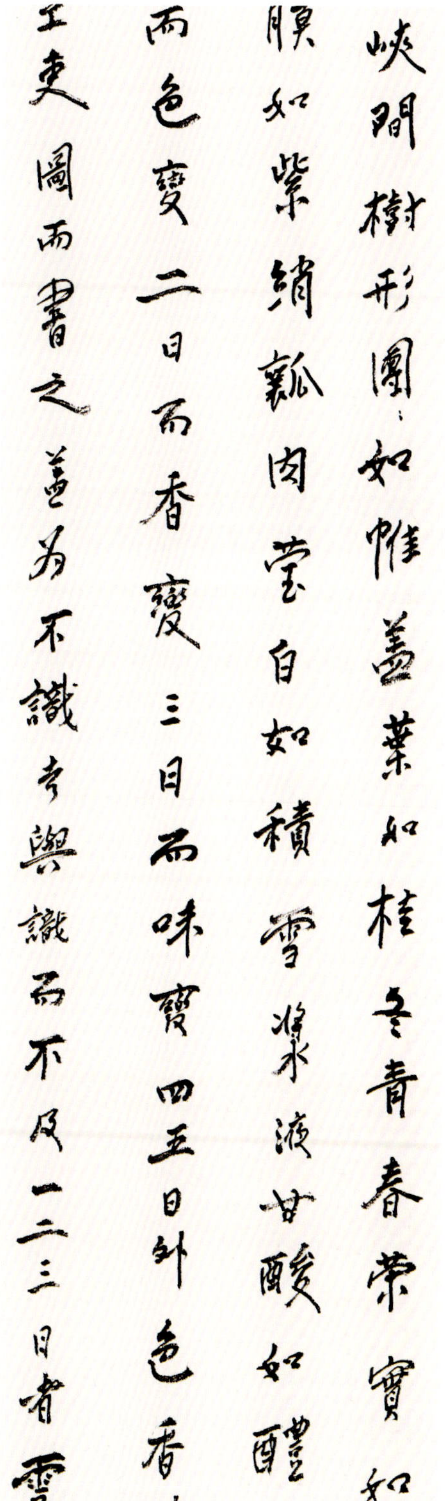

峡閒樹形團〻如帷蓋葉如桂冬青春榮實如
膜如紫綃瓤肉瑩白如積雪漿液甘酸如醴
而色變二日而香變三日而味變四五日外色香
工吏圖而書之蓋為不識者與識而不及一二三日者雲

白居易《荔枝图序》（局部）

失去了一半的色彩。真正的友谊是超过骨肉之情的。我和信哥的友谊，就属于这一类的友谊。”

这话消解了我心头的疑惑，再反过头读读他的艺评佳作，贯穿其中的就是一片浓浓的真情和血脉相通的友谊。比如他跟周俊杰先生的交往就非同一般：“我调郑后，两人在河南省书协初次晤面，可说是一见如故，不多会儿我们就谈热了，同样侠骨豪爽的气质，同样坦诚大度的性格，使我们今后成为坦露心迹、交往甚密的朋友。当然，佐证、助兴我们友情的，还有男人离不开的酒。多少次我们对酌，一瓶酒一人一半，喝着说着，三杯两盏下去，两人的情意也像这酒一样，渐渐浓烈、醇厚起来。常常地，他到我办公室来，趁着酒兴意浓，挥毫泼墨，或是隶书龙骧虎步之气象，或是大草涛动云飞之气势，其中有幅长卷《醉翁亭记》就是他当时的‘醉书’。”

再比如他跟桑凡的关系：“我与先生交往，始于 20 世纪 80 年代。他住在开封胭脂河一处普通的民宅里，客厅、卧室都挂满字画，墨香扑面。屋角处摆有古钟十数座，嘀嗒声恍若梵音。每去，先生必沏茶递烟，相待时令鲜果。文人逸事，历史掌故，先生知之甚丰。说到尽兴处，竟忘饭局已过。先生时有书画相赠，其泥金正书《般若波罗蜜多心经》，款署‘佛弟子弘济沐手书’。作品结体稳健，丰润遒丽，给人云水含烟、月照禅心之感受。”

还比如跟王宝贵的交往：“宝贵来郑，必到我处一叙，来必畅饮，期在尽兴。一次，席间只我二人，我试探着问他，今天就不喝了吧？他拿眼盯着我，直言‘席间无酒，犹如大辱，席间无美味，犹如大耻’，弄得我啼笑皆非。酒上桌，两人对酌，至微醺时，宝贵坦言：‘甲午（2014 年）春已辞去所有职务，可悠哉悠哉了。还诌诗一首呢！’说罢摇头晃脑朗诵起来。”

他跟李逸野先生的交往也是那样诚挚：“先生 67 岁那年来郑，一住就是三天，每天在我的办公室‘驰毫骤墨’，在观者掌声和狂呼中，作品亦被‘抢’，先生一笑置之的形象，永远定格在我的脑海里。”

他同中国书协主席张海的关系更是非同一般：“几年前，我策划拍摄十二集纪录片《中国书法三千年》，每次和张海见面，他都会问起拍摄的进展情况，有什么困难，有没有需要他做的事。当得知经费拮据时，张海毫不犹豫地寄来作品相助。目前，该纪录片已进入后期制作阶段，虽然还有很多困难，还有很多工作要做，相信在张海、广大书友和社会各界有识之士的鼎力支持下，该片会在今年年底或明年年初与广大观众见面。”

十二集的电视纪录片？哎哟，这可是耗时耗神也耗费巨资的大工程！没有奉献精神可不敢接触这样的事情。世信为啥乐于奉献？还不是为弘扬中国的书法艺术传统？还不是为了当代书法艺术的繁荣？！

中国最盛行的是关系学，彼此交往总想从对方那里获得什么好处。但世信跟其他文人之间的交际则不同，他们不讲官职，不讲地位，也不讲名气大小，他们只讲情谊，只讲心灵的沟通。只有在这种氛围中，才能敞开心扉，进行情感和技艺的交流，在互相切磋中探讨艺术的新境界和新追求。

世信由文学创作向书画艺术来了个华丽转身，我想大概得益于同这些书画大家的探索和交流。当然那些同世信有着密切交往的文坛宿将大概也会从他那里得到不少支持和关注。

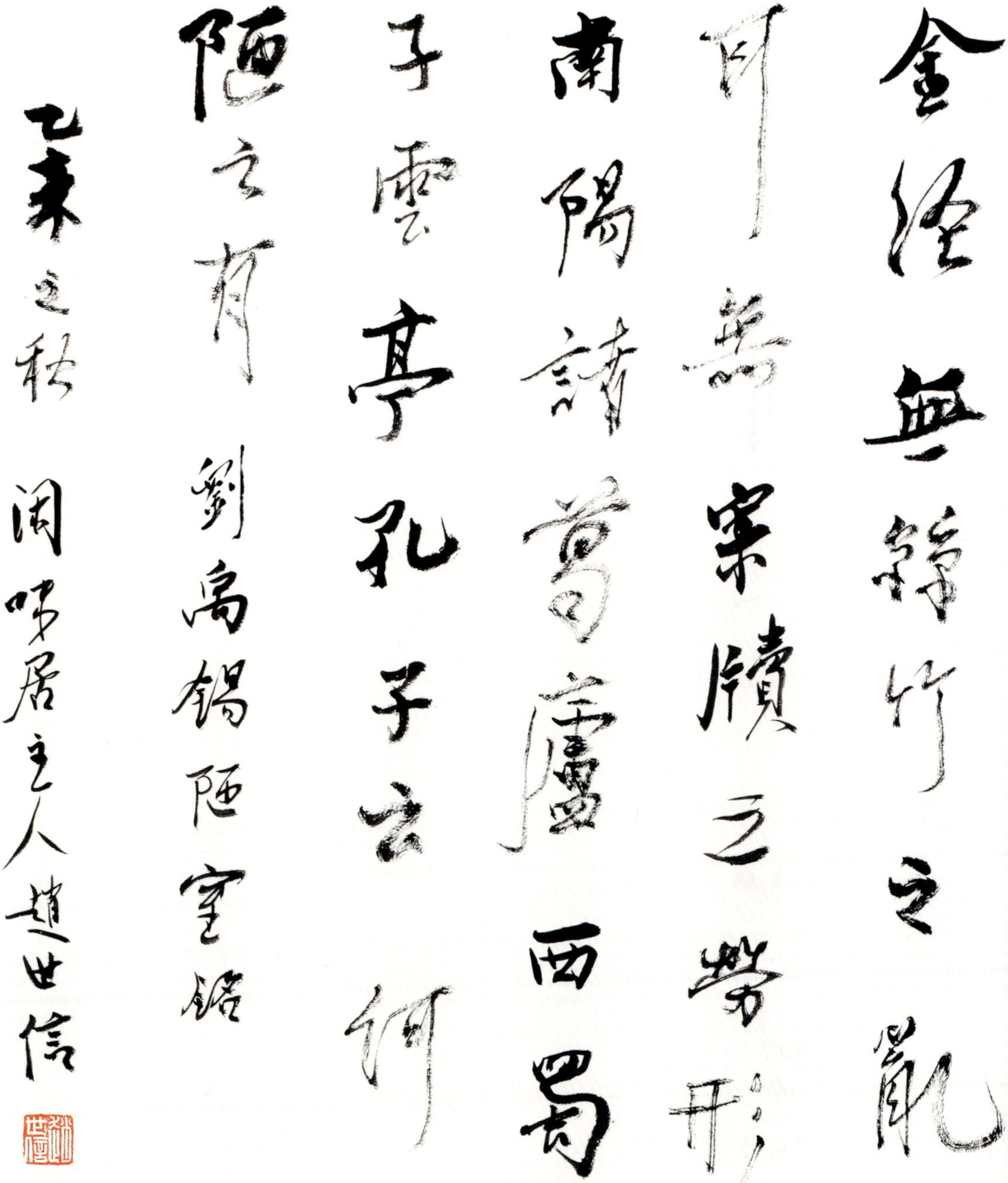

刘禹锡《陋室铭》

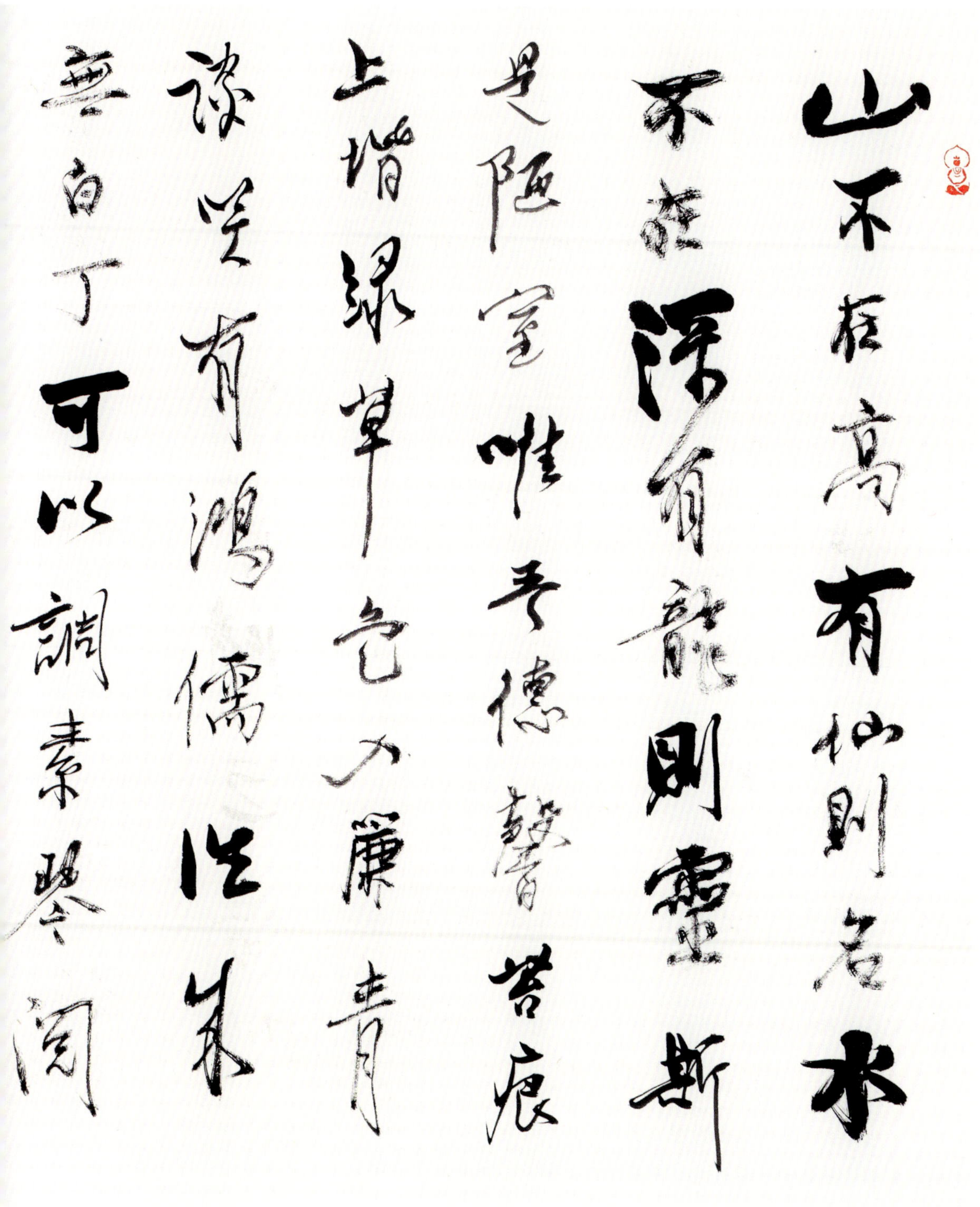
山不在高有仙則名水
不在深有龍則靈斯
是陋室惟吾德馨苔痕
上階綠草色入簾青
談笑有鴻儒往來
無白丁可以調素琴閱

写到这里，本该杀青，但又意犹未尽，于是便从书架上翻出世信赠我的那本散文集《沧桑》，扉页上印着作者小传，我便细读起来："赵世信，河南虞城人。属相壬午马，生于柳公河畔一农家。自幼上高爬低，桀骜不驯，奔跑如飞，常作腾跃之状。乡邻喜而叹曰：日后必武将之材。入学后偏爱文学，嗜书如命。18 岁投笔从戎，先航校，后陆军，又航校，又部队机关。不恋江南六朝古都繁华，转业偏去黄河故道创业。开渠引水，治风治沙，育林育果，种豆种瓜，既写小说，又作散文。复又进城，搞政研，搞外经，搞教育，搞人防。虽职务升迁，却自视平民。重乡情，重友谊，轻名利，戒浮华。不求闻达于世，只求无愧于心。业余著述皆为情之所感，心之所系，灵之所动，有《合欢》《一个飞行官的梦》等出版，敝帚自珍也。为河南作协会员、散文学会会员，也算圆了儿时的作家梦。"

这是世信的自传，也是他对自己的心灵剖析。我从中看出了他的谦卑和自信，也体味出他的释然和坦然。这才是文人追求的新境界、新高度，这才是人们都应追求的人生坐标！需要补充的是，他现在不仅是河南作协会员、省直作协主席，而且还是中国作家协会会员、中国书法家协会会员。更具体地说，他不仅是一名作家，还是一名书法家，一名书画鉴赏家、收藏家。他不仅是一名官员，还是多项文艺活动的倡导者、组织者、践行者，总之是一位受人尊敬的文艺活动家！

写到这里，我忽然想到近期纷纷落马的高官，不少人也是出身卑微，在事业上也曾有过一番建树，但最后却人仰马翻，落得个可悲下场。如果他们能像世信这样，"轻名利，戒浮华"，哪会有如此下场？

同时我又想，如果中国的官员也能像世信这样，伏下身子，“自视平民”，甘当人民的服务员，我们的文艺工作者将得到多大教益！我们的文化艺术事业将会如何繁荣兴旺啊！

（本文作者为中国作家协会会员）

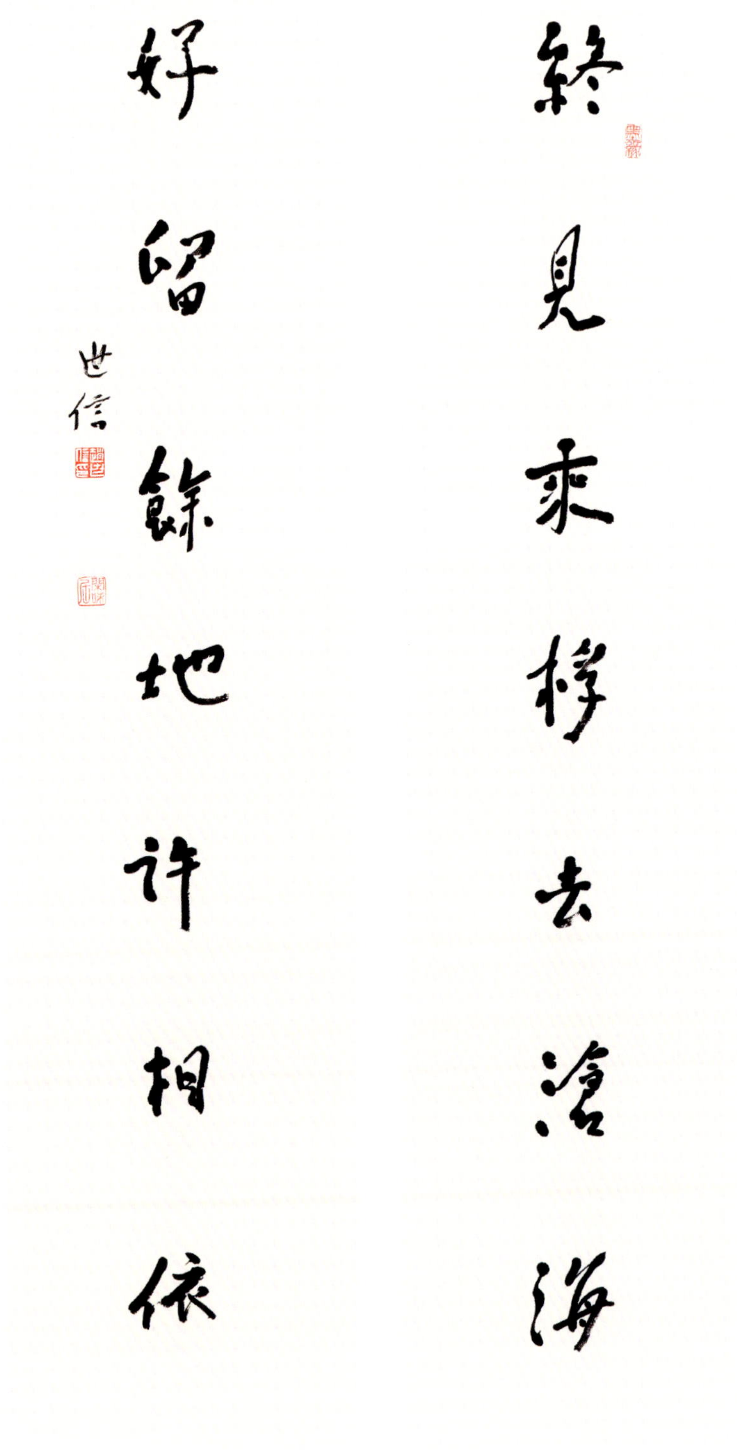

终见好留联

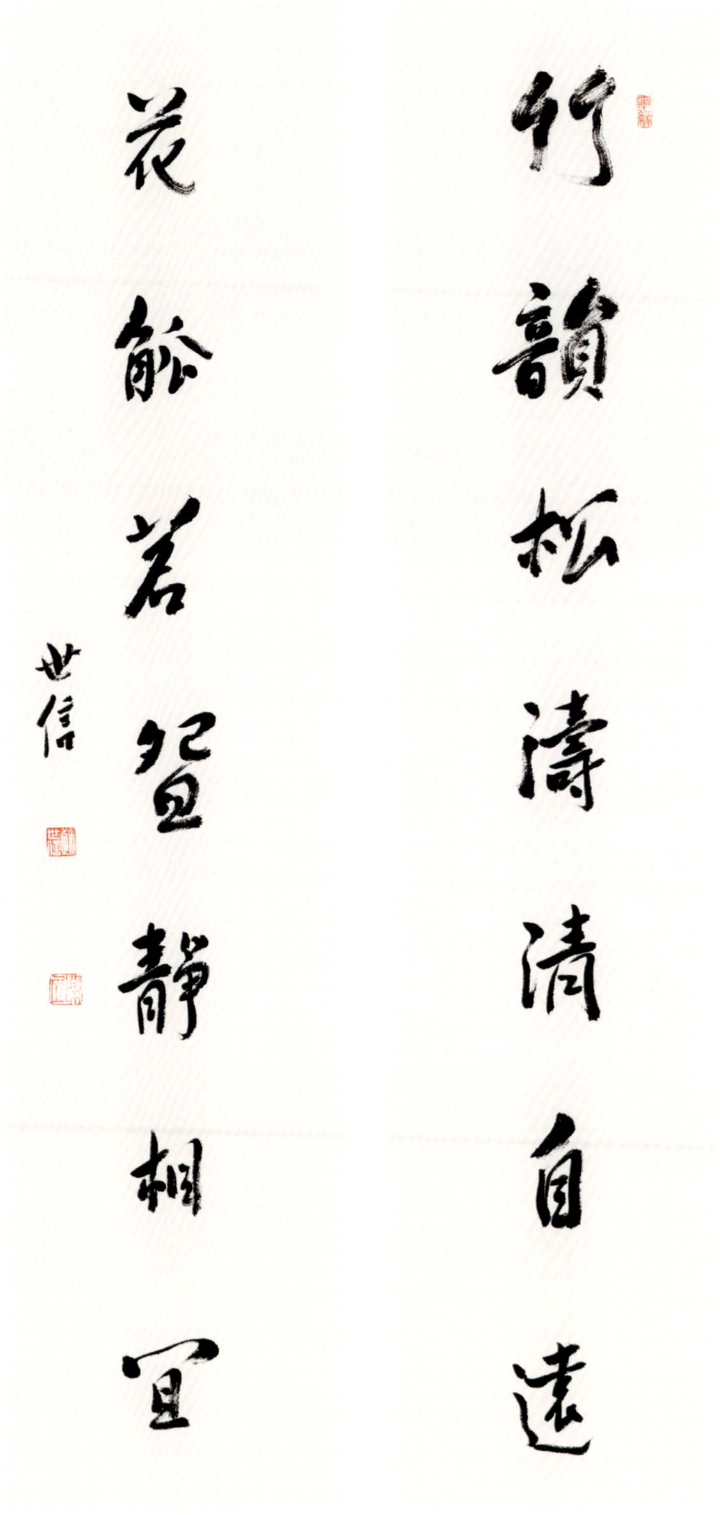

竹韵花觚联

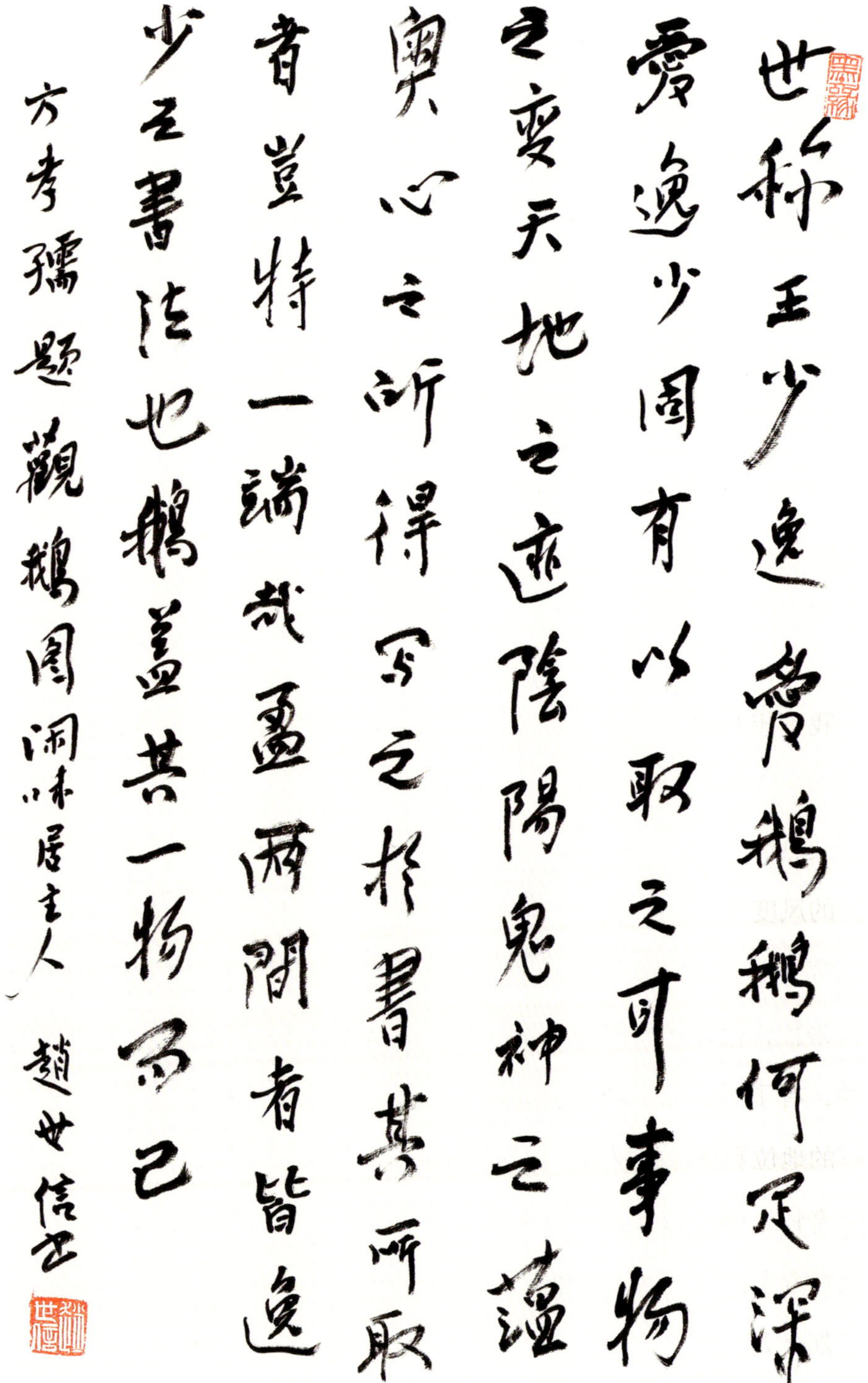
世称王少逸爱鹅鹅何足深
爱逸少固有以取之耳事物
之变天地之运阴阳鬼神之蕴
奥心之所得写之于书其所取
者岂特一端哉盖俯间者皆逸
少之书法也鹅盖其一物而已
方孝孺题观鹅图 涧味居主人 赵世信书

方孝孺题《观鹅图》（节选）

侠之大者　情之浓者

周俊杰

我不想写赵世信先生大半生的流水账，那也不是世信的性格，我可以肯定地说，当下70来岁年龄段的人中，极少有他豪放、豁达、爽快。他为人热情、好客、爱交朋友，颇有古人所描写的那些文武之才且又行侠仗义的风度。他是官员，但他说不是官，也不把它当回事，所以在任何时候也都不摆官员的架子。同事、朋友，甚至还未交往和谋面的人，只要找他帮忙，他均尽力而为，不推托，不绕弯，不打马虎眼。尤其一般老百姓，有了苦，有了难，总爱找他，把他当成包青天，尽管他没有当年包拯的地位和特殊的权力，但他都热情接待，最大限度地帮助解决问题。我很奇怪，他的口才并不怎么好，更谈不上是雄辩的“演说家”，但他无论在哪个部门工作，都能把那里的工作搞活，充满生机，不出一两年，面貌都会大为改观。调到其他单位后，仍然有许多老同事、老部下找他，或叙旧，或谈工作，或请他出主意。我去他办公室是有数的，但几乎每次都看到老同事们前来拜访、求教。不像有些人，当了几天官(其实是芝麻大的一些官)，便盛气凌人，甚至整压部下，这些人一旦调走或退休，从此再不会有人理他，最后落得个孤零零后半生寡人一个。

世信骨子里是一个文人，是艺术家。为什么？我们可以先从他与酒的关系谈起，因为古今中外文人、艺术家，包括世信和我们中绝大部分书法家，都与酒有不解之缘。朋友们在一起聚会，少不了要有杯中之物，只要朋友关系近，气氛好，世信总带头干杯，从不耍滑作假。过去他酒量大，现在身上有些病，按说应大大减量，但他仍然与朋友频频举杯，为了限制他，我们只有夺下他的杯子，或将酒倒到自己杯中。我比世信长一岁，过去常两人小酌，一般是一瓶酒一人一半，如不尽兴，再来一瓶。对酌中，我们谈文学、谈艺术、谈人生，他丰富的阅历，他的追求，他的实现多种梦想的努力，包括其中的艰辛、挫折和成功，都已成为我人生中的教科书。我常说，从酒品看人品，善喝酒者，一生未喝醉过一次的不能交，因为他太理智，太会算计些什么；当然，十次有九次醉者，从领导的角度讲不能用。世信酒风好，人品好，为人耿直，不来虚套，凡接触过他的人都认为可交，因为不必害怕他会在背后搞些什么名堂去整人，去害人。即以我虽过“不逾矩”之年还被人认为不成熟的眼光观察人，只要与之喝上半小时酒，大概就能了解此人可交不可交。

世信表面看起来不拘小节，丢东落西，但他却感情丰富，观察生活、观察人精细入微。2003 年，他曾出版一本 400 多页厚的散文集《沧桑》，之后又出版《故事乡间》《寄情》两部散文集，大部分写他家乡的人物和故事。他对人物的刻画、对风光的描述，通过朴实而充满民间俏皮语言的运用，给我们勾画出一幅幅豫东大地壮阔、优美的民间民俗和独特风光的画面，那是他对生他养他的故土一片痴情的浓缩，是他丰富感情的真实流露，也是他文学上几十年间努力和探索的结晶。

世信爱读诗，无论中外，他评价的标准是感情的真挚和浓郁。他喜爱苏东坡，因为苏轼词中所吐皆为“真言”，一阕《江城子》情浓意切的凄厉诉说，曾不止一次感动得他抽泣不止。他同样也喜爱叶芝，这位英国诗人的《当你老了》，他多次以深深的感情为朋友背诵，我们都沉醉在那充满人性的诗意之中：“当你老了，头白了，睡意昏沉，炉火旁打盹儿，请取下这部诗歌慢慢读。回想你过去眼神的柔和，回想它们昔日浓重的阴影，多少人爱你青春欢畅的时辰。爱慕你的美丽，有的假意，有的真心，只有一个人爱你的朝圣者的灵魂，爱你那衰老着的脸上痛苦的皱纹。垂下头来，在红光闪耀的炉子旁，凄然地轻轻诉说那爱情的消失。在头顶的山上它缓缓踱着步子，在一群星星中间藏着脸庞。”我听了几回，开始很为他的记忆力之好而由衷地钦佩，后来我才悟到，他分明是借叶芝这首诗向他躺在病榻上的爱妻诉说，听他一次低沉的朗诵，我的眼圈便会湿一次，因为对诗更深一步的理解使我们心照不宣，我强忍住，此时在他面前我不能掉下泪来。

在业余时间进行文学创作的同时，他以更大的精力投身到书法事业中去，欣赏、学习、创作、收藏，中国这一最为古老也最能体现中国人宇宙观、哲学观、审美观的艺术深深地征服了他。其实我们的书法之缘是从20世纪70年代开始的，当时他还在园艺场当场长，他通过文联和河南的几位书家联系。我记得我为他写的第一件作品是隶书黄庭坚词截句：“我

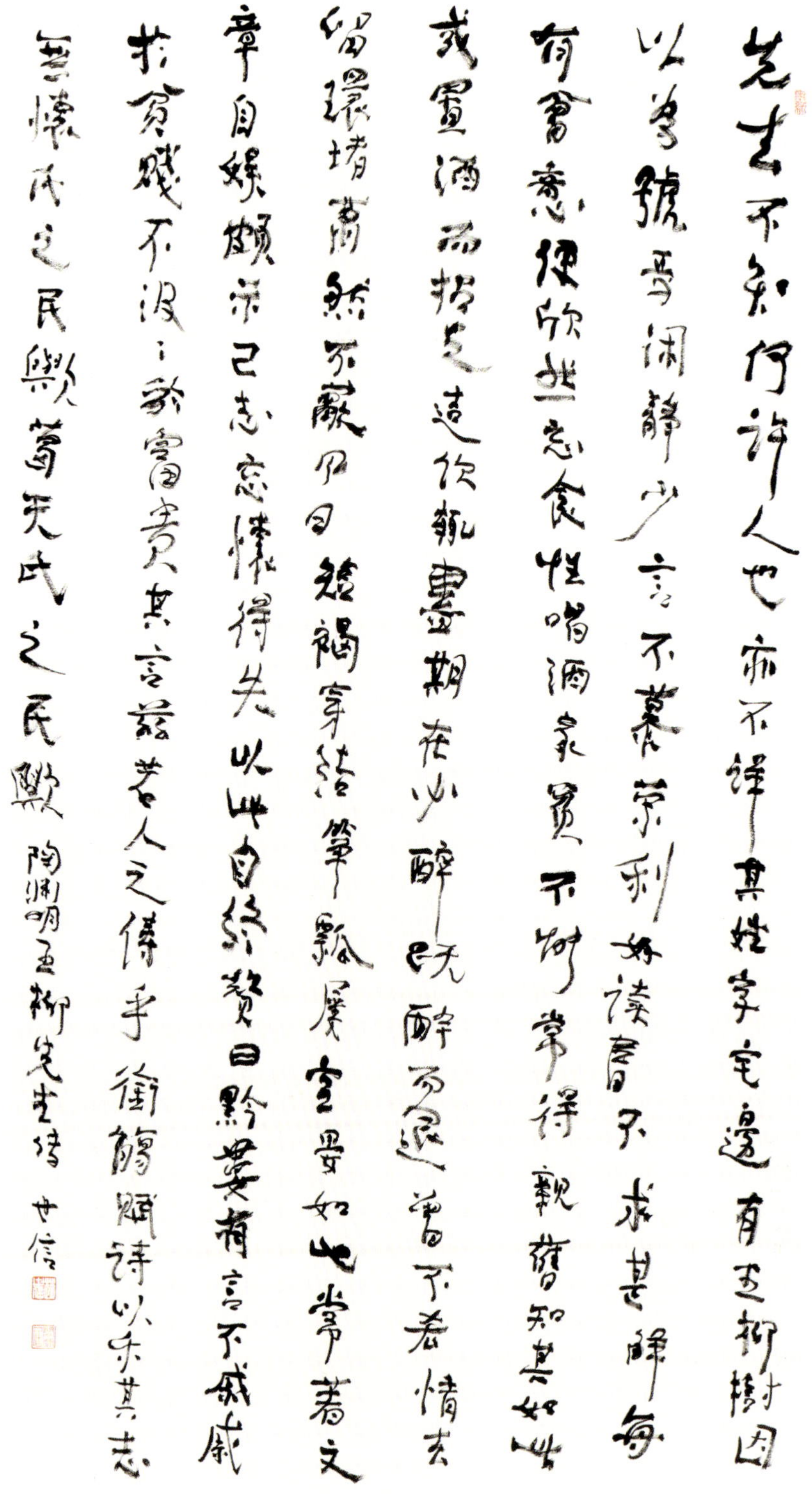
先生不知何許人也亦不詳其姓字宅邊有五柳樹因
以爲號閑靜少言不慕榮利好讀書不求甚解每
有會意便欣然忘食性嗜酒家貧不能常得親舊知其如此
或置酒而招之造飲輒盡期在必醉既醉而退曾不吝情去
留環堵蕭然不蔽風日短褐穿結簞瓢屢空晏如也常著文
章自娛頗示己志忘懷得失以此自終贊曰黔婁有言不戚戚
於貧賤不汲汲於富貴其言茲若人之儔乎銜觴賦詩以樂其志
無懷氏之民歟葛天氏之民歟
陶渊明五柳先生传 世信

陶渊明《五柳先生传》

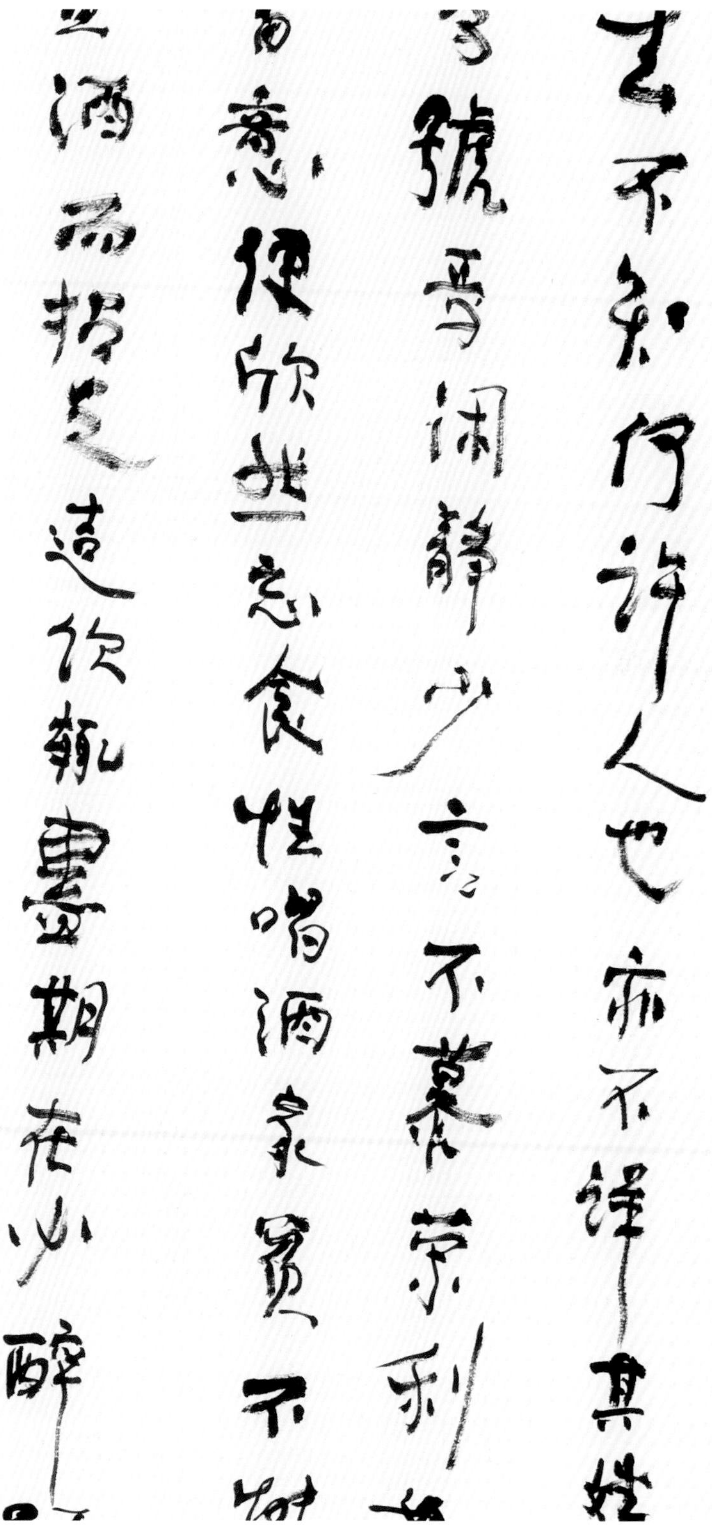

陶渊明《五柳先生传》（局部）

为灵芝仙草，不为朱唇丹脸，长啸亦何为！醉舞下山去，明月逐人归。”三十多年后，他还能详熟地背出我所写的形式、书体和文字内容。他惊人的记忆力让人折服。我们真正的交往，是80年代末，他刚刚访问美国返郑，到省书协看望我们，不知为什么，刚见面没说几句话，我们便大有一见如故的感觉，应该说是他的豪爽、真诚深深地感染了我们。后来，他对书法事业的支持也愈来愈多，愈来愈具体。在省教委，他组建了全省教育系统的书法研究会，他出任会长，到省人大，他又担任了十年省人大书画研究院院长。他先后多次组织了多种形式的书展，出版了作品集，其中影响最大的是他发起组织了河南优秀青年书家提名展，由我们做参谋，拟定了几十位45岁以下书家的名单，每人创作几件具有代表性的作品，举办了隆重而富有创意的展览。展览开幕，作品集同时发行，此举对全省书坛的创作，对优秀书法人才的脱颖而出和崛起起到了至为重要的作用。此外，他作为省直作协主席，在就任之初，就为已故去的作协老秘书长杨晓杰出版遗作，为省作协老主席南丁出版五卷本文集，为新秀赵立功出版了两本书。这一切全部由他自筹资金，他还打算为几位知名的老作家出集子。此举在文学界有着很好的口碑。

世信并非专业书法家，但他对书法的感悟力很强，这大概与其颇高的艺术眼力有关。他藏有大量中国经典的书法作品集，稍有空暇，便时时翻阅、欣赏，他说这叫养眼，整日眼睛所接触的都是旷世名作或被历史筛选过的佳作，那些世俗的、粗野的、柔媚的东西便不会入眼。他最喜爱王羲之、苏轼、何绍基、林散之那自由、随意中又透出严格法度的风格，当然也喜爱沉雄、博大、豪放甚至透出稚拙之气的作品。按说，依他的性格应当写出后一种风格，然而恰恰相反，他的作品始终都充满了一种轻松、淡雅的意味。我一再劝他往我的路子上靠靠，我说，你一个北方豪放、充满激情的汉子，怎么一直写那么隽秀儒雅的字？他说，没办法，一下笔就是如此。我后来想通了，他压根儿就是一介文人，从文学中走出来的书家，文学的底蕴在他的书法创作中起着至关重要的作用。我想，我虽也搞搞文学，但出身是美术，从美术走到书法，字会写得更奔放、更大胆一些。不过，我从世信作品中不仅看到雅的一面，其实内在的、多年来支配他的一种艺术审美倾向是“野逸”，自由自在，不受拘束，独来独往，天马行空，我想怎么写就怎么写，我行我素，一任天趣。多年前写苏(东坡)，现在钟何(绍基)，其间还特别对董其昌产生很大兴趣，但不论写谁，其主体精神，即“野逸”之气，始终弥漫在他的作品中。这一种气息，看似不经意，其实是许多人都达不到的、可遇不可求的至高境界，包括写了多年字而深深被“法”所拘束从来不敢放开的一些所谓“名家”，始终都与“野逸”无缘。这是我十分欣赏世信作品的一个重要原因。

世信书作所选文字内容，看似随意，实际上很严格，标准就是意厚情浓，文字未感动他则决不写。许多书家选文字内容时不太在意，遇到什么写什么，实际上文字的选择在书法创作中起着重要的作用，一首好诗，一段好文，都可极大地调动作者遏制不住的创作激情，使之产生强烈的“欲书”愿望，从而进入到一种高亢而强烈的创作状态之中。更难能可贵的是将要出版的这部作品集收入了他自己创作的《梦画小记》《补壁小记》和《云南印象》等短而精的文章和诗歌，作为有深厚功底的作家的世信，无疑在这一点上胜过了许多专业书家。

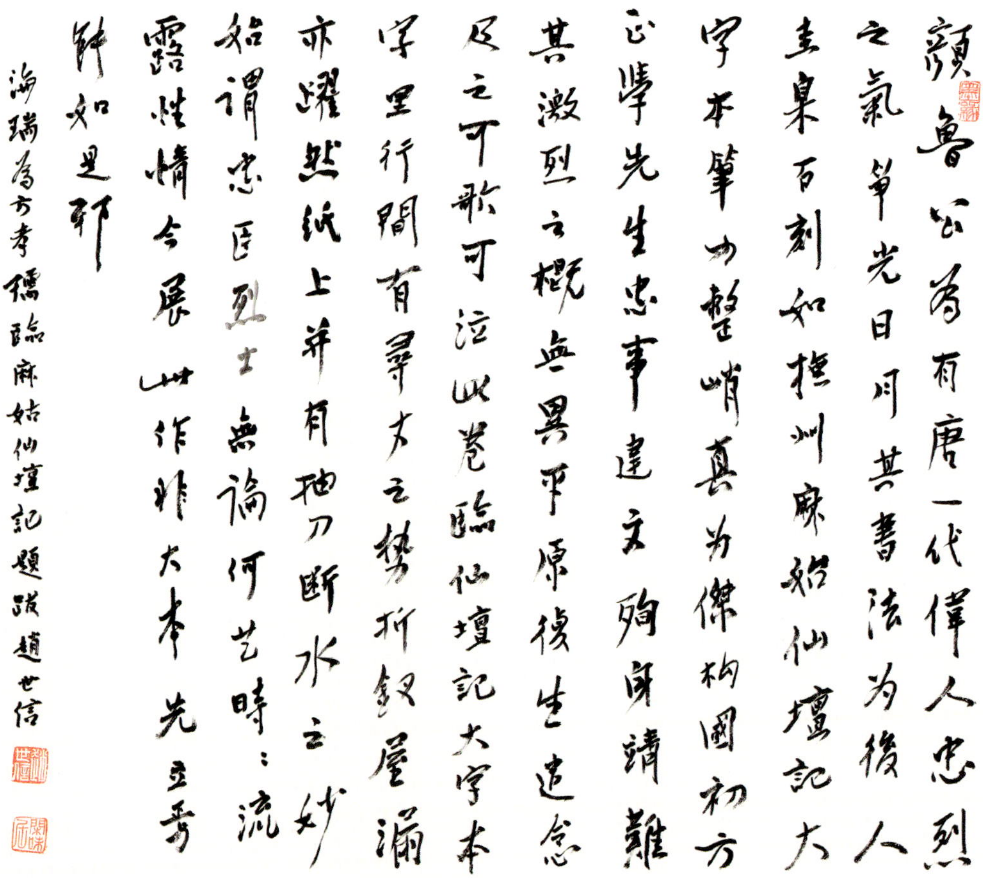

海瑞为方孝孺临《麻姑仙坛记》题跋

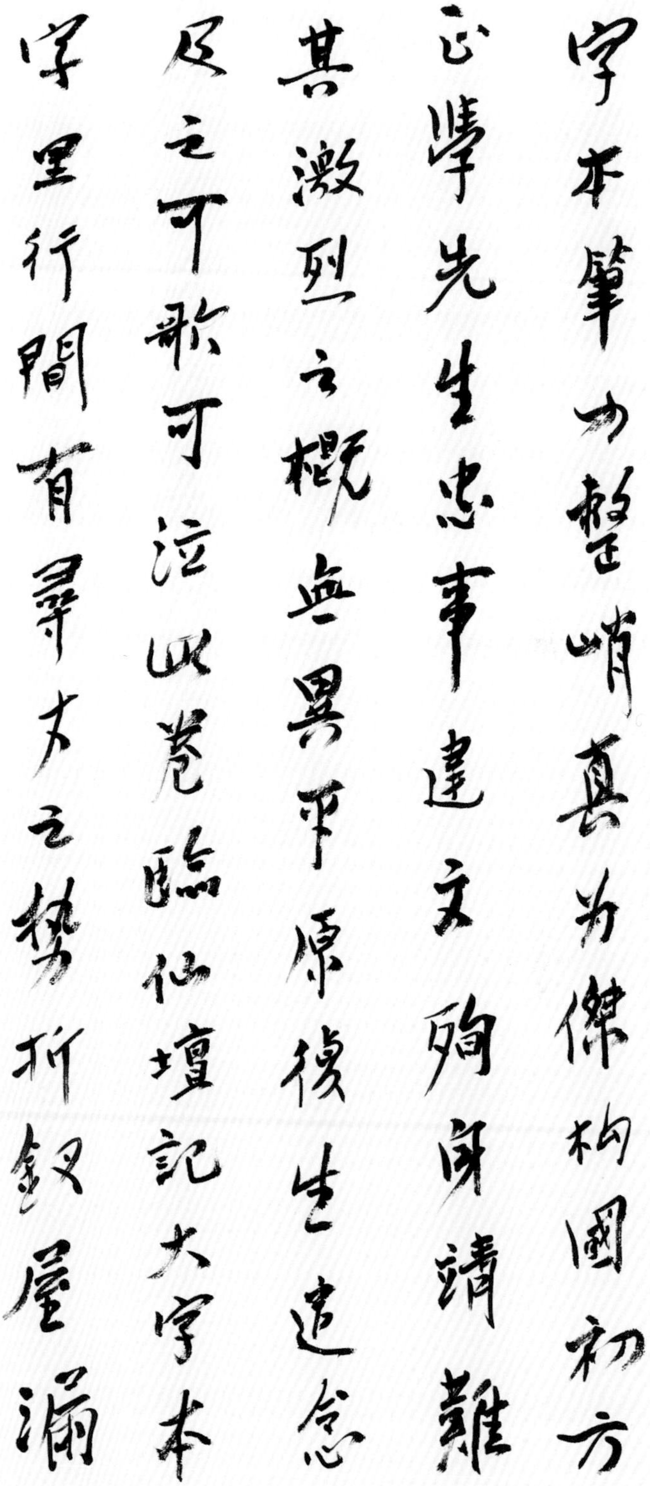

海瑞为方孝孺临《麻姑仙坛记》题跋（局部）

世信在书法创作上颇为勤奋，数日不见，便有许多新作出现，或长卷，或对联，或竖轴，或横批，他大部分写的都是行书，偶尔羼以草法，不时会有打人眼的佳作出现，其气息、意味之新之奇令人赞叹不已。尽管如此，他一直极为谦虚，见了我，总是自称学生让指点指点，既然问我，我也就快人快语，有什么说什么，从不会拐弯，这样，就更加深了我们之间的友谊。

因为我近期除到外地或出国讲学、参加活动外，在郑期间均住在离闹市区数十公里的官渡草堂，在这里读读书、写写字，与朋友喝喝小酒，大有陶渊明远离喧嚣尘世的感觉，故与世信兄见面也少了。今天他带有强制性地约我到他的工作室，对其近期创作的作品提提意见。他说，也许只有我可以说得更直率准确。作品都已裱好，挂在四周墙上，我较详细地品味了所有的作品，这批新作大部分对以往有了明显的超越。其中两件均写陶渊明诗文的六条屏及四条屏，给我印象特别深刻：除文字内容我特别感兴趣外，整体上苍苍茫茫，气息高古，细观则结字奇崛，用笔苍涩中又多见变化，从大的审美情趣“度”的把握，到具体的形质处理，似经意又不经意，充满天趣，在苍逸、稚拙中透出让人心灵悸动的灵气，它只属赵世信所有，其他人是玩不来也达不到如此高古的品位的。此外，我还直率地指出，另外两件用尖笔而过分随意的作品千万不要拿来展出和入作品集，今后也要避开如此过分自由的“创作”。书法界很多人都在探索，但并非所有的探索都能成功，这就要不停地进行总结，保留并发扬那些可称得上具有艺术价值的部分，而要毫不犹豫地抛却可能损害正确创新探索的种种弊端。他说他同意我的看法，希望我这个老友为其作品集写点什么，并真切地将这一切写出。当然，我不能拒绝，尤其看到其骄人的成绩，再回忆与之交往的经历时，真觉得有许多话要说。

河南书法界有了世信这位朋友，大家觉得十分地快意，又十分地温馨。他的直率，他的仗义，他在艺术上的勤奋和不懈的探索精神，使其在书法界有极好的声誉和地位，那些妒贤嫉能、小肚鸡肠、见风使舵者与之相比，显得是如此地令人不屑。世信是一面镜子，在他面前都会照出自己“小”的一面；他又是榜样，北方人的朴厚、直率、豪气和重情重义，又对周围的人无形中产生着影响。河南书坛“人和”氛围的形成，世信是做出了重要贡献的。所以，我们可以说，从为人到从艺，世信是一位——侠之大者，情之浓者。

2013年5月23日于中州官渡草堂

（本文作者曾任中国书协理事，学术委员会副主任，河南省书法家协会副主席、名誉主席，现为中国艺术研究院中国书法院研究员）

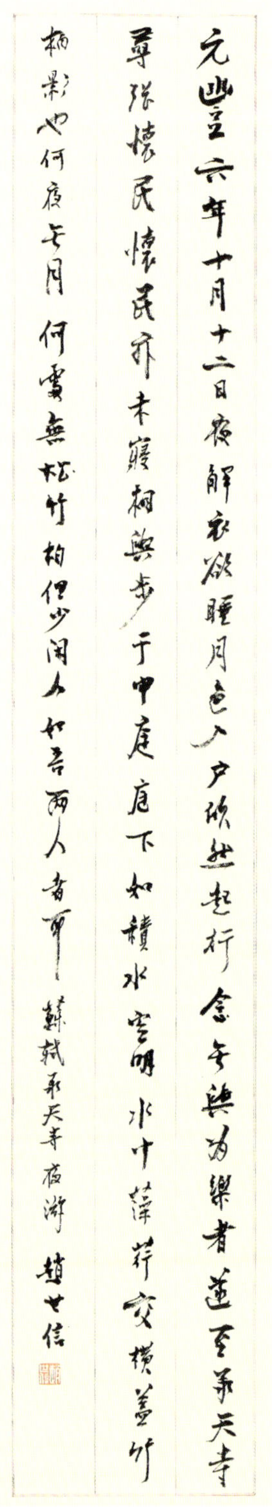
元豐六年十月十二日夜解衣欲睡月色入户欣然起行念無與為樂者遂至承天寺
尋張懷民懷民亦未寢相與步于中庭庭下如積水空明水中藻荇交橫蓋竹
柏影也何夜無月何處無松竹柏但少閑人如吾兩人者耳
蘇軾承天寺夜游
趙世信

苏轼《记承天寺夜游》

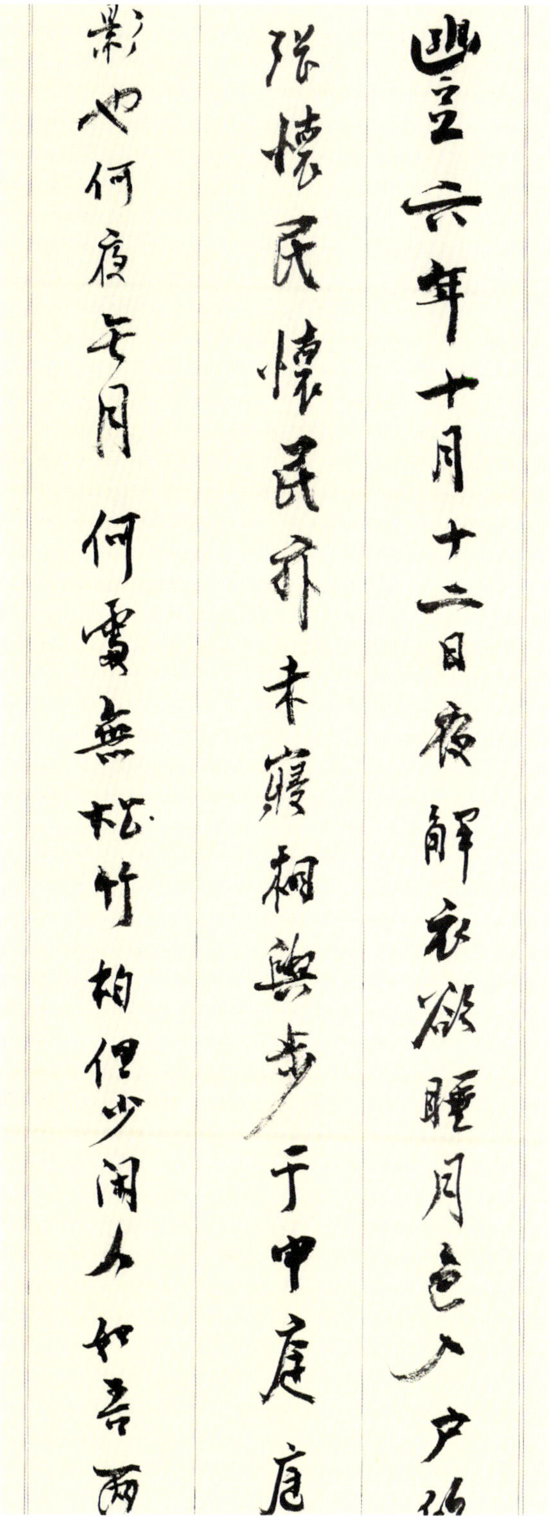
豐六年十月十二日夜解衣欲睡月色入户
張懷民懷民亦未寢相與步于中庭庭
影也何夜無月何處無松竹柏但少閑人如吾兩

苏轼《记承天寺夜游》（局部）

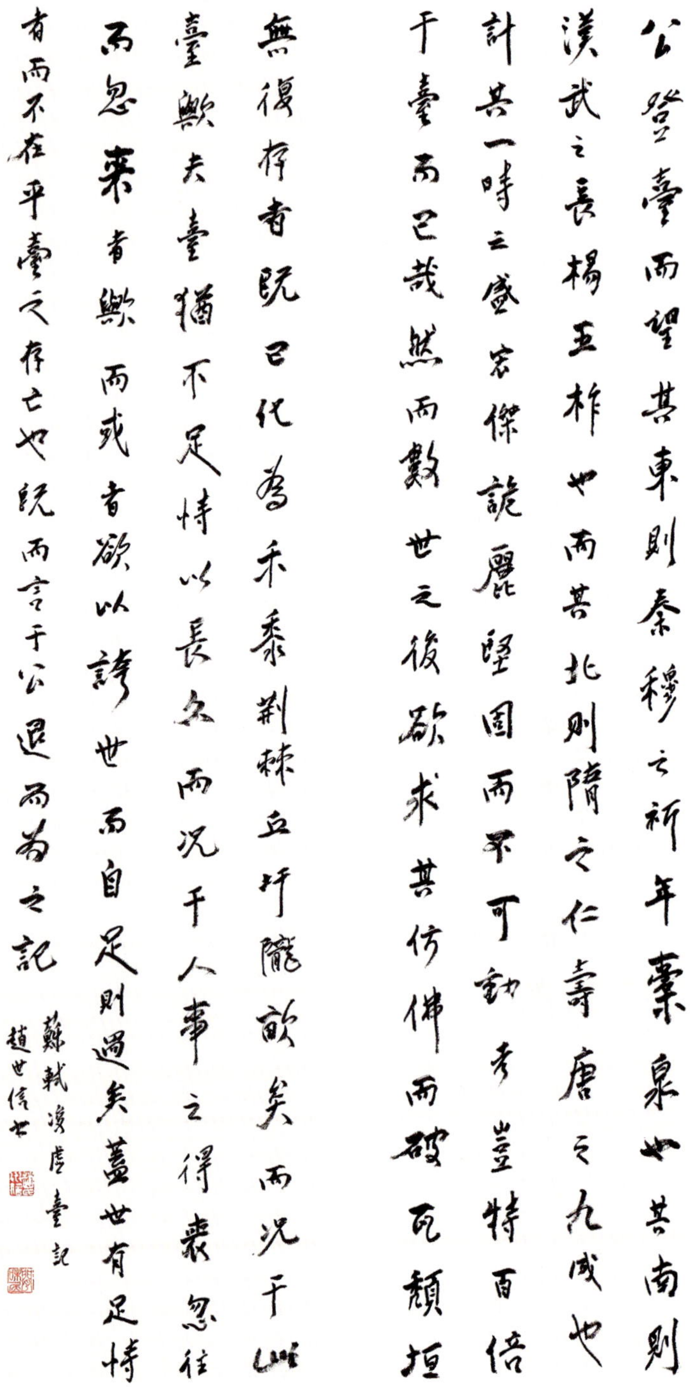
公登臺而望其東則秦穆之祈年橐泉也其南則
漢武之長楊五柞也而其北則隋之仁壽唐之九成也
計其一時之盛宏傑詭麗堅固而不可動者豈特百倍
于臺而已哉然而數世之後欲求其彷彿而破瓦頹垣
無復存者既已化為禾黍荊棘丘墟隴畝矣而況于此
臺歟夫臺猶不足恃以長久而況于人事之得喪忽往
而忽來者歟而或者欲以誇世而自足則過矣蓋世有足恃
者而不在乎臺之存亡也既而言于公退而為之記
蘇軾凌虛臺記
趙世信書

苏轼《凌虚台记》

國于南山之下宜若起居飲食與山接也四方之山莫高于
終南而都邑之麗山者莫近于扶風以至近求最高其勢
必得而太守之居未常知有山焉雖非事之所以損益而物
理有不當然者此凌虛之所為築也方其未築也太守陳
公杖履逍遙于其下見山之出於林木之上者纍纍如人之
旅行于牆外而見其髻也曰是必有異使工鑿其前為方
池以其土築臺高出於屋之危而止然後人之至於其上
者恍然不知臺之高而以為山之踴躍奮迅而出也公曰
是以名凌虛以告其從事蘇軾而求文以為記軾復于公曰物
之廢興成敗不可得而知也昔者荒草野田霜露之所蒙翳
狐虺之所竄伏方是時豈知有凌虛臺耶廢興成毀相
尋于無窮則臺復為荒草野田皆不可知也常試與

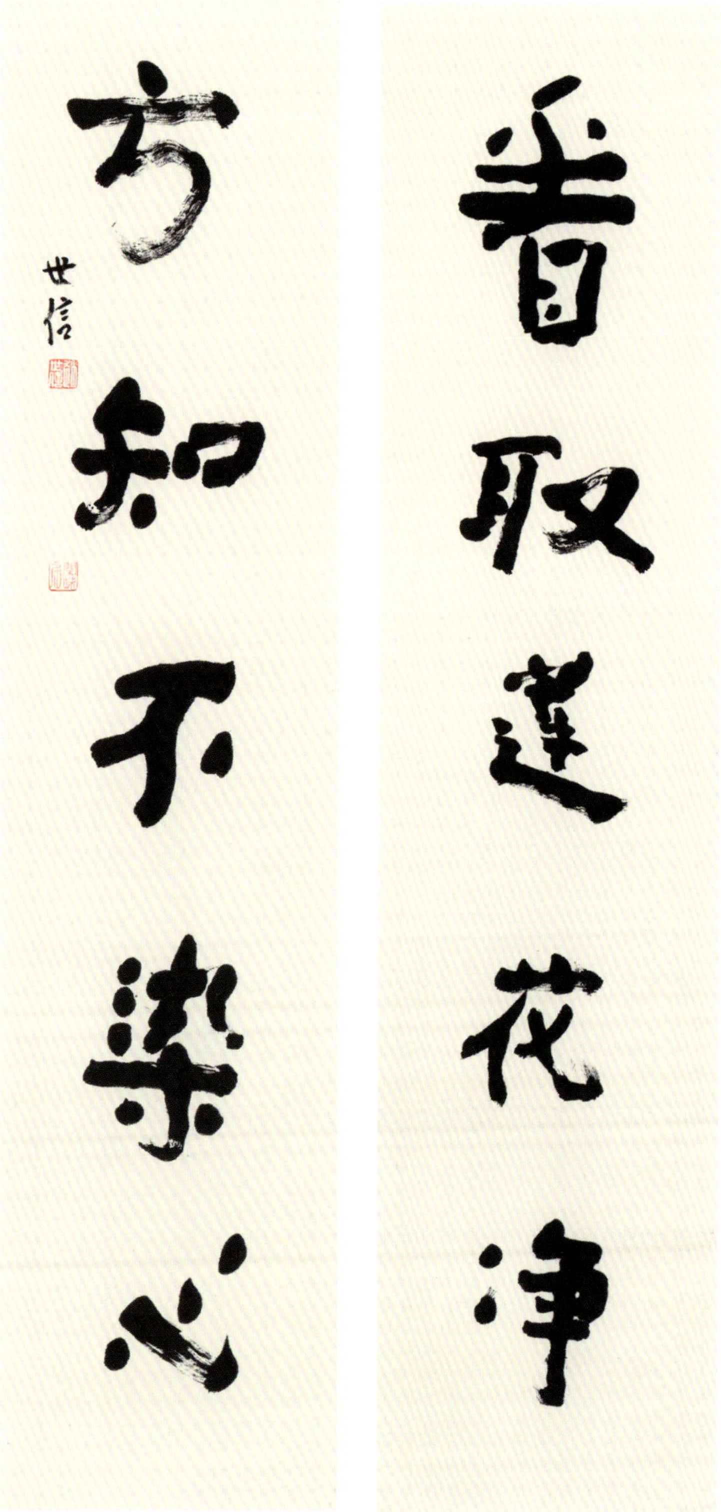

看取方知联

乡土与生命

孙荪

早就听说省教委有一位领导干部名叫赵世信，一直痴情于文学。原来在空军部队时即有长篇小说问世，转到地方做仪封园艺场领导以至调到开封市委和省教委从政，仍时有散文发表。后来见了面，未见常有的官相，却有一副从容洒脱的气度，又知道我们是豫东临县同乡，并且同龄，几分亲切从心底升起。但是，仍然没能系统阅读他的作品。

没想到，他却命我来为他的文集作序。为一本书写序言，是一件庄严的事情，同时也就有压力。必须认真读过全书，甚至读过作者的其他著作，进而了解作者的整个人生，才“可能”有中肯的叙说和论述。“可能”要变成“现实”，还得有一个基本的条件：作序者必须懂得那本书的内容并且是那种文体的行家。

说实话，我原打算用一种讨巧的办法，请作者挑出自以为最有代表性的部分作品，进行阅读分析。但不料这“部分”作品却引领我进入赵世信文集的密林，乐而忘返了。我的阅读竟然一篇也不愿漏下，没有因为文章的量大而造成“审美疲劳”，一直兴致不减。

在阅读过程中，有一个想法在我脑海中萦绕：赵世信一生的职业都与文学有相当大的距离：空军飞行员、园艺场场长、政府领导干部，这些角色和岗位，足够他实现自己的人生追求，也足可以使他疲于奔命的了，像他这样的多数人包括不少搞文学出身的人，也常常把文学爱好放在一边，甚至“搁置”起来。但是，这个中学时代乃至小学时代的文学梦幻者，却执着地要圆这个文学梦，在出色地完成社会分配给他的“公职”以外，坚持着他的文学“私好”。

如果说，年轻时候的弄文学，常常因为文学创作易于显示才情、出名、确立人在社会上的价值地位，同时，也有稿酬和其他利益的收获等考虑，那么，对于赵世信来说，特别对于已届“知天命”之年的他来说，这一切，似乎不需要依赖文学来“帮衬”了。只有一种解释，如孔子所言：“知之者不如好之者，好之者不如乐之者。”文学之于赵世信，不唯懂得、喜爱，更为心灵之需要，而乐此不疲者也。

看来，似乎真的存在着这样一个规律性的东西：文学，好像初恋情人，不论能不能成为妻子，一旦爱过，它就会终生纠缠着你的情感。因为文学原本是源自于人追求不朽的天性，深植于人性寻求情感寄托的生命方式。

作为文学作者的赵世信，他乐此不疲的是什么呢？在评论别人的作品时，他说过“小草恋土，游子怀乡”的话，这其实可以看作他关于自己作品的谦卑的自白。《沧桑》中的作品没有关于自己的“三十功名”的展示，作者似乎根本没有想到要出一部书来为自己一生的行状鼓吹一番，树上一块碑，往下传一传。相反，他把自己的功名视为“尘与土”，认为不过是过眼云烟。倒是另一种渴望支配着他：许多牵肠挂肚的情感要找个地方存放一下，换言之，他要把自己在心里“窖藏三十年”的人生陈酿打开请朋友们品尝品尝味道。这就是他十分珍视的故乡情怀。

豫东平原的乡村是他的主要视界。生他养他的村庄因了亲戚关系而向周围村庄辐射开去，读书的村庄和县城因了同学关系而向更大的范围展开，这成为早期的两个中心；再加兰考仪封园艺场，也不过涉及了两个县的一部分乡村。

怀乡，重点在怀人。

同学少年、家人乡亲、同事部属，渐次进入他的怀乡视野。粗略地统计一下，四五十个各种各样的人物。有不少奇人异事，更多的是常人凡事，不多的文人艺人往往更深地触动他的神经，风采独特的年轻女性及其情感经历特别令他动心。

所有这几类人，他共同关注的，用传统的说法，一是性格，一是命运。他着眼于性格的“不同一般”，农人之朴，女人之灵，文人之慧，怪人之畸，都在看似平实随意的叙述中，以不时跳出的鲜活细节，在具有较大反差的性格对比中，展现出各自的不同。

人生命运是作者格外感兴趣的。他喜欢算人生的总账，他的人物总是有一个前前后后的小过程，历史感特别是沧桑感伴随着流露出来。但他又不为人写传记，超越颂扬或是批评的褒贬，消解革命反动对错善恶美丑爱憎的二元对立判断模式，他有点像人类学家，尽力恢复到生命的原生状态，展现生命活生生的质感，展示千类万殊的生命方式。没有系统，或者说

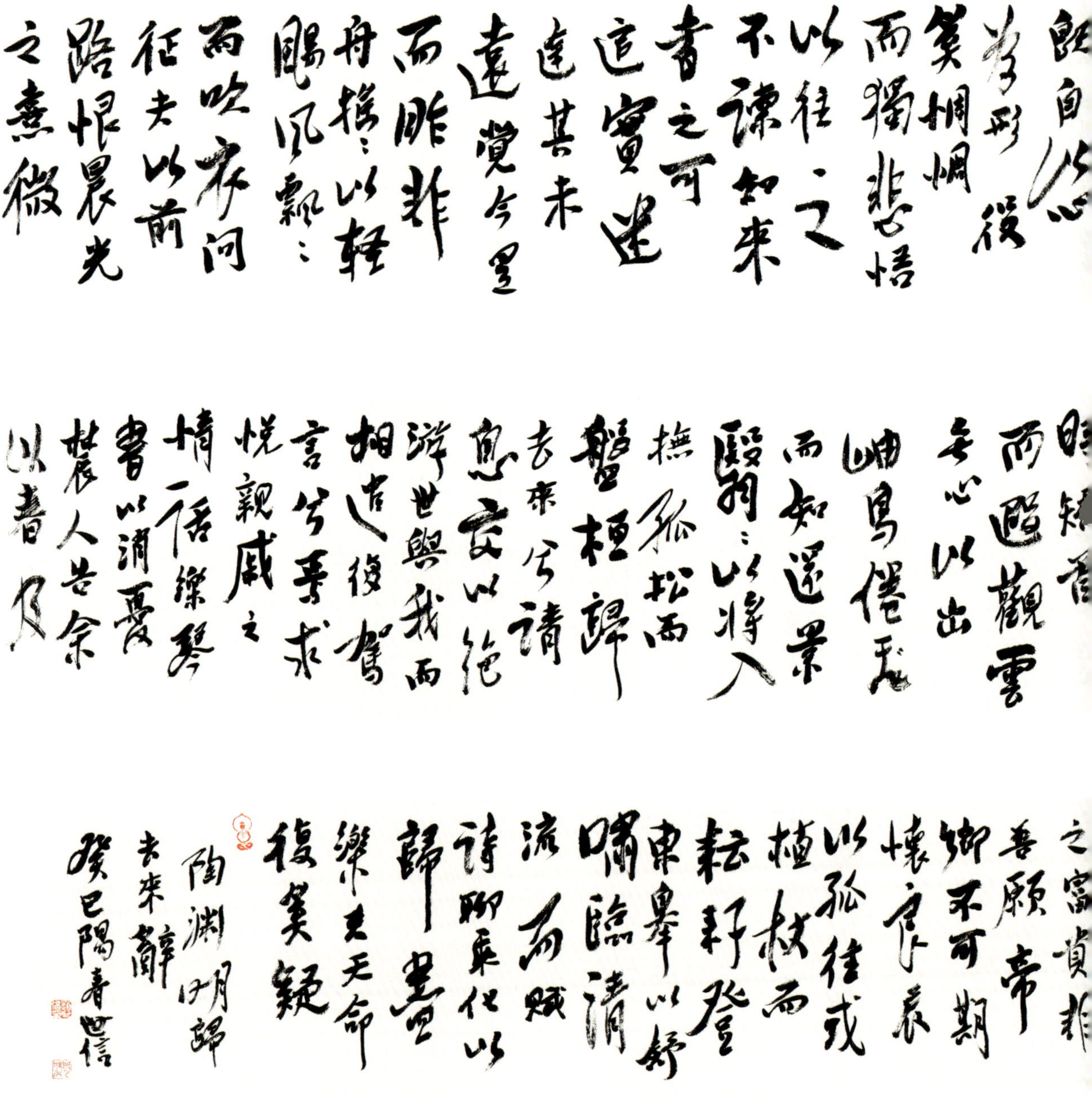

陶渊明《归去来辞》

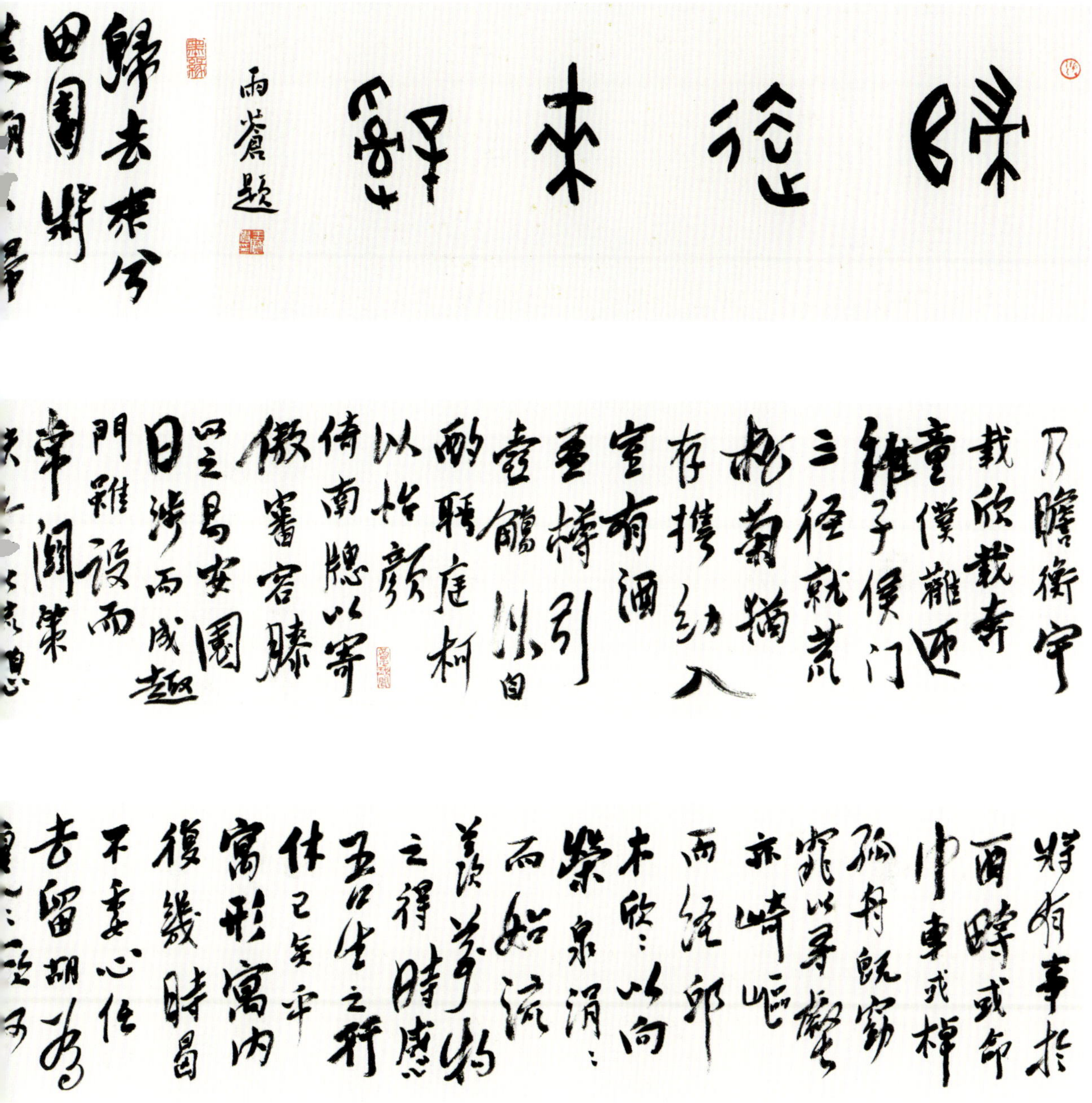
歸去來辭
雨蒼題

还不成体统，但提供了生动的真实的生命个案的系列，进一步提升来说，实际上是保留了民族的经验和记忆。

怀乡，作为文学主题，是中外古今文学尤其是20世纪中国文学的大景观。赵世信虽无意以此在文学史上出人头地，但《沧桑》中最有价值的作品应当说是这一部分。令我感动的是，作者对故乡的一往情深，对乡亲百姓命运际遇的同情和理解，特别是对其生命味道的亲切感受。这部分作品大多是50岁后写下来的。其中闪动着两种目光：一是在家乡读书时的少年目光，新鲜的亲切的调皮的目光；一是回乡游子的目光，陌生的审视的依然亲切的目光。熟而知味，距离生美，于是，作品获得了两种最可贵的品质，自然而新鲜。就文学的意义上，不仅其中有些篇什有事有人有境有味，可以说不假雕饰浑然天成；同时也许是在不自觉中走进了现代写作，充分展现个人视角下的客体世界，和盘托出了作家心灵化的民族记忆。

值得注意的，还有作品显露出来的那种出自天然的风趣和幽默，也许这是作品成功的重要原因。一个在一定意义上遍历“大天下”以后的游子俯瞰甚至把玩“小故乡”，一切都变得在股掌之上了。经验产生智慧，智慧产生幽默。于是，趣味便自然生出来。一个亦刚亦柔的性格又平添了诉说的从容和自由。刚使他满怀激情和豪情，使他的作品一片明朗，使他的倾诉滔滔不绝不吐不快，如水银泻地不择地而出；同时，他又富有柔情，十分敏感，眼尖心细，周密周到。正因为此，许多趣事趣话，便躲不过他的锐利的慧目和无遮拦之口。那些性格怪异的奇人乃至畸人，本就是产生趣话的源头；那些命运多舛的人物起伏大坎坷多，往往由于阴错阳差而出人意料；那些人际关系尤其是男女关系中，更因许多偶然因素而波澜横生。在事过境迁之后，说起“从前的事儿”来，不免令人扼腕叹息又无可奈何，更多地则让人忍不住捧腹大笑或者哀泪笑洒；就在这叹息和笑声中，栩栩如生出故乡人的生存状态和生命境遇。

我终于理解了赵世信为什么要费心费神地写出他的怀乡之作了。对家园的关注，是对人的关注，进而对生命的关注，更是对精神的关注。这是无价的财富。这种采自作家心田的“人类作品”是不能用任何有价的东西换来的。如果没有人做，它就将湮灭在历史的尘埃之中。赵世信所诉说的，对具体的某某人并不重要，重要的是它让我们看到人类精神的光辉和黯淡，找见自己的某些精气神的影子，对于自己应该怎样活和不应该怎样活，找到某种参照。

不能不说到语言。

读赵世信的作品之前，我先自有些担心：长期的机关生活，一系列“成套的语言设备”，已经把人改造得不大会说自己的个性化的话了。还有，20世纪80年代以前的散文模式也会成为看不见的“套子”，让文章不自觉地落“套”。

但是，阅读后，我这个担心放下了。如果说园艺场的那些文章还稍有些“套”的痕迹的话，90年代的怀乡散文则找到了属于自己的自由表达。基本上规避了流行的政治话语的不适当侵入，熟练地运用经过提炼的中原口语，与怀乡所需要的自由随意的倾诉，相当契合。以故乡话说故乡事，作为读者的我和作者一样，为故乡语言的丰富表现力而快乐和自豪。这对一个少小离家的游子来说，是难能可贵的。

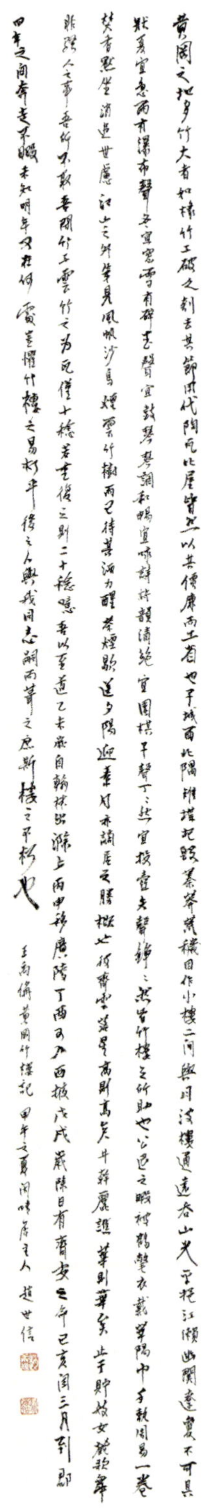

王禹偁《黄岗竹楼记》

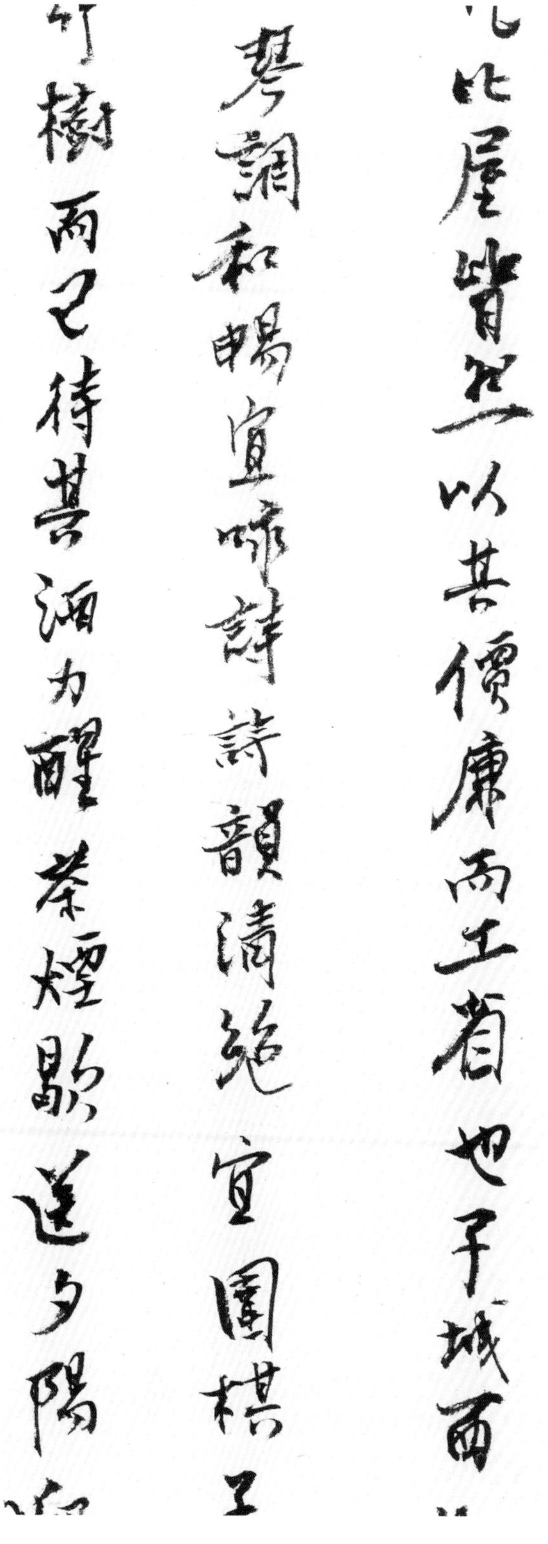

王禹偁《黄岗竹楼记》（局部）

赵世信的文章在结构和语言上从来是讲究的，只是文集中怀乡的这一大部分文章，窃以为倒整个像是一篇大文章，一些篇文的结构设计稍欠精心；作者强烈的倾诉激情，也使其语言显得有些过于顺溜。似乎需要多一些能够“勾”住读者，让读者不得不稍作停顿的叙述策略和话语策略。

我是觉得，散文毕竟不是口头表达，散文表达的自由空间也不是无边际的。它随意，但又要简练优美，不是疏于剪裁；它晓畅，但又要跌宕起伏，不是信口溜说；删掉了模范散文的凤头豹尾，还要有精心结撰的谋篇布局。这是我对散文写作的一些心得，并不是专门针对世信兄说的。

2001年8月于河南省文学院

（本文作者系河南省文学院原院长，河南省文艺评论家协会原主席）

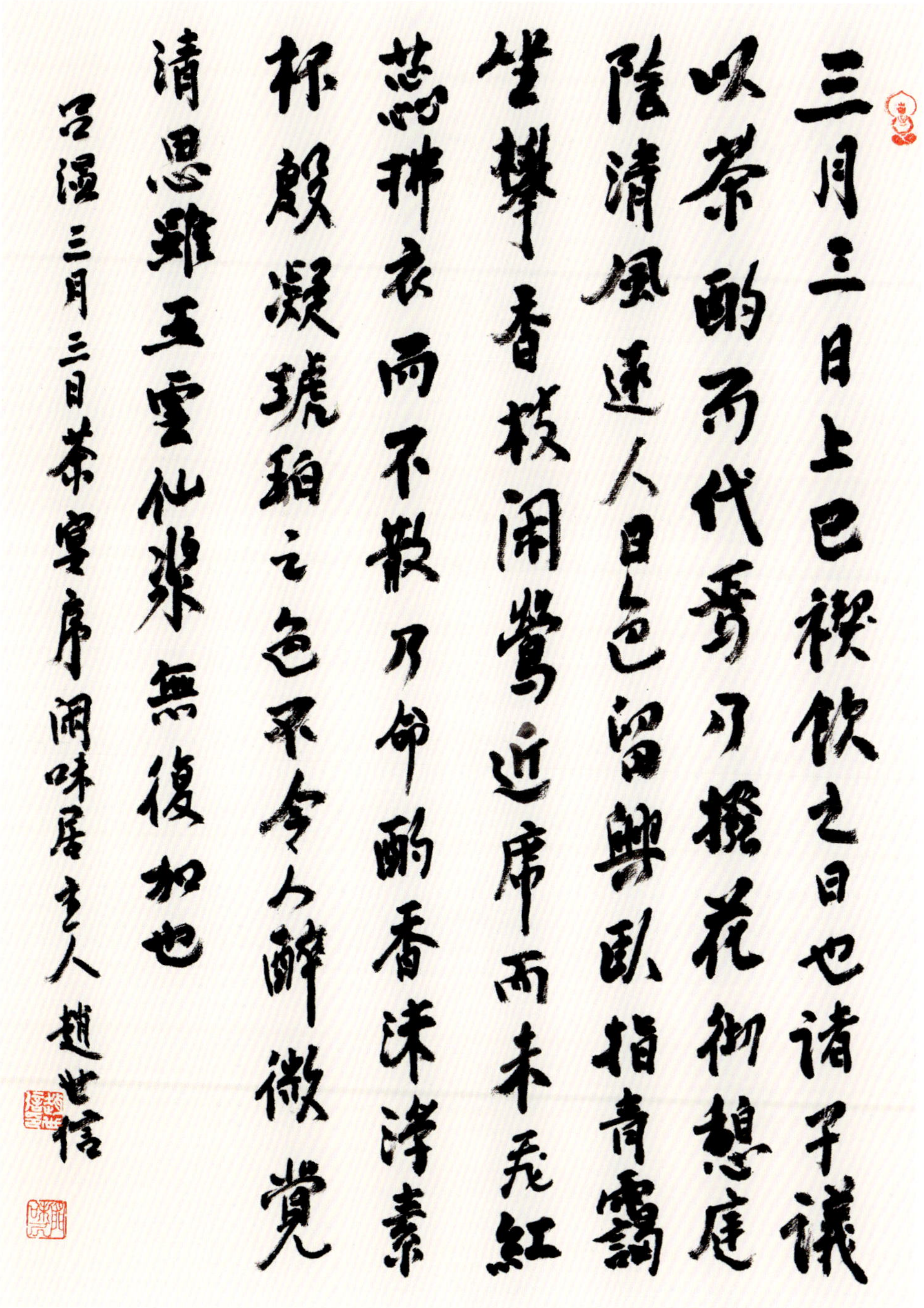
三月三日上巳禊饮之日也诸子议
以茶酌而代焉乃拨花砌憩庭
阴清风逐人日色留兴卧指青霭
坐攀香枝闲莺近席而未飞红
蕊拂衣而不散乃命酌香沫浮素
杯殷凝琥珀之色不令人醉微觉
清思虽五云仙浆无复加也
吕温三月三日茶宴序 闲味居主人 赵世信

吕温《三月三日茶宴序》

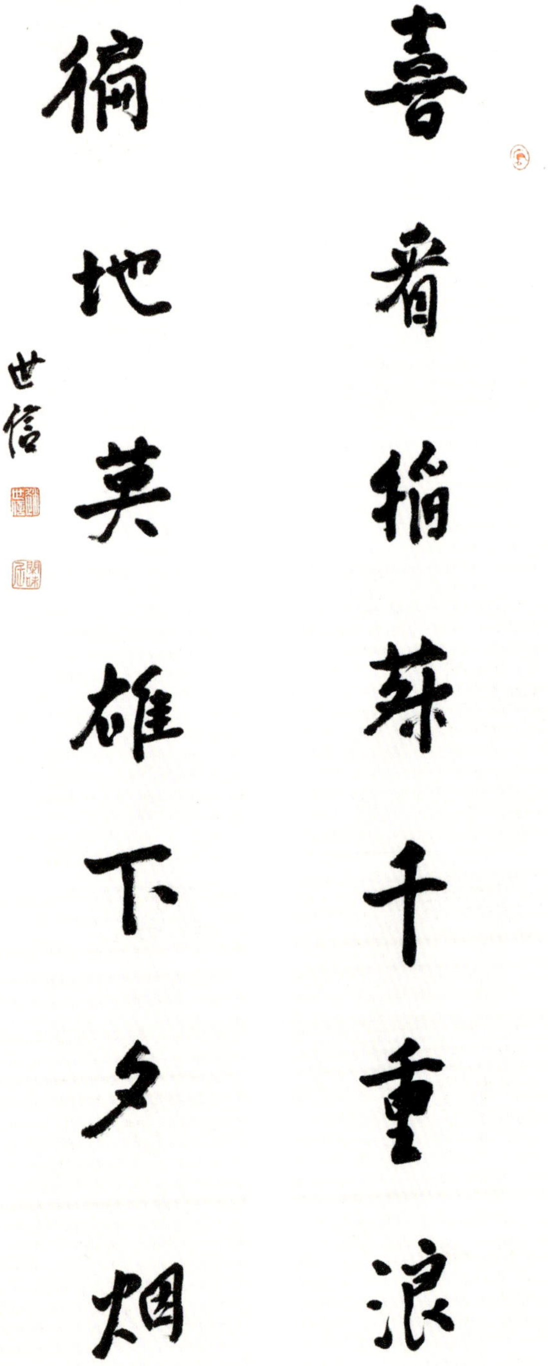

喜看遍地联

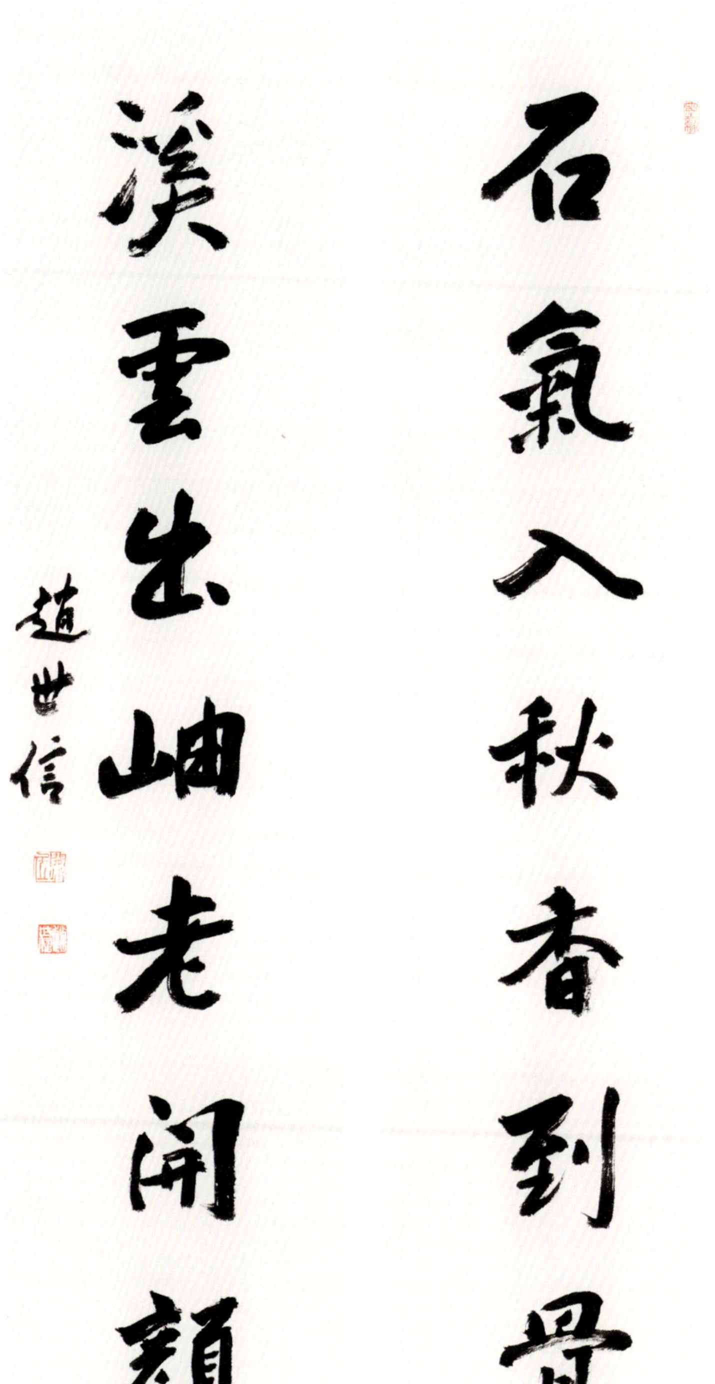

石气溪云联

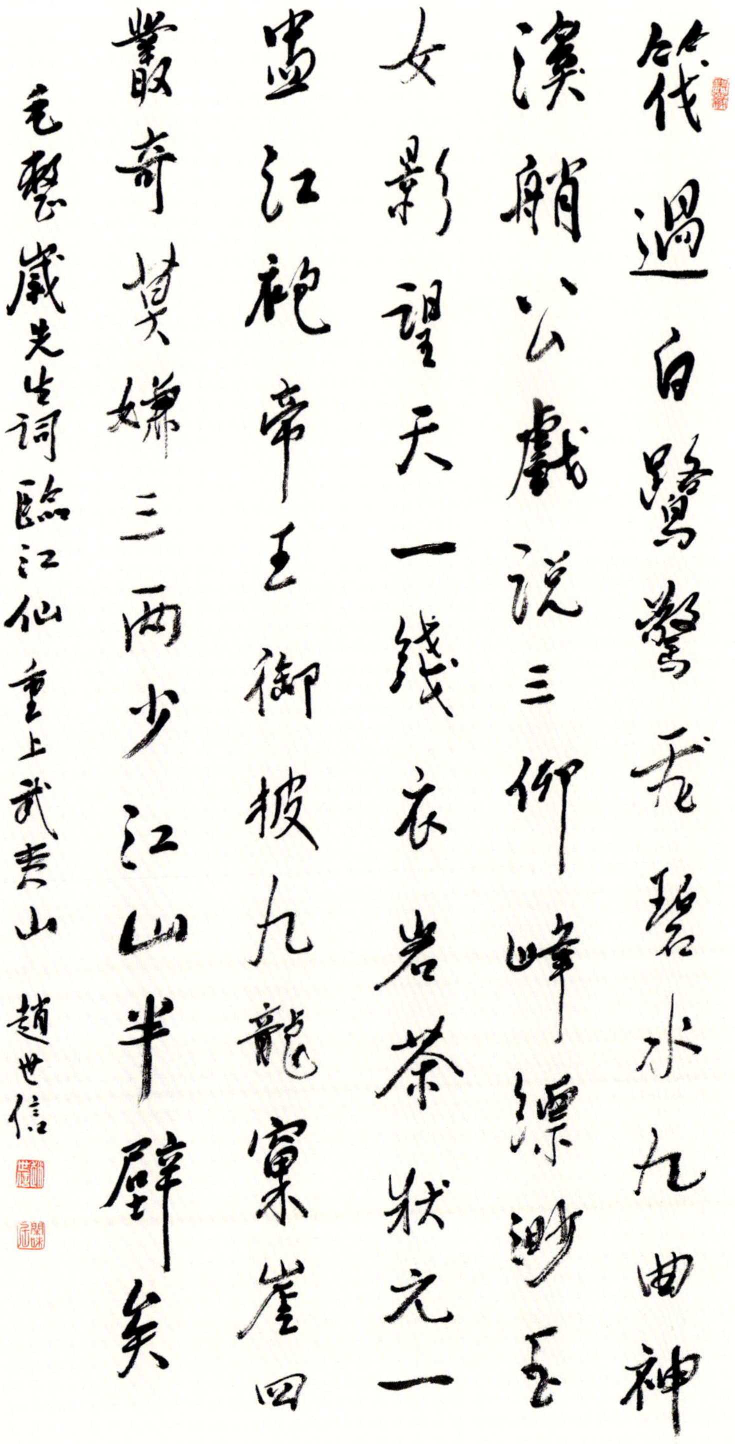

毛整岁词《临江仙·重上武夷山》

老赵的书我真爱读

宋瑞祥

像一块浸泡绿禾汁液的黄土，又如一段宽大风干的高粱叶面，一幅小小的插图旁是书法家王澄题写的书名，这便是赵世信《故事乡间》的封面了。没有内容介绍，更无广告语，简简单单的一本书。我捧在手上，脑中留下一个非同寻常的印象。

不经意间，我随手开卷阅读。谁知头一篇《经纪人老捣叔》就“捣”得我拍案惊奇，欲罢不能，46篇故事、16万字的一本书，竟然像看热闹似的，不知不觉就看完了。许多故事，真笑死人，不仅有趣、有味，而且让人联想，发人深思。我在纳闷：如此一本平平常常的小书，赵世信采取何种魔法，勾魂似的吊起读者的胃口？带着这个问题，我再次精心地研读、琢磨、思考，终于明白了个中奥秘：原来赵世信抓住农村题材，通过熟悉的故乡，像剥玉米棒一样，一层层剥去外在的包衣，待露出乡间的“核儿”，即用心描绘抒写，将生活的本色与真谛艺术地呈现在读者面前。由此可见，那个看似简约的封面正是赵世信“绘写本色”文学理念的入口。

本色即本来的颜色。它有狭义与广义之分。狭义来说，本色即天然的颜色，人的化妆、美容，食品、药品的添加剂，衣物的印染，家庭居室装修的涂色，一切人为的颜色均非本色；广义而论，本色即事物的本质。物体的美化，商业的鼓呼，广告的渲染，世俗的甜言蜜语，一切表面的形象和虚假的说词绝非本色。

在《故事乡间》中，赵世信描写的是20世纪70年代至21世纪初豫东乡间的生活场景。平民百姓的喜怒哀乐，个体人生的酸甜苦辣，人类天性的展示，在《故事乡间》中随处皆是。作者使用经过“蒸馏”的农民语言，采取白描速写的文学手法，通过巧妙曲折的故事情节，将人的社会性和私密性，活生生地烘托出来。一个个故事好像就发生在您的身边，一个个人物好像就蹦跳在您的眼前，一个个画面好像就烙在您的脑海，不事雕琢，朴实自然。整本书中，谋篇没有政治色彩，立意扫除世俗气息，道理摒弃说教，心灵打破禁区，字里行间散发着泥土的芳香，凸显着乡间的原汁原味。读后掩卷沉思，眼前似乎是一望无际的原野，只见丛丛簇簇、缤纷斑驳的野花小草，处处昂扬着五光十色的生命，自生自灭，岁岁枯荣，这就是赵世信绘写的乡间本色。

在《故事乡间》里，一个个小人物向你迎面走来；情节离奇，幽默诙谐，篇篇都可拍成电影故事片，篇篇都可改编成让你发笑、给你启迪的相声段子。忆念乡情的《香椿树》《母亲的儿子》《我的两个老师》和《魏姑子林印象》，记录乡音的《二胡王》《唢呐王子》《兰君》和《梵哑铃》，描写人生的《红玫瑰》《梨花女》《三莲》和《芳影轶事》，坦陈人性的《水灵》《私奔》《老顽童》和《保姆阿甲》，还有反映改革的《大傻》《大孬》和《武生》等，无不触动你的神经，激起你的雅兴。赵世信像一位熟练的导游，轻松将读者带进朴拙自然的豫东乡间，打开一个趣味盎然的社会频道。频道中，青春与爱情、人生与人性，常常胶合在一起，真乃千姿百态，形形色色；命运嬗变，悲喜难卜，人物命运让你读着新奇，读后深思。

《故事乡间》中的人物，性格鲜明，活灵活现。如“死蛤蟆能说出尿来”“连亲娘老子都敢哄，连油锅里的钱都敢抓”的经纪人“老捣叔”；看着文文静静，腼腼腆腆，一到床上却很野性，入夜从小窗口不时传出她欢快的叫声，乡人谓之“响床”媳妇的“水灵”；翻起筋斗一溜风，从戏曲舞台翻到人生舞台，从乡村翻到国外，一翻就是大半辈子的武生“老扁”；长得漂亮，打扮入时，看着电视，嗑着瓜子，常常发出吓人一跳的评论，喜欢仰脸开怀大笑，最后与村中最顽皮的青年大豹私奔的“柳翠”；拉着卖菜车在集头一出现，立即照亮半条街，身子抖一抖，眼珠子能落一大片的“周家三姊妹”；相亲不敢抬头看，娘说愿意就愿意，结果嫁给一个肿眼泡、瘦削脸、小胡子黑得吓人的男人，新婚之夜被诬“石女”，气得黑夜出逃的“银妮”……一个个人物特立独行，纯朴自然，让人喜，惹人爱。在他们身上打下的是全新的时代烙印。

《故事乡间》清澈透亮，似杯甘露，饮读轻松，而酿造却至为艰辛。这是作者数十年的生活积累和与故乡根脉情结的结果，也是作者创作实践中“删繁就简”审美情趣的结晶。文学来源于生活，高于生活。在赵世信看来，这个“高”不是形式、表象上的文字“拔高”，而是在本色、品质上的艺术升华，“视之则锦绘，听之则丝簧”。由此，《故事乡间》

气若幽兰

绘声绘色，幽默、有趣。

细读你还会发现，《故事乡间》时而露出作者创作的玄机。比如，《三莲》中周风莲演《小二黑结婚》中的小芹，《母亲的儿子》中与儿时伙伴李明性爱读《三里湾》《小二黑结婚》和《李家庄的变迁》，《我的两位老师》中高老师送《李有才板话》让赵世信寒假里读。赵世信的《故事乡间》为何能平淡中见新奇，质朴中显隽永，白话中透哲理，根子就在深得赵树理的风格神韵。由此不难想到，原来赵世信还有研读赵树理作品的“童子功”哩！

老赵的书我真爱读。

（本文作者曾任《名人传记》主编、编审）

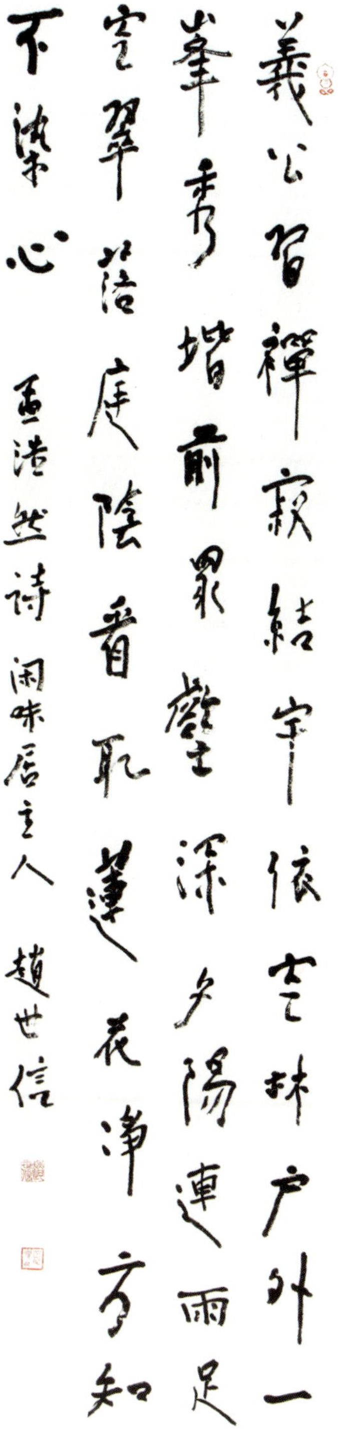
義公習禪寂結宇依空林戶外一
峰秀階前衆壑深夕陽連雨足
空翠落庭陰看取蓮花淨方知
不染心
孟浩然詩 閑味居主人 趙世信

孟浩然诗《题义公禅房》

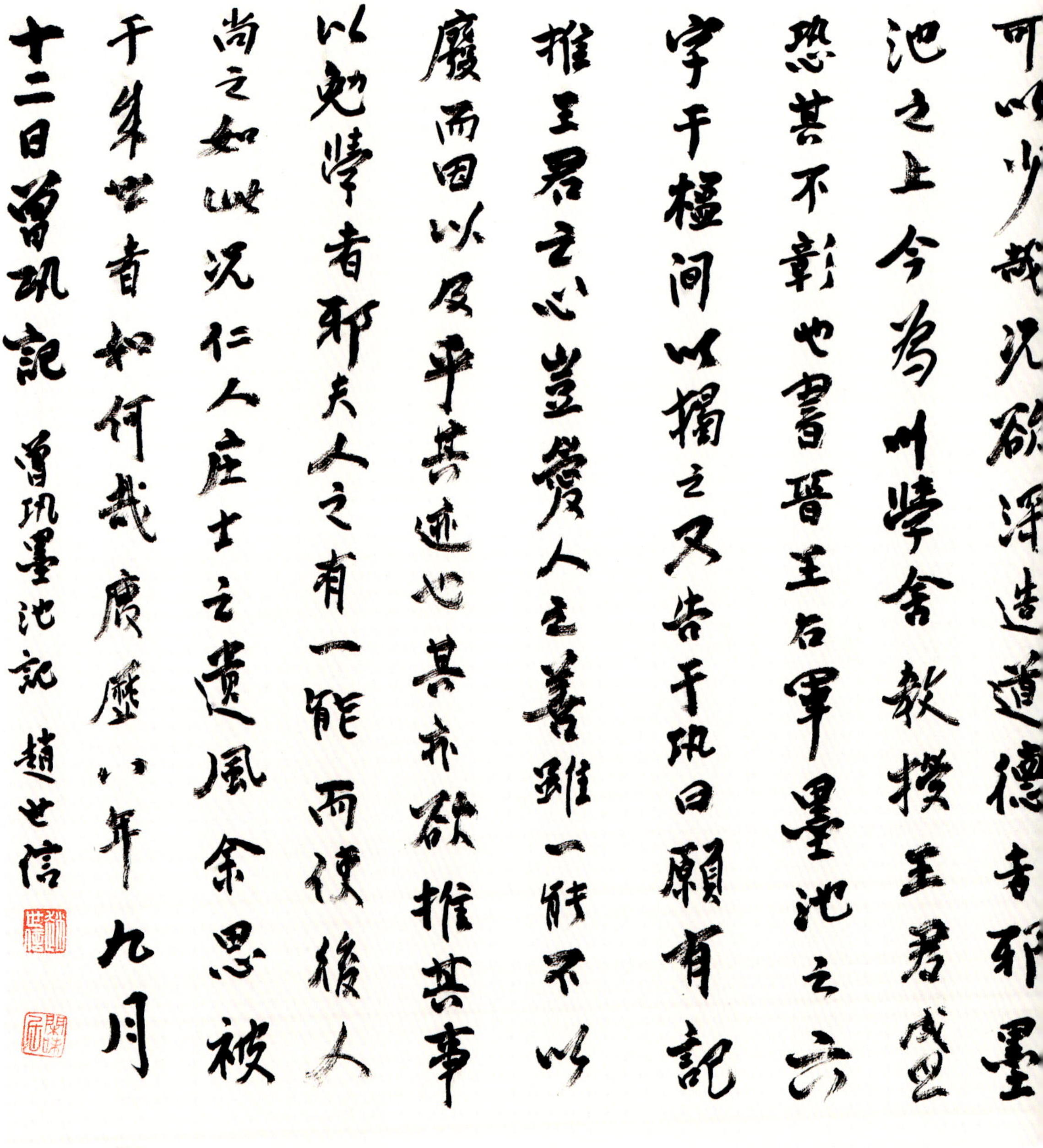
可以少哉況欲深造道德者邪墨
池之上今為州學舍教授王君盛
恐其不彰也書晉王右軍墨池之六
字于楹間以揭之又告于巩曰願有記
推王君之心豈愛人之善雖一能不以
廢而因以及乎其迹心其亦欲推其事
以勉學者邪夫人之有一能而使後人
尚之如此況仁人庄士之遺風余思被
于來世者如何哉慶歷八年九月
十二日曾巩記
曾巩墨池記 趙世信

曾巩《墨池记》

臨川之城東有地隱然而高以臨于溪
曰新城新城之上有池窪然而方以長
曰王羲之之墨池者荀伯子臨川記云
也羲之嘗慕張芝臨池學書池水
盡黑此為其故迹豈信然也邪方羲
之之不可強以仕而嘗極東方出滄
海以娛其意于山水之間豈其徜
徉肆恣而又嘗自休于此邪羲之之
書晚乃善則其所能蓋亦以精力
自致者非天成也然後世未有能及
者豈其學不如彼邪則學固豈

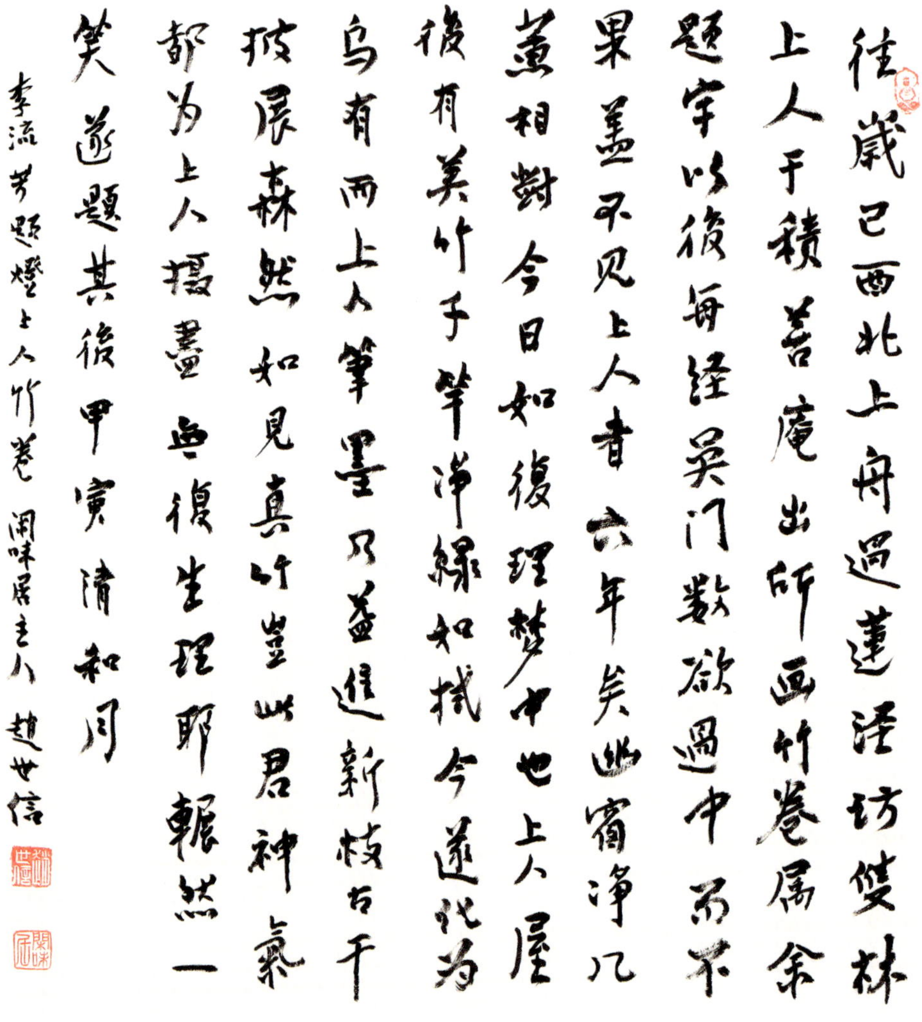
往歲已酉北上舟過蓮涇坊雙林
上人于積善庵出所画竹卷屬余
題字以後每經吴门數欲過中而不
果蓋不见上人者六年矣幽窗淨几
蕭相對今日如復理夢中也上人屋
後有美竹千竿淨緑如拭今遂化为
乌有而上人筆墨乃益進新枝古干
披展森然如見真竹豈此君神氣
都为上人攝畫無復生理耶輾然一
笑遂題其後甲寅清和月
李流芳題燈上人竹卷 閑味居主人 趙世信

李流芳《题灯上人竹卷》

恬淡拙稚任天真

赵光华

欣赏一件书法作品，人们在它面前打量着，什么二王、米芾，晋人笔意、唐人风骨，什么笔法、笔力、结体。除了这些，还要看什么呢？那就是个人的东西了。“个人的东西”——学识、才情、心性才是作品里冒出的凤麟，才能够让人一见钟情，驻足品读。

书画展如文人的集会，前去“赶集”总想看到对自己有用的东西，一点启发一点灵感足矣，总不能空手而归。现在展览大大小小密如牛毛，多的时候来不及趋身观看。一个书家若想让人记住他的作品，留住观众的脚步，想来不是件易事。

我与世信同里、同宗、同好。先生幼即颖悟，长于散文。从政几十年，笔耕不辍。写至现在，已有《合欢》《沧桑》《故事乡间》《寄情》等诸多文学作品问世。他的文字从生活出发，真情自然亲切，或娓娓细语俏皮幽默，或即兴吟哦佳句神来，从中可见他的才情智慧、人生寄托和文人襟怀。

世信善书。其收藏鉴赏数十年，整日摩挲书画，自有心得，加上躬身力行，以临池为乐，自然笔墨不俗，可谓“能读千赋则善赋，能观千剑则善剑”。

先生把写字视为天性和喜好。庄子提倡无为而治，身为庄子乡人亦信奉此道，其书法可谓“无为而书”，这是他与专业书家的不同之处。不以此安身立命，也无留存青史、炫技示人的欲望和野心，这使他挥洒起来更为自由、从容，笔墨更见心性。

这是他多年养成的习惯。早餐前，午睡后，一点空余时间，一番自在铺陈。闲云野鹤，心静如水。情思萌动，展纸挥毫。许多精品即是无意偶得，绝非端坐书案前的冥思苦营。

书法态度是横在书家面前的一个命题。也许在技法上，世信的字不如专业书家那么严谨，但其淡然宁静，道是无心似有心的创作思维令人遐思。

近期，观先生书法，其精进令人讶异。一幅幅看去，涉笔成趣，酣畅恣肆，不见粘涩羁绊，若入自由之境。在翰墨的狂欢中，依稀可见东坡、何绍基、弘一的影子，似有熟稔，但整体又是自家面目。

笔者以为，这是阅历与学养的融和。《桃花源记》拙稚隽永，无拘无束。而《后赤壁赋》则属逸笔草草，桎梏全无，心灵的气息扑面而来，让人感知到书家的情感和个性魅力，书家的“心画”因而展露无遗。拙作《山水清音图记》是敝人二十年前旧题。先生喜其文，以手卷形式书以行草，疏密有致，洋溢着文人的书卷气。加上先生的唱和后跋，虽长约数米，却一气呵成。跌宕错落，浓淡得宜，观之令人耳目一新。当今的书家，以此种形式进行书艺切磋、诗词唱和的似乎鲜有。

总而观之，赏先生的字，如入花木葳蕤，兼有细雨清风的园林，有风景可赏可鉴，有音律可感可叹。他笔下的字被注入了鲜活的生命、丰沛的情感，一个个呈逍遥态、自由状。如一位歌者吟至忘情处，且蹈且舞，皆成节拍。如一位饮者，月下独酌，草木皆醉或如一池荷塘，清风过处，花苞摇曳，风致款款。

现代人常叹自然生态遭到破坏，前往名胜区游玩，往往遇到众多粗劣的人造景观，描金画银，且搬来鬼神为其装饰门面，俗不可耐。虽崭新而空洞，无文化可感，无审美可言，甚而可恶可憎。联想到一些自称书家的书法亦如此，书体唯讲“宏大、豪放、雄强”，但一路看来，似乎缺少了什么，仿佛一处景点，少了古老的来历，少了清凉的绿荫与湿润的青苔。哪怕是一块遗弃在墙角，已被风化的兽脊或瓦当，也能让人发现历史的惊喜。说白了，那些自诩为书家的所谓书法，就是少了对前人的传承，少了文化的濡养。

“人心之所养者不厚，其发于外者从可知也。”元代书法家郑杓认为，“夫书，心画也，有诸中必形诸外”。世信先生览古文经典，立书数部，性嗜书画，在中国传统文化中浸淫日久，对书画艺术所生发出来的才情，深植内心，流转于笔墨之间。

《补壁小记》是他创作的小品文，用文言咏书、咏画，述友人之往来，为当今书界携来一缕轻柔醇厚、可意享用的古风。亦文亦书，“书”从文来，“书”必以“学”涵养化育，是历代书家普遍的特点，也是笔墨的品质所在。可叹的是，当今的写字之人多无行文之力，只好随身携带《书家必读》救急，做一抄书匠。但这种书家生产出来的书法可以欺俗目，不可以邀真赏。

以学养修其身，以率性行其墨，然则有格调高雅、笔抛明珠之逸格，这大概是世信先生与某些书家的不同之处吧。

（本文作者为资深报人，河南省优秀专家，《河南日报》高级记者）

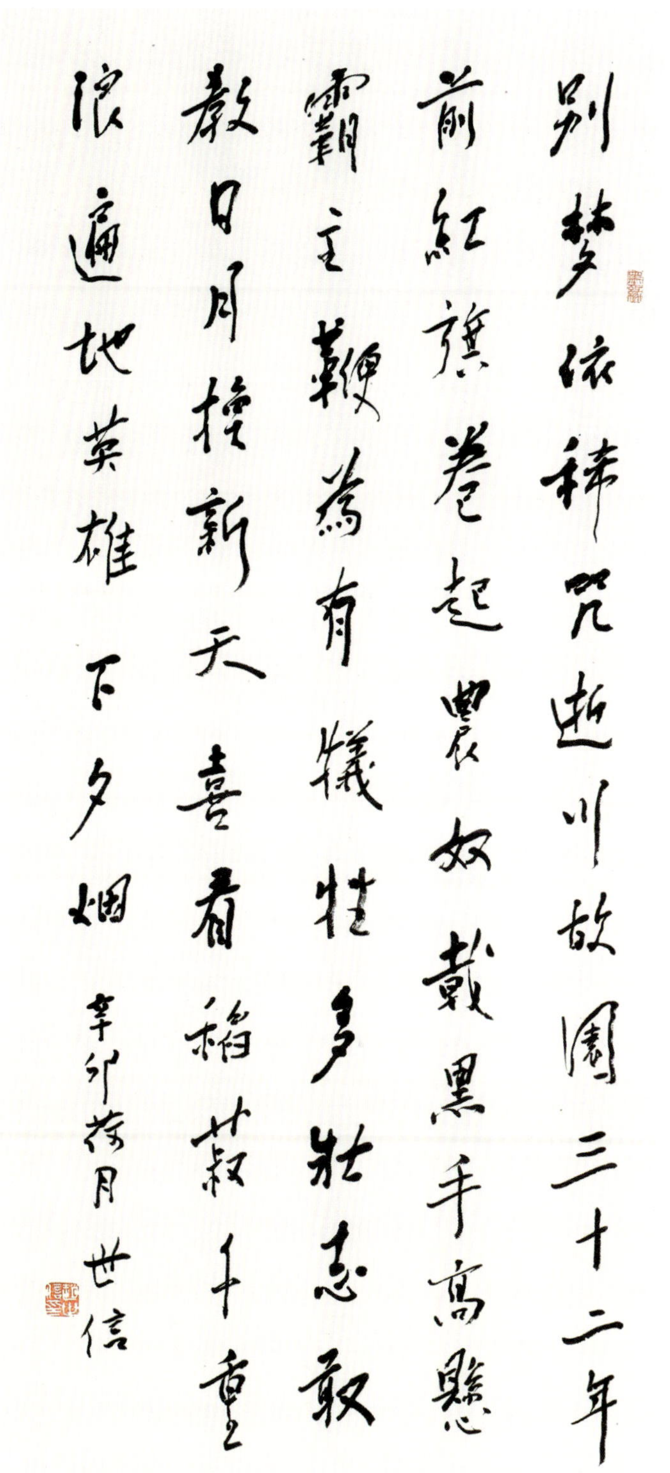
别梦依稀咒逝川故园三十二年
前红旗卷起农奴戟黑手高悬
霸主鞭为有牺牲多壮志敢
教日月换新天喜看稻菽千重
浪遍地英雄下夕烟
辛卯荷月 世信

毛泽东诗《七律·到韶山》

手授以至於吳郡張旭長史雖姿性
顛逸超絕古今而楷法精詳特為真
正真卿早歲常接遊居屢蒙激昂教以
筆法資質劣弱又嬰物務不能懇習
迄以無成追思一言何可復得忽見師作
縱橫不群迅疾駭人若還舊觀向使師
得親承善誘函挹規模則入室之賓
舍子奚適嗟嘆不足聊書以冠諸篇首

顏真卿懷素上人草書歌序 趙世信

開士懷素僧中之英氣概通疏性靈豁
暢精心草聖積有歲時江嶺之間其名
大著故吏部尚書韋公陟睹其筆力
勖以有成今禮部侍郎張公謂賞其
不羈引以遊處兼好事者同作歌以
贊之動盈卷軸夫草槀之作起於漢
代杜度崔瑗始以妙聞迨乎伯英尤
善其美羲獻茲降虞陸相承口訣

颜真卿《怀素上人草书歌序》

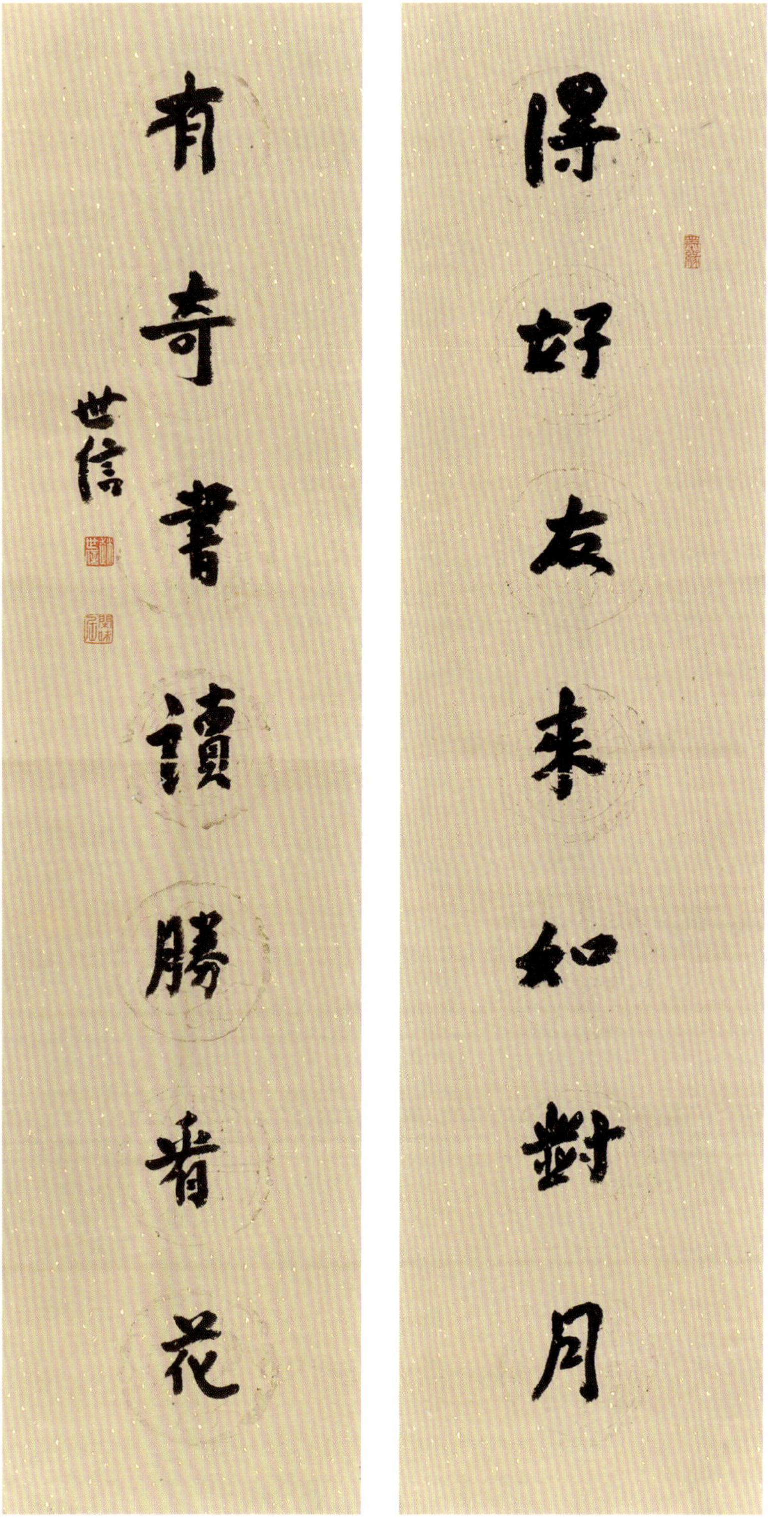

得好有奇联

知者

王澄

知者，知道也。提及书法，世信说他是票友，此知者之语也。一门学问或者一门技艺，从入门到精通，道之艰深不言而喻。世信于书法，少说也有二十年的工夫了，当然，他是票友，政事之外，临池之事只能抽空来做，难免三天打鱼两天晒网。但他执着、有心，写了字便要找“专业书法家”看，真心听取意见。其实，票友与专业，孰高孰低很难评说，起码不是水平之必然分界。我曾几次看电视业余歌手大奖赛，还有《星光大道》《梦想剧场》，发现不少歌者水平相当了得，毫不逊色于那些“专业家”。至于书法界，就更毋庸赘言了。记得早有人推荐世信做中国书协会员，他说“条件不够”，继续谦称“票友”。于此，吾兄知其一，安知其二乎？

近来，常听人以“老干部体”戏称一些人的字，自然是贬义。世信是当官的，多年的正厅级，他的字却没有“老干部体”的味道。早时，他喜欢赵朴老的字，后来，于苏轼诸帖操心为多，挥起毫来无有拘束，性情自见，常透出几许雅逸情调，几许书卷气息。这和他好读书、常写作不无关系，早年便有长篇小说问世，后又有散文集出版，现在还是省直作家协会的主席。

知者，旧时尚有主事之意。世信多年为官，主事自不待言。早在省教委任副主任时，就筹划成立了教育系统书法协会，并任会长，主办了“大专院校师生书法展”等系列活动。到人大后又成立了省人大书画研究院，兼任院长，实实在在办了不少事，诸如：河南省中青年书画家提名展，纪念抗战胜利六十周年书画展，四川大地震、卢氏水灾赈灾义写展卖，庆祝改革开放三十周年书画展，庆祝中华人民共和国成立六十周年书画展等十余项重要活动，并出版了相关书画集十余册。仅此，对书画艺术的发展及传统文化的承扬，可谓功莫大焉。知者，古又同“智”。“为官一任，造福百姓”，似乎是官场的口头禅，而真能做到，甚是难能。只注重“政绩”而忽视民情者，并非罕见，世信却把二者很好地统一了起来。他在省人防办做主任期间，上自各级干部，下到一般员工，都能相待如己，既勤政于单位工作，又深谙群众所想，几年下来，全省的人防事业得到了长足发展，群众的福利待遇也有了不小提升。非大智者，焉能如此。

世信是老朋友了，我与他也可算是知者，而知者又何止于我。此处行文，会心便是，无须多说也。

（本文作者系中国艺术研究院中国书法院研究员）

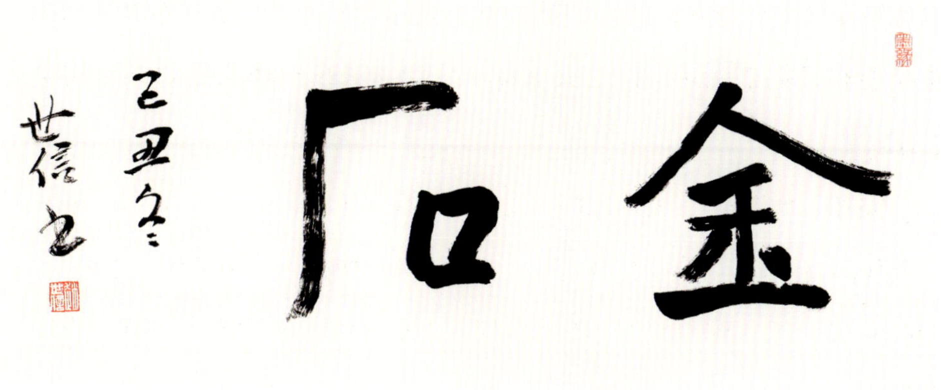

金石

如此多娇，引无数英雄竞折腰。惜秦皇汉武，略输文采；唐宗宋祖，稍逊风骚。一代天骄，成吉思汗，只识弯弓射大雕。俱往矣，数风流人物，还看今朝。

调味居主人 赵世修

北国风光千里冰封万里
雪飘望长城内外惟余
莽莽大河上下顿失滔滔山
舞银蛇原驰腊象欲与
天公试比高须晴日看红
装素裹分外妖娆江山

毛泽东词《沁园春·雪》

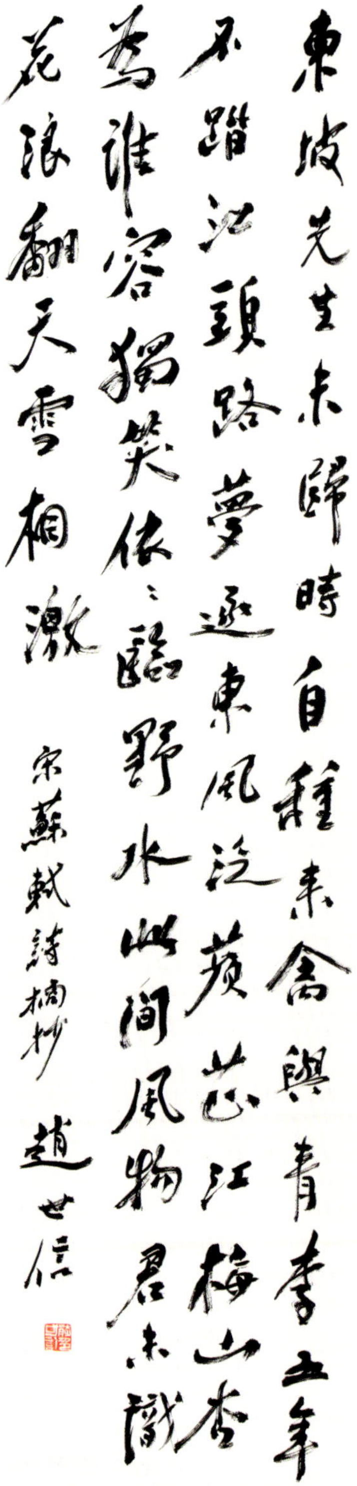
東坡先生未歸時自種來禽與青李五年
不踏江頭路夢逐東風泛蘋芷江梅山杏
為誰容獨笑依依臨野水此間風物君未識
花浪翻天雪相激
宋蘇軾詩摘抄
趙世信

宋苏轼诗摘抄

侠黠暇：赵书三字见风神

何频

对我而言，书家赵世信先生是长者，曾经还是我的领导。当年，省委高校工委才成立的时候，作为河南省教委副主任的他，常常到我们办公的省委第一招待所来，于是就熟识了。不几年，高校工委与省教委合署办公，我原来工作的宣传处改名思政处，恰巧我们到了教委的时候，世信先生高升为河南省人防办的一把手。这是个冬天，我和工委副书记王际欣，同世信先生一道去教育部、中宣部汇报工作，也带有二人交接的味道。巧的是，王际欣也是资深书法家，而赵世信是省教育书画家协会的创始人，他离开教育口了，王际欣接管，我协助做具体事情。应当说，也正是那几年，我跟着两位热爱书法的领导，东奔西跑，开了眼界，也得了一点他俩的真传。饮水思源，在世信先生古稀之年，总结性出版文集与书法集的时候，让我也写篇文章作纪念，这不是一般的秀才人情可以敷衍的。

如果我品鉴书法的口味还不致离谱太远，那全得益于赵、王两位长者的开示和启蒙。是他们让我跟陈天然、桑凡先生和张海、周俊杰先生等河南两代书法名家其他书法家有了接近，耳濡目染，使我的人生平添了一点写意与潇洒。

世信先生的书法之所以在同样的圈子里能超拔突出，和其天性有关，他秉性里的侠义天分，使得他在学艺时不拘一格。早年当过兵，办过国营农场，社会接触面广，从无字处求字功乃其最大特点。二十年前的世信先生还正当年，政务之余，好大的精力放在了学书与鉴赏之上。因为侠义，看人多了些平等，舍得放下架子，我见他大半夜时间陪着外地来的书法家，客人尽兴挥洒，他则不停击掌且舞，一个人为之鼓与呼，直到东方既白。那几年正是一个临界点，书画要卖钱尚不太严格，可书画活动已经很热了，笔会与展览多多。他有个不小的册页，书协同道为他张罗南北名家手迹都写满了，忽然在招待所里就不见了，丢了便丢了，世信先生也没有怪罪别人，大智若愚装糊涂了。西蜀名家何应辉来豫交流，我不在场，后来，办公室主任给我一个斗方，书“四壁图书，半江风月”八个大字。字好没的说，但我嫌尺幅小，我找到赵主任，他笑了笑，抽出四尺整纸的让我把玩。后来，我的兴趣转移了，不痴迷于字画了，他到省人大内务司法工作委员会任副主任委员，叫我去其办公室喝茶说闲话，琳琅满目的墙壁上，挂轴里有幅王澄手画墨笔松树、王宝贵题写长跋的作品。世信先生看出来我想要，当即用画杆挑了下来，还不让我卷，说我手重，怕损坏佳作。那些年，每隔一段时间，他总要找我在一起清赏和品鉴新得到的书画。所以，现在我不常去看展览，因为在世信先生那里见过不少好东西了。他在书画界颇有口碑，这当然反哺和营养于他自己的创作。

黠慧。为人严谨老实，为文为艺则须放荡。话是这么说，可践行此古训并非易事，何况官帽子戴得久了，诸如“心正笔正”“书如其人”，等等，片面理解无不变成了束缚人的枷锁。因为世信先生还雅爱文学，曾经写过小说和民间传奇，故而他善于借鉴姊妹艺术用之于书法，同时，也自觉把艺术创作和为人的艺术区别对待。限于年龄和职级的差别，我不能说和他是知无不言的，可是，我知道他其实比有些以书画为职业者悟道更深。关于书法，业界有种说法，说什么古代并没有专业的书法家，书家只是政治家、文学家的附带身份。事实不是的，后来的皇家书画院除外，早先，南朝的梁武帝与山中宰相陶弘景书信来往，专门讨论书法。欧阳修《跋晋王献之法帖》曰：“右王献之法帖。余尝喜览魏晋以来笔墨遗迹，而想前人之高致也。所谓法帖者，其事率皆吊哀、候病、叙暌离、通讯问，施与家人朋友之间，不过数行而已。盖其初非用意，而逸笔余兴，淋漓挥洒，或妍或丑，百态横生。披卷发函，烂然在目，使人骤见惊绝。徐而视之，其意态愈无穷尽，故使后世得之以为奇玩，而想见其人也。至于高文大册，何尝用此！而今人不然，至或弃百事，敝精疲力，以学书为事业，用此终老而穷年者，是真可笑也。治平甲辰秋社日书。”看看，北宋当年，当时就有不少全力以赴争当专业书法家者，尽管六一居士对此持讥讽态度，但俗世和现实不能抹杀，怎么能以偏概全，否认术业有专攻呢？

闲暇，闲味居。清闲和休闲还有味道？是的，有其深味和大味道也，与东坡名言“人间有味是清欢”理通。世信先生完全退下来，也有好些年了，他身闲而心未闲。他心知肚明却不与外人言，尽管大家都说他是官，他在内心明白书法比官职重要，文化比世俗久远。曾听人议论他的学书

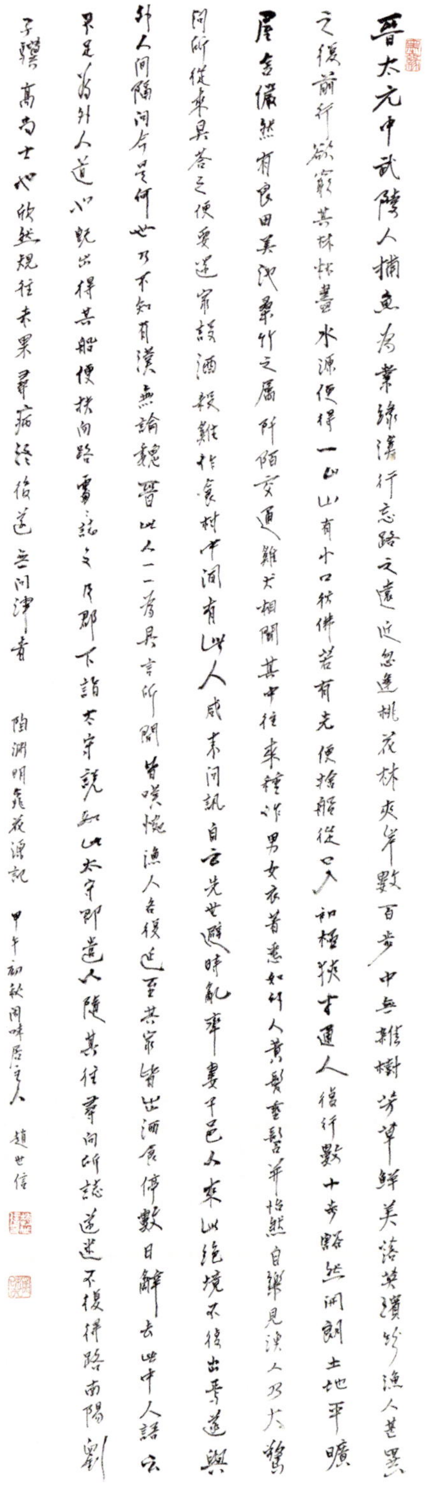

陶渊明《桃花源记》

陶渊明《桃花源记》（局部）

源流，他最初学谁家笔法。我知道，“文革”后期他在南京当兵的时候，拿钱买过傅抱石的画，喜欢林散之书法。一部当年内部印制的《江上诗存》，世信先生不离手，最后翻得烂哄哄的。古代的苏东坡、董其昌，当世马一浮、赵朴初，等等，都有影子可寻又都要扑空，我现在最入眼的是他写的一副对联：“碧树数丛堪作障，青山一半不知名。”数十年临池不辍的世信先生，既然称书家了，那么就和别的行业的专家一样，其作书的面目和笔体远不止三两种，我则由衷喜欢和欣赏他这类从险峻复归平淡平正的风格，如读前人清简的笔记小品，如和相知的朋友对饮好茶。还有，他的字，有些字多的条幅仿佛是用笔尖戳出来的，方笔非方笔，秃笔非秃笔，却有古人在木板上翻刻法帖的感觉。你说它是碑还是帖？实则两者全融合了，羚羊挂角而了无痕迹。我这些年，勉力给《南方都市报》写了将近十年的散碎文字，我的南方朋友也是书法行家，早几年，在我寄去的杂志上，好友一眼便相中了赵世信的字，我求一幅并不难的，然而，那时候我没有给世信先生提及。现在，我觉得可以开口了，我要郑重向他提出来，请他为我的好朋友写字留念。河南有人名赵世信者，其人也，“长于歌诗，善于笔札”，他的墨迹或可以称墨宝了，因为整体呈现出一派天真烂漫的气象，具有“风送云收，霞催月上”的好风神。

丁酉大暑挥汗于甘草居

(本文作者为文化学者)

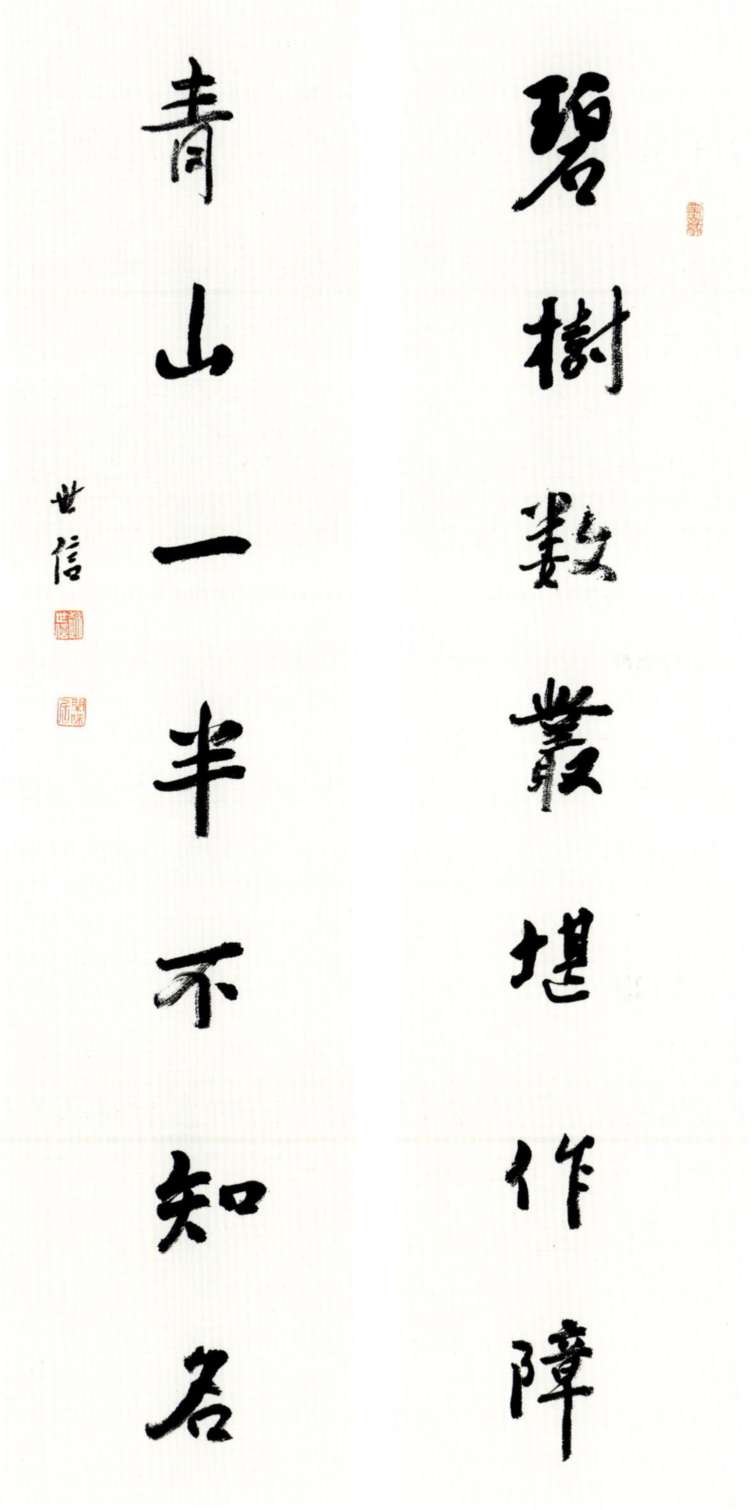

碧树青山联

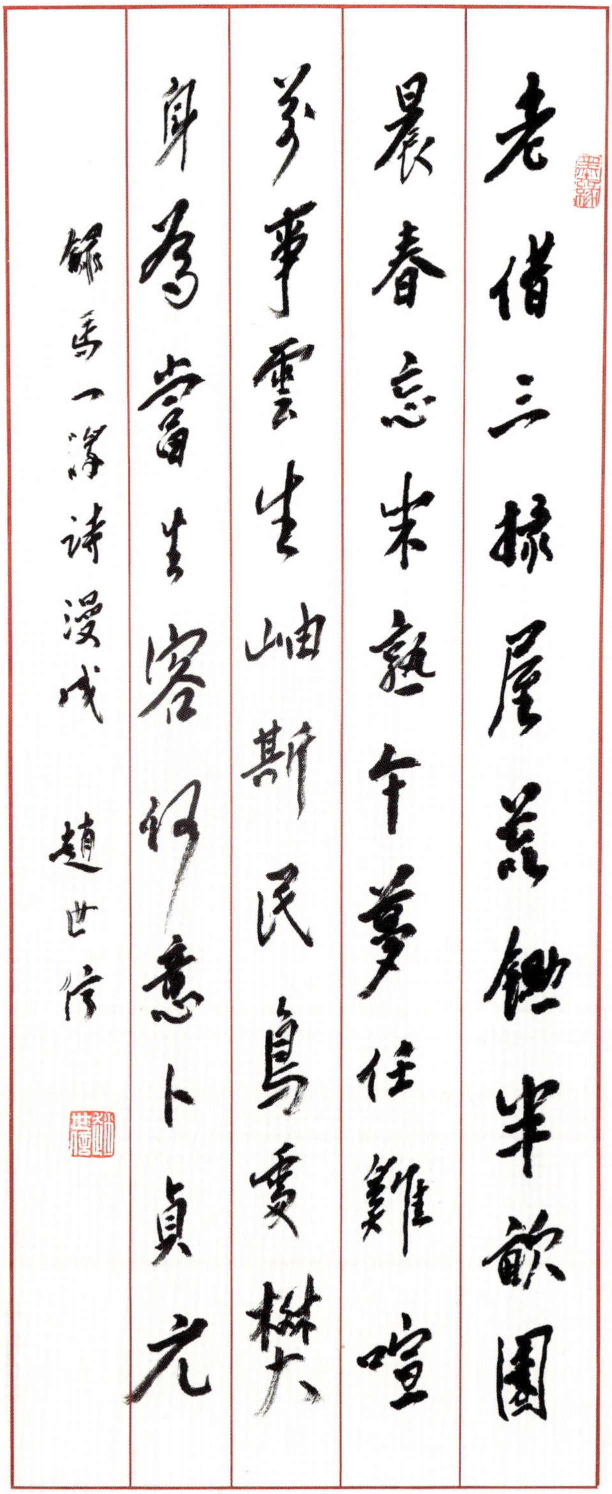
老借三椽屋荒鋤半畝園
晨舂忘米熟午夢任雞喧
萬事雲生岫斯民鳥愛樊
身為當生容得意卜貞元
錄馬一浮詩漫成
趙世信

马一浮诗《漫成》

世信先生书法印象

李强

世信先生的书法给人的印象是“书卷气”，这与他的阅历和饱读诗书不无关系。古人书法不是简单地“练”出来的，而是“悟”出来的，“养”出来的。所谓“观千剑而后识器，操千琴而后晓声”。当下书坛为竞技而搏，徒见字形，不知其人，读世信先生书法，从中可以看出修养，若了解其人，更知其意蕴的出处，这是十分可贵的一面。

再说追求，晋唐以降，书法以尚韵、尚法、尚意几度嬗变，虽为一时之尚，却也完备了中国书法的审美体系。观世信先生书法，无论从意韵、法度、意态上都很完善。从抒情达意的角度，尽管略有憾处，却也臻于“笔不周意周之妙”。中国书法讲“神采为上，形质次之”也是这个道理，书法有道，兼亦有理，只要通晓书法道理，无论是书者还是观者便心心相印了，这是我对世信先生书法的粗浅看法。

（本文作者系中国书法家协会理事、河南省书法家协会副主席）

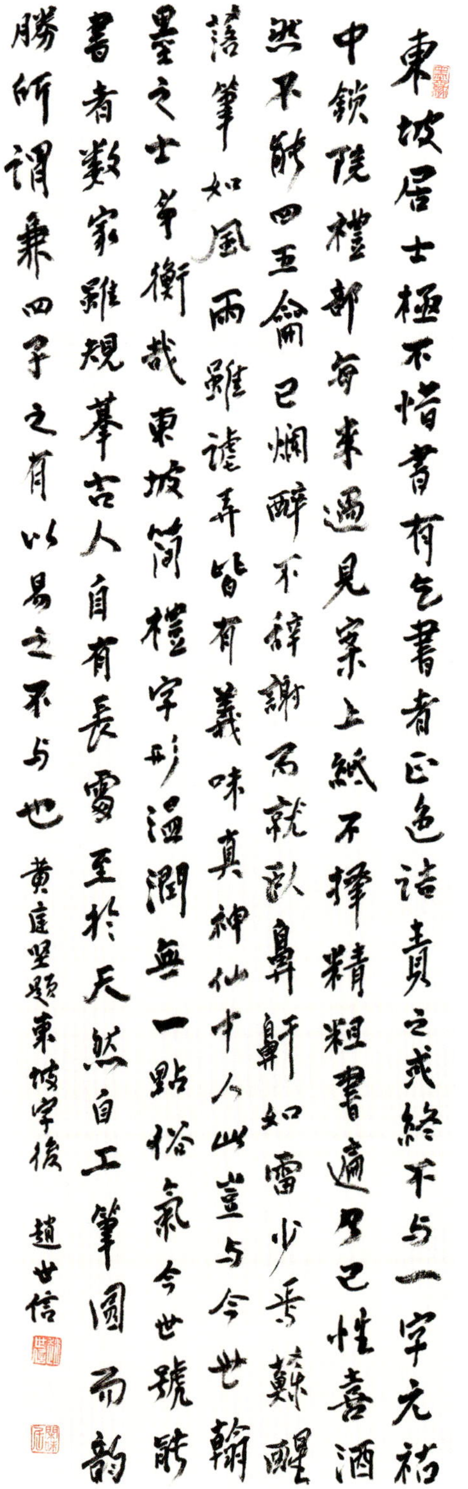
東坡居士極不惜書有乞書者正色詰責之或終不與一字元祐
中鎖院禮部每來過見案上紙不擇精粗書遍乃已性喜酒
然不能四五龠已爛醉不辭謝而就臥鼻鼾如雷少焉蘇醒
落筆如風雨雖謔弄皆有義味真神仙中人此豈與今世翰
墨之士爭衡哉東坡簡札字形溫潤無一點俗氣今世號能
書者數家雖規摹古人自有長處至於天然自工筆圓而韻
勝所謂兼四子之有以易之不與也
黃庭堅題東坡字後
趙世信

黄庭坚《题东坡字后》

禮部每來過見案上紙不擇
四五龠已爛醉不辭謝而就
風雨雖謔弄皆有義味真
爭衡哉東坡簡札字形溫潤
家雖規摹古人自有長處至
兼四子之有以易之不與也黃

黄庭坚《题东坡字后》（局部）

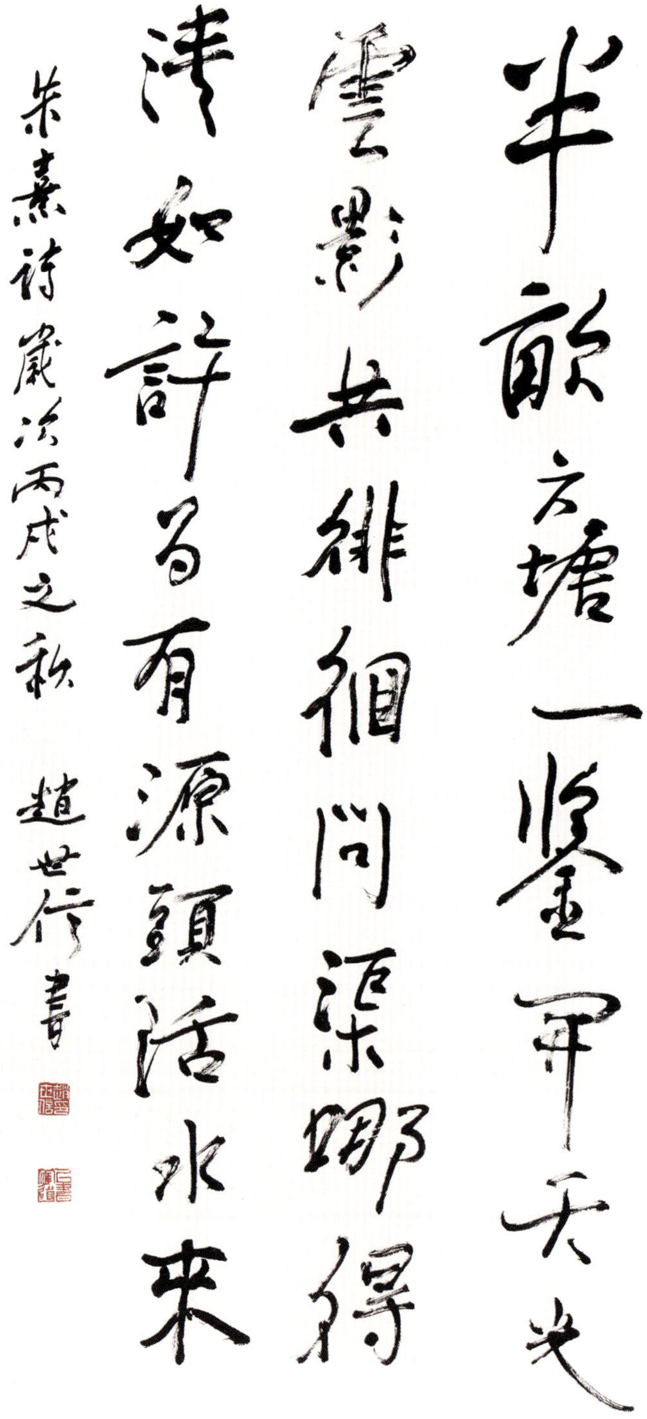

朱熹诗《观书有感》

闲味书法赵世信

王荣生

赵世信先生是《书法导报》顾问，多年以来，大力支持《书法导报》，为《书法导报》的发展付出了大量的心血，我表示衷心的感谢！

赵世信先生也是我佩服的作家、收藏鉴赏家、书法家。他的书法之所以取得令人叹服的成就，得益于他丰厚的阅历、深刻的思想、广博的见识，当然，他也有深厚的临池功夫。各方面的修养造就了他的书法。他的书法，碑情帖意，融会无际，富于书卷气，望之有仙风道骨，味之则法度俱备。不久前，我拜读了赵世信先生近期的八条屏大作，深受震撼。他书法的境界，非一般所谓专业书法家可以比肩。如果说书法家要加深文化修养等各方面素养，我认为赵世信先生有典范意义。

赵世信先生的人品高尚，无私地帮助过大批书法家和书法团体。我在与赵世信先生交往过程中，深受教益。

（本文作者系中国书协理事，河南省书协副主席，《书法导报》总编辑）

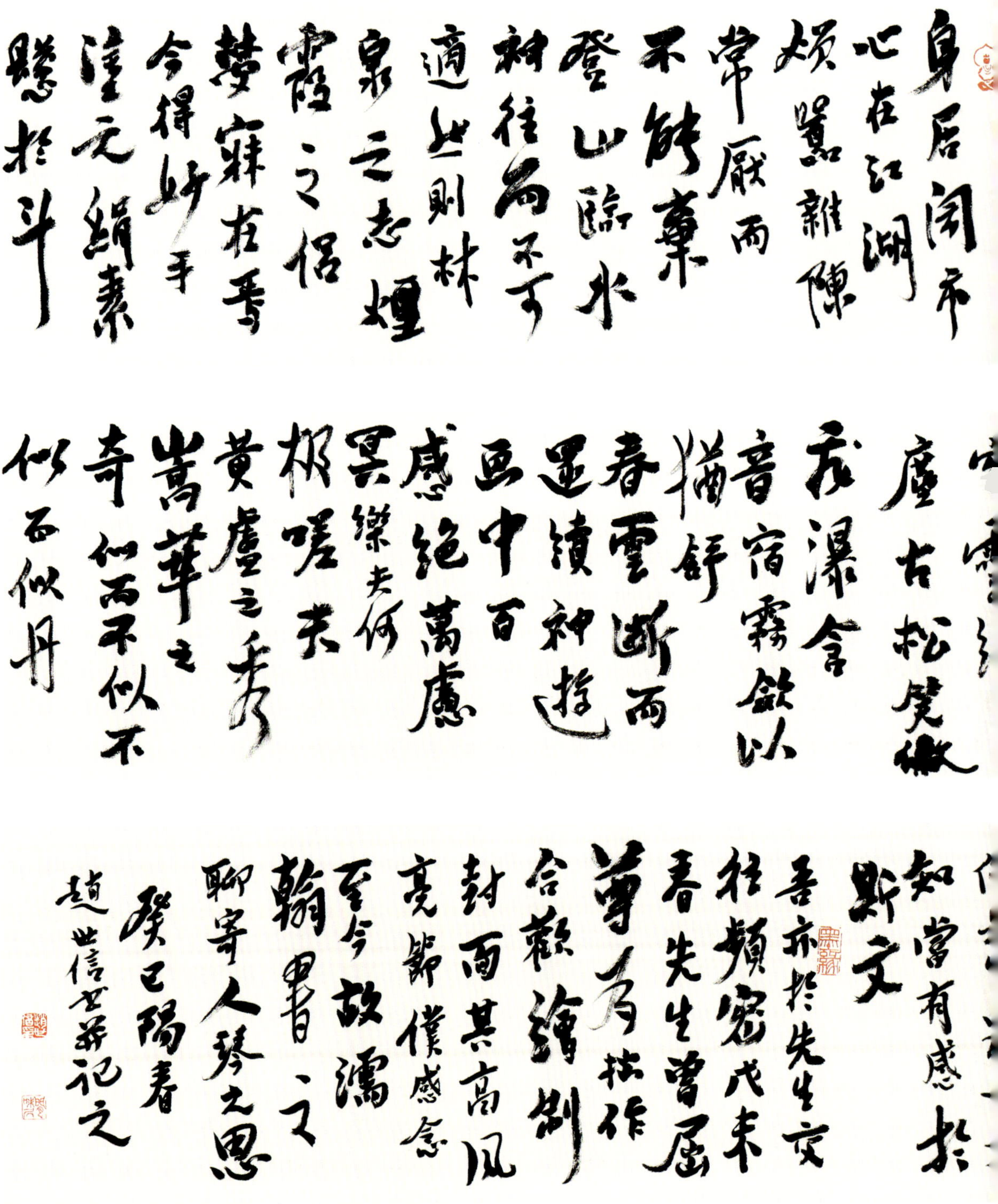

赵光华《山水清音图记》赵世信跋文

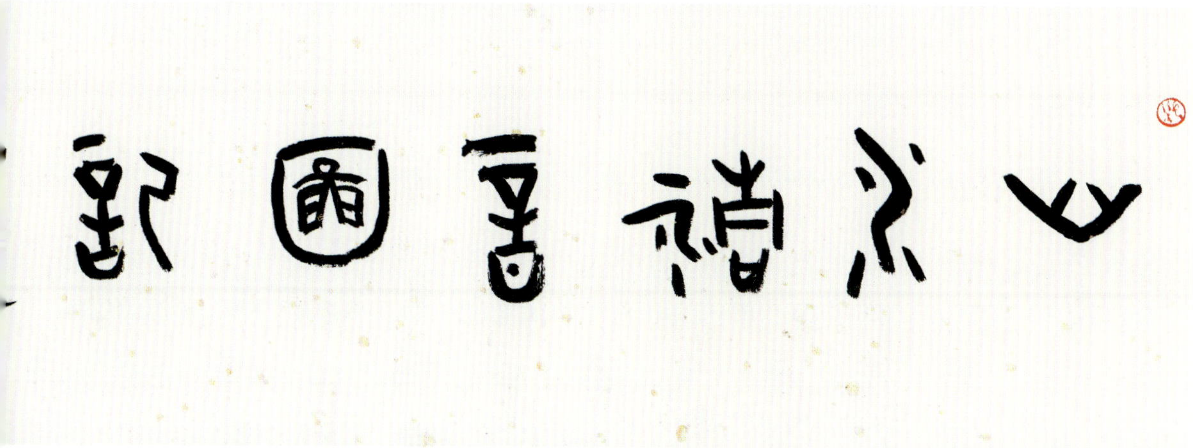

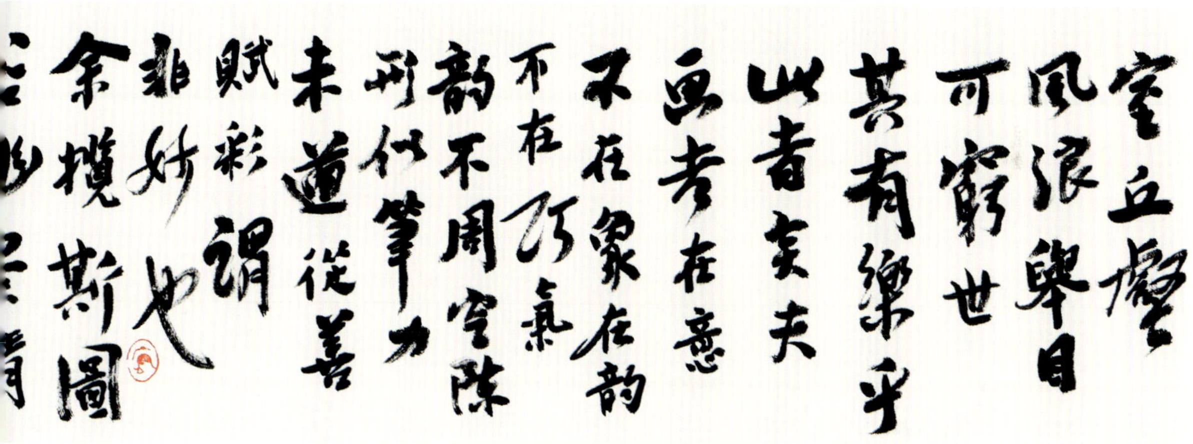

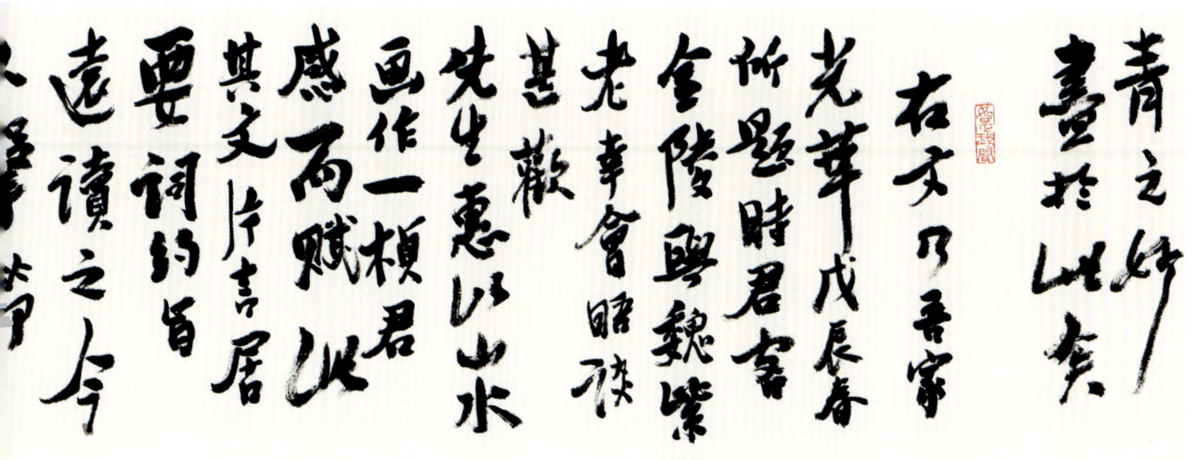

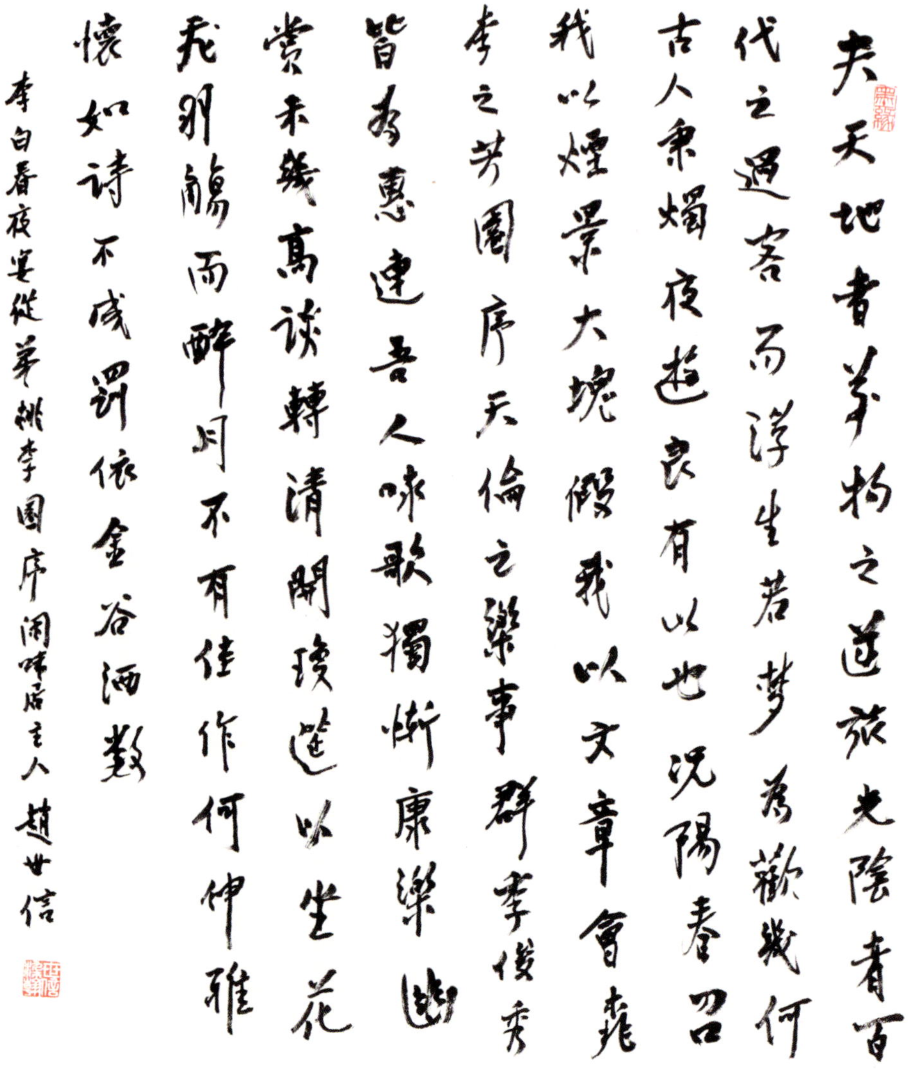

李白《春夜宴从弟桃李园序》

赵世信的善良和淡泊

张宇

对文学界，对书法界，赵世信都是一个熟悉的名字。当然，对于官场和江湖这个名字更不陌生。他本就是厅局级官员退下来的。这年头退下来的官员一般都做两件事：一是混公司捞钱；二是写书法玩。无可厚非。人活着总要找点事情来做。生命在于运动，继续运转总比停下来好？也不见得。千年老鳖万年乌龟可都只喜欢静不喜欢动的。这里边有没有生命的另一种启示？我宁愿相信有。

还来说赵世信。在我认识的官员中，他似乎是极其特别的一个。特别在哪里？喜欢帮助别人。俗话说叫爱管闲事。我记得，只要朋友有求，他很少不答应的，用他自己的话，他不会说个“不”字。他在当河南省直作家协会主席时，为老作家出书，曾奔走运作；并细心照顾和帮助过世作家李明性。像李明性如此木讷、如此老实的作家，肯热心帮助他，让人着实感动。赵世信自己也著书立说，一些描写家乡的散文着实有真情实感，令人印象深刻。读赵世信的散文，给我特别的印象，这个人不是附庸风雅，是认真在写自己的感性。这是很不容易的。起码说明这个作家有话要说，不是在说空话和屁话，是一个喜欢说实话说心里话的作家。

其实他写书法已经时间很长了，多少年前我就看过他的行书。看他的书法，不像职业书法家的，都有一种自己的味道，什么味道？当时没有细想，只是觉着“得劲”。近来偶然机会陪着我的老师南丁到了赵世信的工作室，细细读过他几十幅书法，我觉得有点懂他了。

完全与职业书法家不同，职业书法家过于讲究来历，一个个装模作样，大都没有什么性情。赵世信的书法作品，虽然也学习古人，临摹古人，但更突出的是他的个性。我喜欢他的许多“对联”。特别是有一幅《补壁小记》尤其好，堪称精品。看过他的作品，多少年了，我认为总算逮住了他老虎的尾巴，透过作品看到了他的内心深处风景。原来这个人写来写去，书写的完全是自己的善良和淡泊，再加上自己的内秀儒雅，这句话说出来酸了，还是讲他的内心善良和淡泊准确。

我觉得我已了解他了，一个从乡下走出来的孩子，成长为城市里的大人物，他从来就没有忘记乡村文化给他的营养，那就是能帮人就帮人，帮助别人不是为了回报，是为了自己内心的充实，就觉得自己对别人、对社会是一个有用的人，有一种自我享受的价值感。再就是无所求，人生苦短，做人要长。给别人的多，要求别人的少。说起来这都是最朴素的道理，却展现出一个人的境界。

这样理解赵世信的书法作品，是不是外行了？没有办法，我也是一个说实话的作家。因为我从赵世信的为人为文里，特别是他的笔墨韵味之中，看到的就是他的善良和淡泊。

我喜欢这个朋友，我喜欢这个书法家。

（本文作者曾任河南省作家协会主席）

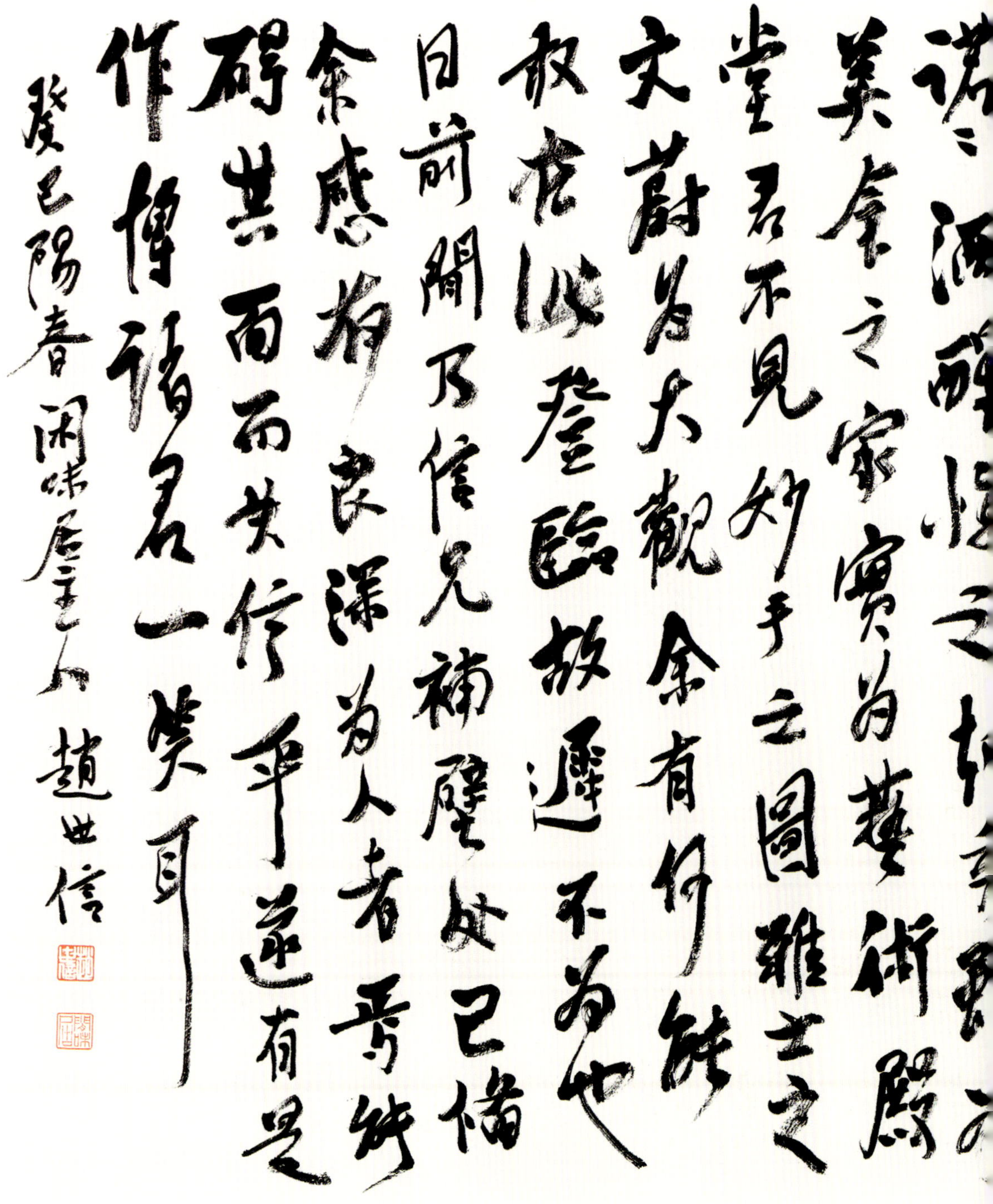

赵世信《补壁小记》

補壁小記

壬辰歲尾三五摯友迭來小聚中有喜飲者善丹青者通音律者互有傾慕雖無絲竹管弦助興但有吟詩放歌之樂言年事已高酒至微醺不勝杯杓欲告退適君拒衣而止謂余君一展書藝為程先生補壁可否乃管羽之拊掌而笑曰善余

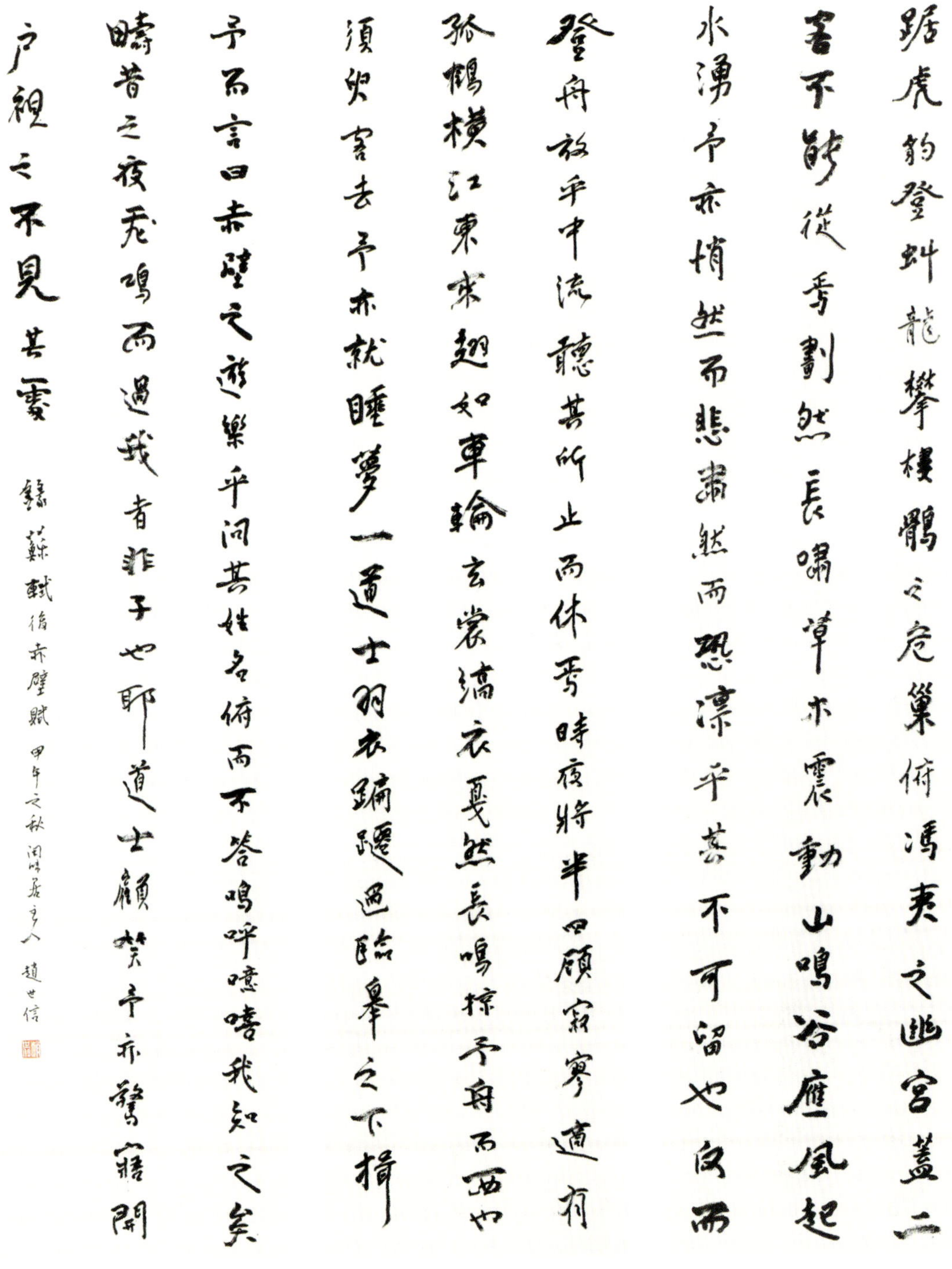
踞虎豹登虬龍攀棲鶻之危巢俯馮夷之幽宮蓋二
客不能從焉劃然長嘯草木震動山鳴谷應風起
水湧予亦悄然而悲肅然而恐凜乎其不可留也反而
登舟放乎中流聽其所止而休焉時夜將半四顧寂寥適有
孤鶴橫江東來翅如車輪玄裳縞衣戛然長鳴掠予舟而西也
須臾客去予亦就睡夢一道士羽衣蹁躚過臨皋之下揖
予而言曰赤壁之遊樂乎問其姓名俯而不答嗚呼噫嘻我知之矣
疇昔之夜飛鳴而過我者非子也耶道士顧笑予亦驚寤開
戶視之不見其處
錄蘇軾後赤壁賦 甲午之秋 閑時居主人 趙世信

苏轼《后赤壁赋》

是歲十月之望步自雪堂將歸于臨皋二客從予
過黃泥之坂霜露既降木葉盡脫人影在地仰見
明月顧而樂之行歌相答已而嘆曰有客無酒有酒
無肴月白風清如此良夜何客曰今者薄暮舉網
得魚巨口細鱗狀如松江之鱸顧安所得酒乎歸而
謀諸婦婦曰我有斗酒藏之久矣以待子不時之
需于是攜酒與魚復遊於赤壁之下江流有聲斷
岸千尺山高月小水落石出曾日月之幾何而江山
不可復識矣予乃攝衣而上履巉巖披蒙茸

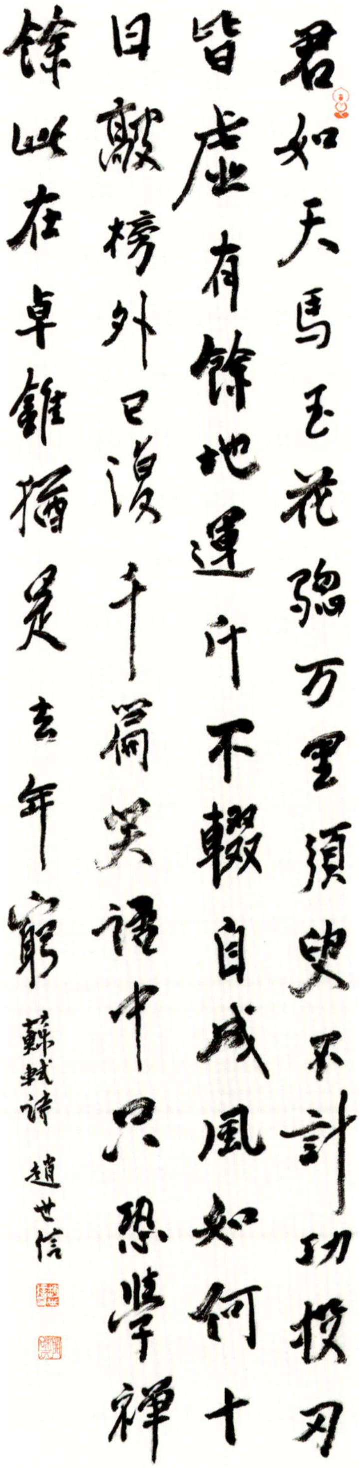

苏轼诗《次韵钱穆父还张天觉行县诗卷》

我看世信先生书法

胡秋萍

世信先生虽不是专业书法家，但字中透出的古雅和书卷气是放眼书坛少见的。经他过眼的古帖很多，虽未上手，却驻在心中，他的行书以《圣教序》为底韵，吸收东坡意趣，抒自己胸中丘壑，又有魏碑奇崛之气。近看他书写的陶渊明《桃花源记》六条屏，令我眼前一亮，其书卷气，古拙之气和人书俱老的成熟老道，让我望尘莫及。

（本文作者曾任河南省书法家协会副主席，现为中国国家画院研究员）

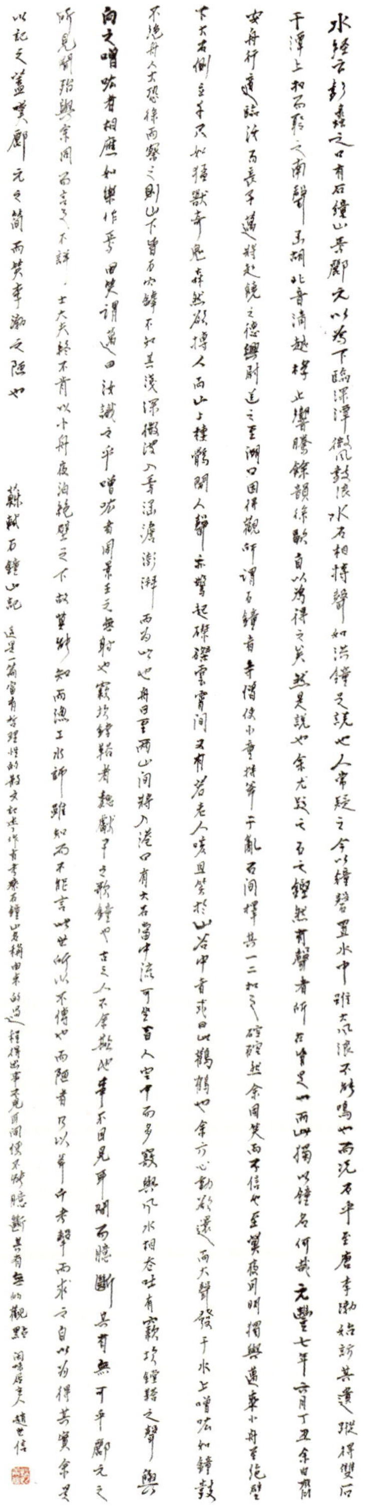

苏轼《石钟山记》

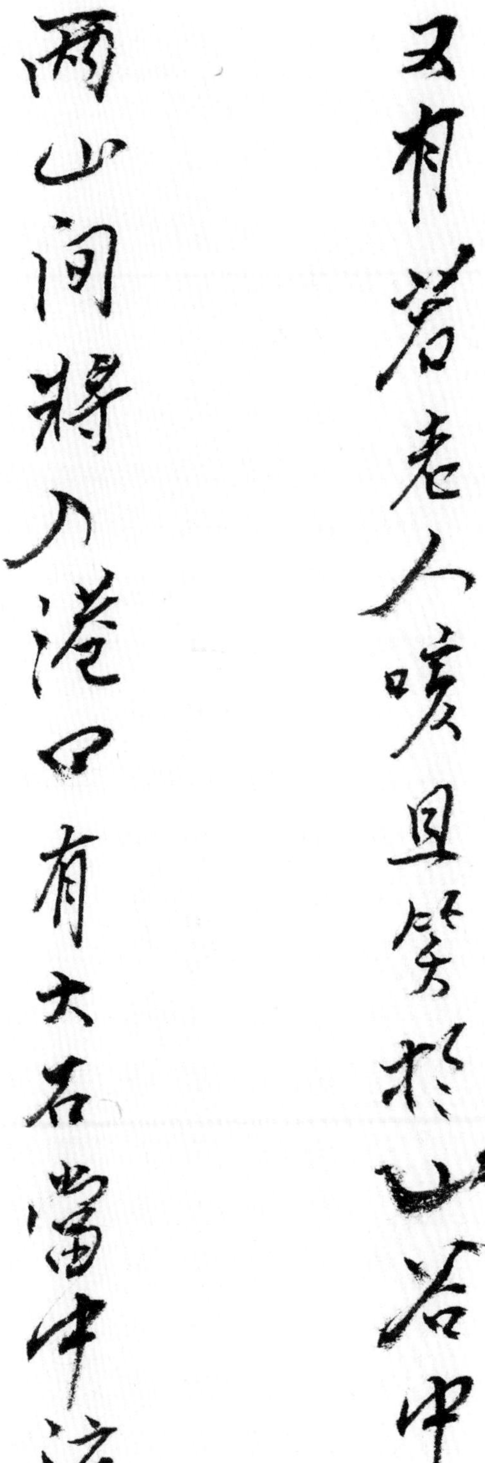

苏轼《石钟山记》（局部）

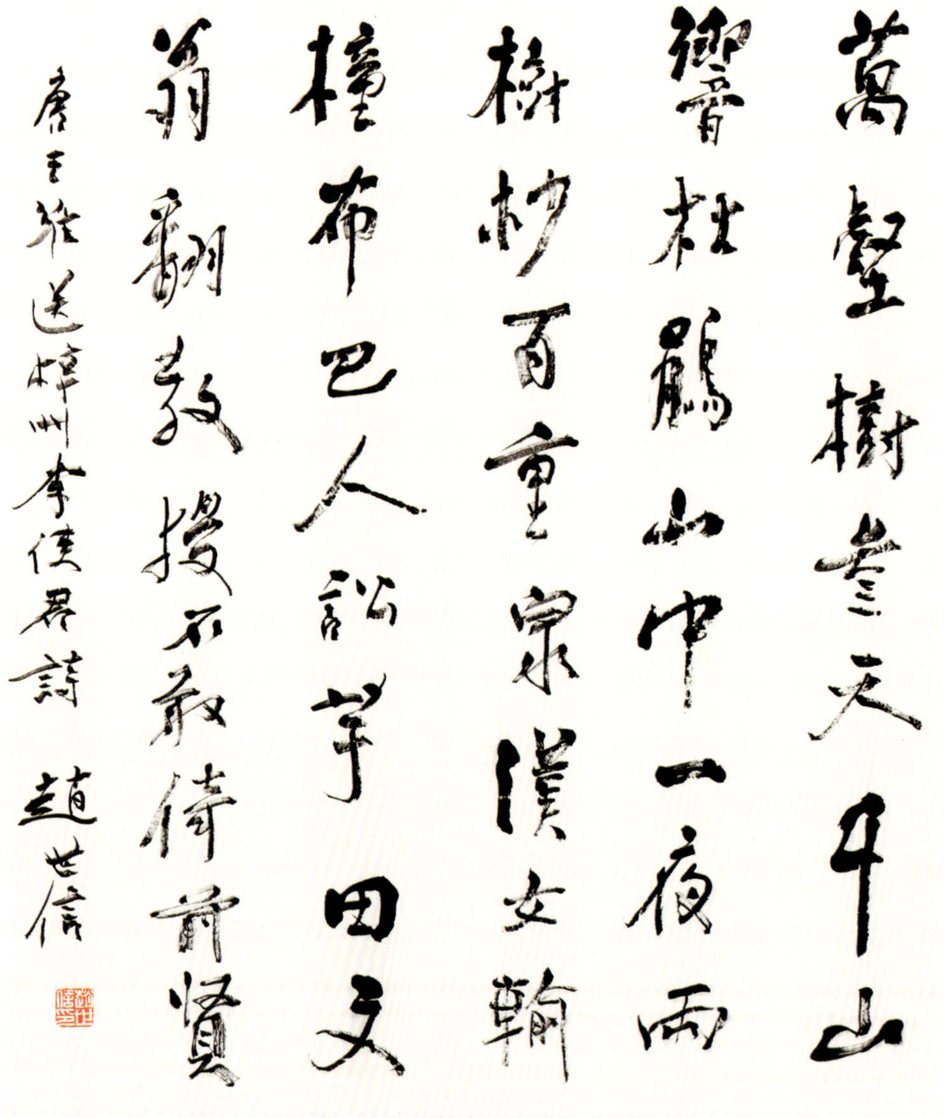
萬壑樹參天
千山響杜鵑
山中一夜雨
樹杪百重泉
漢女輸橦布
巴人訟芋田
文翁翻教授
不敢倚先賢
唐王維送梓州李使君詩
趙世信

王维《送梓州李使君》

自由审美境遇中的赵世信书法

姜寿田

在河南书坛，赵世信是有口皆碑的人物，他虽身居领导之位，但却以君子比德的情怀与书家游，相待以诚，惺惺相惜，成为书家推戴的知己。同时，赵世信也是一个颇有成就的作家，早在军旅期间便出版过很有影响的小说《合欢》，后来长期从事散文创作，先后出版过《沧桑》《寄情》《故事乡间》等多部散文集。文学创作之余，他耽迷书法，将全部热诚都投入了书法。

从书家的立场与学养进入书法创作领域，使赵世信获得了一种自由裕如的心境和广阔的文化视角。这应该也是延续一种本然的书法文化传统，至少在古代乃至近现代，文人与书法皆具有天然的联系。隋唐以来重科举，而在科举中书法与诗文是同等重要的，因而，在古代，文人必擅书法，书法成为文人合法性身份的标志。近现代随着科举制的终结，虽然书法对文人仕途已不具有制度约束与规导了，但一些著名文人、作家还是对书法抱着一种文化依恋。鲁迅曾写文章倡导学生抵制毛笔而选择洋化自来水钢笔，要求学生不要把生命浪费在写毛笔字、作古文上。但他自己写作仍然始终用毛笔。这种矛盾选择，表面上虽是工具性的，但事实上却内隐着文化价值选择。延至当代，文人与书法之间的联系似乎愈来愈淡薄了，以至大多数文人作家已不谙与远离书法，人们也已经很看淡这种现象，似乎书法已无关文人身份，而成为一种专业技巧了。余秋雨在《笔墨祭》中便论及这种书法生态现象。他认为书法与现代生活已经格格不入，因而在现代文人知识结构中，书法已是可有可无之物。因而要为书法张罗一个酸楚的祭奠，祭奠书法的现代之殇。

事实上，这无疑是一个过于悲观的看法与结论，因为在20世纪80年代中期以来传统文化复兴中，最具活力并对当代文化影响最巨的就是书法。20世纪80年代，书法热与美学热构成两大文化热点并成为文化领域的诗意狂欢，以至书法热至今不减。不仅如此，进入21世纪书法还以自己的方式从本土走向世界，成为人类非物质文化遗产，从而成为全人类共同尊仰守护的文化财富。书法的这种伟大与不朽，已经表明它不仅超越了时代，同时也赢得了历史。

这倒反过来促使我们重新更深刻地认识、反思书法的当代性境遇。反思的核心境遇应即是书法去文人化的合法性问题。毋庸讳言，当代书法是建立在大众化展览体制基础上的，这种大众化取向与时尚情景逻辑及商业性文化产业结合，便在很大程度上导致书法的平面化与世俗化。而当代书法思潮中对书法文人化历史及书法民间化历史的双重误读，更加剧了当代书法的合法化危机。反思书史，可以得出一个结论，书法始终不存在要不要与文化结合的问题，而是如何结合的问题。书史上每一时代都是在对这一问题的思考解决的过程中建立起价值坐标，而一个丧失文化关怀的书法时代是不可想象的，其结果也可以预料得到。

由此，当代书法要走向历史超越，便须从所谓专业化回归文人化，因为书法不仅仅是技匠，而是一个由技入道的整合性过程。“道”是什么？“道”其实并不恍兮惚兮。大而言之，道是宇宙本体，世界本源，是从“无”到“有”的大化流衍；小而言之，“道”即存在本身，是生命、襟抱、节概、风度，是玄的心灵状态。因而，一个书法大家不会仅仅停留在技巧上，就像一个大诗人不会仅仅关注诗的格律，而必须上升到生命境界、文化境界一样，一个书法家也只有超越技巧而上升到如宗白华所说的生命单位才能成其大，否则只是匠人而已。遗憾的是，当代书法普遍意义人文关怀的缺失，使书家过于耽迷技巧而缺少形上追寻，此着实可称为流行的时代病。

由上所述，再转回论到赵世信书法，似乎便很容易接近题旨了。赵世信不是一个专业书家，他也没有想过从专业立场来从事书法，对他而言，专业不专业不是一个问题，就像陈传席所说，古代没有专业的书法家，书家只是政治家、文学家的附带身份，这种状况直到近现代还广泛存在。赵世信以文人的心态从事书法，这使他获得了一种超然的心态和自主化的心绪，他选择那些隔着遥远的时空能够让他怦然心动的书家，他强调的是一种创作的自由和审美上的悠然心会，这使他对临池之功有着自己的看法。相对于临池尽墨的苦学，他更愿意追寻一种美学兴味与格调。对此，很难下价值判断，当然，依我个见，能够将技巧的砥砺与美学生命感兴结合，是最值得首肯的，这也是一条历史之路。

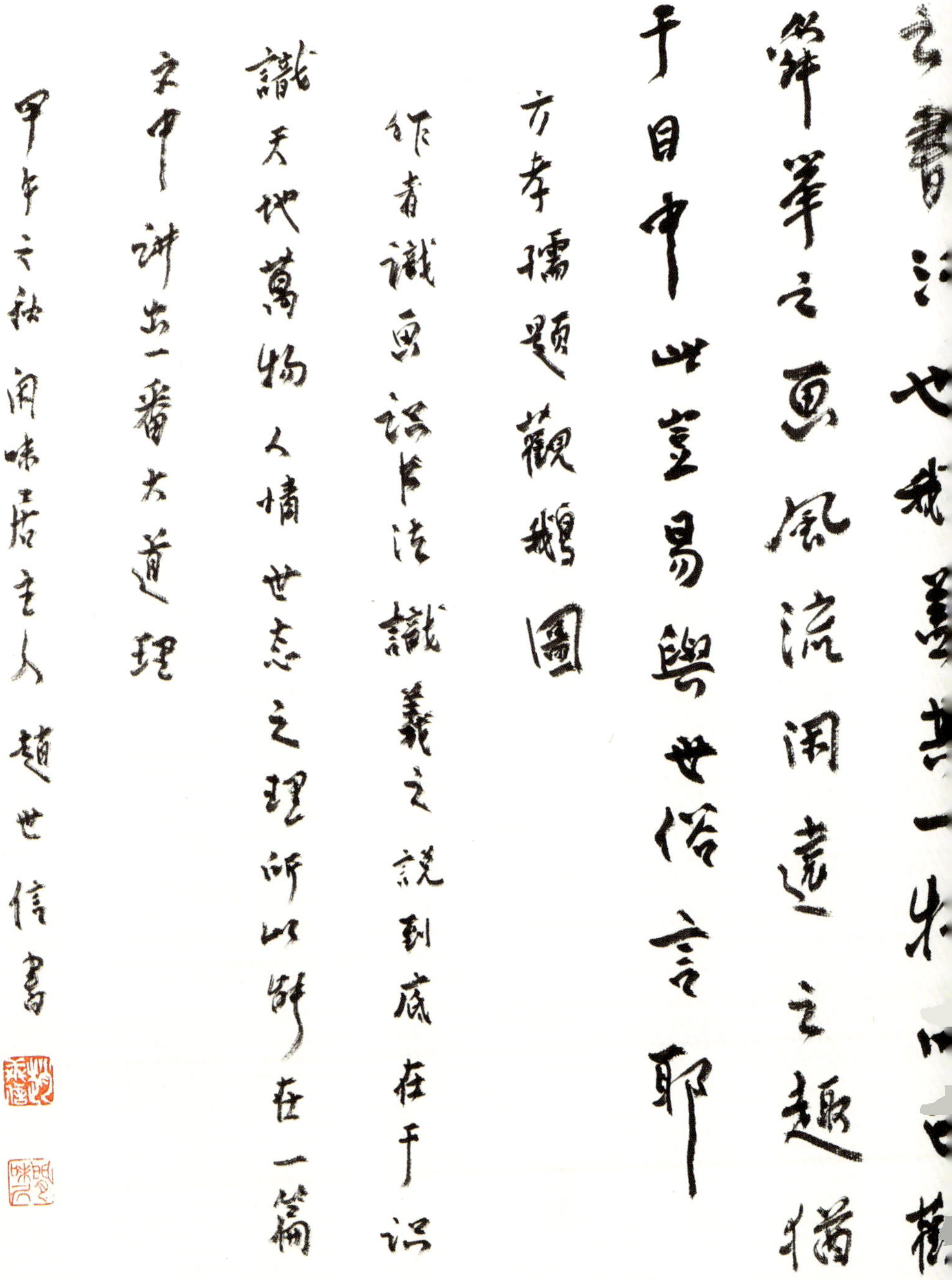
筆墨之畫風流閒遠之趣猶溢
于目中豈易與世俗言耶
方孝孺題觀鵝圖
作者識畫識書法識羲之說到底在于識理
識天地萬物人情世態之理所以能在一篇小
文中講出一番大道理
甲午之秋閑味居主人趙世信書

方孝孺题《观鹅图》

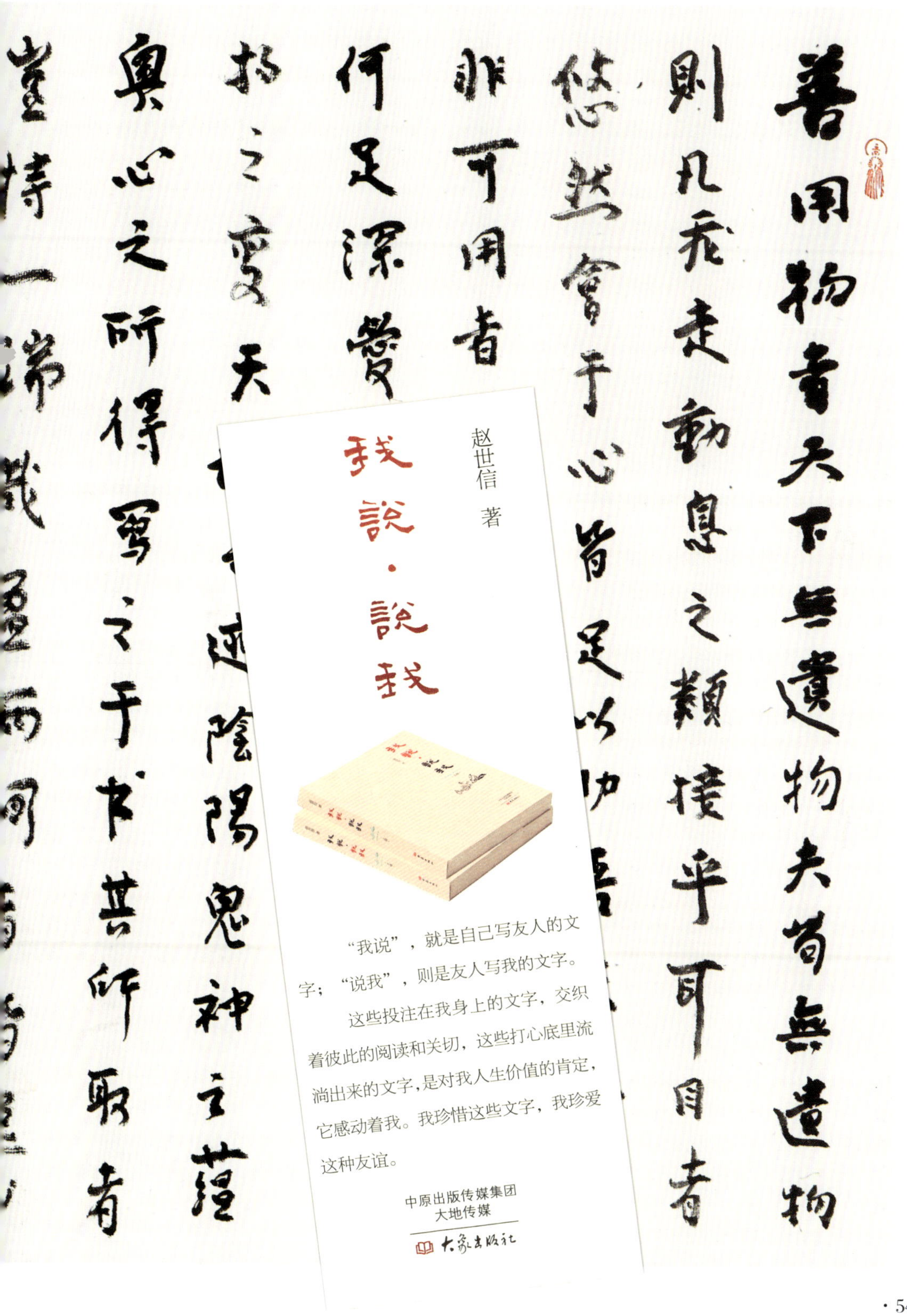
赵世信 著
我說·說我
“我说”，就是自己写友人的文字；“说我”，则是友人写我的文字。
这些投注在我身上的文字，交织着彼此的阅读和关切，这些打心底里流淌出来的文字，是对我人生价值的肯定，它感动着我。我珍惜这些文字，我珍爱这种友谊。
中原出版传媒集团
大地传媒
大象出版社

从赵世信的书法来看，他偏嗜于董其昌、马一浮、谢无量，有着禅意和书卷气表现一路风格，结字萧疏，笔致松活，不事夸张，追求自由书写的愉悦。这反映出他淡泊的心境，也反映出他文人化的书法价值取向。在中国文人心底，皆潜隐着一种隐逸情怀，反映到诗文书画上，便表现出一种超逸之境。读赵世信散文，总隐约感到弥漫着一种淡逸之美，不事雕琢，而出之以白描，这种为文风格与其书法审美有着惊人的一致，可以说是其生命情调的自然呈露。

除董其昌、马一浮、谢无量，他近期创作还转益取法何绍基、齐白石，风格上又为之拓化，在保持冲淡散逸整体风格前提下，又表现出富于风格张力的一面。他写的何绍基风格对联，虽所作不多，但神形皆肖，且富于风格上的细节变化，在其创作中也是区别于已往的极力注重形似之作。而其有白石老人风格的手卷创作，则表现出无意于佳的超水准发挥，令人为之赞叹。齐白石晚年书法，老辣烂漫，随意倾倒，而又名士气十足，可谓欲学而无可措手者。赵世信明言无临摹白石老人之作，而只是目至而已，此确有会心处，否则无可解其笔致澜翻，直夺白石老人书法之妙意者，如观其所作，将可证余言之不虚。

在书家眼中，赵世信首先是一个文人、一个作家、一个书家，其次才是一位领导。他自己也愿意这样看自己。所以他与书家在一起才会有一种得其所哉的畅神状态。他早已卸任赋闲，全身心地投入到他所挚爱的书法创作中了，对他来说这也是一种夙愿的实现。他认为，目前的状态是自己最理想的，因为远离了权位，朋友可以以自然的心态与他相交，他也可以以自然的心态面对朋友，从而远离了功利，在这样的人生状态下，写出的字才最接近书法本真，也是生命本真的反映。可以预期，具此心境，赵世信的书法定会臻至新的理想国。

（本文作者系《书法导报》副总编辑，著名书法评论家）

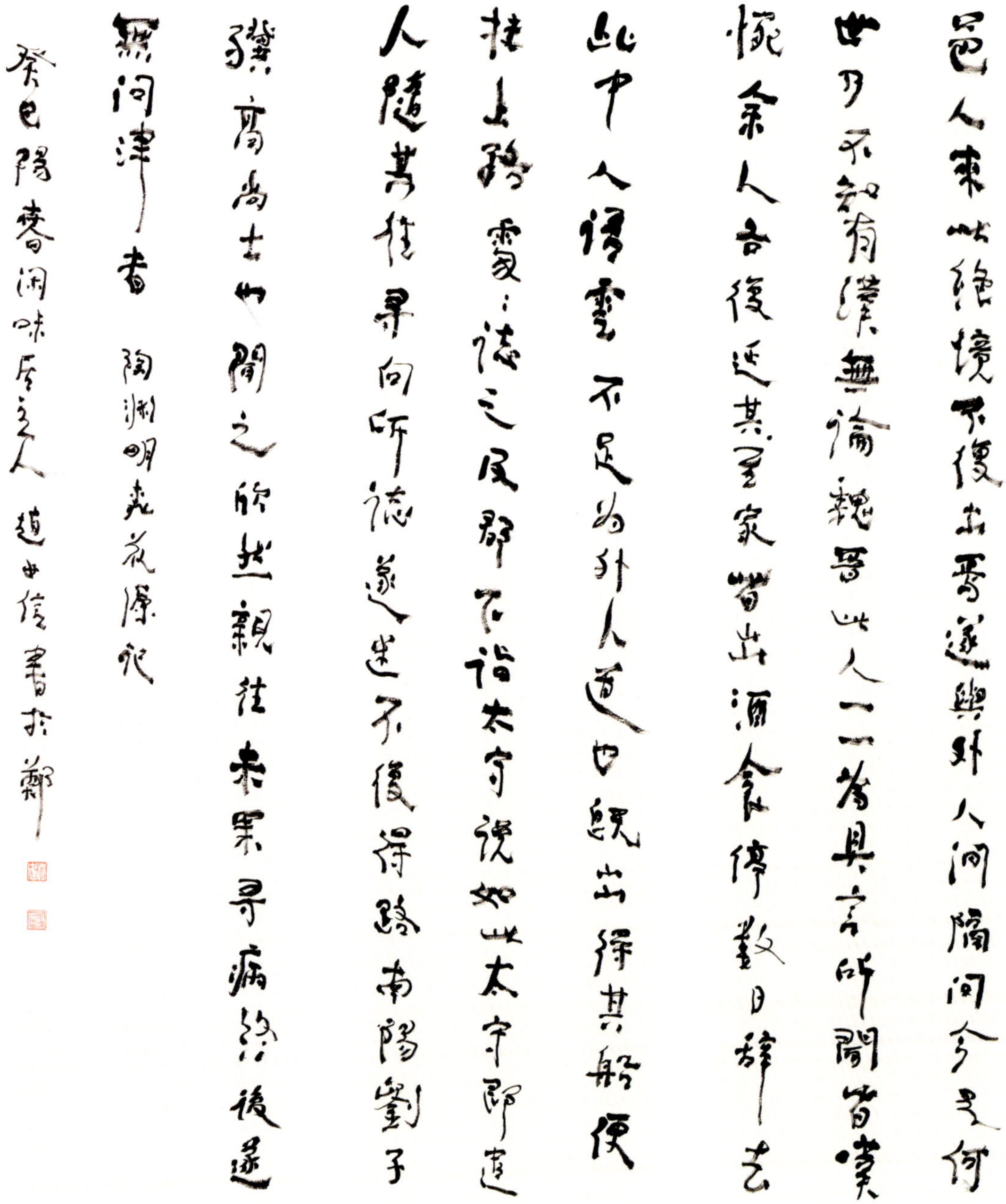
邑人來此絕境不復出焉遂與外人間隔問今是何
世乃不知有漢無論魏晉此人一一為具言所聞皆嘆
惋余人各復延至其家皆出酒食停數日辭去
此中人語云不足為外人道也既出得其船便
扶上路處處誌之及郡下詣太守說如此太守即遣
人隨其往尋向所誌遂迷不復得路南陽劉子
驥高尚士也聞之欣然親往未果尋病終後遂
無問津者 陶淵明桃花源記
癸巳陽春閑味居主人 趙由信書於鄭

陶渊明《桃花源记》

晉太原中武陵人捕魚為業沿溪行忘路之遠近
忽逢桃花林夾岸數百步中無雜樹芳草鮮美落
英繽紛漁人甚異之復前行欲窮其林林盡水源便得一
山山有小口彷彿若有光便捨船從口入初極狹才通人
復行數十步豁然開朗土地平曠屋舍儼然有良田美池
桑竹之屬阡陌交通雞犬相聞其中往來種作男女衣
著悉如外人黃髮垂髫並怡然自樂見漁人乃大
驚問所從來具答之便要還家設酒殺雞作食村中
聞有此人咸來問訊自云先世避時秦亂率妻子

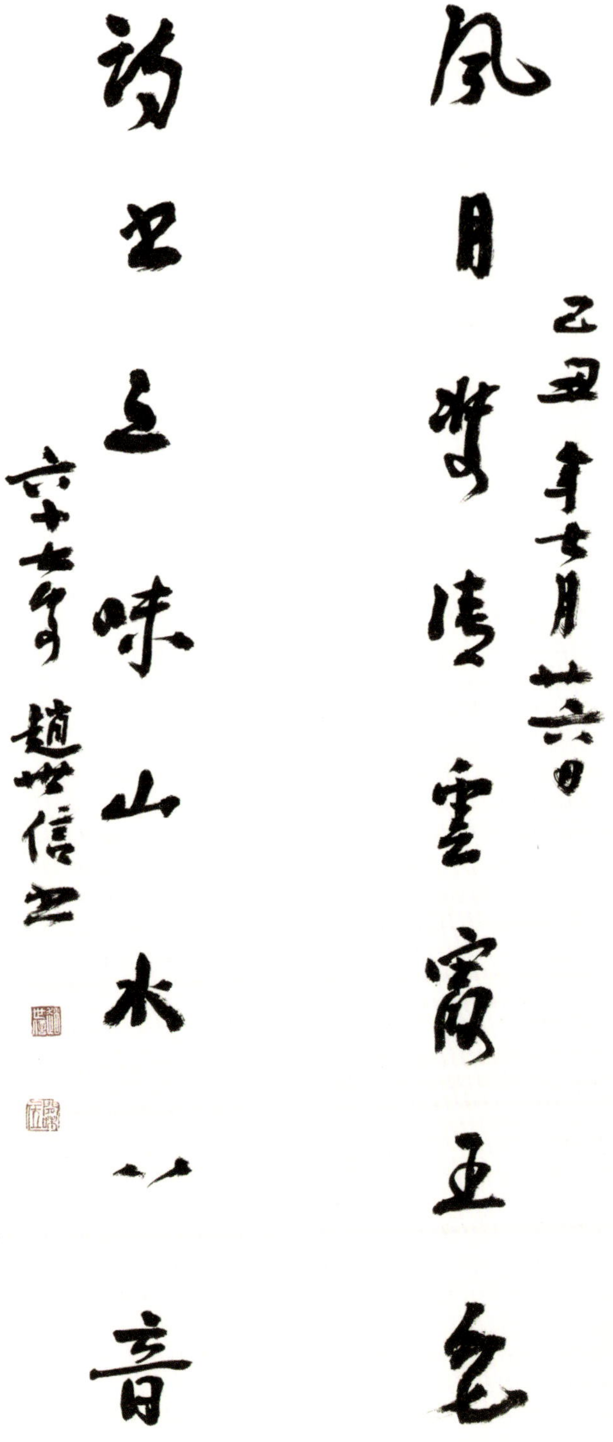

风月诗书联

《合欢》读后感

房方

一

偶然见到赵世信先生于1979年出版的小说《合欢》，简易的装帧，名家山水的封面，微微泛黄的书页，盈手可握的厚度，在众多包装精美的书籍中，自有一种历经岁月沧桑的淡定。细看封三，首印2万余册，加上再版印刷4万册，《合欢》是那个年代名副其实的“畅销书”呢。搁现在，这个数字也同样让写作者眼热。

合欢，多么温暖的名字，多么吉祥的花朵。“叶似含羞草，花如锦绣团”，每至夏季，合欢便会托起片片云霞，平时甚为普通的街道，突生出一种仙境般奇幻的梦境。“缕缕朝随红日展，燃尽朱颜谁省”“不见合欢花，空依相思树”，从古至今，人们借合欢言相聚，诉离情，对花好月圆的美好生活寄予无限期盼，合欢成了夫妻和合、家庭幸福的代名词。

这部20世纪70年代末出版的小说，之所以作家以“合欢”为书名，是因为这本书讲述的是一个悲欢离合的故事。曾和作者一同赴东山岛体验生活的已逝作家李明性，曾在回忆中写道："老阿婆的门前有一株粗壮的合欢树，信哥望着这株合欢树，突然有了灵感，'咱们把海峡两岸同胞盼统一、盼团聚的事迹写进书里，书的名字就叫《合欢》'。我击掌称妙。"

小说开宗明义，"人世间，再没有比骨肉分离，咫尺相隔而不得相见更令人痛苦的了"。故事讲的是：福建省陵山岛上一家渔民，父子俩先后被抓到台湾当兵，经历一系列的波折，回到大陆母亲怀抱。虽然三十多年过去，海峡两岸风云巨变，从对立隔绝到对话融合，与过去的政治形势不可同日而语，但文学是永不过时的，透过《合欢》观照从前，一种让人缅怀的气息扑面而来。

那时候从事写作的人应该不多，文学出版物也很有限。不像现在，几乎是全民写作，人人都能上网发布自己的文字。所以，倒退三十余年，不得不对那些写作者投以敬意。因为人们只有从作家的书里才能看到人文，看到人间百态，所以书籍是令人敬畏的，作家的文字如同桥梁与窗口，使人们观看到除自身之外的风景。

我很惊讶生长于中原的作者对"陵山岛"竟是那么熟稔，包括对面台湾的地貌、地点都表述得那么准确，人物塑造得那么生动，内心活动描写得如此复杂细腻，在人物冲突中巧妙地设置了一个个高潮，推动了情节的发展，一个个画面在脑海中一闪而过，给人留下极强的镜头感。而作者洗练活泼的语言如同一束束聚光灯，投向他笔下的人和物，各自以鲜明的个性，在事件递进的过程中，给人带来阅读的快感。

应该说，小说中的地理与人物角色取材于作者的"采风地图"。小说中的“陵山岛”是福建省的东山岛，东山岛东濒台湾海峡。据资料记载，1950 年 5 月 10 日，国民党从东山岛撤退，共胁迫走了 4700 余青壮年。而这个只有 200 余户的村子，竟有 147 名青壮男子被强行裹挟去台。一夜之间，“故园惊变，骨肉离分，悲天恸地。谁料海峡竟成隔绝，这一去就是大半个世纪。由此，这里有了一个饱含酸辛的名字——‘寡妇村’”。这些不幸的女性，对爱情的忠贞和对团圆的渴望，触动了作家赵世信，于是构思了这部小说。小说自 1976 年完成初稿，1979 年 11 月出版。巧合的是，1979 年 1 月 1 日《告台湾同胞书》发表。《合欢》生逢其时，用生花妙笔为海峡两岸渴盼骨肉团圆的这一主题作了一次文学解读。

作家李明性对《合欢》的出版记载有这样的文字：“经过数月的艰苦创作、修改，第二年《合欢》出版了。著名画家魏紫熙为小说画了封面，画的是海疆万里旭日东升的壮美景象。家乡的画家曹天舒为小说画了插图。《合欢》出版后很受读者欢迎，有人把它改编成连环画，有人把它改编成电影剧本。电影没有拍出来，连环画《合欢》却出来了。”

二

书中主人公“蒋军情报局的少尉林念国”是《合欢》的主人公，决定着情节的推进与进展。而他手里的“合欢树”刺绣则是小说的伏线。林念国与后来成为老乞丐的父亲林桥，便是“寡妇村”被抓走的壮丁。因为相隔太久，以致父子相见却不能相认。老乞丐怀中的“合欢树”刺绣才成为父子血脉的见证。

金门驻地和林念国的家相距只有半小时的航程，他在望远镜里，甚

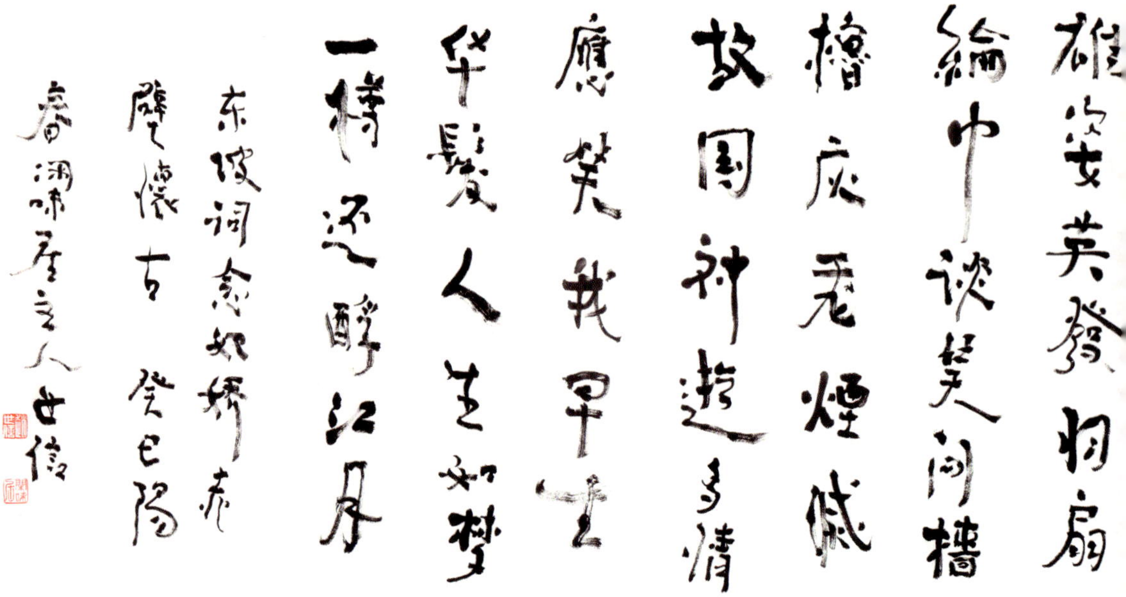

苏东坡词《念奴娇·赤壁怀古》

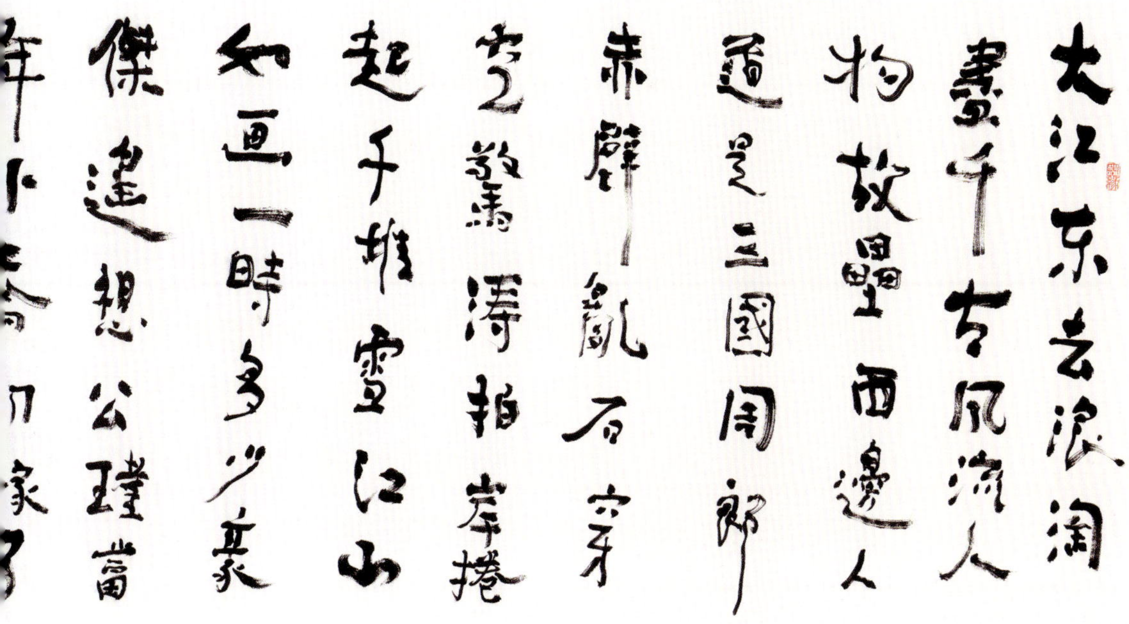

大江东去浪淘
尽千古风流人
物故垒西边人
道是三国周郎
赤壁乱石穿
空惊涛拍岸卷
起千堆雪江山
如画一时多少豪
杰遥想公瑾当
年小乔初嫁了

至可以看到他家乡渔岛的轮廓。但对于他来讲，却是咫尺天涯。林念国带着“反攻东山岛”的“任务”还乡时，对家乡的地形那么熟悉，山洞、明朝的石塔，吃的是海苔、虎西……这些细节描写，都得益于作者的深入生活。不仅如此，“对面”台北的生活也描绘得活色生香，仿佛作者亲自踏上这片土地到处走过一样——黑色的“别尔卡”、宽阔的仁爱路、西门町街头、复兴酒家、乐在其中餐馆，这里面有什么呢？有“浑身都像涂了蜂蜜一样又香又甜的美人儿”，有“瞪着一双双饥饿小眼睛的流浪儿”，有“淫荡的歌声”，有“身世凄凉的酒女阿娟”，有“变作老乞丐的林桥”，也有“酗酒疯狂的军官”……这部分对人物冲突的场面描述，意象密集，语言特别富有张力，将华丽喧嚣的外在世界，与凄恻无助的内心、张狂残忍的国民党军官两相观照，起到惊魂动魄的一系列情感效应。

我想，除去作者敏锐的观察力与丰富的想象力，这也和作者在部队的经历有关吧，所以才能把人物刻画得那么活灵活现，人物内心拿捏得那么到位。作者似乎长有千里眼，甚至连对面的气味都能嗅出来。笔下的文字更具有真实性和可读性，读者可以更真切地感受到其中笼罩的政治风云。

虽说这本小说带有明显的时代烙印，用一些评论家的术语来说，是主题先行的作品，但在笔者的阅读中，海岛渔民在政治风向标下的日常生活及每个家庭种种不同的际遇，书中对海岛风情的描写，对人物的细致刻画，有更多的文学意味。当然，那个年代的人带着他们的信仰，带着那个年代的单纯、朴真、执着和可爱，这种人格色彩更加令人起敬。

我是60年代出生的人，小时候的读物或多或少都带着当时的意识形态，但在我内心，这些罩着光环的人物还是被我喜爱。我还清楚地记得，在一本连环画中，一个梳着两只马尾辫的圆脸蛋小女孩，利用暑假看守生产队的西红柿园。一晌下来又热又渴，宁愿忍着生理上的不适，也不去摘队里又大又甜的果实。如果以现在所常拿的人性观点来看，小姑娘吃一个又何妨呢，这样似乎更正常些。

人在童年的阅读记忆往往会影响到他的审美理念，甚至一生。比如阿巧、阿菊，这些带有灵性的纯真聪明的姑娘，她们朴实无华，但身上散发着纯朴的草木气息，看到渔村里的姑娘形象，立马会想起我生活中的村庄里那些我小时候的姑姑阿姨，她们多么相似。她们在一起谈起“那个人”时的神秘的爱情氛围，在当时的小孩子们看来很是特别，朦朦胧胧，被什么鼓动着，又在众人的怂恿与推搡中害羞着……总之，是旁观的小女孩好奇又不能接近的一种体验。

作者作为那个时代的“大兵帅哥”，自然会有直接和间接的体验吧。或许他把自己写到了故事里。

笔下对阿巧、阿强的恋爱写得那么真实，那么有趣，对女性的心理刻画得那么细腻传神，我想，他一定喜欢孙犁的作品，受到孙犁描写乡村女性的影响。譬如，在劳动的场景里，几个女人你一言我一语，调剂着劳动的单调和辛劳，把话语的对象集中在一两个女人身上，抖露着她们与心上人的亲密关系，直到她们脸上泛起羞涩的云朵，利齿伶牙地进行“反击”……这种纯朴含蓄的恋爱读起来带着清新、俏皮，让人玩味。

《合欢》这本书出版时，我还是懵懂少年。但几十年后我读到它，并没有一丝隔膜，反而感到亲近。

好的文学作品往往是这样。

（本文作者系自由撰稿人）

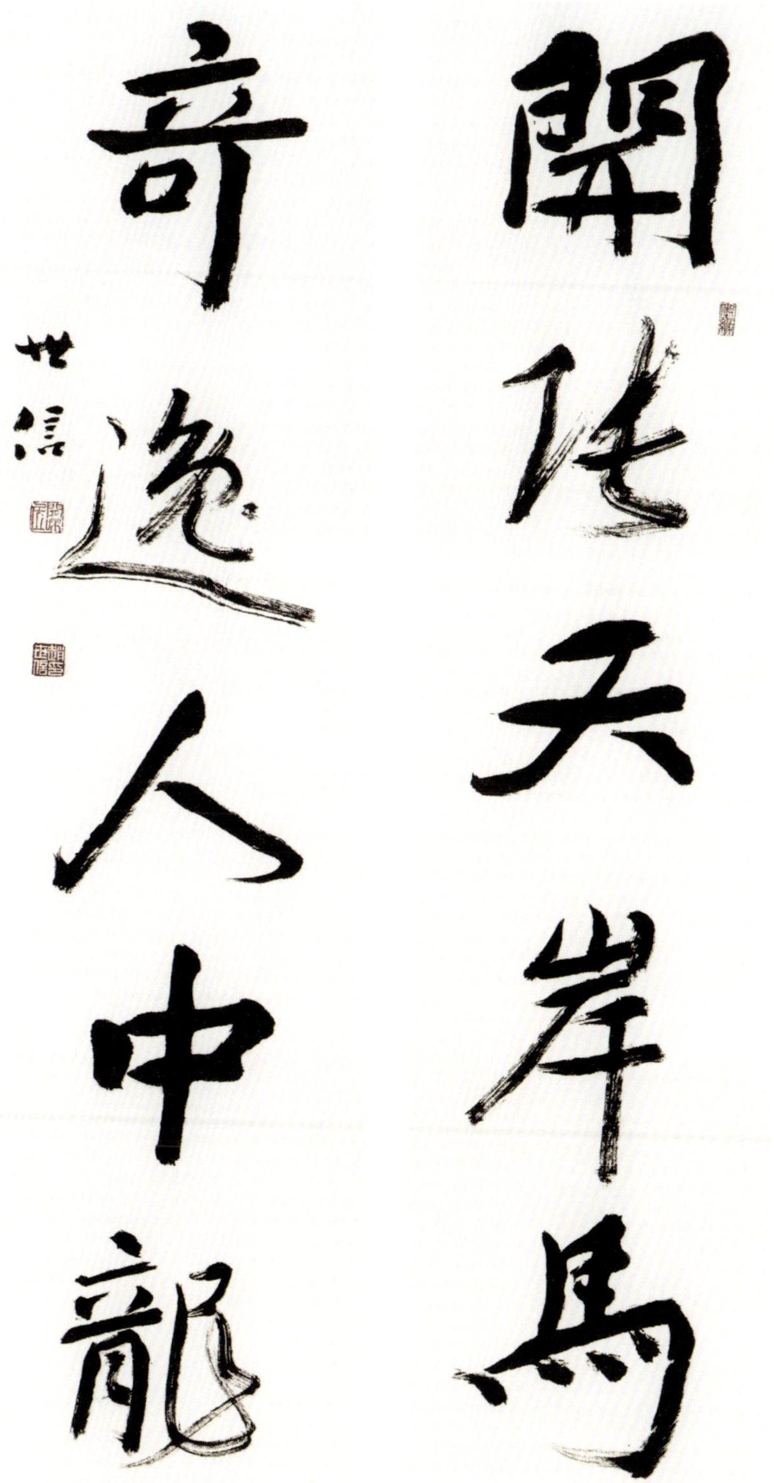

开张奇逸联

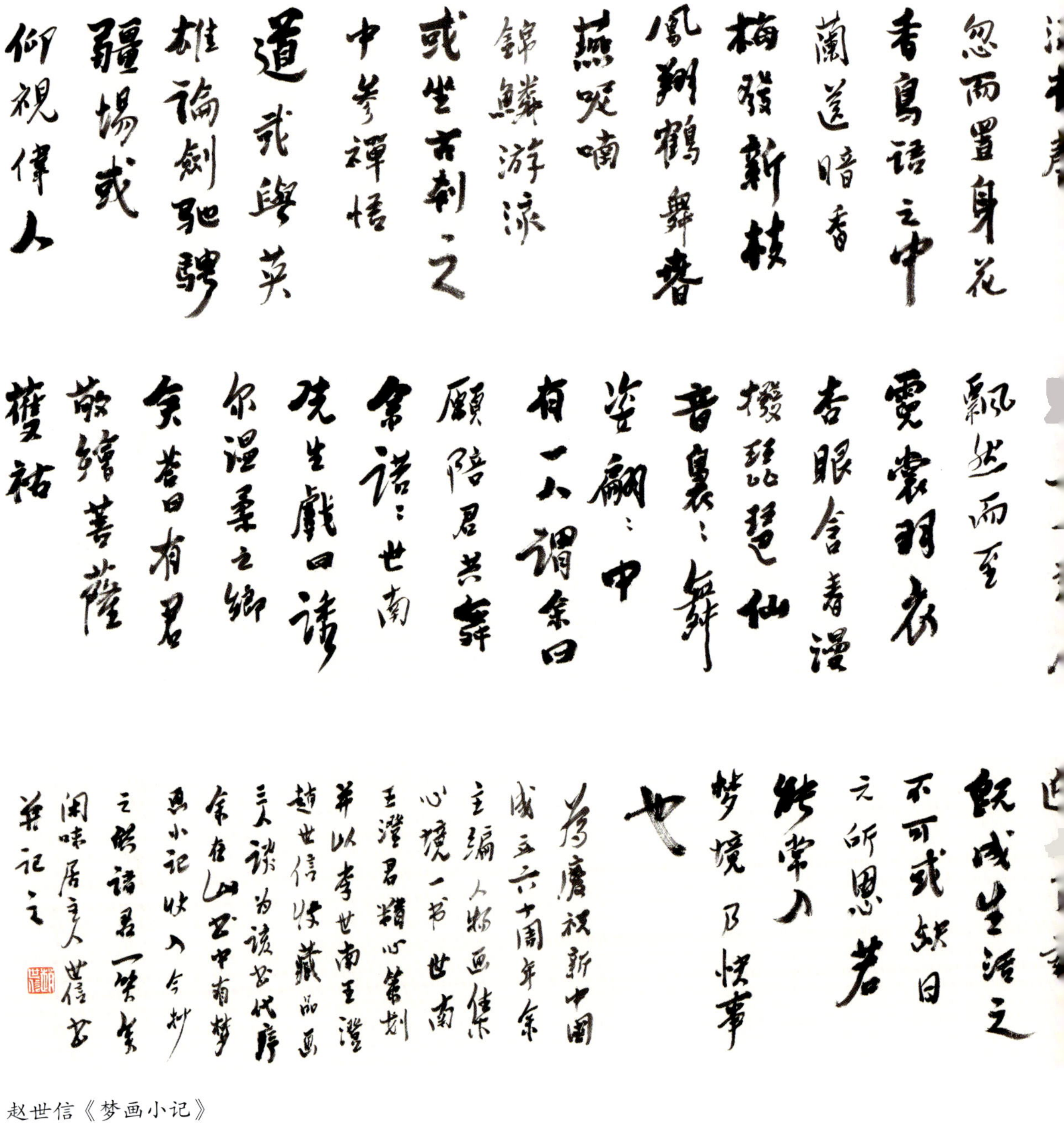
忽而置身花
香鸟语之中
兰送暗香
梅发新枝
凤翔鹤舞春
燕呢喃
锦鳞游泳
或坐古刹之
中参禅悟
道或与英
雄论剑驰骋
疆场或
仰视伟人
飘然而至
霓裳羽衣
杏眼含春漫
拨琵琶仙
音袅袅舞
姿翩翩中
有一人谓余曰
愿陪君共舞
余请世南
先生戏曰请
尔温柔之乡
余答曰有君
敬赠菩萨
护祐
既成生活之
不可或缺日
之所思若
非常人
梦境乃快事
也
为庆祝新中国
成立六十周年余
主编人物画集
心境一书世南
王澄君精心策划
并以李世南王澄
赵世信收藏品画
三人谈为该书代序
余在山西中有梦
画小记收入今抄
之供诸君一笑矣
闲味居主人世信书
并记之

赵世信《梦画小记》

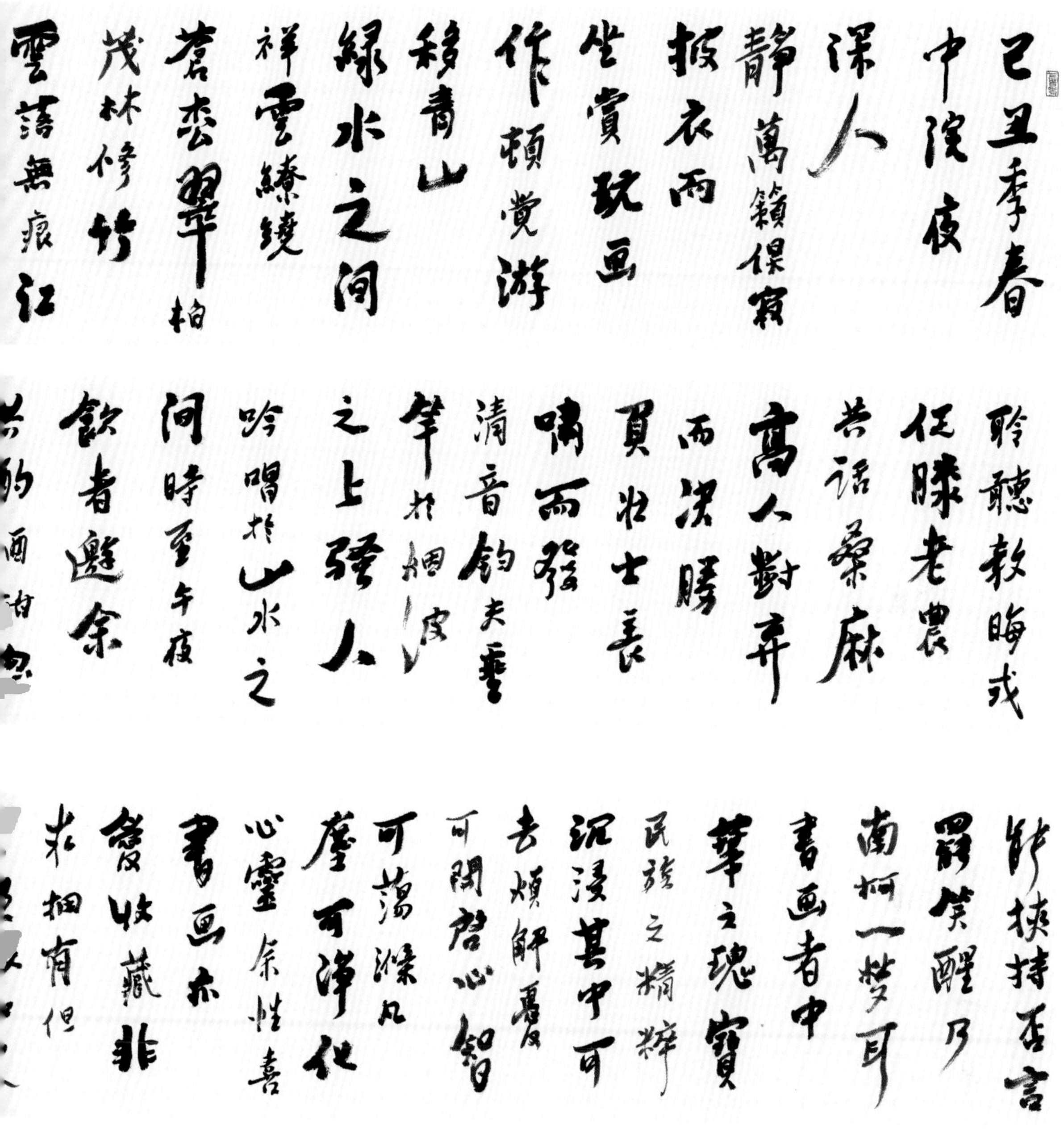
已丑季春
中夜
深人
静萬籟俱寂
披衣而
坐賞玩畫
作頓覺游
移青山
緑水之間
祥雲繚繞
蒼松翠柏
茂林修竹
雲語無痕江
聆聽教晦我
任勝老農
共話桑麻
萬人對弈
而決勝
負壯士長
嘯而發
清音釣夫垂
竿於烟波
之上譴人
吟唱於山水之
間時至午夜
飲者邀余
書畫者中
華之瑰寶
民族之精粹
泥浸其中可
去煩解憂
可開啟心智
可蕩滌凡
塵可淨化
心靈余性喜
書畫亦
廣收藏非

袁中道《卧佛寺》

袁中道《卧佛寺》（局部）

禅茶

速写尊者世信

童月

天有四时，君子得寒热温凉以自强；地袤广博，君子纳经史子集以载物。尊长世信，吾辈之良师，芸芸后学皆谓也。得见尊长法书，大豫艺术馆之雅室，满纸烟霞，蔚为大观。造型稚纯，线条生拙，仿若万物之始。洗却铅华，回归率真，自然之大美也。

尊长治学严正，广猎经典礼乐，博学群科精髓，术业之知，文化之修，思想之备，飞跃往复，融会贯通，大儒破空于不觉，风雅练就于悄然。书文一体，功夫于诗外，是之谓也。

尊长为人稚纯，天性良善，文化精深，其温纯博学，卓信向世，幽兰远俗，梅骨戏寒之性，君子雅士共识之，往之者众矣。

我等屑小，向之良久，莫敢造趋。幸孙老引领，方得一见。儒雅史珮，呼与看座，诚惶神游，乃聆听于一二，实如甘醇之绕梁，留之久回味亦久矣。

人与法书共睹，文如其人，真言良实也。

速写之。

（本文作者系北京华堂书画院院长）

至人神矣大泽焚而不能热河汉沍而不能寒疾雷破山
而不能伤飘然振海而不能惊若然者乘云气骑日月
而游乎四海之外死生无变于己而况利害之端乎
庄周齐物论之九 时在农历十一月廿七日 闲味屋主人赵世信

庄周《齐物论》之九

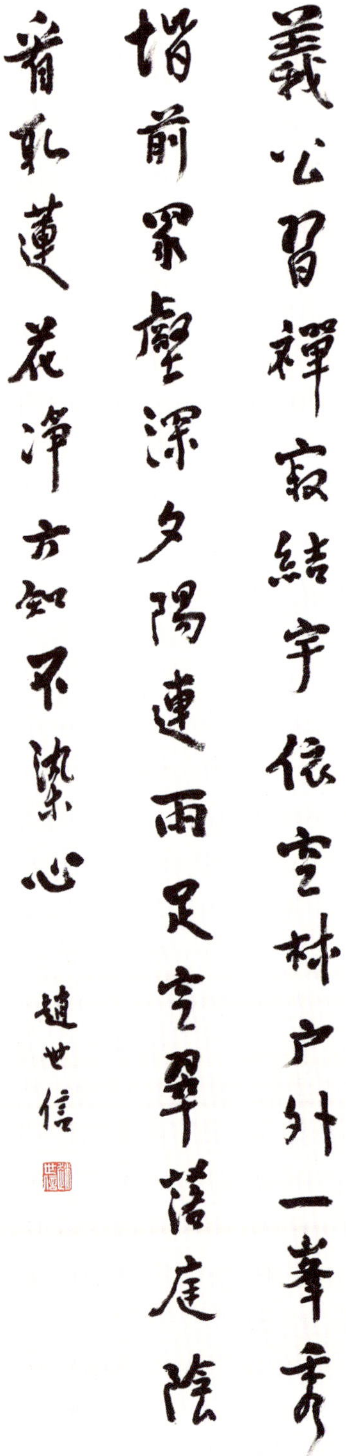

孟浩然《题大禹寺义公禅房》

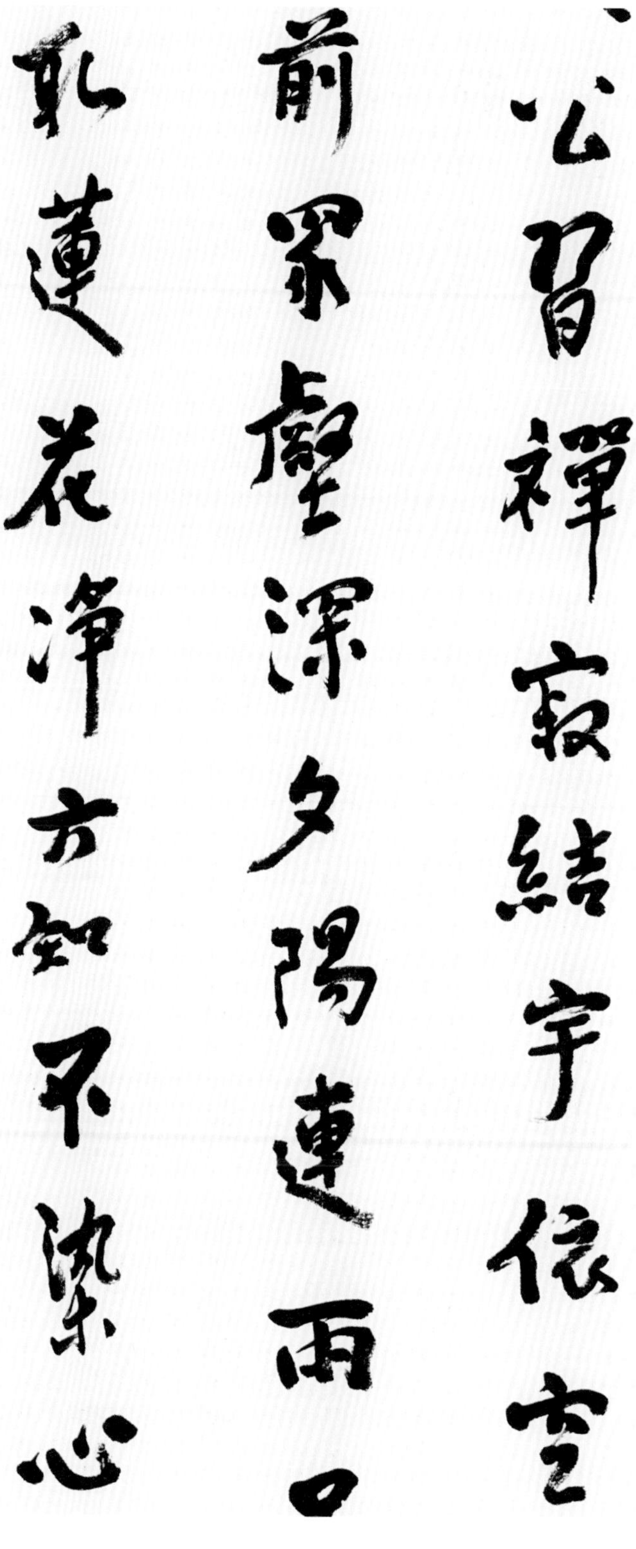

孟浩然《题大禹寺义公禅房》（局部）

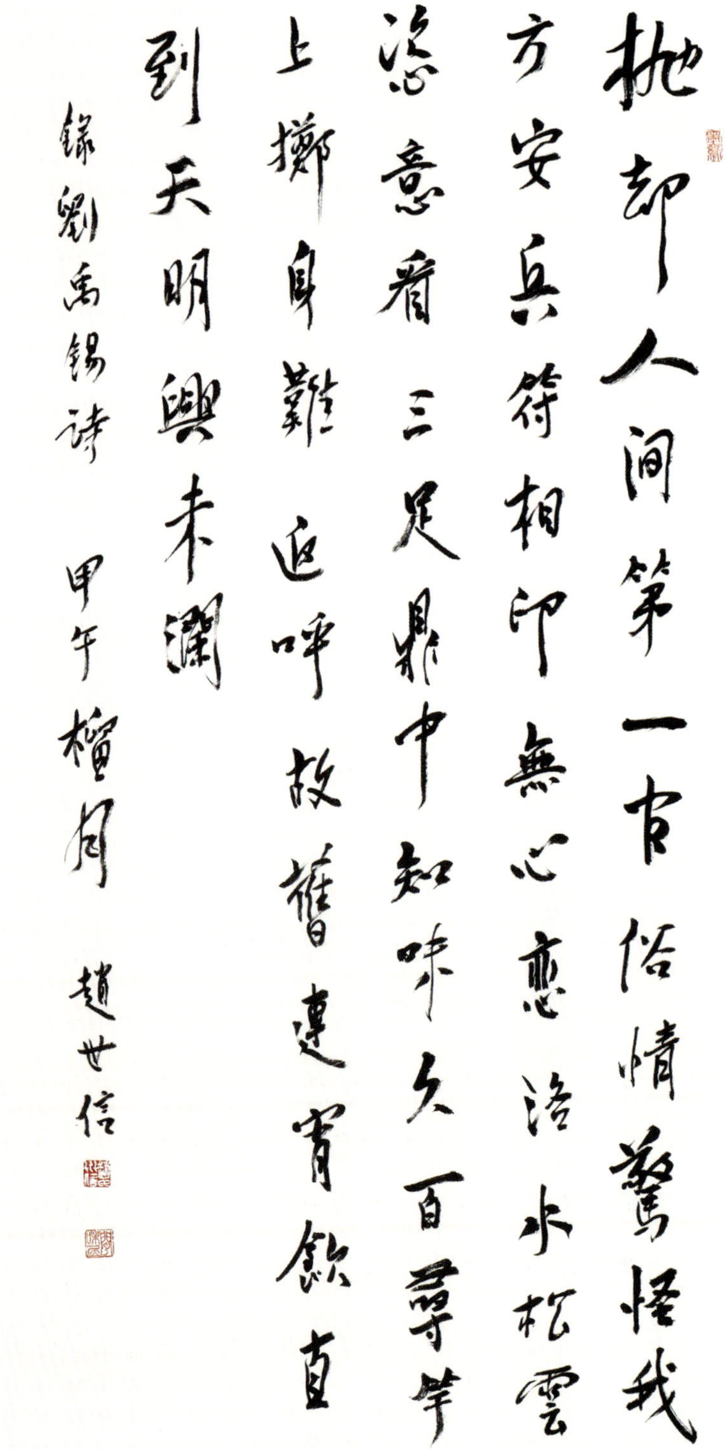

刘禹锡诗《酬思黯见示小饮四韵》

从文学里走出的书家

尚新娇

他应该有三个身份：作家、鉴赏家、书法家。

一般人眼里，一个退休老干部，人际关系总要疏淡些，不比在任时的热闹。但他是一个例外，办公室的茶水从来流水似的不间断。

他就是赵世信先生。书法家周俊杰先生称他为“侠之大者，情之浓者”。说到底，这些都与他的个人修为有关，凡事能够推己及人，替他人着想。与他交往，大家觉得温馨，觉得快意，加上他对文学和书画发自心底的热爱，所达到的至深境界，使其在艺术界有极好的声誉和地位。

读他的小品文《梦画小记》，其对书画的痴迷可见一斑：“夜深人静，万籁俱寂，披衣而坐，赏玩画作，顿觉游移青山绿水之间，祥云缭绕……余性喜书画，亦爱收藏，非求拥有，但望过眼，如是近四十载，既成生活之不可或缺……”

四十年的收藏史，可想有多么资深了。他解释说，从前的书画工薪族花点钱还是能收藏的，而现在书画市场价格虚高，搞收藏就难多了。

观千剑而后识器，操千琴而后晓声。因为收藏，经他过眼的古帖、名帖很多，时时翻阅、观赏，其眼界自然异于常人。虽然不去刻意临帖，但他写出来的书法却有大家之风，翻阅他的书法集，散发出浓郁的书卷气息，或古拙或奇崛或悠然，在视觉与内涵上给人独特的艺术享受。

书法家王澄是他相知多年的老朋友，王澄称他的字“常透出几许雅逸情调，几许书卷气息”，是真正的“知者”，智者。他自己也常说，喜欢“有味儿”的字，这个“味儿”想必是朋友所说的雅逸情调与书卷气息吧。

这种情调和气息从何而来？周俊杰一语道破：“他压根儿就是一介文人，从文学里走出来的书家。”

一言以蔽之，这一切来源于他对文学的痴情，对美的热爱与追求，对情的专注与投入，对世间万物的深深体悟。

苏轼、林散之是他喜爱的书家，那自由、随意又透出法度的风格流露在他笔墨之间。近来，赵先生又喜欢上何绍基的字，他书法中的飘然清逸、稚拙灵妙在此得到印证。作品“碧树数丛堪作障，青山一半不知名”，写得端严神凝，却又掩饰不住骨子里的风雅。他与书法中的雄强派不同，他们是“大江东去”，狂野不羁，他却是风轻月淡，信步从容。他们走平坦坦、直通通的大马路，他偏爱曲径通幽、芳香四溢的花间小径。

他不像有些人因书法而为书法，他还有一个身份是作家。书如其人，笔墨腾挪间有文学的底蕴滋养着，烘托着，才可以随处意趣，翩然生姿，演绎绝妙的意境。

“清凉世界”，是赵先生书写的一条横幅，挂在他的书房，望之空阔玄静，淡雅隽秀，寄托了作者和主人的行事格调与淡泊心境。

熟悉他的人都说，赵先生身上有一种古代“士”的精神。他虽钟情收藏，但常常收而不藏，不为收藏所困，有好几幅大师级作品都被他拱手送人了。问他为什么舍得，赵先生幽然回应，当然不是随便送，一是不“要”不送，“要”是“情”到了；二是不是“家”不送，只送懂它的朋友。

赵先生之于文学，与字画一样，同样也是痴狂，早在1979年还在部队期间就创作出长篇小说《合欢》，这部反映海峡两岸悲欢离合的力作，一经面世便受到读者青睐，并被绘成连环画刊载。

从部队转业后，他选择到条件艰苦的河南省仪封园艺场。在他的治理下，园艺场变成了一个花果诱人的桃花源。被这种淳朴美好的劳动氛围所感染，他创作了一系列意境优美、诗情画意的抒情散文，《葡萄园风情》《果棚下》《仪封观花》……如晨晖映照下的一串串露珠，光彩夺目，传递出那个时代特有的美质和光芒。

每个作家都有自己心灵的故乡，有自己写作的源泉，正像沈从文情系湘西的那条河流，赵先生笔下微漾着柳公河的涟漪。

他的散文集《沧桑》塑造了一系列小人物，真实记载了生活在豫东柳公河畔的人们，他们的质朴、狡黠、小鬼计在他的笔下一一呈现，活色生香。他熟悉这种世俗生活，并没有简单从道德的层面冠以好恶，而是诉之以深刻人性。因为怜悯所以懂得，这些生活在乡村环境的小人物牵扯了他的心，其生动的乡村俚语让人意会解颐，其人物悲欢令人叹惋。

正像他不为书法而书法一样，他也从来不为诗而诗，诗作抒性灵而无匠气，突如其来的灵感，往往出现神来之笔。两年前的云南之行，异域风

沙鷗翔集錦鱗游泳岸芷汀蘭郁郁青青而或長煙一空皓月千里
浮光耀金靜影沉璧漁歌互答此樂何極登斯樓也則有心曠神
怡寵辱偕忘把酒臨風其喜洋洋者矣嗟夫予嘗求古仁人之心
或異二者之為何哉不以物喜不以己悲居廟堂之高則憂其
民處江湖之遠則憂其君是進亦憂退亦憂然則何時而
樂耶其必曰先天下之憂而憂後天下之樂而樂歟噫微斯人吾誰
與歸

范仲淹岳陽樓記 癸巳陽春閑味居主人 趙世信

范仲淹《岳阳楼记》

慶曆四年春滕子京謫守巴陵郡越明年政通人和百廢具興乃重
修岳陽樓增其舊制刻唐賢今人詩賦於其上屬予作文以記之予觀
夫巴陵勝狀在洞庭一湖銜遠山吞長江浩浩湯湯橫無際涯朝暉夕
陰氣象萬千此則岳陽樓之大觀也前人之述備矣然則北通巫峽
南極瀟湘遷客騷人多會於此覽物之情得無異乎若夫霪雨霏霏
連月不開陰風怒號濁浪排空日星隱曜山岳潛形商旅不行檣傾楫
摧薄暮冥冥虎嘯猿啼登斯樓也則有去國還鄉憂讒畏譏滿目
蕭然感極而悲者矣至若春和景明波瀾不驚上下天光一碧萬頃

情触发了他的诗兴，一组古体诗使他重新焕发艺术青春。他写《看走婚舞》，随口拈来，又暗合了当地的走婚风俗：“暮烟四合绣楼西，阿夏相期眉眼低。绕去缠来无限意，一声鸡叫泪沾衣。”更有趣的是《摩梭女敬酒》：“一曲酒歌世外音，轻交玉臂更销魂。摩梭淑女早知好，五十年前要走婚。”后两句的“突发奇想”写得更为巧妙，不禁让人抚掌。

在这个阅读渐被人们遗忘的物质年代，他依然把阅读作为一种习惯，时时关注着文坛。去年，他买来刚刚入选茅盾文学奖的整套书，常常看到深夜。有作者出书，登门拜访，希望能写序言鼓励，他都尽量予以满足。今年初夏刚刚出版的《寄情》一书，就收录了他为书画家和文学作者撰写的序言，根据不同内容不同作者，文章篇幅短小，遣词精妙，点评独到，阅之给人以启益和快感。

虽然早已退休，生活还是多姿多彩。书画、文学，如同两个红颜知己相伴，使他不至于寂寞。两个都为他所钟爱，使他割舍不得，书画带给他精神上的沉醉，文学泛起他对人生和世界的旖旎情思。

至今，他仍旧保持着上班的作息规律，只不过有更多时间坐在茶案前，泡上一壶香茗，燃起几根烟支，闲看庭前花开花落，四季更迭。身边依然新朋旧友往来不断，饮茗、品字、赏画，一拨拨几乎踢破门槛。

如今文艺界不乏埋头苦干的人，但却更需要有热心、有威望的长者，引领寂寂于荒野的，正在彷徨的年轻人。他就是这样的人，不止一次听到有人感叹，像他这样好的前辈不多见了！

许多年轻人愿意和他交朋友，愿意坐在他身边，喝着他亲手冲泡的上等好茶，无论是文学、书画，还是家事、国事、天下事，年轻人娓娓道来，赵先生听得饶有兴味。对于年轻人的虚妄、偏执，始终暖暖煦阳一般，不动声色地轻拂着、打量着、宽容着。又像历经沧桑的河流，洞知一切，而又悲悯所有。

年轻人从他身上传承文化和做人美德，感知他的睿智和大度，他也被年轻人的活力和新锐所裹挟。他总是敏锐地发现和捕捉，为后来者敞开胸襟，乐意看到年轻人的成功。遇到有艺术发展潜质的年轻人，他总是助其一臂，办画展，出书，忙来忙去，仿佛是自己分内的事情，乐此不疲，所以他备受年轻人的尊重。

十年前，身为省人大书画院院长的他重磅出版《大河风·河南省优秀青年书画家提名展作品集》，一下子推出40位年轻且有潜力的书画作者。至今，大河风书画集已出版15集，许多作者早已是活跃在书画界的佼佼者，在全国乃至海外产生了不同程度的影响。

六年前，担任省直作家协会主席的他多方筹措资金，出版了五卷本，约150万字的《南丁文集》，实为河南文坛罕见的壮举。南丁在中华人民共和国成立之初即在省文联工作，且长期担任领导职务，从他的文字中可以窥见半个多世纪以来，河南当代文学发展的轨迹，因而，此文集有不可替代的文献价值。

在他今后的日程中，还有一长串与他有关或无关的有待施行的计划，他所策划组织的十二集纪录片《中国书法三千年》已杀青，该片追寻三千年书法发展的轨迹，以高科技手段展示与传承中国书法艺术，使观众领略书法艺术的独特魅力。

因为需要，因为无数有意义的事在等着他，所以他不会老。在岁月

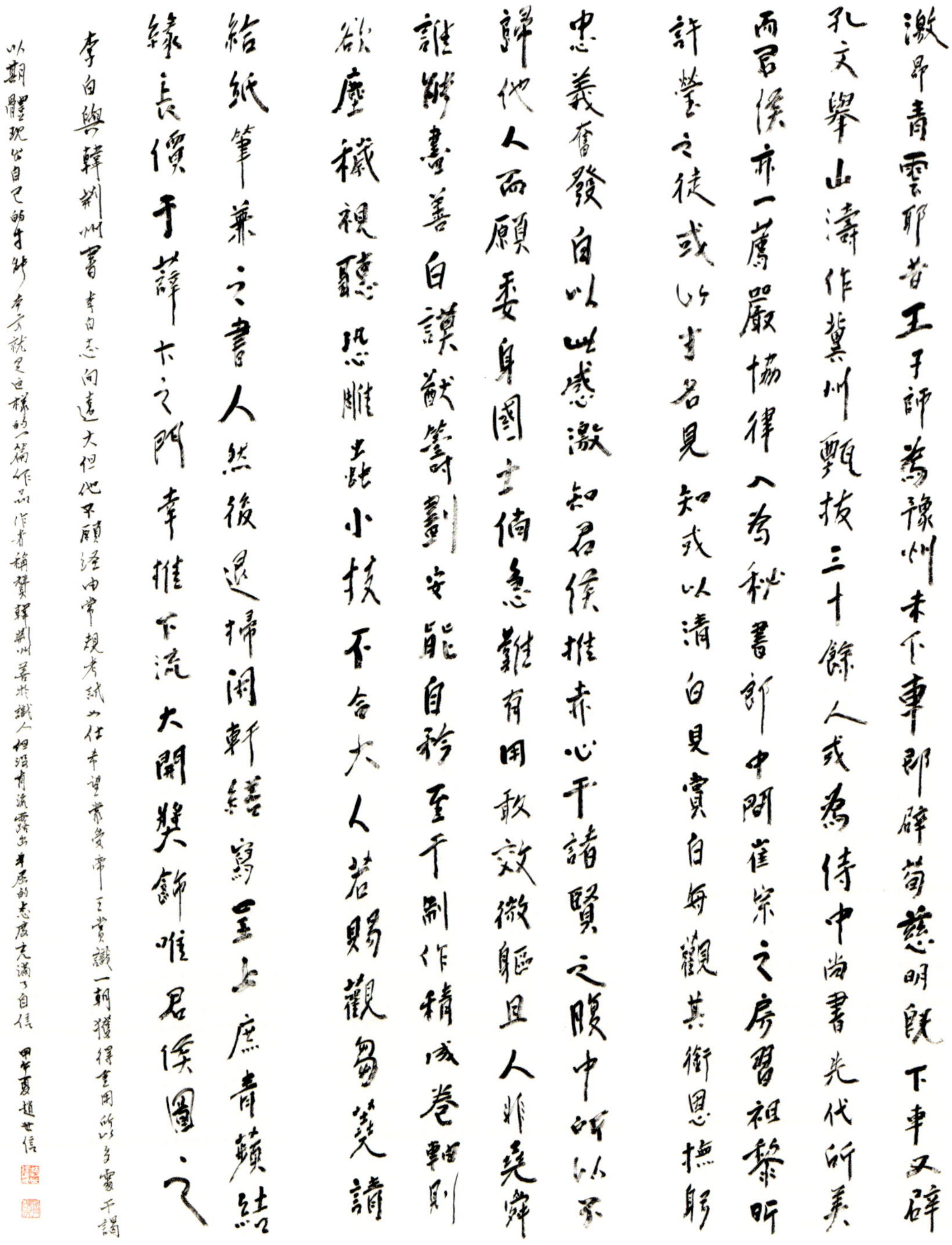
激昂青雲耶若王子師為豫州未下車即辟荀慈明既下車又辟
孔文舉山濤作冀州甄拔三十餘人或為侍中尚書先代所美
而君侯亦一薦嚴協律入為秘書郎中間崔宗之房習祖黎昕
許瑩之徒或以才名見知或以清白見賞白每觀其銜恩撫躬
忠義奮發白以此感激知君侯推赤心于諸賢之腹中所以不
歸他人而願委身國士倘急難有用敢效微軀且人非堯舜
誰能盡善白謨猷籌劃安能自矜至于制作積成卷軸則
欲塵穢視聽恐雕蟲小技不合大人若賜觀芻蕘請
給紙筆兼之書人然後退掃閑軒繕寫呈上庶青萍結
綠長價于薛卞之門幸推下流大開獎飾唯君侯圖之
李白與韓荊州書 李白志向遠大但他不願經由常規考試入仕希望常受帝王賞識一朝獲得重用所以多處干謁
以期體現出自己的才能 本文就是這樣的一篇作品 作者讚賞韓荊州善於識人但還有流露出本原的志度充滿了自信 甲午夏 趙世信

李白《与韩荆州书》

白聞天下談士相聚而言曰生不用封萬戶侯但願一識韓荊州何令人之景慕一至于此豈不以周公之風躬吐握之事使海內豪俊奔走而歸之一登龍門則聲價十倍所以龍蟠鳳逸之士皆欲收名定價于君侯君侯不以富貴而驕之寒賤而忽之則三千之中有毛遂使白得脫穎而出即其人焉白隴西布衣流落楚漢十五好劍術遍干諸侯三十成文章歷抵卿相雖長不滿七尺而心雄萬夫皆王公大人許與氣義此疇曩心跡安敢不盡于君侯哉君侯制作侔神明德行動天地筆參造化學究天人幸願開張心顏不以長揖見拒必若接之以高宴縱之以清談請日試萬言倚馬可待今天下以君侯為文章之司命人物之權衡一經品題便作佳士而今君侯何惜階前盈尺之地不使白揚眉吐氣

面前，好像用了什么障眼法，他把人间的沧桑和风尘隐藏起来，沉淀下去，大家看到的，还是他阔远的目光，洒脱轻盈的笑谈。

窗外，繁密的花蕾等着结果。案头，浓浓的笔墨，默默的笔管，静静候着他，将每一个簇新的日子泼洒浸染。

（本文作者系中国作家协会会员）

幽兰

黃岡之地多竹大者如椽竹工破之刳去其節用代陶瓦比屋皆然以其價廉而工省也子城西北隅雉堞圮毀蓁莽穢因作小樓二間與月波樓通遠吞山光平挹江瀨幽闃遼夐不可具狀夏宜急雨有瀑布聲冬宜密雪有碎玉聲宜鼓琴琴調和暢宜詠詩詩韻清絕宜圍棋子聲丁丁然宜投壺矢聲錚錚然皆竹樓之所助也公退之暇披鶴氅衣戴華陽巾手執周易一卷焚香默坐消遣世慮江山之外第見風帆沙鳥煙雲竹樹而已待其酒力醒茶煙歇送夕陽迎素月亦謫居之勝概也彼齊雲落星高則高矣井幹麗譙華則華矣止於貯妓女藏歌舞非騷人之事吾所不取吾聞竹工云竹之為瓦僅十稔若重覆之得二十稔矣吾以至道乙未歲自翰林出滁上丙申移廣陵丁酉又入西掖戊戌歲除日有齊安之命己亥閏三月到郡四年之間奔走不暇未知明年又在何處豈懼竹樓之易朽乎後之人與我同志嗣而葺之庶斯樓之不朽也

王禹偁黃岡竹樓記　趙世信

王禹偁《黄冈竹楼记》

江瀨幽闃遼夐不可具狀夏宜
聲宜鼓琴琴調和暢宜詠詩詩韻清
矢聲錚錚然皆竹樓之所助也
手執周易一卷焚香默坐消遣

王禹偁《黄冈竹楼记》（局部）

王昌龄《芙蓉楼送辛渐》

闲味心香：读赵世信的诗文书法

张同标

闲味居，斋名，前辈赵世信老人使用这个斋名。赵老在闲味居中写文章，或是拽过一张宣纸，濡毫蘸墨，写上几行书法。掬一瓣心香，撷取一片澄明。斋号多起于纸上，刻于石上，悬于匾上，斋主本人固有自己的理解，而旁观者也可以有自己的看法。照我看，偷得浮生半日闲，却是繁华削尽的真醇，是年龄和阅历浇铸而来的，看花开花落，看云卷云舒，自是一种淡淡的闲适，是一种旁观的通达。唐人李涉吟诗道："终日错错碎梦间，忽闻春尽强登山。因过竹院逢僧话，偷得浮生半日闲。"强要登山的李涉，不免刻意。转过一片山壁，或者，刚刚穿出了小树林，碰到了一位老僧，煮上一壶茶，听着树风，闲闲散散地聊了半天，没有特别的要紧事，更没有刻意的功利，诗人从刻意转入了半日闲。赵世信老人，七十古稀，许许多多的都已经放下了，在闲味居中供养云烟，滋养心意，自然而然地贴近了艺术的本真状态。现在的人常说艺术是创作出来的，

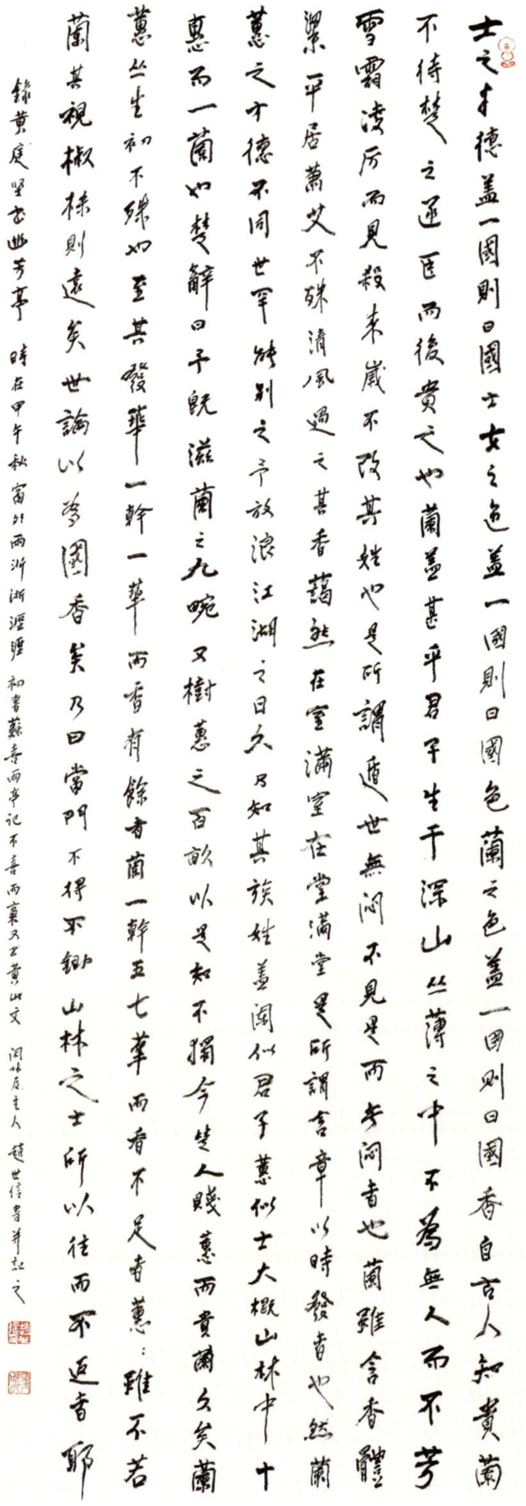
士之才德蓋一國則曰國士女之色蓋一國則曰國色蘭之色蓋一國則曰國香自古人知貴蘭
不待楚之逐臣而後貴之也蘭蓋甚乎君子生于深山叢薄之中不為無人而不芳
雪霜凌厲而見殺來歲不改其性也是所謂遁世無悶不見是而無悶者也蘭雖含香體
潔平居蕭艾不殊清風過之其香藹然在室滿室在堂滿堂是所謂含章以時發者也然蘭
蕙之才德不同世罕能別之予放浪江湖之日久乃知其族蓋蘭似君子蕙似士大夫概山林中十
蕙而一蘭也楚辭曰予既滋蘭之九畹又樹蕙之百畝以是知不獨今楚人賤蕙而貴蘭久矣蘭
蕙叢生初不殊也至其發華一幹一華而香有餘者蘭一幹五七華而香不足者蕙蕙雖不若
蘭其視椒榝則遠矣世論以為國香矣乃曰當門不得不鋤山林之士所以往而不返者耶
錄黃庭堅書幽芳亭 時在甲午秋窗外雨淅淅瀝瀝 初書蘇東坡記不喜而棄又書黃此文 閑味居主人 趙世信書并記之
黄庭坚《书幽芳亭》

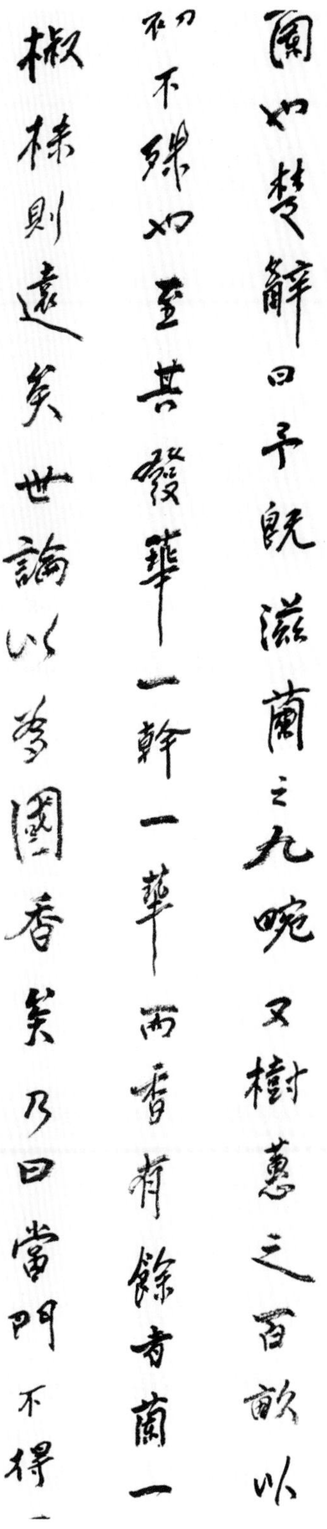

黄庭坚《书幽芳亭》（局部）

是想出来的，传统的诗文书画却十分追究艺术是从胸臆灵府中汩汩流淌出来的。赵老的诗文是他心意境界的自然物化，再化为书法翰墨。

书法的格调，实际上是人生的格调。书法的书卷气源于诗文歌赋，书法的从容闲适源于人的闲适从容。庄子这样描述了他的理想：“就薮泽，处闲旷，钓鱼闲处，无为而已矣。”庄子继续说道，这些闲人，难以企及的高境界是“不刻意而高，无仁义而修，无功名而治，无江海而闲，不道引而寿，无不忘也，无不有也，淡然无极，而众美从之”。一言以蔽之，不刻意就是闲，并不见得都要去水边钓鱼。唯有闲下来，放得下，才能体味到天地宇宙的静穆流衍，如月光泻地，自然脱去尘滓。有时，我们聚在一起，谈论起书法，我怂恿赵老就这么闲闲散散地写下去，不必考虑字法点画，更不必计较技术技能，能与自家心境合拍就好。我也不主张赵老碑体书法，总以为碑体书法天然自带着或深或浅的刻意修饰，未必适合赵老。赵老也不多说话，抽着烟，烟气袅袅，浅浅的微笑，就这么静静地听着。中原大地的书画艺术，常常被想象为沉厚静穆。厚重河南，虽然不必所有的书法绘画都要厚重，而厚重河南却会自然而然浸润到书画气息里。赵老的书法，多为行书，信手两三行，不肯作流美自笑情态，自有一种拙朴沉着的气息。我想，这就是所谓的字如其人吧。

好些朋友很赞叹赵老的《梦画小记》。夜深人静，披衣而坐，远远地撇开了白天的热闹寒暄，更容易进入纯粹的艺术状态。《梦画小记》这样的文章是心意的表达，而书法又是文章心境的融会贯通。欧阳子夜读书，闻有声自西南来，悚然而听，萧飒钬铮，他执着于事功，不免刻意于悲秋之意。姑苏沈石田有《夜坐图》，画幅上端书写了长篇的《夜坐记》，自称性喜夜坐，摊书灯下。久雨新霁，月色淡淡映窗户，久而渐闻风声犬声更鼓声，自天明而闻钟声，音极清越。沈石田这次夜坐，感觉特别地平顺美妙。外静而内定，足以澄人神情而发其志意，因以求事物之理，心体之妙，以为修己应物之地，将必有所得也。这幅《夜坐图》，自写夜声清泠。沈石田没有欧阳子那样的事功执着，他的夜坐是恬静纯净的天籁虚静，邻于禅，近于道。艺术总是相通的，无论是诗文还是书画。赵老自己也很满意这幅《梦画小记》。我想，上好的艺术就是在这样的心理体验里自然而然地长出来的。

赵老，首先是作家，然后才是书家。他早年军旅，写过长篇小说。我还没有读过赵老的长篇小说，我读的是《故事乡间》之类的散文，多写豫东老家的人和事。我接触了不少豫东人，却从来没有细细地游览过豫东。赵老是豫东人，他也自豪自己是豫东人。有亲朋故旧从豫东来访，他总是说老家来人了，高高兴兴地推杯把盏。老人念远，更是念旧，几十年前的旧事，反而记得清清楚楚。老家的那些人和事，总是那么有滋有味。

书法是写字，而写字不见得都是书法。散文是记人叙事，而记人叙事不见得都是文学。描形绘影之外，饱含一种别样的趣味，在人事之上抒情寄意，意胜于事，动情动意，动人感人，这才是文学。作为匕首和投枪的，最好是匕首和投枪，而不是文学。未必一定要冠以文学的名义。观念不是文学，观念不是艺术。观念就是观念。好的文章，给人一丝感动，二三会心。你笔下的松风，我可以静听。你笔下的忧乐，我可以同悲同喜。我不需要评判你的家长里短，我只想感动着你的感动。很喜爱这样的文章，常常私心窃谓这才是文人钟爱的文学：意在事外，妙趣情味在字里行间。

阶庭兰玉

庭阶

很像是我喜爱的明末小品文，动人的往往是老屋背后的黄花绿竹，西湖断桥边的残雪冷月。《世说新语》把魏晋人的才情和气质看作审美对象，明末小品文把自己的感动视为文学的妙谛。字里行间的趣味，是文学的灵性，弥散于点画结构的意境，是书法的生命。文学借助于事相，妙处却不在于事相；书法依托于点画，妙处却在点画之外。从这个角度来说，文学与书法是心意相通的。

为人安闲，文章舒缓。赵老的文章，词句质朴，俚而不俗，剪裁干净。赵老的书法，格调风度，与他的文章一样。书法与文章，虽然相得益彰，互为生发，而书法却是文章结出的果子，是诗赋的另一种样貌。所谓文人书法，文人就是诗文歌赋之人，文人书法中带有文学的性质，含有文学的趣味，表现文人的性情，在书法之外看出许多文人的感想。以文人的性灵，以文人的思想，以文人的品格，糅合到文人的学养风度里，抒写性情，展示思致，悠然兴起玄远幽微之思，脱离世俗尘垢的羁绊，自能引人入胜，这才使得书法迥出于庸工之上，为书法赢得独立的人文品格。

赵老当过兵，扛过枪，金戈铁马，后来长期担任不同岗位的领导干部，周旋应酬，从容不逾矩。多姿多彩，有声有色。提到闲味，我想到了白居易，白居易自诩闲人，却也免不了争些闲气。“不争荣耀任沉沦，……终身不拟作闲人”，“随波逐浪便安闲，不住朝廷不入山”，后者激昂得有些愤激了。“见苦言知乐，经心始爱闲。”套用禅家的话头，顿悟总在渐修之后，活色生香之后方始真醇亲切。睿智，通达，不刻意，这便是我理解的闲味。我愿意把赵老的诗文书法理解成不刻意的闲味，把赵老看作诗赋文人。曾经染尽繁华，如今洗尽铅华，诗赋文人的本性初心就更加凸显出来，发于文章，见于书法。字为心声，诗文咏怀。

闲味心香。诗赋文人的趣味、感想无非是目之所见、耳之所闻中引发开来，或比或兴，感喟人天。陶渊明采菊东篱下，王安石见墙角数枝梅，苏东坡夜游赤壁，朱熹与天光云影共徘徊，均非奇异僻见，轻风细柳，淡月疏梅，触目所及，然非文人不能有兴寄，非兴寄不能尽其情味。前人论书，或谓观公孙大娘舞剑器，或谓见担夫争道，书艺由此大进，不是别的，皆由其人文思盎然滋盛。文思主兴寄，情思主韵味。有兴寄无韵味者，纵然成诗，却不能成一唱三叹、绕梁三日；有韵味无兴寄者，终嫌空疏浅薄。柳三变词杨柳岸晓风残月，有情思，韵味隽永，但无兴寄，终是花间柳月；王摩诘诗清泉石上流，有文思，有情思，兴寄韵味，水乳交融，终成一局上品篇章。“天籁自鸣天趣足，好诗不过近人情。”就像庄子那样的逍遥游，庄周晓梦迷蝴蝶，知游鱼之乐，蝴蝶不知庄周，庄周不觉与倏鱼出游从容。分合物化，离合两空。会心处不必在远，翳然林水，便有濠濮涧想也，觉鸟兽禽鱼，自来亲人。文人又有哲思，这是脱离具象的一种抽象思辨，进而以这种思辨去升华事象技艺，立足于般若智慧，主张恰到好处的中庸，转化为艺术美学，大到气韵、格调、风度，小到笔法、墨色，无不追求方圆流峙之形。史有三才，以识为先；文有三思，情味为先。诗文书法毕竟不是明得失知兴废的学问，更不是仰望星空锁紧眉头的逻辑哲学，诗文书法只是情味襟怀的外现。书法也好，绘画也好，甚至琴棋，也都是植根于文学的旁逸分枝。

赵老是文人。文人的书法，追求的是性灵情味，而不是技艺工巧。文人书法决计不需要工匠精神，文人书法与工匠精神截然相反。文人临池

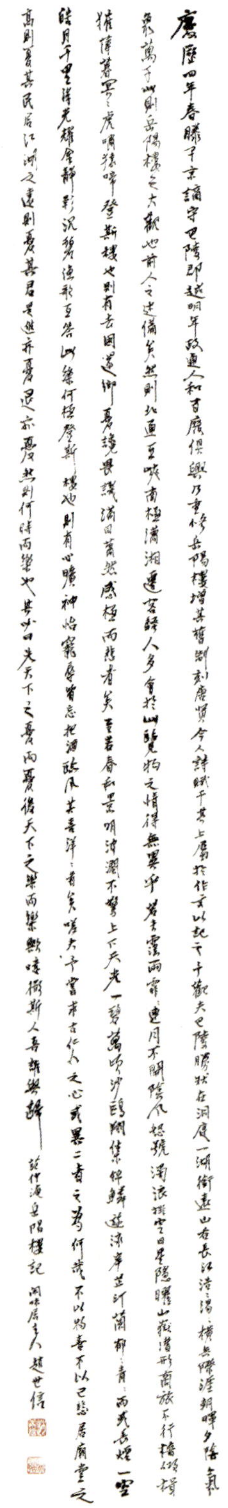

范仲淹《岳阳楼记》

范仲淹《岳阳楼记》（局部）

作书，长于文，短于技。妙于文思、情思、哲思，而技艺往往未必称心如意。苏东坡有时兴起，画些树石，一二修竹，黄山谷讪笑他心手不相应。尽管如此，视听言动，感灵通物，文人书画意在发挥文人的长处，以趣味解散工技，意足不求颜色似。文人书画，重神韵，不贵格法，通常不在技艺上争长较短，却努力以才情会通于翰墨，在诗文书画上力争上游。赵老有半个世纪的文学，他的书法纵有技巧的束缚，却也无妨点画行间的趣味。赵老自号闲味，他的趣味是闲闲散散的闲趣味。

闲味心香。赵老的诗文书法，松而活，滋味闲逸，我的文字却是既板刻又紧促，面相可憎，当然不容易表达赵老笔下的灵与趣，尽管如此，仍然勉力而为之。前一段时间，赵老在《书法导报》上连载了一系列文章，品评书画，回味往事，得到了许多回应。又有别人品评赵老的诗文书法，往来投赠，也积累了不少文章。赵老把这些文章分成两部分：一部分是“我说”，评论别人；另一部分是“说我”，别人评赵老。“我说”“说我”相映成趣，准备出版成书。而我以为，赵老的书法和评论，固然有自己的面貌特色，而更深层次的长处却在于诗文，以诗文为书法，在书法中贯入诗文的性灵，有别样的味道，因而我主张把诗文书法汇集起来，相互照应，作为一个整体呈现出来。心香一瓣，是诗文的性灵，闲味天籁，更是古稀年华的醍醐。

（本文作者系华东师范大学艺术研究所教授、博士生导师）

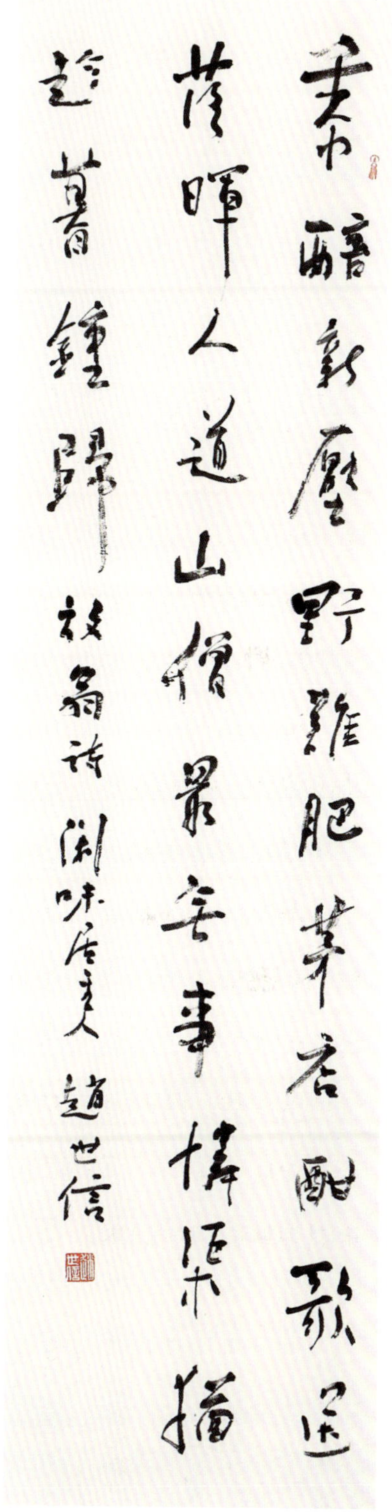

陆游《杂题》

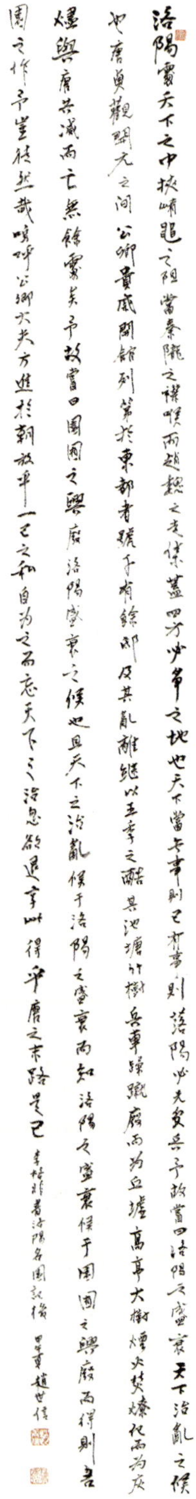

李格非《书洛阳名园记后》

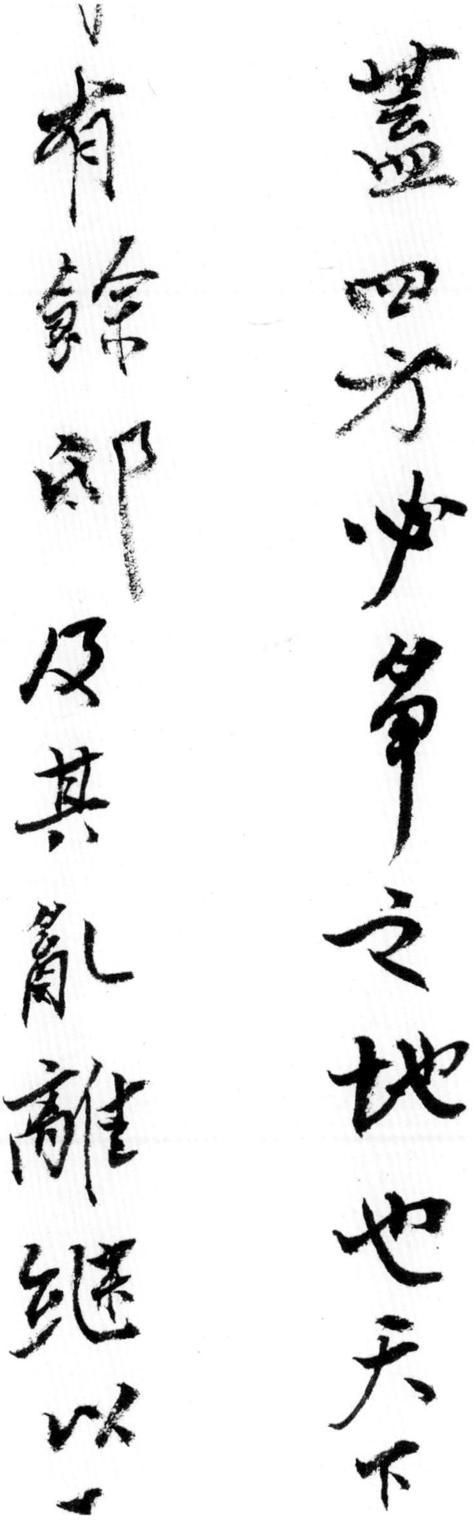

李格非《书洛阳名园记后》（局部）

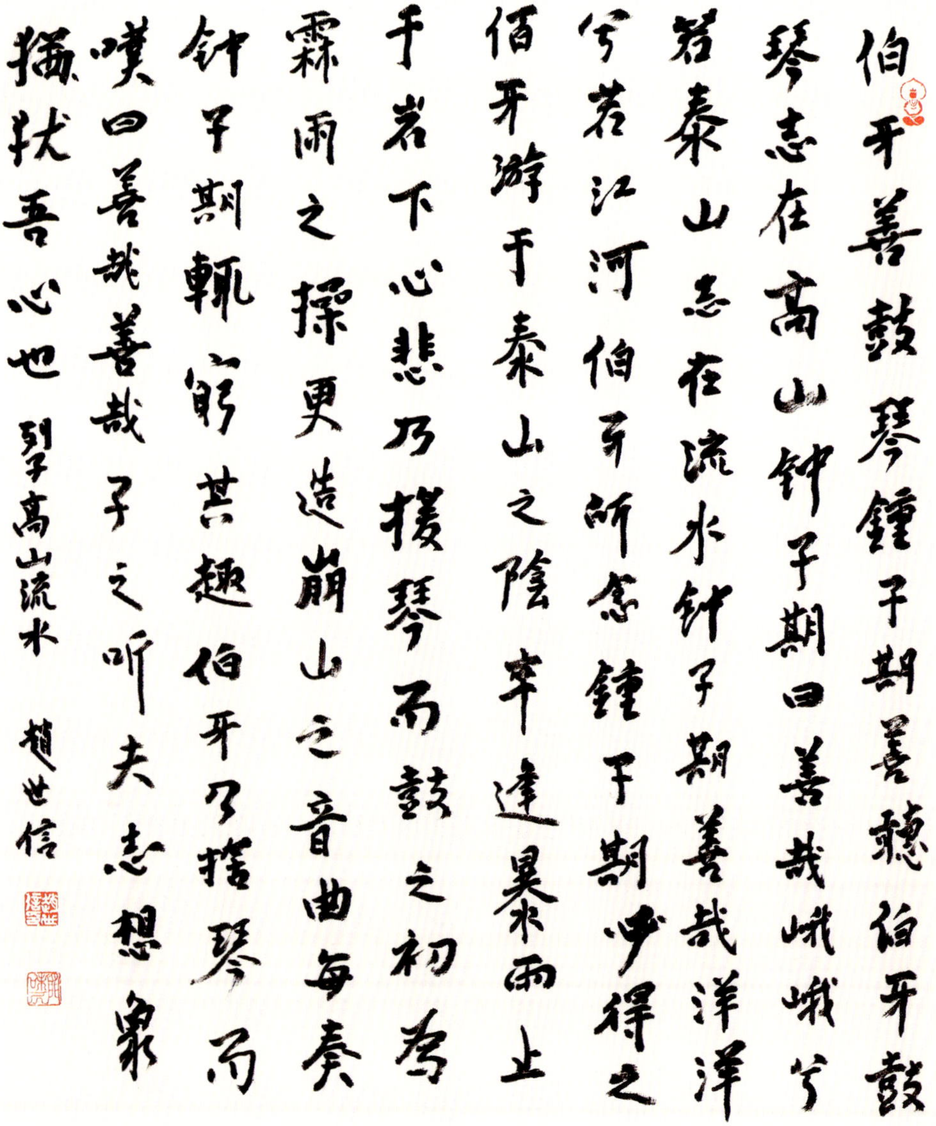
伯牙善鼓琴鍾子期善聽伯牙鼓
琴志在高山钟子期曰善哉峨峨兮
若泰山志在流水钟子期善哉洋洋
兮若江河伯牙所念鍾子期必得之
伯牙游于泰山之陰卒逢暴雨止
于岩下心悲乃援琴而鼓之初為
霖雨之操更造崩山之音曲每奏
钟子期輒窮其趣伯牙乃捨琴而
嘆曰善哉善哉子之听夫志想象
猶吾心也
列子高山流水
趙世信

列子《高山流水》

湖上札记

——与赵先生交往的追述

李凡

2009年在郑州一家画廊，参观魏广君先生的画展，在画廊的一个茶室里始见赵先生的书法，是一副对联，内容已记不清楚，当时感觉和时下书风大为迥异，一派学者气息，归来生仰慕心。

2012年酷夏，经友人介绍和先生第一次见面，以后数月不时登门拜谒，所谈内容多为书法、绘画、读书、做人。尤其书法，以读书养气，不追时风，大朴不雕、字为心画等观点相同。于书法的认识我尚流于浅薄，而于先生的书法总觉还是古字为要，自钟元常以上，传世之作无不古意昭然，先生讲古意并不是古来的古人的意思，但古的内涵仍来自古人的体、质。是在民族审美的遗传中一贯而下，是厚、肥、拙、大、朴、苍、简，是书卷气、士人气、才情气。不是时下的薄、做、炫、流、江湖气、粉脂气等。至于读书做人，不求皓首穷经、暇于论理，力戒支离、着重成色轻于分量、不尚清谈而着力于一心所应，先生讲谓要参活禅而不做死水枯木，前人的著作，现实的生活都在内心有所感应，有所观照，有所参悟，其旨在于涵咏、笃化、提升自我之境、纯粹自我之格、洗练自我之品，在认知的升华中潜移默化、素心澄照。

此间有其文学作品《寄情》《故事乡间》相赠，文风淳朴，鲜于用典，所写多为下里巴人，以小观大，用心良苦。

2013年春节，先生鼓励我去杭州中国美院读书，考试通过后旋即资助我在杭学习至今。其间于今年夏初先生亲临湖上，我陪他一起参观了西泠印社、美院毕业展、千岛湖海瑞祠。中途先生腿疾发作，苦不堪言。但为不扫众兴，一直坚持。在张生食府饯别的那天大雨如注，短短几天，言传身教，细雨和风，润物无声，别后怅然若失，有拙句为记：

孤山萧寺似旧年，云林只鹤总相观。
佳话勿需百年后，知角更无朝夕间。
庙堂高志君切度，天机斯文方登船。
四时最合风与月，风月佳处山外山。

先生离开杭州后，我醉心于宋人小品的临摹，夙兴夜寐，未敢一日虚过。

前些天看弘一大师书法展，天心月圆，铅华洗尽，归来西湖湖畔，落日熔金，华灯初放，近处柳浪闻莺，远眺孤山塔影，似乎看到当年弘一大师从湖畔走向灵隐的孤瘦身影，似又想起年初独自在汉中石门的凭古怀吊，黯然神伤。想起青木川古镇的枯树寒鸦，寒士心情。想起数年来的诸多遭遇，叹于时下求一真字之难。想起先生谆谆教诲，护犊之情，而于先生之缘分，非以艺交，非以人交，是以境交耳。境能达人，亦能度人，王国维、布颜图，广陵绝响，四季冰雪，明月清风，乾坤朗朗，一步一重天，其境皆能使我气畅、心静、欲淡。我生性耿介，不谙世事，而独知天地间诸多缘起，其境高低非以一“人”字不能入其毫末，高标在前，虽不能至，心向往之。日省吾身，更不敢有所挂漏了！

2013年梅雨于杭州浦沿

（本文作者现任教于郑州工业安全职业学院）

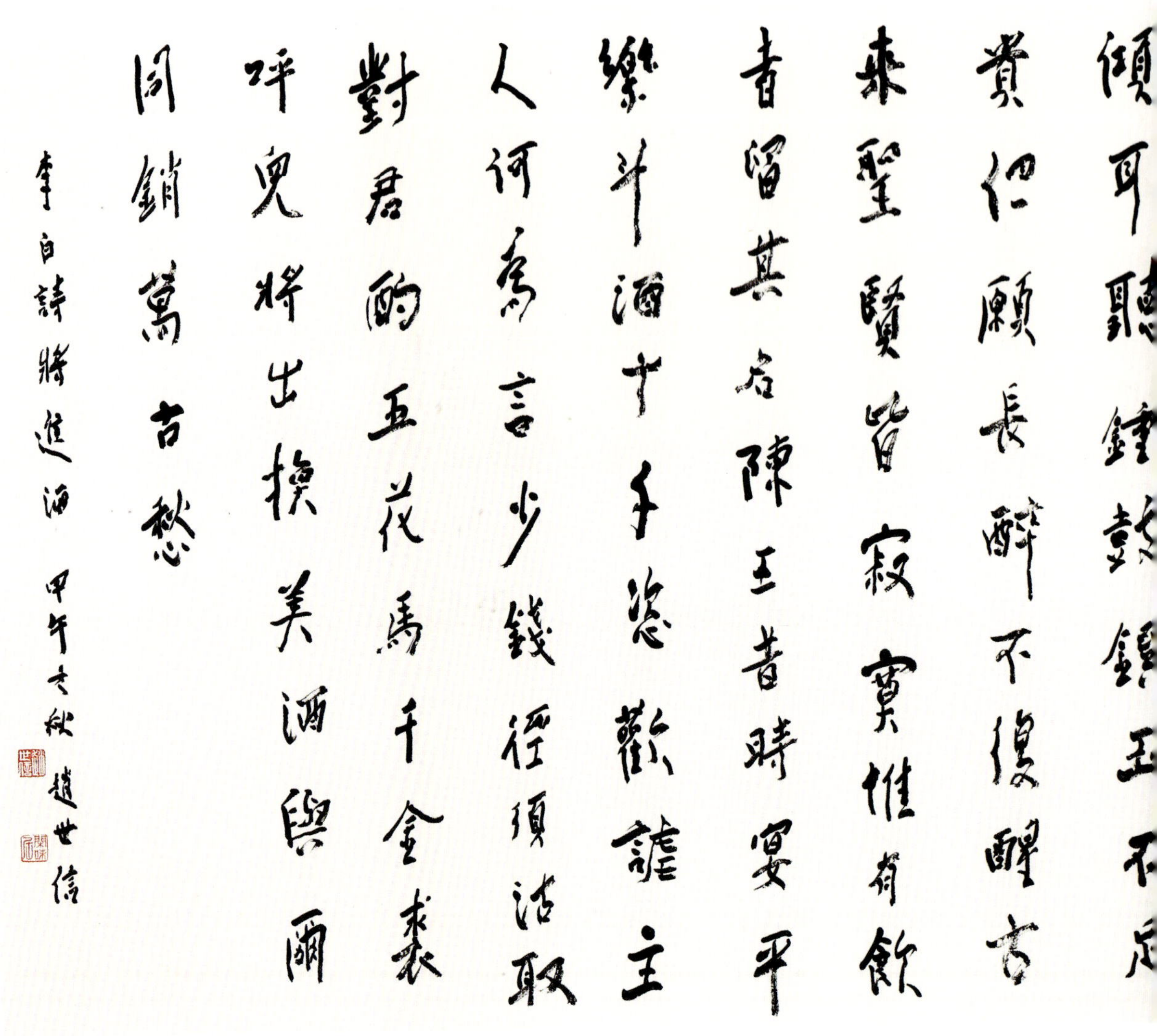
傾耳聽鐘鼓饌玉不足
貴但願長醉不復醒古
來聖賢皆寂寞惟有飲
者留其名陳王昔時宴平
樂斗酒十千恣歡謔主
人何為言少錢徑須沽取
對君酌五花馬千金裘
呼兒將出換美酒與爾
同銷萬古愁
李白詩將進酒 甲午之秋 趙世信

李白诗《将进酒》

君不見黃河之水天上來
奔流到海不復回君不見
高堂明鏡悲白髮朝如
青絲暮成雪人生得意
須盡歡莫使金樽空對
月天生我材必有用千金
散盡還復來烹羊宰牛
且為樂會須一飲三百杯岑
夫子丹丘生將進酒杯莫
停與君歌一曲請君為我

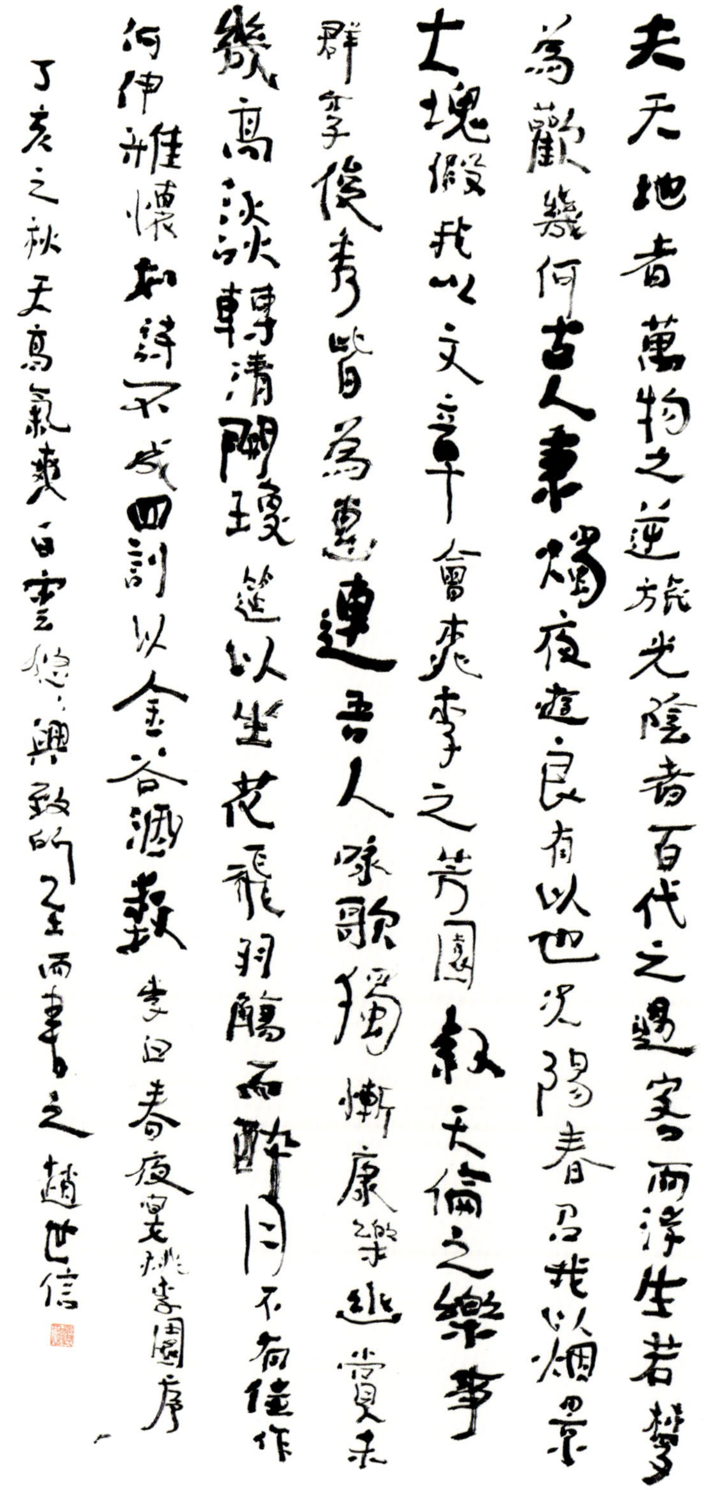

李白《春夜宴从弟桃李园序》

由书卷气说赵世信其人其艺

郑逸群

众所周知，书法作品是拿来看的，是视觉艺术。除此之外，一幅好的书法作品还必须有一种被叫作“书卷气”的所谓“韵味”充盈其中，参与书法“视觉艺术”的制造，在“书法美”里，是不可或缺的。当然，关于书法里存不存在“书卷气”，也有争议。我所知道的中央美术学院某副教授，就有不同见解，他认为，书法就是构成，只要把线条写对了地方，便诸事大吉。他的这种说法，我不同意。他所说的，不过是书法的皮相，忽略了书法内蕴的筋骨血气。我认为，“书卷气”之于书法作品，犹血脉之于人体，有则通泰安适、鲜活烂漫，无则黯然失色、索然无味。古今书法佳迹杰构，莫不蕴含“书卷气”。

“书卷气”，或者可以称之为“文气”。黄宾虹先生所谓书画之“内美”者，大抵指此。书法作品里的“书卷气”自何处来？无非多读书和勤游历。董其昌《画旨》卷上开宗明义：“画家六法，一曰气韵生动。气韵不可学，

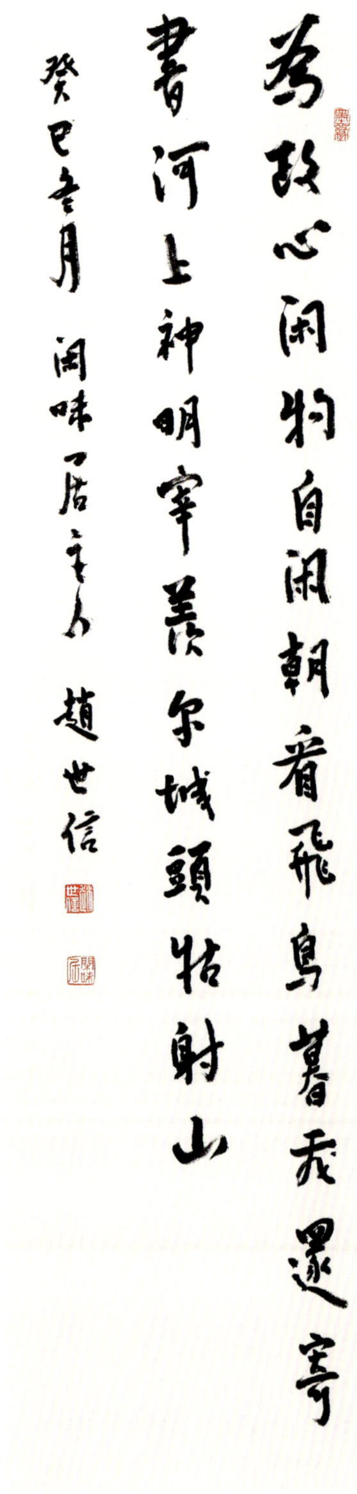

李颀《寄韩鹏》

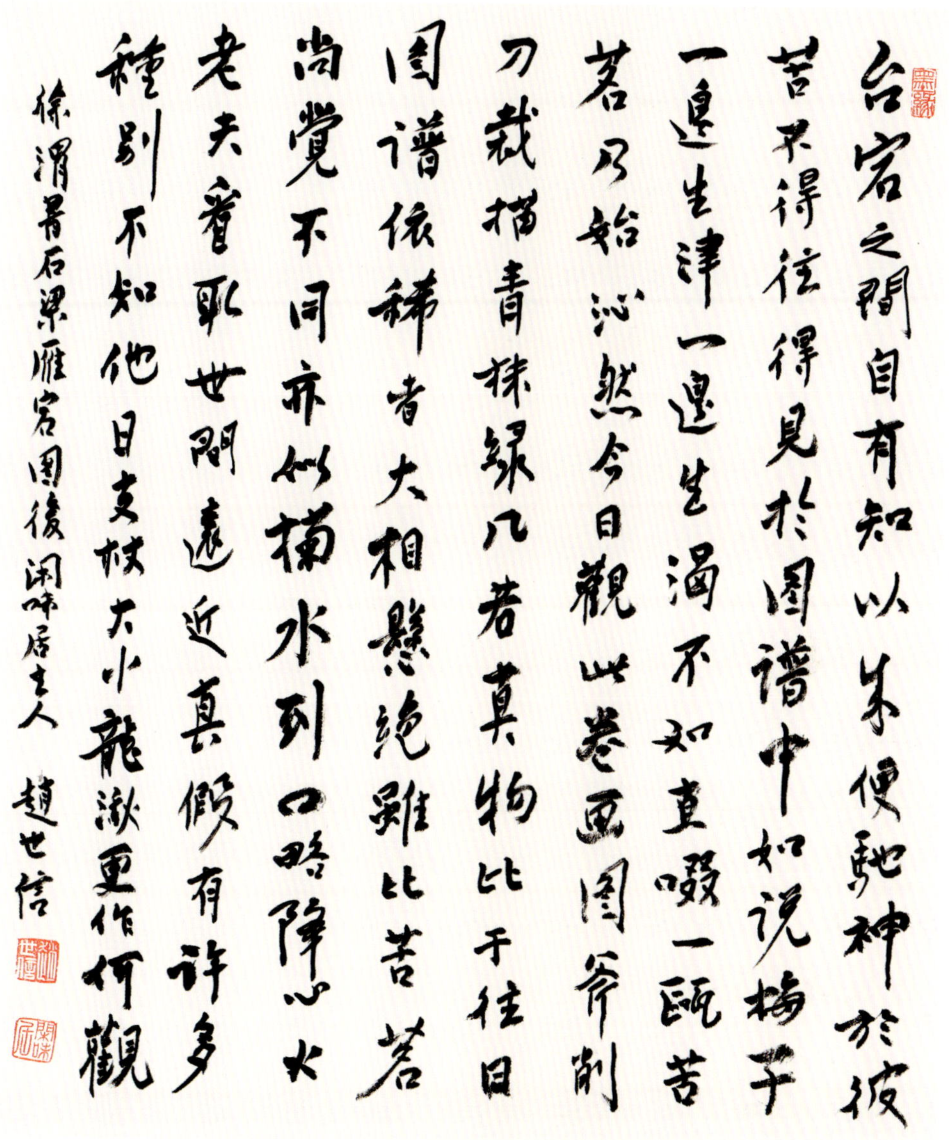
台宕之間自有知以耳便聽神於彼
耳不得往得見於圖譜中如說梅子
一邊生津一邊生渴不知直啜一甌苦
茗乃始沁然今日觀此卷畫圖斧削
刀裁描青抹綠几若真物比于往日
圖譜依稀者大相懸絕雖比苦茗
尚覺不同亦似摘水到口略降心火
老夫看取世間遠近真假有許多
種別不知他日支杖大小龍湫更作何觀
徐渭書石梁雁宕圖後 閑味居主人
趙世信

徐渭《书石梁雁宕图后》

此生而知之，自有天授。然亦有学得处，读万卷书，行万里路，胸中脱去尘浊，自然丘壑内营。”虽为论画语，移之书法，亦无不可。书法之所以为书法，其本身便承载了中华文化，是“国粹”，熊秉明教授更谓之曰：“中国书法是中国文化核心的核心。”

除了“书卷气”，我觉得书法里还应该有一种东西存在：阅历。一个人的阅历深浅会以“格调”高下在其书迹里体现出来，古人称之为“书如其人”。人的生命实际上是一个感知的过程。在这个感知的过程中，人们积累了生命的经验。这个经验，通常被我们称为人生阅历。当然，人生过程有短有长。我们往往不以人生的长短论成败，而是以人生经历中所取得的成就，来评价这个人的生命历程是否成功。实际上，在评价人生成败上，还有另一个批判标准，那就是历史评判。这个说来话长，历史上的诸多显赫人物，生前身后，还会有不同的褒贬评鉴。哪怕在艺术史上卓有成就的一代大师巨匠，若蔡京、赵子昂、王觉斯、郑孝胥辈，也曾被放在了历史的拷问台上备受炙烤。

拿书法来说，想必内蕴深厚了才更有感召力。技法之外，若能把生命历程、读书游历、人生阅历一寓于书，这样的书法作品才有丰富可言。

中州书坛，风起云涌，以书法名家者如过江之鲫，笔者也曾见得几个高手，却独对赵世信先生的书法倍加青睐。何也？盖先生书法，于技法之外，饶有书卷气，其人生阅历，更不可谓不丰富。观其书，生欢喜心，想见其人。见其人，如沐春风，想让更多人知其人其书，为使“春风洋溢得更广泛”，遂为此文。

世信先生不但是一个读书人，还是一个著书人。书于世信先生，生命中不可或缺也。戎马倥偬间隙也好，政务繁忙之余也罢，腾出空闲，挤出时间，一卷在手，其乐何及？可以说阅读一直伴随着世信先生，已成习惯。曾国藩说，读书可以改变一个人的骨相。我想，世信先生的吉人天相，与其好读书不无关系吧。读书使人明智，明智的人做人做事自然知晓轻重缓急，无论大事小事，都会处理得有条不紊。从军如此，从政如此，学习书法想来亦如此。此等智人，又敬事用心于书法，其笔下想必有奇致生焉。

世信先生于书法，读碑看帖，朝临暮写，自不在话下。但是，仅仅勤于朝临暮写的书家，比比皆是，似乎乏善可陈。先生智人也，掌控些毛笔宣纸、笔墨技法之类，当然举重若轻，游刃有余。就我所见，其早期书法作品，用笔提按有致，挥运有度，从长短线条的提控、搭配，便显露出用笔的凝练。中年作品，大多偏重于江左风流的“帖派”风格，作品或呈蕴藉祥和，或现清丽洒脱。偶尔也涉猎些略显粗犷的“北碑”一路，亦能得“沉着痛快”之味。无论碑、帖，线条均趋练达老到之境，章法亦丰富完备，风采纷呈。对于当代书坛，余知也少，大约熙熙攘攘，良莠不齐。恕我直言，就书法论，水平切实能到世信先生中年之境界者，也属不易。难能可贵的是，世信先生的书法水平，并没有在中年便停滞不前、格式化，以至于程式化。其书艺是随其年龄增长而长足进步的，所谓人书俱老是也。读书养气，固然为其书法美平添了无限韵味，经事阅人，更使其书法作品增加些许“沧桑”“丰富”美。读书，阅世，当是其书法“内美”的源头活水。尝见世信先生创作的几个书法手卷，有写前人名篇，亦有自作语。文辞隽永，小行草散漫悠游、含蓄幽邃，不经意的一个转折，一个提按，精神到处，灵光四射。最使我赏心悦目的，是看先生近段时间

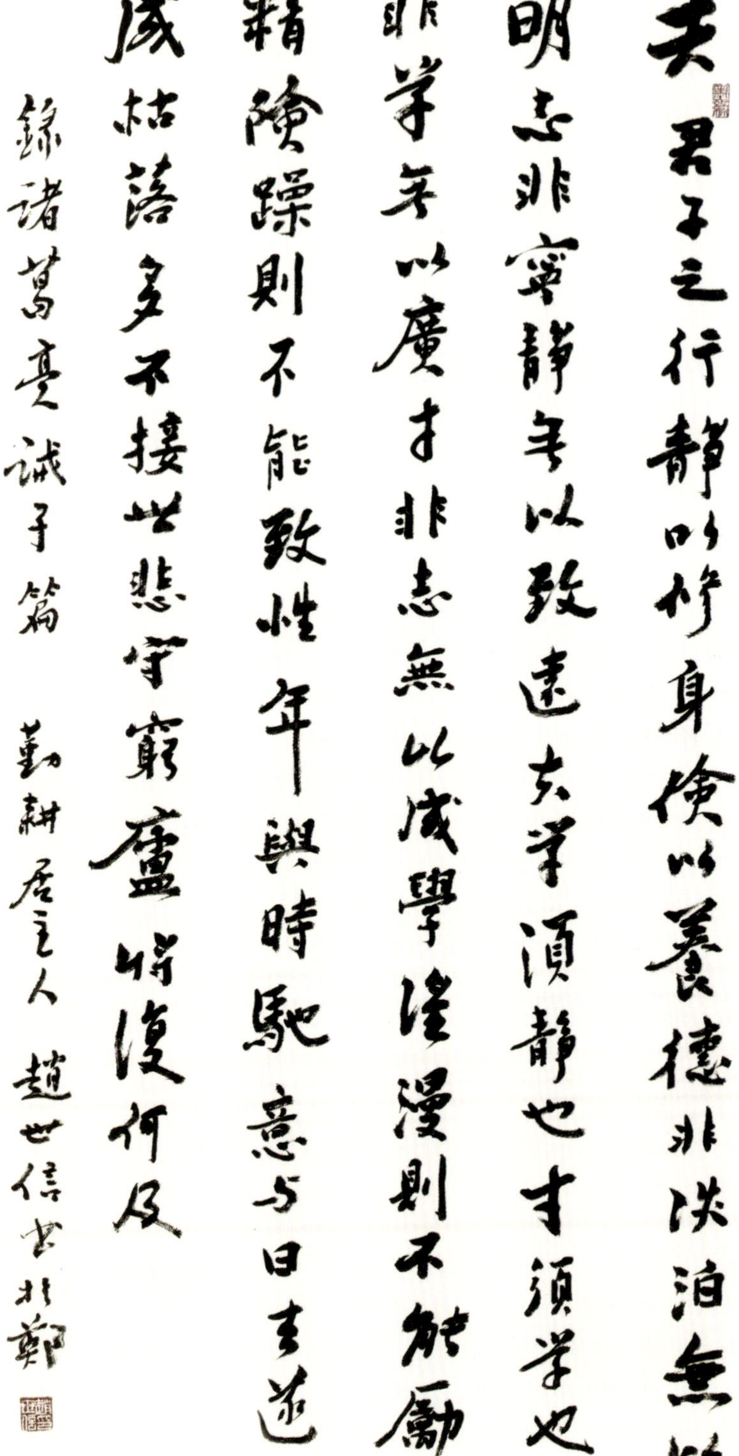
夫君子之行靜以修身儉以養德非淡泊無以
明志非寧靜無以致遠夫學須靜也才須學也
非學無以廣才非志無以成學淫漫則不能勵
精險躁則不能致性年與時馳意與日去遂
成枯落多不接世悲守窮廬將復何及
錄諸葛亮誡子篇
勤耕居主人 趙世信書北鄭

诸葛亮《诫子篇》

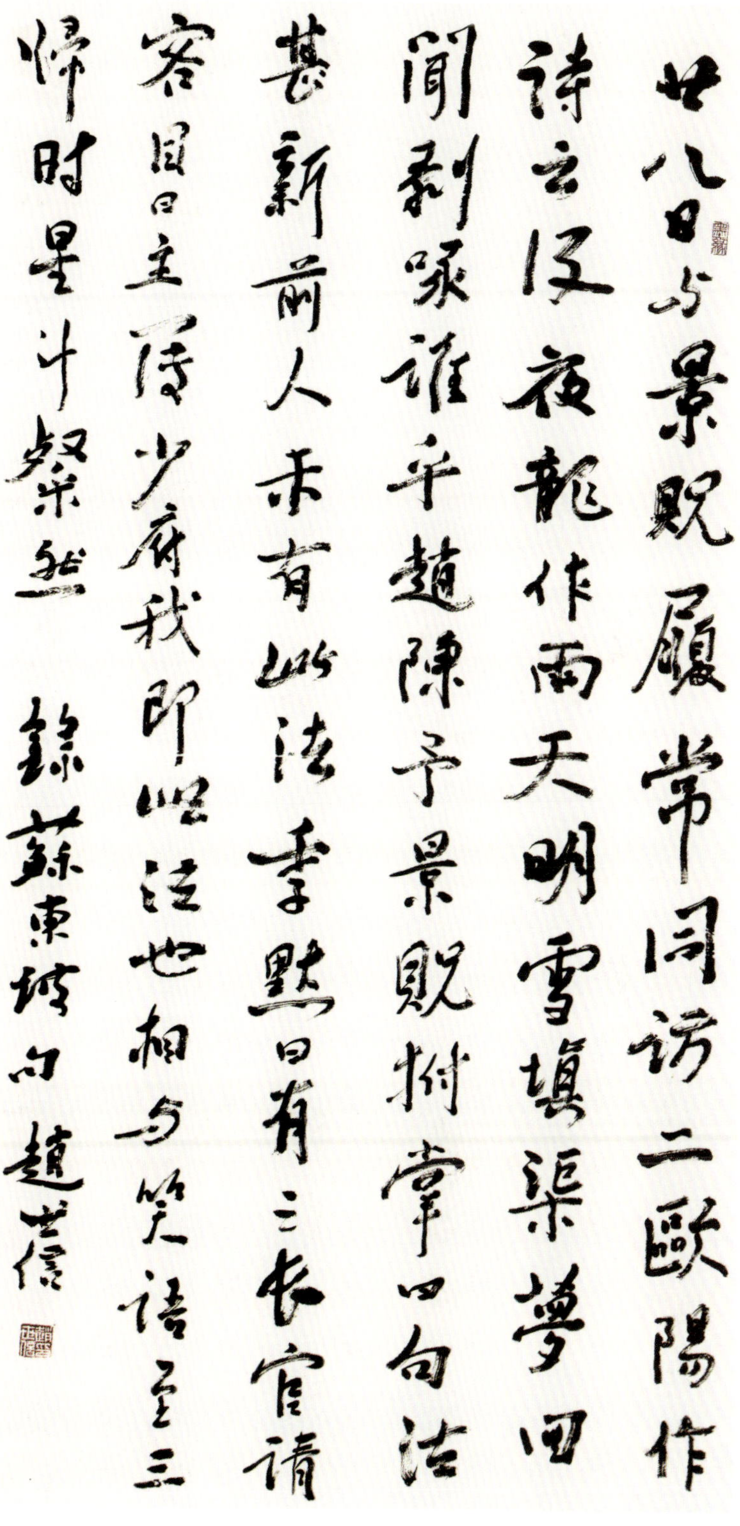
廿八日與景貺履常同訪二歐陽作
詩云後夜龍作雨天明雪填渠夢回
聞剝啄誰乎趙陳予景貺拊掌曰句法
甚新前人未有此法季默曰有之長官請
客目曰主簿少府我即此語也相與笑語至三
更歸時星斗燦然
錄蘇東坡句 趙世信

苏东坡《颍州祈雨纪事》

创作的大幅通屏《醉翁亭记》，行草书，碑、帖之法齐备，线条更丰富，起笔、收笔，一招一式均极讲究，没有一丝松懈之意。偶有篆籀笔意，苍古奇崛，隐含在线条里，遇了眼便为之一明。古人论诗论文、论书论画，往往喻以人。以当代书家所作书论，大都线条流畅，结体活泼，章法嬗变。如十八翩翩少年，英俊单纯，美则美矣，总显稚嫩。偶遇书家如世信先生者，所书作品苍劲老到，含而不露，拙而有味，如古稀老人，饱经世事，沉着练达，不动声色而风规自远。两种风格两种美，我总觉得是后者的风度更使人折服。

先生于书画鉴赏，天分极高。早在其从军之际，出版自著长篇小说《合欢》，便请当时的名家题写书名，更选了国画大师魏紫熙先生为其所绘国画作品做封面，时在20世纪70年代。可见当时世信先生的“眼格”之高。由此推算起来，其接触书画艺术怕是更早。20世纪90年代流行书画家走穴，那时世信先生便接待过不少国内书画大家，交了不少艺术圈的朋友。尤其与李世南、王澄两位先生，更是交称莫逆。在河南，世信先生素有“书画界的孟尝君”之誉。提携新人，扶植后学，是其“自家事”。阅世既深，识人自然有度。受过世信先生照拂的河南书画界青年才俊，大都取得了不俗成绩，或在省、市艺术团体任要职，或在各书画展上摘金折桂，闻名遐迩。近两年，世信先生又创办艺术研究院、书画院，为青年书画家营家造舍，对他们呵护有加，切实帮助了一批艺术家。整个艺术圈，提起世信先生，无不由衷钦佩，赞扬有加。孔子曰：“君子之风，德。”国人素来以人论艺，其人宅心仁厚，其艺自然泽被长远，正如范仲淹所说：“云山苍苍，江水泱泱，先生之风，山高水长。”

世信先生对书画艺术的挚爱，在其《梦画小记》一文中阐述得尤其明晰："己丑季春中浣，夜深人静，万籁俱寂，披衣而坐，赏玩画作，顿觉游移青山绿水之间，祥云缭绕，苍松翠柏，茂林修竹，雪落无痕，江流有声；忽而置身花香鸟语之中，兰送暗香，梅发新枝，凤翔鹤舞，春燕呢喃，锦鳞游泳；或坐古刹之中，参禅悟道；或与英雄论剑，驰骋疆场；或仰视伟人，聆听教诲……"写出此等清婉雅致之文辞者，当有何种高怀雅量？以此风度襟怀，迹化为书法作品，当是世信先生在"散怀抱"吧。

2013年8月10日于中州砚堂

（作者为国家书画司法鉴定人，中华诗词学会会员，河北美术学院特聘教授，《云社学刊》主编、云社社长）

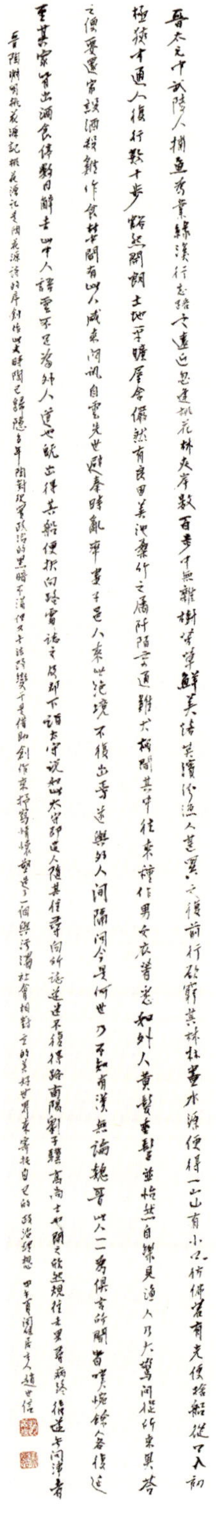
晉太元中武陵人捕魚為業緣溪行忘路之遠近忽逢桃花林夾岸數百步中無雜樹芳草鮮美落英繽紛漁人甚異之復前行欲窮其林林盡水源便得一山山有小口仿佛若有光便捨船從口入初
極狹才通人復行數十步豁然開朗土地平曠屋舍儼然有良田美池桑竹之屬阡陌交通雞犬相聞其中往來種作男女衣著悉如外人黃髮垂髫並怡然自樂見漁人乃大驚問所從來具答
之便要還家設酒殺雞作食村中聞有此人咸來問訊自云先世避秦時亂率妻子邑人來此絕境不復出焉遂與外人間隔問今是何世乃不知有漢無論魏晉此人一一為具言所聞皆嘆惋餘人各復延
至其家皆出酒食停數日辭去此中人語云不足為外人道也既出得其船便扶向路處處誌之及郡下詣太守說如此太守即遣人隨其往尋向所誌遂迷不復得路南陽劉子驥高尚士也聞之欣然規往未果尋病終後遂無問津者

陶渊明《桃花源记》

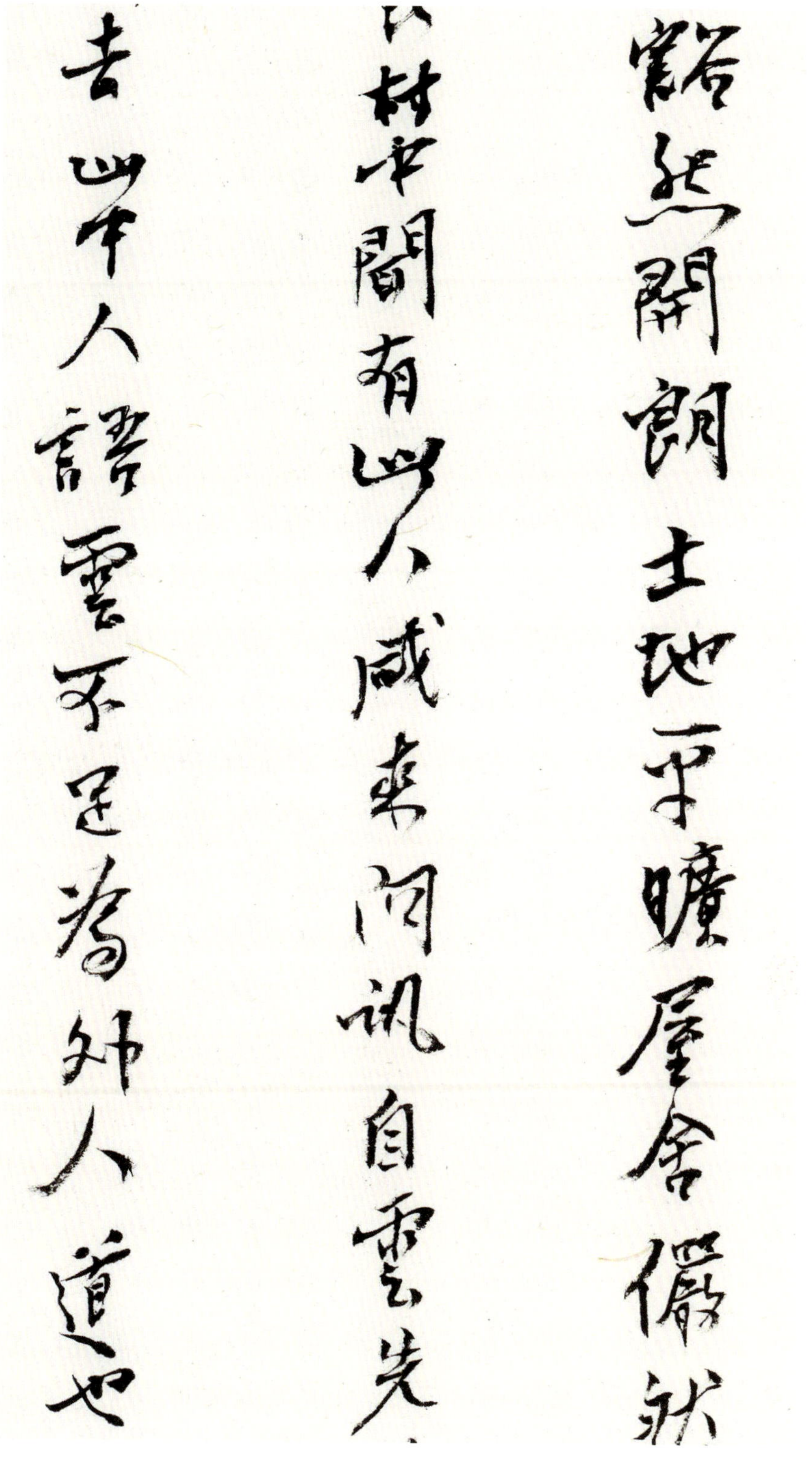

陶渊明《桃花源记》（局部）

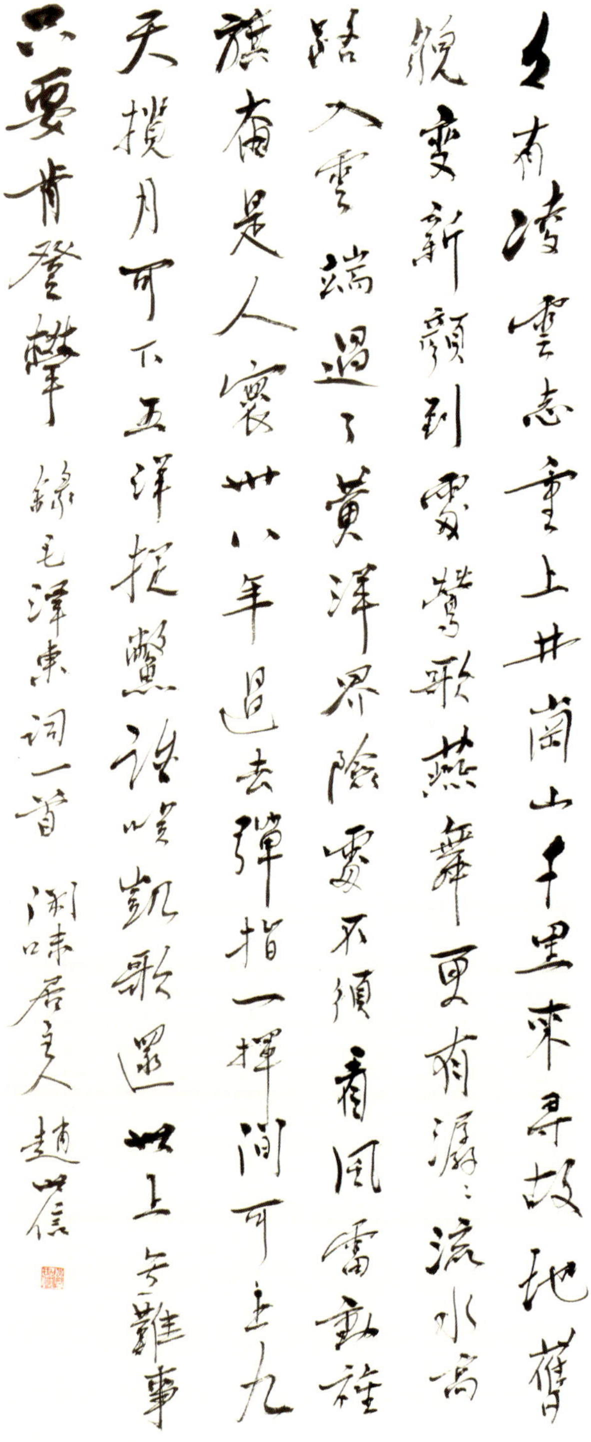

毛泽东《水调歌头·重上井冈山》

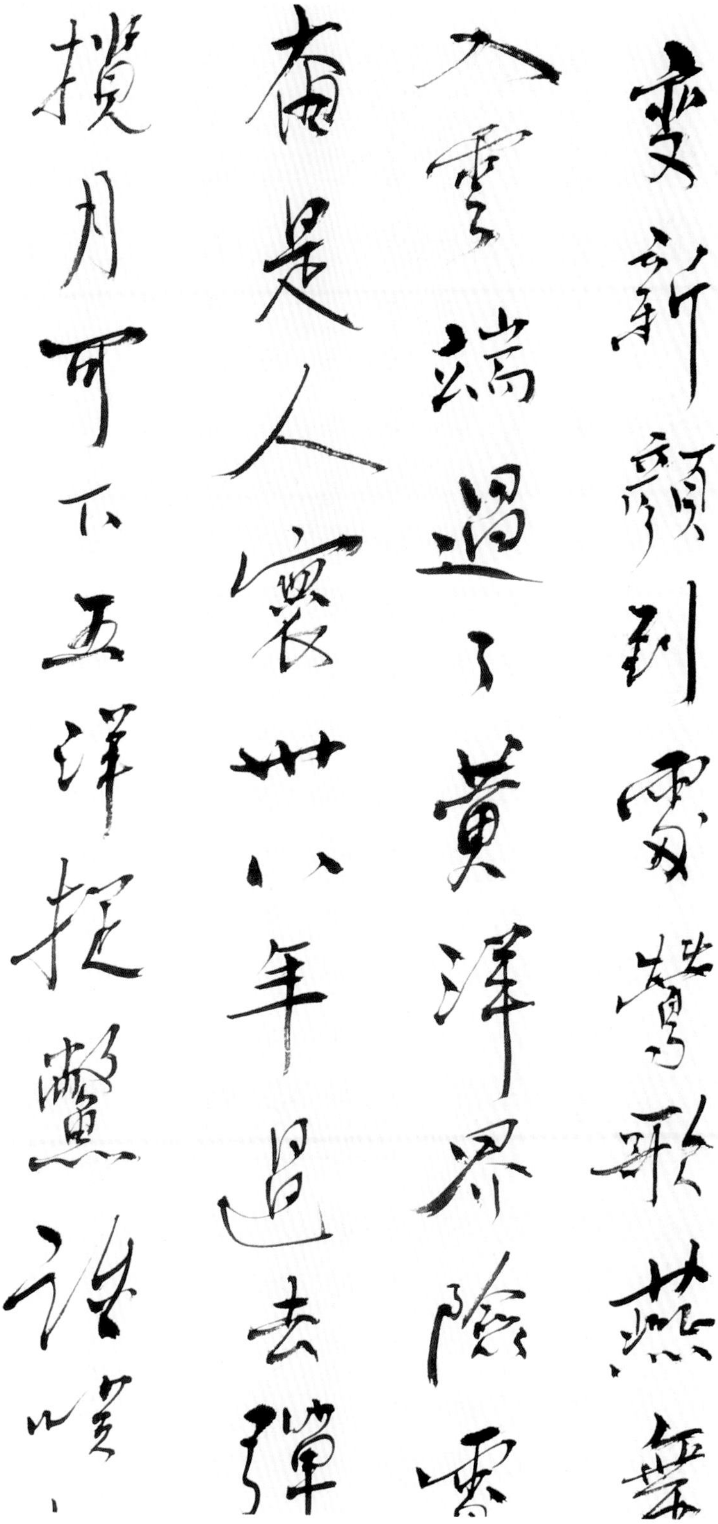

毛泽东《水调歌头·重上井冈山》（局部）

余家有茅屋兩間南面種竹夏日新篁初放綠
陰照人置一小榻其中甚凉適也秋冬之際取圍屏骨
子斷去兩頭橫安以為窗棂用勻薄潔白之紙糊之
風和日暖凍蠅觸窗紙上咚咚作小鼓聲于時一片竹影
零亂豈非天然圖畫乎凡吾畫竹無所師承多得于紙
窗粉壁日光月影中耳

鄭板橋 題畫竹 趙世信

郑板桥《题画竹》

大地的温暖

郑雄

我一直不认为官员能写出真正的文学作品。这并不是从道德的意义上来说的。我拒绝从道德的角度来评价人和事——我不认为不同的行当之间有什么高下之分。我只是觉得，官员的逻辑和写作者的逻辑是不一样的。做官，需要从现实的角度来思考和行动；而写作虽然需要从现实出发，但更需要超越现实，在内心的召唤之下发出有个性的声音。实际上，多年来，我也确实看到一些官员写作时的困窘。也许他们是真的爱好写作，真的想写出好作品来，但是他们为现实所羁绊。梦想的翅膀被缚住，沉重的身体难以飞升。他们在写作，在制造文字，但你很难说那是作品。因为你看不到文字背后的人心和人性，更看不到写作者那颗心为什么而敏感，为什么而震动，为什么发出这样的声音而不是那样的声音。

不过，编完赵世信先生的《故事乡间》，我对自己的这一看法产生了怀疑。赵先生是一位有一定级别的领导干部。他曾经当过军人，转业

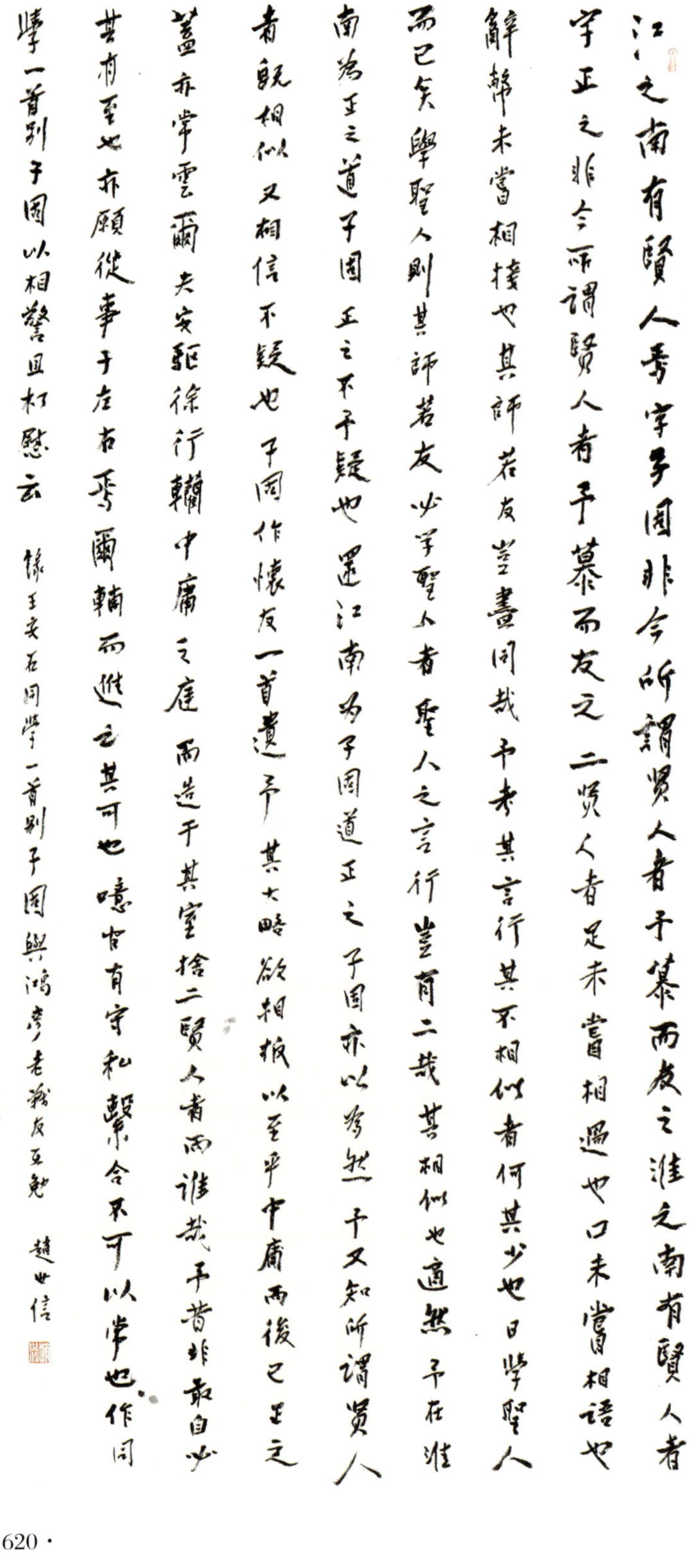
江之南有賢人者字子固非今所謂賢人者予慕而友之淮之南有賢人者
字正之非今所謂賢人者予慕而友之二賢人者足未嘗相過也口未嘗相語也
辭幣未嘗相接也其師若友豈盡同哉予考其言行其不相似者何其少也曰學聖人
而已矣學聖人則其師若友必學聖人者聖人之言行豈有二哉其相似也適然予在淮
南爲正之道子固正之不予疑也還江南爲子固道正之子固亦以爲然予又知所謂賢人
者既相似又相信不疑也子固作懷友一首遺予其大略欲相扳以至乎中庸而後已正之
蓋亦常云爾夫安驅徐行轥中庸之庭而造于其室舍二賢人者而誰哉予昔非敢自必
其有至也亦願從事于左右焉爾輔而進之其可也噫官有守私有繫會合不可以常也作同
學一首别子固以相警且相慰云
録王安石同學一首别子固與鴻彦老職友互勉
趙世信

王安石《同学一首别子固》

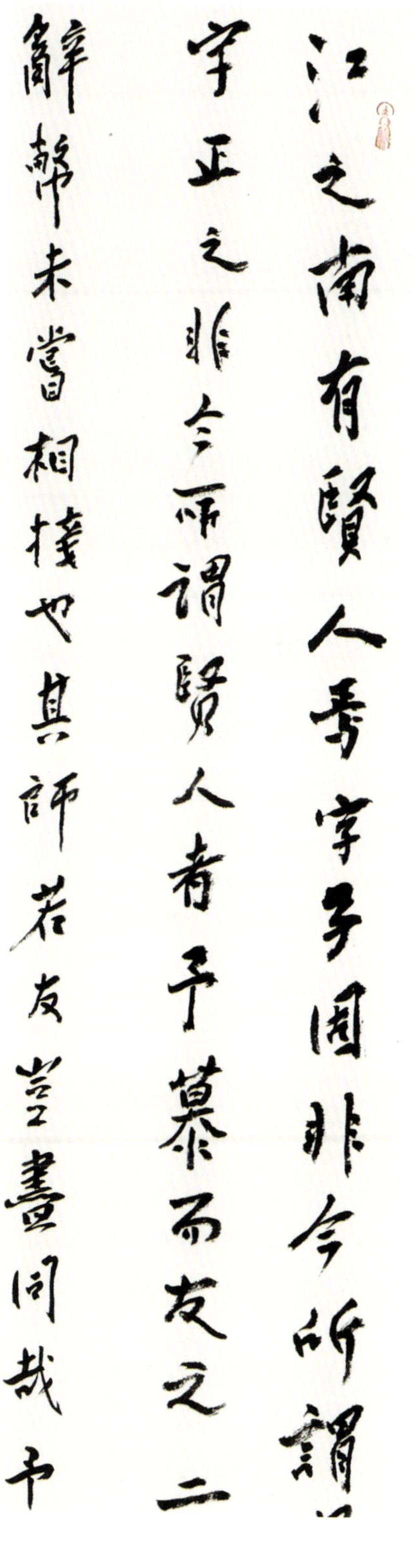

王安石《同学一首别子固》（局部）

后负责过国营的园艺场，之后又辗转几个行业，承担了繁重的行政事务。他当然是一个职业官员。几十年来，官员的思维、处事方式应该深深地影响并且应该还在深深地影响着他。但是，在《故事乡间》里，我没有看到这些东西。我看到的是一位游子，从故乡出发，沿着生活的轨迹，在大地上行走几十年之后，又重新“回家”的过程。这位游子已经完全改变了命运，可他的心里无时无刻不萦绕着故乡的故事。这些人，让他能够时时刻刻发现自己；而这些事，让他无论是阅尽青山还是望尽天涯路，都能够怀想起土地的温暖。

这是一些什么样的人呢?

狡黠而又自得的骡马经纪人，悲情而又性格坚忍的女子，重情重义的少年朋友，贫穷而又善良的乡村教师……

这又是一些什么样的事呢?

男女离弃与结合，夫妻和睦与反目，骨肉相残与相亲……悲与喜，爱与痛，恰如绵与针，冰与火，在赵世信的笔下，在他魂牵梦萦的故乡大地上，上演了一幕又一幕的人生活剧。

也许，在“全球化”“发展”“城市化”的话语汹涌而来的今天，你会为乡村的滞重而叹惋，你会为这种“前现代社会”的不尽如人意之处而焦虑。但你不能不承认，大地上有这么一些人，他们在生生死死，他们在与命运的抗争中，疲惫、卑微而又坚强，充满着蓬勃的生命力。

赵世信在发现，发现他的乡亲们脸上的每一绺皱纹。

赵世信在观察，观察他的亲人们鬓角的每一根白发。

赵世信在倾听，倾听与他血脉相连的大地的声音。

一个游子，早就离开了生养他的土地——他早就扎根于城市，每一个清晨和夜晚都在沐浴着所谓“现代文明”，但他怎能割舍下乡土情怀？

所以，他要以写作的方式，展示与大地的精神联系。

不过，在《故事乡间》里，我很难看到赵世信先生对这些人与事的看法。我甚至感到他是在用一种“零度感情”进行叙述。对于那些“为世俗社会所不容”的“丑事”——私奔、放浪、不务正业，他没有义愤填膺地站出来指责。而对于那些从道德的角度应该“大力褒扬”的“好事”——自尊、自爱、乐善好施、急公好义，他也没有“深情地歌颂”。

这让我想起美国芝加哥大学前教授韦恩·布斯的观点：一部好作品，对待笔下的人物要“冷漠地展示”，要“客观”“中立”，不要试图控制读者、代替读者来进行思考。

我不认为赵世信先生读过韦恩·布斯的著作、接受他的观点，因此要一心一意地做一个“冷漠的叙述者”。我同样也不认为赵世信先生不想对他笔下的人与事进行评价。生活中和他聊天的时候，我时时刻刻可以感受到他的人生观和价值观。我觉得，赵世信先生天然地可以拥有属于自己的叙述方式、写作立场。

一方面，从少年时代开始的对于文学的热爱和多年来的坚持，使得赵世信先生保持了对文学的敏感——他可以凭直觉辨别什么是好的文字，什么是不好的文字；怎样写更“文学”一点，怎样写离“文学”更远一点。

另一方面，我更愿意认为是他的人生立场和世界观使然。他当然有自己的爱与憎，有自己判断问题的出发点和取舍标准，但是他现在已经过了花甲之年，他已经和生活和解。他愿意宽容，愿意理解。他已经超越了单纯的道德评价和简单的非黑即白的思维方式。

这样说，并不意味着我认为《故事乡间》达到了一个多么高的高度。我不这样认为。我觉得，从更高的层面来要求，《故事乡间》显然还有巨大的有待提升的空间。它的内容还是散了一些，有的文字太随意了，有的篇章故事很好，如果更讲究篇章布局的话会更精彩……

我想，也许，没有能够写出再好一些的作品，是赵世信先生不得不付出的人生代价。他本希望在文学创作之路上走得更远，但是命运给他安排了另一种生活。他注定不可能日日青灯孤影苦苦冥思。他的思维注定只能在电话、会议、文件之间不停地穿梭，只在夜深人静之时拖着疲惫的身躯，勉力回忆他的乡间故事，然后在一沓稿纸上匆匆忙忙地写下来……

可这又有什么问题呢？没有人能够完全抗拒命运的安排。没有人能够完全按照自己的想法高蹈地生活。只要一个人时时刻刻在内心保持着自我的种子，然后在每一个可能的时刻让它萌芽、破土而出，进而绽放出生命的花朵，这个人的人生就是幸福的。他一定能够在和世界的相遇中和自己相遇。他一定能够在琐屑的世俗生活中感知生命的超越。

所以，写出了《故事乡间》的赵世信先生一定是温暖的，因为他将永远能够感受到大地的温度。

所以，赵世信先生的人生一定是幸福的，因为他实现了自我，他一定能够无时无刻地感知生命的温暖。

（本文作者系河南文艺出版社副总编辑，《名人传记》主编）

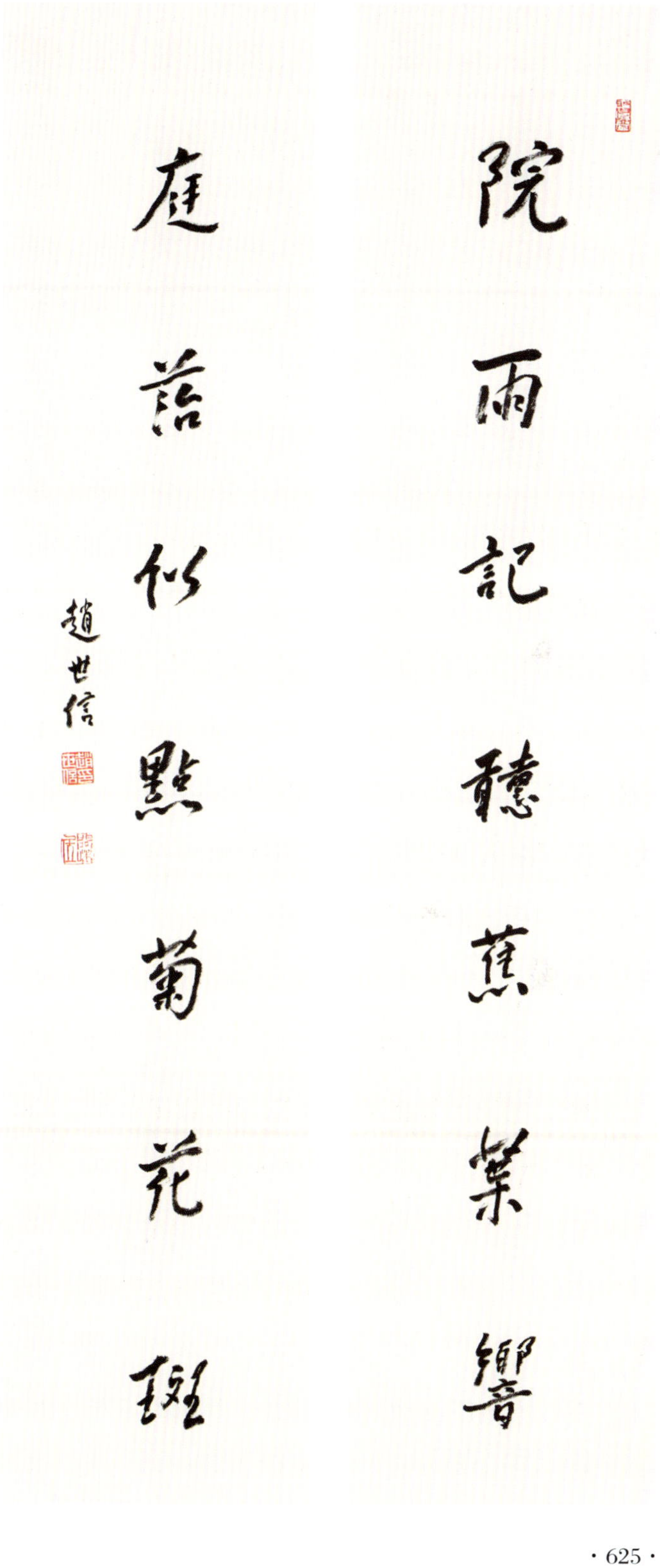

院雨庭落联

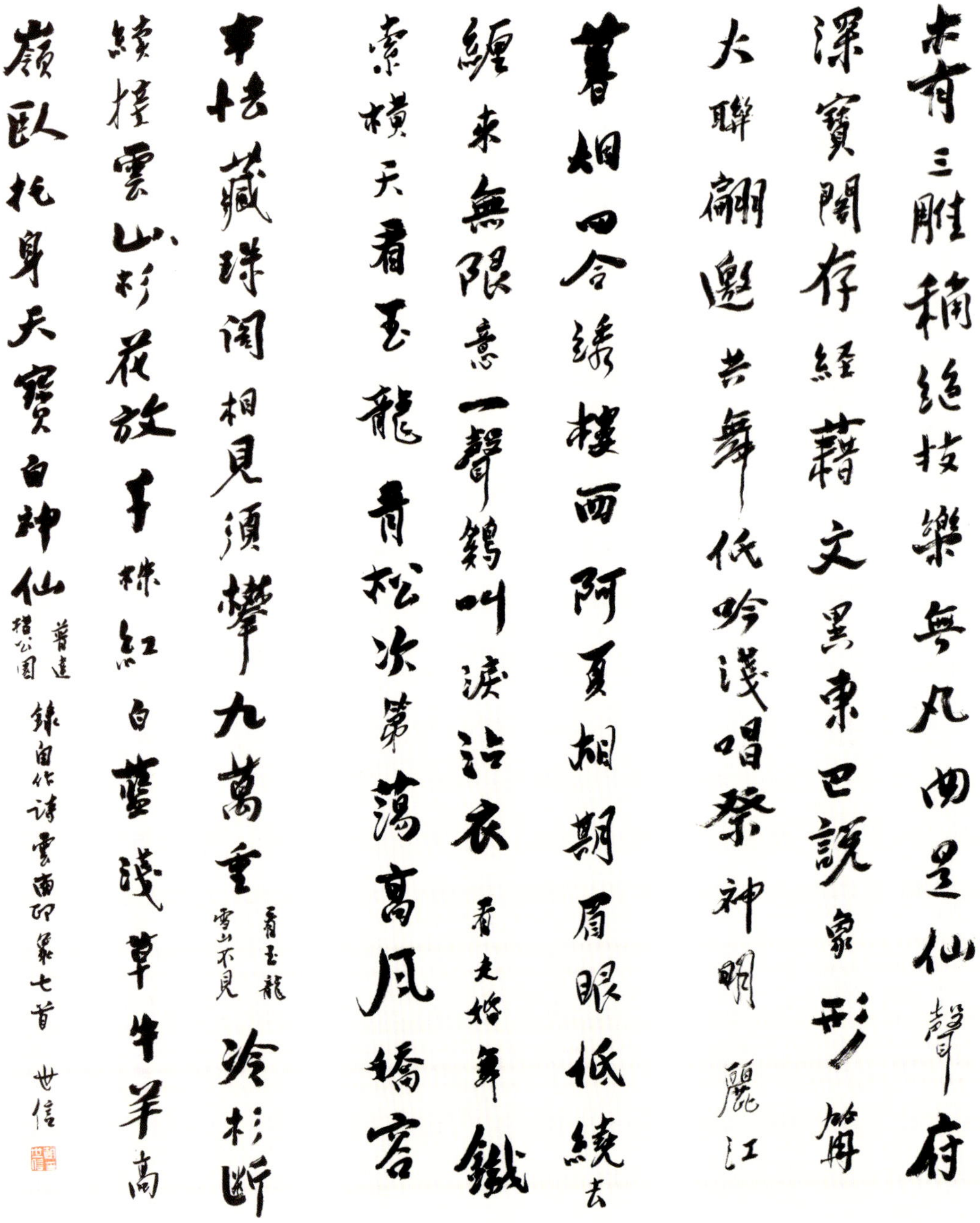

赵世信诗《云南印象》

山茶杜若沁芳園
花落花開不計年
風月雙清蒼岱翠
水川九曲河波藍
檀珠浸捻慈雲靜
紅豆輕拋粉蝶翻
樂不思歸終別去
別來猶覺夢魂牽

大理

蒼烟落照美人山
鳳夢曾期入大觀
古往今來多少事
只留千古一長聯

大觀樓

一曲酒歌世外音
輕交玉臂更銷魂
摩梭淑女早知好
五十年前要走婚

摩梭女敬酒

雪山聖水潤邊城
花映石橋半捲紅

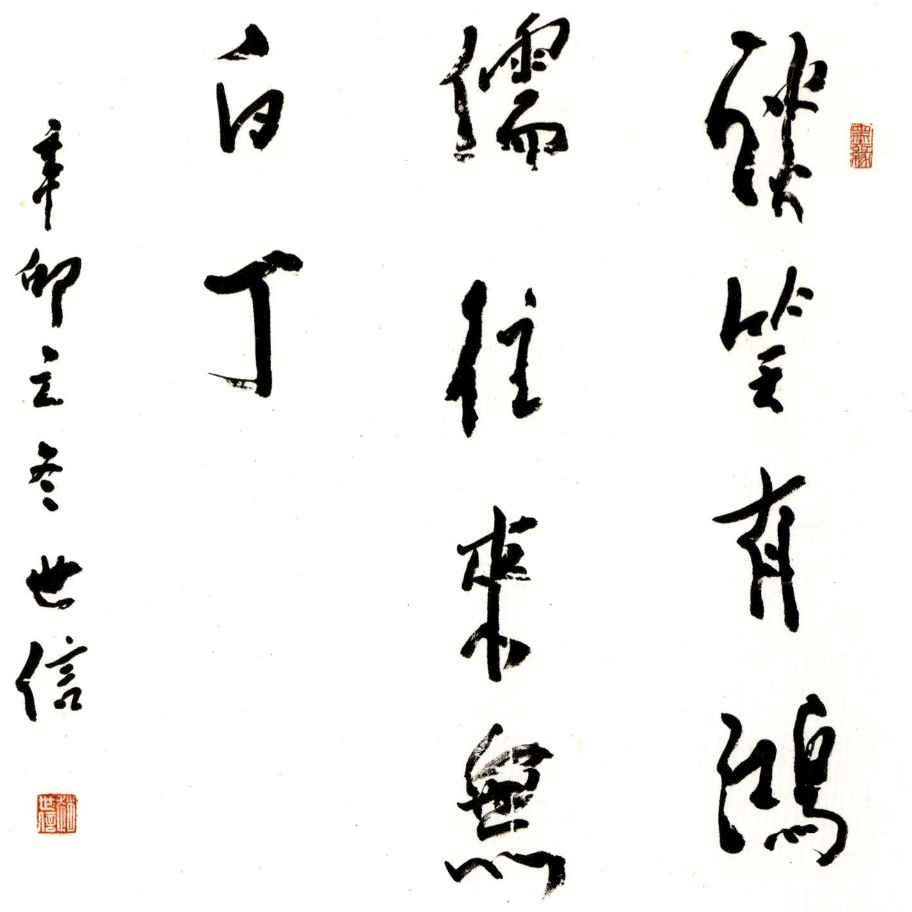

刘禹锡《陋室铭》中句

仁者寿

李韬

赵世信，木兰故里人。中国作家协会会员、中国书法家协会会员、中国国画研究院副院长。

气之温和者寿

智者不惑，仁者无忧。赵公知足常乐，一副弥勒之相，常生欢喜之心。

赵公同窗兼乡贤、著名作家李明性在长篇回忆散文《长相忆》中说：“信哥一天到晚都笑眯眯的，仿佛不知道什么是愁。和他在一起，常被他的乐观情绪所感染。”

再大的事儿，在赵公这儿都不是事儿——此非饱经世事者不可为。某次，一个亲戚出现“疑似”医疗事故，我知赵公与院方相熟，就火急火燎地求助于他。赵公一边百般安抚，一边四处托人。几分钟后，院方就给我发来澄清短信，实乃隔行隔山，虚惊一场。

做到一定级别的"官人"们，一般"官味儿"十足，不苟言笑，需"乞怜"方闻其音容，需"仰视"方见其笑貌。然赵公是另类，他的办公室来去自由，他还沏茶递烟，周到伺候；找他办事，更是凌厉，一般都是现场办公，决不藏着掖着，暗度陈仓；笑脸迎，欢乐送，乐天一派，达观天下。

更不像很多高官，霸气惯了，说话都是祈使句，不容你争辩，赵公温、良、恭、俭、让，和风细雨，既无达官的功利说教与做派，亦无贵人的炫耀固执与陈腐，你根本看不出他曾经是官至正厅的领导干部。"言必忠信而心不怨。仁义在身而色不伐，思虑通明而辞不专。"跟他交流，毫无压迫感，更无卑微可言；亦不必拿捏遣词，更无须阿谀谄媚。

赵公温情，予人温暖，很多对其仰慕有加者不请自到，但赵公从不"怵生"，更不戒备，来的都是客，握手便是友。辛卯（2011年）岁中焱公高弗棠馈赠巨幅《滕王阁序》亦被人顺走，赵公一笑置之，热情依旧，不设提防。

"道集于实，故君子以诚心御物。"赵公礼数周到，来人无论官民长幼，都会来时起身相迎、走时送入电梯。于右任曾写过两句话："万物所忌者巧，万类相感以诚。"赵公眼中，万物皆平等，均真诚待之；他时常言及："人活在世上，就是活的'真情'二字。"

辛卯岁末，赵公从河南省人大书画研究院卸任院长之后，旧友新知闻风而动，纷纷拉其入伙，经不住死缠烂磨，赵公只好就范，挑梁河南省留馀文化艺术研究院，"一生犹欠诗书债，万事终须留有余"（南怀瑾语），他是想深入"留余"文化的腹地，推而广之，广而告之："留有余，不尽之巧以还造化；留有余，不尽之禄以还朝廷；留有余，不尽之财以还百姓；

留有余，不尽之福以还子孙。”（留耕道人《四留铭》）

清方苞有言：“气之温和者寿，质之慈良者寿，量之宽宏者寿，言之简默者寿。故仁者寿。”赵公虽已年迈古稀，但精神矍铄，是寿者相，得大自在，成逍遥游。

以方氏箴言比照赵公，仁者之论，良有以也！

赵公慈眉善目，仁心仁德，提携新人，毫无保留，扶植后学，不遗余力。对书画才俊，赵公呵护备至，千方百计为其铺路搭桥。癸未季春，赵公刚上任省人大书画研究院院长，就为我省一批青年书画精英、艺术界的“潜力股”举办提名展，为40位老中青书画家出专集，并出版“大河风”系列书画集，佳作迭出，好评如潮。

吾同乡青年油画俊彦孟新宇者，庚寅拟刊行新作集，赵公甘当马前之卒，联系出版机构，牵线装帧设计，筹集资金。甚至书出版之后，赵公亦担纲“推销大使”，见人就隆重推荐，择机就口碑传播。

连俊洲、张良、张军民、李凡、王鉴为、魏广君、赵曼等一批青年实力派艺术家无不为赵公之宅心仁厚、甘为人梯感激涕零。

庚寅（2010年）岁末，我为效力报馆策划艺术贺岁特刊。想法虽好，办法匮乏。因我乃艺术圈外之人，两眼一抹黑，求告无门。

君子求通逢左右，贤人处事有方圆。赵公作为艺界硕儒，缘结群贤，私想若能拉上他这面“大旗”做做“虎皮”，榨取些许“剩余价值”，定能事半功倍。然赵公年高位重，安能受我辈后生驱遣？

吾惶惶不可终日。任务负重在肩，只好斗胆求助。未承想赵公不仅对吾“脑力风暴”褒扬力赞，而且现场电联中国书法家协会主席张海、西

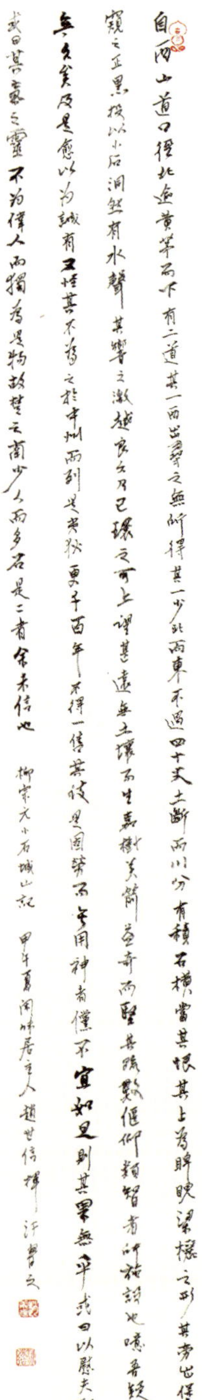
自西山道口徑北逾黃茅嶺而下有二道其一西出尋之無所得其一少北而東不過四十丈土斷而川分有積石橫當其垠其上為睥睨梁欐之形其旁出堡塢有若門焉窺之正黑投以小石洞然有水聲其響之激越良久乃已環之可上望甚遠無土壤而生嘉樹美箭益奇而堅其疏數偃仰類智者所施設也噫吾疑造物者之有無久矣及是愈以為誠有又怪其不為之於中州而列是夷狄更千百年不得一售其伎是固勞而無用神者儻不宜如是則其果無乎或曰以慰夫賢而辱於此者或曰其氣之靈不為偉人而獨為是物故楚之南少人而多石是二者余未信也
柳宗元小石城山記 甲午夏閑竹居主人趙世信揮汗書之

柳宗元《小石城山记》

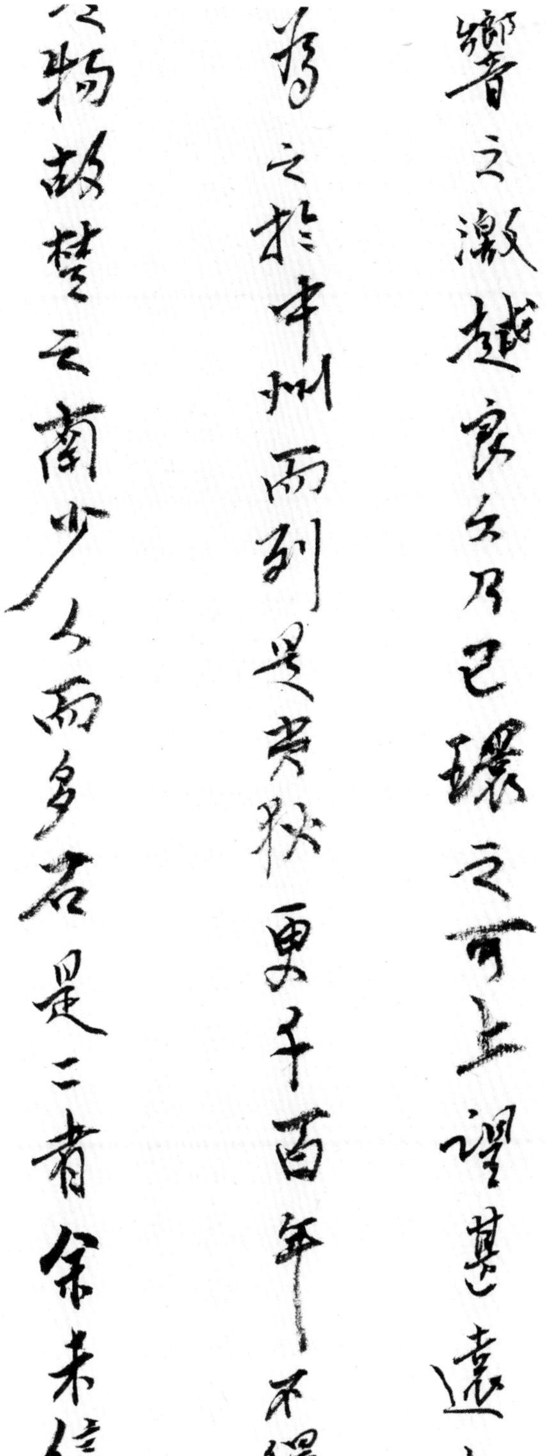

柳宗元《小石城山记》（局部）

泠印社副社长李刚田等诸君。初战告捷，乘勇追击，大型艺术贺岁特刊《庚寅谈艺录》终乃成型。

赵公与李明性之深情厚谊，历久弥纯。李老师患病期间，赵公犹如手足之残，为之找病房、寻名医、求专家，为让其有生之年看到心血凝聚的长篇小说《家谱》的出版，赵公更是四面敦促，多方游说，“跑断腿、磨破嘴，把自己的身板都累毁”。《家谱》出版后得到各界嘉许，李老师方如愿瞑目。

庚寅孟冬，赵公又自费出版了李老师的长篇散文集《长相忆》，李老师遗志方成，夙愿得偿，其泉下有知，当含笑至感，深以为慰，再拜赵公。

赵公虽曾为行政领导干部，但在河南文学界也算个响当当的人物，不独因其是省直作协主席，更赖于他对文学界的“杰出贡献”。赵公与生前曾担任过省杂文学会第一届秘书长的杨晓杰缘悭一面，只是偶然的机缘看到他的文章，觉得甚是难得，自费为其出版《赤子情怀——杨晓杰诗文选》，“人文关怀”至此，让河南杂文界无不颔首。

作为“中原文化历史长河中屈指可数的当代文贤、新时期文学豫军的一面旗帜、中原优秀文学传统的奠基者、一代知识分子风骨的践行者”的南丁先生，栽培无数，提携若干，赵公钦佩南丁先生的人品与文品，多方筹措资金“为河南文坛上的老园丁做点实事”，丙戌（2006 年）上冬由河南文艺出版社为其出版了 150 万字五卷本的精装本《南丁文集》，不仅浓缩河南当代文学史，更是南丁文学成就的备忘录。省文联和省作协专门召开作品研讨会，业界一片褒扬，南丁和他的女儿何向阳更是万分感激，省文联党组书记吴长忠评价世信先生“为河南文学艺术界办了一件大好事”。

赵公惜才爱才，碰到苗子，求贤若渴，早年还未曾相识李伯安之时，就与之神交已久。直到几年后，两人才真正谋面，惺惺相惜，相见恨晚。

戊寅（1998年）岁中，李伯安英年早逝。赵公闻讯，痛心疾首，含泪撰写挽联：“一生心血百米巨制业未竟身先死，九曲万里不舍昼夜数风流何人续。”言犹未尽，又题诗《怀念伯安》：“折桂月宫不计年，迢迢银汉星高悬。逝者如斯音容在，几回梦萦喀拉山。”

赵公浸淫艺坛久矣，各色人等，阅览无数，交往越多越发敬仰李伯安摒弃功利、戒除浮躁、治学、修身、立德的从艺和为人，并作文《神交》吐而后快：“现在画坛上各类画家多如牛毛，为了赚钱，各使奇招，有不惜专门制造赝品者，有拉大旗做虎皮者，有自吹自擂者，有玩弄小情小趣者，像伯安这样不为名利所动，沉下心来，以生命为代价，潜心于真正的艺术创作的人实不多见。”

在当下社会，一些人只有价值，没有价值观；只有人“生”，没有人生观。利字当头，没有底线，为牟钱财，不择手段。人未走，茶已凉，更不用说一位退休多年成为“过去式”的老领导。然每天找赵公的人一拨接着一拨，甚至都要“轮候”。人非草木，知反哺之情，晓跪乳之义；赵公多年来泽被众多、恩惠无数，“宜将今昔胜往年，门庭若市车马喧”。

量之宽宏者寿

李明性老师在长篇散文《长相忆》中曾总结过赵公的“优点”：“信哥身上的优点很多，最突出的优点是待人真诚，交谊唯真，胸怀开阔，能

勢折釵屋漏亦隱躍紙上并有抽刀斷水之妙若謂忠臣烈士無論何藝時時流露性情今展此作非大丈夫之書能如是耶

海瑞方孝孺臨麻姑仙壇記跋

海瑞本人書法造詣很深從結体運筆呼應三方面評論方孝孺的書法可謂是方家之言

甲午秋月陰雨數天今晴心情甚好而書之矣　趙世信

海瑞为方孝孺临《麻姑山仙坛记》题跋

顔魯公爲有唐一代偉人忠烈之
氣争光日月其書法爲後人圭臬
石刻如撫州麻姑仙壇記大字本
筆力鬱峭真爲傑構國初方正
學先生志事建文殉身請難
其激烈之概無異平原復生
追念及之可歌可泣此卷臨仙
壇記大字本千里千間有君大

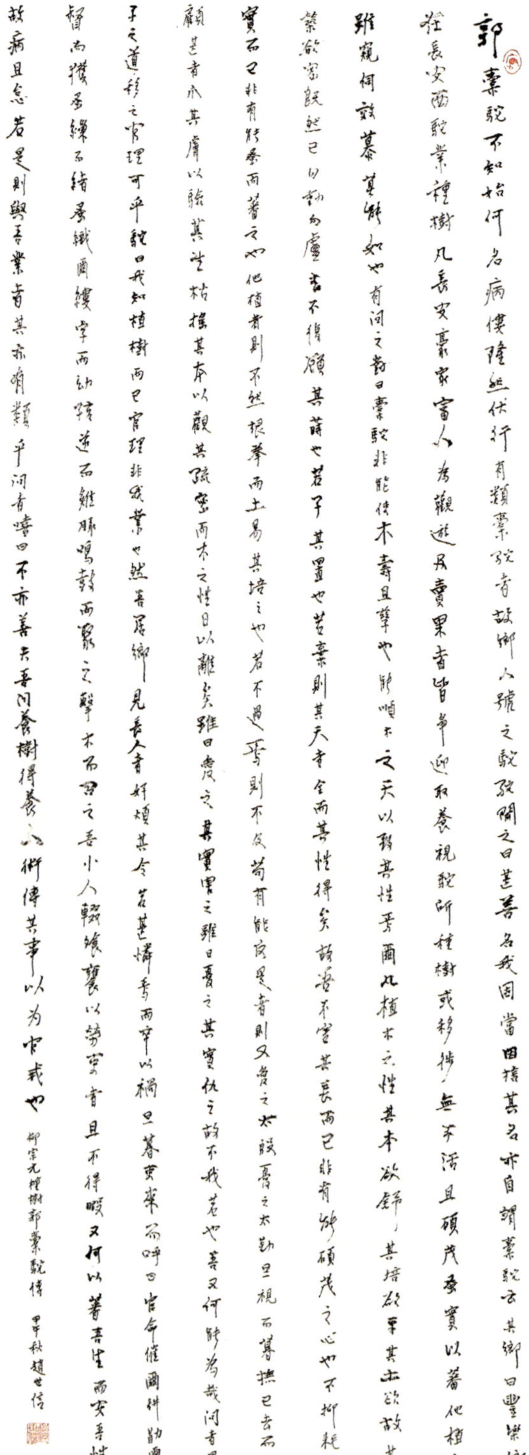

柳宗元《种树郭橐驼传》

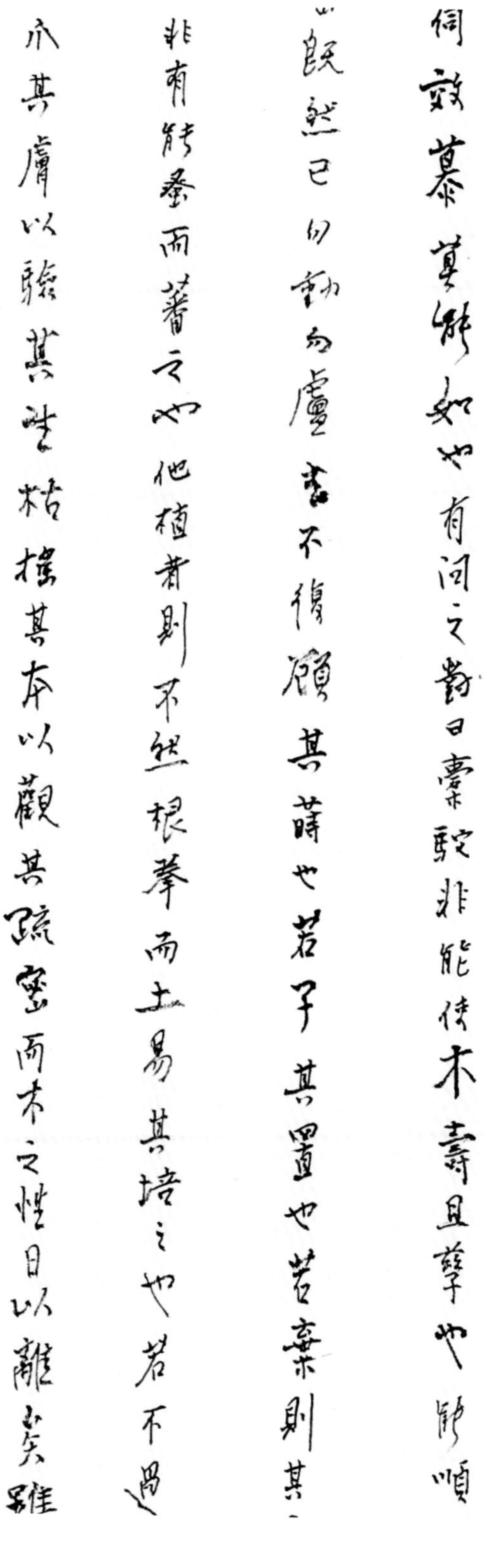
伺效慕莫能如也有问之对曰橐驼非能使木寿且孳也能顺
既然已勿动勿虑去不复顾其莳也若子其置也若弃则其
非有能蚤而蕃之也他植者则不然根拳而土易其培之也若不过
爪其肤以验其生枯摇其本以观其疏密而木之性日以离矣虽

柳宗元《种树郭橐驼传》（局部）

包容人。”李老师与赵公从小一起长大，了解赵公者，莫过于他。赵公心无挂碍，胸襟坦荡，清凉世界，无渍无渣；不与君子斗名，不与小人斗利，“独与天地精神往来”；儒家之淡定、道家之无为、佛家之宥忍，修炼到家，如入化境。《菜根谭》中“休向君子谄媚，君子原无私惠；休与小人为仇，小人自有对头”更是烂熟于心，躬行于事，活用于人。

赵公也就初中学历，与现在满大街跑的硕士博士相比简直“低到尘埃里”；然赵公腹中诗书、淹博渊雅，那些硕士博士又“低到尘埃里”。

开口揽时事，不负案头书。赵公去年还买来入围茅盾文学奖的一套书，暇不掩卷；一套《古文观止》，日诵夜读。阅读已经成了他的一日三餐、生活习惯。乾隆状元、诗人兼书画家石韫玉曾有联云：精神到处文章老，学问深时意气平。比对赵公，信夫此言！

“君子常虚其心志，恭其容貌，不以逸群之才加乎众人之上，视彼犹贤，自视犹不足。”（东汉徐干《中论 · 虚道第四》）赵公为人谦恭、豁达至极，大气之人亦难望其项背。有时去他办公室，翻看他案头某些时贤送来的册页手卷，他都会问上一句：“喜欢？拿走！”我虽不敢掠美，但赵公“不以物喜，不为物累”的处事之道着实让我错愕。

有人诚邀赵公赏玩千岛湖，赵公也想拉上我吃顿“免费午餐”，我当然求之不得。谁知事到临头，报馆冗务缠身，实在难以解脱，无奈只得食言。我无颜面见赵公，只好短信致歉。赵公甚是解人，回复四字“理解，忙吧！”

身无求而安宁，心无欲而神宁；遇事从容则有余味，为人从容则有余年。赵公如今七十又一，身体无恙，与其无欲无求，超然豁达“过从甚密”。

赵公于《梦画小记》明心志：“书画者，中华之瑰宝，民族之精粹，沉浸其中，可去烦解忧，可开启心智，可荡涤凡尘，可净化心灵。余性喜书画，亦爱收藏，非求拥有，但望过眼，如是近四十载。既成生活之不可或缺，日之所思，若能常入梦境，亦乃快事也。”衮衮诸公，达官贵人，有此境者，鲜矣！

事能知足心常泰，人到无求品自高。然芸芸众生，凡胎俗子，占有者多，舍得者少。“少年时舍其不能有，壮年时舍其不当有，老年时舍其不必有！”赵公身体力行，已臻禅境。

言之简默者寿

每隔数日，赵公就会叫上三五同好，海阔天空，畅叙幽情。蒙赵公青眼，常嘱吾陪飨末座，厕身其间。席间饭余，赵公大多“素处以默，妙机其微”，恭听豪谈者滔滔不绝，唾星四射。遇到我等无知无畏，诳语妄言，炫技自擂，赵公闻之，笑曰：“谁的年少不轻狂。”

辛卯暮秋，赵公策划百余书法家书《道德经》，每人一个章节，数省书协要员都奉上妙品，算是开创了一种展览与出版的新模式。赵公素喜《道德经》中箴言嘉句，并常书以自省，想必他是受了白乐天《读老子》的明示：“言者不如知者默，此语吾闻于老君。君道老君是智者，缘何自著五千文。”

赵公为文，剔筋见骨，干净爽利，其有《故事乡间》数十篇，篇篇精短，结脉《世说新语》，远承“唐人传奇”，近袭《俗世奇人》。《何时相识》

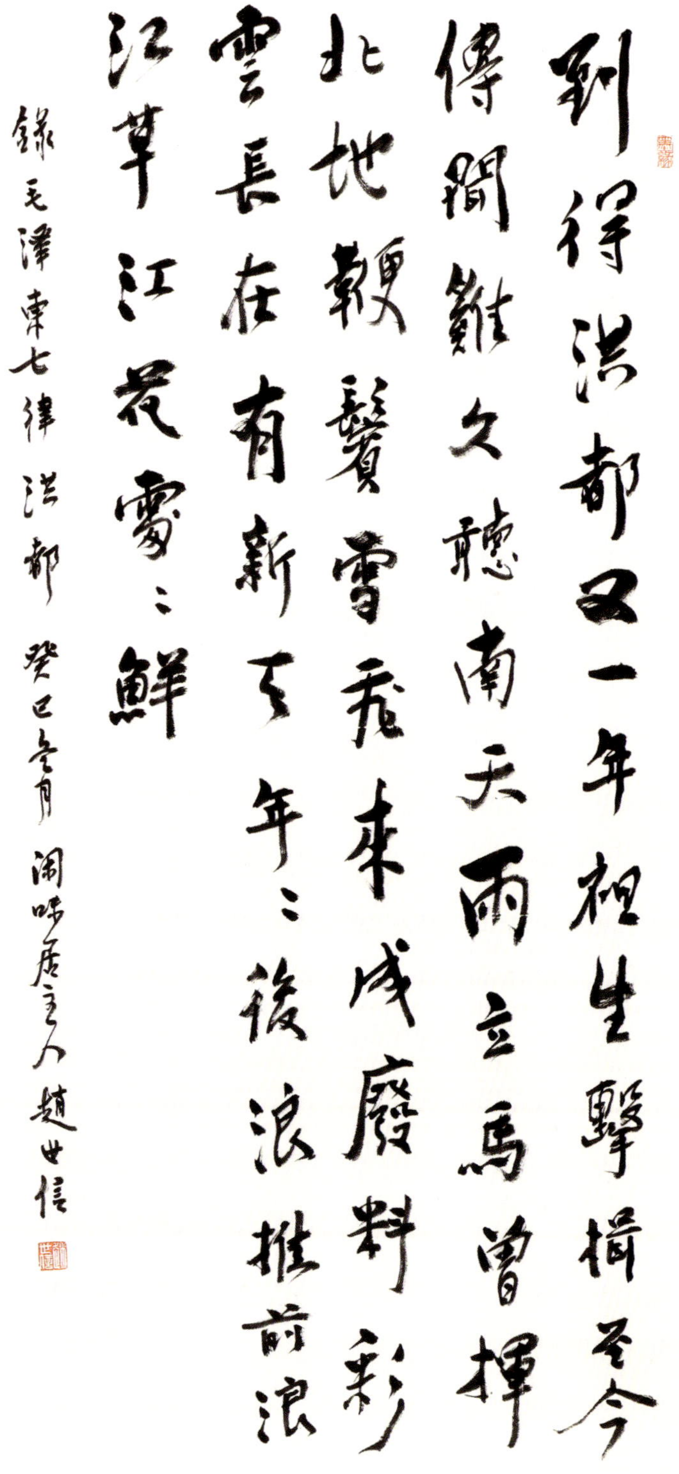
到得洪都又一年祖生擊楫至今
傳聞雞久聽南天雨立馬曾揮
北地鞭鬢雪飛來成廢料彩
雲長在有新天年々後浪推前浪
江草江花處々鮮
錄毛澤東七律洪都 癸巳金月 閑吟居主人趙世信

毛泽东《七律·洪都》

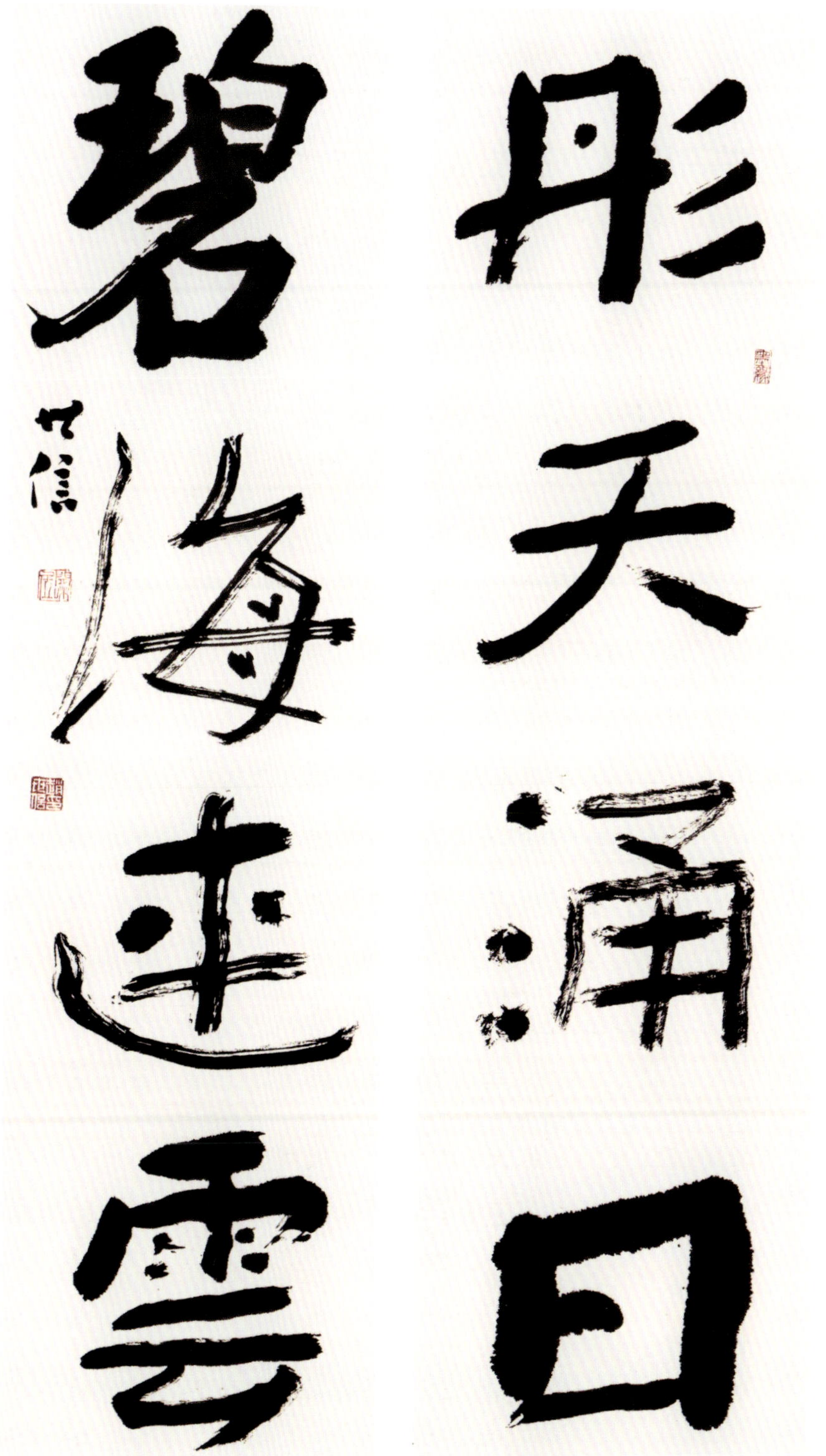

形天碧海联

一篇，起承转合，曲折离奇，鸿篇巨制架构完备，但赵公屈屈两千余字提纲挈领，要言不烦，练达到位，交代精准。《大孬》更短，跌宕起伏，超越想象，不输于冯骥才《神鞭》一角。哪位影视导演若独具慧眼，将其改编成电视剧，保准收视长虹！

近年，赵公文章更为独到老辣，富魏晋骈文辞赋古风，涵唐宋行、记、说、跋之韵，精悍短小，绝少赘言。文抄数段，以证不虚——

《梦画小记》寥寥百语，技惊四座：

“己丑季春中浣，夜深人静，万籁俱寂，披衣而坐，赏玩画作，顿觉游移青山绿水之间，祥云缭绕，苍松翠柏，茂林修竹，雪落无痕，江流有声；忽而置身花香鸟语之中，兰送暗香，梅发新枝，凤翔鹤舞，春燕呢喃，锦鳞游泳；或坐古刹之中，参禅悟道；或与英雄论剑，驰骋疆场；或仰视伟人，聆听教诲；或促膝老农，共话桑麻；高人对弈而决胜负，狂士长啸而发清音；钓夫垂竿于烟波之上，骚人吟唱于山水之间……”

《山水清音图记》妙丽古雅，字字珠玑：

“右文乃吾家光华二十年前旧题，时在戊辰仲春，君客金陵，与魏紫老幸会，晤谈甚欢，先生惠以山水一帧，君感而赋此，其文片言居要，词约旨远，令人击节。先生倘天上有知，亦当有感于斯文。吾亦与先生相交甚笃，先生曾为拙作《合欢》绘封面，吾感念至今，故濡翰书之，聊寄人琴之思。”

今又拜读新作《补壁小记》，古风一脉，范文犹在：

“壬辰岁尾，三五挚友越秀小聚，中有豪饮者、善丹青者、通音律者，互有倾慕，虽无丝竹管弦助兴，但有吟诗放歌之乐。吾年事已高，酒至微醺，不胜杯酌，欲告退，孟君（孟少辉）扯衣而止，谓余：君一展书艺为崔先生补壁可否？乃信（崔乃信，越秀酒家老板）闻之，拊掌而笑曰，善！余诺诺。酒醒悔之。越秀虽为美食之家，实为艺术殿堂，君不见妙手之图、雅士之文，蔚为大观。余有何能，敢在此登临？故迟不为也。日前，闻乃信兄补壁处已备，余感荷良深。为人者焉能碍其面而失信乎？遂有是作，博诸君一笑耳。癸巳阳春闲味居主人赵世信。”

非但“小记”若此，其写景状物，评人论艺，亦不拖泥带水，无旁征，不博引，文字干净，“简约而不简单”。有时还会诗心大发，歌以咏志，不可收拾。如：

于右任

当代草圣数髯翁，

书坛青史留美名。

临终犹唱思乡曲，

掩泪早盼九州通。

白云山观瀑

九曲银练泻珠潭，

忽闻惊雷滚崖边。

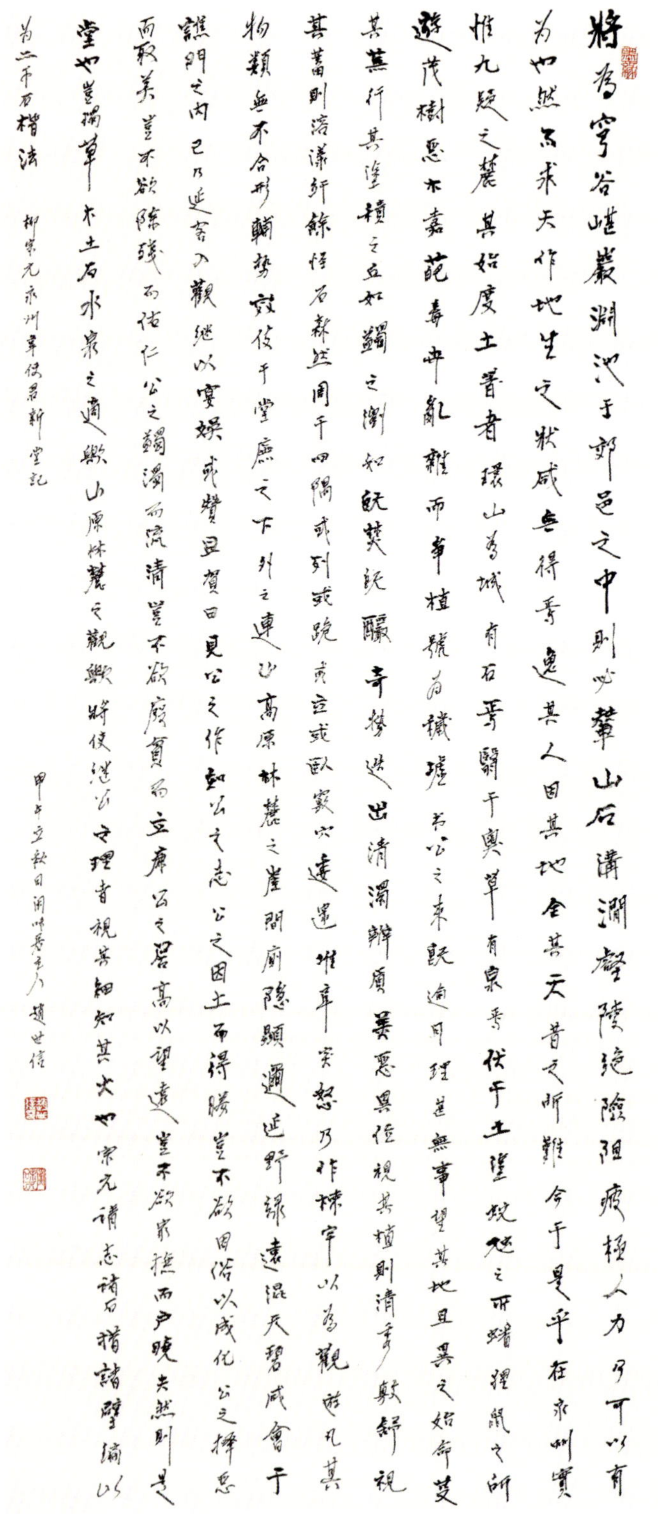

柳宗元《永州韦使君新堂记》

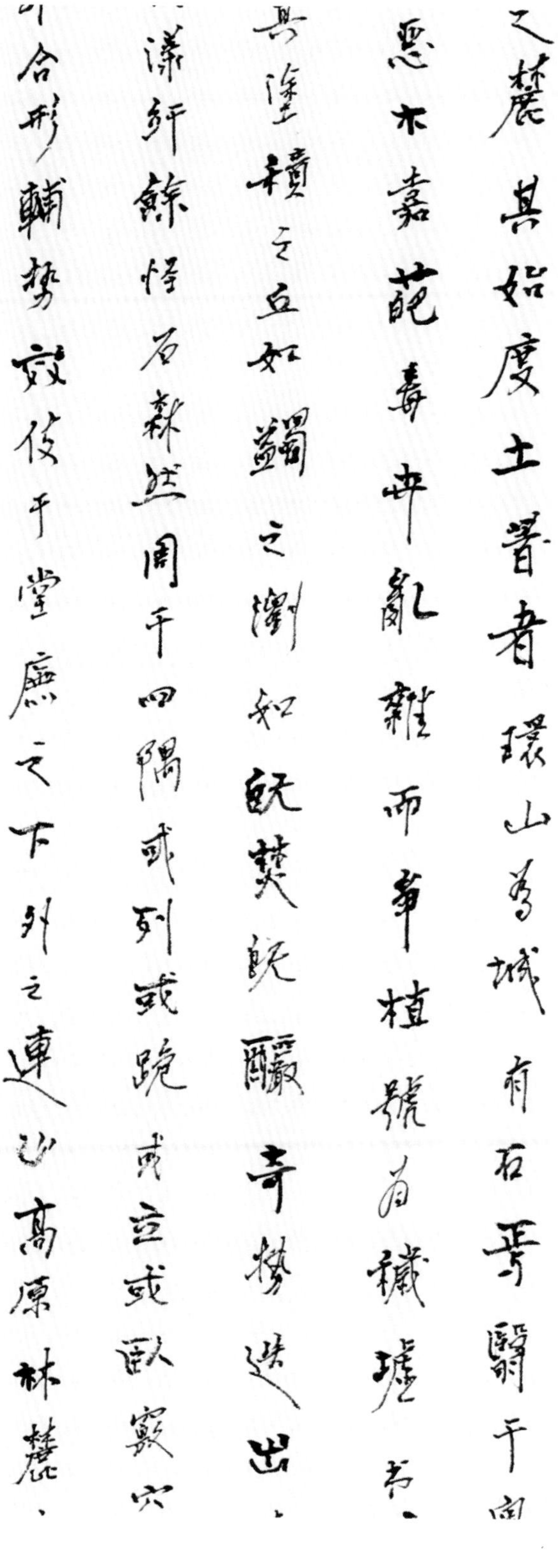

柳宗元《永州韦使君新堂记》（局部）

飞瀑直下来天外，

红叶翠谷起云烟。

偶感

壮岁踌躇走四方，

流年不觉鬓成霜。

江海搏击千重浪，

阅尽春色赋沧桑。

看走婚舞

暮烟四合绣楼西，

阿夏相期眉眼低。

绕去缠来无限意，

一声鸡叫泪沾衣。

子曰：“智者乐水，仁者乐山；智者动，仁者静；智者乐，仁者寿。”赵公身上古风犹存，士者如斯，与其交往，有“忽逢幽人，如见道心”之惊喜——真得劲！

赵公书法，涉笔即古，脱尽书家之习，良由所见名迹多也。吴丈蜀诗云：“学书原无捷便途，期成端在下功夫。二分笔砚三分看，余事还须广读书。”近时随焱公欣赏赵公新作，不免刮目：对联条屏，“仰看垂露姿，不崩亦不骞”（唐杜甫《观薛少保书画壁》），其结体遒丽，貌丰骨劲，瘦硬通神，远窥少保徽宗；中堂手卷，“机杼若已出，浑然如天成”（宋叶大庆《考古质疑》），其纵笔驱毫，笔走神髓，心手双畅，味厚神藏，承息冬心悲庵。

古人讲：人品不高，用墨无法。人品既已高矣，用墨不得不至。赵公所书，与师古而泥的书家“笔笔皆有来历”相左，其“笔笔皆从己出”，从心随性，道法自然，“情性所至，妙不自寻”：其有“边角碎料”书成小横批“清凉世界”四字，妙趣天成，不可复得；多位书坛圣手见之无不想据为己有，悬于堂中，得无上“清凉”，入至乐“世界”。今又观其平尺作品“开卷有益”，天趣盎然，亦神来之笔，冒昧索求，抢而后快，未承想已被人捷足先登矣。

非独其书，赵公诗文亦未尝不如是。正如陈鸿寿所云：“凡诗文书画，不必十分到家，乃见天趣。”“博学而笃志，切问而近思，仁在其中矣。”赵公业精于勤，腹笥广深，行成于思，著作颇丰，每有所感，旋即“小记”，吾何德何能，大掉书袋？

赶紧以一首“打油”作结：

赵公戎马历沧桑，世间百味皆品尝。

信手挥来闲适在，诗书寄情寿而康。

（本文作者系《郑州晚报》副总编辑）

子知隱居之樂乎雖南面之君未可與易也易曰鳴鶴在陰
其子和之詩曰鶴鳴于九皋聲聞于天蓋其為物清遠閑
放超然于塵埃之外故易詩人以比賢人君子隱德之士狎而玩
之宜若有益而無損者然衛懿公好鶴則亡其國周公作酒誥
衛武公作抑戒以為荒惑敗亂無若酒者而劉伶阮籍之徒
以此全其真而名後世嗟夫南面之君雖清遠閑放如鶴者猶
不得好好之則亡其國而山林遁世之士雖荒惑敗亂如酒者猶
不能為害而況于鶴乎由此觀之其為樂未可以同日而語也
山人欣然而笑曰有是哉乃作放鶴招鶴之歌曰鶴飛去兮西山
之缺高翔而下覽兮擇所適翻然斂翼宛將集兮忽何所見矯然而
復擊獨終日于澗谷之間兮啄蒼苔而履白石鶴歸來兮東山之陰其下
有人兮黃冠草屨葛衣而鼓琴躬耕而食兮其餘以汝飽歸來歸來兮西山不可以久留

蘇軾放鶴亭記 趙世信

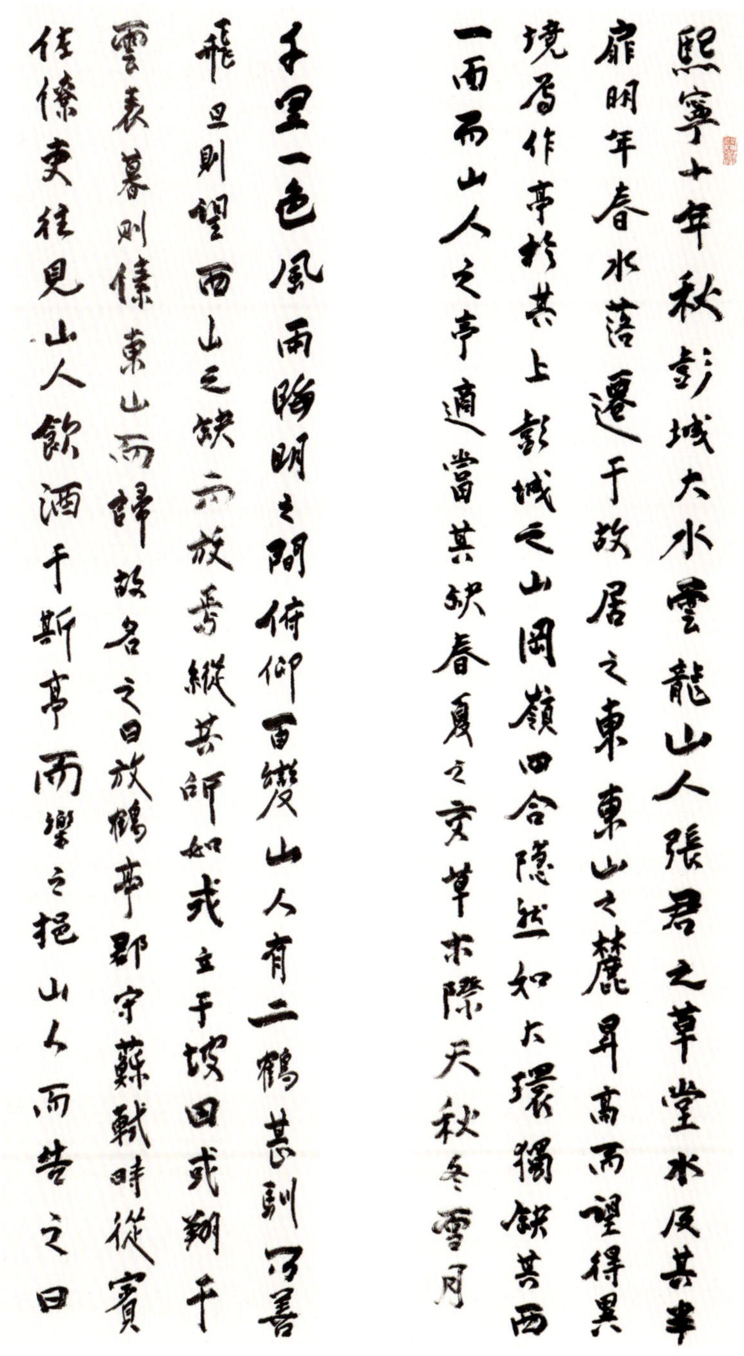
熙寧十年秋彭城大水雲龍山人張君之草堂水及其半
扉明年春水落遷于故居之東東山之麓昇高而望得異
境焉作亭於其上彭城之山岡嶺四合隱然如大環獨缺其西
一面而山人之亭適當其缺春夏之交草木際天秋冬雪月
千里一色風雨晦明之間俯仰百變山人有二鶴甚馴而善
飛旦則望西山之缺而放焉縱其所如或立于陂田或翔于
雲表暮則傃東山而歸故名之曰放鶴亭郡守蘇軾時從賓
佐僚吏往見山人飲酒于斯亭而樂之挹山人而告之曰

苏轼《放鹤亭记》

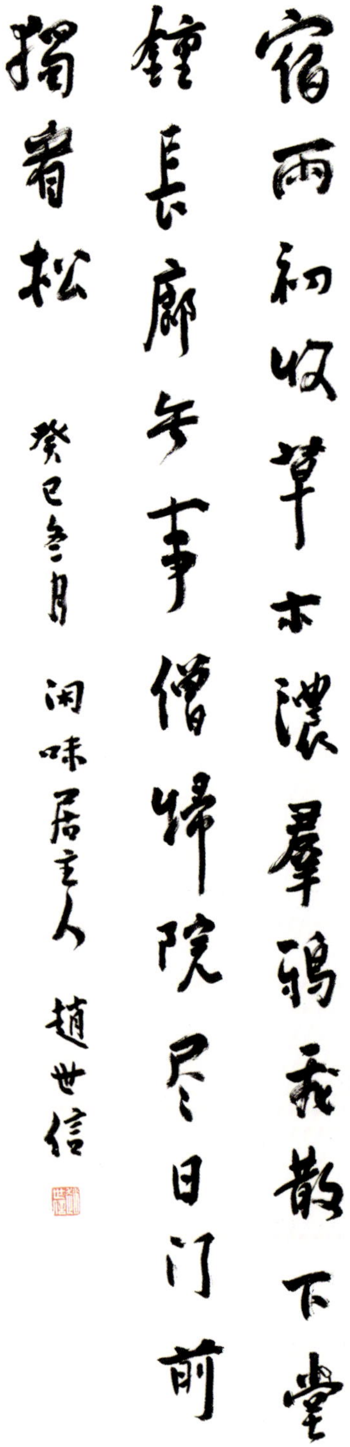

李涉《题开圣寺》

赵世信书法精品浅析

许飞飞

赵世信先生有三件作品挂在他的工作室，写得很精彩，虽出自同样的笔墨工具，但作品面貌则各具特色，美感各异，且又很统一。第一副对联，用笔沉厚，精气内敛，犹如太极高手挥运腾挪，虽速度稍迟，但气息畅达，势态完备，开合有度。第二幅作品字数虽多，但字字灵动鲜活，或正或奇，或刚或柔，都在行气的统一下组织地浑然一体，看似漫不经心，而意趣充盈其间，比如有些字的重心极为偏下，初看似有不妥，而参照上下相邻的字整体去看，不难发现夸张另类的字毫无突兀之感，不但激活了平正字的呆板，同时也增添了古朴稚拙的意趣，让人越看越有味。第三副对联更为出彩，明显不同于其他常态的书写，一下笔便是跳宕的节奏，从“红”字的几个点开始，到下联最后一个字，每个字都好像有那么几个点的出现而使作者显得活泼可爱，即使是几笔长线条也仿佛是用点积成的，线条虽细，但骨力内含。形态各异的点，苍涩劲挺的线，简约内敛的结构，大片留白的章法，再加上文意所述“红雨随心翻作浪，青山着意化为桥”，在我们面前展示了一幅有声有色、欢庆愉悦的绝美图画。这三件作品书文一体，情理兼备，直抒性灵，这正是先生数十年潜心学问，作文习字，洞察世事艺理的具体呈现。当下所谓的专业书家们当以此自警。

(本文作者系北京大学文化与品牌战略研究所学术委员会副秘书长)

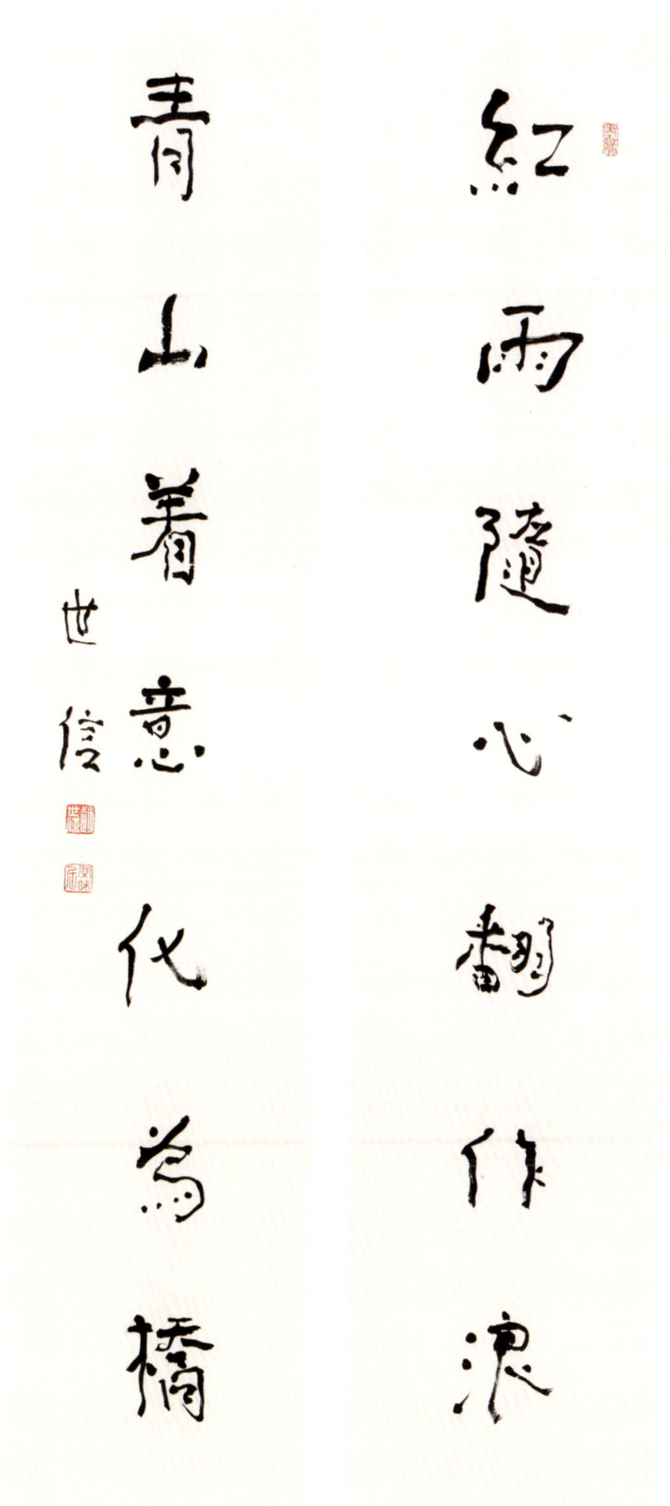

红雨青山联

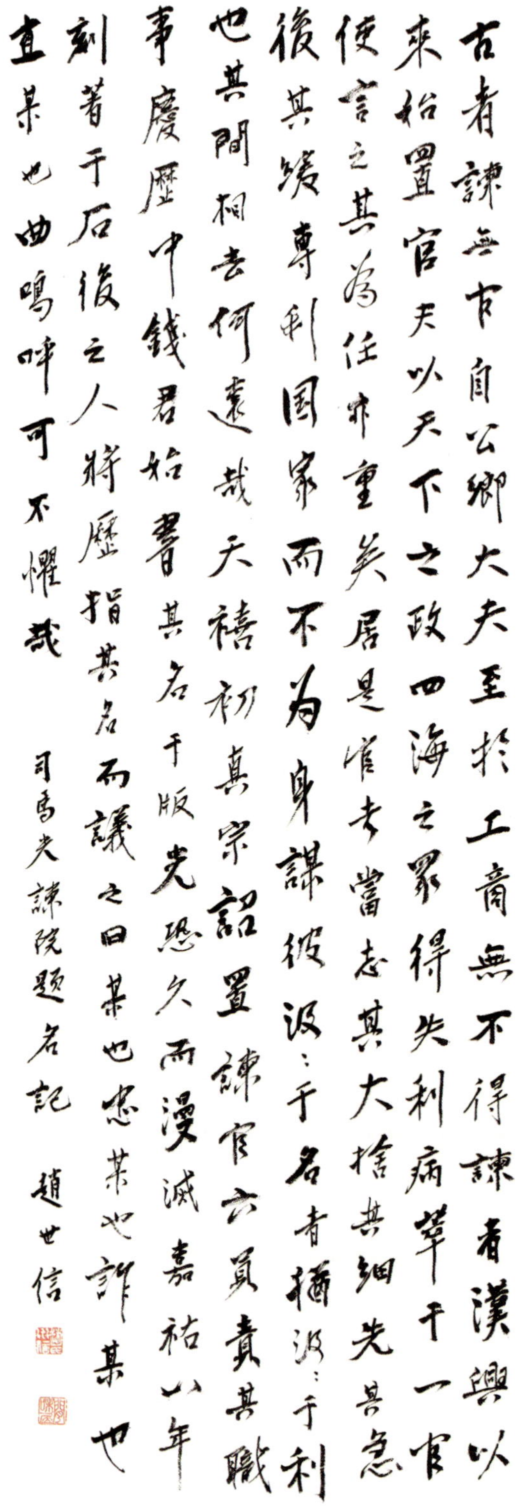
古有諫無官自公卿大夫至於工商無不得諫者漢興以
來始置官夫以天下之政四海之衆得失利病萃于一官
使言之其為任亦重矣居是官者當志其大捨其細先其急
後其緩專利國家而不為身謀彼汲汲于名者猶汲汲于利
也其間相去何遠哉天禧初真宗詔置諫官六員責其職
事慶歷中錢君始書其名于版光恐久而漫滅嘉祐八年
刻著于石後之人將歷指其名而議之曰某也忠某也詐某也
直某也曲嗚呼可不懼哉
司馬光諫院題名記
趙世信

司马光《谏院题名记》

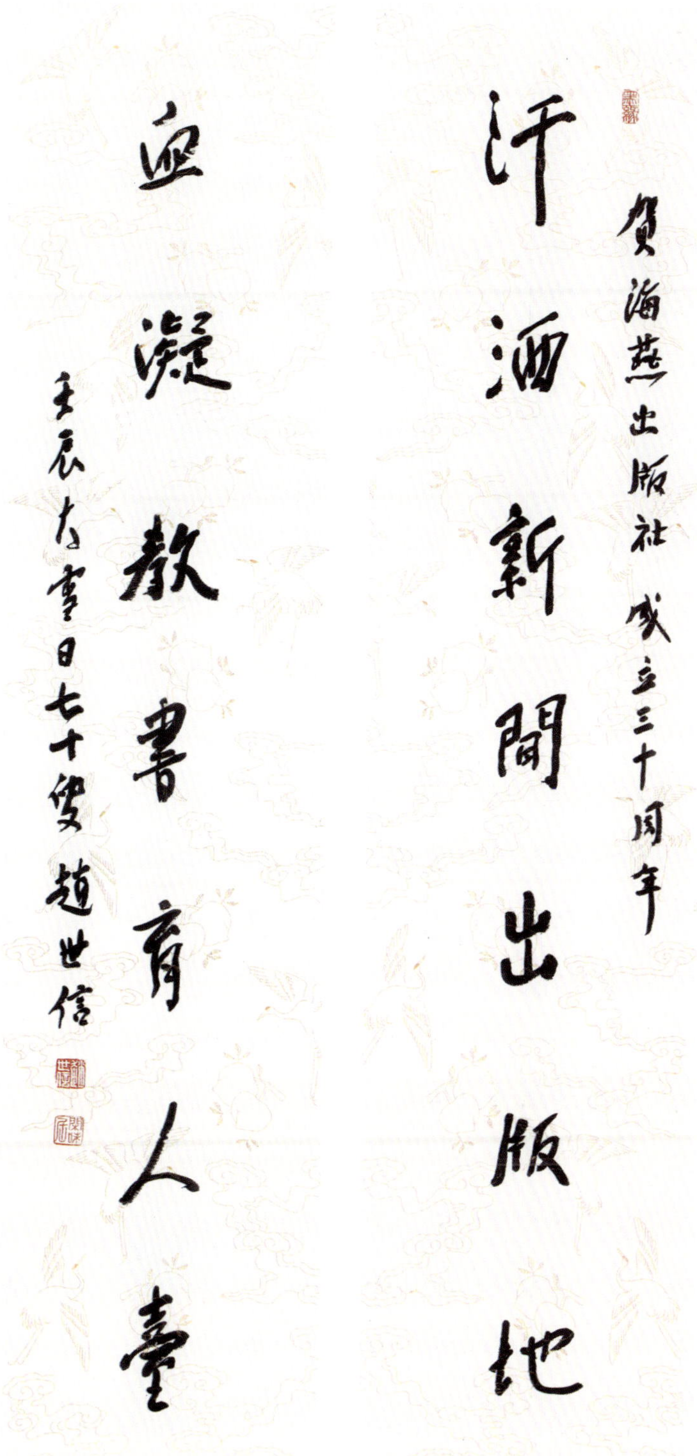

贺海燕出版社成立三十周年撰联并书

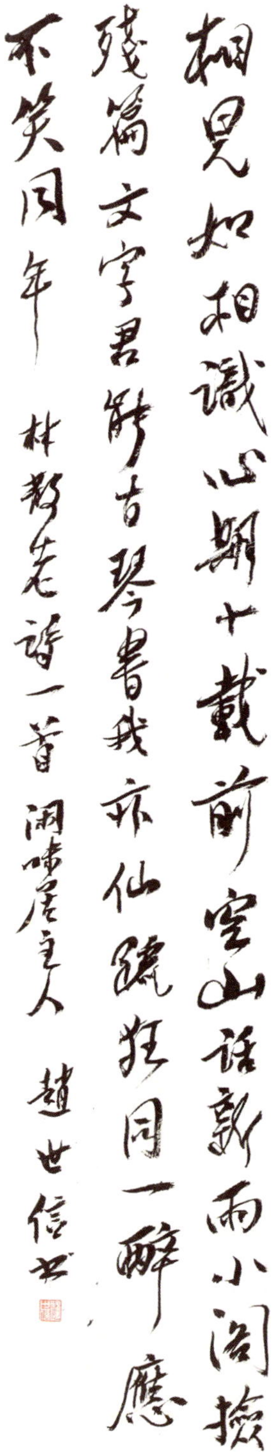

林散之诗《喜丁敬山来，却寄二首》之一

我所认识的赵世信先生

王硕

“赵公戎马历沧桑，世间百味皆品尝。信手挥来闲适在，诗书寄情寿而康。”这是悬挂在赵世信老先生工作室的一幅馆阁体藏头诗。虽藏头诗历来不乏趣味和夸张色彩，但细细品味这首诗中所包含的内容，确是赵老先生带有传奇色彩的一生的写照。

赵世信来自豫东木兰故里。遥忆当初，18 岁的赵世信也是意气风发、俊逸清秀不已，开启了戎马生活。部队转业之后，酷爱文学的他没有一刻放下心中的梦想，不分严寒酷暑，坚持执笔伏案，潜心著述，经年累月，也发表出版过诸多文集，诸如长篇小说《合欢》，中篇小说《一个飞行官的梦》，散文集《故事乡间》《沧桑》等，名噪一时，都是其天分与勤奋的见证。

由于工作所需，文学之外，赵世信对艺术收藏更是见地独特。身为河南省人大书画研究院院长的他平时事务繁忙，需要组织各项展览工作，

难得糊涂

迎来送往，结识了多位书画艺术家，并与一些志同道合之士，如李逸野、周俊杰、宋华平等结成多年的挚友，几十年的深厚友谊与情感自不必说。他仰慕他们的艺术才华，钦佩他们的艺术精神。书画圈除了名家大家，更多的是“攀登者”，其中不乏一些才华横溢却需要挖掘的新人，对于这类未能在艺坛崭露头角的新人，赵世信在了解作者情况之后，更是不遗余力地为其出资出版画册、举办展览，给予各种力所能及的帮助。当今中原书画艺术圈，凡提及赵世信，莫有不称赞者。

在我看来，“足以为人道”的既不是赵世信在政界、书画界的影响力，也不是其具有传奇色彩的一生，而是其性格简淡平静下的和风细雨，“润物细无声”的人格魅力和文书互彰的造诣。

作为雅昌艺术网专栏的一位特邀作者，自 2014 年起，赵世信先生在雅昌艺术网持续发表了《有感张海》《从〈山地冬播〉想到陈天然先生》《老报人王荣生》《王宝贵：一个快乐生活着的书法家》《王澄：一个追求独立人格的艺术家》等几十篇带有文学性质的艺术小评，可读性很强。而从雅昌艺术网监测数据可以看到，文章被省内外广泛浏览并转发，颇受好评。

负责约稿事宜、爱好文学的我，对于赵世信先生的每篇稿子也是读了很多遍。这些约稿是书画名家的带有文学性质的访谈，文章人物对象通常有两个特征：第一是赵世信先生故交的文艺界作者，以河南为主；第二是这些人物的身份不乏书画家、作家，但或多或少必定与书画收藏有关。好的文章必定是带着真情实感的，身为河南省直作协主席的他文笔功底自不必说，旬锻月炼之余，自然是炉火纯青。但是在描写刻画这些人物的时候，辞藻并不华丽而朴实动人，透着敏锐的观察力，心思细腻。通读全文不难发现这些文章均是赵世信先生带着深厚的感情，一气呵成之作。

谈起这些稿件，赵世信由衷地表达了对文学的热爱与自豪，他说："中国作协很不好加入的，我在20世纪80年代即已是河南省作协会员，到了2003年才被批准成为中国作家协会会员。"

恰如《文赋》中的"余每观才士之作，窃有以得其用心"，我在细心揣摩这些稿件之时，渐渐地仿佛读懂了赵老先生的"妍蚩好恶"，文如其人，即便是文章，也是用一些委婉含蓄和不着痕迹的方式表达自己和抒发自己。

久沉艺海，耳濡目染，痴迷于书法艺术，长期深厚积累的艺术修养与文学功底，在潜移默化中竟也能书写一手好字，书卷气十足，闲逸静穆，颇有几分弘一法师的味道。他自谙十分沉醉于书法艺术，常读帖而并不临帖。虽已过古稀之年，身材瘦削不已的他竟然愈加勤奋，笔耕不辍。即便是在海南度假休养期间，他依然不忘书法练习和创作，其字更显苍润自如。

因文识人，随着对赵世信的不断熟悉与多次接触，我开始关注他，也听闻了许多有关他的故事。

赵世信虽身居政界多年，在文艺界亦有很强的号召力，加之其性情平和敦正，为而不争，存善心，与善仁，遇求助者，愿倾力助之，因而上至"王公贵胄"，下至"布衣乞者"，皆能友之。经常为其保健的安医生告诉了我这样一件事：赵世信可以打坐双盘。我开始表示怀疑，后来亲眼见之，讶异。细想，赵世信先生的一生，都是在不断成全他人，才有这样的佛性。恰如"上善若水，水善利万物而不争。夫唯不争，故无尤。"

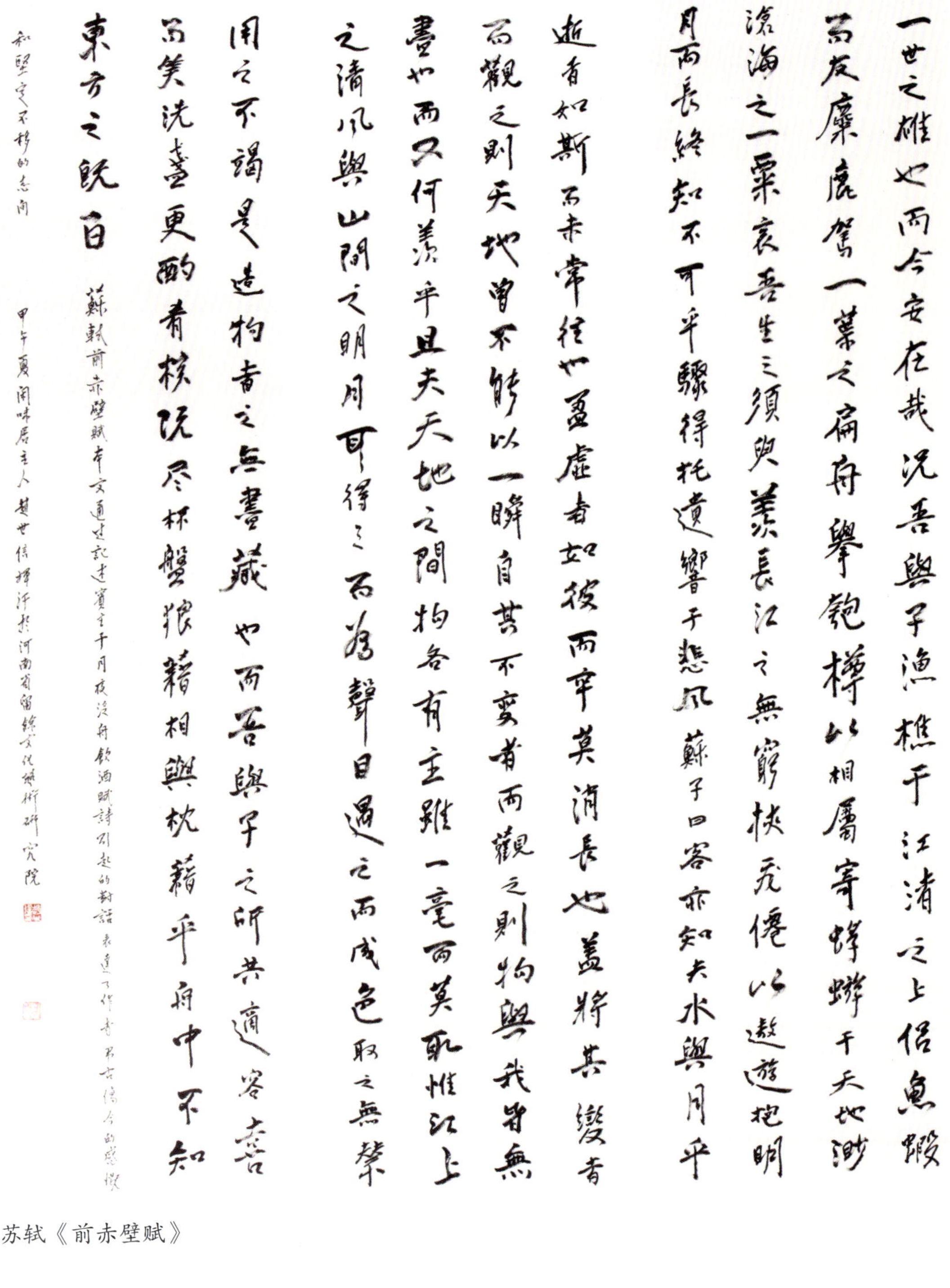
一世之雄也而今安在哉况吾與子漁樵于江渚之上侶魚蝦
而友麋鹿駕一葉之扁舟舉匏樽以相屬寄蜉蝣于天地渺
滄海之一粟哀吾生之須臾羨長江之無窮挾飛僊以遨遊抱明
月而長終知不可乎驟得托遺響于悲風蘇子曰客亦知夫水與月乎
逝者如斯而未嘗往也盈虛者如彼而卒莫消長也蓋將自其變者
而觀之則天地曾不能以一瞬自其不變者而觀之則物與我皆無
盡也而又何羨乎且夫天地之間物各有主雖一毫而莫取惟江上
之清風與山間之明月耳得之而為聲目遇之而成色取之無禁
用之不竭是造物者之無盡藏也而吾與子之所共適客喜
而笑洗盞更酌肴核既盡杯盤狼籍相與枕藉乎舟中不知
東方之既白
蘇軾前赤壁賦本文通過記述賓主月夜泛舟飲酒賦詩引起的對話表達了作者弔古傷今的感慨
和堅定不移的志向
甲午夏閑味居主人楚世信揮汗於河南省留縣文化城研究院

苏轼《前赤壁赋》

壬戌之秋七月既望蘇子与客泛舟于赤壁之下清風徐來
水波不興舉酒屬客誦明月之詩歌窈窕之章少焉月出於
東山之上徘徊於斗牛之間白露橫江水光接天縱一葦之所
如陵萬頃之茫然浩浩乎憑虛御風而不知其所止飄飄乎如
遺世獨立羽化而登仙於是飲酒樂甚扣舷而歌之歌曰桂棹
兮蘭槳擊空明兮溯流光渺渺兮予懷望美人兮天一方
客有吹洞簫者倚歌而和之其聲嗚嗚然如怨如慕如泣如訴
餘音裊裊不絕如縷舞幽壑之潛蛟泣孤舟之嫠婦蘇子
愀然正襟危坐而問客曰何為其然也客曰月明星稀烏
鵲南飛此非曹孟德之詩乎西望夏口東望武昌山川相繆
郁乎蒼蒼此非曹孟德之困于周郎者乎方其破荊州下江陵
順流而東也舳艫千里旌旗蔽空釃酒臨江橫槊賦詩固

一帮文人墨客缘于对书画艺术的挚爱，鼓动赵世信，创办了河南留馀艺术文化研究院。该艺术研究院位于一所僻静的大学内，收藏、推介诸多当代名家作品，倡导留余艺术精神，承古贤之精华，弃却弊陋，静中求变，革故鼎新。赵世信有腿疾多年，不便久走，而他经常得去画院，因无电梯，需要步行至六楼，即便如此，他还是常来，其勤奋不亚于年轻人。凡文化浸淫之地，必不乏贤士名流前往。报人、作家、书画家常来此地，我想，《兰亭集序》中的风雅集会大概就是此类情形吧。

天道无亲，却常与善人。如今，74 岁的赵世信身材瘦削，皮肤白皙，精神状态良好。他酷爱文学和书法，亦是钟情“烟先生”和“扑克先生”，与人交谈常常是一手夹了袅袅的香烟，满脸沉静作沉思状，或抬起头来含笑交谈，而他将烟头摁灭的时刻通常也是做决定的时刻。他常常笔耕不辍，勤奋不懈，常见其外衣口袋卷了几张手写文稿，无论是在工作室或是家中，甚至外出，稿不离身，手不释卷，昼思夜想，一再推敲，起稿改稿，果真如“好文章都是改出来的”。

王家新曾为其书写“仁者寿”。而今，月老作美，老来的赵世信喜得佳人美眷，常伴其左右，祝愿赵公安康长寿。

（本文作者系自由撰稿人）

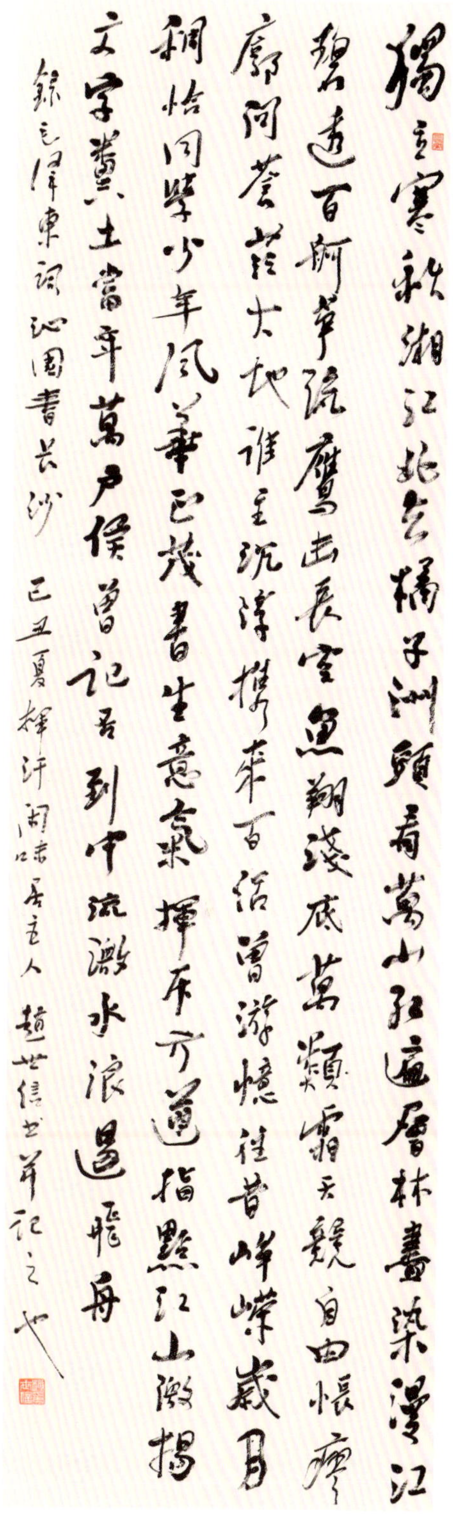
獨立寒秋湘江北去橘子洲頭看萬山紅遍層林盡染漫江碧透百舸爭流鷹擊長空魚翔淺底萬類霜天競自由悵寥廓問蒼茫大地誰主沉浮攜來百侶曾遊憶往昔崢嶸歲月稠恰同學少年風華正茂書生意氣揮斥方遒指點江山激揚文字糞土當年萬戶侯曾記否到中流擊水浪遏飛舟
錄毛澤東詞沁園春長沙
己丑夏
趙世信書并記之

毛泽东《沁园春·长沙》

范仲淹《严先生祠堂记》

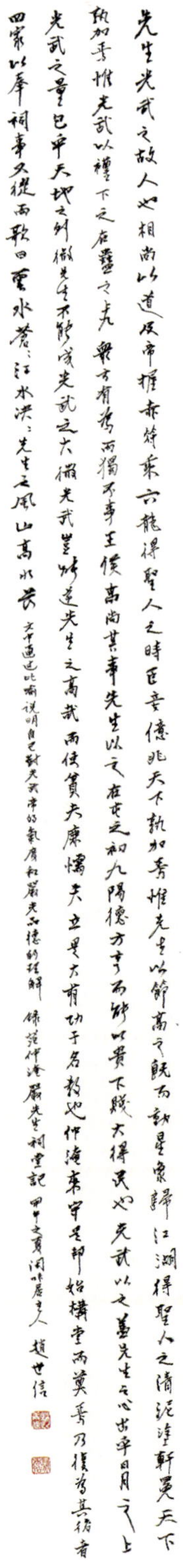
先生光武之故人也相尚以道及帝握赤符乘六龙得圣人之时臣妾亿兆天下孰加焉惟先生以节高之既而动星象归江湖得圣人之清泥涂轩冕天下
孰加焉惟光武以礼下之在蛊之上众方有为而独不事王侯高尚其事先生以之在屯之初九阳德方亨而能以贵下贱大得民也光武以之盖先生之心出乎日月之上
光武之量包乎天地之外微先生不能成光武之大微光武岂能遂先生之高哉而使贪夫廉懦夫立是大有功于名教也仲淹来守是邦始构堂而奠焉乃复为其后者
四家以奉祠事又从而歌曰云山苍苍江水泱泱先生之风山高水长
文中通过比喻说明自己对光武帝的气度和严光品德的理解
録范仲淹严先生祠堂記 甲申之夏 闲味居主人 赵世信

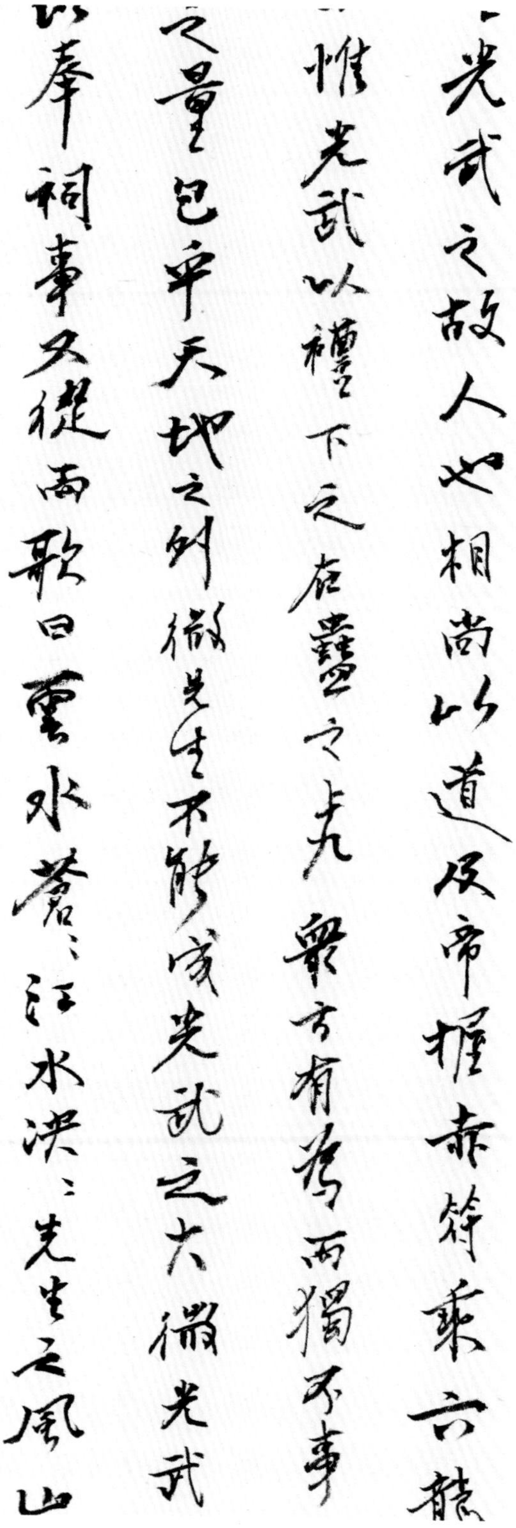
光武之故人也相尚以道及帝握赤符乘六龍
惟光武以禮下之在蠱之上九衆方有為而獨不事
之量包乎天地之外微先生不能成光武之大微光武
以奉祠事又從而歌曰雲水蒼蒼江水泱泱先生之風山

范仲淹《严先生祠堂记》（局部）

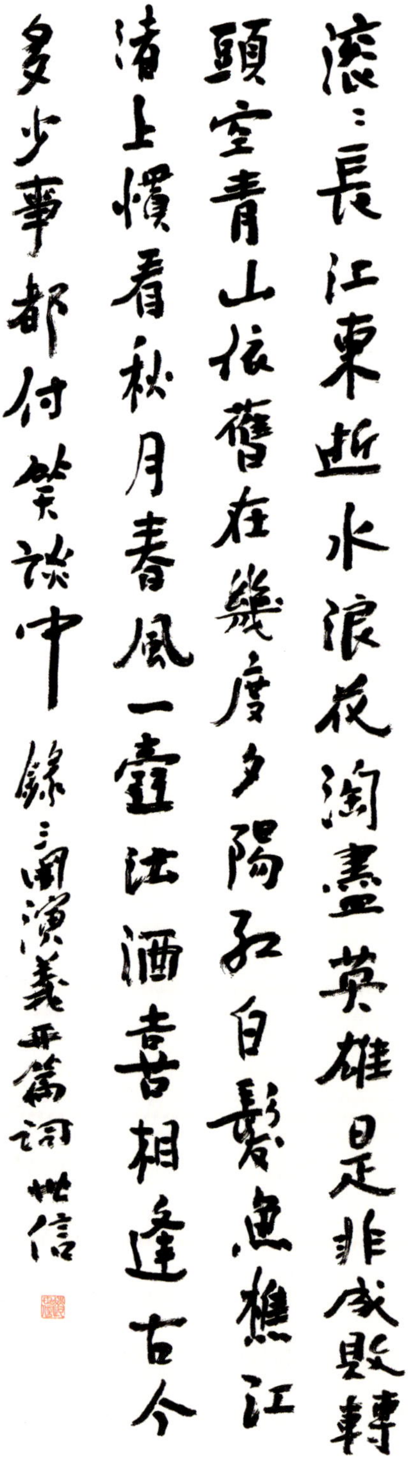
滾滾長江東逝水浪花淘盡英雄是非成敗轉
頭空青山依舊在幾度夕陽紅白髮漁樵江
渚上慣看秋月春風一壺濁酒喜相逢古今
多少事都付笑談中
錄三國演義开篇詞 世信

杨慎《临江仙》

李明性

小引

人过中年之后，常爱怀旧。我有收藏旧物的习惯。小时候读过的书、写过的日记、画过的画、用过的东西，哪怕是一张纸片、一个破本子，只要我认为有意义，就一直珍藏着。日积月累，随着年龄的增长、岁月的流逝，藏品越来越丰富，装了满满一大木箱。这种收藏谈不上什么目的，但自己却十分珍爱，从不轻易示人。在年过半百、两鬓生霜、饱尝艰辛、历经沧桑之后，我常常把自己关在房间里，打开老木箱，一件一件检视着里面的藏品。藏品很乱，收放得很随意，全是20年前的旧物。像一坛窖藏了多年的老酒，一经启封，便醇香扑鼻。随着老木箱的打开，我的心跳随之加速，眼睛也变得潮润。随便拿起一件东西，都能唤起一段回忆。一段被时光尘封、被遗忘的故事，便突然跳出来，面前便出现一张鲜活的面孔。这种对旧事的回味，真是难以用文字来描述。我翻过几次之后，慢慢领悟到，几十年来这种漫不经心的收藏，实际上是对生命的收藏。把这些零零碎碎的藏品连缀在一起，就是一个完整的生命。单个看来，每件藏品都很琐碎，都微不足道，但它在我生命的链条上，却是不可缺少的组成部分。

比方说，在一册纸质粗劣发黄的日记本里，夹着一个折叠整齐的纸包。纸包里是什么东西呢？一时怎么也回忆不起来。我将纸包托在手上，是那么轻。我小心翼翼地将它打开，两眼一亮，啊，里面竟是几片完整的红叶，虽然存放了几十年，红叶的色彩依然红艳，依然照人。不错，这是故乡的红叶，是我在故乡的大柿树下捡来的，是我怀着无比的喜悦将它们精心包起夹在日记本中的。这时，记忆的闸门被蓦然打开，像一束阳光射进一间封闭多年的老屋。

那是一个秋高气爽的午后，我背着草篮和几位小伙伴去田里割草，当路过村头的大柿树时，被满树火红的霜叶迷住了。我第一次惊喜地发现，家乡的红叶这么绚丽，这么灿烂，像一树朝霞，像一树火焰。有了这样的红叶，家乡的秋色才美得醉人啊。于是，我割草回来时，在大柿树下捡起厚厚一沓红叶。回到学校后，我将这些红叶分赠给要好的同学，把剩下的几片用一页纸包起，夹在日记本里。此事在我漫长曲折的人生旅途中，渐渐模糊，渐渐淡忘。那册日记本放在老木箱中，再也没有翻动过。今天，当我看到这几片红叶时，面前出现的是家乡高大的柿树，是柿树上红于二月花的霜叶，是在枝丫间跳动着的秋日的阳光。

藏品中最丰富的是友人的书信。凡是朋友写给我的信，哪怕是一张只有几句话的小纸片，哪怕字迹已经模糊，我都认真收藏着。朋友中来信最多的是我最好的朋友信哥，来信最珍贵的也是从小的朋友信哥。近日，我把信哥的信从老木箱中翻了出来，一封一封地排列了，一封一封地重读了。信上火热的语言、青春的激情、高尚的情怀、纯真的友谊依然深深感动着我。这些书信，大都是在我人生最困难的阶段信哥写给我的。它们像一把把火炬，点燃着我的生命之火，引导着我前进的方向，给了我战胜困难的巨大的精神力量。我之所以能从困境中走出来，没有苟活，没有倒下，一直走到今天，是和这样的友情分不开的。在科学发展到通信早已电子化的今天，人和人之间很少写信了，像信哥和我这样的通信更是罕见，因而弥足珍贵。它是我和信哥真诚友谊的见证，也是我生命之树上最美丽的叶子。随着生命之秋的到来，这些叶子已经变红，红得像火，红得像霞。

一

信哥属马，我属猴，他年长我两岁。我到小镇读高小五年级时，他已是六年级的学生了。那时我们都是孩子，好像有一条看不见的线牵着，又好似两颗小星星相互吸引着，反正我到校不久就和他相识了。至今也说不清人的缘分是怎么来的，他性格开朗、活泼，一副什么事都不在乎大大咧咧的样子，我性格内向、寡言，一副不善交际腼腼腆腆的样子。两人为什么会走到一起，从相识到相知，从同学到兄弟，从志同道合到患难与共，一好就是几十年，中间从未发生过口角，从未出现过裂痕？这真是人生的一个奇缘。

信哥在学校颇有名气，一是淘气，二是聪明。在乡村小学里，男娃几乎没有不淘气的，正是爱跑爱动的年龄，都互相比赛着调皮。比如上

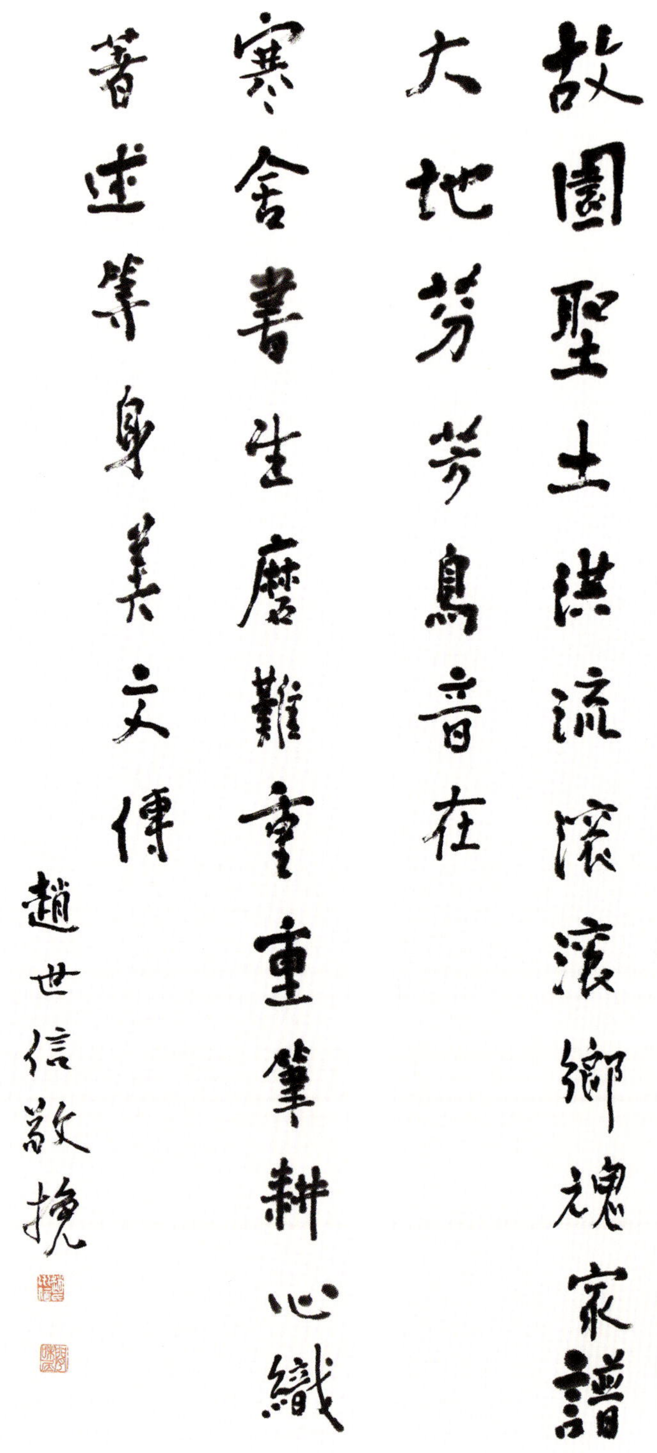

为悼念明性撰联

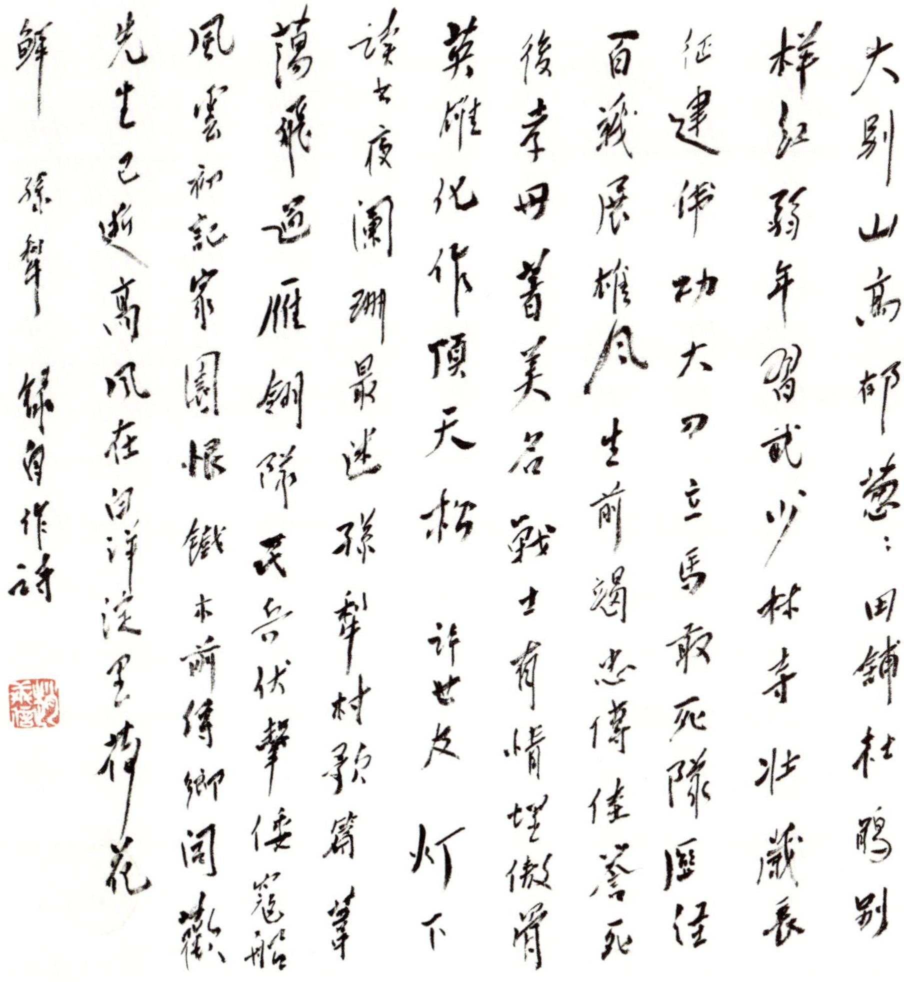
大别山高郁葱葱：田铺杜鹃别
样红。弱年习武少林寺，壮岁长
征建伟功。大刀立马敢死队，历经
百战展雄风。生前竭忠传佳誉，死
後孝母著美名。战士有情埋傲骨，
英雄化作顶天松。 许世友 灯下
读书夜阑珊，最迷孙犁村歌芦
荡。飞过雁翎队，民兵伏击倭寇船。
风云初记家园恨，铁木前传乡间欢。
先生已逝高风在，白洋淀里荷花
鲜。 孙犁 录自作诗

书录自作诗

课时做小动作，下课时让老师出洋相，互相追逐开玩笑，给女同学起绰号，跑到老寨门上撒尿等。信哥突出的是比别人做得更出色。他那时很瘦，一副天真无邪的可爱模样，两只清秀的眼睛总是笑眯眯的。身上的衣服不论是单是棉，从不扣扣子，脸上、手上从没断过蓝墨水、红墨水。他像许多家庭穷困的孩子一样，没有书包，用一块带着各种墨迹的土布将书本一包，往腋下一夹，就飞跑出教室，和几位最调皮的学生一起，又蹦又叫，他的嗓门又高又大，很远的距离都听得见。不知他为何喊一位女生“十八”，“十八”二字从他嘴里喊出来，就有了特别的韵味。至今这种很别致的喊声，我还犹闻在耳。他像一只出栏的小鹿，比一般孩子跑得快，也比一般孩子跳得高。每次体育比赛，他自然都是尖子。说起他的聪明，给人的印象更深。上课时他虽然不够专心致志，作业又做得马马虎虎，丢三落四，但每逢考试，他总是第一个交卷，且总是成绩优异。让他在同学中大出风头的是他的作文。他的作文经常受到语文老师的表扬，常在班里被当作范文宣读。我入校时，虽然和他不在一个年级，但在语文课上，已听戚老师念过他的作文。戚老师那时教五年级和六年级的语文，特别偏爱作文写得好的学生。信哥和我很快成了他最得意的弟子。那时我写了一篇作文《故乡的早晨》，也被戚老师赏识，在别的班级念过。因此，我和信哥虽未结识，已有了神交。对于高我一年级的学生，我有一种敬畏的心理，但对信哥不仅敬，更多的是一种亲近感。我经常把目光投射在他身上，远远地看着他。我有一种预感，我们一定会成为好朋友。因为两人不在一个年级，很少有接近的机会。我虽然不善交际，却很有主见。一旦有了想法，便开始实施，毫不犹豫。我想送给他一件礼物，一件不寻常的礼物，让他一下子能记住我。那时，我的家境虽然比他强一些，也只是比他脚上多了一双土布袜，肩上挎着一个母亲用土布缝制的书包，自然不会有多余的钱给他买什么东西，甚至连一本小人书也买不起。我从池塘边挖了一块红胶泥，摔了捶，捶了摔，先捏成一个胖娃娃的模型，放在家中的院墙上，等晒半干之后，再用小刀慢慢雕刻，刻出鼻子、眼睛、耳朵、胳膊和手，我整整花费了一个星期的课余时间，一个笑嘻嘻的泥娃娃终于雕刻成功了。我对自己的作品十分满意。把它装在一个纸盒里，带到学校，然后送给了信哥。信哥打开纸盒，看到那个泥娃娃时，嘻嘻一笑，笑得像泥娃娃一样天真，说了声谢谢就跑走了。第二天，他跑到班里找我，从衣兜里掏出一沓崭新的烟盒纸，作为回报我的礼品，我自然也毫不客气地接受了。这沓烟盒纸不知他是从哪里弄来的，没有折叠的痕迹，纸质很好，像一沓新钞票。上面印着钟鼎牌字样，还有钟鼎的图案，单色，那颜色和我从池塘边挖的胶泥是一个颜色。我对这沓钟鼎牌的烟盒纸十分珍重，一直收藏着。这年放暑假时，我写了一个神话故事《狮子之死》。自己设计了封面，画了插图。插图用的纸就是信哥送我的这种纸。上面画着神话中几位主要人物。这本神话连同里面的插图一直存放至今。而我送给信哥的那个泥娃娃早已不知踪迹。据我估计，很可能信哥当时没等拿到家，就被同路的同学争夺传看，不小心摔坏了。

通过这次互赠礼品，我们之间的交往正式开始了。

二

为了加深我们之间的友谊，命运又做了特别安排，为在家照顾患病的父亲，他坐了一级，也就是说，在小镇学校里，他等了我一年。这一等，到六年级时，我们就同班读书了。如果命运没有这样的安排，我们以后就很难变成亲密无间的朋友，也就不会发生那么多感人至深的故事了。

那时，能在小镇学校里读书，便是一种荣耀。学校在小镇的南头，校园很大，一圈子全是瓦房，还有一栋两层小楼。小楼是老师办公、住宿的地方。校园里长着许多洋槐树。春天槐花盛开时，每个教室里都飘着很浓的花香。夏天遮下满院阴凉，我们在槐荫下跳绳、做操。那是我一生中最快乐的日子，对人生的艰辛尚未领略，真是“少年不知愁滋味”，满脑子都是对未来的憧憬。更让人兴奋不已的是，学校里荟萃了乡下最漂亮的女孩子。平时不注意也不知道，一到学校举办各种文体活动时，几个美貌惊人的女孩就突然冒了出来。其中，既有小镇上的姑娘，也有从四周的村庄来的。这些姑娘的年龄偏大，身材发育得也早，在我心目中，一个个都像盛开的花朵一般，招人喜爱。同学中间，已有男女之间的故事流传。比如那个被信哥称为“十八”的女同学，长得很白，一双眼睛很迷人，就有人说她和镇上的某个小子相好，曾在寨墙下的海子边被人撞见过；还说她妈就是小镇有名的风流女人；等等。同班中有一个姓黄的女同学，个子很高，皮肤很黄，长得一点儿也不漂亮。可有人传说她和一位老师相好，同学们都看不起她。有一次，她突然生病了，病得站不起来，是信哥背她去镇上小诊所里看医生的。

那时学校经常开展文体活动。一是体育比赛，二是举办演唱会。每场体育比赛，都是信哥大出风头的机会。在南门外的一个大操场里，比赛跳高和跑步。这两项都是他的拿手戏，每次都是名列前茅。特别是百米赛跑，简直无人可比。信哥虽活泼，却不野。不像同学中的老扁和保善，爱在田里翻筋斗，常把人家的庄稼苗子糟蹋一片。举办演唱会我俩都是积极分子。但我们选择的节目是说快板和诗歌朗诵，这和女同学的节目简直无法相比。女同学的节目是跳舞，表演时一个个搽了胭脂描了眉，头发梳得油光，打了蝴蝶结，穿了新衬衣、新裙子。参加表演的几位女同学本来就漂亮，这么一打扮，更加引人注目。因此，她们的节目也很受欢迎，掌声一阵接着一阵。我和信哥的快板很平淡，手里拿着竹板，还有一根锯齿状的竹条，一打一拉，很有节奏。我们说的节目有《家乡好》《说台湾》等。词有自编的，也有在报刊上找的。下午自由活动时，我俩带着竹板，跑到操场上去练习。我在家时曾拜过一位本村的光棍汉当老师，受过专门训练，有一定基础。信哥虽未受过专门训练，但他聪明，一学就会。我们配合得很默契。到演出那天，校园里人山人海的，除了学校的师生，还有小镇上的男男女女。

女同学的演出很精彩，把台下的人看得眼珠子放光。轮到信哥和我上台了，看着台下那么多的人，第一次登台便有几分胆怯，加上没有化装，一身随身穿的旧衣服，头发也乱蓬蓬的，有点猥猥琐琐的样子。信哥倒是一点儿也不在乎，上台时还故意把手中的竹板扬起，啪地一打，做了个滑稽动作，台下一片笑声。我走在他的身后上了台，目光也不敢朝下看，一左一右站好后，竹板一打就开了腔：

说台湾、道台湾，
台湾就在咱东南。
那里物产很丰富，

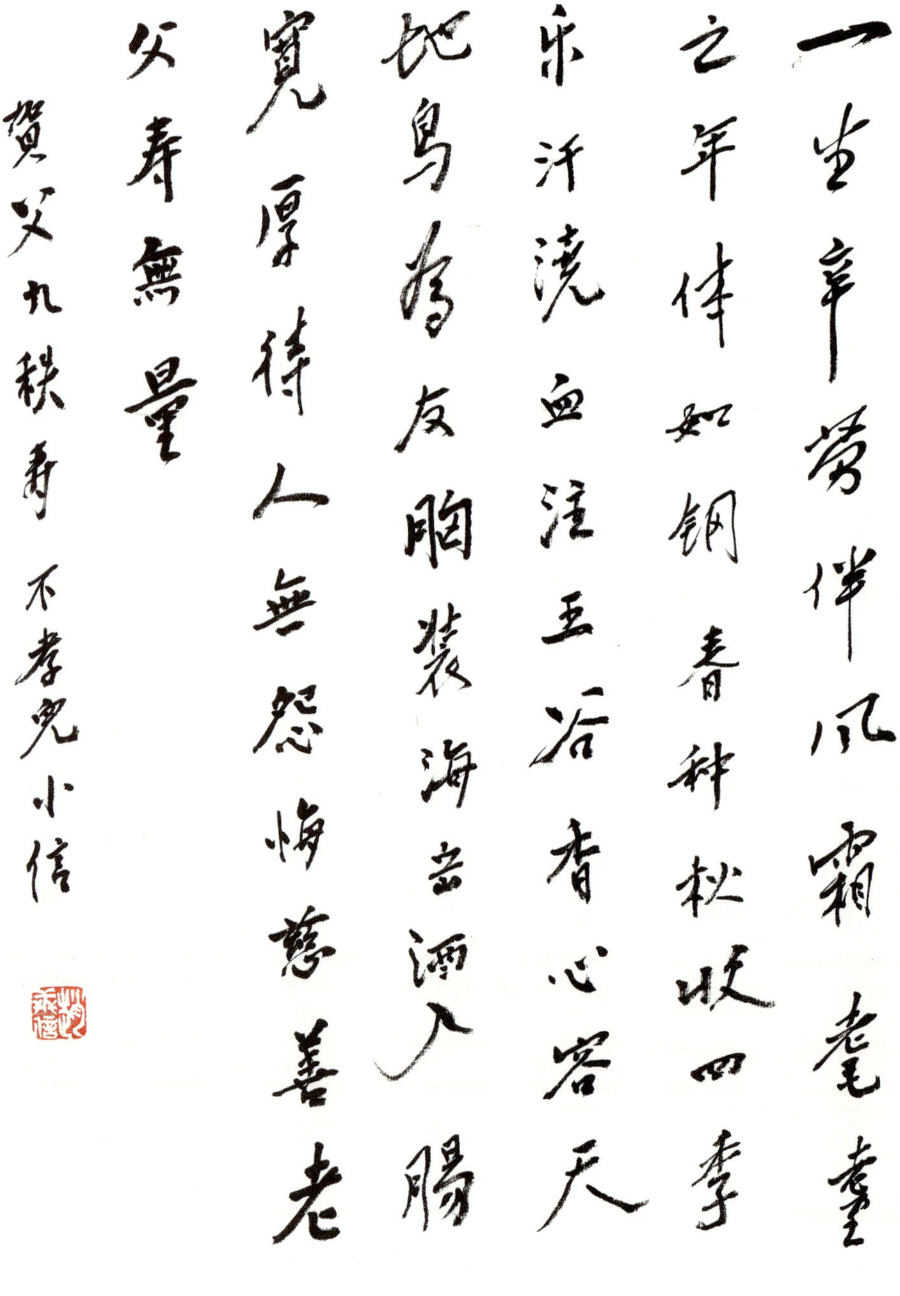
一生辛劳伴风霜耄耋
之年体如钢春种秋收四季
乐汗浇血注五谷香心容天
地鸟为友胸装海量酒入肠
宽厚待人无怨悔慈善老
父寿无量
贺父九秩寿 不孝儿小信

自作诗《贺父九秩寿》

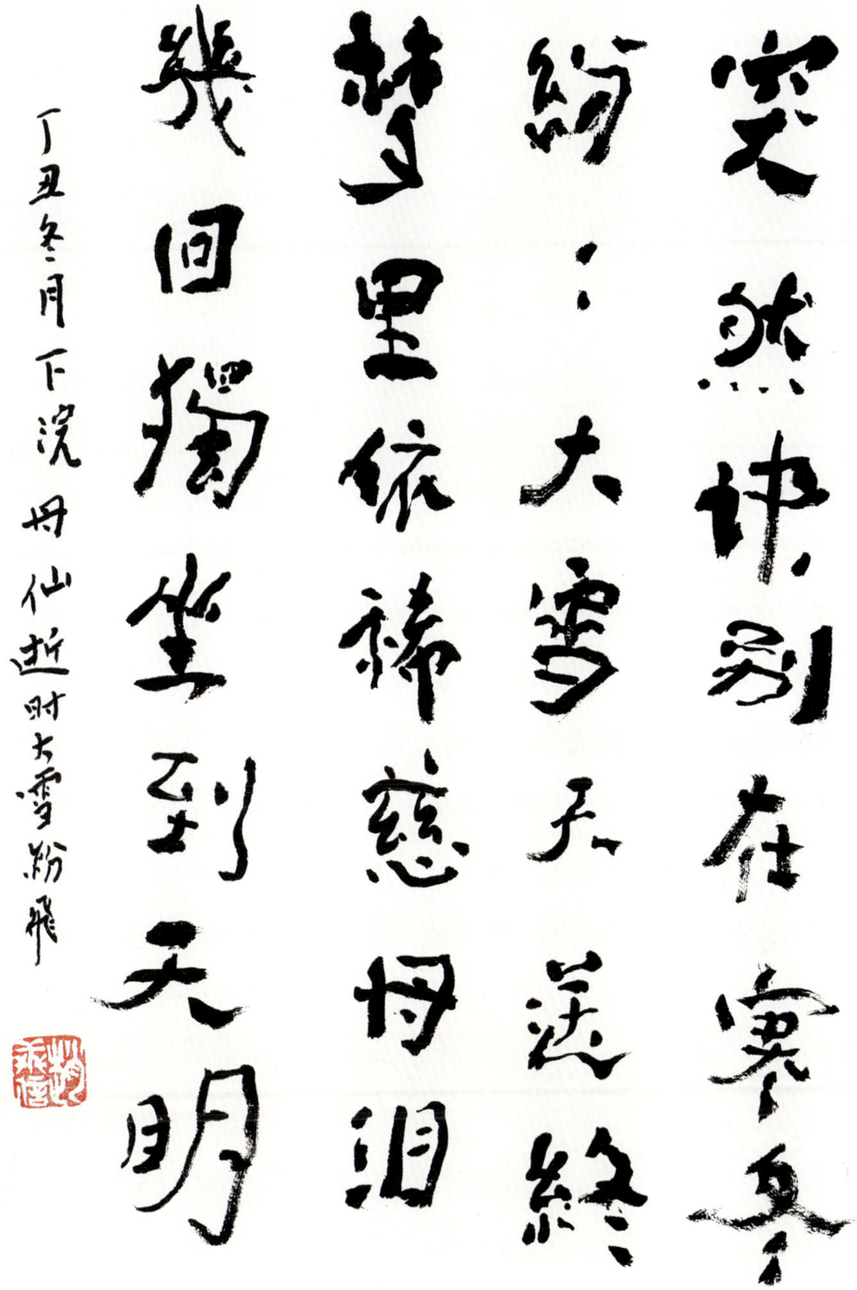

自作诗《思母》

风景美丽气候鲜……

大概是过度紧张的缘故，我中间竟说错了一句，刚说出口就意识到了，吓得不知所措。信哥处乱不惊，很巧妙地又重复了上一句，我很快清醒了，才顺顺当当地把段子说完。

三

信哥和我有共同的爱好，爱读书，爱读课外书。课外书中最爱读的是小说。读书读到“迷”的程度，不仅课外读，上课时也偷着读；不仅在学校里读，放学时在路上也边走边读。

信哥的家在赵庄，我家在李楼，我们读书的小镇在中间，距离他家和我家各有一公里，步行大约 10 分钟。但我们放学时边看书边走路，有时走半个小时，有时甚至走一个小时。因为读书读迷了，常常碰到路边的树上，或被路上的车沟绊倒，还因此误了吃饭而受到家人的训斥。同时，读书也给我带来许多快乐。赵庄有一个在部队干过大事的人，他家有许多藏书。信哥常去借来阅读，他读过后再推荐给我。宋校长和戚老师也有许多新书，还有《人民文学》《文艺学习》等杂志，也借给我们阅读。留下深刻印象的有《三里湾》《新儿女英雄传》《李家庄的变迁》《吕梁英雄传》《冰化雪消》《铜墙铁壁》等。外国小说只看过苏联的《卓亚和舒拉的故事》《普通一兵》《古丽雅的道路》等。这些图书把我们带入一个新的世界，我们对书中的英雄人物崇拜至极。那时，最大的理想莫过于长大当一名作家，能写出一本受读者欢迎的书。

共同的志向把两个乡村孩子的心紧紧拴在一起。我们在一起有说不完的话，一说起文学，一谈起理想，就激动不已。在我们的眼里，世界上的一切都美好得让人心动。放学后两人恋恋不舍地分手，我常跟他去赵庄。去赵庄途中要经过柳公河。那时，尚没见过大江大河，柳公河在我们心目中，就是家乡最美的河了。岸上长着一排歪歪扭扭的老柳树，柳条儿拂在河面上。柳荫里有蝉鸣，有鸟叫，还有啄木鸟啄树虫的铿锵声，像一只锤子敲在木头上。河滩里草很深。每逢我们走过，受惊的大头蚂蚱从草丛里纷纷飞出，偶尔还可以遇到野兔。那是放羊的好地方。雨季过后，河水很清。水里有鱼有虾，还有时而浮出水面时而沉在水底的青蛙。天热的时候，我们便脱得溜光，把衣服搭在柳树上，跳到河水里痛痛快快地洗上一个澡，在水里做出各种有趣的动作。常常有鱼儿撞在滑溜溜的身子上。那流水在大腿间穿过的感觉也很奇妙。河上有一座小桥。桥有双孔。桥柱是用圆圆的青石磙垒起来的，桥洞下很阴凉。伏天钻到里面，一会儿身上的汗气便消失了。

赵庄是个很大的村庄。村里出过一个大地主，叫赵万忠，北半县到处都是他家的佃户村。开封、徐州、济南、天津等地还有他家的商号。他家有一个女子，嫁给了同仁堂济南分号的一位少东家。在兵荒马乱时，赵庄村外曾筑过高高的寨墙。那时我路过柳公河，进赵庄东门时，那土墙筑的寨门依然保留着，虽已是残垣断壁，但仍让人感受到历史的气息。在赵庄，听人讲过一位更夫在这个寨门前打更巡夜因为一支枪被害得家破人亡的故事。后来，我便和信哥合写了一篇家史《更夫血泪》。

一条东西街贯穿赵庄而过。信哥的家在村子中间的一个胡同里。土墙草院，院中有一株大槐树，枝繁叶茂，朝西北伸展，状如虬龙。门前还有一棵石榴树。

信哥的父亲是一位忠厚朴实的农民，身材略胖，圆圆的脑袋，慈眉善目，什么时候见他都是笑嘻嘻的，像一尊佛。他给地主当了半辈子长工，不识字，爱饮酒。他是种田的能手，还会酿酒。赵庄用土法酿制的“柳公河大曲”，味厚，甘淳，扑鼻子香。每次去，他都从兜里掏出一个小酒瓶，让我陪他喝酒。我不会喝酒，他就独自喝，也不吃菜，一瓶酒一会儿就喝个底朝天。还有一次碰见他从田里归来，变戏法似的从腰里摸出一个“花狸虎”大甜瓜，信哥和我分而食之。他在一旁嘻嘻地笑。信哥的母亲身体孱弱，但十分能干，在村里曾当过几年妇女主任，除操持家务、下田劳作外，还要参加一些社会活动。信哥是独子，还有两个妹妹。尽管家境困难，父母都省吃俭用全力供他读书。我常去他家，他父母也把我当儿子一般看待，和我说起信哥，总是说你哥长你哥短的。碰到饭时，就留下和信哥一起吃饭。

由于去得多了，赵庄许多人都认识我。其中有在小镇上读书的同学，也有信哥的左邻右舍。我跟着信哥下田割草，去得最多的地方是赵庄西南窑地和柳公河。窑地长着一片柽柳。夏天柽柳上有许多蝉蜕，蝉蜕土黄色，圆圆的，趴在赤红色柽柳条上，瞪着眼睛，像活的一般。从上面摘下后，是一个空壳儿，很轻，是一种中药材。

四

小小年纪就做起了作家梦，除了作文，我们开始搞“创作”，写民歌，写散文，写童话，也写新闻报道。不管写什么，都要找些“参考材料”。在这方面，戚老师帮了很大的忙。他不仅鼓励我们多写，还鼓励我们投稿。他希望他的学生的作品发表在报刊上，一夜之间成名。在他的倡导下，班里几个爱好语文的学生都迷上了写稿投稿。那时投稿不用花邮资，剪去信封的一角，或在信封上写明“稿件”二字均可寄走。小镇上没有邮电所，有一位乡邮电员骑着自行车，每隔三天来一次，送报纸送信件。如寄信投稿，就交给他带走。他有一只眼睛是“玉石”眼，只有一只眼睛好用，姓李，我们都喊他李瞎子。李瞎子对工作很负责，乡间的土路高低不平，他骑着破自行车，不论刮风下雨，都按时把报刊和信件送到小镇来。街上的人都认识他，连街上的狗也认识他。我们把写好的稿件装在用牛皮纸自制的信封里，李瞎子一看到剪去的信角，就笑了：“哟，又投稿呢。”

稿件投走后，就眼巴巴地盼望着，盼望着好消息。这时，更盼着李瞎子的到来。一是看报社有没有回信，二是看新来的报纸上会不会意外地登出我们的作品。那时，我们常投稿的报纸有《中国少年报》和《虞城县报》。可是，这样的好消息迟迟没有出现。一次又一次的失望丝毫不能减低我们的热情。我们常记起戚老师的鼓励，他常说：“失败是成功之母。”还说：“铁杵磨成针，功到自然成。”并讲了李白遇到一位老婆婆用铁杵磨针的故事。他还讲过少年才子刘绍棠的事迹，让我们大受鼓舞。每当放飞一批“稿件”时，我们仿佛看到成功的曙光就在面前升起。那时，李瞎子成了我们最思念的人，一看见他风尘仆仆的身影在校门口出现，我们就激动得两眼放光，心怦怦乱跳。他随时都会把好运带给我们。如果碰上大雨大雪天气，我们就发愁，李瞎子还来不来呢？

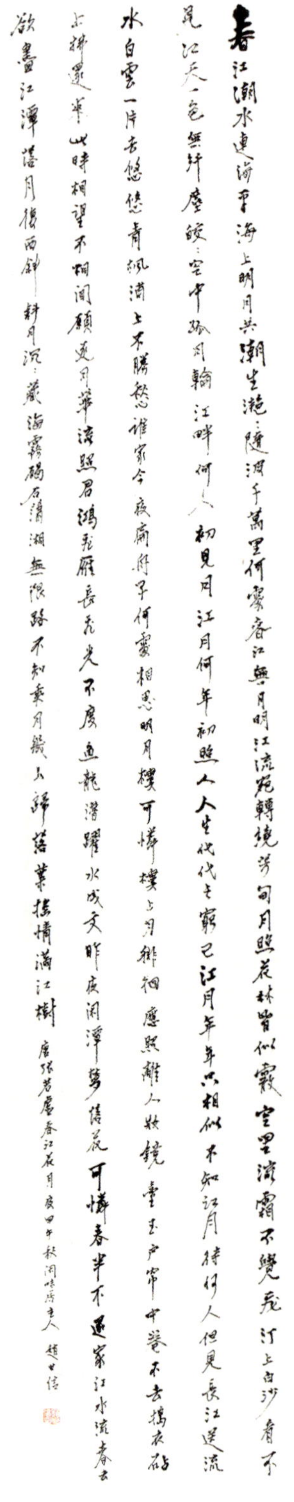

唐张若虚《春江花月夜》

唐张若虚《春江花月夜》（局部）

在一日复一日的盼望中，好运终于降临了。那天是个响晴天，校园里满地都是洋槐树的枝影。槐荫里传出的小鸟叫声格外悦耳。楼上有一群鸽子在飞来绕去，那雪白的羽毛在阳光下闪闪发亮。李瞎子骑着他的破自行车，一进校门就把车铃按得叮当直响，一脸笑朝外溢着，一直把车子骑到校园中间，被我们包围后才下车。我突然意识到会有好消息，用肩膀碰了一下信哥。不知什么时候，他脸上抹了一道蓝墨水，由于激动的缘故，脸色特别红润，汗从鼻尖上沁出来。他望着李瞎子咧着嘴笑，过去一看到李瞎子的身影，他就喊叫："李瞎子，有我的信吗？"这天却没有喊叫。

李瞎子支好车子，不慌不忙地从沾着泥土的绿色邮包里取出一个又长又厚的大信封，一只眼吊着上面的字，高声念道："赵世信同学收。谁叫赵世信？"

信哥急忙回答："赵世信就是我，我就是赵世信。"李瞎子仔细瞅了他一眼，笑了："啊，你这个调皮蛋还真不简单哩，你看，《中国少年报》给你来信了。这么厚的信，快打开，看里面装的什么好玩意儿。"

信哥接过信，一把撕开了，里面装着两个软皮笔记本和一封信，还有一本书。信的大意是：寄来的几份稿件都收到了。感谢来稿。因稿件太多，版面有限，未能采用。望继续努力，继续支持等。这封来信在校园里引起极大轰动。老师和同学们都纷纷向他表示祝贺，戚老师说："这是一个好兆头，离成功已经不远了。"信哥把报社赠给他的笔记本送给我一个，我如获至宝，笔记本的封面上印着"中国少年报赠"一溜红字，这是令许多同学都眼馋的。书的名字更奇：《赵信的春假》，名字和信哥只错一个字。

很快，又有了新的喜讯。二班一个叫白勤的同学一篇稿件在县报上发表了。这张报纸是戚老师最先发现的。他掂着这张报纸，在办公室让教师们一一看过之后，又跑到教室里，让同学们一一传看。在报纸的一角，我们果然看到了这个同学的名字，稿件的题目《打秫杈》，虽在报上只有豆腐干大小的一块，但在同学们中间，却是一则爆炸性的新闻。

五

六年级的学生为了晚上加班复习功课，学校提倡住校。于是除家在小镇的学生，不少男女同学下午放学不回家，带了馍在教师的灶火上热一热，再喝碗开水就算是晚饭。学校里请了一个老汉烧开水，一分钱一碗。那时，我姐姐已嫁到镇上王家。晚上不回家，常去姐姐家吃饭。姐夫也是这个学校的毕业生，可惜未能升入中学。全县就两所中学。一所在老县城，一所在新县城。全县高小毕业生有几千人，能升入中学读书的毕竟是少数。小镇学校原来的校长是我姐夫的大伯。王校长是个很风趣的人，爱书法，爱演戏。他当校长时，教师和学生经常排演古装戏。学生中有一批年龄很大的，有的已结婚生子。像我大伯家的一个堂兄，家里的儿子已三四岁了，却在镇上读五年级。有几个大女生已是定了婆家的大姑娘，和老师一起登台演戏。教数学的白老师、教体育的景老师都是主演。王校长也亲自登台。后来，学校校长换成一个姓宋的。宋校长像位白面书生，深深的眼窝，头发乌亮，腕上戴着手表，足上穿着皮鞋，很有风度。他口才好，喜欢给学生作报告。每天中午放学时，全校学生集合在校园里，他站在台上讲过话之后，学生才可以离校回家。他在讲话时常提起我们几个爱投稿的学生，并给以热情鼓励，一次讲话，还引用了信哥和我在作文中的“优美段落”。

他对信哥尤为欣赏，说他聪明、活泼、有理想、有朝气、思想解放、敢作敢为，对他给《中国少年报》投稿一事大大表扬了一回。他订有一份《人民文学》，常给我们推荐上面的好文章。比如上面连载的张天翼的《宝葫芦的秘密》，还有一篇童话《葡萄仙子》。宋校长为了提高升学率，主张毕业班住校，晚上集中在教室复习功课。老师们去班里辅导。上过晚自习，男生就睡在教室里，女生就住到镇上农户家中。我姐家就有几个女同学借宿。

男生住在教室里很热闹。那时乡下尚没见过电灯，学生从家中自带小油灯。小油灯烟气大，上过晚自习，鼻孔也变黑了。学生都正值少年，精力很旺盛，睡前总要打闹一阵子，光着屁股在灯影里跑来跑去。话题也很多，男生最爱议论的是几个长得俊的女生，对她们的一举一动，每一个眼神都感到很有兴趣。私下传说小镇诊所的陈医生的女儿和李老师的儿子要好；说小镇美人玉梅爱上了宋校长，两个人怎样恋爱；等等。

六

农历四月，白天时间长得像个小年。下午放学时，红红的太阳还老高老高。这是一段最自由的时光。低年级的同学匆匆走出校门，像放飞的一群一群的鸟，有的去田野里翻筋头、拿大顶，有的去柳林里捉“老包虫”“金龟子”。信哥、白勤和我聚在一起，中心话题离不开写作。我们曾坐在黄土筑起的老寨墙上，望着在天空运行的日月，兴致勃勃地幻想着未来。未来是一个很迷人的字眼，总觉着有一个更奇妙的世界在向我们发出微笑。为了迎接这个更美妙的世界，我们各自起了笔名，什么旭霞、旭日、新月等。

空气中飘来了麦黄杏的香味。一想到那满树金黄的杏子，我就忍不住流口水。白勤家有几棵大杏树，我盼望着白勤能带我和信哥去他家吃杏子。可白勤想出了一个令人意外的主意：“咱们去县城报社投稿吧。”

太新奇了，平时投稿都是让李瞎子邮寄，从未亲自去过报社，更没有去过县城。信哥和我表示赞成，顿时兴奋不已，忙把新写的稿子从作文本上撕下，一蹦三跳地往县城方向跑去，像三只飞出巢的小燕子。

县城很令人向往，那无疑是天下最热闹的地方。那儿不仅有街道，有商店，有中学，有大剧院，还有县报的报社一个令人向往的编辑部。报社的编辑肯定是很有学问的人，戴着眼镜，走路的姿势也和平常人不一样。投去的稿件一旦被他们看中，就会变成铅字，印在那份在乡下到处传阅的小报上。作者的名字也随着报纸的流传，成了会飞的“小神仙”。县城距小镇六公里，我们都没有去过，曾听老师和大人们多次描述过它，从那里传来的每个消息都让人着迷，让人想入非非。我们曾私下议论过多少回，高小毕业后一定要考进县城的中学。不进县城读中学，就等于白活了，以后的“作家梦”就会化为泡影。在毕业之前，能在县报上发表几篇“作品”，也是让人十分高兴的事。这是一种证明，证明我们是有本事的乡里娃，人没进城，作品已进城了，也表明了我们的志向，我们在干着一番神圣的大事业。

“四月南风大麦黄”。遍野的麦子连在一起，像一片金色的海。晚风吹来，麦海翻着金浪。收割的季节很快就要来临。绿树丛中传出布谷鸟的叫声。这种鸟的叫声很清脆，在我们的耳朵里，这种叫声总和丰收、忙碌连在一起，叫声中有一种新麦面馍的香气。一只灰黄色的小野兔从

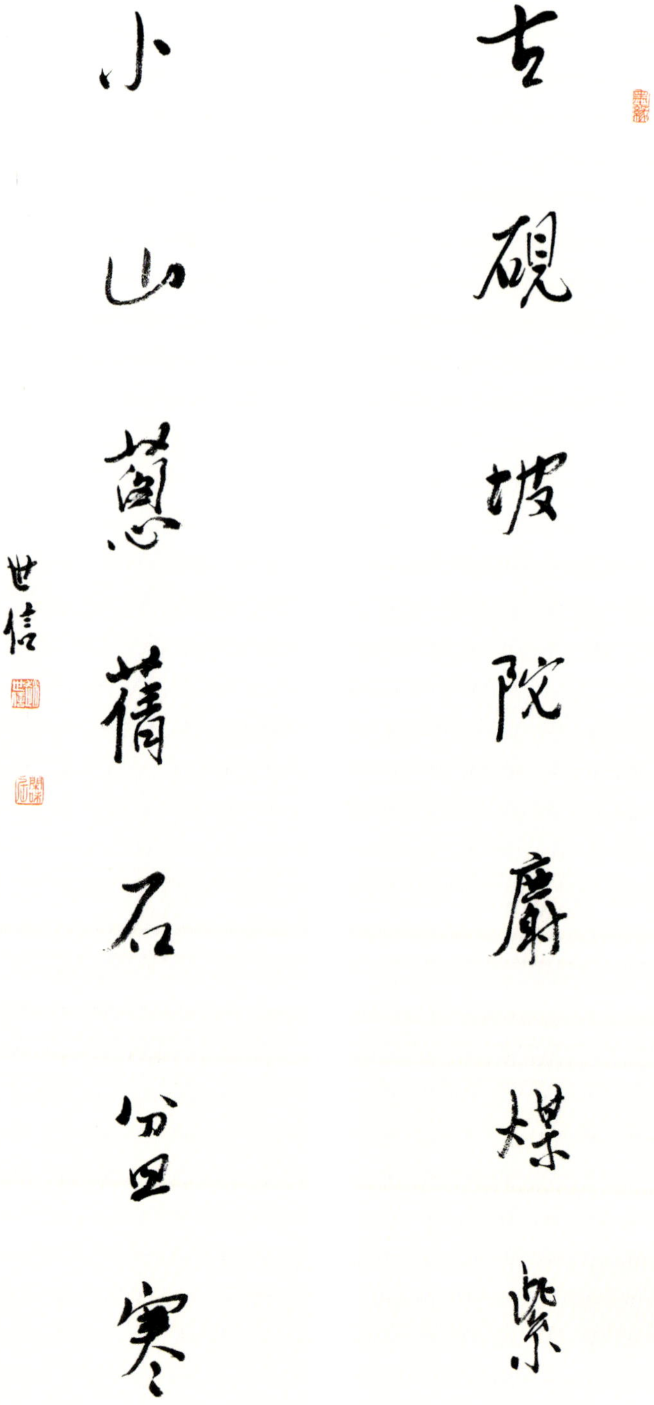

古砚小山联

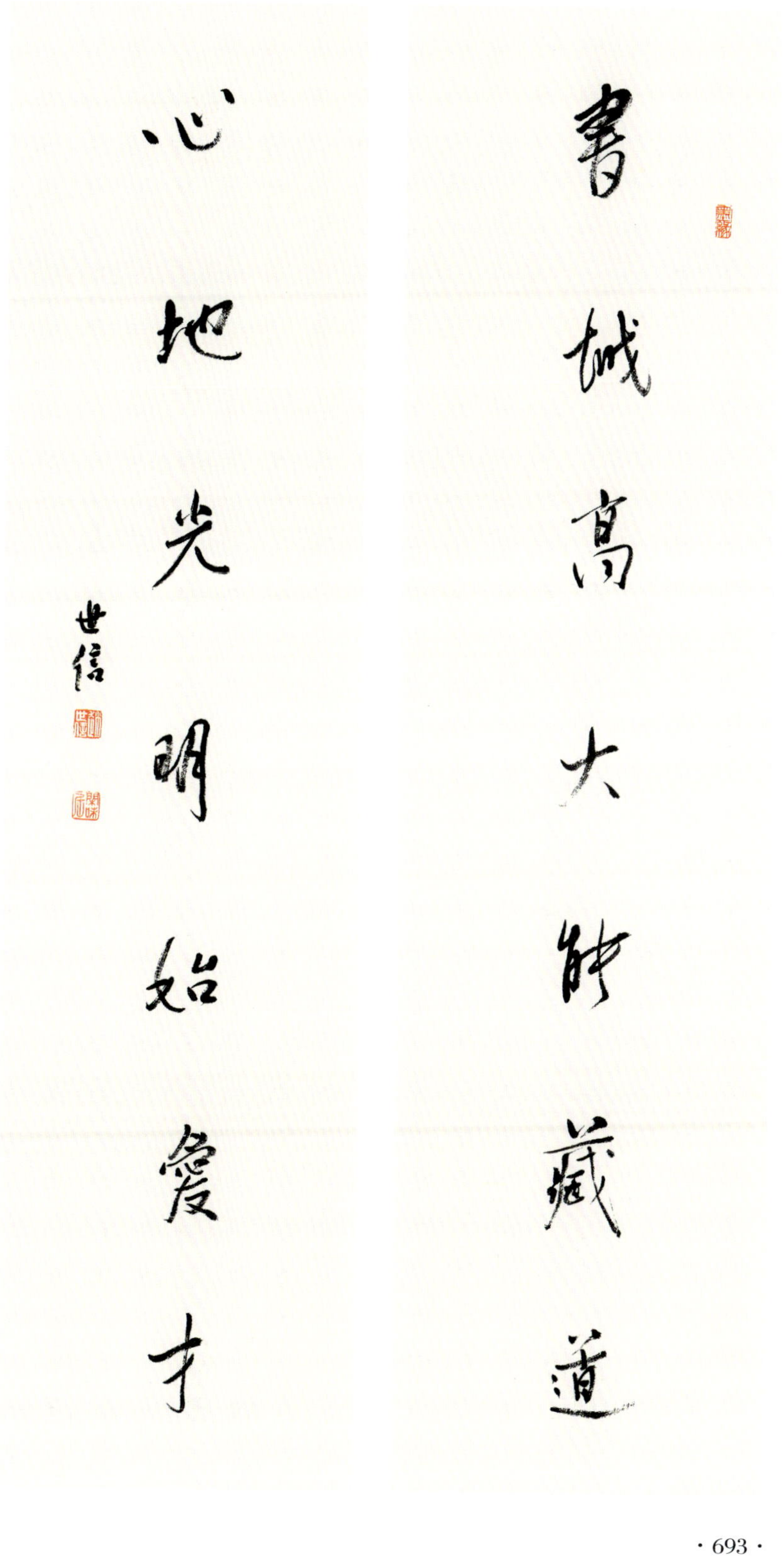

书城心地联

麦田里钻出来，坐在路边的草丛里，调皮地眨着大眼睛，还举起一只手，向我们致意。好可爱的小兔，我们乐了，想把它捉住。等跑到它跟前，眼看就要抓住时，它像一支离弦的箭，又朝前飞去。我们就紧随其后。这小家伙真逗，它不往麦田里跑，沿着大路，我们追快它跑快，我们追慢它跑慢。我们跑得气喘吁吁，身上出了汗，也没把它抓住。

追过兔子，又议论写稿的事。对现有的两篇稿子都不满意，说应该再写一篇。于是，就议论开了，你一言我一语，越说越来劲，很快有了内容，有了题目，也有了好句子。信哥就掏出本子和笔，趴在路上写开了。走一段，写一段，在去县城的路上，竟写出一篇新作品。新作品好像是诗，民歌体。具体内容却回忆不起来了。

随着县城的接近，我们的心跳也加快了。县城虽然令人向往，但太陌生了。那里的一切对三个乡下孩子来说都是新奇的。比如说电灯吧，在学校只听老师讲过，却没有见过。第一次见电灯就是这次进城，在县城的街道上。一根根高高的水泥柱子上，扯着好多电线，柱子上有一个像草帽形状的东西，里面有个圆的玻璃球，闪出亮亮的光，这就是电灯了。我们好奇地望着已经点亮的电灯，望着电灯下自己的身影，觉得很奇妙，身影一会儿跑到后边，一会儿跑到前边，一会儿长，一会儿短。灯光里飞着许多小虫子，还有大飞蛾，扑扑啦啦，乱碰乱撞。

在我们的眼睛里，县城里的一切都有着神秘的色彩；在县城人的眼睛里，三个乡下孩子的举止又是何等可笑。可我们却怀着莫名其妙的自信，人生的道路就是这样开始的。县城是一棵大树，但它的根却扎在乡村的泥土里。

机关、商店都下班了。我们却很执着，到处打听着报社的地址，白勤衣袋里还装着那份登着他的《打秫杈》的报纸，问着找着，终于在人民路北段找到报社的大门。报社和县广播站在一起，是路东的一个小院，三面环水，水里有荷叶，叶隙间闪着灯影。门口有一座水泥小桥。我们坐在小桥的栏杆上，望着近在眼前的报社，却没有勇气跨进它的门槛。院里有人影闪过，窗子上亮着灯光。我们小声议论着：

“我看到了一位编辑走进了那座房子，好像是个女的。”

“那座房子肯定是编辑部。”

“他们晚上还看稿吗？”

“怎么不看？我们晚上不是也加班复习功课吗？”

“说不定那位女编辑正在看我的稿子呢。”这是白勤的判断，他对自己充满了自信。

“那可不一定，来稿多着呢。”信哥提出怀疑。

“哎，怎么不一定！我的稿件上礼拜就寄出来了，信封上还写着‘急稿’二字。”

“有这个可能。”我激动着，因为我十天前也寄过一份稿件，自认为很有水平，不知这里的编辑是否看过了。

“走，咱们进去。”

白勤把信哥拉住了，说：“还是不要打搅他们。再说，天这么晚了，咱们贸然闯进去，再被人家赶出来就太难堪了。

“就是，万一被赶出来太扫兴了。”我是最胆小的，附和着白勤的意见。白勤比我和信哥的年龄大，又是班长，他的话总是有道理的。

就这样，怀着依恋和遗憾，我们离开了报社门口的小桥。尽管到了收麦季节，一到晚上，夜气还是挺凉的。我们裹紧了衣襟，在街上漫无目的地走着。有许多卖小吃的，在街灯下摆摊，不时吆喝着。肚子里饿得咕咕叫了。乡下来的穷学生，自然无钱买各种馋人的夜宵。三人凑了凑衣袋里的分币，每人喝了一碗油茶。油茶是从一只大铁壶里倒出来的。为了保温，铁壶外边套着一层棉衣。壶嘴很长。油茶不是茶，是一种粥。里面有花生米、核桃仁、碎细粉、海带丝，是用炒面熬成的，很香。可惜，每人只喝了一碗。

一阵锣鼓声把我们吸引到了剧院门口。门口聚集了好多人。进去看戏是要买票的，我们没钱买票，便被拒之门外。剧院里的戏唱得正热闹，丝竹悠扬，掌声不断响起。我们急得团团转。在家里曾看过野戏班子的演出，也在校园里看过师生的表演，但服装道具都很简单，台子上挂一盏汽灯，没有任何布景。听说县剧院不仅灯光道具一应俱全，台上的布景就像真的一般，但门口把得很严，根本没有挤进去的可能。

“喂，不要挤，不要挤，排好队，一个一个地过！”信哥走过去，帮助验票员维持秩序。他的话还挺灵，门口的人果然排起了队。

我和白勤相视一笑，没想到信哥还有这一招。

信哥继续发号施令：“没有票的朝后站，慌啥哩，过一会儿放行再进去。”

就这样，他很快获得了验票员的好感和信任。等买票的人进得差不多了，一个女验票员问他：“你也想进去看戏吗？”

信哥说：“是呀，不用慌，你们什么时候放行呀，大姐？”

那位大姐说："放行早哩，你先进去吧。"

信哥指着我和白勤，说："大姐，我们三个一块儿来的，跑了十多里路，让我们一块儿进去吧。"

女验票员看了我和白勤一眼，犹豫了一下。

白勤说："谢谢大姐，我们进去站在后边，保证不影响别人。"

就这样，三个来县城投稿的乡村小学生终于走进了县城的艺术殿堂。

我们哪里见过这样的场面：剧院那么大，一排排的椅子整齐地排列着，观众一人一个座位，一点儿也不拥挤。舞台上灯火辉煌。不知那布景是怎么做的，有一个红色的圆柱，上面露出亭子的一角。画栏边的椅子上坐着一个官人，一个美貌女子围绕着他边唱边舞。女子不时和那个官人"打情骂俏"，给他传杯送盏，把那个官人奉承得晕晕乎乎，神魂颠倒。那个女演员不仅扮相俊美，表演也着实精彩，细腰纤纤，不见脚动，长裙却满台飘舞。每个眼神、每个手势都风情无限。唱腔更是优美动听，像行云流水。我们虽然站在最后排，但对她吐出的每个字眼儿都听得一清二楚。这天演出的是豫剧《望江亭》。舞台上那个美貌女子叫谭记儿，那个官人是仗势欺人的流氓权贵杨衙内。这家伙对白士中的妻子谭记儿垂涎三尺，为了霸占谭记儿，竟倚仗他官高势显的父亲，讨取了诬告白士中的朝廷文书。谭记儿得知后，乔扮成渔姑，提着鱼篮，在望江亭上，以她的聪明机智，把贪色恋酒的杨衙内玩弄于股掌之中，终于套取了朝廷文书，既化险为夷，又让杨衙内大出其丑。

演出结束后，我们走出剧场，兴致勃勃地议论着，觉得这趟县城没有白来，虽说稿子没送出去，却听了一场好戏。

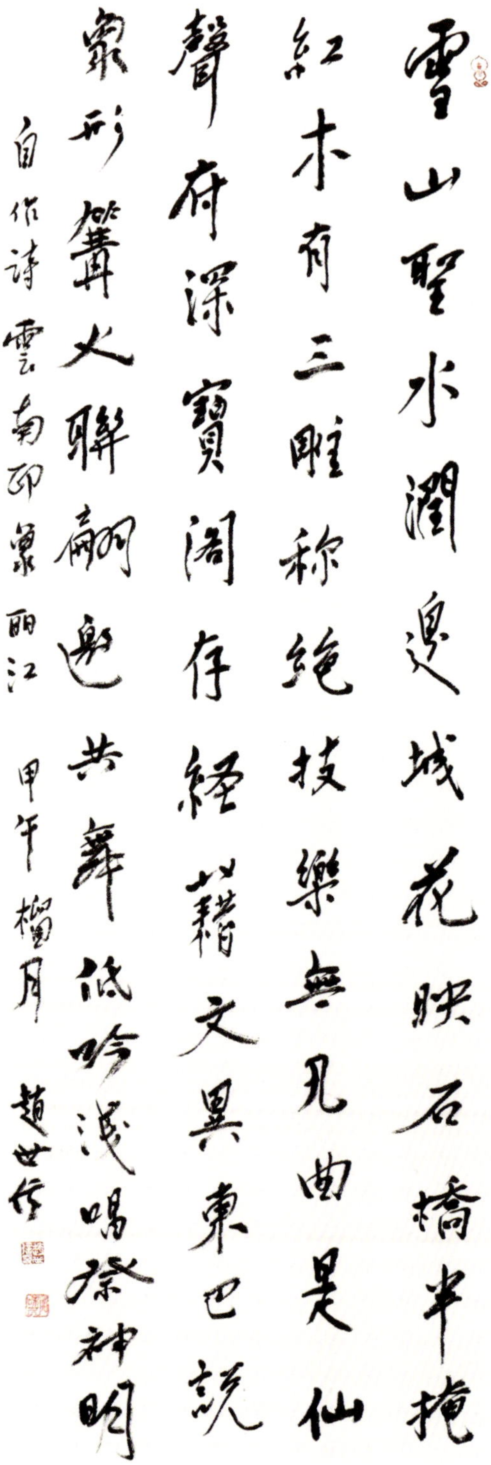
雪山聖水潤邊域花映石橋半掩
紅木有三雕稱絕技樂無凡曲是仙
聲府深寶閣存經籍文異東巴說
象形篝火聯翩邀共舞低吟淺唱祭神明
自作詩雲南印象丽江 甲午榴月

赵世信诗《云南印象·丽江》

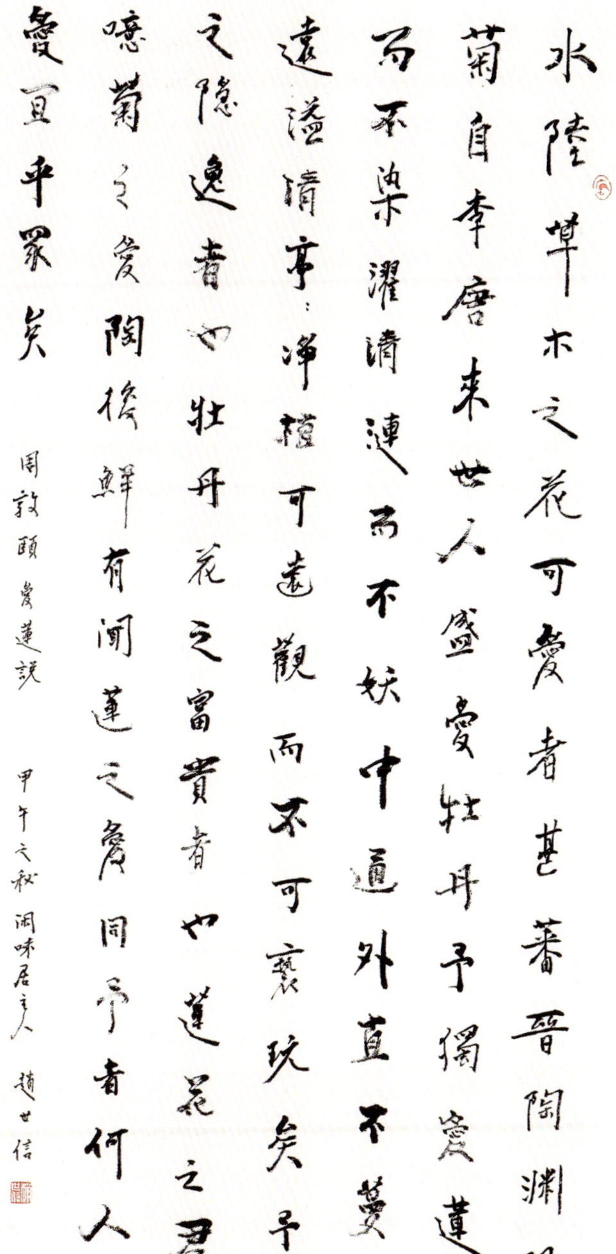
水陸草木之花可愛者甚蕃晉陶淵明獨愛
菊自李唐來世人盛愛牡丹予獨愛蓮之出淤泥
而不染濯清漣而不妖中通外直不蔓不枝香
遠益清亭亭淨植可遠觀而不可褻玩焉予謂菊花
之隱逸者也牡丹花之富貴者也蓮花之君子者也
噫菊之愛陶後鮮有聞蓮之愛同予者何人牡丹之
愛宜乎眾矣
周敦頤愛蓮說
甲午之秋 閒味居主人 趙世信

周敦颐《爱莲说》

这时，夜已深了，凉气也更浓了。我们穿得很单薄，有些瑟瑟发抖，跑了半条街，也没找到容身之处。

白勤提议："走，咱们到赶会的地方去看看。"

每年农历四月十八，县城里都有三天交易大会。会上演大戏，四处来赶会的人很多。大都是去会上购买收麦用的镰刀、扬场锨、扫把、桑杈之类的农具。我们找到赶会的地方，在这更深夜半，连个人影儿也看不到，只有几个做生意的席棚子，但里面都堆放着各种商品，根本无法进去。

信哥突然指着白天演戏的台子说："瞧，这上面不是可以睡觉吗？"

这个发现令我们无比惊喜。戏台子确实是个好去处。上面扯着布篷，可以遮风挡露。下面是木板。我们爬了上去，更让我们喜出望外的是，台子上还铺着一块四四方方的毡子。虽然毡子很旧，却可以御寒。于是，我们躺在上面，一个人扯一个角儿，一骨碌，身子滚进毡子里，被子褥子都有了，一会儿便进入了梦乡。

第二天一早起来，我们拍了拍身上的土气，又急着送稿，又怕耽误了上学，恰巧，在邮电局门口碰到李瞎子。李瞎子听我们诉说了来投稿的经过，乐得哈哈大笑，说："把稿子交给我就行了，肯定会送到报社的，以后不要再这么犯傻了。"

七

我和信哥升入初中后，编在一（1）班。白勤也升入初中，编在一（3）班。中学在县城南关，原来在一个大宅院里，全是老式的砖瓦房。其中有一栋小楼，院中有一株大桐树，树身子四个学生还抱不过来，桐荫遮了满满一院子。后来，学校规模扩大了，不仅有初中班，还有高中班，就在城河外选了新址，盖的全是新式的红瓦排房，玻璃窗子很大。院里栽了许多花草树木。我们从乡下跑到这里来上学，真是幸福无比，大开了眼界。班里的同学来自全县各个地方，最远的离县城近百里。那时交通极不方便，既无公交汽车，又没有自行车。学生来上学全凭两条腿，从家里背了口粮，交到食堂里兑换成馍票。班里有个生活委员，专门负责订饭。到开饭时一班一个馍筐，一班一个饭缸。八个人一盆炒菜，每顿饭都有稀饭。炒菜多是萝卜、冬瓜，虽是大锅菜，但很有味道。我们的宿舍在老院的小楼上，这是旧社会大财主住的房子。每天上下楼梯时都是一溜小跑，把楼梯踏得吱呀吱呀响。从宿舍到学校，是一段土路，两边是两个大水塘。水塘里长了许多水草，能看见黑花子鲶鱼在水里钻来钻去。东边的大水塘里有一个孤岛，岛上有个小庙。小庙的影子映在水里，很好看。特别是月亮升起的时候，天上一轮月，水里一轮月，我们走在两边是水的路堤上，像走在一幅画里。我曾把这种感受画进一幅画里，甚至认为这是天下最美的风景了。逢到下雨天，路堤上满是泥泞，乡下来的学生很少有穿胶鞋的，都是挽着裤腿，赤脚踏着泥水去教室上课。有一回，两边的水连在一起，把中间的路堤淹没了。我们手牵手，在水中试探着往前走，一不小心，就会掉进水塘里。这时的信哥极开心，平时他走路时从没好好走过，不是踢一块砖头瓦片，就是欢蹦活跳，这时候更活跃了，故意把水花踢得满天乱飞。那种欢乐的情景深深留在心里，多少年后，在梦境中还出现过。班里有几个同学是县城的干部子女，穿戴打扮和乡下来的学生不同。还有两个，是铁路工人的子弟。他们不在学校搭伙，都是回家吃饭。饭菜肯定比在学校吃得好，这从他们白皙光润的皮肤上可以看得出来。总之，这一切对我们都是新鲜的。

我和信哥日同食，夜同宿，几乎形影不离。这里说的日同食不仅天天在一块儿吃饭，而且馍票不分你我。订饭时，他给我订，我给他订，碗筷也放在一起。夜同宿，不仅每晚同睡一个宿舍，而且同睡在一张床上，一个被窝里。除了上课，各坐各的座位，一下课就泡在一起，一块儿去厕所，一块儿去阅览室。我们都爱看课外书。中学有个图书室，古今中外的图书都有，还有一个阅览室，里面摆着几十种杂志，大部分杂志我们都是第一次看到，其中还有大画报。这在小镇上，别说见到了，连听说也没听说过。我们一有时间就往那里跑，最喜欢看的杂志有《人民画报》《苏联画报》《苏联妇女》《人民文学》《新观察》《河南文艺》《火花》《中国青年》等。杂志不准借阅拿走，只能在阅览室看。我们去时带着小本子，碰到好诗好文章，就摘抄下来。偶尔来不及摘抄，趁管理员不注意，就撕下来带走。这种事信哥干过，我也干过。我不撕文章，撕杂志的插页，插页上一般都是登载的名画。我喜爱画，一看见名画就走不动了，印象最深的是拉斐尔的《圣母》，偷拿回家贴在墙壁上。管理图书和杂志的宋老师很喜欢我们。宋老师扎着两条小辫，穿着蓝褂子，朴素得像个农村妇女。一看见我和信哥去阅览室，她就给我们推荐新来的杂志。入校不久，我们的作文就在学校出了名，被选登在学生会和团委办的墙报上。信哥写的两首民歌，还被县报转载了。图书馆的藏书为我们提供了极大的阅读方便。我们如饥似渴，几天就读完厚厚的一本。那时功课很轻松，作业也不多，读书成了我们最大的乐趣。

转眼到了冬天，大水塘里都结了厚厚的冰，那株大桐树上的叶子也落净了。宿舍里没有取暖的设备，楼上到处透气，夜里很冷。

我和信哥躺在一个被窝里，刚进被窝时脚都很凉。你给我暖，我给你暖，一会儿就变热了。每个宿舍发一只尿桶。尿桶放在宿舍门口。夜里被尿憋醒时，便睡眼蒙眬，光着屁股去那里撒尿。有时尿桶撒满了，但撒尿人不肯下楼，怕冷，闭着眼仍朝里撒，尿便溢出来，顺着楼梯朝下流，我们称之为“瀑布”。还有两个同学，几乎每晚都尿床，白天偷偷把尿湿的褥子抱到楼下去晾晒，我们戏称之“地图专家”。信哥有夜里看书的习惯。他自备了一盏小油灯，挂在床头的墙上，为不影响别人休息，还用硬纸片糊了个灯罩，在罩上开了个小孔。他躺在床上，对着灯孔看书。有一个雪夜，他睡到半夜被冻醒了。原来是我睡觉不老实，把被子全裹在自己身上。信哥坐起来，看我睡得很香甜，不忍心把我弄醒，就独自穿了棉衣，点亮小油灯，又对着灯孔看起书来。等黎明时我从梦中醒来，看到他仍在看书，很吃惊地问他：“你怎么不睡觉，看了一夜的书？”他笑了笑，才把夜里的事告诉我，我大受感动。事过多年之后，这一幕还记得十分清晰。

信哥身上的优点很多，最突出的优点是待人以诚，交谊唯真，胸怀开阔，能包容人。我身上的缺点很多，最缺乏的是他的大气。但他能包容我，相互取长补短，这是我们能够亲密交往几十年的重要原因。有的同学开玩笑，说我们俩若有一个是女性，肯定会是一对恋人。如果真是如此，我们之间会产生梁山伯和祝英台一样感人的故事。

日不雨可乎曰五日不雨則無麦十日不雨可乎曰十日不雨則
無禾無麦無禾歲且薦饑獄訟繁興而盜賊滋熾則吾與
二三子雖欲優遊以樂於此亭其可得耶今天不遺斯民始旱
而賜之以雨使吾與二三子得相與優遊而樂於此亭者皆雨之

賜也其又可忘耶既以名亭又從而歌之曰使天而雨珠寒者不
得以為襦使天而雨玉饑者不得以為粟一雨三日伊誰之力民曰
太守太守不有歸之天子天子曰不然歸之造物造物不自以為功
歸之太空太空冥冥不可得而名吾以名吾亭

蘇軾喜雨亭記 趙世信

苏轼《喜雨亭记》

亭以雨名志喜也古者有喜則以名物示不忘也周公得禾以名
其書漢武得鼎以名其年叔孫勝敵以名其子其喜之大小不
齊其示不忘一也予至扶風之明年始治官舍為亭于堂之北
而鑿池其南引流種樹以為休息之所是歲之春雨麥于岐
山之陽其占為有年既而彌月不雨民方以為憂越三月乙卯乃
雨甲子又雨民以為未足丁卯大雨三日乃止官吏相與慶
于庭商賈相與歌于市農夫相與忭于野憂者以喜病者
以愈而吾亭適成于是舉酒于亭上以屬客而告之曰五

八

假期里，学生回乡，老师集中在学校里搞“整风”。等开学时，才知道风云突变，学校的一大半老师被划成“右派”。我们小镇学校的老师更惨，除一位教体育的老师外，全部“落网”了。其中既有语文教师戚老师，还有宋校长。宋校长因为平时有洁癖，又比较孤傲。批斗他时，有人竟寻来一张刚剥下来的滴血的驴皮披在他身上，让他趴下学驴走。我们进入中学后第一任班主任朱老师，也成了“右派”。他教语文课，在课堂上声若洪钟，讲课像说评书一样生动。信哥和我都是他最喜欢的学生。有一次排练朗诵剧，他特意把我俩挑出来当主角。还有那位教美术的陈老师。陈老师名清荷，他的花鸟画在县城无人可比。上美术课时，他用国画颜料在宣纸上表演画荷花，画牡丹，给我开启了通往艺术之路的大门。但开学后，这些变成“右派”的老师就没有资格再走进课堂，学生们也不准称他们老师。他们只能去干那些打扫厕所、清理猪圈之类的脏活。学校的领导者还组织学生批斗“右派”老师，把全校师生集合在操场上，几名高中学生竟把两位“右派”教师用绳子捆了胳膊，拉到台子上。其中，就有陈清荷老师。还有一次是在晚饭后，几个高年级的学生把几十名“右派”教师带到操场上，让他们手里拿着锣鼓，边敲边跑，跑了一圈又一圈。没有指令，谁也不能停下。在众多学生的目光下，像玩猴戏一样，一个个羞惭满面，斯文扫地。围观者中有人在哈哈大笑。信哥和我却一脸痛苦，我们都不理解，这些教师是那么善良，是那么可敬，为什么会遭到如此的羞辱！我们的心一阵阵地揪疼，信哥眼里涌满了泪水，他说：“在校园里这样羞辱老师，就等于羞辱我们自己。”我们不忍心再看到这种场面，就愤然离去。

有一天，伙房门口的高井台上有一个戴眼镜的人在推水车。他脸色苍白，躬着腰，推得很吃力。信哥路过那里，认出来推水车的老师是我们小镇学校的高主任。这位高主任平时文文静静，夜里常到教室去查铺，一是劝我们不要熬夜太久，以免影响白天的功课；二是发现有的蹬了被子，就帮忙盖一盖。他常对我们讲历史上有些名人少年立志的故事，鼓励我们打好基础，长大干番大事业。可这位从师范学校出来才三四年的青年教师，却变成了“右派”，天天被体罚，一个人在高台上推水车。信哥跑过去，叫道：“高老师。”听到这称呼，高主任吓了一跳，当他看清喊他的是信哥时，羞愧地低下头说：“我现在成了‘右派’分子，以后别再叫我老师了。”信哥说：“不论到啥时候，你都是我的老师。”说着，帮高主任推起水车来。井水顺着水车的铁链朝外流着，高主任的眼泪也流了出来。高主任万念俱灰地说：“世信，我完了，这下彻底地完了。”信哥说：“到啥时候我也不相信你是坏人，好人受难是暂时的，别悲观。”推了一会儿，高主任说：“你走吧，让别人看见对你影响不好。”信哥说：“有啥不好的，我才不怕呢。”20年后，高主任重新回到教师岗位上之后对我说起这个细节，万分感慨：“当时我曾几次产生自杀的念头，但一想到世信帮我推水车的那一幕，就把这个念头打消了。”此事的经过，是信哥应约为《教育时报》写一篇稿件时，才透露出来的。

开学不久，家在农村的“右派”教师都被遣返回乡接受劳动改造。家在城里的“右派”教师有的去了劳改场，有的还留在学校里。教物理的施老师被留在学校当杂工。学校买了一台发电机，让他维修。他个子高，饭量大，口粮根本不够吃。为了多吃一点，他特意买了一个很深的搪瓷缸打饭，目的是多喝点稀汤。信哥每逢看到施老师打饭时两眼紧盯着汤勺的可怜相，心里就难受。施老师的夫人张老师，教代数，是个很柔弱的女子。尽管我们的口粮也很紧张，在信哥的建议下，有时省下几个馍（尽管是很黑的红薯面馍）偷偷送给张老师，让她贴补施老师。

九

“大跃进”的风很快刮起来，一夜之间，我们中学办起十几个工厂，像水泥厂、炼钢厂、糨糊厂、印刷厂、石灰厂、砖厂、养猪场等，还有一块农业生产基地。师生轮流到各工厂劳动，上课的时间很少，晚上还要挑灯夜战。学校大门口，用红漆写了两幅大标语：“大放青春光彩”“创造世界典型”。很快，学校成了全省的先进典型，勤工俭学的事迹上了报纸，上了电台，来参观学习的人天天不断。

学校号召放卫星，信哥和我别的卫星不会放，写诗歌写小说还可以露一手。我们的作品不断被校报选登。信哥写了一篇五六千字的小说《石榴花开五月天》，竟被选登在学校铅印的《跃进中的一中》这本书里。师生们争相传看，引起了不小的轰动。信哥的名字不胫而走，我也感到了荣光。

我们在班里也办了一个壁报。信哥是主编，我是他的助手。我不仅带头写稿，还要为每期壁报画插图，设计花边。信哥的字写得好，每期壁报都是他亲自选稿亲自抄写。那时受“大跃进”的影响写文章都很“浪漫”。有一期壁报，信哥发表了我的诗歌《白云上的歌声》。其内容是写人民公社的棉花长得好，一下子长到天上，棉花盛开时，就像天空中一朵朵的白云。姑娘们采摘棉花，要跑到天空中的白云上面。她们在白云上一边采摘棉花，一边唱歌。用现在的眼光看，不光“浪漫”，还有几分“魔幻”。但那时很天真，觉得自己很革命，很跟潮流。一次，上级号召大写跃进民歌，信哥和我大显身手，一夜之间，写出了几十首。又有一次，上级号召发明创造，一夜之间，学校搞出发明上百项。高中的同学还制造了一架飞机，第二天在操场上放飞，怎么也飞不起来。当时我和信哥都在现场观看，那架飞机是个小模型，很像一件玩具。信哥说：“咱搞发明创造不行，写作是咱的强项。”当天又写了几首民歌，学校派人抄在白纸上，挂在一间教室里，引得很多人观看。

后来，基本上停课了，高中的同学天天炼钢、烧水泥、烧砖、烧石灰。我们被派到煤场炼焦。大堆的煤分开，堆成炼焦炉，在下面挖了火道。火道里架了木柴，日夜不停地烧。我们吃住在工地，轮流守候在火道口。把成堆的木柴朝火道中投放。一个个被烟熏火燎，像小鬼似的。上百个炼焦炉需要大量木柴。煤场有一辆汽车，专门负责运送木柴。那一车一车的木柴都是从农村收集的，大都是各家各户的箱柜、树木之类，拉到炼焦工地，被锯开填到炼焦炉底下，很快燃烧成灰烬。数日后，这些东西也供应不上了，不知从何处拉的成车的旧板材，有柏木的，有的上面带着斑驳的油漆，有的已经腐朽了。填到炼焦炉下燃烧时，发出一种很难闻的气味。原来这些木板都是从墓地里扒出的老棺材板子。

守在火道口炼焦，白天还好些，一到夜里就打瞌睡。信哥为了打发

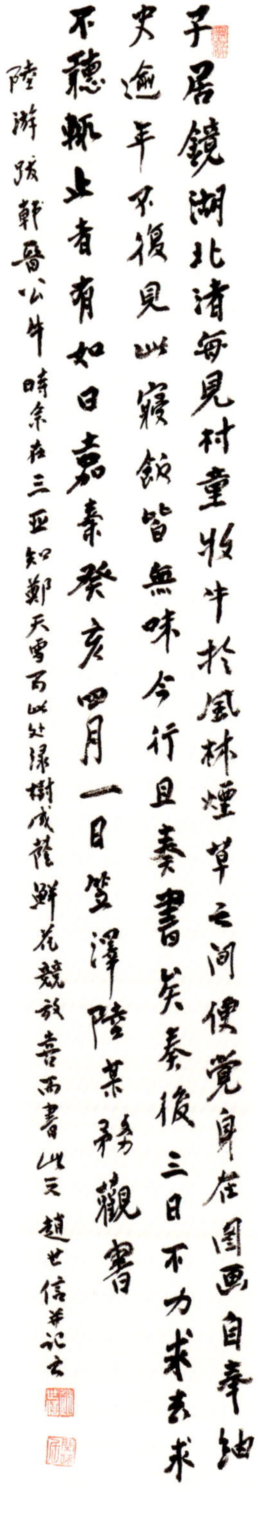
予居鏡湖北渚每見村童牧牛於風林煙草之間便覺身在圖畫自奉紬
史逾年不復見此寢飯皆無味今行且奏書矣奏後三日不力求去求
不聽輒止者有如日嘉泰癸亥四月一日笠澤陸某務觀書
陸游跋韓晉公牛 時余在三亚知鄭天雪可以处綠樹成蔭鮮花競放喜而書此文 趙世信并記之

陆游跋韩晋公《牛》

鏡湖北渚每見村童牧牛於風林煙草之
年不復見此寢飯皆無味今行且奏書
歸上者有如日嘉泰癸亥四月一日笠

陆游跋韩晋公《牛》（局部）

漫长的冬夜，居然能在炉火的映照下，抱着《红楼梦》读得有滋有味。我则熬得迷迷糊糊，在火道口睡着了。有一夜，我值班，木柴顺着火道跑出来，把我的衣服烧着了，幸亏发现及时，同学们端水帮我扑灭了，但一只鞋被烧烂，棉袄也烧了一个大窟窿。

十

班主任朱老师变成“右派”后，从小学调来一位杨老师当班主任。杨老师教政治、教农业。他常带领学生劳动，在校园里开了一块生产基地。我们天天去深翻土地。土地翻五尺深，翻一层土施一层肥。那时没化肥，人粪尿和猪粪很充足。杨老师坐镇指挥，把学校男厕所、女厕所打扫出的人粪全上到地里，又把学校猪场的猪粪也拉来上到地里。杨老师教农业懂技术，以专家自居，要在学校放出一个小麦高产卫星，创造一个“世界典型”。看着学生们天天在“基地”上忙碌，一个个累得汗流浃背，杨老师脸上直乐，不停地指手画脚。地挖好了，肥上足了，又打了畦田，夹了篱笆，杨老师经过精心打算，提出他的密植计划。计划很快被校领导批准。播种那天，学校简直像过节一样热闹。从县粮库拉来一车麦子。播种时不用播种机，也不用耧，用洗脸盆。在杨老师指挥下，我们用洗脸盆在麻袋里挖一盆麦子，往畦田里一倒，用手一摊就行了。杨老师要求麦种要摊一寸厚。一麻袋麦子才摊席子大的一片。这哪里是种麦，分明是糟蹋麦子。看着这样好的麦子埋在土里，我们十分心疼。我们每天在食堂里，只能吃到乌黑发黄的红薯面馍，天天饿得拧肠子，杨老师却出这样的馊主意，把一麻袋一麻袋的麦子往土里埋，不少学生私下里表示不满。

信哥也是其中之一，他给我说，种子这么多，到时不一定能收这么多哩。杨老师很会整学生，经常在班里搞大辩论。说是辩论，实际上是挑动学生互相揭发，对对他不满意的学生进行围攻。他笼络几位“积极分子”，让他们当班干部，每天晚上轮流召见他们。杨老师单独住在实验室里。实验室里存放着各种各样的教学器材，还有一具半截人体模型，白森森的骨头架子上，有一个张着两个黑窟窿的骷髅，挺吓人的。还有一具半截人体模型，一半像真人一样，有光滑的皮肤，黑白分明的眼睛，一半是剥了皮的，露出暗红的肌肉和蚯蚓似的血脉。心脏、肝脏和肺等部位都可以从胸腔里掏出来，像真的一样。连两腿间的生殖器，也可以摘掉，打开可观察里面的结构。杨老师和这些模型住在一起，一点儿也不害怕。凡是被他在实验室召见过的同学都一脸的得意。慢慢有机密泄露出来，凡是被他召见的同学，都能在实验室喝到一杯葡萄糖溶液。据说实验室里有一箱葡萄糖，是做化学实验用的，但都被杨老师享用了，连他喜欢的学生也能分享一杯。信哥和我都没有这样的口福。信哥“不听话”，爱和“落后分子”混在一起。我虽然比较听话，但家庭出身不好，政治上不强。能喝上葡萄糖的人毕竟是极少数，我们并不为此烦恼。反而私下对那些常被杨老师召见的同学表示耻笑和不恭。班里有位团支书，是个女同学。这个同学长相不算丑，才十七八岁，嘴唇上面却长出一抹黑绒毛，像男人扎出的嫩胡子。这一点小缺陷，却不影响杨老师对她的宠爱。晚上经常在实验室召见她，每次召见的时间都很长。

杨老师的小麦高产卫星自然没有放上去。麦子长出来后，密不透风，大片大片倒伏了。他弄来许多竹竿，让同学们像架黄瓜秧似的，把麦子架起来。为了通风，又借来一台鼓风机，从不同方向朝小麦地里吹风。为了透光，把人家参观时送的玻璃匾摆成一溜，把阳光折射到麦田里。尽管杨老师费尽了心机，麦子却不争气，不等出穗就变黄了，黄得像发锈的草一样，大片大片枯死了，结局是颗粒无收。此事对杨老师打击甚大，他躲在实验室里好多天没有露面。后来同学们见到他时，人瘦了一圈，眼泡红肿，说话嗓音也沙哑了。

这一天，他突然找信哥单独谈话。地点不在实验室，他已从实验室搬出来。他先对信哥表扬了一番，夸他如何聪明、有天才、出身贫苦、是棵好苗子等，要他好好表现表现，考虑发展他入团。这一招是有诱惑力的。杨老师话头一转，很机密地说："现在交给你一个任务，这可是对你的考验啊。"

信哥说："你说吧，只要我能办的，一定尽力办好！"

杨老师嘿嘿一笑，说："任务很简单，那个彭 ×× 品行很恶劣，经常在背后说我的坏话，说班干部的坏话。你以后要和他划清界限，还要监督他的一言一行，把听到的、看到的情况及时向我汇报。"

为了表示他对信哥的信任，第二天当班里为一样新"发明"向学校领导报喜时，他竟点名让信哥当着校长的面朗读"喜报"。

一个星期过后，信哥不但没向他汇报什么，还把他的话透露给姓彭的同学。彭 ×× 是个火爆性子，立即找到杨老师，拉着杨老师的衣领，要跟他一道去见校长。这下信哥可把杨老师得罪苦了。

杨老师骑着自行车，亲自去赵庄，把信哥在学校的"不好表现"添油加醋地对信哥的母亲诉说了。母亲没想到儿子这样不争气，等信哥星期天回家时，一进门迎头就是一顿棍棒。母亲一边打，一边数落儿子的不是。信哥想辩解，母亲却不许他开口，一个劲儿地揍他。信哥无法忍受这样的委屈，就逃跑了，跑出家门，跑到柳公河上，又怕母亲追来，就爬到一棵大柳树上。

到吃饭时，父亲来找他，发现他在柳树上坐着，叫他下来，他不下。父亲心疼儿子，就劝他说："小，快下来，下来吃饭去。"

信哥说："我不吃，到家俺婶又打我。"（信哥是独子，母亲自幼疼爱他，故意让儿子喊他婶，这里面有点讲究。）

父亲说："她不打你了，她打过你就后悔了，比我还心疼呢，给你擀的杂面条，都下好了，快下来跟我回去。"目光中溢满了爱怜和哀求。

信哥这才从树上爬下来，父亲牵着他的手朝家走去。

多年后，当我听到信哥讲述这段故事时，依然能想象到他衣衫不整地骑在树杈上，不肯下来的情景。

十一

"大跃进"还没有结束，饥饿随之而来。学生的伙食越来越差，食堂里蒸出的红薯面馍又黑又苦，炒菜已是很难得的享受，有不少日子，都是蘸盐水，谁能弄到一点辣椒面或咸菜，就让人眼馋得不得了。学校的养猪场很快办不下去了，猪的饲料很困难，弄到一点都让人偷吃了，猪也被人偷吃了。教生物的焦老师养的一对吐绶番鸡，也不翼而飞。

我家乡所在的生产队对学生的口粮卡得很死，一天半斤红薯面，管公共食堂的司务长一两也不肯多给。母亲把我领回的三斤面，用红薯叶或碎

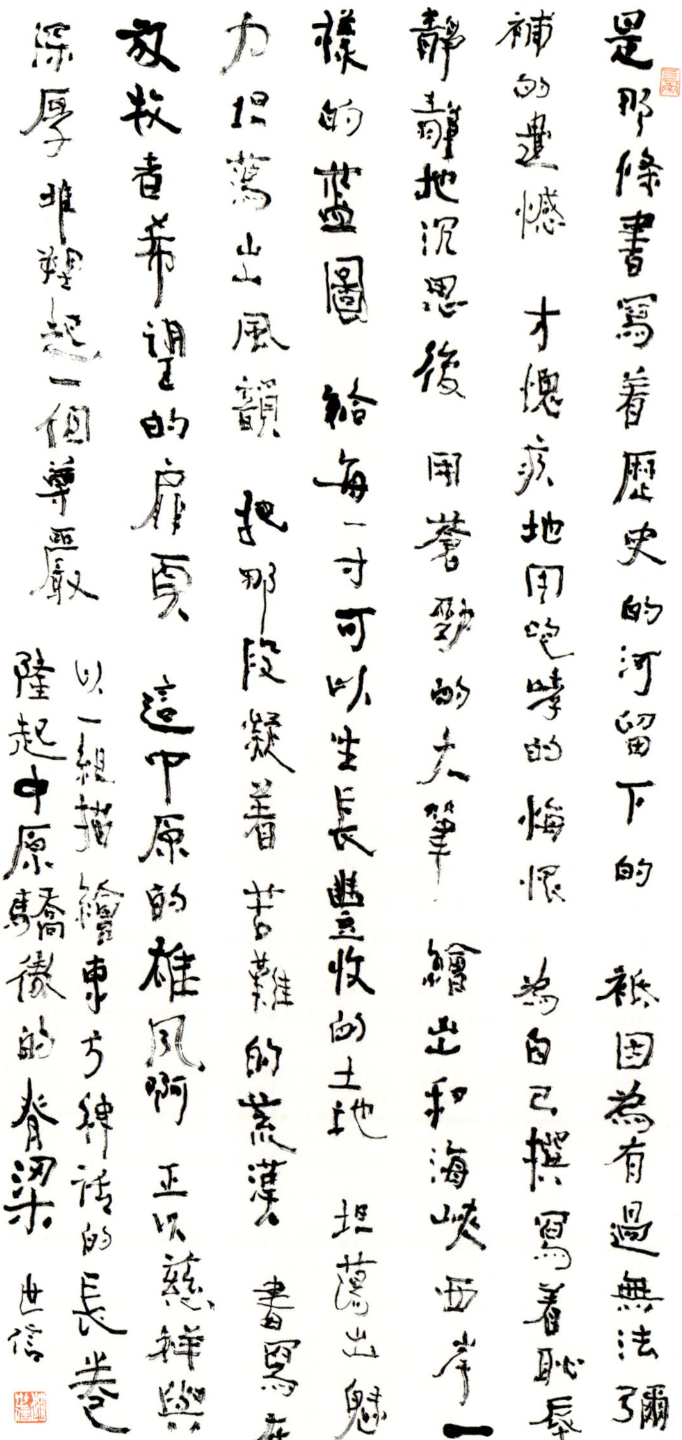
是那條書寫着歷史的河留下的 祇因為有過無法彌
補的遺憾 才愧疚地用咆哮的悔恨 為自己撰寫着恥辱
靜靜地沉思後 用蒼勁的大筆 繪出和海峽西岸一
樣的藍圖 給每一寸可以生長豐收的土地 坦蕩出魅
力坦蕩出風韻 把那段凝着苦難的荒漠 書寫在
放牧者希望的扉頁 這中原的雄風啊 正以慈祥與
深厚 豎起一個尊嚴 以一組描繪東方神話的長卷
隆起中原驕傲的脊梁 世信

赵世信自作诗一首

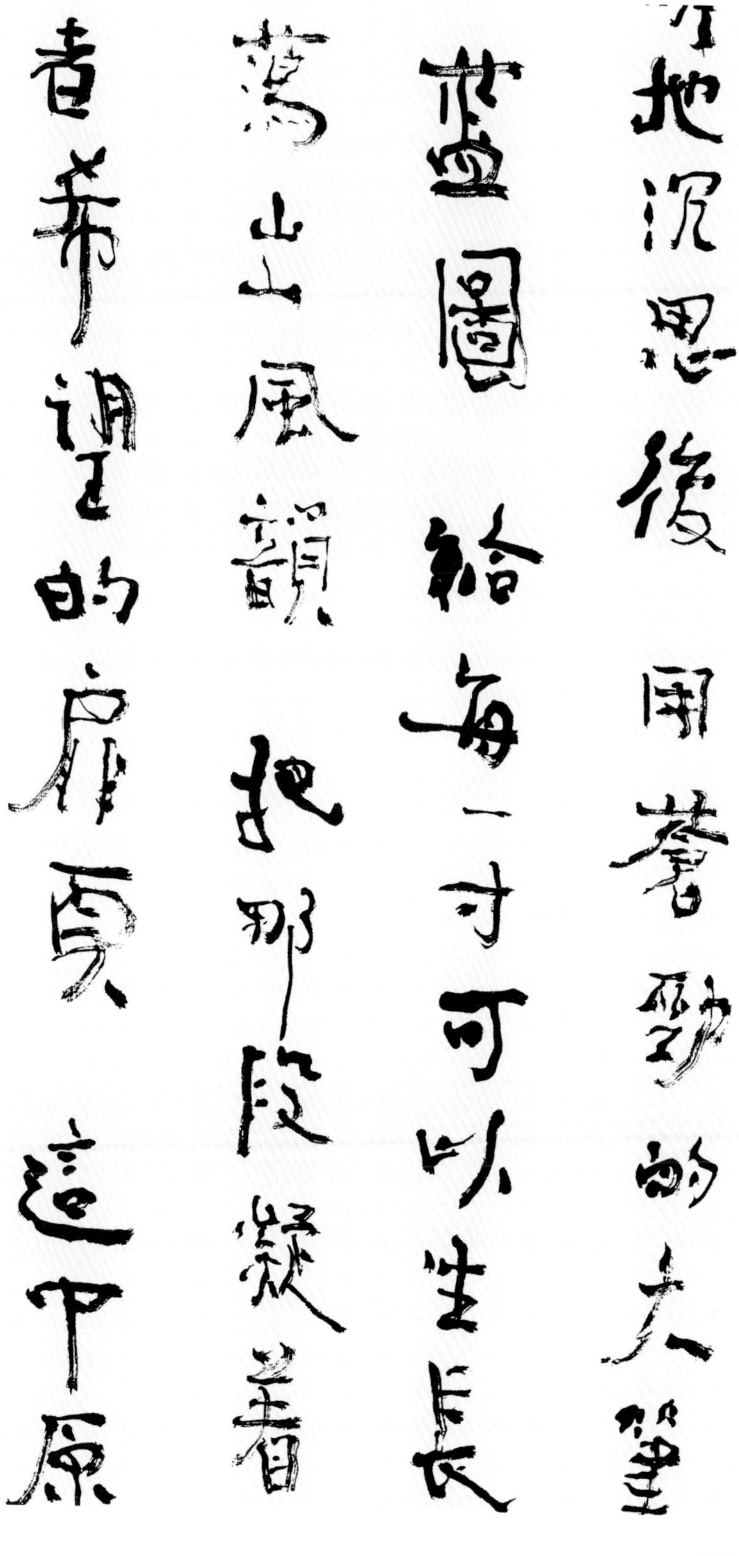

赵世信自作诗一首（局部）

棉籽掺和了，在锅里蒸出 18 个菜团子。我用篮子背到学校，一顿饭一个菜团子。如这顿饭多吃一个，下顿饭就要饿着，往往不到星期六就吃完了。平时，多亏信哥经常接济我。他村里有位司务长对他很照顾，每逢星期天回去拿口粮，总要多给他几斤。

我们那时刚刚十五六岁，正是长身体的时候，每天饿着肚子上课。像跑步、打球之类的体育活动很少参加。班里有几个干部子弟情况要好得多，他们不仅能吃饱，还能吃到白面馍。他们的肤色和乡下来的学生明显不同，但在学习上都无法和乡下来的学生相比。

大概是一个星期五的晚上，我从家带来的菜团子已经吃完，夜里饿得心慌，躺在床上怎么也睡不着。信哥问我怎么了，我说饿。信哥看我很难受的样子，难过地说："学生食堂早关了门，上哪儿去寻点吃的？"那时街上又没有卖吃的，即使有，我们既没钱也没粮票。信哥知道有个叫宝善的同学从家里背来一篮馍几日前被人偷去两个，班里追查了半天，也没有结果。他找到宝善，问他的馍还有没有，张宝善说还有一个。信哥说，快借给我，明天我在伙里买两个还你。宝善和我们在小镇上就是同学。他翻筋头很有名，平时和信哥关系不错，便一口答应。信哥把借到的一个玉米窝头递给我。我知道信哥也吃不饱，就一掰两半，两人坐在被窝里慢慢品味着，香极了，甜极了，一点一点地咀嚼着，生怕掉下一颗馍粒子。在我的记忆中，这是一生中吃到的最好吃的馍了。

那时突然觉得所谓理想已变得十分遥远，十分缥缈，每天所思所想是如何吃到一顿饱饭。走路时，两眼在地上搜索着，幻想发现吃的东西。星期六下午回家时，两眼盯着路边的树叶子。树叶子很诱人，几乎各种树叶子我都吃过。连学校附近水塘里的水草、蛤蚌也成了我们的腹中物。

还有一个难忘的月夜，上过晚自习，我跟信哥去赵庄拿口粮。那时只要有口粮可拿，再远的地方也愿跑去。没有自行车，只能步行。去赵庄来回二十多里。我俩离开学校，出了县城，走在通往赵庄的土路上。遍地的小麦刚出齐穗，没有风，在月光下一动不动，散发着诱人的麦花的清香。那一晚月色太好了，天上云彩很少，月光很自由地倾泻在大地上。月光很放荡，很妩媚，在麦田里、果园里、草地上“起舞弄清影”，卖弄着风骚。看着这月色如画的田园，我们把饥饿也忘掉了。我和信哥还吟诵起李白、苏东坡的诗词“床前明月光”，“明月几时有……”。

过了柳公河，很快到了赵庄，听到赵庄的狗叫，心里很温暖。那位司务长在梦中被信哥叫醒，他二话没说，到公共食堂里提出十多斤面粉。当信哥和我带着这袋面粉往学校走时，心里踏实了许多。

信哥对这位司务长的大恩不忘，以后终于有了报答的机会，把他女儿安排到省城，算是“滴水之恩，当涌泉相报”。这是20年后的事了。

十二

图书室新购进的长篇小说几乎让我们读遍了，像《红旗谱》《青春之歌》《林海雪原》《小城春秋》等，信哥从赵庄一个回乡的“右派”家中借了一套《红楼梦》，不仅晚上读，上课时用课本遮在上面，偷偷地读。有一回上化学课，老师提问他，他竟没有听见。为此，虽然受到批评，他却不在意，还向我讲过书中的故事，朗诵书中精彩的章节。他记性好，许多段落都能背诵下来。

我们读书的范围越来越大，已不满足于学校图书室的藏书了。有些好书被同学借走后，不能按期归还，你想读也借不到。县文化馆有个图书室，藏书比中学多多了。管理图书的是个小城美女，姓范名若慧，我和信哥叫她范大姐。范大姐已结了婚，身段好，皮肤好，举止文雅，待人和蔼可亲。我们去过几次，就和她熟了。她知道我和信哥喜爱文学写作，有什么适合我们阅读的好书，就给我们留着。我和信哥是仅有的两个获得在文化馆借书资格的中学生。

有一个晚上电影院上演白杨主演的《一江春水向东流》。信哥拉我从上着晚自习的教室里逃出来去看电影。看过电影，正好路过文化馆。信哥提议去找范大姐借书。我担心天已晚了，范大姐该休息了。信哥说没关系，说着就用拳头擂门。擂了几下，院里传出范大姐的声音："谁呀？"信哥就回答了。范大姐开了门。正是热天，范大姐穿着短袖衫，裙子。她一看见信哥和我就笑了，说："就知道是你们两个小毛头，想借书看，是吗？正好有几本新书，我想着给你俩推荐呢。"不知为什么，当晚文化馆停了电。范大姐回屋点了一支蜡烛，到图书室拿出一摞书。书的名字是《钢铁是怎样炼成的》《牛虻》《我的大学》《在人间》等。信哥和我接过这几本书，向范大姐鞠躬表示感谢。她端着蜡烛送到门口。范大姐高举烛光的身影，深深印在我们的脑海里。

过新年时，我们给范大姐送贺年卡。信哥送的贺卡是他自己设计制作的，在上面写了他的一首短诗。我送的是一幅《荷花女》，我自己画的。

文化馆的馆长也姓范，那时他已是有名的新评书作家。他的代表作是《小技术员战服神仙手》，发表后曾受到茅盾先生的称赞。他还在出版社出版过两本书，一本《敌后英雄》，一本《烽火十三寨》。信哥和我都读过，对他十分崇拜。我和信哥合作一篇关于抗日战争的传说，想请范馆长指教，但又不敢直接去找他。范大姐知道了我们的心事，就领我们去见范馆长。

范馆长住在文化馆的南屋，室内有几件老式红木家具。他穿着背心短裤，拿着一把大芭蕉扇，一边扇一边读书。范大姐向他介绍，说，有两名中学生想求教你这位大作家呢。范馆长笑呵呵地表示欢迎，请我们坐在两只鼓形的青石凳上。他看了我们的作品，说写得还行，可以寄到一家少年杂志社。这家杂志社曾向他约稿。他把那家杂志社寄来的“特约”字样剪下来几个，说投稿时贴上这种字样，编辑们就会特别重视。我们如获至宝，以为贴上后作品就可以发表。事实上不是那么回事，人家主要看作品的质量，尽管我们在信封上贴出两个“特约”，作品一篇也没登出来。

尽管如此，县城文化馆却成了我们终生怀念的地方。

十三

晚饭后，信哥约我去散步。操场东边有一块菜地。种菜的是一位老头。老头瘦骨嶙峋，戴着一顶烂草帽。他住在菜园的一间小屋里。菜苗青青，一股清水在菜畦里流动。走到小屋门口，信哥用脚踢开了房门，老头不在，却见墙上挂着一幅旧画，画的是钟馗瞪着一双豹眼，手持利剑捉鬼的情景。我和信哥都笑了，想不到种菜的老头这么有意思，不知在何处请了这位“大鬼”帮他看守菜园子。可惜钟馗只能唬住小鬼，却唬不住学生，老头种的菜本来是专门供应教师食堂的，却常常成了学生的盘中餐。你拔一个萝卜、我拔两棵葱的事经常发生。

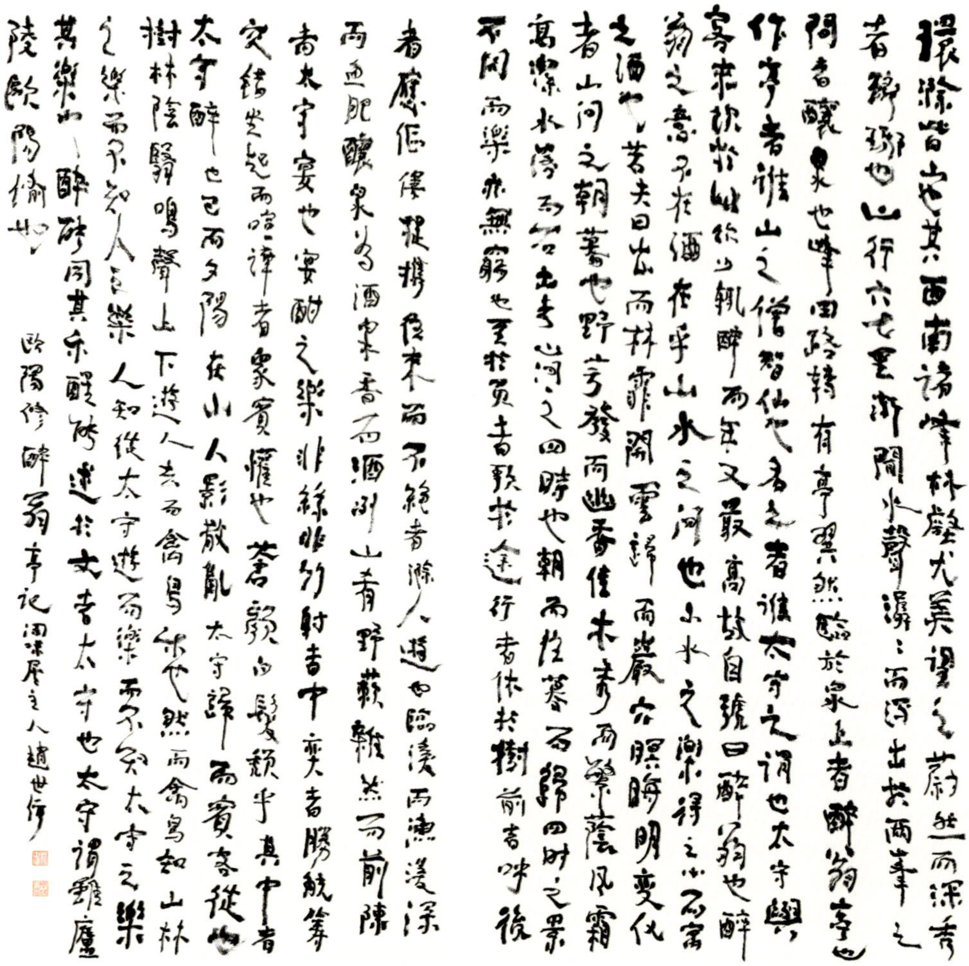
環滁皆山也其西南諸峰林壑尤美望之蔚然而深秀
者瑯琊也山行六七里漸聞水聲潺潺而瀉出於兩峰之
間者釀泉也峰回路轉有亭翼然臨於泉上者醉翁亭也
作亭者誰山之僧智仙也名之者誰太守自謂也太守與
客來飲於此飲少輒醉而年又最高故自號曰醉翁也醉
翁之意不在酒在乎山水之間也山水之樂得之心而寓
之酒也若夫日出而林霏開雲歸而巖穴暝晦明變化
者山間之朝暮也野芳發而幽香佳木秀而繁陰風霜
高潔水落而石出者山間之四時也朝而往暮而歸四時之景
不同而樂亦無窮也至於負者歌於塗行者休於樹前者呼後
者應傴僂提攜往來而不絕者滁人遊也臨溪而漁溪深
而魚肥釀泉為酒泉香而酒洌山肴野蔌雜然而前陳
者太守宴也宴酣之樂非絲非竹射者中弈者勝觥籌
交錯起坐而喧嘩者眾賓懽也蒼顏白髮頹乎其中者
太守醉也已而夕陽在山人影散亂太守歸而賓客從也
樹林陰翳鳴聲上下遊人去而禽鳥樂也然而禽鳥知山林
之樂而不知人之樂人知從太守遊而樂而不知太守之樂
其樂也醉能同其樂醒能述以文者太守也太守謂誰廬
陵歐陽脩也
歐陽修醉翁亭記

欧阳修《醉翁亭记》

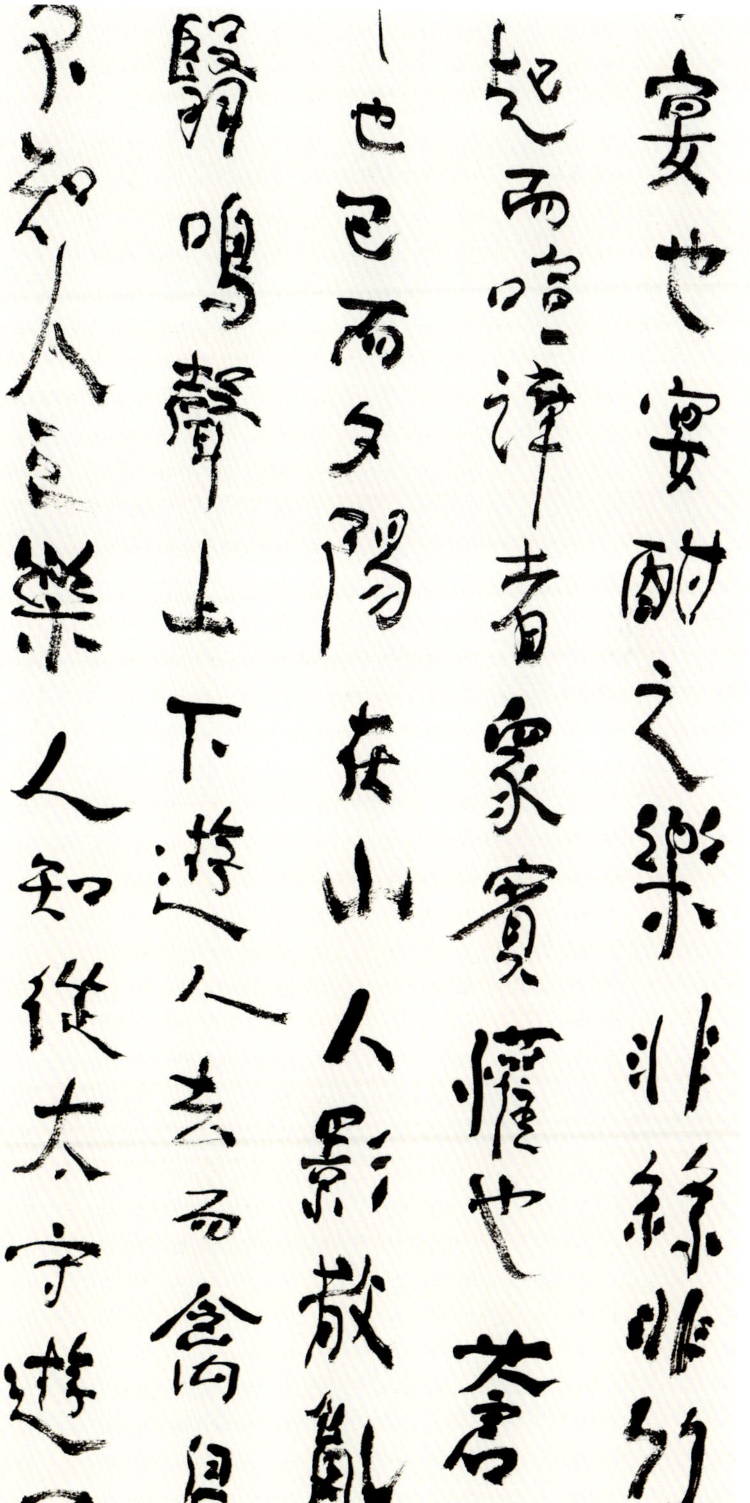
宴也宴酣之樂非絲非竹
起而喧譁者衆賓懽也蒼
也已而夕陽在山人影散亂
翳鳴聲上下遊人去而禽
不知人之樂人知從太守遊

欧阳修《醉翁亭记》（局部）

我告诉信哥一件稀罕事。这天上午，我去学校医务室看眼，眼皮上起了一个疱，碰见一个男生正给庄校医诉说他的“病”，说他夜里小便处流出一种“又黏又滑的东西”，不知出了什么毛病，一副惶恐不安的样子。

信哥一听就笑了，说：“这叫遗精，一年前我读《红楼梦》时就懂得了，我不是让你看过吗？袭人早起给贾宝玉穿衣服时，问他那是从哪里流出来的脏东西。那是夜里贾宝玉做梦去太虚幻境遇见了秦可卿，不可自恃，遗精了。咱家的土话叫‘跑马’。”

信哥毕竟比我大两岁，比我懂得多。

听了信哥的话，觉得人很有意思，有些事情非亲身经历无法体会；有些事情虽体会了又不便讲出来，只能埋藏在心里。

信哥开始成熟了，眉宇间流露出男子汉的自负和自信。他常把炯炯的目光投向遥远的天际，像一只鹰隼渴望飞往蓝天。

这种机遇很快来临了。我们毕业前夕，国家要在毕业生中招收空军飞行学员。条件当然严格，家庭出身、社会关系都无可挑剔，身体强健，没有任何毛病，品行、思想、学习都是优秀的。报名的很多，挑来挑去，层层检查，过了一关又一关，最后只剩下一人，就是信哥。我们都为他高兴，这一步对他的前程影响甚大，机遇真是太好了。可他父母都不舍得让他走，说开飞机不安全。信哥坚定不移，说这是祖国的召唤，年轻人就要经历风雨，见世面。

一夜之间，教师、同学都对他刮目相看了，连校长也拉他合影留念。班主任杨老师对信哥亲热至极，在班会上对他大大表扬了一番。那个团支书也多情起来，上课时也不专心听讲了，在一张纸上翻来覆去地写着一个名字：赵世信。

我和信哥去街上照相馆里合照了“参航留念”。这是我在学生时代照得最好的一幅照片。照片上的信哥神采焕发、一脸出征前的豪气和喜悦。和他相比，我不仅瘦弱，气质也差多了，但笑得很纯真很可爱。这种笑是发自内心的。一对好兄弟相映成趣。虽然从此分开了，但彼此都坚信古人王勃的一句诗：“海内存知己，天涯若比邻。”两颗心永远是连在一起的。

十四

信哥离开学校，我的心一下子空了起来。过去我们相随相伴，形影不离，现在天各一方，只能鸿雁传书。学校有一个信箱，那是我常去的地方，每天都要去那里看一看。我收到信哥的来信时，一颗心激动得怦怦直跳，把信按在胸口上，生怕飞走了。我跑到一个无人去的地方，把信封撕开，首先看到的是信哥的照片。信哥穿上崭新的军服，显得非常英俊，光彩照人。脸上仍带着那种顽皮的微笑，仿佛就站在我面前一样。

航校的地址在古城保定。他在信中这样描述他的学校。

“这个学校尽是楼房，水、电及一切设备都非常齐全。校舍被高大的杨树遮掩着，万绿丛中一点红，红的是瓦，绿的自然是树了。校内有小湖，湖内有荷花……吃得非常好：猪肉、牛肉、羊肉、鱼、鸡、鸡蛋、牛奶、豆腐等，开始吃很多，半个月之后，一小碗米饭，一个馒头就够了，不知道什么是饿。每逢这个时候，我就想起饥肠辘辘、面黄肌瘦的你……”还写道：“生命是宝贵的，每个人都想充分享受生活的美好，然而这决不是暂时的需要。困难的环境，繁重的任务，艰苦的工作，严格的要求，往往会激起人把全部的精力投入到对未来的追求和火热的斗争中去，使自己坚强起来。凡有成就的先辈思想家、科学家、文学家、艺术家、哲学家、历史学家，都非常勤奋，非常刻苦。”

读着这样的来信，精神便受到莫大的鼓舞，信哥就是榜样，他靠自己的发奋努力，不仅改变了命运，还树立了坚定的信念和革命的人生观。他在信中很关心我的进步，希望我早日加入共青团组织。我何尝不想早一天入团，申请书也写过好几次，还主动找团支书谈过话。这名女同学却一脸严肃，要我有出色的表现，特别要警惕资产阶级名利思想的侵蚀，要经受住组织的考验等，很令人迷惘。我喜欢写作喜欢投稿，如把这说成“资产阶级名利思想的侵蚀”，实难让人接受。但辩解是徒劳的，我也无法把自己的苦闷向信哥全说出来，只有努力去创造条件。有时我很悲观，对前途失去了信心。这种情绪反映在我给信哥的信中，他马上来信批评我：“你总是那么唉声叹气。要站起来，勇敢地站起来……困难只会吓倒胆小鬼，却不能吓倒我们。我们在困难面前，要昂首挺胸！”

说也奇怪，同样一个人，在学校里经常挨批评，一进入部队这个大熔炉，很快就变了。在一封来信中，信哥说：“三个月的学习，清醒了头脑，武装了思想，陶冶了情操，改掉了不少在学校时的自由散漫、吊儿郎当、为所欲为、不服从领导的恶习，但与做一名真正的军人还有很大的差距。”信哥还在另一封信中，讲述了这样一个故事。

“弟，我不像在学校那样了，受不得半点气，现在再严厉的批评我也受得住。比如有一次，吃过饭我去服务社买东西，因为没请假就被班长叫回来！回来了因为没立正，就叫站好！站好了，就批评为什么不请假，还问记住了没有。答应记住了，扭头就走，班长又叫回来，弄得我丈二和尚摸不着头脑。班长说为什么没有敬礼！我打了个立正，敬了礼，说报告班长，我请假去服务社买东西。班长说去吧，我才敢离开。部队真是个大熔炉呀！”

十五

信哥一向性情率真、心胸坦荡，和我相处无话不谈，但对他的爱情却严守秘密。不过，我还是从他的来信中看出了蛛丝马迹。比如在一封信中，他情不自禁地写道：

“有一名商丘的同学很快来了信，22 号我又给她寄出一封，25 号就接到了回信。”

我很快判断出，商丘有一名同学和他关系很密切，这名同学是女的，他们之间不是一般的同学关系。我相信，在男同学中没有任何人会超过我与他的友谊。这说明他现在有了女朋友。这名女朋友会是谁呢？对这个谜底我一下子还猜不透。

初中毕业后，我顺利考入高中。我们之间的书信往来不断，谈文学，谈读书，谈理想，却从不谈男女方面的事。他在部队进步很快，入了团，入了党，还不断在报刊上发表作品。比起信哥，我却大大落后了。饥饿的阴影还没有摆脱，每日过着半饥半饱的日子。入团还是没影儿的事。前途一片迷茫。人贵有自知之明，我自知考大学无望，在思想上已做好回乡务农、自学成才的准备。我开始天天写日记，写读书笔记。范大姐推荐的几本书，我反复读了好几遍，牛虻、保尔、高尔基，这些人物就

耕云种月

是我学习的榜样。

有一名姓陈的女同学悄悄向我打听信哥的消息。这名女同学也在小镇上读过书，我和信哥都认识她。她现在读高中，我常碰到她，却没和她讲过话。我从她的表情和口吻上判断出，她似乎对信哥有了什么想法。我把这一“信息”写信对信哥讲了，想不到“歪打正着”，他在来信中终于把谜底揭开了。

“为了不至于叫 ×× 再有其他想法，我费了很大的劲，想了又想，就把她的名字告诉你。她叫田茂莲。我们已经通了近两年的信了，彼此有了了解，性格、爱好都是相同的，我们已经有了感情，甚至有了爱情了。这事须保密，不可对别人说。”

我在小镇读高中时就认识茂莲，我读五年级，她读六年级。我读六年级时，她被保送到县第一中学，据说，她读高中也是保送生，可见她是名品学兼优的学生。在小镇读书时，信哥已把她当成爱的偶像。信哥参军去航校后，有不少人给他介绍女朋友，其中有大学生，有将军的女儿，可信哥都不动心，一心爱着茂莲。可他的父母还一直在为儿子的婚事操心。所以，信哥在信中，还特意叮嘱了一件事：“你假若有机会去我家的话，可把我的情况给二老谈谈，以免他们挂念。”

我为信哥找到意中人而高兴。表面上看起来，信哥很旷达，很粗放，实际上感情很细腻，又很有主见。一旦爱上了一个人，便矢志不移，十分投入和专一。从此，信哥对我也不再隐瞒什么，还让我当起“红娘”的角色。

不久，我收到他寄来的一个大本子。上面剪贴了他近年来发表的各类作品。有发表在《火花》杂志上的诗歌，有发表在《保定日报》和《沧州日报》上的小小说、散文，还有发表在《解放军报》《空军报》上的人物通讯、报道等。让我看过后，去田庄送给茂莲。这个任务对我来说相当艰巨。因为我生性腼腆，不善辞令，在生人面前十分拘谨。田庄和赵庄相距不远，我去赵庄时只是路过田庄，还没专门去过，对茂莲虽然认识，但从未打过交道，对她的家人更不熟悉，连她的家门朝哪儿也不知道。但信哥交代的事情我岂敢怠慢。在一个星期天，我带着信哥的“作品”去了田庄。侯、田、崔、刘、韩一里五庄。进村一打听，很快找到了茂莲的家。她父母对我的到来非常欢迎。茂莲听说是信哥派我来的，又高兴，又羞涩。她接过信哥的“作品”，翻了翻，脸上流露出幸福的笑容。当着家人的面，她不好意思多说什么。可以看出，她和信哥之间早已“心有灵犀一点通了”，任何表白都是多余的。

十六

正是三年严重困难时期，许多大专院校都停办了。高招的人数大大压缩，像茂莲这样优秀的考生也落榜了。此事对茂莲的打击很大，但她在信哥的鼓励下，很快振作起来，又投入第二年的高考复习中。她回读复习没有去商丘，而是去了虞城一中，考的又是文科，这样我们就变成了同班同学。虞城一中也有几名她熟悉的女同学，她们吃住在一起，和外界的交往很少，把心思全用在功课上。

这时，信哥回来探家。他住在县武装部，天天和茂莲约会，这时的信哥已是很标准的军人形象，绿军装，黑皮鞋，身板笔挺，红光满面，但目光中依然保留着过去的率真和纯朴。特别是那生动的微笑中还有点调皮的味道。他说话很有水平，在部队锻炼几年就是不一样。那几天，他和茂莲几乎形影不离，我反而备受冷落。但对这种冷落，我很能理解。信哥的心很细，他从保定带回两个很精美的日记本，送给茂莲一个，送给我一个。在送给我的日记本上，他写了两段话：

用你战斗的“武器”，消灭前进道路一个个“敌人”；用你坚定的步伐，踏踏实实一步步向前；用你坚强的毅力，攀登到光辉的顶点！一行动起来，就决不懈怠，决不骄傲；一有了成绩，就越要好学，就越要谦虚。

多学习马列主义，学习毛主席著作，武装自己的头脑，多读古今中外的名篇，借以提高自己的文学水平和修养……写作贵恒心，贵艰苦，贵谦虚，一定要记住，而且永远要记住：胜利属于谦虚谨慎的人，属于力争上游的人；胜利决不属于不可一世的人，决不属于停步不前的人！愿你在文学上有所建树，更愿你做一名红色的战士！

这个日记本我一直保存至今，日记本上的赠言我一直牢记至今。信哥那时能讲出这样有意义的话，比送我什么东西都珍贵。这三十多年来，这个日记本我一直带在身边，日记本上的这两段话我重温了一遍又一遍，每当读起心胸里就涌出一股热流，就多了一分战胜困难的力量。这么多年，不论条件多么艰苦，不论道路多么崎岖，正是按照信哥对我的要求去做了，才一步一步从一名回乡的高中生，成长为一名省城的编辑，成长为一名共产党员，并出版了几部著作，实现了少年时的理想。至今我也不敢懈怠，信哥说得多好啊，“胜利属于谦虚谨慎的人，属于力争上游的人”。

令人难忘的还有，在文化馆门口的大街上，信哥买了一兜又大又白红了尖的鲜桃，我们一边吃，一边回忆从前在一起的幸福时光。遗憾的是，当时文化馆的范大姐已调离，范馆长下乡体验生活去了。我们的回忆都像五月的鲜桃一样，甜脆可口，有滋有味。信哥回部队时看我身上的衬衣是土布缝制的，很破旧了，就送了我一件航校发的衬衫。那件衬衫穿在我身上既合身又好看。我穿了好多年，后来去外乡流浪时穿在身上，人家还把我当成退伍军人呢。

十七

高考录取通知书下来之后，我变成了有高中文化的农民。这种命运的安排早已料定，只是不甘心像父辈那样，天天像老牛一样在黄土地上耕田，我想的是如何离开这块生活了几代人的黄土地，飞到一个生活条件优越的地方。我既没有参军的资格，也没有当教师当工人的可能，唯一的出路只有读书写作。日子虽然苦巴巴的，只要有书读，就有了乐趣，只要不断写作，就有了憧憬。这一阶段，对我支持最大的莫过于信哥了。他不断写信来，地址由保定转换成沧州、博罗小金、太原，又变成五台。他参加了“社教”运动，也到农村去了，由于深入了生活，创作有了激情，不断有作品发表。这对我无疑是很大的鼓舞。我也把回乡后写的诗歌、散文、小说不断寄给他，他看过提出自己的看法。每封信都在热烈讨论着文学。他还亲自把我写的稿子抄写了，推荐给他熟悉的编辑。他还在信中给我出好多题目，让我做乡村调查。他对家乡的事儿极有兴趣，总嫌我信写得短，读着不过瘾，要我多写一些，只要是家乡的事儿，无论哪方面的都爱听。除了写信，

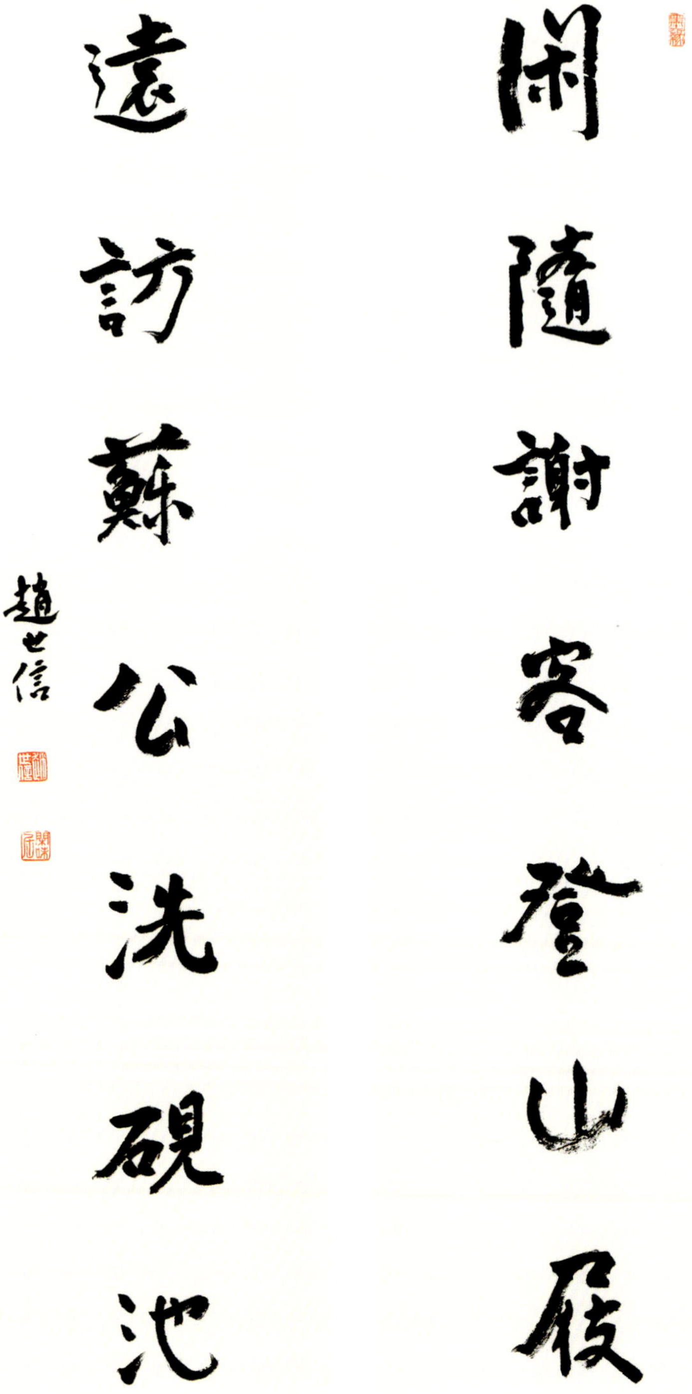

闲随远访联

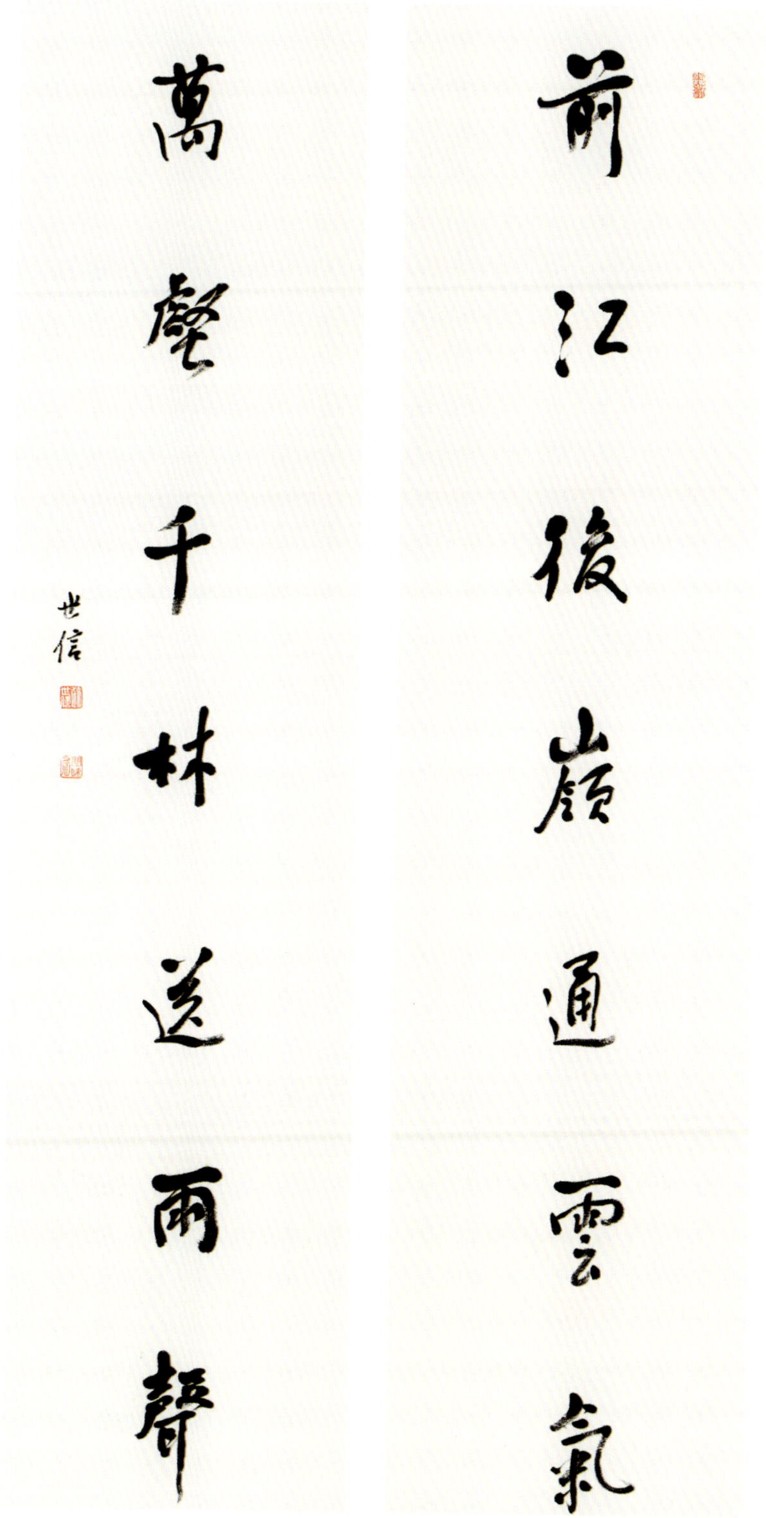

前江万壑联

还寄书，寄笔记本，寄民间剪纸，寄各种书签。他寄来的笔记本有航校发的，有别人赠送的，也有在商店买的，大小不一，纸的质量也优劣不等。这些本子都成了我的宝贝，我在上面写日记，写创作札记，写读书心得。现在仍保存完好，如果拿出来展览一下，很有意思。有的上面印有信哥所在部队的番号，有的写着信哥的题词，有的纸质很差，可看出当时国民经济困难的状况。信哥寄来的图书可就更贵了。这些图书大部分是他从书店购买的。他那时在航校学习，薪水是很低的，但在买书上却舍得花钱。寄来的图书中，对我影响较大的有孙犁的散文小说集《村歌》、茅盾先生加评的《短篇小说选》、中国作协编的《报告文学选》、老舍的《骆驼祥子》、梁斌的《红旗谱》、李瑛和严阵的诗集、魏巍的特写集、郭小川的诗集等，我最喜欢的是人民文学出版社出版的一套文学小丛书，只有巴掌大小，封面像彩色的田野和农家印染的土布，有数十种，内容全是古今中外的名著。我常将它们装在衣兜里，在田间干活休息时，掏出来读上一段，挺方便的。这些作品给予我的营养实在是太丰富了。我不知道，若没有这些可爱的书籍，那段困苦的日子将如何度过，也不可能有以后命运的转机。

春天到了，家乡的柳条又青了，池塘边的小草也冒出了新芽。不少老汉和年轻人在菜园子里刨蚯蚓。蚯蚓很肥，从土里扒出来在阳光下闪着光泽。它们蜷曲着身子，仍想回到温湿的土壤中，过它们安静舒适的生活，对人的打扰表现出十分的讨厌。可人却不理解它们，把它们装进玻璃瓶里，带到池塘边，又把它们从玻璃瓶里取出，揪成两截，穿在一种很细的铁钩上，扔到池水里做鱼饵。乡亲们爱钓鱼，池岸的柳树下，蹲着许多钓鱼人。池水经过冬天之后，变得很清澈。春风和煦，微微吹皱一池绿水。阳光在水面上跳跃，浮子在阳光里浮动。开春的鱼很容易上钩，池岸上几乎不停有人甩动着钓竿，不时有鱼儿被钓出来。钓出的鱼瘦长，多是草鲢子。从水里钓出后，在岸边新冒出的草芽上蹦跳着，身上的鳞一闪一亮的，像跳着舞姿优美的舞蹈。

我也夹杂在钓者的行列中。但钓的技术很差，每次发现浮子沉入水里，慌忙甩出的总是空钩，钩上的蚯蚓也不见了。钓了一上午，别人能钓出半洗脸盆，我却只钓出三两条，还都是可怜巴巴、傻乎乎的泥巴狗儿（一种鱼名）。我把原因归结到渔钩上。家乡钓者用的渔钩都是自制的，用女人纳鞋用的大针在灯火上燎热，在木梳上弄弯，穿上长长的线绳。我用的钓钩是从母亲的针线筐里找出的，也是自己制作的，但总是让鱼儿脱钩。我就写信给信哥，请他在城里给我买两个钓钩。这是我第一次主动提出向他要东西。为购买这两个小小的钓钩，他几乎跑遍了太原大街上的大小商店。那时的商业可不像现在发达，出售渔具的商店很难找。不过，渔钩还是买到了。我收到后欣喜若狂，把两只用机器制作的钓钩放在掌心里看来看去，心想，我准会创造出钓鱼的奇迹，让家乡的钓友们大吃一惊。

十八

我去赵庄。从家去赵庄要路过小镇，路过小镇自然会看到和信哥一块儿读书的学校。这个小学校曾给我和信哥带来不少欢乐。我们在这里相识，结为亲兄弟般的朋友，又从这里飞往县城，在中学同班三年，耳鬓厮磨，朝夕相处，使这种友谊更加牢固。如今，他已飞往更广阔的蓝天，我却飞回故乡的土地。小镇还是那个小镇，学校还是那个学校，却已物是人非，校园里的老师大都变成“右派”被赶出校门，新来的老师都不认识，校园里的学生更是新一代的娃娃，在他们中间，或许正在发生我们年少时曾经发生过的故事。

从小镇到赵庄，这是信哥上学走过的路。我也曾多少次和他结伴走过，路上留下的足迹是两个少年用友情谱写的音符。那种欢乐的情景依然历历在目：爬到柳树上捉蟑，在柳公河里脱光了屁股洗澡，在瓜田里偷瓜，在高粱地里吃“脆骨”……可如今，只有我一个人在这条熟悉的路上走。自从结识信哥之后，赵庄在我心目中就有了特殊的感情。村庄里住着信哥的父亲母亲，自然也是我的父亲母亲。信哥不在家，我应该像儿子一样孝敬两位父母。

赵庄已去过好几次了。有一次是农历五月，刚刚收了小麦。那时还在学校读书，高中还没有毕业，在收到信哥的一封信之后，是带着信哥的嘱托去赵庄的。村庄被绿树包围着，绿树中露出金色的麦垛。信哥家养了一条狗，在院门口卧着，它看到我来了，神采飞扬，目光格外亲切，像见了老朋友一样，起身甩着尾巴去向主人报告。那天又见到了母亲。母亲坐在屋门前用棒槌捶麦穗，麦穗是从田里一穗一穗捡来的。她头发上、眉头上飞落一层麦子的糠皮，一看见我走进来，满脸惊喜，进屋给我倒茶、搬凳子。院里那棵老槐树扯下一地阴凉，有一群家雀在绿荫里吵闹。还有一株石榴树，开了一树花朵，像燃烧的一簇簇火苗儿。母亲一提起儿子，眼圈儿一红，泪水就在眼圈里打转转。母亲不仅能干，能吃苦，性格也是很倔强的，不管遇到多大的难处很少掉泪。可她对儿子的感情太深了，自儿子参军走后，她的身体一下子垮下来，比过去更瘦弱了。和我说着话，她开始抽烟，用的是一支小烟袋，在一个小布袋里装了揉碎的烟叶。一边抽一边咳。我怀疑她是儿子走后才学会抽烟的，她用抽烟来打发想念儿子的时光。

我向她谈到信哥的进步，信哥优越的生活学习条件，谈到我们兄弟俩的交往，劝她不用挂念。信哥会成为一个很有出息的人。母亲又装了一袋烟说："你信哥从小没离开过我，他一下子走这么远，走了近两年了，他在那儿再好，我能不想他吗？有时想急了，夜里睡不着，就起来抽烟。有时做梦梦见他回来，喜得我不得了，一醒是个梦，就掉泪。你大爷比我心肠宽，他老吵我，说，你想他他能跑回来吗？他是国家的人了，能说回就回吗？这道理我也明白，就是想他。"

我对她安慰了一番，又扯到信哥的婚事上。她说："你信哥上中学时，有人给他介绍了一个铁路上的姑娘，人家父母说了，只要信哥同意，中学毕业就能在铁路上安排个事儿干干。可你信哥死活不同意。如今去部队，光顾学习哩，也不说找媳妇的事了。"我为了给母亲一个惊喜，开头没把信哥找女朋友的事儿透出来，话说到这儿，是个好话茬，我才告诉她："大娘，你不用操心了，我信哥已找好了。"

母亲果然满面惊喜，把烟袋从嘴里拔下来，问："真的吗？"

我说："大娘，我还会骗你吗？真的，信哥给我来信了。他已谈了两年了，关系到现在才定下来。"

"姑娘家啥地方的？干啥工作？"

"家倒不远，和赵庄一河之隔，是田庄的。"

"田庄的，谁家？"

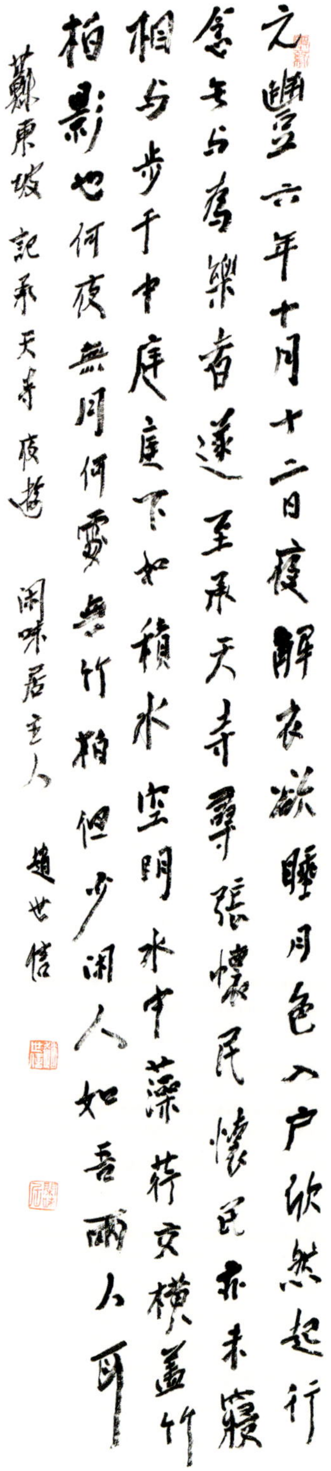
元豐六年十月十二日夜解衣欲睡月色入户欣然起行
念無與為樂者遂至承天寺尋張懷民懷民亦未寢
相與步于中庭庭下如積水空明水中藻荇交横蓋竹
柏影也何夜無月何處無竹柏但少閑人如吾兩人耳
蘇東坡記承天寺夜遊 閑味居主人
趙世信

苏东坡《记承天寺夜游》

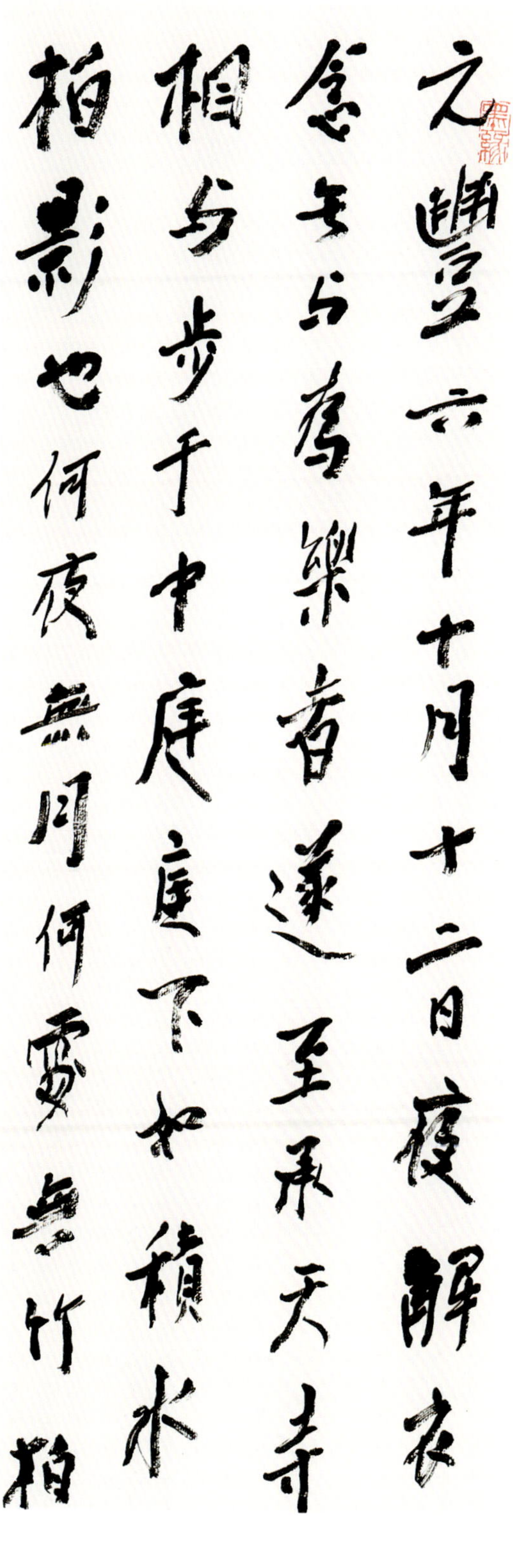

苏东坡《记承天寺夜游》（局部）

“田茂莲，你知道吗？”

“啊，茂莲，我知道，我知道，我们是一个大队，我和她父母都认识。家里人口大，日子过得不错。茂莲是有名的俊闺女。她不是在商丘上着学吗？”

“是的，在商丘读高中，快毕业了。”

“人家要是考上大学，会愿意咱？”

“这个您就不用操心了，俗话说：该着是媒，棒打不回。信哥告诉我，他俩的志趣相投，感情深着呢。”

母亲沉浸在欣慰和喜悦之中，她从石榴树上摘下一朵石榴花，在手中摩挲着，火红的花瓣儿在掌心里闪烁着……

十九

再次走进信哥家，却见母亲躺在床上，脸色憔悴，身子十分虚弱。她告诉我，这一阵子心口堵得慌，有疼痛的感觉，吃不下饭，常流酸水。叫小镇上的医生看了，吃了几回药，不见轻。早几天去县里看了，说最好去商丘透视一下，或者照照胃镜。我说，那就抓紧去商丘大医院里查查，早点治好了就心净了，这么熬下去也不是办法。母亲说，你哥前几天寄来 30 块钱，叫我看病用的，可商丘这么远，你两个妹妹又小，怎么去呢？我说我陪你去，别再犹豫了。母亲答应了。

第二天一早，我拉着一辆架子车，拉到赵庄，让母亲坐在车上。母亲还特意炕了油饼，煮了鸡蛋。从赵庄拉到县城，在火车站把架子车寄存到一个熟人的家中。购了火车票，我搀扶着母亲上了火车。坐在火车上，看着外边的小河、庄稼，和母亲拉着家常。信哥在部队，我有这个机会孝敬母亲，心里很高兴。

信哥家世代贫农，都是老实的庄户人家。信哥小时候，父亲给地主扛活，在酒池子里打工，辛苦一年，挣下的粮食难以糊口。信哥本来还有两个兄弟的，但因得了病没钱看，没有养活。母亲年轻时是受了大苦的。如今日子慢慢好了，儿子又参了军，自己的身子又不争气，不是这儿不好，就是那儿不好，经常吃药，给儿子和家庭增加了负担。我一路安慰她，好日子还在后边呢，信哥来信说了，把病治好后，要接母亲到部队住几天，等信哥和茂莲结了婚，老两口就跟着他们，好好享福吧。母亲听到这里，脸上有了笑容，说："我和你大爷都盼着这一天呢。"

在商丘车站下车，好不容易找到北关医院。做了全面检查，大夫说是胃病，不要紧的，取几盒药，大夫又交代了应注意的事项。母亲一听就放心了。我当即寻了开水，喂她吃了几片药，还去食堂吃了一碗汤面条。

午后，7月的太阳很毒，街上的行人大都戴了草帽。我和母亲坐在路边的树下休息。她怕我吃不饱，把带来的鸡蛋剥了皮儿让我吃。看着街上骑着自行车来来往往的年轻人，她又想到儿子，念念叨叨："你信哥要不走那么远，能在这商丘工作有多好，我可以经常来看他。"说着，又眼泪不干的。

歇了一晌，我们慢慢朝车站走。天上的日头依然像个火盆儿。幸好来时带了一把雨伞，正好用来遮挡阳光。我一手搀扶着母亲，一手举着伞。阳光在伞上迸溅，噼里啪啦地流淌，母亲在伞下走。母亲的神色十分安详，步子走得很稳。她在风雨中走了大半生，现在终于走上了阳光下的大马路。

她要好好走下去。儿子就是她的阳光，阳光照在她的心里……

二十

日子苦乐相伴。我很快找到了女友，是个极普通的农村姑娘。但我很爱她，相信她能和我患难与共。就当时的窘境，不可能有什么过高的奢望。吃没吃的，穿没穿的，住没住的，只有几本破书和一个满面饿色的大活人，还想养个金枝玉叶吗？我把女友的照片寄给信哥，他来信向我表示祝贺，说我找了个好媳妇，一看就像个会过日子的好姑娘。又过些日子，我写的一篇小说《月夜柳公河》在省报发表了，位置很突出，占了大半版，还有插图。这是我正式发表的第一篇作品。我把报纸寄给信哥，他在信中这样写道："当我打开报纸，心情是如何激动啊！我大声朗读给我们班的同志听，他们也都津津有味地听着。你的第一篇作品，就写得这么好。这是你辛勤劳动的结晶，也是你深入生活，与社员打成一片刻苦参加劳动的结晶，它是一朵花，也是一颗清澈透明的露珠。我为你高兴。是的，第一步迈出来了，但这只是万里长征的第一步啊！以后的路还长着哩！可不能躺在这个《月夜柳公河》上乘凉啊！"

信中，他还让我多写点家乡的事儿，什么样的事儿他都爱看，我就给他写了白勤的婚事。

白勤初中毕业后也参军去了部队，他是陆军，驻地在邯郸，和我常有书信往来。来信的中心话题是让我帮他找女朋友。一开始我挺为难，因为那时我还没有女朋友，连姑娘也没接触过，怎么给他找呢。其实，他自己早有了目标，只是不便开口，让我去猜，我不会揣摩人，一副傻样。

春节前夕，他回来探亲，军装笔挺，还披着军大衣，挺帅的。一见面就向我透露了心思，说他看中了小镇上的玉真，让我给他当红娘。这一说才提醒了我，玉真的姐姐玉梅是有名的小镇美人，我们在小镇上读书时，玉梅和宋校长正热恋，但结婚不到一年就离婚了。原因是宋校长被划成了“右派”。玉真虽说没姐姐漂亮，但在学校里，也算很出眼。玉真不爱讲话，很少有男孩子招惹她。没想到，事隔几年了，白勤还一直想着她。我和白勤来到小镇上。玉真初中毕业后在小镇学校里教书。我在学校里找到了她，说白勤在南门外的池塘边等她。她脸一红，就大大方方地去了。两人的谈话内容，不得而知。白勤回部队后，二人通过几封信，就不通了。不知为什么，玉真拒绝了白勤。此事对白勤的打击甚大，一下子竟病倒了。他来信让我继续介绍，目标是我们村上的春兰。春兰也是小镇上的同学，后来学医，在一个乡卫生所工作。白勤寄来了照片，让我转给春兰。俩人通了一年的信，也不了了之。白勤这下着急了，又面临着复员，说在复员之前，无论如何都要找一个，不然，真无颜见“江东父老”。这次我倒尽了心，托一位堂嫂，给他介绍了一个姑娘叫大荣。为了对白勤负责，我还专门去见了一次，大荣确是一个很好的姑娘。白勤听到我的描述，立即请假跑回来。两人“对相”的地点安排在一条小河边。那天大荣穿着随身衣服，连鞋也没换，就被我堂嫂拉来和白勤见面。谁知这家伙一见大荣眼都直了，说比他想象的好一百倍。当天，也不让人家回去了，就把大荣拉回家鞭炮一放，非要拜堂成亲。我和堂嫂都觉得太不像话，人家的父母还不知道呢，明明是来“对相”的，怎么能拜堂呢。白勤是个敢想敢做的人，在这方面确实超出了常人。好在那个大荣也对白勤一见钟情，对白勤的做法没有拒

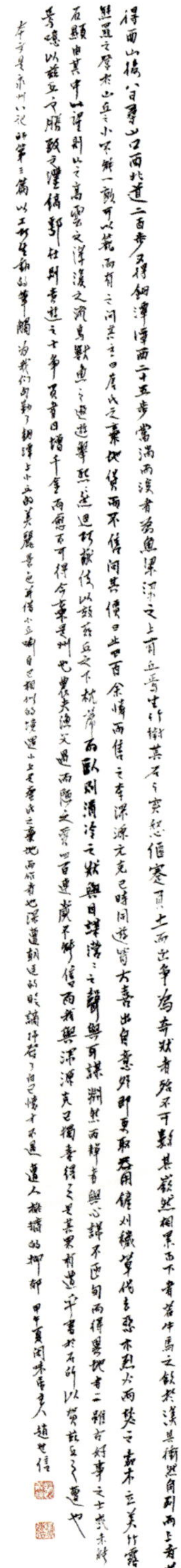
得西山后八日，寻山口西北道二百步，又得钴鉧潭。潭西二十五步，当湍而浚者为鱼梁。梁之上有丘焉，生竹树。其石之突怒偃蹇，负土而出，争为奇状者，殆不可数。其嵚然相累而下者，若牛马之饮于溪；其冲然角列而上者，若熊罴之登于山。丘之小不能一亩，可以笼而有之。问其主，曰唐氏之弃地，货而不售。问其价，曰止四百。余怜而售之。李深源、元克己时同游，皆大喜，出自意外。即更取器用，铲刈秽草，伐去恶木，烈火而焚之。嘉木立，美竹露，奇石显。由其中以望，则山之高，云之浮，溪之流，鸟兽之遨游，举熙熙然回巧献技，以效兹丘之下。枕席而卧，则清泠之状与目谋，瀯瀯之声与耳谋，悠然而虚者与神谋，渊然而静者与心谋。不匝旬而得异地者二，虽古好事之士，或未能至焉。噫！以兹丘之胜，致之沣镐鄠杜，则贵游之士争买者，日增千金而愈不可得。今弃是州也，农夫渔父过而陋之，贾四百，连岁不能售。而我与深源、克己独喜得之，是其果有遭乎！书于石，所以贺兹丘之遭也。

《永州八记之三》

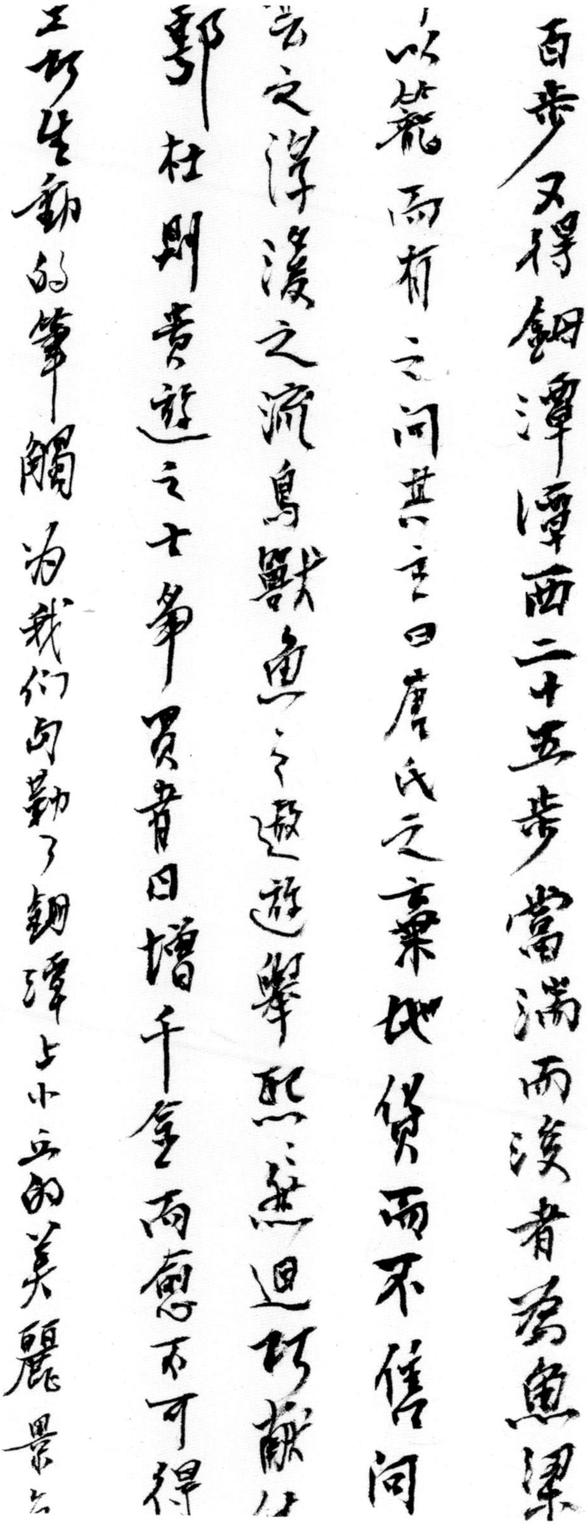
百步又得鈷鉧潭潭西二十五步當湍而浚者為魚梁
以籠而有之问其主曰唐氏之棄地貨而不售问
云之浮溪之流鳥獸魚之遨遊舉熙熙然回巧献
鄠杜則貴遊之士争買者日增千金而愈不可得
生動的筆觸为我们勾勒了鈷鉧潭上小丘的美麗景

《永州八记之三》（局部）

绝。就这样，两人当天相识，当天见面，当天就成了夫妻。入洞房的当晚，才去小镇上补办了结婚登记手续。

我把此事在信中讲给信哥听了，他来信说：

“谈到了白勤的情况，我也为他高兴。但结婚未免早了点，快了点，当天拜堂，你这个‘红娘’当得不错。我和茂莲已经通信几年，至今还没有结婚。白勤才 21 岁，就那么儿女情长。想想，我们还没有立业啊。先立业后成家，才是我们这些年轻人所应持的态度。当然，有一段时间我也闹得不行，思想上很想把婚事办了。母亲催我几次，和我一样大的，孩子都上小学了。但一想到事业未成，这个念头也就打消了……”

二十一

在一个北风削耳的大冬天里，信哥突然出现在我面前。我结婚不久，住在一座破旧的茅草房里。屋里本来狭窄，还支着锅炉。土墙被烟火熏得黢黑。妻见推门进来一位军人，又惊慌又羞涩。一是她穿着补丁衣服，觉得很寒碜；二是屋里未来得及收拾，很脏乱。她听我介绍是信哥时，就自如多了。忙将灶间唯一的一捆高粱秆抱出来燃着给信哥烤火。信哥仔细打量了一下我们的住所，又掀开锅灶看了看，眼里湿润地说：“你们的日子比我想象的要苦得多。在这种条件下，你能坚持业余读书和创作，真不容易。”

他要去田庄茂莲家探望，非让我陪他一起。妻看我身上的衣服太破，要去借一件。信哥说：“这有啥，都是自己人，谁也不会笑话谁。”我就跟他走了。

田家一看信哥上门，老两口乐得合不拢嘴。邻家的男男女女都跑来看，说信哥越长越富态，以后非当大官不可，都夸茂莲找了个好女婿。那时茂莲高考又一次落榜，一时又找不到工作，情绪有些低落，见信哥主动登门看望她，很受感动，把对信哥的痴情表达得又含蓄又动人。田家一家都是老实人，忙着割肉杀鸡打酒，心里光知道亲热不知如何表达，唯恐对这位乘龙快婿招待不周，就把邻家的茂功请过来，让他陪客。茂功在机械厂当工程师，是个见过世面的人。他性格爽朗，说话幽默，把酒桌上的气氛搞得很活跃。他很会劝酒，信哥也不会客套，一劝就喝，一盅酒端起吱儿一声就喝个底朝天。看到信哥如此痛快，茂功就和他一盅接一盅地碰。一瓶酒下肚，客人没醉，茂功倒有些飘飘然了，手舞足蹈，说起当年在国民党军队当连长时打日本鬼子的壮举。他把袖子一撸，把腰一叉，很英雄地说："有人说日本鬼子多么多么厉害，老子就不信这个邪。那年台儿庄大会战，我带着一连人埋伏在一个高地上，等鬼子的马队一出现，部下的人就慌了，老瞄不准目标，乱开枪，我踢了一位排长一脚。你往哪儿打？瞧我的。我夺过他的长枪平肩端起，一看有位拿望远镜的鬼子正朝高地上张望，我吧勾一枪，把他从马上撂翻下去。这么一来，弟兄们沉住了气，一阵扫射，把小鬼子打得人仰马翻……"他连说带比画，把大家逗得直乐。

等吃过了饭，又上了茶、花生和点心。田家二老也过来陪客人说话。这个茂功大大咧咧地说："你们二位放心吧，世信当咱田家的女婿当定了。这桩姻缘是天作之合，再美满不过。"

在这种场合下，我有几分拘谨，喝酒不行，说话更不行。信哥大大方方，该吃就吃，该喝就喝，该说就说，该笑就笑，就像在自己家里一样。但我发现，只要茂莲一出现，他就望着茂莲笑。茂莲怕他喝多了，给他使眼色，他心领神会，却又装出不在乎的样子，和那个茂功一对一答，频频举杯，很有点军人的豪气。

他回部队不久，我收到他寄来的20元钱。我和妻都知道他这钱来得不易，赵庄母亲身体还没有康复，就商量着，把这钱送到赵庄，花在给母亲买药治病上。

二十二

女儿的出生给我和妻带来巨大的欢乐。但日子依然过得紧紧巴巴。女儿连做襁褓用的布也寻不出一块囫囵的，只好撕了两件旧衣服缝在一起。这时，赵庄的母亲来了，拎着大笆斗，里面装着鸡蛋、红糖、小米，还烙了几张焦饼。更让妻感动的是赵庄母亲还新扯了几尺红布，专门为孙女做了个小被子。妻小时候死了娘，一看见这位母亲对她这样好，泪珠子扑簌簌直往下掉。母亲的病经过这一段的调理，好多了，脸上有了红晕。她抱着可爱的小孙女，喜得笑了又笑，连夸："你看这孩子有多好，又胖又白，一摸就笑，真喜人。"妻说："就是摊到咱这家里，要吃没吃，活受罪。"母亲说："天下都一样，哪家不急。有的生产队搞得好，还好一些，像我们那个队，也是年年不够吃，以后慢慢就好了。"妻说："年轻时吃点苦没有啥，人怕老来苦，苗怕胎里旱。"母亲说："有啥不如有几个好孩子，咱庄稼人就是过的孩子的日子。"妻说："你摊上信哥这样的好儿子，真是你和大爷的福气。"母亲说："你信哥是个孝顺儿子，经常来信挂念我，说几次了，要我去他那儿住几天。”妻说：“叫你去你就去，家里活没有忙完的时候。”母亲说：“我咋走得了，家里有你大爷，还有两个妹妹，正上学哩，还有猪，还有羊。把这一摊子都交给你大爷，他是个自在脾气，又离不了酒，我哪能放心得下。”妻说：“那倒也是，不知你这媳妇啥时娶？”母亲说：“我早急了，催你信哥催多少回了，他总是说，急啥哩，再过两年也不晚。”妻说：“信哥也不小了，听说茂莲比他还大一岁，都到了结婚的年龄，办了两边的父母都心净了。”母亲说：“年轻人的事真不好说，你信哥不急，茂莲也不急，忙着找工作哩，听说去李老家了，也不知干啥工作。”妻说：“茂莲在镇上上学时我就认识，一双大眼，两条大辫子，人长得俊，学习也好，信哥真有眼光。那时信哥是有名的调皮学生，谁也没想到，他俩能谈成。”母亲说：“我们赵庄的人也夸茂莲好。你信哥就是和她有缘分。别人给他介绍多少他都不同意，就是看上了茂莲。只要他俩好，我和你大爷都没意见，就是盼着他俩早一天结婚。”妻说：“等信哥回来了，我们都催着他办。”

我在一旁听着她们娘儿俩拉得这么热乎，真像一对亲母女呢。由于我回乡后只知读书写作，不会像村里男人那样丢下扫帚拉铁锨，会拾柴，会捡粪，会割草，会养家畜家禽，因此日子要比一般人家凄苦。俗话说“穷亲戚富邻居”，这是最招人烦的。因此，我家也有几家亲戚，看我们夫妻过得不像个日子，我又是个书呆子，不像个有什么出息的模样，关系就疏远了。妻是有志气的人，从不依靠别人，自己跌倒自己爬，自己的日子自己过，脸上很少流露出凄凉，和人说起话来，总是高腔大韵，有说有笑，好像天天都在吃肉一样。我平时少言寡语，一脸平静，其实内心感情很

张孝祥《观月记》

月極明於中秋，觀中秋之月，臨水勝；臨水之觀，宜獨往；獨往之地，去人遠者又勝也。然中秋多無月，城郭宮室，安得皆臨水？蓋有之矣。若夫遠去人迹，則必空曠幽絕之地，誠有好奇之士，亦安能獨行以夜，而之空曠幽絕，蘄頃刻之玩也哉？今余之游金沙堆，其具是四美者與？蓋余以八月之望過洞庭，天無纖雲，月白如晝。沙當洞庭青草之中，其高十仞，四環之水，近者猶數百里。余繫船其下，盡却童隸而登焉。沙之色正黃，與月相奪；水如玉盤，沙如金積，光彩激射，體寒目眩，閬風、瑤臺、廣寒之宮，雖未嘗身至其地，當亦如是而止耳。蓋中秋之月，臨水之觀，獨往而遠人，於是為備。書以為金沙堆觀月記。

錄張孝祥觀月記 作者所描繪的景色和體會到的感受可以用清曠清神清高概括 作者的心境神思是清純超逸不染世塵的

甲午閑休居夫人 趙世信

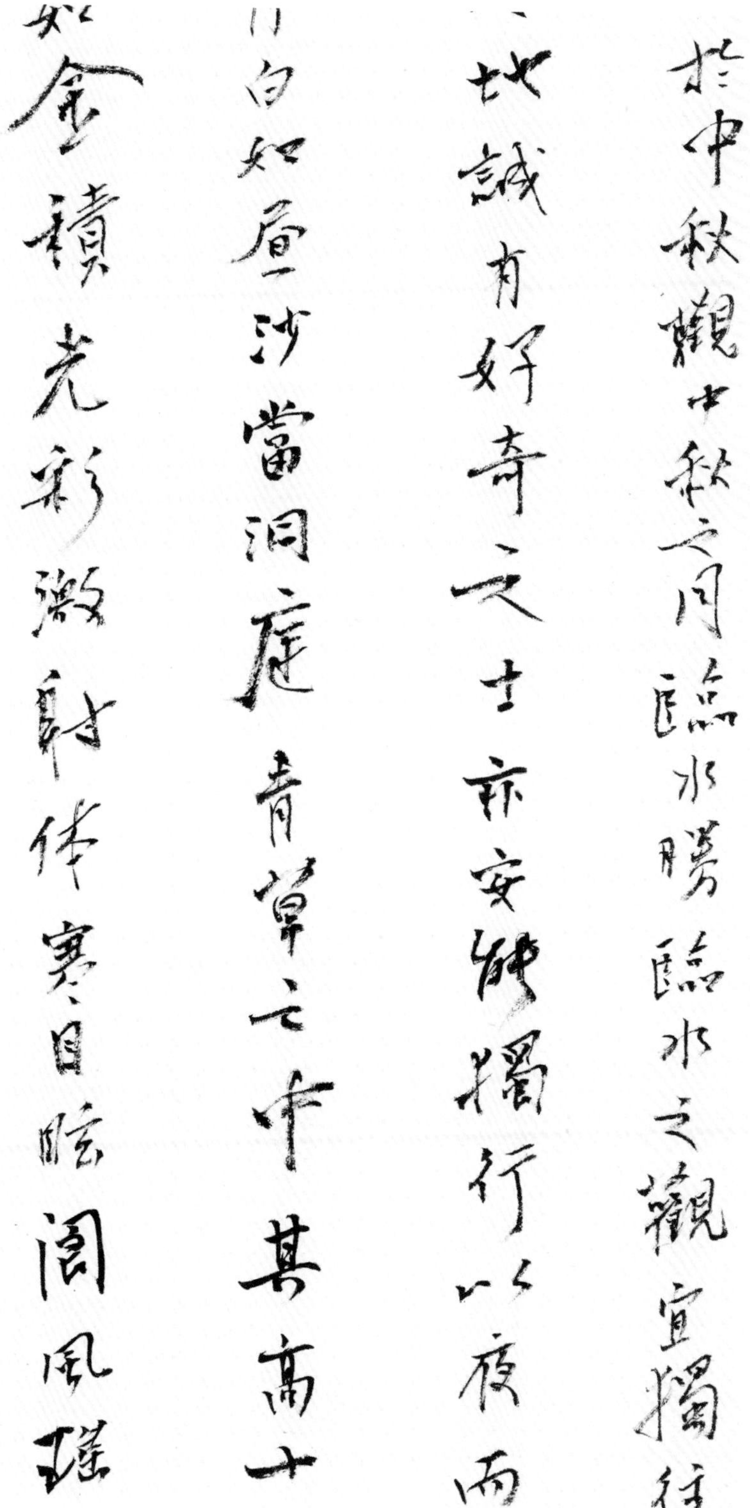
於中秋觀中秋之月臨水勝臨水之觀宜獨往
誠有好奇之士亦安能獨行以夜而
白如晝沙當洞庭青草之中其高十
金積光彩激射體寒目眩閬風瑤

张孝祥《观月记》（局部）

丰富，对前途充满了信心。一般人很难理解，说我生就是打土坷垃的命，还想中状元？连我的家人也多不理解，说我读书读傻了，非饿死不可。世上只有两个人理解我，一个是信哥，一个是妻。有这两个人理解就行了，我自信，我会干出一番事业来的。

二十三

一个夏夜的晚上，天很热，暑气很重，白天蒸得人汗流不止，到晚上还迟迟不肯消散。乡下人晚上很少做饭，女人都不愿往灶房里钻。下工后拿块剩馍，跑到池塘边，边吃边乘凉。有的干脆跳到池水里。不愿出门的女人在家拿着大葵扇，解开布衫襟，呼嗒呼嗒地扇。

我提了一张席子，到大田里去护秋。护秋是一种形式。那时是大集体，田里的庄稼夜里都要派人守护。麦熟时护麦，秋熟时护秋。我被生产队长派到东北地守护高粱。队里种了几块高粱，高粱长得很高，青竹竿似的，穗子已晒红了。高粱地中有一条土路，土路像一道夹在树林中的小溪。路上有风，风从庄稼地里吹过来，带着秋庄稼穗子的香味和秋庄稼叶子上的清凉，吹在赤裸的身子上，很舒服的。我把席子铺在高粱地中间的小路上，光着脊梁，只穿着一条短裤，把鞋子垫在席下当枕头，平躺在席子上，任凭田野的晚风吹拂。这是我一天里心情最好的时候。一切生活的喧嚣像潮水般地远去了，仿佛躺在海边的沙滩上，两眼看着夜空中的星辰。星辰有时很远，若隐若现；有时很近，伸手就可以摘下来。路边的秋田里有虫子在吟唱，有小动物在奔跑，有时什么也听不到，只有一个静。在这种境界里，思绪变得活跃，一会儿在太空遨游，一会儿在人间驰骋，一会儿虚幻得无边无际，一会儿实际得像身下的泥土。我幻想着，从高粱地中忽然流出无数的溪流，汇聚在路上就成了一条河。河水漂着席子和席上的我，席子就变成一只小船，漂呀漂呀，漂到一个很远很远的地方。那儿是广阔的海洋，那儿有琼楼玉宇，那儿有……那儿还有什么呢，你想去吧，想什么就有什么。其实，什么也没有，只不过一缕云烟而已。

朦朦胧胧，我欲神欲仙，刚想入睡，听见有人大声喊着我的名字。

我一下坐起身，揉了揉眼睛，啊，是谁在呼喊我，声音这么熟悉，我还在梦中吗？我应了一声，只见两个人影从小路的一端走过来。走近了，是一男一女，男的是位军人。天啊，是信哥和茂莲来了。我简直不敢相信自己的眼睛，他们是怎么摸到这儿来的。是从天上掉下来的吗？这么多的高粱地，这么多的田间小路，他们在夜里竟能找到我，真是一个奇迹。

原来信哥回来探家，第一个想见的是茂莲，第二个想见的就是我了。这一晚，他在茂莲家吃了晚饭，两人就朝我们村里摸。到了家里，我妻也很意外，说我在田里护秋，她说了个大概的位置，信哥和茂莲还真的找到了。

我赤身露背的样子，真是不好意思，信哥却不在意，拉茂莲一块儿坐在席片上，和我聊起来。我顿时没了困意，和信哥聊起我们的创作计划，聊起几位老同学的故事，聊起在乡间的见闻……不知为什么，我平日很少说话，只要一见到信哥，就像打开了话闸门，倾吐的欲望很强烈，滔滔不绝，想停也停不下。信哥听得很专心，偶尔插上一句，但从不打断我。我呢，也毫无顾忌，想到哪儿说到哪儿，兴之所至，欲罢不能，只管朝下说。

兄弟俩不知说了多长时间，茂莲竟歪在席片上睡着了。不知何时，夏夜的露水降落在庄稼叶子上，也降落在身下的席片上，露珠儿一摸一把……

二十四

信哥结婚了，婚礼是在老家的农舍中举办的。我画了一幅上有一棵青松两只仙鹤的画，上写“万年常青”，送作礼品。大爷当成中堂画贴在堂屋正墙上，一进屋就能看得到。婚礼虽简朴，却很喜庆。喝的是家乡酿制的柳公河大曲。乡里乡亲、同学故友都来祝贺。酒摊子拉在院中的老槐树下，又是“六六顺”，又是“三桃园”，杯碗交错、箸盘轮转，直喝到“家家扶得醉人归”。最乐的是老两口，母亲精神焕发，跑前跑后，手中夹着一支烟卷儿也忘了吸。虽然请了厨师和忙客，她还是不放心，生怕怠慢了来贺喜的乡亲。大爷被一帮老汉围着，一只粗瓷大碗里倒满了酒，你传给我，我传给你，不到一圈就喝了个底儿朝天。“再倒，再倒！”大爷抱住酒瓶子，咕嘟嘟又倒满了。几个老汉都劝大爷喝，大爷胡子上挂着酒珠子，笑得眯着眼，说：“我没少喝，我没少喝，咱老弟兄们今天都不能少喝。”

信哥还是那身绿军装，婚前本来买了一身新衣服，他却不愿穿，茂莲多少有点不高兴，嘟哝着：“专门买的结婚礼服，今天不穿啥时穿，就会穿军装，还是身旧的。”信哥嘻嘻地笑，说：“我是军人，不穿军装穿啥，这是本色。”确实，比起茂莲来，信哥多少有点“土气”。茂莲一身新，衣服都是毛料的，新纱巾，新皮鞋，又经过精心打扮，光彩照人。不久前，她被县里选入“四清”工作队，凡是选入“四清”工作队的人都是很优秀的人才。他们结婚第二天，茂莲就到李老家公社机关集合学文件，晚上也不让回来。偏巧，我正在信哥家，当晚信哥把我留下给他做伴。

晚饭后，我们坐在新房里说话。那时乡下还很苦，新房也很简单。依旧是老家的老房子，只不过把东边的一间打扫收拾了一下，就算是新房了。好在不会长住，过几天信哥就要回部队，茂莲也要随工作队去外地搞“四清”，连“蜜月”也无法在一起。但那时的青年人一心想着进步，对“蜜月”的形式并不在意。但那种对爱情的感觉还是甜美的。在烛光下，信哥脸上洋溢着幸福的红光，向我描述着他和茂莲的爱情经历。他在小镇上读书时就把茂莲当成了爱的偶像。历经十多年的风风雨雨，两人终于结成伉俪。可见他性情虽豪放，但在感情上十分专一。他说，只要是他认准的事儿，没有办不成的。当说到中间曾让我给茂莲传书，让我“侦察”茂莲的动向时，他呵呵大笑，说：“知己知彼，百战不殆嘛！”可惜我得到的“情报”不够准确，险些造成误会，帮了倒忙。他一听又笑了，说：“不会不会，我是干什么的，我是个军人，很善于分析‘敌情’，并且，我也不会只听一面之词，兼听则明嘛。”我一听也笑了。确实，信哥是个很聪明的人，表面上大大咧咧，心却很细，反应敏捷，判断准确，我们在一块儿多年，很少见他有失误之举。不管多么圆滑的人，休想在他面前玩“遮眼术”。

信哥的婚床是一张祖传的老式木床，床上的被褥、被单、枕头、枕巾全是新的。特别是床上的两床新棉被，一床是红缎子，一床是绿缎子。这样的好被子我从未盖过。信哥却毫不介意我身上脏不脏、土不土，不但让我和他睡在一起，而且让我和他睡在一头。我很不好意思，这哪是我睡的地方。但又想到，我们两个自小就亲如兄弟，在学校里又是同食同宿，好得如同一对“恋人”，也就打消了顾忌。

弥乐

夜里，窗外刮了一夜老寒风，在信哥的婚床上，我却睡得很香甜。

第二天，信哥一大早就起来了，他惦念着茂莲，怕她衣服单薄，会冻感冒，于是，推来一辆自行车，顶着寒风，要去李老家给茂莲送棉衣。他那种急于见到心上人，急于表达关爱的表情，让我好感动。现在回想起来，这一切都像发生在昨天一样。

二十五

“浮云一别后，流水十年间。欢笑情如旧，萧疏鬓已斑。”经过“文革”的十年之后，我们两家人的命运都有了很大变化。我到了省城，当了编辑；信哥调到南京空军机关，当了团级干部，茂莲也成了随军家属，被安排到南京无线电厂上班。历史掀开新的一页，我们的生活也掀开新的一页。

1978年夏天，我去南京看信哥。信哥家住在一个环境优美的大院里。几个孩子都很可爱。星期天全家人去逛玄武湖。公园里有歌舞表演，有书画展览，看到孩子们的笑脸，我和信哥都沉浸在幸福之中。在南京住了一星期，这座六朝古都给我留下了美好的印象，我的足迹印在了鸡鸣寺、莫愁湖、雨花台等处。傍晚我常独自一人，去住地不远的覆舟山上。这里北临玄武湖，东接龙广山。山上有座三藏塔。那时此处游人稀少，当我伫立塔前，眺望着玄武湖的烟霞，真是心旷神怡。南京是一个很迷人的历史文化名城。这里的每一座古建筑，每一条老街，每一座石桥，每一条河都有一串传奇故事。街上花木繁茂，人也干净好看。信哥全家生活在这样的城市里，就像生活在天堂里一样。他一有空暇，就陪我去转，瞻仰了中山陵，游览了夫子庙。在秦淮河上的朱雀桥边，他向我吟诵起唐代诗人刘禹锡的诗：

朱雀桥边野草花，
乌衣巷口夕阳斜。
旧时王谢堂前燕，
飞入寻常百姓家。

我们还去雨花台上参观烈士陵园，寻找雨花石。那晶莹剔透、花纹奇特的石子给人以丰富的想象。在我的心目中，南京是一首诗，人世间的悲欢离合、风流韵事在这里都表现得淋漓尽致。

信哥和我在月下的街头漫步。我们都渴望着干番大事业。信哥谈起他的创作计划，他想写一部长篇小说，是写分离在海峡两岸的同胞盼望早一天骨肉团聚的。他因为工作关系，对福建沿海的渔民生活较熟悉。我说这个题材太好了，要写就抓紧写。他的工作太忙，只能靠业余时间。我让他先拉出一个提纲，搭个架子。需要体验生活，就向领导请假。我们一边散步，一边聊着小说的构思，心情特别好。

信哥人缘好，不论走到哪里，身边都有一大堆朋友。在南京，他交了许多好朋友。他曾领我到一个朋友家参加婚礼，曾去一位老战友家喝酒，更多的是，家乡的同学、老乡、朋友去南京找他。凡是家乡来人，他都热情招待，安排吃住，安排游览，有来看病的，有来购物的，有来培训的，还有来旅游的。能帮的，他都热心帮助。有位姓张的老乡需要动心脏大手术，很急，信哥连夜把他安排到鼓楼医院，请了最好的大夫，手术很顺利。

信哥还买了补养品，天天去医院看望他。这个病人多次对我提起，说："要不是世信，我这条命早没了。"

信哥花钱向来很大方，这么多的客人找他，他自然存不住钱，自己的日子很窘迫。好在茂莲会管家，处处节俭，几个孩子都穿得干干净净，打扮得像花朵一样。信哥一天到晚笑眯眯的，仿佛不知道什么是愁。我和他在一起时，常被他的乐观情绪所感染，脸上的笑容也很灿烂，这从我们在莫愁湖边的合照上可以看出来。

二十六

信哥的创作假顺利获得批准，我陪他去福建采访。在北方已是滴水成冰的严冬，我们到了漳州却像回到了春天。街上的林木郁郁葱葱，花坛上开着五颜六色的鲜花。商店出售的水果有香蕉、橘子、龙眼、甘蔗等，到处都有卖水仙花的。花匠将水仙花的鳞茎进行了雕刻，泡在水里，便长出各种造型，堪称一绝。我们还专门参观了郊区的一个养花村，沿途看到许多高大的龙眼树。养花村的鲜花很有名，在这里我们看到品种不同的杜鹃花、兰花、山茶、栀子、米兰、梅花、百日红、欢子莲等，还有用榕树、榆树、松树等培育的各种盆景。

最有意思的是去东山岛。东山岛和大陆之间已有公路相连。东山县的老县委书记是河南林县人，领导东山人民植树造林，兴修水利，被当地群众誉为焦裕禄式的好书记。海边有一道木麻黄组成的绿色长城，便是他的丰碑。平生第一次见到大海，看着那无边无际的波涛，看着那礁石上溅起的巨大浪花，我和信哥不由得吟咏起曹操的《观沧海》：

东临碣石，以观沧海。

水何澹澹，山岛竦峙。

树木丛生，百草丰茂。

秋风萧瑟，洪波涌起。

日月之行，若出其中；

星汉灿烂，若出其里。

海边有一风动石，一间房屋大小，巨球状。据说海风吹来，它可以左右摇动。我们没有看到它被风吹动，一个渔家孩子躺在石下，双脚一蹬，那巨石便摇动起来。

我们还乘坐军港里的快艇，在大海上兜了一大圈。海上的阳光极好，波光粼粼，渔帆点点，群鸥乱飞。在大海里“飞翔”，真是人生一大享受。我第一次领略到什么叫“天高任鸟飞，海阔凭鱼跃”。

我们登上一个小岛，岛上有一古塔。一群光着脚板戴着斗笠的渔家姑娘正在岛上晒紫菜。这里的海产品太丰富了，每餐以鱼为主，连粥也是用鱼片煮的。岛上有一座样式美观的两层小楼。这座小楼就是我们要访问的台湾渔民接待站。接待站的负责人老周告诉我们：这个岛是 1950 年 5 月解放的。国民党的一个军官临走时一下子把岛里的青少年抓走一千多个。有的一家九个堂兄弟被抓走八个。有的是父子，有的是兄弟，还有刚结婚三天的新郎，使这岛上变成了有名的寡妇村。几十年过去了，两边的亲人隔海相望，望眼欲穿。自从人大常委会《告台湾同胞书》播出后，

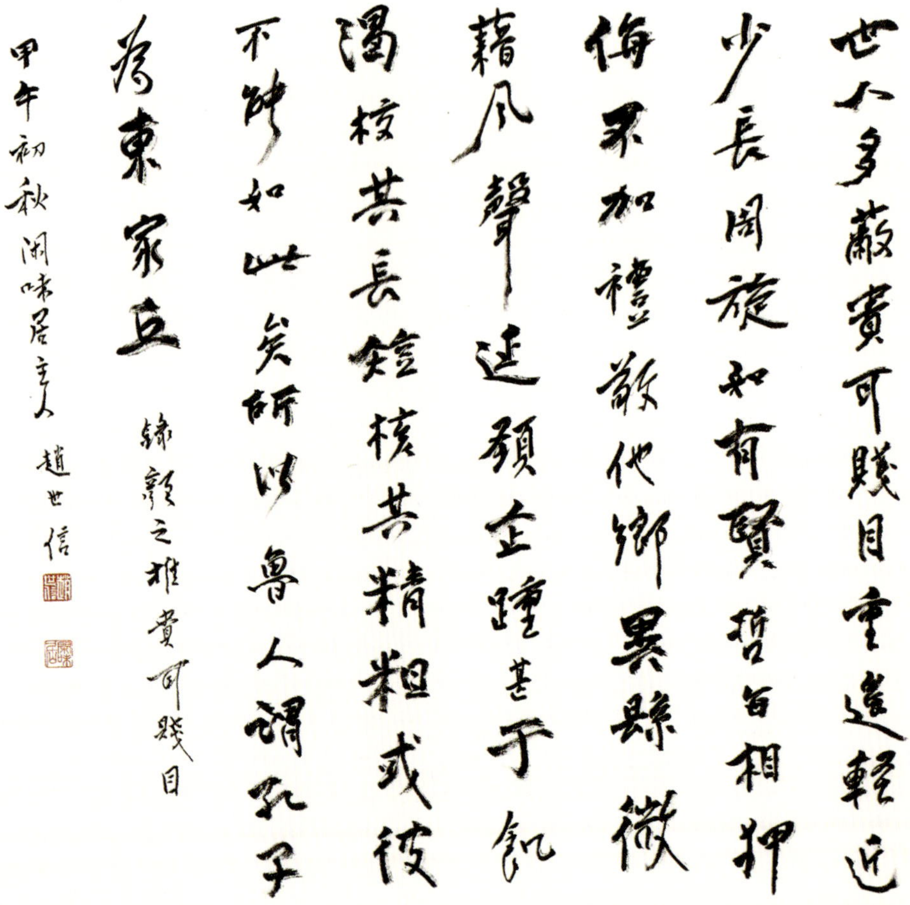
世人多蔽貴耳賤目重遥輕近
少長周旋如有賢哲每相狎
侮不加禮敬他鄉異縣微
藉風聲延頸企踵甚于飢
渴校其長短核其精粗或彼
不能如此矣所以魯人謂孔子
爲東家丘
録顔之推貴耳賤目
甲午初秋閑味居主人
趙世信

颜之推《贵耳贱目》

林间石上联

回来的台湾渔船逐日增多。他们一来到这里，就上岸和亲人团聚，还到厦门、漳州参观。我们负责接待，管吃管住，船坏了修船，油缺了灌油，鱼舱的冰化了，我们拉来冰块。他们都感动得直掉泪。信哥要求到有台属的渔民家里看看，老周欣然答应。他说："在这岛上，你随便走进哪一家，几乎都有亲属在台湾。"走进一户渔家，墙上挂着一幅《归帆图》，画面上是苍苍茫茫的大海，数只海鸥凌空展翅，几艘渔船顺风扬帆，破浪而归。一位满头银发的老阿婆，正用尼龙绳线织着一张小渔网。她戴着亮亮的银耳坠，发鬓上还插着一朵小红花。这里有个风俗，越是年纪大的妇女越爱戴花。

老周向我们介绍，这位老阿婆姓柳，丈夫原在台湾军队里当营长，后来到一家渔业公司当船长。离家时，女儿两岁半，儿子才两个月。他在台湾一直独身。前不久，他开着渔船回来了。他到家一看，房子盖得这么好，妻子的身体这么硬朗，女儿出了嫁，有了外孙，儿子结了婚，儿媳还当了渔业队的会计。他站在小院里，这里看看，那里看看，喃喃自语："这不是做梦吧，这不是在做梦吧。"

老阿婆把丈夫临走前照的"全家福"从墙上摘下来给我们看。她看着照片上的丈夫，满眼噙着泪花，也喃喃自语着："什么时候两岸统一了，我这个家才能真正团圆啊。"

老阿婆的门前有一株粗壮的合欢树，信哥望着这株合欢树，突然有了灵感："咱们把海峡两岸同胞盼统一、盼团聚的事迹写进书里，书的名字就叫《合欢》。"

我击掌称妙。

有了书名，采访更明确了目标。我们访问了许多骨肉离散的家庭，从老渔民到他们的子女，从村官到孤儿，还采访了当地的县委书记、县长、退伍军人、中学老师、文化馆馆长，以及统战、公安、文化、教育、妇联等部门的人员，获得了丰富的创作素材。只要发现一条好线索，便到处寻觅跟踪，跑遍了沿海几个县，每到一地，都受到热情的招待。这里的人喜欢喝功夫茶，茶具和冲茶的功夫极讲究。茶盅虽小，品起来香醇味厚，先苦后甜，满口生津，提神醒脑。我们也每天喝功夫茶、吃海鲜。信哥平易近人，各行各业的人，只要和人家一接触，很快便成了好朋友。我跟着他，自然受益不浅。我们在招待所住下后，他很快和服务人员打成一片，帮人家扫地，帮人家卖饭，做得自自然然，加上他是个军人，深受人家的爱戴。

有一天闲聊中，他得知我妻子又怀了身孕，便高兴地说："我还缺个儿子呢，咱们把话说定了，要是生个儿子就是我的。"我当然乐意，因为我已经有了个男孩，就说："那你先给他起个名字吧。"他想了想，说："我已经有了向东、向群、向军，再有一个就叫向华吧。"我说："这名字好，让他长大了一心向着中华，立志报效中华。"信哥为了表达一份心意，专门去街上买了两斤桂圆寄给我的妻子。

当晚，我们兴奋不已，共同赋诗一首：

采访海门九龙江，
桂花初开橘子黄。
功夫茶浅浓似酒，
紫皮蔗粗蜜如糖。

浪催飞舟身长翼，

潮卷雪云心划桨。

笑望海天八万里，

朝阳剪锦铺春光。

二十七

经过数月的艰苦创作、修改，第二年《合欢》出版了。著名画家魏紫熙为小说画了封面，画的是海疆万里旭日东升的壮美景象。家乡的画家曹天舒为小说画了插图。《合欢》出版后很受读者欢迎，有人把它改编成连环画，有人把它改编成电影剧本。电影没有拍出来，连环画《合欢》却出版了。

信哥很快面临着转业问题。这是人生的大转折，信哥从容面对，决心从最基层做起。当时可供他挑选的单位有三处。他征求我的意见，我说这三个地方都不合适。我想起电影《老兵新传》里的北大荒农场场长老战。我说："你是一名军人，当过空军飞行员，是一只雄鹰，应该到更辽阔的天地去飞翔。"他问我："咱们家乡哪儿的天地最辽阔？"我忽然想到黄河故道的大园艺场，纵横几十里，很适合信哥的性格和胸怀，是他大显身手的好地方，就竭力向他推荐："有个地方不知你愿不愿去。"他问："啥地方？"我说："仪封园艺场，我去过，那可是一个花的世界呀。这是一个解放初期开办的老园艺场，现在规模很大，有农有林有果有园，还有一座专门生产葡萄汁和葡萄酒的工厂。只是条件太艰苦了，地方偏僻，远离城市，一刮风风沙漫天。听说在'文革'中，这里闹腾得很厉害。"

信哥一听双目闪亮，把手痛快地一拍，说："好，我就去这地方！"

后来，每当回忆起这一幕，信哥总是说："你那一句花的世界，竟改变了我后半生的命运。"

这话既有调侃的意味，也是真实的。信兄曾向我描述过他第一次走进沙区去园艺场报到的情景。"那是一个万木萧条的冬日，满眼都是一望无际的黄沙，寒风中飞着落叶。场部除了一座很破旧的砖楼，简直就像一个村庄。果园倒是有几处，但除了枯枝和茅草，毫无生机。从江南六朝古都，乍一走到这里，简直到了另一个世界，甚至有点'西出阳关'的味道。这里就是我工作的新地方了，这里就是我的家了。"他心中的寒冷很快被老场长的热情接待所驱除。头发斑白的老场长第一眼看到信哥，就喜欢上了这个英姿飒爽、朝气蓬勃的年轻人。他握住信哥的手，久久不肯放下，动情地说："好，好，我终于盼来了一个好接班人。"

他领着信哥，一处处地参观，一处处地讲解，拿出许多老照片，讲解这个园林场的光荣创业史，讲周总理曾亲自批示，要把这沙区的园艺事业发展好，讲园艺场的家底，有多少亩苹果，有多少亩葡萄，有多少亩林带，有多少亩农田……还讲了经过"十年动乱"，园艺场受到很大的破坏，每年亏损几十万元，职工思想不稳定，和周边的农民矛盾很深等。信哥听了，知道自己面对的不是孙悟空的花果山，也不是陶渊明的桃花源，而是一个百废待兴的烂摊子。信哥是个开顶风船的角色。当我去园艺场看他时，在场部楼上的一间简陋的办公室里，他向我讲述了老场长接待他的情景。老场长是个很厚道、很质朴的人，他是园艺场第一批开拓者，由于在"文革"中身心受到很大摧残，身患多种疾病，健康状况不佳。他在和信哥的谈话

泽如时雨

中，流露出让信哥接班的意思。信哥去时的职务是副场长。信哥对我说："我既然来了，就决不打退堂鼓，更不能当逃兵。党培养我这么多年，不干则已，要干就决心干出个样子来。我不相信，有这么多的土地、有这么多的果木，职工还要靠国家拨款来养活。如不对国家做出贡献，就有愧于这块先辈用鲜血解放出来又用汗水浇灌的土地。"

他说这话，我信。

二十八

碰巧，信哥刚一上任，就赶上国家农垦部在涿州办场长学习班。他以优异的成绩结束了学习，回来后即被任命为场长。他像一名老兵，很快找到了自己的岗位；他像一只雄鹰，开始在蓝天翱翔。他深入到田间地头，深入到农工家庭中走访，反复听取专家的意见，和中层干部、领导班子座谈了几个半夜，制定出园艺场发展的规划蓝图。第二次创业开始了，园艺场呈现出多年没有过的兴旺景象。中学建起来了，聘请了最优秀的老师；医院建起来了，聘请了最好的医生；水塔建起来了，自来水可以一直流到各家农工的锅里；水渠重新修复了，花坛里栽满了鲜花，场部拉了围墙，建了颇气派的大门；又添置了各种机械，果园引进了许多新品种，工厂也和法国一家葡萄酒厂合作，生产出了优质葡萄酒……总之，各行各业都活跃起来，面貌很快有了大的变化。当年实现扭亏为赢，还创造出几十万元的利润。

和周边农民的矛盾，历届场长都未能解决好。当地农民为了眼前的利益，砍伐园艺场的树木，哄抢果园，偷电偷水，甚至挖断园艺场通往县城和车站的道路。几位老场长提起此事无不挠头。但到了信哥上任后，这个问题却迎刃而解。他主动为周边的农民办好事办实事，和公社领导、村领导成了好朋友，他们不仅不再找园艺场的麻烦，反而主动维护园艺场的利益，支持园艺场的发展。那些周围农村的大队长、队长、支书把信哥当成知交，几天不见他，不和他在一起“喷喷”就想得慌。信哥爱和他们在一起喝酒，一边喝一边讲笑话，直到把他们一个个灌得大醉才罢休。信哥的家从南京搬到园艺场后，所用的炊具和家具，都是这些“老伙计”主动送来的，大床和大衣柜都是用优质桐木打制的。这些家具我在信哥家亲眼见过，样式土气又笨重。但听了信哥的介绍，我十分感动，这是当地农民兄弟的心意，也是信哥和他们友谊的见证。仪封园艺场就在兰考县。兰考县出过一位全国县委书记的好榜样——焦裕禄。园艺场的农工和周边的农民都说赵场长是活着的焦裕禄。

信哥的感人事迹太多了。他很少待在办公室。他的身影常在果园、农田、机灌站出现。夏天穿着背心短裤、戴着大草帽和农工们一起管理果树，果园队的大嫂们一个比一个泼辣能干，嘴巴更是不饶人。她们一见场长，什么玩笑都敢开，什么话都敢讲。信哥也和她们没大没小，斗牙撩嘴，笑声一阵高过一阵。信哥还学会了开拖拉机、播种机、吉普车，当我看到他驾驶着拖拉机在宽广的土地上耕种时，我想到草原上骑着骏马飞奔的骑手，想到电影《老兵新传》中的老战。信哥脾气好，对农工知冷知热处处关爱，但“熊”起人来也像一尊霹雳神。有一个队长弄虚作假，有两个酒厂的车间主任没按时到岗，都被他指着鼻子骂得痛哭流涕，并老老实实写了检讨。

这些事情，都是我在园艺场亲眼所见亲耳所闻。信哥转业到园艺场后，园艺场成了我常去的地方。信哥的司机、场部的人、各队队长都认识我，他们都知道我是赵场长的好朋友。我充分利用这个条件，把园艺场变成了出版社培训作者的基地。

出版社把全省45位重点作者召集到园艺场，办中篇小说创作班。我是主办人之一。这下可乐坏了信哥，他免费提供吃住、安排参观，餐桌上天天都有葡萄酒、葡萄汁，住室里不断苹果。作者们吃得香，喝得美，玩得开心，创作也获得了丰硕的成果。创作班办了一个月，写出中篇小说三十多部，编了两辑，出版社都出版了。还有一位林县来的作者写了一部长篇小说，几经修改，也出版了，并获得了大奖。这批作者当时大都是新手，属于“小荷才露尖尖角”一类，数年之后，都成了活跃在中原文坛的生力军。其中有孙方友、南豫见、杨稼生、张兴元、崔复生、焦述、席萍等。

以后，凡有作者到出版社修改稿件，我就领他们到园艺场。这里环境好，作者都愿意来。连云港驻军某团政委李国俊写了一部长篇小说《流水疾风》，就是在园艺场修改定的稿。

园艺场的名气越来越大，成了一棵招引凤凰的梧桐树。省里许多著名作家都是场里的常客，像当时颇有名气的徐慎，就成了信哥的好朋友。以舒群为团长的中国作家访问团来河南，省作家协会把他们带到园艺场参观。我正好也在场里住着，亲眼目睹了这一幕。

舒群是位著名老作家。青年时期就发表过许多优秀作品，1942年5月，参加过延安文艺座谈会，聆听过毛泽东的报告。他带领着由诗人、作家、文艺批评家组成的代表团，一进入园艺场就被这个“花果世界”所惊叹。

正是金秋的收获季节，大红的苹果挂满了枝头，成串的葡萄也坠满了枝条。作家们和农工们一块儿摘果子，一起享受着丰收的喜悦。他们亲口品尝到场里出产的葡萄汁和葡萄酒时，赞不绝口。用他们的话形容，这里生产的葡萄汁就是名副其实的“仙露玉液”，喝了可以益寿延年，可以让枯竭的大脑文思泉涌；这里生产的葡萄酒可以和法国、德国的名酒相媲美。对于园艺场搞“农林工商联合体”的做法，作家们大为赞扬，说这才是中国农业发展的方向。宴席间，信哥逐一为作家们敬酒，当他走到舒群面前时，舒群问他：“你这个场长是干上来的还是靠关系走后门当上的？”信哥笑而不答，反问一句：“舒群老，你看呢？”舒群也笑而不答，两人碰杯之后一饮而尽。经过调查之后，这位满头银发身材高大的老作家眼睛湿润了。告别时，他紧紧握住信哥的手，说：“像你这样的人才，难得呀！”

园艺场不仅吸引了省内外的作家，也吸引了文坛名家和新闻记者。新华社、《河南日报》、河南广播电台等单位的记者接踵而至。有关园艺场的事迹不仅被登载在报纸上，传诵在广播里，新华社为此还编发了专稿。

二十九

茂莲和三个孩子从南京迁到园艺场后，全家住在三间平房里。在房后开了片菜地，自己种菜，自己养鸡，又过起了农家的日子。开始茂莲很不适应，经过多年的奋斗，全家人的户口都迁到了南京，过上了城里人的日子，现在又回到了乡下，虽然是国营园艺场，但生活方式和农民

弥乐心境

折桂月宮不計年迢迢
銀漢星高懸逝者
如斯音容在幾回夢
縈喀拉山

悼伯安 世信

悼念伯安撰诗并书

没有任何不同。她看信哥把全部精力都投入到事业上，也就主动把家务承担起来，不让信哥分心。信哥为了在这儿扎根，把父母也接过来住。父亲在家喜欢种菜种瓜，到场里后也种菜种瓜。我去他的菜园里转。这里水利条件好，上的都是畜粪草粪，种出的菜特别鲜，种出的瓜特别甜。菜园里还有一亩菊花。菊花的品种多，花朵开得很大。父亲站在地头，望着几朵菊花，脸上的笑纹也笑成一朵大菊花。他对我说："这里水好地多，想种地还是来这里，有多大的本事都能用得上。"

由于不断接触作家、作者，信哥的创作冲动不时萌发出来。他挑灯熬夜，写出一篇篇反映园艺场生活的散文，像《葡萄园风情》《果园夜月》《果棚下》《仪封观花》等，相继发表在《河南日报》上，他成为河南省作家协会最早的会员之一。

儿子向华出生后，刚满两岁，我就把他送到园艺场。这小家伙和信哥夫妇有天生的缘分，一见面就叫爸妈，就扑到怀里搂脖子，仿佛几百年前就有了父子的情分。信哥夫妇也特别喜欢这孩子，给他做了一身新衣裳，买了玩具，买了小皮鞋，小家伙和三个姐姐玩得很开心。晚上，有时跟着新妈妈睡觉，吃饭时和姐姐坐在一起。有时和姐姐发生了矛盾，就找妈妈告状。向华像信哥小时候一样，很活泼，走路一蹦三跳，对什么都有新鲜感。一日饭后，竟爬到桌上把挂历摘下来。挂历上印的是影星歌星，一个比一个漂亮。信哥问儿子："华子，你喜欢哪一个？"儿子一页一页地翻着，不表态。信哥指着一个电影明星说："这个还行吧？"儿子说："这个给我老家的哥吧。"全家人一听，都笑得前仰后合。

向华在场里生活了两个多月，本来已和信哥的家人融成一体，如果我和妻不去看他，他肯定会长期留在信哥身边。可我和妻犯了个不可挽回的错误，到场里去看他。这一看，又勾起了他对生母的依恋，离别时终于未能把他分开，又跟了回来。但这段生活已给他留下深深的印记。他一直把信哥夫妇当成父母。他来省城读书时，还分不清我和信哥究竟谁是生身父亲。初中时他写过一篇作文，题目是《我有一个秘密》。开头第一句就是："我有两个爸爸，两个妈妈……"信哥夫妇一直对他关怀备至，视若亲生，两家人的关系也亲如一家。

更巧合的是，由于信哥政绩突出，三年后被调到开封市委，又从开封市委调到省教委。家属也随之迁到省城，我的家属也由老家乡下迁到郑州。经过一段"翻山越岭"的曲折之后，两道小河又汇在一起。两家人生活在同一个城市，同一条街道，来往更加密切。

信哥进步快，不几年就当上省教委的副主任，成了厅级干部。但他依然保持着农民子弟的本色。他到革命老区新县扶贫，为老区跑项目、拉资金、寻技术、招人才、盖学校、建工厂，他扶贫的事迹以《呕心沥血为扶贫》为题发表在《河南日报》上。他赢得了当地干群的爱戴，交了一大批朋友，其中有干部、知识分子，但更多的是基层的农民。信哥在过节时，常给他们送粮送衣，用自己的钱给他们买药看病。有一个山里农民，背着一袋子山货来郑州找了两天，才找到信哥的家。还有一位老人来省城找"赵秘书长"（他扶贫时任省教委副秘书长），找到省教委。信哥问他从哪儿来的，他说从仪封园艺场来的。园艺场农工上千人，信哥当然不会每个人都认识，但一听说老人是从园艺场来的，就像见了亲人一样。他了解到老人的困难后，当即掏出200元钱送给他。老人感动得要下跪，被他搀扶了。信哥见他穿得单薄，临走时，又把自己身上正穿的呢子大衣披在老人身上，像这样的事迹真是举不胜举。谁也难以说出信哥究竟帮助过多少人。信哥帮助别人，总是尽自己最大的能力，而且从来不图回报。可他对自己家里的事，却很少过问，几个孩子的工作并不理想，多次要求调动，他从不放在心上。他常说比起那些下岗工人，我们强多了，知足者常乐嘛。

他工作繁忙，顾不上写作，却一直关注着我的创作，经常鼓励我要写出力作、代表作，要无愧于这个时代。我每有一点进步，他都兴奋不已，向我祝贺。当我的散文集《乡魂》即将出版时，他逐篇阅读，记了几十页笔记，提出修改意见，还亲自撰写了序言。序言的题目是《泥土味家乡情》。文中他这样写道：

> 从小学到中学，我们曾同床滚草铺，同台演节目，一起割过牛草，也一起做过作家梦。以后我参军，他高中毕业回乡务农，也不曾断过书信来往。再后，他被调入省城做编辑工作；我从部队转业时，就是他一封信，一句“那里是一个花的世界”，把我吸引到园艺场工作，那句话可以说改变了我后半生的命运。……我们之间的深厚友谊，就像陈年老酒，放的时间越长，就越香甜，越纯净，越值得回味。

三十

1998年春节前夕，接连落了几场雪，大地一片白茫茫。我突然接到噩耗，赵庄的母亲不幸病逝。母亲的身体一直不好，信哥多次接她到城里来住，住不几天就想家，她说她不习惯城里人的生活，吃了坐，坐了吃，闷，说还是农村老家好。在老家每天可以看到鸡、鸭、狗，也可以看到庄稼、土地，还能看到蓝天白云，每天还有左邻右舍和她说话。她晚年信了耶稣，每逢礼拜，都带着小凳子去教堂听人念《圣经》。这使她的精神有了寄托，对她的身体也有益处。信哥不阻拦她，只祝愿她长寿。母亲享年 84 岁，也算高寿了。我带着向华，冒着风雪，踏着泥泞赶回故乡，去赵庄参加葬礼。入乡随俗，葬礼是按当地风俗办的。我和向华都一身重孝，随在信哥身后，在哀乐声中，为慈祥的母亲跪拜。在送灵去墓地的途中，哀乐低回，纸蝶纷飞，我回忆着母亲的音容笑貌，回忆着我陪母亲去商丘看病的情景，回忆着母亲给我女儿庆满月的情景，回忆我和信哥从小结下的兄弟情谊，如今我们头上的白发也一天天增多，我们的子女都成家立业了，人生几十年，弹指一挥间，看着我们长大的母亲不在了，真是欲哭无泪，欲诉无语。

地上的积雪和泥土溶化在一起，信哥在墓地看着母亲的棺木被一锹锹泥土覆盖着，悲痛欲绝，哭倒在地。我很难找到适当的语言去安慰他。“天若有情天亦老”，这就是人生啊！

泪眼看着那从麦田中掘起的新鲜泥土，突然悟出，母亲就是大地，大地就是母亲。我们每个人的最终归宿，不是都要回到大地母亲的怀抱中去吗？

中国古诗中写交友的诗很多，许多友情被历代传为佳话，成为后人学习的楷模。我和信哥从小就受这种文化的熏陶。比如唐代大诗人李白和杜甫的诗中，就有许多这样的佳句：“桃花潭水深千尺，不及汪伦送我情”“西忆故人不可见，东风吹梦到长安”“高山安可仰，徒此揖清芬”“醉眠秋共被，携手日同行”“交情老更亲”等。韩愈在诗中写道：“少年乐新知，

送玉皇閣青石柱雕飛雲龍繞璃瓦映太行
月檐柏展翅帶雲舞陽台昂首向天歌當年司
馬修真地偏生一佛號梭羅　濟源陽台宮　王者之屋
美名傳嶺峭谷深一洞天愚公村中愚公井不老
樹下不老泉主峰設壇曾祈雨愚公箕畚可
移山日精月華桐宇衛太乙池樓濟水源　王屋山
錄自作詩五首均述作山水矣
甲午檀月　閑味居主人　趙世信書於留余文化藝術研究院

赵世信诗《焦作山水》五首

九曲銀練瀉珠潭 忽聞驚雷滾崖邊飛瀑直下來天外紅葉翠谷起雲烟

白雲山觀瀑

澗流跳石徑欹斜一片豁然草色佳萬千彩蝶迷亂眼疑是誤來梁祝家

白雲山遇蝶

蘇門山下珍珠泉一池碧波起霧嵐太行脈湧千斛玉衡源澤潤萬頃田柏里亭台傳上古廊前碑篆記流年多少雅士留遺跡百泉書院墨光鮮

輝縣百泉

天壇山前宮嵯峨 斗拱相

衰暮思故友。”王勃写下传诵千古的名句：“海内存知己，天涯若比邻。”李贺诗中写道：“梦中相聚笑，觉见半床月。”《红楼梦》中也有这样的句子，如：“万两黄金容易得，知心一个又难求。”在有名的传奇《俞伯牙摔琴谢知音》中，冯梦龙写道：“相知满天下，知心能几人。”1933年3月，瞿秋白在新居挂起鲁迅先生为他题写的条幅：“人生得一知己足矣，斯世当一同怀视之。”

信哥平时常说一句话：“人活在世上，就是活的真情二字。”我在一篇文章中，曾写过这样的话：“人的一生中，如果没有友谊，便失去了一半的色彩。”真正的友谊是超过骨肉之情的。我和信哥的友谊，就属于这一类友谊。

附录

【赵世信常用印】

赵世信印

赵世信印

赵世信印

赵世信

赵世信印

赵世信印

赵氏
世信

赵

赵世信印

赵世信

世信

赵世信印

赵世信

赵世信

赵世信印

赵世信印

赵世信印

赵世信

赵世信

赵世信

赵世信

赵世信

赵世信印

赵世信

赵世信印

世信染翰

赵世信玺

赵世信印

赵氏世信

赵世信之章

自得其乐

仁者寿

上善若水

境由心造

上善若水

闲味居

闲味居

闲味居

赵世信所藏书画之印

闲味居

闲味居

闲味居

闲味居

闲味居

闲味居

闲味居

闲味居

赵世信鉴藏印

佛像肖形印

仁者寿

以书运道

鹤肖形印

但求古雅

墨缘

柳公河畔

如是我闻

后记

Houji

《我说·说我》即将付梓，摩挲书稿，感慨系之。

本书所写的60余位书画家，都与我有着相交相识的过往经历与点滴故事，闭上眼睛就能感到他们各自的翰墨丹青。这些文字带着不同时代的痕迹、彼此情谊的烙印。这些书画家的精湛艺术令我由衷叹赏，他们的高尚人格令我肃然起敬，我无意为他们写实画像，只是在逝去的往事中钩沉一二，读者可以从中感知他们为人处世的片段，感悟他们灵动深邃的笔墨世界。

少年结新知，暮年思故友。书中写到的已先后故去的师长、朋友，有魏紫熙、南丁、桑凡、李明性、孙澍。每每念及，情不能已。李明性是和我一起从小长大的，他殁于2009年10月19日，倏忽已近十年。他笔下的《长相忆》已成绝唱。从童年到少年再到壮年及至暮年，漫长的交往始终浸透着兄弟一样的纯真友谊。斯人远去，伯牙琴断，空有高山流水，回荡在人间天上。

时空无涯，生而苦短，而朋友情谊则历久弥深，使人时时怀想，时时回望，活着的人理应珍惜。人过七十，愈加明白，钱财可拥有，而知音难寻觅，千古皆然。心灵之间的相通，乃至朋友之间的相互欣赏最为珍贵，最值得珍惜，也是彼此从事艺术活动的一种动力。《诗经》云："嘤其鸣矣，求其友声。"唐朝诗人贾岛吟道："知音如不赏，归卧故山秋。"写在这本书中的书画创作者是我大半生有所交集的同道，愿他们体康笔健，艺术之花灿烂，艺术之树常青。

在此感谢王尚宇先生倾情作序，感谢孟宪臣、宋瑞祥先生精心策划，感谢华东师范大学博士生导师张同标教授通览全稿，感谢大象出版社，感谢为本书付出心血与汗水的所有的编辑、设计、校对人员。还要特别感谢爱妻孟昱卿，她容貌姣好、风姿绰约、心地善良、为人真诚。发妻仙逝后，她以小我十三岁的年龄委身于我，时时服侍在侧，给我的晚年生活增添了亮色，带来了活力，感谢上苍的眷顾和恩赐。没有她，《我说·说我》这个"儿子"也不会"降生"。

特别要说明的是，我非专业作家，更不是专业书家，只是一个文学爱好者和书法票友，闲来区区于笔砚之间，以此自娱。书中不足之处在所难免，望方家不吝赐教。

是为后记。

闲味居主人 赵世信

2017年7月27日